新的世界也好，旧的世界也罢，
有你的世界，就是真正的世界。

七

【龙柒】

著

妄想星海

WANG JIN

XING HAI.2

广东旅游出版社
GUANGDONG TRAVEL & TOURISM PRESS
悦读书·悦旅行·悦享人生

中国·广州

图书在版编目（ＣＩＰ）数据

妄烬星海 . 2 / 龙柒著 . — 广州：广东旅游出版社，
2023.4

ISBN 978-7-5570-2973-9

Ⅰ . ①妄… Ⅱ . ①龙… Ⅲ . ①长篇小说－中国－当代
Ⅳ . ① I247.5

中国国家版本馆 CIP 数据核字 (2023) 第 038555 号

出 版 人：刘志松
责任编辑：何　方
责任技编：冼志良
责任校对：李瑞苑
封面设计：小茜设计 Miniqian Designstudio Qici100346817
封面绘制：逐　夜

妄烬星海 . 2

WANGJINXINGHAI. 2

广东旅游出版社出版发行

（广东省广州市荔湾区沙面北街 71 号首、二层　邮编：510130）

电话：020-87347732（总编室）　　020-87348887（销售热线）

投稿邮箱：2026542779@qq.com

长沙鸿发印务实业有限公司

（地址：湖南省长沙市长沙县黄花工业园 3 号）

710 毫米 ×1000 毫米　　16 开　　23 印张　　450 千字

2023 年 4 月第 1 版　　2023 年 4 月第 1 次印刷

定价：49.80 元

目录

WANG JIN

XING HAI. 2

目录

第一章

敞开心扉

逐渐入秋，凤凰木谢了，沈清弦便不爱去御花园了。

顾见深见他身体好转，心情也跟着变好，连带着朝中大臣都跟着享福。

秋收祭在即，如今可再没人说什么帝后同行的话了。

陛下乾纲独断，一人祭天，已为万民祈来万福！

沈清弦的身体越来越好，也不再只待在宫中，时不时地去一去钦天监，偶尔还跟着去上朝。

他第一天出现在朝堂上时，大臣们皆一脸惊讶。老臣们都快忘了这个短命国师了。新臣们更是不认识他，只是惊叹于他的容貌气度。

沈清弦在这肉胎里待了许久，容貌早就被同化了。再加上他用灵气维持着年轻的样子，姿态极盛，再穿一袭国师袍服立于殿上，端的是公子世无双。

如此脱俗出尘的气质，实在让人心生好感，满朝文武不管心里是怎样想的，眼睛却总是要忍不住多看他两眼的。

殿中这些小骚动，顾见深也察觉到了。

随着沈清弦的身体逐渐康复，顾见深不可能再将他安于宫中，势必要让他出来行走。

顾见深握紧拳头，心中强压下的不安在涌动。

晚上，沈清弦还是留宿宫中，两人一同回屋。

沈清弦一想到顾见深这浑蛋从未信任自己，便气得很，想揍他。

顾见深看了看沈清弦，顿了一下道："国师生得真好。"

沈清弦心里虽火大，却笑道："能得陛下夸奖，是臣之荣幸。"

顾见深竟摇摇头道："朕倒希望国师别生得这般好。"

沈清弦愣了一下，没反应过来他这话什么意思。

顾见深说着真实的话语："你这般好看，朕总怕你与其他人交好后，就不理朕了。"

沈清弦说："臣比陛下年长十余岁，再过几年，只怕陛下会嫌弃臣了。"

"不会的，"顾见深的声音很温和，"朕永远会对你好。"

可就是不信我也不会敞开心扉，对吧？

沈清弦现在只想收拾他，所以不乐意听他的软话，说道："陛下，秋收祭将近，臣如今身体好了，理当主持祭天大典了。"

顾见深回神道："你想去？"

沈清弦含笑反问："可以吗？"

顾见深道："当然，你能去朕很开心。"

沈清弦说了句意有所指的话："如今帝独行，臣相伴，待到以后……"

顾见深拧眉道："日后你也必须在朕身侧！"

沈清弦笑道："臣是说等陛下立后，臣就……"

又是没让他说完，顾见深打断道："朕不会立后。"

沈清弦道："立后是国之根本，陛下理当……"

顾见深心头一阵烦闷，看向他："为什么忽然说这个？"

沈清弦道："臣之前身子不好，一直劳烦陛下，如今康复了，自然要为陛下分忧。"

顾见深的烦闷逐渐成了森然寒意："你如此希望朕立后？"

沈清弦笑了下："届时臣定送上衷心祝福。"

顾见深蓦地起身，面无表情。

沈清弦仰头看他，澄澈的眸子里略带疑惑，似乎不知道他为什么而生气。

顾见深只觉阵阵冷意从脚底蹿到胸腔，将心底极力掩藏着的湿冷尽数唤醒。

他什么都没说，拂袖离开。

这绝对是第一次，他第一次对沈清弦生气。

沈清弦如今信不过这小白眼狼，也拿不准他到底是真气还是假装。

不过沈清弦决定要继续挑战他，看看他真正在乎的到底是什么。

夜深后，顾见深没回来。

沈清弦睡得也不踏实，只觉得空落落的，哪里睡得着？

再说沈清弦也不放心，虽然顾见深人生如戏全靠演技，但离了他睡不安稳这个应该不假。毕竟这么多年，沈清弦只要离开，顾见深就会惊醒，只有沈清弦在，他才又会沉沉睡去。

顾见深这要也是演的，沈清弦就真服气了！

沈清弦想了一下，披了外套出门，迎面就看到了顾见深。

看着站在凄冷月色下的高大青年，他又忍不住心软了。

顾见深见他出来，眸色一深："你要去哪儿？"

沈清弦叹口气道："陛下这又是在做什么？"

顾见深不出声。

沈清弦上前道："陛下，注意身体。"

顾见深垂眸看他，双眸平静无波，却幽冷如深渊古潭。

"你是不是要离开？"顾见深哑着嗓子问。

顾见深声音里竟带了些哽咽："你说过，如果我立后，你就离开……"

沈清弦怔了一下。

他说过这样的话吗？倒也有可能。两人相处的时候，他生怕顾见深一个不小心娶妻生子，回去后他没法向帝尊大人交代，所以还真有可能说过这样的话。

顾见深见他不出声，只觉得心里更冷了，用力说道："我不会立后，也不会纳妃，你……你别离开行吗？"

他情绪一失控就会忘了自称。

沈清弦仰头看他，看到他漆黑眸中的彷徨与不安，看到他紧绷的嘴角有压不住的颤动，看到他凝重的神态中无法掩藏的孤寂。

一瞬间，沈清弦还是心软了。

这个笨蛋，大概什么都不懂吧。

沈清弦笑了一下，问道："陛下，你信任臣吗？"

顾见深没有马上开口。

沈清弦道："还是说你只是怕我离开？"

顾见深瞳孔猛地一缩，眼中有无法掩藏的慌乱。

沈清弦这一下是彻底看明白了。虽然还是生气，但更多的是无奈。

顾见深会变成这样，也实在是童年的经历太残酷。

顾见深不信沈清弦，不信他会无缘无故地对自己好，不信他是真心对自己好，也不信他会永远陪着自己。

至于敞开心扉……其实顾见深根本不懂。

顾见深不敢敞开心扉。

从小到大，他没得到过纯粹的爱，所以也就不敢去触碰真正的感情。

既然付出就会受到伤害，那从根源上切断不就行了。

不对人敞开心扉就不会受到伤害，可他又贪恋着一份真正的温暖。

于是他死死抓着沈清弦不放，一边坚信这是虚假的和不牢固的，一边又拼了命地去紧握着，希望能真正得到。

他就是这样的矛盾与病态。

沈清弦道："陛下，没有谁是永远不会离开谁的，但只要心在，离开了也仍是没有离开。"

顾见深愣住了，似乎听不明白他这句话的意思。

沈清弦也没再着急，他会让顾见深信他，对他敞开心扉，然后……他要狠狠揍这浑蛋一顿！

秋收祭，帝王仪仗浩浩荡荡地去了祥盛山。

这已经是顾见深继位后的第十次祭天。

除了第一次由卫琎代行，之后他都是自己亲临祥盛山，为万民祈福。

幸运的是，这十多年卫国皆风调雨顺，国泰民安。

当然和祭天无关，一来是顾见深治理有道，二来是沈清弦卜算有理。

两相结合，才有这十年康泰。

今天沈清弦可不是心血来潮才要来主持祭天。他要忽悠一声，通知大家，他还在，也让大家知道，"神"也在。

顾见深用了几年时间才把他的势力拔除，而他想要拿回那些，只需要这一瞬。

顾见深祭拜时，身着纯白长袍的沈清弦抬手，陡然间，一道圣光从天而降，光芒极盛极耀眼，仿佛将太阳的光芒引了下来！

这夺目的光辉连接了苍天和大地，而立于其中的男子长发无风自动，纯白的肌肤犹如晶莹美玉，空灵的声音响彻云霄："诸子心诚，天佑大卫！"

顾见深抬头，看到了这如梦似幻的一幕。

那人就在他面前，神圣又美丽……这样近却又显得那般遥远。

他心一慌，伸手欲碰，却发现自己根本动弹不得。

山下臣民跪了一地，全都在高呼着大卫无疆！

待到光芒散去，沈清弦的身体软倒，顾见深大步上前，扶住了他。

沈清弦也没真晕，只是做做样子，大约就是被"神"上身，"神"去了他自然得晕上一阵。

如此大阵仗一搞，明日他这国师的头衔又稳如泰山了。

顾见深却只忧心他的身体，下了山后便寻来了朱子林。

朱子林自是眼睛一亮，道："国师乃大福之人！这身体已然全好了！"

顾见深松了口气："如此便好。"

为了显示"神"的伟大，沈清弦昏睡了整整三日才醒来。

这一醒来自是容光焕发，别说病痛了，瞧着整个人都年轻了许多。

他比顾见深年长十余岁，如今看来竟显得比顾见深还要年轻。

顾见深见他无事，既放心又不放心。

因为一切都和以前不一样了。

时间不等人，一晃眼又是数月。

入冬时，有宫人仓皇闯进御书房，福达命人拦下，但听了他的禀报后又放他进来了。

"陛下！"那人一把鼻涕一把泪地高呼，"太后……太后不行了。"

顾见深怔了一下。

自卫琤死后，孙氏便被软禁在后宫，他也不再遮掩对她的恨意，虽然留她性命，但是也在用寂寞空耗着她。如今她终于受不了了？

顾见深道："摆驾千祥宫。"

福达领命："是。"

人都要去了，他也该去看看她了。

曾经风光一时的千祥宫如今幽冷残败，像这深宫中无数凋零的枯木一般，忘记了春夏的繁华，徒留秋冬的孤冷。

顾见深神色平静，他对于孙氏，没有丝毫怜悯。

他恨她，从有记忆的那一刻起便极度恨她。

她是他一生见过的最自私狠辣的女人，偏偏这样的人是他的母亲。

都说虎毒尚不食子，孙氏却恨不得将亲生孩子拖入地狱。

顾见深看到了苍老的孙氏。

其实她不该是这副模样，十年而已，她只比沈清弦大了四五岁，如今却狼狈得像个耄耋老妪。干枯的肌肤，混浊的双眼，还有疯癫的神态。

她不行了，躺在床上已是半具尸体。

顾见深冷冷看着她，眸中没有丁点儿怜悯。

孙氏看到他，面上忽然涌现了一股光辉，她挣扎着起身，双眸有着诡异的明亮。

顾见深拧眉，有些嫌恶。

她却开口了，声音嘶哑，像从地狱爬出的厉鬼在咆哮。

"报应！这就是报应！你们……哈哈……你们父子二人都被秦清骗了！"

听她一句话，顾见深面色大变。

孙氏虽然看起来疯疯癫癫的，但脑袋其实清醒得很，她见顾见深这神色，就知道传言不假，他果然宠信那佞臣了！

孙氏兴奋了，巨大的喜悦在胸腔里爆炸，报复的快感给她形如槁木的身体带来了最后的力量。她双目如炬，声音也更加铿锵有力："你宠信他，你竟然也宠信秦清！哈哈哈！你知不知道那秦清为什么待你好？"

顾见深脸色难看到了极点，他听着她说的话，一字一句，字字诛心，胸腔里极力压制的阴暗终于挣破桎梏，尽数涌了出来！

孙氏还在撕心裂肺地说着："你父皇在一次微服出巡时遇上了他，硬是将他一个偏僻之地的毛小子奉为国师，日日传唤入宫，说是什么狗屁知己。你以为你父皇怎么死的？他想长生！想年轻！结果吃了秦清给的药，早早死了！"

"你以为那秦清真心待你好？你也不照照镜子看看，你这张脸和先帝简直如出一辙！他不过是出于对先帝的愧疚，想弥补！"

"他看着你，真是在看着你？只怕是在看着年轻的先帝！"

"哈哈哈……"孙氏越说越开心，强撑着最后一口气，尽全力地摧毁着她唯一的孩子，"你真是他的亲生骨肉，你们真是父子血脉，都轻信那个佞臣！哈哈哈！报应，都是报应！"

顾见深盯着她道："你是在胡说八道！"

孙氏笑得越发疯狂："你爱信不信！我都要死了，卫深，我活不过今天了，我也不怕你，我只想把这些都说出来，我……"她笑中带出眼泪，"我欠你的，也还不了了，可这事我不能带进土里去。"

"秦清……"孙氏目露怨恨，"要是没有他，我们母子到不了这个地步！"

说完这话，孙氏双目圆睁，僵直了身体。

她死了，临死前果真将亲生的孩子给拖进了无间地狱。

顾见深站在破败的千祥宫中，双目空洞，大脑错乱到了极致。

孙氏说的都是真的吗？她有必要在临死前骗他吗？

而且这些……其实有迹可循吧？

他忽然想起不久前秦清的那场大病。

太医说秦清是气血攻心，郁结于胸，可是好好的，怎么就气血攻心了？到底是受了什么刺激？

顾见深查了很久都没找到缘由，可这会儿他却想明白了。

秦清当时看的那话本……那话本讲的是某帝王出巡，遇上一平民，那平民家境普通，却极有才情，帝王对其一见如故，将人带回宫中，可那人却受尽排挤，最后郁郁而终。

之前看这话本的内容，顾见深不觉得怎样，无非是闲人瞎编的段子，可如今再一想，他胸肺里直渗冷血。

秦清怕是触景生情了吧？怕是怀念先帝了吧？怕是想到以前的事，无法自控，所以郁结于胸，大病一场。

再想到那凤凰木……

他听秦清说过，这凤凰木是秦清家乡的树木，所以他才命人在后花园中植了一株。

如今想来，只怕秦清和先帝的相遇就是在这一株凤凰木下。

只是人已去，情谊却在。

有些事不能深想，越想越觉得肝胆俱裂。

自从这凤凰木种下，秦清便爱上了御花园，时常靠在树下，翻着话本，闲散度日。

这些时候秦清在想谁？他过来的时候，秦清看到的又是谁？

再想想他们相遇的这十年……

前四年，秦清待他如亲子，教他帝王之术，教他琴棋书画，甚至还寻了个功法帮他强身健体。

当时他以为秦清是在图谋他的帝位，如今看来秦清可能只是念着旧情，抚养着先帝唯一的孩子。

等他慢慢长大了，秦清觉得心事已了，身体便开始不争气了。

秦清……可能是想追随先帝而去吧？

只是他请名医开良方，硬是留住了秦清。

后来他长大了，越来越像先帝，秦清看着他……

顾见深闭了闭眼，不敢再想下去了。

一切说不通的地方全都说通了，一切疑虑全都有了解释。

秦清的确给了他真正的温暖，可也将他推入了另一个深渊。

秦清一直在透过他看着别人，一直在想着别人，一直将他当作故去之人的慰藉。

可即便如此，秦清还是说了那样的话。

——他再怎样也不是……

是说他再怎么像先帝也不是先帝吧。

顾见深异常冷静，明明五脏六腑都被搅成烂泥，可是整个人平静得有些诡异。

没什么大不了的，没什么关系，不要紧。

反正从一开始就没人真心待他，连亲生父母都不爱他，怎么还会有人真心待他？

涟华哥哥，活在他的幻想中就行。

顾见深站在溢满死气的宫殿中，露出了异常温柔的笑容。

沈清弦这阵子忙得很，前几天朱子林还问他："师弟，你这是要造反？"朱子林看他动静折腾得这么大，以为他恼羞成怒要反了卫深。

沈清弦瞪他："造反有什么好处？"

朱子林眼珠子一转："求不得，黑化了？"他脑补的是卫深不信任朝烟，朝烟气不过，所以要这样那样……

沈清弦嗤之以鼻："幼稚。"

朱子林好奇得很："那要怎样？"

沈清弦道："他不是不信我吗，觉得我觊觎他皇位，觊觎他的权力？那我再打个江山送给他，看他还能瞎想什么。"

朱子林愣了愣，然后疯狂点赞："帅啊！师弟你帅炸天啊！"

沈清弦冷哼一声："等着吧。"这小浑蛋，真当自己治不了他？谁稀罕他那破皇位？他想要再送他俩，反正外族闹得很。

这些天沈清弦正这么盘算着，一日，朱子林又来找他了："坏了坏了，师弟啊，出大事了！"

沈清弦正在和人商量事，朱子林这般大呼小叫，实在不像话。

沈清弦拧眉道："我这儿忙。"

朱子林咋咋呼呼的，能有什么大事？先放一放。

朱子林那个急啊，急得像热锅上的蚂蚁，但是沈清弦这里的确走不开，他刚才的喊叫已经惹不少人侧目了，再多说也不妥当……

再说了，那些事他又哪敢当着人说？

沈清弦打算和邻国开战，这就得好好谋划下了，用兵还不急，可以先从文化上着手……以他这国师的身份，很容易就能给老百姓洗脑，到时候弄得邻国内部大乱，再用兵就是轻而易举的事。

只不过这些要暂时瞒着顾见深，所以还是得好生盘算。

他今天是注定不得消停了，正说到兴头上，房门大开，当今圣上逆着光站在门外。

沈清弦一愣，屋里的人也都一愣。

当然大家都反应极快，连忙跪下行礼。

顾见深谁都没看，只盯着沈清弦。

沈清弦看不清他容貌，只觉得他视线冰冷阴鸷，没一点儿人气。

沈清弦顿了下，先开口道："陛下？"

顾见深走了进来，随着光线的转移，他的五官暴露在人前，英俊依然却冷若冰霜。

瞧他这样，沈清弦心里咯噔了一下，这家伙不会听到什么闲言碎语了吧？以为自己要造反？好想打死他哦！

不过打死的话这十多年就白费了，自己要忍住，先稳住再说。

沈清弦打了个手势想让人都下去，自己同顾见深说点儿好话，谁知顾见深一把将他拉过去。

沈清弦一怔，当即就想挣开，顾见深却轻而易举钳制住了他，让他动弹不得。

沈清弦也无所谓了。

谁知顾见深又松开了，也不知发什么神经，拉着沈清弦大步出了屋子。

屋子里一群人都心惊胆战，脑壳发昏。

还有个躲在角落里的朱小胖也在嘟囔着："完了完了……还没来得及把事说给师弟听……"

一出屋，顾见深便用了轻功，飞檐走壁地回了皇宫。

沈清弦如今身体好了，但也抵不过他这力大无穷的劲，只得小心抓着他，生怕摔下去。

入了宫，顾见深还是什么都没说，直接把沈清弦带回了寝宫。

沈清弦不知道他卖什么关子，好声好气地问："陛下……是有什么事吗？"

这到底怎么了？

沈清弦拧着眉，难得耐心地问："陛下……怎么了……"

顾见深垂眸看他。这一声声陛下，他分得清自己在喊谁吗？

失落和痛苦腐蚀着心脏，理智被疯狂撕碎，只剩下无法宣泄的酸涩和绝望。

顾见深什么都没说，沈清弦不由得就有些气。

这浑蛋到底要干吗？！

顾见深扬唇笑了，只是这笑容有些怪异，明明还是温柔模样，可是眼中却似乎带了点儿猩红。

偏偏这模样让沈清弦看怔住了，他想起了心域的帝尊，想起了真正的顾见深。

顾见深唤他："涟华哥哥……"

沈清弦闹不懂顾见深是发哪门子疯，于是喊道："陛下……"

顾见深的黑眸死死盯着他："叫朕名字。"

名字？沈清弦脑袋有些迷糊。

顾见深心里一片冷凉，他问："我是谁？"

沈清弦差点儿就把顾见深脱口而出，好在他及时刹车，顿了下才说道："卫……卫深……"

他这一停顿被顾见深看在眼中，只觉得胸口都被黑暗充满，找不到丝毫光明。

卫……他不愿意听这个姓，顾见深盯着他道："九渊。"

沈清弦蓦地睁大眼睛。

顾见深用低沉的嗓音说着："叫我的字。"

沈清弦嘴角徘徊着这两个字，却怎样都说不出来。

九渊也是顾见深的字。

之前还曾占便宜地唤他小九渊，可现在……

沈清弦薄唇动了一下，末了实在说不出口。

他这样落到顾见深眼中，却成了另一副模样。

果然他和自己相处时想的是别人。

果然他更希望另一个人陪着他。

果然他真心以待的是另一个陛下。

顾见深眼睛红了，这一瞬间，他觉得自己的心脏分成了两部分，一半装着疯狂，一半装着绝望，它们侵蚀着他，将他带入了万劫不复的深渊。

为什么？为什么都这样？

既然没人爱他，他又为什么要出生？

既然没人在乎他，他又为什么要存在？

他活着的意义是什么？他孤零零地在这个世上的价值是什么？

帝位、国家、万民……

他想着他们，可又有谁想过他？

他没渴求太多，他也不贪心，他想要的只是一个真心待他的人。

可是没有……一个身为人都该拥有的感情，他没有。

既然这样，他又为何要生而为人？

顾见深看着沈清弦，彻彻底底地失望了。

再怎样证明，这人也不曾真正看着他。

再怎样渴求，也不过是在另一个噩梦中醒来。

顾见深带着浓浓的疲倦离开了。

什么情况？尊主大人迷茫了。

顾见深这浑蛋！怎么走了？

就……就只是没叫他的字而已，至于这样发神经吗？！

嗯……沈清弦嘴唇动了动，九渊两字徘徊在齿间了，可就是溜达不出来。

他又觉得很不服，不就是个字吗？！他叫名都没问题的好吗？！

"见……见……"沈清弦试着叫顾见深的名，努力了整整两次，竟然没叫出来！

沈清弦愣了愣，下一瞬觉得自己太蠢了，蠢爆了，于是上床盖起被子蒙头大睡。

滚蛋吧顾见深！你让我叫我就叫，岂不是太没面子了！

沈清弦起早贪黑地忙了许久，所以这会儿竟觉得挺累。

困意来袭，他紧紧裹着被子，沉沉地睡了过去。

顾见深再回来时，看到的就是他嘴角挂着清浅笑意的安静睡颜。

顾见深坐在床边，看着他。

他做梦了吧，梦到什么开心的事了？

总归和自己无关，一切幸福的事都和自己没有关系。

顾见深伸手，想替他掖被子，又怕扰了他的好梦。

很快顾见深又想疯狂地摇醒他，让他不要沉浸在不存在的梦中，让他看看身边的人，让他给自己哪怕一点儿独属于他的真正的情谊。

没有，醒来也只有残酷的现实。

对他是这样，对自己也是这样。

既然如此……顾见深盯着他的脖颈，黑眸渐渐被杀意笼罩。

一直睡过去吧，这样他可以和先帝重逢，而自己也可以不再期待。

注定了得不到，不如就让一切结束。

顾见深伸手，碰上沈清弦的脖颈……睡梦中的沈清弦无知无觉，毫无防备……

顾见深怔住了。

等回神时他已经松开了手。

沈清弦似乎睡得越发香甜与惬意。

看他这样，顾见深所有的念头都消失了，只留下了浓浓的依赖，对他的依赖。

从年少时第一次相遇，到十多年后的今天，一直没有停歇的依赖。

他十四岁遇到了先帝，自己十几岁遇到了他。

先帝陪了他十年，自己陪了他十余年。

就因为晚了些，所以自己的陪伴便如此不值钱吗？

顾见深躺在自己的床上，找不到丁点儿睡意。

那就这样吧……顾见深在天色渐暗时终于睡着了，他不再渴求注定得不到的，他只想捆住这个人。

哪怕这人不是真心待他，他也要让这人长长久久地陪伴着他。

沈清弦睡了一整个白天，深夜时才醒来。

他转头，看到了另一张床上的顾见深。

喀喀……沈清弦别过头。

这浑蛋不是走了吗？怎么又回来了？

似是察觉他醒了，顾见深瞬间睁开眼。

沈清弦看看他，视线有些躲闪。

顾见深却什么也没说。

两人好像又回到以前了，只是不知怎么的沈清弦近日嗜睡，总是不分白天黑夜就睡了。

如此过了两三天，沈清弦忽然意识到一个问题。

他这样有些堕落啊！都好几天没出门了。

他这阵子还是很忙的，为了攻城略地，还要好生筹划呢。

沈清弦暗自决定，这个白天一定不睡了，要出去干正事。

谁知一到白天他就犯困，不想睡不想睡的，就睡着了……

如此过了七八天，他白日又开始犯迷糊时，有人不请自来。

"师弟！你……你这是被软禁了啊！"朱子林的声音响起，沈清弦没当回事。

直到朱子林给他扎了一针，浑浑噩噩了几天的沈清弦终于清醒了。

他皱了皱眉，看向朱子林："我这是被下药了？"

朱子林狂点头，然后又说道："不过你放心，这药不仅没副作用，还能滋养身体，连用几天效果倍棒。"

沈清弦盯着他："是你配的？"

朱子林顿时结巴了："我……我哪知道卫深想软禁你啊？他很久之前就让我找些能够长久养身体的药，我拼命研究出来的，虽然嗜睡了点儿，但效果好啊……"

沈清弦冷笑："还无色无味对吧？"

朱子林道："他说你吃药吃怕了，最怕苦，我觉得他这般关心你……也实在是天可怜见的，就费事弄了弄……"

沈清弦："呵呵。"

朱子林尴尬道："我真没想到他竟然……"

沈清弦心想：就你这只看脸的家伙，他玩你还不跟玩个小鸡仔似的！

沈清弦也没再计较这些，他比较在意的是："他软禁我做什么？难道真以为我要造反？"

朱子林急忙说道："我前些天就要跟你说，你偏不听！"

沈清弦看向他："到底什么事？说。"

朱子林生怕顾见深回来，赶紧一五一十地说道："我前些天暗中观察，听闻孙氏快死了，宫人通知了你家陛下，我琢磨着生下卫深此等美男子的女人肯定也是极其貌美的，于是就想去看看……结果这一看……"他的表情很是复杂。

沈清弦懒得听他贫："说正事！"

朱子林清清嗓子继续道："我就跟踪陛下嘛……啊呸，我是观察……"

沈清弦快无法忍耐了。

朱子林生怕他发火，赶紧交代道："我听孙氏说你和老皇帝情谊很深？她还把这事告诉卫深了，说得有鼻子有眼！还说你把卫深当成老皇帝来弥补……"

沈清弦愣住了。

朱子林又道："你这……真的假的啊？我看卫深全信了啊！你这样就很不厚道了，老头子有什么好怀念的，哪有卫深好……"

沈清弦好半晌才回过神来："你说卫深以为我把他当成先帝来弥补？"

朱子林道："对！"

沈清弦脑袋空白了几秒钟后，彻底炸毛了："什么乱七八糟的！"

见他的怒气不像作伪，朱子林谨慎问他："难道没这么回事？"

沈清弦不想和他说话了："我去找他！"

顾见深这浑蛋！脑袋里都想了些什么鬼东西！沈清弦决定，今天要么打醒他，要么打死他！

沈清弦正要出门，朱子林便道："哎呀，陛下来了，我先溜了！"

沈清弦想了下，拦住他道："你帮我做件事。"

他细细嘱咐了一番，朱子林睁大眼："这……这又是要干吗？"

沈清弦盯着他："你就说你办不办得好？"

朱子林道："这事除了我还真没人能办到了。"

沈清弦道："那就快去办！"

朱子林也不敢多说，因为顾见深已经快到了，再不溜他就溜不了了。

朱子林走了，没一会儿顾见深便进来了。

他看到坐着的沈清弦，先是一愣，接着便温声道："醒了？要不要吃些点心？"

沈清弦转头看他。

顾见深心一跳，他从一进屋看到清醒的沈清弦时就明白了。

他没看沈清弦，低声说道："御膳房做了你爱吃的金玉膏，你……"

沈清弦开门见山道："陛下到底是怎么看我的？"

顾见深什么都没说，只打开食盒，将金灿灿的糕点拿了出来。

纯白瓷盘上，是做成金色的点心，好看又好吃。顾见深记得，沈清弦每次看到这点心都会眼睛微弯，满面喜悦。

他想着沈清弦的笑容，自己也笑了一下："凉了就不好吃了。"

沈清弦被他这顾左右而言他的模样给气炸了，一手打掉了那金色的点心，盯着他问："陛下觉得臣是因为先帝才待你好？"

新鲜的点心坠地，瞬间摔成碎渣。顾见深紧紧盯着，好像那是自己五脏六腑的一部分。

秦清就这么直白地说出来了，没有停顿，毫不犹豫地说出来了。

顾见深早已平静的心情又起了波澜，他只觉得嘴里发苦，说："不喜欢吃了吗？"

沈清弦气道："卫深！"

顾见深仍是没抬头看沈清弦。

沈清弦一把拽住顾见深衣领，逼他抬头："回答我。"

顾见深眼睫垂着，一双黑眸里没有丁点儿光泽："什么？"

沈清弦本来就满肚子火，这下真是忍不了了，他一拳打过去，顾见深却轻松包住了他的拳头。

沈清弦更气了："好！我把你养得如此能耐，你就这般来羞辱我！"

"羞辱？"顾见深终于肯面对他了，"到底是谁在羞辱谁？"

沈清弦道："我根本没有因为想弥补先帝才待你好，你凭什么胡思乱想！"

"没有？"顾见死死盯着他，看了好一会儿后，笑了，"没有就好，我们不说这个了。"

顾见深这样说着，可分明没有丁点儿信的模样。

沈清弦要不是打不过他，早就一巴掌把他扇回唯心宫了！

沈清弦又道："我一心一意待你，不舍昼夜地照顾年少的你，得来的就是你这般怀疑？"

顾见深眸光陡然变深："你为什么要照顾那时候的我？为的是什么？"

沈清弦道："你那般弱小可怜，我瞧见了会置之不理？"

顾见深却道："天底下弱小可怜的人多了去了，怎么不见国师挨个照料？"

沈清弦被堵得胸口一窒："你又怎是旁人？"

顾见深反问他："我又有什么特别之处？"

沈清弦无言以对，只能在心里说：你是顾见深啊！

顾见深见他不出声，只觉得自己问到了他的痛处，本不想提这些的，也不在意他是不是真心待自己，更不计较他把自己当成故去之人的影子，甚至都不再希求着他能正眼看自己，也不再指望他能给一点儿真情实意。

可是他非要提，非要说，非要把这脆弱的遮羞布扯开，将虚假暴露于众！

既然他想说，那自己就和他好生说说！

顾见深盯着沈清弦说道："你对我好，百般照顾我，我以为你想的是一人之下万人之上的权势……我给你，你要这些我可以给你，但是你根本不想要！"

沈清弦万万没想到，自己不肖想他的皇位也成了错事！亏了自己还想再打俩江山送他！打个屁，自己玩去吧！

顾见深又道："卫琏一死，我身边没了威胁，你立马病了……你告诉我，你那么好的身体怎么说病就病了？"

沈清弦还真被他问得答不上来。

顾见深说道："我现在明白了，你是觉得心愿已了，想随他而去是吧？要不是我拼命用药吊着，你早就去寻他了是吧？！"

沈清弦恼了："胡说！我当时……当时……"他顿了一下，还是没法把实情说出来。

因为实情比顾见深的脑补还要让人难以置信——自己是想偷闲躲懒，为了让他勤政才折腾自己的身体，可这说出来……顾浑蛋哪里会信？只怕会被逗笑。

顾见深也没想听沈清弦的答案，他看着沈清弦，黑眸中尽是难堪与痛苦："后来我长大了，生得同他越来越像，你便舍不得走了是吧？"

听到这话，沈清弦愣是没反应过来。

顾见深又失望至极地说着："你不知道当时我有多开心，你是我唯一的依靠……那时候我真的……很快乐，可是……"他抬头看向沈清弦，双眸中迸发着漆黑的绝望，"你只是把我当成他，你只是在看着我想着他，你只是……"

"乱七八糟！"沈清弦气得大喘气，他连半个敬辞都没了，气得胸口生疼，"你像谁？你说你像谁？先帝？你和他一点儿都不像！"

也许原本的卫深是像先帝的，但如今的顾见深，哪里有丁点儿先帝的模样？

他们的意识强度太高，同肉胎相处时间长了就会同化，就像他如今同本体生得五六分像一般，顾见深这肉胎也早就和心域的帝尊有六七分像！

顾见深生得何等英俊貌美，哪里是普通凡人比得了的？

生气的点太多，沈清弦简直不知道该气什么了！

他说道："你去问问满朝老臣，你和先帝到底像不像！"

说完这话，沈清弦就后悔了。

怎么问？问了也没用啊。就算顾见深真的和先帝一点儿不像，那些溜须拍马的大臣也肯定会说："像！极像！非常像！"

沈清弦还真是……跳进黄河都洗不清了！

偏偏顾见深还不管不顾了，他压了这许久，只觉得肝胆俱裂，只想把一切都说出来。

"还有那凤凰木，"顾见深道，"你如此心仪于它，难道不是睹物思人吗？"

沈清弦："……"思、思什么人啊？那凤凰木开花后一树鲜红，他只是单纯地喜欢这火焰一般的颜色啊！

顾见深又从怀中掏出一个话本："还有这个，那日你只是看了这话本就大病一场，为什么？是不是这话本里的故事同你的经历很像！"

沈清弦一脸迷茫，这又是哪出？

这话本里讲了什么？他近些年着实看了不少话本，鬼知道这里面讲的哪一段。

而且顾见深竟然还贴身放着，这……这是有多在意？

沈清弦愣了好一会儿才隐约想起是怎么回事。

当时他满心以为是玉简坏了，打死不信顾小深没有对他敞开心扉，结果玉简给他一棒槌，发布了让顾见深信任他的任务。

沈清弦是被这事给气得郁结于胸，大病一场。

可到了顾见深这儿……竟成了睹物思人？

嗯……为什么这凡间没有留影珠，他想把这些全录下来，回去砸顾见深脸上！让这浑蛋好生看看，自己都想了些什么东西！

让沈清弦彻底无语的是，顾见深想的这些全不靠谱的东西还都逻辑分明、有理有据，愣是叫人没法反驳。

为什么照顾年少的他？因为他是顾见深啊！

为什么生病？因为怕他偷懒不亲政啊！

为什么陪着他？因为他们入世为的就是敞开心扉后结为好友啊！

为什么生气？因为一手把他养大，结果这浑小子根本不信自己啊！

至于凤凰木、话本……沈清弦心很累，什么都不想说了。

人生如戏，沈清弦切实体会到了。

顾见深自己就能演一出大戏，沈清弦偏偏还被缠在戏中脱不了身。

一个都解释不了，一个都证明不了，自己明明和先帝没什么情谊，明明是一心一意为他，可这一大堆疑点摞在一起，愣是成了另一番模样。

真是百口莫辩。

话都说到这个份上，算是彻底撕破脸了。

顾见深看着不出声的沈清弦，还是忍不住地失望着。

他没有期望，他已经认定了事实，可心底深处，大约还在期盼着，哪怕有一丝可能……秦清不是为了先帝，只是为了他这个人。

可怎么可能呢？无论怎样想都不可能的。

顾见深身心俱疲，他垂首道："你歇歇吧，我晚点儿过来。"

沈清弦在他出门前开口道："我起初的确是想要你们卫家的皇座。"

顾见深陡然停住，后背僵直。

沈清弦又慢慢说道："可人非草木，孰能无情？你那样乖，那样听话，我照料你那么多年又怎能没有情谊？待到该除掉你时，我心软了。"

顾见深停在门边，没出声。

沈清弦继续说道："我病了是想试探你，可你却那样信我，我越发心软，后来是真病了。"

沈清弦坐在床边，有些难过地说道："我有没有真心待你……你真的感受不到吗？"

感受得到吗？

这一瞬间，听到他这么说的一刹那，顾见深几乎要全信了。

一字不落地全部相信，只要他说，自己就信。

可这谎言太简陋了，实在是……太脆弱不堪了。

现在信了，很快就会迎来更大的绝望。

顾见深这会儿已经冷静下来了，不想再受到更大的冲击，也不想伤害他。

顾见深出了门。

房门落锁的瞬间，沈清弦叹口气，倒在了床上。

幸好……他提前嘱咐了朱小胖。

暂时拖一下，等他准备好吧。

之前还是遮遮掩掩的软禁，如今顾见深却是直接将沈清弦困在深宫之中了。

沈清弦倒也受不到委屈，事实上这日子和他之前的并无两样。

睡到自然醒，写写字作作画，心情好了也可以去院子里晒晒太阳……不仅好吃好喝供着，还有个皇帝专门伺候，仔细想来，他这软禁怕也是天底下独一份的享受了。

当然，沈清弦不能享受，郁郁寡欢，日渐消瘦，好不容易养好的身体又慢慢不行了。

不过四五日光景，顾见深便受不住了，说道："你想吃些什么就吩咐他们去做。"

沈清弦什么都没说，见他来了，便上床翻身，以背对他。

这些日子总是如此。顾见深不回来，他还能下床写写字，顾见深一回来他便躺回床上，一言不发，一声不吭，什么都不做。

顾见深是后悔的，可事已至此，也只能生生受着。

毕竟很早之前沈清弦就不想活了，自己吊着他的命，不肯他离开，如今却又揭他伤疤，惹他难过，自然是回不到从前了。

沈清弦吃喝不下又终日烦闷，临到一阵冷风吹来，他便病了。

顾见深回来，听到屋里压抑的咳嗽声，顿时心如刀割，他大步进来："来喝点儿水。"

他把杯子递到沈清弦面前，沈清弦却一手打落。

水不烫，却也是温热的，落了两人一身，只把他们弄得狼狈不堪。

顾见深顿了下才道："我让人给你换衣服。"抬头却看到了沈清弦无神的双目。

沈清弦看着金色的床帏，心早就不知道飘到何处。

沈清弦面无表情的模样像利刃般戳在了顾见深的心脏上，他以为自己不会再疼了，却发现总有更大的痛苦在等待着他。

因为前阵子沈清弦身体好了，所以朱子林自请离去，如今想再寻他需要些时间。

可沈清弦的身体却以肉眼可及的速度衰弱下去。

顾见深开始寸步不离地守着他，所有事全都自己来，不假他人之手。

沈清弦自昏迷中醒来，看到顾见深紧拧着眉。

顾见深不知道他在想什么，也许是不想看到自己，又或者是没看到想看到的人。

总之顾见深明白，自己给不了他什么。

顾见深垂下眼帘，问他："感觉好了些吗？"

沈清弦终于开口同顾见深说话："陛下没去上朝吗？"

顾见深已经两日没去上朝了，道："你身体不好，我放心不下。"

听到顾见深这么说，沈清弦剧烈地咳嗽起来，像是要把心肝肺都给咳出来一般。

顾见深心疼得厉害，却也只能小心拍着他的后背，希望他能舒服一些。

沈清弦面色泛着病态的红晕，眼睛里满是怒气，甚至还有失望："你……你为什么不去上朝？陛下身为万民之主，怎能耽误朝政！"

顾见深没出声。

沈清弦说了这话后便开始喘气，他面上因为咳嗽而泛起的血色褪去，又是纸一样的苍白，他声音里全是失望："你怎能这样……你怎能这样……"

顾见深低声道："你放心，这江山我会替他守好，你只需安心养病，快快康复。"

听到这句话，沈清弦闭了闭眼，薄唇动了下，最终却是一声叹息。

他推开了顾见深，缩到了床的最里侧，紧紧裹着被子，仿佛再也不想见到顾见深。

顾见深静静地看了他一会儿，终于无法忍耐，连日来的痛苦和不甘全都爆发出来，顾见深上前拉着他，用低哑的声音说着："为什么不能是我……"你为什么就不能看看我？

沈清弦身体猛地一颤，接着他开始用力挣扎，不顾身体的病痛，拼命地抗拒着。

顾见深心被搅成一团，却也只敢小声道："你别动怒，我不说了，我什么都不说了……我……松开你。"

顾见深放开了手，沈清弦便平静下来，他依旧用后背对着顾见深，日渐瘦削的身体已经单薄得不成样子。

顾见深心疼得无以复加，却也没有丝毫办法。

顾见深以为沈清弦不会再理自己时，却听到了他的声音，充满了疲倦与无奈，还有浓浓的失望。他说："我没想到你会这样……"

顾见深不懂他这句话的意思。

沈清弦再度开口，似乎带了些哭腔："我没想到我们会变成这样。"

听明白这句话，顾见深胸中涌动的全是悔意。

顾见深坐在他旁边，用着近乎哀求的声音说着："我错了，涟华哥哥，我错了……你原谅我吧，我不会再提他了，我们回到以前行吗？我不介意你把我当成谁，我……"

沈清弦勃然大怒，他转身，用身体最后的力气喝道："回到以前？怎么回！卫深，你……你根本不知道我是怎样的……你什么都不知道……你……怎么能这样对我……"他艰难地说着，一大滴眼泪从眼角滚落。

这泪水无疑烫到了顾见深，他手足无措，慌乱不已，同时又满心绝望。

是啊……他不懂。

沈清弦真的不需要他了，任他怎样渴求着留在他身边，沈清弦也不愿意了。

两人又陷入了长久的沉默。

沈清弦的身体越来越差了，顾见深终于等到了朱子林，亲自出宫迎他，将他直接带到寝殿。

朱子林一看沈清弦的模样，顿时面色大变。

顾见深的心略噔了一下，但还是抱有希望："朱大夫，请您快给国师看看，他这身体……"

朱子林一声叹息："陛下，您这是要逼死他啊！"

一句话让顾见深僵住了，他怔了半晌才苦涩道："我在他心中哪有这般重要？"

朱子林又叹口气，道："陛下且先在外面稍候，草民这就去给国师诊治！"

他一进屋，先给沈清弦打了个眼色，沈清弦这下是彻底放松了。

朱子林很是焦心道："你……你怎能如此糟蹋身体！"

沈清弦有气无力道："朱大夫莫要费力了。"

朱子林道："你这又是为何？他不是好好地在你身边吗？你们……"

沈清弦摇摇头道："本就是妄想，如今算是明悟了。"

朱子林道："你这哪是明悟，你这分明……"

沈清弦道："就这样吧，我对这世间实在是毫无眷恋。"

朱子林焦心道："那你对他……"

"他不需要我了，"沈清弦的声音充满悲伤与痛苦，"他从未正视过我……又谈何真心和信任。就这样吧，我走了他也能畅快些，总归是我在拖累他……"说着他又剧烈地咳嗽起来。

朱子林道："莫要说了，我先为你施针。"

顾见深就在外面，他听得清清楚楚，却又听不懂。

沈清弦口中的他到底是谁……顾见深根本分不清。

他满脑子都是那句"我对这世间实在是毫无眷恋"。

沈清弦对这一切都没有眷恋了。

顾见深怔怔地站原地，如同站在一个仅容一人的孤岛上，四处皆是茫然大海，无穷无尽，一片漆黑。

过了也不知多久，朱子林出来时，看到了站在外头的顾见深。

他继续叹气，有模有样地说道："陛下，请移步。"

顾见深回神，跟在他身后去了前厅。

朱子林道："草民施针，也只能暂缓病情，无法根治。"

顾见深怔怔地看着前方，不发一语。

朱子林又道："他这病是心病，陛下……"

顾见深道："朕解不了他这心病。"

朱子林道："草民不该妄言，但仔细瞧着，似乎陛下与国师生了嫌隙？"

顾见深摇摇头，不想把先帝的事说出来。

朱子林劝他道："陛下，国师的心结在您身上，想要国师康健，还需您……"

顾见深摆摆手道："有劳朱大夫了，朕再去看看他。"

沈清弦有心结，可这心结自己没法给他解开。能解之人早已故去，所以这成了个死结。

虽然朱子林回来了，但沈清弦的身体依旧不见好转，仍是每况愈下。

顾见深没日没夜地陪着他，沈清弦病得厉害了，竟也不再抗拒，反而一时不见顾见深便要惊醒咳喘。

顾见深不敢深想，只能小心地照顾着他，希望他能舒服些。

沈清弦偶有清醒的时候，看到他又是大怒，说他昏聩荒唐，置万民于不顾；说他枉费自己一番教导，将圣人之术全都喂了狗！

哪有这样痛骂帝王的？但顾见深一点儿也不着恼，只盼着沈清弦能好起来，只要能好起来，怎样都行，真的是怎样都行。

又是数日，朱子林诊得焦头烂额，沈清弦的情况却是更差了。

顾见深刚一起身，沈清弦便用力抓住他的衣摆。

顾见深轻声道："我去给你拿药。"

沈清弦摇头，一双漆黑的眸子紧紧盯着他。

顾见深道："我很快就回来。"

谁知沈清弦竟开口，极尽艰难地说道："你不需要我了是吗？"

顾见深心中大恸，他不知道这是对着谁说的。

沈清弦看着他，干涩的唇张着，用满是痛苦的声音说着："卫深……为什么要这样对我？我……我……"说着他又开始咳嗽，似要将心肝肺都咳出来一般。

顾见深给他拍背顺气，又心疼又难过，不敢再惹他，只盼着他别再难受……顾见深再无他求，只希望他能好起来。

沈清弦演戏演得还挺来劲，反正他怎么解释顾见深都不会信，既然如此就等着被"事实"打脸吧。对付执迷不悟的人，说再多也没用，得让他自己"幡然醒悟"。

在顾见深睡着时，其实沈清弦还挺心疼的，觉得他何必把自己逼到这份上。

明明一份真挚的毫无瑕疵的关怀摆在他面前，他却胡思乱想，硬是要推开，推开了又拼命渴求着这样的一份关怀。

有个词形容得好，骑驴觅驴，说的就是顾大笨蛋了。

时机差不多之后，朱子林偷偷来找沈清弦："你这是要让他悔恨终生啊。"

沈清弦瞪他："你有什么好招？"

朱子林道："嗯……你这招挺好的，但结局其实可以改改的嘛。"

沈清弦冷笑一声，他才不要改，就要这样爽利地回万秀山！

又是一日，顾见深趁沈清弦睡着去处理了些事务，人一走，沈清弦便醒了。

朱子林已经安排妥当，一阵骚乱后，闻飞跪在他面前。

"大人！"他慌乱道，"属下办事不力，虽寻到奶娘的下落，但人不见了！"

"不见了？"沈清弦强行起身，接着是一阵剧烈的咳嗽。

闻飞跪在地上，战战兢兢的："属下晚去了一步，瞧那屋里情形，似乎是被人突然带走，应该没隔多久。"

沈清弦本就苍白的脸上越发如霜似雪："谁……还有谁知道……不可能有人知道的……"

闻飞低着头不敢出声。

沈清弦下床，脚步虚浮地走了几步，说道："带我回府，我……"话没说完，他便脚下一软，将要摔倒。

远远听到动静的顾见深已经赶了回来，他几步上前，扶住了沈清弦。

顾见深紧拧着眉："这是怎么回事？"

闻飞额间汗如雨下，大气都不敢出一声。

沈清弦本就糟糕的身体在这一急一气之下，更是行将就木，似是只勉强喘着最后一口气了。

"你……你出去……"沈清弦是对顾见深说的。

顾见深哪里能出去？他温声道："发生什么事了？你别急，告诉我，我……"

沈清弦对他厉声喝道："卫深你给我出去！"

顾见深怔了一下。

沈清弦强撑着站起来，可惜他真的不行了，这已经耗尽他最后的力气，不等顾见深动弹一下，沈清弦身体一软，彻底昏迷过去。

顾见深心猛地揪起，将他整个人扶住。

沈清弦面色白得吓人，好在还有均匀的气息，顾见深微松口气，将他小心安置到床上。

顾见深给他盖好被子，转头看向跪在下面的男人。

顾见深眯起眼睛："闻监正得，还能私闯后宫！"

闻飞连忙磕头："请陛下恕罪！臣实在是十万火急，必须求见国师大人。"

顾见深问道："到底是什么事，说！"

闻飞的头紧贴在地面，紧张到了极点，可是却迟迟不敢开口。

顾见深怒气攻心，一脚将他踹翻。

闻飞连忙爬起，老实跪好。

顾见深道："国师若是因你而病情加重，朕要你小命！"

这话触动了闻飞，他可以不顾自己性命，却不能辜负了国师的心意。

他犹豫再三，终于还是开口说道："此事属下曾对着国师大人指天发誓，绝不泄露分毫……但事已至此……也……只能说与陛下听了！"

接下来，顾见深听到了想都没想过、荒谬至极的事。

闻飞说……

他并非陛下亲生子，而是孙氏抱了别人的孩子！

当年孙氏用手段上了龙床，怀胎后一直不稳，她急于在宫中立足，想尽办法地留住孩子，但在她即将要生产时太医很不看好，觉得勉强生下也恐是死胎……只是恐于君威不敢详说。

孙氏便拜托奶娘去打听同时生产的孩子，想偷梁换柱。

因为先帝十分冷落她，她又居于最外头的偏殿，所以这事还真让她无声无息地办成了。

她生下死胎，奶娘将一个刚出生的男婴儿抱来将死婴换下。

而这男婴就是如今的顾见深。

顾见深整个听蒙了，闻飞道："陛下若不信，可去仔细盘查！"

顾见深好久才回神，看向闻飞："这事……这事国师什么时候知道的？"

闻飞道："四年前便知晓了……"

四年前……他竟然四年前就知道了……

闻飞又道："当年孙氏办得并不利索，您登基后那奶娘还时不时来要挟孙氏……国师知道后一直竭力毁掉旧时的痕迹……可那奶娘是宫中走出去的旧人，很是谨慎，国师一直让属下寻找，近来倒是找到了，却发现她被人掳走了。"

顾见深眸色陡然变深："卫渊。"能干这事，且能得到好处的也就只有他这个一直低调的堂兄了。

闻飞不敢接话，只跪在地上闷声不语。

顾见深看看闻飞，忽然问道："你记得先帝的模样吗？"

闻飞是老臣了，自然是知晓的，他说道："先帝眉眼开阔，方脸且唇厚，端的是雄伟霸气。"

顾见深搜刮脑海也记不起先帝的模样。

倒不是他当时太年幼，而是先帝不愿见他。

他只听过先帝的声音，却从未见过先帝的模样，所以孙氏那般说着，他才会全信了。因为他认定自己是先帝唯一的血脉，既是父子，那长得像也是应该的。

可万万没想到……竟然……

顾见深挥退了闻飞，当即寻来暗卫，仔细吩咐下去。

短短一日工夫，顾见深就得到了确切的消息。

早年的太医对孙氏的诊察记录的确显示着她这一胎极不稳，恐难生育。

而那奶娘果真在卫渊那儿，卫渊已经被控制住，他现在就可以去见一见那个知道一切的女人。

可是，见与不见又有什么关系？

他并非先帝亲子，又谈何相像？既然不像，又哪来的……哪来的影子？

他本以为孙氏将死，留下了对他最后的善念。

可她根本不是他的母亲，她临死只怕都在怨恨着他，又哪来的善意？

如此这般的话……四年前就知道这些的秦清完全可以将他从皇座上扯下来。

可是秦清没有……

顾见深后背一片冷汗，他急忙进屋，心中涌起了真正的恐惧。

他做了什么……他都对秦清做了什么……

他对这个真心待自己的人……做了些什么！

顾见深脑袋乱成了一片，他一边狂喜着，一边又恐惧着，还有无穷无尽的懊悔，铺天盖地地掩埋了整个人。

秦清……他的涟华哥哥……是真的一心待他好。

他不是谁的影子！

对于自己不是先帝亲生子这件事，顾见深接受得很快，非常快。

当然这与沈清弦和朱子林做的准备充分有极大的关系，沈清弦好歹当政数十载，认真起来心思还是极其缜密的，再加上朱子林，自然是事半功倍。

沈清弦从太医院开始做手脚，然后是孙氏的旧人，接着还铺垫了一个奶娘……

更加逼真的是，沈清弦提前让朱子林把消息透露给卫渊。顾见深这个堂兄是个有野心的，只是顾见深城府深又受万民拥戴，更有卫琎的例子摆在前头，所以他安生得很，一点儿都不敢搞事。

但这个"非亲生子"的事一暴露，他绝对蠢蠢欲动！

这可是卫家的江山，怎能落入他人之手？他若是得到确切证据，绝对能把朝堂掀个天翻地覆。

如此巨大的诱饵，卫渊上钩了，辛辛苦苦把这"奶娘"给寻到……

结果他刚寻到，顾见深的暗卫便逮个正着，把他给控制住，"奶娘"也丢了。

卫渊这一遭不冤，虽然沈清弦给他设了个钩，但他也是自己想吃才咬了上来。

如此一来，顾见深自是确信无疑。

这样还不够，顾见深能这么快接受，先帝和孙氏也是功不可没。

在当世伦理观下，有这样的父母，真是少见。

尤其孙氏这样的，从头到尾把亲生儿子当仇人恨着，实在让人想不通。

顾见深也想不通，他觉得是自己命不好，所以得不到父母的爱。

这是压在他心底永远都纾解不了的结，也是他不信任别人，不肯正视感情的一个关键原因。

而如今沈清弦给了他新的可能：不是你的错，你的父母不爱你不是因为你不够好，而是因为他们并非你的亲生父母。

这对于顾见深来说，不是毒药反而是解药，一瞬间解开了他怎样都解不开的死结。

所以他极快地接受了。

因为不是亲生母亲，所以孙氏才会这般对他；因为不是亲生父亲，所以先帝才会打心底里厌恶他。

不是他的父母不爱他，而是因为他们不是他的父母！

解开这个结的同时也让他看到了秦清。知道这个秘密却从未利用这个来做什么的秦清显然是真心对他的。

也许就像秦清说的，起初秦清是想亲近幼帝已图大权，但后来这样一个把柄落在手里，秦清不仅没有趁机夺权，反而极力掩藏着。

这说明了什么？这代表了什么？

秦清是真心待他的！

所以一切都是真的，全是真的，他所渴望却得不到的原来近在眼前！

可是……他却那样伤害了秦清。

顾见深如同置身于冰与火之间，一边是澎湃的热血，一边是懊恼的冰锥，热血让他重生，冰锥又将他刺入地狱。

他只希望……只希望自己还来得及。

推门而入，顾见深几步便走到床边，看着床上瘦削单薄的背后，他连喘口气都感到窒痛。

他小声喊秦清的名字。

沈清弦"悠悠"转醒，看到他的时候，眸中全是温柔，但很快似是想起什么一般，眼神又空洞了。

顾见深全看到了，体会到了真切的悔恨。

自己……竟然伤他至此！他明明待自己那样好，自己却把他推到这么远的地方。

想想自己说的话，想想自己对他的误会……

顾见深声音沙哑了："对不起。"

沈清弦顿了下，接着他挣扎着想坐起来："闻……闻……飞……"

顾见深连忙扶住他，心疼地说道："我都知道了，你不用担心。"

"你……"沈清弦怔了怔，眼中布满了焦急，语无伦次道，"你都知道什么了？你……你别信他，他都是胡说八道的，他……"

"我很开心，知道不是他们的孩子，我很开心。"

沈清弦神态惊慌，着急道："你不是谁的孩子？你是！你是先帝和太后的孩子，你是大卫唯一的……"还没说完他便剧烈地咳嗽起来。

顾见深轻拍着他的后背，为他顺气，又宽慰他道："你别急，我没事的，如今没人能伤到我，是不是他们的孩子，都没人能伤害我。"

沈清弦许久才平复下来，他抬头看着顾见深，脸色苍白："你真的都知道了……"

顾见深声音极近温和，像是怕吓到他一般："嗯，我都知道了。"

沈清弦怔怔地看着顾见深，眸中全是担忧："你……"

顾见深心里一片柔软，好像有大片云朵涌进胸腔里，带来了无限的轻柔与美好，他道："他们对我不好，他们不爱我，如今……我终于知道原因了。"这个原因让他释怀了。

沈清弦仰着头，干涩的唇微张，话里全是忧心："可这样你就没有父母了。"他的亲生父母早就被孙氏灭口，早已杳无踪迹。

"可是……"顾见深嘴角弯了一下，露出了此生最真挚的笑容，"……我有你。"

他顿了下，又重复道："涟华哥哥，我有你。"

父母带给他无数的伤痛和漠视，真正给了他温暖的只有涟华哥哥。

如今他知道了自己不是先帝的亲生子，虽然永远失去了父母，但是有了涟华哥哥。

他终于知道……自己这二十年并非是孤身一人。

他遇到了涟华哥哥。

涟华哥哥教他儒术，教他治国，教他为人处世，又教他强身健体……

最后……还教会了他什么是真心。

顾见深声音里全是满足："此生有你辅佐，足够了。"

他的国师，他的涟华哥哥，他此生的依靠。

沈清弦看着顾见深，无神的眸子里忽然迸发出美丽的光彩，他弯了弯唇也跟着笑了："陛下……"

顾见深看着他。

沈清弦慢慢说道："我很高兴遇到你，也很高兴能和你相伴十余年。"

他顿了一下，头靠在顾见深肩膀上，似是累极了一般，沉沉地睡了过去。

顾见深拥着他，拥着此生的依靠。

外头下起了雨，像是在哭泣一般，密密麻麻的大雨倾盆而下。

顾见深抱着他僵冷的身体，仔细地抱着，小心地抱着。

他感觉到了前所未有的温暖，如同待在一个烧着火炉的温暖屋子里，端着暖暖的热水，从内到外的暖。

真好，哪怕是如此短暂的一瞬间，他也得到了……得到了一直渴求的属于他的关怀与真情。

可惜星火的光芒只有一瞬，熄灭之后就是永无天日的寂冷深夜。

第二章

心魔幻境

　　沈清弦回到了万秀山。

　　他的玉简上"其二十五，请让顾见深重新对你敞开心扉，并与之结为好友。"的字迹终于变成了浅灰色。

　　人间十余年，山上须臾间。

　　倒不是说凡间和修真界时间流速不同，而是节奏慢太多，所以显得差距如此大。

　　比如沈清弦走时喝的那茶，因为没收拾，所以现在还在飘着淡淡的茶香。

　　这放到人间堪称不可思议，一碗茶放上十年只怕早已入土为安，但这里的茶却还呈现出美丽的光泽，香气四溢，灵气充盈，除了没了该有的热度，一切都是很美好的状态。

　　沈清弦当然不会喝这放了十多年的茶，事实上他也没什么心情喝茶。

　　他神识一扫，察觉到某人回来了。

　　他立马收回神识，一声不吭地坐在桃花树下。

　　顾见深回到本体时，那心脏凝滞般的剧痛似乎缠绕着意识跟了回来。

　　那么的绝望、那么的懊悔、那么的不甘。

　　求了半生，终于求到了，结果转瞬即空。

　　与之后漫长的孤冷相比，那短暂的温暖还不如没有，可真没有的话，他恐怕一生都不懂得该如何真心对人。

　　帝尊按了按太阳穴，被这没了记忆的自己给弄得头疼。

　　都是些什么乱七八糟的？本以为封锁自己的记忆能让沈清弦放下戒备，好生和自己真心相处，结果竟闹了这么一出。

　　说起来在凡间沈清弦还真放下戒备了，可自己却多疑成疾，从头到尾都没有敞开心扉，估计看着玉简的沈清弦肯定气得很。

　　后头自己还那样误会他，甚至软禁他，他那肉胎被折腾成那样子，想必也受了大罪。

说实话，沈清弦没甩手回万秀山已经是个奇迹了。

这可如何是好？顾见深琢磨着，该怎样才能让沈清弦高兴。

想想他那别扭性格，顾见深觉得自己任重道远。

顾见深略做准备便去了万秀山，他已经做好被拦在山外的准备，可意外的是，沈清弦没对他设下屏障，他竟可以自由进入。

这是怎么回事？

所谓反常即是妖，帝尊很谨慎，生怕走错一步就迎来毁天灭地的"万法归宗"。

然而平静得很，万秀山上没像之前那样冰霜遍地，也没有那拒人于千里之外的姿态。它如往常一般无二，这说明沈清弦的情绪波动不大。

没生气吗？顾见深有些拿不准。

他一步一步往上走，于靡靡桃花中看到了那抹浅白色身影。

一人坐在那儿，宽袍长袖垂在地面，沾上了点点桃花，仿佛一汪缥缈清泉倒进了桃花池中。

可惜，再怎么桃色夭夭也比不过那人回眸的一瞬——

肤洁如玉，瞳眸似星，精致的五官恍似高山上最净白的一滴露水，落在尘间，涤荡万人心扉。

顾见深心中大恸，在凡间那最后失去时的痛苦盘踞了他整个心脏。

记忆归来，他明知道那些都是荒唐事，可情绪却还残留在意识里，那种失去唯一依靠的绝望，铺天盖地，让人无处可逃。

理智上他觉得自己不该冒进，但身体却不由自主地过去。

失去过才知道重逢的珍贵。

如同从噩梦中惊醒一般，顾见深急切地想要确认……确认这不是他的梦。

沈清弦任他靠近，然后一拂袖，漫天花雨骤然聚集，一堵桃花墙横在两人中间。

顾见深："……"

隔着桃花墙，沈清弦看都没看他。

顾见深却在盯着沈清弦看，看对方这别别扭扭的模样，顾见深顿时心中一片柔软，他敲了敲桃花墙，柔声道："这次辛苦你了。"

何止是辛苦？简直是累死了好吗？又当爹又当妈，结果还被这样那样误会，最后更是油尽灯枯，更气人的是……

想想玉简，沈清弦便不想和他说话！

顾见深道："是我不好，不该那般疑你……"

他话没说完，沈清弦隔着桃花瞪向他。

顾见深只得说道："你若是生气便来打我骂我，别气坏自己。"

沈清弦再看看玉简，便又不说话了。

顾见深本就做足了心理准备，所以此时也不着急，继续下猛药："我带你去个好地方。"

沈清弦哪儿也不想去，开口便想拒绝，顾见深多伶俐，袍袖一伸，一个迷你版的小金龙飞了出来，沈清弦的目光顿时挪不开了。

顾见深赶紧说道："小金就在山下等着，让它带我们去。"

这就很让人心动了。

十余年不见，沈清弦还是很思念小金的，尤其小金不亲近他，每次都拿大尾巴对着他——当然大尾巴也是极其可爱的。但若能坐到它背上，定然是更舒坦的。

沈清弦看看顾见深幻化出来的迷你小金龙，顿时心痒痒的。

顾见深弹了弹手指，迷你小金龙扑棱着翅膀飞向沈清弦……

"砰"的一声，脑壳撞桃花墙上了。

沈清弦心疼了，赶紧给它开了条小缝，小金龙飞过来的时候，脑袋上还有个小红包，金眼睛含着泪，非常委屈了。

这模样，尊主大人哪里把持得住？明知道是个幻术，可他还是小心捧住，在它脑袋上吹了吹。

假的迷你小金龙已经这么可爱了，一想到山下还有条真的超级无敌巨可爱的大金龙，沈清弦便忍不住了。哪里能让它等他那么久？沈清弦这就下山。

顾见深自是后脚跟上。

两人并肩而行，可中间竖了堵桃花墙。

幸亏这山上没旁人，否则一准被逗笑。

顾见深也是十分努力才让自己的嘴角没扬起。

不能笑，一笑沈清弦肯定要恼羞成怒，到时候可真就上不了万秀山了。

山下小金龙紧张得很，要不是顾见深下令，它真不敢出来辣尊主大人的眼睛。

然而看到沈清弦后，它又开心得很，觉得很值，哪怕下一瞬尊主大人就向它投以嫌弃的目光，它的小心脏也承受得住！

很快，小金龙就感激涕零了，对于它这么一条世俗丑陋的龙，尊主大人都报以微笑和善意……呜呜呜，他真是个好人，人美心更美的好人！

顾见深把小金龙叫来就是为了哄沈清弦出门的。

上了龙背，沈清弦心情舒畅许多，这闪亮的金，这宽阔的金，这许多许多的金……

尊主大人如同坐在金山上的老财主，很有风范了。

顾见深看看旁边的桃花墙，不动声色地问道："喝点儿茶吧？"

茶在他这边，也是他泡的，沈清弦被他伺候习惯了，想舒服喝茶就得把桃花墙给撤了。

但显然尊主大人还在气头上，说道："不劳烦陛下了。"

沈清弦还是不想和他说话，小金龙比他可爱多了！

顾见深又说道："你只开个小门，给你把茶杯送过去。"

沈清弦很有定力："不！"

顾见深只得应下："你不喝，那我也不喝了。"说罢便收起茶壶，拿出了鲜亮剔透的橙果。

沈清弦："……"

来来来，大家感受一下，金灿灿的大金龙，红玉做的桌子，橙黄又橙红的果子。

这让沈清弦怎能把持得住！

顾见深看他："要吃吗？"

"不了。"沈清弦说这俩字的时候，心在滴血！绝对在狠狠滴血！

顾见深还真信了，竟然把果子收了起来。

沈清弦一气之下让桃花墙又厚了几分，顾见深察觉到了，实在是没忍住，嘴角弯了弯。

幸亏桃花墙够"厚"，要不然被沈清弦看见了，一定会打死他的！绝不手软的那种！

没多久，目的地便到了。

顾见深说："稍等一会儿。"

沈清弦就看他葫芦里卖的是什么药！

顾见深离了金龙，浮空飘到了一极其空荡之处。

乍看之下，这儿似乎什么都没有，但以沈清弦的修为自是看得出这儿放了个迷阵，只是不知道迷阵后藏着什么。

顾见深站在了金龙前，殷红色长发无风自动，紧接着，像是拉开帷幕一般，无比壮丽的一幕呈现在沈清弦面前。

沈清弦看呆了，完全呆住了。

极其巨大，大到夸张的凤凰木张扬着枝干，肩负着艳红，矗立于天地之间。

红是闪着光的鲜红，比烧起的火海还要鲜艳，比最美的夕阳还要耀眼，比天边的火烧云还要让人惊艳。

实在是……美到超乎想象。

顾见深站在大片鲜红之中，对他勾唇一笑。

刹那间，沈清弦体会到了真正的朱红彩翼，芙蓉不及。

这景狠狠地戳到了他的心肺。

桃花墙散落，花瓣翩然降下，恍若一场美丽又浪漫的梦。

迟到了许久，却终于到来。

沈清弦扬了下嘴角，径直走了过去。

两人腾空而起，无边无尽的凤凰花海尽收眼底。

沈清弦声音终于软了下来："这可真是个好地方。"

脚下绽放大片鲜红的花朵，沈清弦看到了，并且极其喜欢。

两人在这如火如荼的凤凰花中，仿佛天地间只有彼此。

忽然间，清冽的鸟鸣声响起，沈清弦回神，看到了更加美丽的一幕。

金凰展翅，长长的尾翼划过，仿佛在天边留下了耀眼的金砂。

金龙已经很美了，金凤凰更是……美得惊人！

本来凤凰就是极其美丽的神鸟，这金色的……

沈清弦闻所未闻，见所未见。

他顾不上顾见深了，想去碰那鸟儿。

顾见深一把拉住他道："莫要惊扰它们。"

沈清弦面露失望之色："碰不得吗？"

顾见深道："你身上灵力太重，它们怕你。"

这次顾见深没说假话，金龙是仰慕他，可这些鸟儿却是真的怕他。

这些久居心域的鸟儿早就习惯了心域的灵力形态，沈清弦这一身天道之气，对它们来说是很可怕的。

毕竟两边多次交战，鸟儿也被屠戮过，那印在骨子里的恐惧让它们畏惧着沈清弦。

沈清弦眼中全是惋惜，不过顾见深还有准备："跟我来。"

沈清弦这下不闹别扭了，紧跟着他。

顾见深薄唇微扬。

这凤凰木着实宏伟，内里更有乾坤，原来顾见深还开辟了一间树屋。

小屋不大，却格局雅致，还有处小小庭院。

其实无论这小屋如何，只要是在这凤凰花中，沈清弦便是极喜欢的。

顾见深带着他落到树屋上，引他到庭院中。

院中落满了鲜红的凤凰花，踩在上面像走在火烧云端，实在是曼妙至极。

沈清弦坐下，顾见深给他冲茶，又将那橙果拿了出来摆在桌子上。

如此一看，沈清弦便满心皆是欢喜，只想从此赖在此处，哪儿都不去了！

顾见深见他终于展颜，心里也松快了些。

好歹这人是开心了。

沈清弦沉迷了一会儿，半晌才看向顾见深。

沈清弦一想起玉简，就忍不住生气。他道："此次人间之行，陛下觉得如何？"

顾见深惭愧道："是我思虑不周。"

沈清弦问他："哪里不周？"

顾见深道："我只想着寻个身体资质好的肉胎，想着自己没记忆，便给自己弄个有特殊才能的，没想到……竟适得其反。"

他这肉胎寻得当真不算好，他想着不能被沈清弦太快引诱去陪他做任务，便找了个年少的身体，又怕身体太弱小，不足以自保，便又挑了个资质好还有特殊能力的。

结果这生在帝王家的小皇帝，多疑又缺爱，实在是个糟心至极的人物。

偏偏这肉胎和顾见深的意识融合得极其契合，所以本来就多疑的性格更加多疑，本来就缺爱的性格更加……

嗯，总之是他大意了。

顾见深以为沈清弦也会说几句，谁知沈清弦开口便是："这不怨你，错其实在我。"

顾见深一愣。

沈清弦道："你是要封锁记忆的，哪里能什么都事先想好？本来我有记忆，就该负责更多，是我大意了，总想着这是你，所以做了太多让人疑心的事。"后来又没法解释，所以一错再错。

他顿了一下又道："凡间的小皇帝不信我，我是错愕大过生气，最后被你那般误会，我也是觉得很荒谬，甚至觉得不可理喻，但不至于气你。"

顾见深看向他道："那你……"

沈清弦继续说道："最后那般欺瞒你，说实话我还挺不忍心的，但当时局面已经那样，不敲醒你，只怕任务是很难完成了。我们辛辛苦苦在凡世十余年，总不好无功而返。"

"至于我早早离开凡世，是因为那肉胎被糟蹋得不像话，每活一天都是受罪，所以想早早离了。"

听到此处，顾见深道："都是因为我。"顾见深如今自是知道他装病弄坏了身体。

沈清弦摇头道："总归是我在缠着你陪我完成任务。"

他竟然会这样说？顾见深心底生出一股不太妙的感觉。

沈清弦垂眸，看着橙红色的果子，问他："陛下，你果真对上界没兴趣吗？"

顾见深犹豫了一下，沈清弦已经抬眸看向他。

顾见深索性说了出来："没兴趣。"

沈清弦道："哪怕会就此殒身？"他们如今的修为已到巅峰，每个境界所能容纳的寿限是个定值，他们如今也不是无限寿命，长此以往，不去上界的话，境界就不会再提升，迟早会走向衰败，最终化作黄土。

顾见深垂眸道："早些时候，我对活着就没什么兴趣。"

沈清弦莫名想起了他的那句话。

——我？乱葬岗上的一具身体，爬回人间也无处可去。

顾见深到底经历了什么？

沈清弦之前也好奇过，可现在却真切地想要触碰这个真相。

他看着顾见深，看了好半晌才把自己的玉简给他。

顾见深不明所以，接过玉简一看，顿时……

白色玉简上亮着很多行字，而最后一行最刺眼。

"其二十六，让顾见深信任你。"

沈清弦道："你重新对我敞开心扉了，却还是不信我吗？"

顾见深："……"

回到万秀山，其实沈清弦没什么可气的。诚然在凡世的经历够憋屈的，但一个巴掌拍不响，他自己有很多考虑不周的地方。

顾见深没有记忆，又在那样的环境条件下长大，会胡思乱想也很正常。

这次入世，他本就该担起重任，却因为疏忽大意而让事情一度走偏。

一味地埋怨顾见深是很不应该的。

更何况最后为了完成任务，他也狠狠虐了顾见深一把。

让顾见深学会了敞开心扉，懂得了真情，找到了渴望的温暖，却又转瞬即逝。

这种绝望哪怕只体会了一小会儿也够让人难受了。

沈清弦真的没因为这些而生气，他气的是玉简上的"其二十六"。

两人都一起经历了这么多了，顾见深竟然从来都没信任过他。

顾见深都敞开心扉两次了，却还是不能信任他。沈清弦怎能不气！

顾见深看着冷白色的玉简，好半天都没出声。

沈清弦待在这漫天凤凰花中，竟也不觉得快乐了。

直到顾见深慢慢开口，声音若有若无："对不起，我不懂得信任这种情绪。"

沈清弦猛地转头，眸子紧紧盯着他。

顾见深将自己的红玉简拿了出来，递给沈清弦。

沈清弦看到了他的"其二十六"，上面写着"让沈清弦走进你的内心"。

沈清弦愣了一下。

他们两人的任务……看似截然不同，其实是相关联的。

走进顾见深的内心，沈清弦便能得到他的信任。

这是因果任务，完成了顾见深的也就完成了沈清弦的。

沈清弦看向他，试探地问道："我可以吗？"

所谓的走进内心，其实需要顾见深同意，沈清弦才能触碰到他的心。

顾见深苦笑了一下，轻声道："不是我不想，而是我不知道该怎么办。"

沈清弦顿了下，问道："不如……多和我说说？"

不出意外的话，当年上德峰的事应该是症结所在。

顾见深道："其实我那一段记忆被封印了。"

沈清弦拧眉道："封印？"

顾见深点头道："当年我去到心域，被养父所救，他将我在上德峰的记忆给封印了。"

沈清弦明白了："所以说你自己都不知道……"

"对，"顾见深接话道，"我自己都不知道当年到底发生了什么，我只知道自己杀了同门师兄弟数十人，血洗上德峰，被降下天罚，九死一生地走过了妄烬星海。"

竟然是这样子的。

沈清弦也着实没想到，他拧眉想了一下道："当年我在外游学，还真不知道你们那边发生了什么。"

顾见深道："你即便在万法宗，估计也不会知道内情。"

沈清弦也承认，他当时虽然辈分高，但是年少，不可能触碰到这些事。

顾见深看向他，顿了会儿后问："你觉得我是那穷凶极恶之徒吗？"

沈清弦很快便回道："不是。"

顾见深笑了一下，眸中一片柔和："但愿不会让你失望。"

沈清弦道："你别胡思乱想，我知道你是怎样的人。"

能让沈清弦说出这样的话，讲真的，已经很不容易了。

顾见深心中一片柔软，语气也越发温和："其实这任务……我知道该怎么做。"

沈清弦诧异道："你知道？"

顾见深曾经以为自己一生都不会说出这句话，但此时他竟然说出来了，对着一个他想都没敢想的人，说了自己最不可能说的话。

他看向沈清弦："你愿意进入我的心魔幻境吗？"

沈清弦怔住了，半晌才回神道："你……不介意吗？"

心魔幻境真是非常隐私了，几乎所有人都会有这么一个不可触碰之地。

心魔是修真路上必须破除的障碍，但心魔是只可以被杀死不可能被消灭的存在。

破除一个心魔容易，可之后仍会有千万个心魔诞生。

听说只有去了上界才会彻底脱离心魔，但这个也只是听说，毕竟去往上界的人都没有再回来，具体如何，谁也不知。

心魔是无法摆脱的病灶，同时也是最脆弱的存在。

到了沈清弦这个境界，可以通过神识进入对方的心魔幻境，甚至可以借此毁掉这个人。眼下沈清弦奈何不得顾见深，但若是顾见深真让他进入自己的心魔幻境，他可以轻易杀死里面的顾见深，从而杀死真正的顾见深。

所以沈清弦才会问顾见深，真的不介意吗？

顾见深摇头道："没事。"

沈清弦盯着他："万一我杀了你……"

顾见深笑得很坦荡："那就杀了吧。"

沈清弦看他许久，实在是非常纳闷："你连性命都可以交托于我，却不信我？"

顾见深道："我也想知道原因。"

沈清弦又忍不住瞪着自己的破玉简。

小白瑟瑟发抖，顾见深罩住它道："好了，别吓它，它没坏。"

沈清弦冷哼一声："我看它就是坏了。"

顾见深道："反正我的玉简也发布了让你走进我内心的任务，所以来我的心魔幻境看看吧。"

沈清弦问道："能找到你被封印的记忆吗？"

顾见深说："可以，我希望你把它解开，我也想知道究竟是怎么回事。"

沈清弦又再次问道："你真的不介意吗？"

顾见深道："介意的话我就不会提。"

也对……如果顾见深不想的话，完全可以不提，也不会主动提。

沈清弦心中一热，承诺道："你放心，我定会找到症结，寻出真相！"

顾见深说："嗯。"这次他没说我信你，因为在玉简的任务下，这三个字成了笑话。

进入心魔幻境并不麻烦，以沈清弦的能力，更是轻而易举的事。

只不过两人需要入定，所以需找个万全之地。

沈清弦道："回万秀山吧……"再没有比那儿更安稳的地方了。

顾见深说："行。"

临行前，沈清弦很是舍不得，盯着这凤凰木看了好久。

顾见深忽然想起一事，道："差点儿忘了，来，带你看个好东西。"

沈清弦满心都是期待："什么？"

顾见深带着他穿过红艳的凤凰花，停在了一处极隐蔽的地方。

顾见深道："小声些，别惊着它们。"

说话间他小心地拂开鲜红，将那一窝金灿灿的小雏鸟展露出来。

沈清弦当即愣住了。

小雏鸟还以为是妈妈来了，一个个叽叽啾啾的，抖着浑身金闪闪的羽毛，张着小嘴巴，露出嫩红的小舌头，想要吃的。

这……这也太可爱了！

顾见深轻声说道："它们还小，不懂事，你可以碰碰它们。"

之前的成年金凰敏感得很，沈清弦想摸也摸不到。如今这小雏鸟还没那么机警，尤其它们比较熟悉顾见深，所以沈清弦伸手时，它们还亲昵地蹭蹭他。

沈清弦眼睛微睁，当真是一颗心都被蹭化了！

这天底下怎么会有这么可爱的小家伙！

小雏鸟在沈清弦手指上蹭了半天也没讨到吃的，便有些恼了，又开始放声高歌。

沈清弦有些着急："他们是不是饿了？"

顾见深道："走了走了，一会儿它们父母回来看到我们会搬家的。"

沈清弦一惊："它们好像回来了。"

顾见深带着他几个起跳便离得远远的了。

见沈清弦还在那儿瞄啊瞄的，顾见深哄道："等过阵子再带你来看。"

沈清弦应道："嗯！"

顾见深看向他："要不……走之前先把前面那几个任务做了？"

沈清弦没回答，反倒是一脚端开他："信都不信我，还做什么？！"

顾见深道："好，等你让我信任你。"

沈清弦的确想让顾见深信他。

仿佛只有这样，他心里才会踏实。

两人是回万秀山沐浴的，准备好后顾见深便开始嘱咐沈清弦："你仔细些，因为有我养父的神识在，可能没那么轻松。"

他这心魔幻境其实挺复杂的，不单单是他自己的执念，还有他养父的封印，所以想要解开，应该没那么简单。

沈清弦道："你放心，我会斟酌。"

顾见深又说道："一切以自身安危为准，觉得不对就赶紧抽离。"

沈清弦点头道："我明白。"

顾见深还是不太放心，继续嘱咐："务必记住，这只是我设下的幻境，再怎么逼真，也是假的，不要陷入太深。"

沈清弦有些诧异："我明知是心魔，又怎会当真？"

顾见深道："我精于幻术，所以极擅捕获记忆，这幻境足以乱真。"

沈清弦还挺自信的："没事的，我心里有数。"

能说的都说尽了，顾见深也只能如此了，又道："我等你。"

沈清弦应下："放心，我定会为你寻回真相。"

直到沈清弦进入到顾见深的心魔幻境，他才明白顾见深为什么会嘱咐他那么多。

以假乱真……这哪里有丁点儿假的痕迹？

消失了数千年的万法宗近在眼前，他早已去往上界的师父，坐化的师兄们，全都在这里……他不像是进到顾见深的心魔幻境，反倒像是一遭回到万年前，回到了他遥远的几乎忘记的少年时代。

沈清弦一进来就站在一柄飞剑上。此剑可以说是相当别致了，通体金黄，还不是闪亮的金，而是更加偏黄，像劣质的黄纸。

饶是以尊主大人这审美，也着实觉得这飞剑有些丑。

他正打算下来，只听下头一声着急的厉喝："师弟！快下来！回头师父看到了，又得抽你！"

沈清弦起初没在意，觉得这肯定喊的不是自己，所以没当回事。

然后一个彪形大汉飞了上来，拎小鸡一样把他给拎了下去。

沈清弦："……"

亿万年了，他哪还受过这待遇？沈清弦有些蒙。

大汉气急败坏地说道："你说说你，多少珍品飞剑不用，非得用这破烂货，关键还这么丑！咱们师父最厌恶这凡世俗物，你能不能别惹他老人家生气！"

沈清弦好半晌才回过味来，面前这青年瞧着约莫二十五六的模样，生得高大魁梧，面相憨厚老实，说话时声音如洪钟。

他是沈清弦的十一师兄，名唤武振海。武振海一身外家功夫了得，但内里心法却始终难成，只活了短短七百多年便殒身了。

按理说沈清弦该记不得这位早逝的师兄了，可此时见着了，他的名字、样貌、性情却尽数涌进脑海中，如此清晰，如此鲜活。

沈清弦闭了闭眼，轻声道："师兄……我脖颈疼。"

听他这么一说，武振海连忙松开他的衣领，又赶紧凑到前头看他："怎么就红了？怨我！怪我不知轻重，你这细皮嫩肉的……你等着，师兄去给你拿药。"

沈清弦拉住他的袍袖道："没事，过会儿就好了。"

武振海问："真不要紧？"

沈清弦对着他笑了笑："不要紧。"

武振海却被他这笑容给唬得一愣，过了一小会儿，默默从衣袖里掏出三块红色灵石。

沈清弦好久没见这东西了，此时看见不由得有些怀念。

见他盯着灵石不放，武振海一副果然如此的模样，他将三块红色灵石放到他手上，嘱咐道："原谅师兄好不好？"

沈清弦有些没反应过来。

他这憨厚老实的师兄见他不出声，还以为贿赂得不够，不由得苦着脸道："小师弟啊，师兄最近手头紧，就这点儿家当了，你就收下吧！千万别去和师父告状，行不？"

总算听明白的尊主大人一脸黑线。

他刚才那是善意一笑，他师兄都脑补了些什么！

武振海又眨眨眼道："你就放过师兄吧！师兄回头攒了钱，再给你买好东西。"

沈清弦："……"

他以前是这样的吗？他竟然是这样的吗！他会为了这么点屁事去告状？还会借此勒索师兄？开……什么玩笑！不可能的，他以前绝对不是这样的！

尊主大人不信，绝对不信，虽然他隐隐有这么段记忆。

以前的灵石五颜六色，金色、红色都有不少，但后来这两种颜色的灵石被禁止流通了。

原因？好像是他师父下了禁令，取缔了这两个颜色的灵石。

为什么要下这样的禁令？

沈清弦默了默，倔强地想着……肯定和他没有一丁点儿关系！

眼下为了让武振海安心，沈清弦还是收下了红色灵石，顺便说道："师兄莫要多想，这么点儿小事，我哪里会去和师父说道。"

武振海明显松了口气，一副幸亏自己带了三块红灵石的庆幸模样。

沈清弦："……"他真不是因为这灵石才不去告状的，他是真的不可能去告状！

算了算了，他如今又不是真正的少年时候，计较这些做什么？

再说了这不过是个幻境，这么较真干吗。

武振海又道："时候差不多了，明日我再教你御剑，你这会儿还是赶快去悟道堂吧！"

原来十一师兄是在教他御剑。嗯……其实明日他可以教教师兄如何御风的……

罢了，他来这幻境主要是找顾见深的，其他的就别太上心了。

时间过去太久，沈清弦隐约记得悟道堂是万法宗的弟子学习功课的地方。

这时的万法宗可没有后世六派那些内外门弟子的区别。凡是入了宗门便都是正经弟子，唯一特殊的便是被掌门、峰主、各堂主以及长老收下的亲传弟子。

当然这时候的亲传弟子和后世的也大不相同。

沈清弦的师父是上信峰峰主，也是不久后的万法宗宗主，他的亲传弟子共有十九人，沈清弦排十九，也是他最后一个徒弟。

上信峰峰主是亲传弟子最少的一位，主要是他收了沈清弦后便开始接任宗主之位，忙起来后自觉没时间教养徒弟，所以没再收徒——才不是因为尊主大人太闹所以师尊选择"绝育"呢！

亲传弟子最少的上信峰峰主都收了十九人，而多的简直数不过来，据说上水峰峰主一生都在收徒弟，亲传弟子数不胜数。偌大个万法宗，扔块石头，基本能砸中三个上水峰的亲传弟子，所以这时候亲传弟子也远没后世那么尊贵。

就像很多弟子口中说的那样：想当亲传弟子？上水峰走一遭，出来你想不是亲传都不行了！

大家出去说自己是亲传弟子，还不如说自己是哪个峰的。

宗内弟子在地位上没什么讲究，大家都一样，亲传不亲传的也都得去悟道堂上课，去试炼堂接试炼任务……到了日子也得参加小比、中比、大比等等各种考核……

像沈清弦的好处是师父没空，师兄管，上头十八个师兄，除去在外云游的，再除去和他关系糟糕的，还剩下不少能正经教他的，比如眼下的十一师兄武振海。

沈清弦想起悟道堂是"大课"，没准能遇到顾见深，所以还挺乐意去的。

他同武振海道别："师兄，我这就去了！"

武振海又道："记得换身衣服。"

他方才应该是在同武振海习武，所以穿的是短打，若要去上课，自然得换身衣裳。

沈清弦自是应下。

他随着记忆找到了自己的寝居，进去一看……

嗯……这都是些什么乱七八糟的东西！

他喜欢金红不错，但趣味也没这般低级吧！

尤其近些年他被顾见深给惯得，更是眼界高了许多，像顾见深的红眸，像小金龙，像凤凰花和小雏鸟……哪个不是又金又闪，又红又亮？

眼前这些算什么——黄不溜秋的仿佛生了锈的桌椅，玫红色的俗气的床帏，还有那些个……金里透着黑，红里泛着白的，极其不纯粹的石头……

沈清弦忽然有些明白师父的心情了。难怪师父要把他丢到万秀山，看到这些东西，没把他逐出师门已经是真心喜爱他了。

沈清弦耐着性子打开衣柜，又是一阵眼瞎。

红衣不丑，反而很美很雅致，参看顾见深。

金色不丑，反而很闪很耀眼，参看小金龙。

可眼前这些衣裳……真是让尊主大人深刻明白了什么叫金红之物也能如此丑！

他以前是这样的吗？是如此没品的吗？

沈清弦不服，他觉得定是顾见深幻术不精，虚构得不够真实！

可事实上，这世间真没有比顾见深更精于幻术的了。

施展幻术不是要求施术者知道这些，而是从被施术者的记忆中抽取最为真实的存在，再根据逻辑和道理来构建一个无限接近现实的幻境。

沈清弦都明白，只是不愿承认。

沈清弦从辣眼睛的衣柜中翻腾半天，勉强找出一身没那么丑的。

可事实上也很要命了。

黄色打底，玫红镶边，感受一下，这是何等"曼妙"的一身衣裳。

饶是尊主大人这颜值，穿上后也让人无法直视。

实在是反差太大了，这么张清清冷冷的漂亮脸蛋，配上这衣服……

沈清弦出了屋，真不明白当年的自己是个什么心态……这怕是脑袋有病吧！

庆幸的是，他刚出屋，就听见一声清喝："你这浑小子！又穿成这样！成何体统！"

沈清弦以前最讨厌这位七师兄了，如今听到他的声音，却如同听到天籁。

沈清弦抬眼看过去，看到了记忆中的青年——他穿着一袭白衣，生得洁白素净，一头乌发梳得丝毫不乱，玉冠也是最清静的浅绿色，端的是仙气十足。

七师兄落地便是一通训斥："我前日给你的衣裳呢？怎的又不穿？说你多少次你才肯听！你这样穿当真是丑死了，悟道堂那么多其他峰的人，你这副模样去了，是要丢尽我们上信峰的脸！"

沈清弦对此深以为然。

七师兄就住在他隔壁，此时已经拉着他的手往自己屋里拖。

沈清弦赶紧跟上，急于换一身衣裳。

刚进屋，七师兄便狐疑地看向他："你不会又在耍什么花招吧？"

沈清弦："……"

七师兄瞪他一眼："今日怎么这样安生？不反抗了？"

沈清弦哪知道万年前的自己是怎么反抗七师兄的。

七师兄又道："收起你的小心思，敢捣乱我就把你那些宝贝全扔到师父座前！"

沈清弦这心里也是五味杂陈，他以前真是这样吗？怎么一个两个的都……

七师兄已经开始撕他衣服。因为沈清弦穿得实在太丑，七师兄这神仙般的人物极度嫌弃这身破衣服，巴不得将它们挫骨扬灰。

给沈清弦脱掉外衣，七师兄打开衣柜……

沈清弦头一次觉得这素净白衣也挺好看的。

七师兄左挑右挑，最后拿了件偏小的衣服。

沈清弦道："师兄，我自己来就行。"

七师兄呵呵笑道："你自己来？我可没那么多衣服让你折腾！"

显然他以为沈清弦要趁机毁掉这仅剩的一件适合他身形的衣裳。

沈清弦冤，亿万年都没这么冤过。

七师兄一边给他穿衣服一边威胁他："这衣服你若是再敢扔了，我就打断你的腿。"

沈清弦知道自己为什么根深蒂固地不喜欢七师兄了。

七师兄给他穿好衣服，又将他的长发绾起，在发髻上别了个玉簪。

沈清弦如今不过十三四岁，正是最鲜嫩的年纪，又生得精致，这么打扮，实在女气。沈清弦委婉道："师兄，这不如……"

"闭嘴！"七师兄道，"我不逼你戴玉冠，但也别想去插那些金红柳绿！好好一张脸，别给我糟蹋了！"

沈清弦其实很想戴冠的，然而他信任值太低，连说话的机会都没有了。

这一收拾打扮，七师兄面上有了喜色："这姿态容貌，才是咱们上信峰的小十九。"

沈清弦看看镜子里稚气未退的自己，长叹口气。

七师兄以为他还在气恼，难得放软了声音道："在咱们院里，我也不管你，但出去了一定得好生打扮，师父以你为傲，你莫要伤了他老人家的心。"

这话沈清弦听得颇为感慨。

七师兄是这样的，瞧着龟毛挑剔嘴巴坏，可其实尊师重道、礼爱同门，是个非常优秀的人。

七师兄带着沈清弦下山。

其实一走出他们那院子，沈清弦便收获了无数目光。

有看他的也有看七师兄的，他俩站一起，基本可以说是上信峰的门面了。

当然前提是他好生穿衣服，而有七师兄在，他这衣服想不好生穿都难。

仔细想想，他年少时在外名声极好。

资质卓越、悟性极高、修为精纯、境界永远领先于同龄人，还生得不错，再加上七师兄的这一通打扮，他也很是仙气飘飘，后来更是成了整个万法宗的门面。

如今想来，他有那样的名气，七师兄功不可没……要是没七师兄盯着他穿衣打扮，他穿那一身玫红土黄出去，再好的资质、再强的悟性、再高的修为境界，也没有用。

沈清弦叹口气，觉得自己少年时候是享了福的。

去了悟道堂，他又收获一堆惊艳的视线。

以前他大约是不当回事的，如今却很是唏嘘。

所谓盛名之下其实难副，说的就是这时候的他了。

悟道堂讲的课，沈清弦没什么兴趣，他仔细打量了一番，没看到顾见深的身影。

他也不清楚顾见深如今多少岁。

修真界不比凡间，对于年纪都没什么太深刻的概念，大家记得的都是境界。

别管多少岁，三百岁的筑基之人也得管一百岁的金丹之人喊一声"前辈"。

沈清弦不仅境界高，还辈分高，所以虽然顾见深喊他一声师叔，但仔细论起来，两人不一定有很大的年龄差。

沈清弦未看到顾见深便有些着急，他估不准时间段，生怕自己还没来得及做什么，上德峰便出事了。

偏偏他家七师兄还严실很，看他东张西望便给他一手板："好生听课！"

沈清弦能怎的？即便是幻境，他也得尊敬这年轻的七师兄。

这一节课一直上到晌午，下课时七师兄问他："中午想吃什么？"

沈清弦哪在意这些吃食？刚想说"都行"，便听到旁边的弟子说道："今日去上德峰的食堂吧，听闻他们新聘了个厨子，做的红烧狮子头很是美味。"

沈清弦想起来了，虽然万法宗的九峰总互相比较，甚至还有几峰关系不睦，但总的来说大家都是同门，有很多共享资源，食堂便是其中之一。

他当年也是吃遍九峰的人。

沈清弦便道："不如我们去上德峰？"

七师兄道："你也想吃那狮子头？"

沈清弦只得认了："嗯……"

七师兄道："罢了，见你今日这般听话，我就带你去一趟吧，但记好了，不准搞事！"

沈清弦心情复杂地应下："不会的，我只是去吃个狮子头。"

亿万年前的事，真是不堪回首！

师兄弟二人这便去了上德峰，沈清弦依旧在四下打量。

他来了幻境便就是这里的沈清弦，修为也不过才筑基，还散不出神识去。

他要找顾见深，便只能这般慢慢找。

估计上德峰这位新任大厨实在是手艺极好，所以食堂里人挤人，一群别峰的弟子都来这找吃的。

这惹得上德峰的弟子抱怨连连："自己峰上都有食堂，怎就非得跑来我们这！"

"一群馋鬼，没能耐请到好厨子就别吃，非得来挤我们！"

一群人吵吵闹闹的，七师兄也因为是别峰弟子，所以被骂了进去，不由得瞪了沈清弦这个小馋鬼一眼。

沈清弦也只能硬生生受着。

好在七师兄人气高，他一出现就有人自动让路，沈清弦也跟着沾了光，早早买到了狮子头。

这菜……沈清弦也品不出个所以然，但见众人都这般喜欢，他也只得连连点头："好吃……"

七师兄便把自己的那一份也拨给了他。

沈清弦："……"

七师兄道："吃吧，吃了明日继续保持，好好穿衣服。"

沈清弦只能苦着脸吃下两份红烧狮子头。

讲真的，尊主大人已经很久很久没吃这么重口了……

两人吃饱喝足，离开时沈清弦也没瞧见顾见深。

难道这家伙连这么"美味"的狮子头都不吃吗？真是有够清新脱俗的。

又过一日，沈清弦老实穿着昨日的衣裳，七师兄道："看来这狮子头当真魅力不小。"

沈清弦沉默了一会儿，点头应道："当真美味。"

七师兄冷哼一声："小馋鬼。"

沈清弦心中有多酸爽，就不细述了……

为了继续寻找顾见深，上完课沈清弦又道："师兄，我们今日……"

七师兄道："懒得去人挤人，我已经早早订好了，你且回去等着，自有人将那狮子头给你送去。"

沈清弦无言。他哪里是想吃什么狮子头！他只是想去上德峰找顾见深！

七师兄瞥了他一眼："怎么？高兴傻了？行了，你能继续好好穿衣裳，我就放心了。"

沈清弦真是一句话都说不出来。

师兄如此好意，他再执意去上德峰就太不好了。

哪怕是幻境，沈清弦也得跟着规矩来，否则不等找到顾见深，这幻境就先乱套了。

沈清弦只能耐着性子回去，再寻他法。

他这边正愁着，想该怎样混进上德峰找顾见深。

这时候，外头传来了敲门声。

沈清弦估摸着，他心里一紧，应该是狮子头到了，真不想再吃这第三份狮子头了。

可也不能不接，他起身去开门，这一开门……

外头站着个黑衣少年，他没抬头，只低声道："您订的红烧狮子头。"说着把食盒送上。

沈清弦怔了好一会儿，当即说道："抬头！"

那少年愣了一下，却不肯抬头。

沈清弦走近，硬是迫他抬起头。

如红宝石般漂亮的红眸映入眼帘……沈清弦呆住了。

少年眉心紧皱，赶紧低下头，有些难堪地说道："食盒给您放下了！"

说完他就要走，沈清弦急声问道："你叫什么？"

少年顿住，过了好一会儿才低声道："顾见深。"

沈清弦其实不问也知道，这模样不是顾见深又能是谁！

可这是怎么回事？顾见深不是被上德峰峰主收为亲传弟子的吗？不是万法宗有名的天之骄子吗？怎么成了在食堂送菜的杂工了？

这万法宗可没什么记名弟子一说，要么是弟子，要么是仆役。

看顾见深这打扮，明显是个仆人，而且是很低等的杂役。

难道这时候的顾见深还没拜入万法宗？所以说他这进入的时间早过头了？

为什么顾见深要让他这么早进来？难道症结在他尚未拜入山门时就已经理下了？

沈清弦暂且想不明白，决定再看看。

顾见深见沈清弦久不出声，便说道："没什么事的话……小的先走了。"

沈清弦还真不想他走，可也找不到缘由把人留下，只得问他："你每日都会出来送餐吗？"

顾见深道："会的。"

沈清弦又道："那我明日还订这个。"

顾见深抬头看沈清弦，但也只看了一眼便垂下头来，什么都没说便转身走了。

其实沈清弦还想多和他说几句的，不过瞧他那样子……沈清弦知道自己急不得，还是要循序渐进。

只要找到人了，那就一切好说，沈清弦挺有自信的，觉得自己主动些，这么稚嫩的顾见深定会对自己敞开心扉的。

沈清弦回屋吃狮子头，越吃越觉得，这是个什么玩意儿！又油又腻，实在不好吃。

他吃了几口便放下，看看时间尚早，他决定潜入上德峰的食堂去看看顾见深。

尊主大人这想法很美好，实行起来就很困难了。

他太天真，还以为自己是亿万年后的天道第一人，想去哪儿就去哪儿。

这儿又不是人间，而是他曾经修道的地方，禁制有多高端，根本不是他这个筑基的人能闯过去的。

他一腔热血而去，满心懊恼归来。

沈清弦也很无奈了。

既然潜不进去，就只有履行狮子头之约了。

好不容易把第二日盼来，沈清弦连忙穿上自己已经穿了三天的衣裳，想着要好生讨好下七师兄。

七师兄一看，颇为欣慰，扔给他一个乾坤袋道："给你买了新衣服，去换一件。"

沈清弦自是应了下来。

回屋打开乾坤袋一看，沈清弦立马察觉到来自七师兄的陷阱。

袋子里有三身衣服，一件是素白色，一件是月白色，还有一件是非常漂亮的红色。

沈清弦难得看到这么正宗的红色，自然是欣喜的，但他不是真正的十四岁，自然不会上当。他也只不过多看了几眼，然后淡定地选择了素白色那身衣裳换上。

他出来时七师兄哼了一声，显然是过关了。

沈清弦对师兄笑笑。

七师兄道："你若是穿了那身红色的，我现在就把它撕碎了。你既然没穿，那便留着赏玩吧。"

沈清弦听得心中一暖。虽然七师兄一直为了上信峰门面而坚持纠正他的衣冠，但其实并没有强硬地扭转他的喜好，反而费尽心思给他寻了件那般好看的红衣裳。

说到底，七师兄是真心疼他的。

沈清弦如今自是明白的，七师兄这般纠正他的衣冠，其实是为了他好，试想下，他真穿着那玫红土黄出门，整个万法宗的弟子会如何看他？

人弱小的时候，随大流才不会受委屈。

七师兄又问他："你中午还想吃那狮子头？"

沈清弦连连点头："要的！"

七师兄道："那我带你去吃。"

沈清弦赶紧道："过去也太折腾了，还像昨日那般让人送来吧。"

七师兄以为他要懒，盯他一眼道："又馋又懒。"

沈清弦："……"算了算了，这是自家亲师兄，当……当没听见吧！

从悟道堂出来，沈清弦早早回了小院等着。

他认真组织着语言，想着该和顾见深说些什么。

他是真的很期待。

等了好一会儿，他终于把送餐员顾见深给等到了。

顾见深刚敲门，沈清弦便立马开门——他一直在门口等着。

门开得这么快，顾见深明显愣了一下。

沈清弦立马微笑说道："你可算来了。"

他等的是顾见深，顾见深却以为：这位好看的仙人可真喜欢吃狮子头。

顾见深道："让您久等了。"

是等挺久的，沈清弦接过食盒，寒暄道："你们做的这狮子头可真好吃。"

他果然爱吃……顾见深一边想着，一边又道："这是李大厨的拿手菜，和我没关系的，我只是负责来送餐。"

沈清弦本就是找话同他亲近，哪里管是谁做的，又道："如果不是你辛苦送来，我也吃不上这样的美味。"

你可以去食堂吃……而且送餐的杂役也不是只有自己。

不过这些话顾见深没说，他有点儿开心，愿意听这仙人这般说。

沈清弦不是个擅长聊天的人，往常他和顾见深在一起，也是顾见深找话题，逗着他说话。如今这少年顾见深成了个闷葫芦，竟换他找话说了。

沈清弦虽然觉得挺难，但又觉得蛮有趣，继续说道："你吃过狮子头吗？"

顾见深哪里吃得到？这狮子头卖得极贵又供不应求，只有各峰的仙人才有资格吃，他们这些仆人哪里能碰？用李大厨的话来说，能闻闻味道已是三生有幸了。

顾见深摇摇头道："不曾吃过。"

沈清弦顿觉找到话题了，欣喜道："你尝尝吧，真的好吃。"

顾见深一愣，抬头看他。

沈清弦瞧见顾见深这双澄澈的红眸，盯着多看了会儿。

察觉到他的视线，顾见深飞快低头，低声说道："我吃过饭了，再吃不下了。"

"这样啊……"沈清弦略有些失望，倒不是失望没人陪他"享用"狮子头，而是遗憾于好不容易找到的话题又断了。

他该怎样同顾见深亲近呢？太冒进了不行，参看小皇帝；顺其自然也不行，毕竟现在两人是彻头彻尾的陌生人。

到底要如何不动声色地同人交好呢？沈清弦很苦恼。

顾见深已经低声说道："小的先走了。"

沈清弦想留人，却又没理由，只能眼睁睁看着顾见深离开。

又是一日，沈清弦还想吃狮子头，七师兄疑惑道："有这么好吃吗？"

狮子头不好吃，重点是送餐员。

当然沈清弦不能说实话，只说道："非常好吃。"

七师兄觉得自己已经干涉了沈清弦的穿衣，就不能再约束他的吃食，反正狮子头也不是什么坏东西，沈清弦也瘦得很，多吃些才能好生长身体。

沈清弦一下课便开心，七师兄笑他："馋鬼。"七师兄以为他期待着狮子头。

对这新的称号，沈清弦已经淡定了。

他回到小院大约等了一刻钟，顾见深便来敲门了，沈清弦连忙开门。

沈清弦笑道："你可算来了。"

顾见深连忙把食盒给他。

沈清弦接过狮子头，又开始和顾见深找话说。

顾见深这次比昨天话多了些，小声道："这次的狮子头很大。"

顾见深记住他的名字了。

沈清弦……真好听，人如其名。

沈清弦欣喜道："是专门给我挑的吗？"

顾见深极轻地点点头。

沈清弦就很开心了，觉得这少年顾见深真可爱！

当然他这次留了个心眼，绝不冒进，一定要慢慢来，他说道："太谢谢你了！"

顾见深道："你连续订了这么多天，应该给你找个好的。"

沈清弦又道："我还会继续订的。"

听到他这话，顾见深竟有一点难过，再怎么爱吃也总会吃腻的，等他吃腻了自己就没有再见他的机会了。不过……不见面才正常吧，他们本就身份悬殊。

沈清弦习惯了顾见深的少言寡语，主动找话道："你在上德峰食堂做了多久了？"接触了这么多天，他终于敢尝试和顾见深多说点儿话了。

顾见深道："六年多了。"

沈清弦愣了一下："六年？"

顾见深点点头，又说道："等明年，我就能跟着师傅学习做菜了。"

沈清弦听清了顾见深话中的期待和喜悦，这大概就像是在和朋友分享成绩一般。

可沈清弦却只觉得心酸……在食堂实习六年，目标是当个大厨？这是那未来一统心域的九渊帝尊？真是……

顾见深瞬间意识到自己太不自量力了，他别说是学习做菜，即便他成了李大厨，也和眼前的人是云泥之别。他尴尬地笑了笑，说道："我……我该回去了。"

沈清弦立马回神，问道："你明日还来吗？"

顾见深没听明白。

沈清弦意识到自己说得不太对，又改口道："我是说……我明天还会订狮子头，你还能来给我送吗？"

顾见深笑了一下："会来的。"其实不是每次沈清弦的单都会分给他，但若是没分过来，他也可以替人过来，谁都乐意少跑一趟。

沈清弦便放他走了。

顾见深离开后，沈清弦正经琢磨了一下：该怎样让一个立志当厨子的未来帝尊走上正途？有没有人给他支个招……

又连续吃了很多天狮子头，沈清弦听到狮子头都要生理性厌恶了，但为了亲近顾见深，只能不停地订。

好处是顾见深和他果真是越来越亲近了，从一开始只能说几句话，到现在已经能聊好一会儿。

今天沈清弦弄了些新鲜果子，拿出来放到顾见深手里道："尝尝，这个特别甜。"

顾见深受宠若惊："这……这我……"

沈清弦微笑道："尝尝嘛，我好不容易摘到的，很甜。"

顾见深看看他，沈清弦眉眼温柔，直直望进他眼中，没有嫌弃，没有惧怕，也没有厌恶。顾见深心里一暖，小心咬了一口，果子味道极好，薄薄的皮下是鲜嫩的汁液，只尝了一口他便呆住了。

沈清弦问他："好吃吗？"

顾见深这辈子都没吃过这般好吃的东西。

难以言说的感觉，明明吃到了身体中，却像是涌到血液里，阵阵热意激荡，他竟觉得浑身疲惫一扫而空，甚至还有了无穷的力量。

"好吃。"他说出这两字，忽然一股滚烫热流直撞进胸腔，紧接着窒息感扑面而来，他胸口凝滞，人也跟跄一步。

沈清弦连忙扶住他。

顾见深生怕自己弄脏沈清弦的白衣，连忙想推开。

沈清弦却紧紧扶着他，焦急道："你怎么了？哪儿不舒服吗？"

顾见深的意识已经消失了，他躺在沈清弦怀中，乌黑的头发从发尾开始，如同浸泡在红墨中，一点点变成了如朝阳般的鲜红。

红发白肤，妖冶邪气的美。

沈清弦看得一怔，很快便焦急地握住他的手腕。

虽然修为全没了，但理论医术还在，可能没境界高时查看得那么明白，不过也足够用了。

沈清弦闭目一探，放松了些，同时也明白了……

难怪顾见深只能在食堂里打杂，他这身体里竟然没有灵田。

修真界的人都明白，灵田是修炼的根本。打个通俗易懂的比喻，将修炼比作种植，灵田便是土地，修炼的目的便是将种子播种，努力促使它长大，最后能通天便可以去往上界了。所以没有灵田就意味着失去土地，那任由种子再怎么优秀也不可能扎根、不可能成长，又谈何通天？

沈清弦真没想到顾见深竟然会没有灵田。

没有灵田，他又是如何拜入上德峰的？又是怎样问鼎心域的？

他这少年时期到底发生了什么？以及这红发红眸……

诚然沈清弦是极喜欢红色的，但也很清楚，现今修仙界有些类似卫国，觉得红色代表着狂热和冲动，而天道讲究修身养性，克己自持，所以并不喜这艳丽的颜色。

顾见深为什么会有这天生的红发红眸？

沈清弦敛下心思，先为他将体内涌动的灵气引了出来。

那果子是枚灵果，只要稍微有些灵田的人，吃了都是大有裨益。

但顾见深这样的，吃了却只能受罪。

毕竟没有储存灵气的地方，那就只能任由灵气在体内乱窜。

倒也不会有生命之忧，只是会睡上一觉，运气好的话，醒来还会觉得身体强健了不少。

沈清弦没敢让他睡太久，所以主动帮他引出灵气。

顾见深悠悠转醒，看到近在眼前的沈清弦，整个身体都绷直了。

沈清弦对他笑了一下："醒了？"

顾见深慌忙起身，沈清弦又道："是我不好，不清楚你的情况就给你吃了那果子。"

顾见深低着头，慌乱道："是我不自量力，贪图……贪图……"

"别这样说，"沈清弦声音温和柔软，"每个人都有不同的机缘，你绝非池中物。"

顾见深猛地抬头，一双红眸紧紧盯着沈清弦。

沈清弦看着他，说道："顾见深，我信你。"

这简简单单一句话撼动了顾见深的内心，成了他追逐一生的信念。

第三章

万血之躯

这日，悟道堂没课，沈清弦去师父的书房看了半天书。

他师父的书房当然是很私密的，别说对外开放，连他们十九个师兄弟都很少有能进来的。但沈清弦是个例外，上信峰峰主是真的宠他，书房重地随便出入。

以前连库房都是由他去打扫的，于是他就把库里的红珠子、红宝石、金剑等漂亮宝贝放在一处，日日擦拭，爱不释手，活脱脱是老财主做派。

眼看着他沉迷此地都荒废学业了，上信峰峰主一狠心，把他给赶出去，再不准他踏入半步。

回忆起这些往事，沈清弦便很是思念师父。

他此生若是没被师父捡到，真不知会长成什么样子。

在书房里翻了半天书，眼瞅着到饭点了，他也没翻到什么。

沈清弦怕错过顾见深，便出了书房回小院。

沈清弦恰好在外头碰见七师兄，七师兄问他："还没吃够那狮子头？"

沈清弦道："好东西哪能吃得够？"

七师兄见他穿得如此板正，对他很是和颜悦色："你啊，不喜欢则已，喜欢了就放不下，执心太重。"

七师兄无心的一句话，沈清弦却愣了一下。

七师兄的意思是：他喜爱红金，那便是喜欢到不得了的程度；如今爱吃狮子头又是这般百吃不厌。

诚然沈清弦并不喜欢狮子头，但他对于喜欢的东西的确是放不下。

亿万年了，他对金红两色也没放下。

他很少喜欢什么，但只要喜欢上了，执心真的很重。

恰好这时顾见深远远走过来，沈清弦同七师兄告别道："我的狮子头到了。"

七师兄笑他："就不信你吃不腻。"

沈清弦吃不腻，只要是顾见深送的，他怕是很难吃腻了。

他几步走近，看到顾见深便道："你来了。"

声音清脆悦耳，喜悦溢于言表，顾见深很爱听，低声应道："嗯。"

沈清弦接过食盒，又问："昨日是我不好，你回去后没有什么不适吧？"

顾见深摇摇头说："没事。"

沈清弦也觉得不会有事，所以没太在意，他又道："我今日找了另一个果子，只味道好，保证你吃了不会难受！"

顾见深顿了一下。

沈清弦已经摊开掌心，白生生的两枚小果子在他手中。

他的手很漂亮，修长白皙，十分干净，那两枚小果子又白又圆，很是可爱。

沈清弦催促道："快尝尝。"

见顾见深没动，沈清弦又说道："相信我，这次真没事的！"

有事又如何？再挨一顿揍他也心甘情愿。顾见深接过果子，小心吃下。

沈清弦凑近他问道："怎样，好吃吗？"

顾见深一直低着头，沈清弦看不到他的神态。

顾见深闷声道："好吃，谢谢你。"

沈清弦又说道："道谢要看着眼睛说。"沈清弦想他抬头说话。

顾见深却犹豫着，迟迟不愿抬头。

沈清弦只以为他太内秀，故意生气道："你其实不喜欢吧？觉得这果子不好吃，但又不愿得罪我，所以低头说声谢谢了事？"

怎么会，怎么可能！

察觉到沈清弦有些生气，顾见深连忙抬头，一双红眸盯着沈清弦急声道："真的好吃，是我吃过最好吃的东西，谢谢你，我……"

他还没说完，沈清弦便打断他："你这是怎么了？"

顾见深心里咯噔一下，连忙低下头。

沈清弦却顾不上许多了，双手捧着他的脸，迫使他抬头。

顾见深红眸闪烁着，神态间全是不堪。

沈清弦却看得满是心疼，问道："谁打的？"

他面上有极其明显的三道鞭伤，从额间横跨了半张面颊，虽然止了血，但是痕迹犹在，很是可怕。

顾见深没出声。

沈清弦一肚子火气直往上蹿，继续问："是不是厨房的人，他们怎能这样欺负你？等我去问个究竟！"

顾见深连忙拉住沈清弦，可也只拉了一下，又极快松手，他小声道："是我犯错了，耽误了送餐的时间，挨罚是应该的。"

沈清弦愣了一下，然后明白了。

"是因为昨天吃了那果子吗？"虽然沈清弦及时给他将灵气引了出来，但顾见深还是昏睡了好一会儿。

沈清弦满心都是懊恼，问他："你每天要送多少份餐？"

沈清弦只想着同他变得亲近，只想着拉着他说话，却没想到他送完自己这边还要去给他人送餐。

厨房肯定是有规矩的，送餐晚了得罪了门中弟子，他们也担待不起。

顾见深却道："不多的。"他有些不安，怕沈清弦以后不再和他说话。

沈清弦听出了他未尽之语，顿时心疼得一塌糊涂，怎么会这样……

那个叱咤风云，留下凶恶残暴之名的九渊帝尊怎么会是这样？

沈清弦温声道："以后，你最后一个给我送行吗？"

顾见深愣了一下，他次次都是第一个来给沈清弦送餐，不愿沈清弦等久了。

沈清弦又道："你最后一个给我送，这样我就可以和你多说会儿话了。"

顾见深抬头，伤痕累累的脸上带着满满的不可思议。

沈清弦还软声说道："好不好嘛？"

"好……"顾见深嗓子紧得只能说出这一个字。

沈清弦立马眉开眼笑，又问他："你今天都要给谁送餐？"

顾见深这会儿脑袋一片空白，基本是沈清弦问他就答的状态，完全不假思索。

沈清弦脑子好使，一遍就记住了，又说："你的乾坤袋呢？"

沈清弦知道他肯定把餐盒放在乾坤袋里。

顾见深一下交给沈清弦两个乾坤袋。

沈清弦眨了眨眼睛，顾见深又连忙想拿回来。

沈清弦却笑着说道："别怕，我又不打劫！"真劫也不会劫他的财，这可怜少年能有什么好东西？

沈清弦道："你在屋里等我，哪儿也不许去。"

顾见深无比听话，端端正正地坐在屋子里。

好一会儿，屋里静悄悄的，顾见深才慢慢回神……

糟了，自己还要送餐！

顾见深猛地起身，摸了摸腰间……乾坤袋被沈清弦拿走了，他要去做什么了？

没一会儿，沈清弦回来了，他微微喘着气，额间有薄薄的汗："你这送餐的范围可真广啊。"

逆着光进屋的少年像沾了雨露的美玉，光芒被露水折射，呼应着美玉的光辉。

沈清弦走近顾见深道："你等下，我去给你拿药。"

其实沈清弦有些累，他跑了小半个万法宗，为了缩短时间还跑得飞快，饶是他这被师父赞不绝口的体质也有些气喘。

毕竟万法宗是真大，而订餐的人也真不少！

他出了汗，很想先洗个澡，但顾见深身上的伤让他很不放心，他不愿耽误时间。

沈清弦很快便出来了，他坐在顾见深面前，说道："抬头。"

顾见深没动。

沈清弦道："别怕，这药不痛的，就是可能会有些痒，你到时候千万忍住了，别挠……"

顾见深低声道："不用的……"

沈清弦说："那怎么行？你是因为我才挨了罚，我当然要负责。"

顾见深还是没抬头，沈清弦怕顾见深多想，便又说道："你放心，这药我有的是，也不贵，给你用不妨碍的。"

顾见深这才心里踏实了些，慢慢抬头，一双红眸闪烁着，本就澄澈艳丽的眸子便又好看了几分。

沈清弦真是喜欢这双红眸，当然他不能过度表现出来，免得吓到这单纯的少年。

他将视线挪动，看到伤口便沉下心来，这伤口若是不处理，以后是会留下疤的。

沈清弦记得他曾和顾见深聊起过，顾见深说自己曾经样貌丑陋。

难道……是被人毁了容貌吗？

沈清弦不敢大意，他小心地给顾见深涂着药膏，十分仔细。

他哄骗顾见深说这药不贵，可其实贵得很。

虽然他自己能做，但材料稀奇，他短时间内也没法再弄出更多。

不过给顾见深用，他一点儿都不心疼，只怕药效不够好。

他小心涂完药，顾见深说道："谢谢。"

沈清弦温和地笑了笑，顾见深便又垂下头了。

沈清弦道："你每日送完餐还有别的事吗？"

顾见深道："没什么了。"

他们的活儿其实挺清省的，毕竟是在万法宗，哪怕他们这些没有资质的杂役也比外头的普通人强得多。顾见深一直觉得，自己能进到这里已是运气极好了。

沈清弦眼睛一亮道："那你没事了便来找我玩儿吧。"

顾见深怔了一下。

沈清弦道："我一个人无聊得很，你来了我也有个伴。"

顾见深有些紧张道："可是我……我……"

"好啦，"沈清弦弯着眼睛说，"什么你你我我的，你多大了？"

顾见深道："十四。"

原来他们同岁？不行！沈清弦当即决定要给自己涨一岁："我今年十五，你日后便叫我一声沈哥吧！"

顾见深呆了好一会儿才轻声道："不行的，这太冒犯了。"

"有什么好冒犯的？"沈清弦道，"我身边没有同龄人，师兄们都爱管我，咱们投缘，你就陪陪我嘛。"

顾见深被他这柔软的声音给说得只想答应，极力克制地说道："只要你订餐，我就会过来的。"

沈清弦又道："平常呢？"

顾见深只得说道："平常的话，我没法过来。"

沈清弦这才想起来，顾见深隶属上德峰，而且还是个杂役，寻常时候还真不是想来就能来的。

沈清弦略有些失望道："这样啊。"

顾见深心一紧，有些难受，却又不能说什么。

谁知沈清弦又道："那我有空了能去找你吗？"

顾见深以为自己听错了："我……我那儿……"

沈清弦笑道："你不是在学着做菜了吗？我有机会尝尝吗？"

顾见深张张嘴，到了嘴边的话却不敢说出来——总觉得是对他的唐突。

沈清弦又小声道："其实我早吃腻狮子头了……"

顾见深不明白他这话的意思。

沈清弦便又道："可上德峰其他的菜都不好吃，我想让你过来，就只有点这个了。"

顾见深心里暖了一下："你……"

沈清弦笑道："若是你做菜好吃，我就不吃这狮子头了，去蹭你的，又省钱又好吃。"

是这样吗……是这样的吗？

顾见深很怕自己是在做梦，怕一觉醒来这些美好就消失不见了。

沈清弦见顾见深脸上的伤口已经在愈合了，又嘱咐道："记住了，回去千万不要挠，这伤很快就会好的。"

顾见深本能地点点头。

沈清弦像是突然想起什么一般，又问："你身上没受伤吧？"

顾见深又沉默了。

沈清弦心里一刺，上前便要拉开顾见深的衣衫检查。

沈清弦出手算很快了，谁知顾见深竟然挡下了。

沈清弦道："我看看。"

顾见深按着自己的衣服说："没……没伤的。"

沈清弦不信："没有的话你藏着干吗？"

顾见深还真答不上来。

沈清弦便道："有伤没伤我都要看看。"

顾见深心头虽然很感动，但不愿脱下衣裳，不愿将自己丑陋的伤处暴露在沈清弦面前。可顾见深越是躲闪，沈清弦越是认定他身上有伤，越是要扯开他的衣服。

两人拉拉扯扯的，被人看见怕是会以为沈清弦在欺负顾见深。

"师弟，你在做什么！"洪钟似的厉喝声响起，沈清弦被吓了一跳。

他十一师兄武振海一脸痛心疾首地走过来，救下被师弟欺负的小杂役。

沈清弦：现在解释是不是已经晚了？

顾见深见有陌生人来了，立马低头，按着衣服行礼道："小的先走了。"说着他便快步转身离开。

沈清弦也没法再将他留下。

武振海转头看沈清弦，怒其不争道："你也是！堂堂筑基的人了，欺负那小仆做什么？"

沈清弦真是哑巴吃黄连，有苦说不出。

武振海还在训他："我知你喜欢那鲜艳颜色，但那是人家的眼睛，你要干吗？！"

沈清弦：……没，真没有，若成了死物，哪里还会这般漂亮。

武振海见他不出声，还以为是说透了他的坏心思，不由得更气道："你再这样胡闹，我要告诉师父了！咱们万法宗德礼兼行，哪怕那少年只是个杂役，你也不该欺负他！"

沈清弦真委屈，超委屈了，他小声道："我是看他脸上有伤，想再看看他身上有没有伤。"

武振海虽然只瞥了顾见深一眼，但也看到了顾见深脸上的鞭伤，狐疑地看向沈清弦："真的？"

沈清弦亿万年后再怎么脾气大，现在对着自家师兄也只能耐着性子说道："千真万确。"

武振海又问他："你干吗对个小仆这么好？"

沈清弦默了默，小声道："他……的眼睛那么好看……"

武振海一脸果然如此的表情。

沈清弦只得把这个锅背稳了。

不过好在他总算安抚住了师兄，武振海又嘱咐他道："你啊，莫要太亲近那少年。"

沈清弦愣了一下。

只听武振海又道："他是上德峰的，咱们两峰的情况你又不是不知道，回头让人知道他一个上德峰的杂役和上信峰的弟子亲近，指不定要被怎样排挤。"

听到此处，沈清弦蓦地心凉了一大截。

武振海继续说道："你仔细想想，这万法宗有多少人盯着你？十四岁的筑基大圆满，几千年都没出现一个，你已经够惹眼了，所以做事要多想想。"

"你看中那少年的眼睛，与他亲近，可别人不知道，那些想与你亲近却亲近不得之人，是不是会心生嫉妒？"

"你莫要说什么能护他周全，明箭易躲，暗箭难防，当年师父都没能护你万全。"这是在暗指当年沈清弦年幼，被关在枯井的事。

武振海这一字一句全都戳到了沈清弦的心上。

师兄说的他全都明白，而且比真正十四岁的沈清弦更明白。

可真正让他心底冷凉的却不是这些，而是他隐约想到了一种可能。

这是幻境，却也是真实发生过的事。

当年的万法宗上，顾见深是否也曾这般和他相遇过？

以他当时的喜好，看到顾见深这一双眼睛，又怎会不同顾见深玩耍？

十四岁的沈清弦可不是现在的沈清弦，他也不会欺负顾见深，甚至会因为眼睛而待这人很好，可却没有护人周全的能力。

也许那时候也有十一师兄这一番说道。

试想一下，听到师兄这么说的年少沈清弦，肯定会疏远顾见深。

因为他太清楚被人排挤是什么滋味了，也明白有再怎么强大的靠山，只要自己不强大，那就永远要被欺负。

他的师父那么强，他年幼时不也被关在枯井中体会到了真正的绝望？

人心的嫉妒，会滋生出非常可怕的事。

如此明白这个道理的年少沈清弦又怎会忍心让这位红眼睛的新朋友也品尝这般痛苦？

……后来他应该是疏远了顾见深。

沈清弦实在想不起与此有关的事了，因为真的过去了太久太久，而那时他和顾见深可能也只是几面之缘，他听了师兄的话，疏远顾见深之后也就慢慢淡忘了。

再后来，他又听到了顾见深的名字，那时顾见深已经成了上德峰的天骄，而他已经去云游四海了。

两人就此错过，可也许……顾见深还一直记得？

这心魔幻境从这里开始，是因为顾见深对这段经历有心结吗？

那时候他的疏远仍是对顾见深造成了伤害吗？

沈清弦有些难受。

这是已经发生的事，他只能帮顾见深破除心魔，出去后问问本人了。

虽然沈清弦觉得，这事十有八九是真的。

武振海见他出神，又有些心软，拍拍他的肩膀道："好啦，师兄明日下山，回来定给你带个好东西。"

沈清弦回神，对着师兄笑笑："嗯。"

武振海也不是特意过来教训他的，还有正事："算算日子，师父也快出关了，你这阵子莫要怠懒，好好修炼，师父肯定要考校你的。"

沈清弦面对自家师父还是很怵的，认真应下道："我明白。"

他和武振海聊了几句后，心倒是放宽了些。

执着于已经发生的事没用，他既然入了这幻境，便该好好解了顾见深的心结，让他这段残酷的记忆变得温暖些。等顾见深日后再回忆，也不会那般痛苦与纠结了。

当年的少年沈清弦没法护顾见深周全，但如今的沈清弦却是可以的。

别看现在的顾见深没有灵田，但一定是可以修炼的，而且会大有作为。沈清弦琢磨着，应该是顾见深体质上有些问题，毕竟这红眸还是极不常见的。

他要尽早帮顾见深找到缘由，然后助顾见深修炼。

只要顾见深强大起来，便没人能欺负得了他。

沈清弦继续去师父的书房里翻腾。

他白日的事一点儿都不敢耽搁，只得晚上去，如今这身体还做不到不眠不休，所以上午的悟道课就成了他的睡觉课。

亏得七师兄是个一心好学的，听课听得全神贯注，根本没发现自家师弟已经睡得特别香了。

今日已比平常晚了许多，顾见深还未来，沈清弦却一点儿也不急，等得还挺开心。

大约两刻钟后，敲门声响起，沈清弦连忙来开门。

顾见深面上的伤已经好了七七八八，喘着气道："等久了吧？"

沈清弦让开身道："快进来。"这次他反手把门锁好，省得再被哪位师兄闯入。

顾见深进了屋，将食盒放在桌子上。

沈清弦打量着顾见深，见顾见深额间全是汗，不由道："你不用着急，慢慢送，我等你便是。"

顾见深道："平常也这样的。"

沈清弦才不信，顾见深肯定是怕他等急了，所以跑得飞快，用最短的时间过来了。

这般想着沈清弦心里就暖乎乎的，要不是顾见深必须拜入上德峰，他早就把人带到上信峰了！

送什么餐？直接到上信峰，他给顾见深找修炼的办法，再拜他师父为师，当他的小师弟，岂不美哉？

可惜这心魔幻境最大的心结是在上德峰，所以顾见深必须拜入上德峰。

顾见深为他打开食盒，说道："快些吃吧。"沈清弦估计饿坏了。

沈清弦却心不在吃上，他嘴角含笑，声音温柔："今天你可跑不了了。"

顾见深一愣，沈清弦已经扑过来扯他的衣服，说要看伤。

沈清弦道："有伤就得尽快处理，留下疤怎么办！"

这次可没人打扰了，他就不信看不了顾见深的伤。

顾见深还是本能地挡了挡，可见对方如此执着，顾见深心里很暖，拦得就很不坚定了。

沈清弦终于"得偿所愿"，这一看，他的心揪了一下。

果然，鞭子不是只落在脸上，身上也有伤。

青紫纵横，落在细白的肌肤上，实在刺眼。

沈清弦起身道："等我。"

顾见深一把拉住他的手腕道："别浪费药了，已经不痛了。"

沈清弦道："药本来就是用于治病的，谈何浪费？"

顾见深轻声道："应该治该治之人。"

沈清弦双目一瞪："你就是！"

顾见深薄唇动了动，还欲说话，沈清弦便堵道："莫要妄自菲薄，你以后必定大有可为，我信你！"

顾见深忍不住抬头看他，对方满目坚定，真的是打心底里信着自己。

怎样算大有可为呢？自己真的能……

顾见深不愿让他失望，弯唇笑道："嗯。"

沈清弦面色立马放晴，他温声道："等我一会儿！"说完便转身走了。

他生气的时候哪怕面色结冰也很美，而一旦微笑，便是冰雪消融，春回大地，让人心情都跟着好了起来。

沈清弦把自己的伤药都倒腾出来了，一溜的红盒子，也不知道是为了药还是为了盒子而收藏。

总之现在沈清弦要用这药。

他打开盖子闻了闻，挑了些最适合的，说道："你忍下，我得给你清理下伤口。"

顾见深点头道："我不怕疼。"

殊不知这话才最让人心疼。

什么人会不怕疼？只有没人关怀或是疼惯了的人才不怕。

无论哪种，都太招人疼了。

沈清弦没再说什么，只小心地用热毛巾给顾见深处理着伤口。

两人虽然同龄，但约莫是顾见深这"职业"很锻炼身体，所以这身体长得很健壮。

顾见深瞧着和他一般高，却比他结实很多。

沈清弦一心给顾见深擦拭着。弄后背的时候顾见深看不到，等他擦拭到前头，顾见深便看得心尖发酸了。

哪有人对自己这般好过？哪有人这样担心过自己？哪有人……像他这样好。

顾见深忍不住扬起嘴角，红眸像海上落日，深深浅浅，明明灭灭，溢满了悲伤与感动。

沈清弦给顾见深擦拭完后又道："要上药了，大概会有些疼。"

昨天那药量不够，身上只能用次一等的药。

虽然效果还是很好，但用起来会有些疼。

顾见深又道："我不怕。"

真的不怕，一点儿都不怕，别说是给他上药，哪怕现在有人捅他一刀，他都会微笑。太美好了，就像梦一样，而梦里哪有痛苦。

沈清弦忙活了好半天，终于给他上完药，眼看着伤口在一点点愈合，沈清弦笑道："挺勇敢的嘛，没喊疼。"

沈清弦又说道："腿有没有受伤？"

顾见深连忙道："没……没有！"

沈清弦狐疑道："真没有？"

顾见深摇头："真没有。"

沈清弦道："让我看看，骗我的话我就捶你。"

顾见深道："我……"

沈清弦不听他废话了，这就要动手了。

顾见深打死不肯，也不知哪儿来的力气，他噌地起身，拿过外套便跑了。

沈清弦不满道："跑这么快做什么。"

不过沈清弦觉得他腿上应该没事，毕竟是个跑腿的活计，他们惩罚也应该不会弄到他的腿。

沈清弦看看桌上的菜，顿觉胃口极好，正经吃了一顿。

饭后他继续摸进师尊的书房研究。

红发红眸……身体素质比普通人强很多，却没有灵田……

他根据这些线索不停地翻找着，只可惜藏书极多，这些特征又太模糊，所以一时间还真不好找。

第二日，顾见深又来了，沈清弦眉开眼笑道："快进来。"

顾见深看见沈清弦这笑颜，心里也很开心。

沈清弦引他进屋便要给他脱衣服上药。

顾见深赶紧道："我自己来。"

沈清弦笑道："早这样多好！"

顾见深慢腾腾脱了衣裳，沈清弦已认真看向他的伤口。

沈清弦这样关心他，一心为他着想……

顾见深轻吁口气，努力平复着心情。

沈清弦说道："恢复得还行，来，咱们继续上药。"

顾见深道："我……我自己来吧。"

沈清弦道："你自己够不到的。"

顾见深退而求其次道："前面我自己来。"

沈清弦说道："瞎折腾什么？我手法好，保证你不会疼。"说完沈清弦已经开始给他上药了。

顾见深的伤口在愈合，麻痒得很。

不知不觉便上完了药，沈清弦挺开心的："还行，再上两次药应该就可以了。"

只有两次了吗……顾见深竟觉得有些失望。

沈清弦瞄了瞄他的腿，顾见深立马道："我腿上真没伤。"

"好啦，"沈清弦不逗他了，招呼他道，"来吃饭！"

沈清弦道："你以为我为什么点了这么多？昨晚你跑得那么快，我自己哪吃得完？"

顾见深又不知该说什么好了。

沈清弦去拿了一双碗筷，放到他面前道："尝尝吧，你们李大厨其他菜真挺一般的。"

沈清弦觉得一般，顾见深却觉得这是人间美味了。

他暗自决定着，自己一定要努力，要做得比李大厨好吃才行！

幸亏沈清弦不知他这心思，要不又得犯愁。

这家伙能不能别老想着当厨子！

吃过饭，顾见深道："时候差不多了……"

他该走了，送餐是有时间限制的，他不能久留。

沈清弦略微收拾了一下，道："走吧，带我去你那儿玩玩。"

虽然这是说好的，但顾见深还是很紧张："真的要去吗？"

沈清弦问："不欢迎我？"

顾见深连忙道："欢迎！"他只怕唐突了沈清弦。

沈清弦便道："那就走嘛。"

顾见深这一路就像踩在云朵上，都不知道自己是怎么回去的。

他虽然在上德峰打杂，但是没资格住在上德峰。

万法宗各峰的山下都有杂役处。因为宗里待遇好，所以杂役的住处也不差，有些类似于子午观那外门弟子的小院。

沈清弦看到后还挺怀念的，道："你自己住？"

顾见深应下："嗯。"

沈清弦展颜道："那可真是太好了。"这样就不用担心被人看见了引起麻烦。

顾见深以前觉得这里不好，小院是双人的，但没人愿意和他住，他自己孤零零的，总不爱待在里面，如今他却觉得开心极了。

沈清弦跟着他走进去，看了看后说道："很干净嘛。"

顾见深昨晚打扫到大半夜，还拿攒了好久的积蓄去买了些东西。

当然……他知道这些肯定入不了沈清弦的眼。

的确是不太入沈清弦的眼，不是东西好坏，而是颜色……最讨厌这无聊的白色了。

沈清弦暗自决定，明天就给顾见深的小院改装一下。

两人待在屋里，顾见深有些不知该说些什么，他这一没吃的二没喝的，穷酸得可怜。

沈清弦却自在得很，问他："你平日里都做些什么？"

顾见深道："会研究下菜谱。"

沈清弦无语了，怎么才能让他放下当厨子这个理想！

沈清弦想了一下，问他："你想不想修炼？"

顾见深一愣，但很快低头道："我没有灵田。"

沈清弦道："我知道个没有灵田也能修炼的功法。"

顾见深眼睛陡然一亮。

沈清弦笑道："想学吗？"

顾见深的喉咙发紧："我……我能学吗？"

沈清弦道："当然！"

沈清弦这功法是当初教给小皇帝那个的改良版。修炼了这功法后不仅能达到耳聪目明、强身健体的效果，还能循序渐进地解开一些禁制。

虽然沈清弦还弄不清楚顾见深的体质问题，但若是早年被人强行压制了灵田的话，这套功法可以慢慢地激活它。

长此以往，顾见深自然就可以修炼了。

顾见深本就是个勤奋性子，沈清弦教他，他学得极快极认真，这让沈清弦也极其欣慰。

两人这一相处便是大半个月，沈清弦教他那功法没起什么效应，自己倒是在师父的书房里翻到了可能的真相。

红发红眸，万血之躯，灵田隐于血液。

原来如此，不是没有灵田，而是他的灵田形态不同。

寻常人的灵田是藏于经脉深处，可大可小。

顾见深的灵田却是身体的血液，血液不停流转，循环往复，进而生生不息。

这很奇妙，细想之下又非常厉害。难怪他会是未来的天之骄子……

有这体质，他真正修炼起来，速度哪是普通人可想的！

这书卷上只提到了这个体质以及验证方式，其他的却没详写，不过这也算是巨大收获了。

沈清弦不用验证也能确定，顾见深十有八九就是这万血之躯了。

红发红眸不提，单单是他日后那修为境界，也足以证明他绝非凡胎！

当然再怎么确定还是要验证下，以求万全嘛。

沈清弦现在就想去找顾见深，但这时间他肯定睡了，顾见深还是要好好休息，这样才能修炼有道。

沈清弦耐下性子，在床上翻来覆去半天，总算是勉强睡着了。

第二日天一亮沈清弦就想去寻顾见深，然而他还要晨练，还要去悟道堂，还有一堆功课。

沈清弦这一整天都坐立难安，七师兄瞪了他好几眼："老实点儿！"

沈清弦：好想翘课！

总算挨到下课，沈清弦急忙出屋，顾不上和七师兄打招呼便回了院子。

七师兄也很气了，想把他拎回来让他好生喊一声"师兄"，不过沈清弦最近穿得太正常，七师兄看着赏心悦目，不禁又对他宽容了许多。

沈清弦在屋里等了好一会儿，实在着急，干脆去门外站着等。

结果他刚开门就看到了顾见深，顾见深正想敲门。

沈清弦立马说道："敲什么门？直接进来就好嘛。"

顾见深心里一暖，说道："我怕你不在。"

沈清弦道："我不在你也只管进来，没事的。"

顾见深抿嘴笑笑，没再说什么。

沈清弦拉着他进屋，急于和他分享好消息。

两人进屋，沈清弦关了门便道："告诉你一个好消息。"

沈清弦也顾不上卖关子了，赶紧道："我查了资料，发现一个很特殊的体质，但凡是这体质的人皆是红发红眸，而且体格异于常人……"

顾见深一怔，想的却是：沈清弦专程给他查的资料吗？

沈清弦继续说道："这体质叫万血之躯，血液即灵田，非常厉害！"

这话让顾见深回神，他问道："我是吗？"他不敢抱有太大希望，因为希望落空，失望更甚。

沈清弦谨慎道："我这儿有个验证方法，你想不想试试？"

顾见深顿了一下。

沈清弦又道："别怕，试或不试都没关系。"

怎么会没关系呢？顾见深不想沈清弦的希望落空，也不愿沈清弦为他付出的努力白费。

只不过这种事向来是天注定的，人力不可为。

顾见深垂眸道："来试试吧。"

其他的莫想，总之他不能辜负了沈清弦的一番期待。

沈清弦道："那得先脱衣服！"

顾见深忍不住问道："为什么要脱衣服？"

沈清弦说："说起来太麻烦，总之你信我便好。"

他自是信沈清弦的，只是……

沈清弦见他磨磨蹭蹭的，又道："你先脱着，我去准备一下，一会儿喊你。"说完沈清弦去了后头。

顾见深在原地站了好一会儿，还是听话地把衣服脱了，他很担心自己再磨蹭，沈清弦会不开心。

他脱了外衣，只着一条长裤，等着沈清弦叫他。

没一会儿沈清弦出来了，挽起了袖子，露出白生生的手腕，招呼他道："快进来。"

顾见深走过去，实在闹不清这是要做什么。

他本以为这扇门后面是一间屋子，没想到竟是个云雾缭绕的露天温泉。

顾见深不明所以，沈清弦已经在往灵泉里倒东西。

大约是这温泉太热，沈清弦面上竟飘起了一层薄红，开口说话的声音似乎也与平常不太一样："入水吧。"

顾见深："嗯。"他低着头走进了温泉。

沈清弦已经把瓶瓶罐罐都倒完了。幸亏如今的顾见深不懂这些，否则他一定会震惊到不敢下水。

这些瓶罐里装的可不是凡物，而是大量兽丹凝炼出的灵液。虽然不是高阶凶兽的至纯灵液，但这些也是宝贝了。时不时用上一瓶，对修为都是有极大益处的！

可如今沈清弦却好像在倒凉开水一样，一瓶又一瓶往水里倒，任谁看到了都得大喊一声："'豪'无人性啊！"

抱歉……这点儿东西，别说亿万年后的尊主大人，即便是现在的沈清弦也不是太在意。

沈清弦倒完灵液，温泉水的颜色都变了，本来是澄澈的，现在像是敛了月华一般，成了漂亮晶莹的颜色。

顾见深忍不住问道："这是什么？"

沈清弦道："一点儿小玩意。"

顾见深隐隐觉得这玩意不小……

一切准备就绪，就该上正菜了。

沈清弦道："一会儿我会在你身体上扎几针，不会太痛，但可能出血会有些多，你别担心。"

顾见深应道："嗯，我不担心。"

沈清弦仔细想想，觉得应该没什么了，便走近他道："我要开始了。"

顾见深赶紧闭上眼睛："好。"

沈清弦以为他还是有些紧张，不禁有些好笑道："放心啦，我手法真的很好，绝对不痛！"

沈清弦就在顾见深身后的池边上，当沈清弦的手落在他肩上时，他忽然躲了下。

沈清弦没防备，身体竟然向前倾了过去。

其实顾见深不是故意的，他完全是不受控制的，身体本能地躲闪。

而沈清弦为了能更好地给他施针，整个人都待在池边上，伸手是想借助顾见深的身体来支撑自己的。结果顾见深一躲，沈清弦失去了支撑点，一下子摔了下去！

顾见深本来躲开了，但看沈清弦要摔下来，又本能地靠前，一下子将其扶住，等反应过来之后，又一把推开了！

沈清弦无语了。他是真惨，先是摔下来，浑身都湿透，好不容易被顾见深接到，正想借力起来，结果这浑蛋又把他推开了。

沈清弦失去平衡，整个栽进了水里，甚至还被灌了两口温泉水。

这就很让人火大了！若非眼前人是顾见深，沈清弦早就发脾气了。不过这会儿沈清弦的心情也好不到哪儿去。

顾见深意识到自己做了什么后，又着急地来扶沈清弦，沈清弦瞪他一眼："刚才干吗松开了！"这一眼，含着薄怒，不似真正生气，反倒像是在和他抱怨。

沈清弦这次可不想让他跑了，一把抓住他，借他的身体站了起来。

他们这会儿可是有正事要做的，沈清弦便道："这里热，我们赶紧开始，你也好快些出去凉快一下。"

顾见深能做的只有连连点头。

沈清弦再度来到池边，正式给他施针。

这验证方法不难，对沈清弦来说更是简单得很。

只需要在几个重要的血眼上扎针，让顾见深的血溢出来，若是血中有灵田，那就会自发吸收泉水中的灵液，而灵液也会顺势涌入顾见深体内，帮他充盈灵田。

这也是为什么沈清弦要弄这么多灵液，反正要扎针，不如一举两得。

沈清弦动作很快，顾见深只觉得某些地方被蚊虫轻轻叮了一下，完全不痛，然而溢出的鲜血却实在不少。

顾见深闭着眼，什么都看不到，沈清弦却整个人看怔住了。

正常人的血液虽然也不会极快地溶于水，但绝对不会像他的血这样凝结成一枚枚漂亮的红珠子。

灵液的颜色是流光溢彩的，它们本想吞噬掉这些血液，然而却被这鲜红给包裹，进而便像遇到漩涡一般，疯狂地涌了进去。

血液凝结成珠，鲜亮的红色散发着浅淡的灵光，仿佛坠入凡间的赤月。

沈清弦伸手碰了一下，红色珠子滚落在他掌心，圆润可爱。

沈清弦就很心动了！

紧接着血液像是苏醒过来一般，本来向外溢着鲜血的地方开始快速反噬着温泉中的灵液，不过须臾间，池水恢复成原有的碧绿色，灵液全部被吸纳殆尽，连那些红色小珠子都回到顾见深体内了。

只留下一枚——沈清弦掌心这一枚。

顾见深察觉到身体的异样，他猛地睁开眼，红眸中隐隐藏着些星光。

沈清弦对他展颜笑道："没错，你的确是稀世罕见的万血之躯！"

巨大的喜悦冲进心房，顾见深认真看着沈清弦道："谢谢你！"

如果没有沈清弦，他哪里会知道这些？如果没有沈清弦辛苦帮他翻阅资料，他还要错过多少时间？体质再好，不修炼也是废物，百年过后，他岂不遗憾终生！

更何况……若是能修炼，他是否就有机会同沈清弦比肩，是否有可能真正和沈清弦成为朋友？是否……

顾见深满心都是喜悦，真的不是单纯的谢谢能够表达的。

沈清弦却笑道："谢我做什么，我又没法给你变出这体质。"

顾见深还想解释，沈清弦却打断他道："你可别高兴得太早了，修炼可是很辛苦的事。"

顾见深道："我不怕吃苦。"

沈清弦又说："不只是要吃苦，而且很枯燥。"

顾见深道："只要能修炼，我什么都不怕。"

听他这么说，沈清弦觉得有趣，眼睛一弯，逗他道："若是从此之后，我都不理你了，你会怕吗？"

顾见深一下子愣住了。

见他这样，沈清弦又马上心软，笑道："好啦，逗你的，我怎么会因为你能修炼而不理你呢？"

顾见深其实也知道沈清弦只是在开玩笑，可是听到那句话的时候，他心中涌起了真正的恐惧。如果……真有这样的选择摆在他面前，他该怎么办？

放弃修炼，还是放弃和沈清弦做朋友？他清晰可辨地察觉到了，自己心底隐隐升起的念头是前者。

干完正事，沈清弦又有闲心了，含笑说道："你让开点儿，我也想进来泡泡。"

顾见深猛地回神。

沈清弦又道："怎么，我给你忙碌半天，你还不让我泡个澡？"

顾见深赶紧说："你来，我出去了。"

沈清弦说："你去哪儿？"

顾见深说道："时候差不多了，我……我该回去了。"

沈清弦也怕他回去晚了被人发现，便没留他。

顾见深走后，沈清弦兀自笑了会儿，还真脱了衣服，去池子里泡了泡。

他掌心有一枚鲜红的珠子，正是顾见深的血和灵液凝结而成的，他觉得它可真漂亮。

沈清弦把它放到水中，看着它起起伏伏，他笑了笑，小心地将红珠子拿起，看了好一会儿。

确定了顾见深的体质后，沈清弦又忙了起来，一来他要应付越来越繁重的修炼功课，二来他还要继续翻找和万血之躯相关的资料。

万血之躯如此特别，修炼起来肯定会有些困难的关卡。这点沈清弦很清楚，因为他自己的体质就非常少见，虽然修炼起来事半功倍，但也有些很让人困扰的难点。

他打算先教顾见深最简单、最基础的心法，让顾见深学会纳气入体，以便日后能正式入门。同时他再继续查找相关资料进而找到甚至是总结出更加适合顾见深的修炼方法。

日子过得飞快，顾见深本就聪慧，悟性又高，学起来事半功倍。

这么简单的心法顾见深学得极快，而且极精极好，让沈清弦都有些惊讶。

练气是打基础的时候，说快也快，说慢也慢。正常情况下，十年八年是有的，当然资质极好，且有特殊机缘的话，一两年也有可能。

而真正的天才，可能只用几个月，就像沈清弦，还有现在的顾见深。

这日两人修炼完毕，沈清弦说道："再过两个月，各峰门会开始纳新，你去试试，正式拜入宗门吧！"

顾见深自是应下。

沈清弦想了一下又问："你打算进哪一峰？"

顾见深毫不犹豫地说道："上信峰。"

果然……沈清弦也不意外，他是上信峰的，如今顾见深就是奔着他来的，肯定想和他同在上信峰。

其实沈清弦也极想顾见深来上信峰，试想一下日后顾见深就是他的小师弟，两人还能同居一处，一起修炼，一起试炼，一起长大！

沈清弦赶紧打住，默念两声：这是幻境，这是幻境，解心结才是最重要的事！

他想和顾见深待在一起，出去了有的是机会！

再说了他们不拜入同一峰，很多事也可以一起做的嘛。

沈清弦安慰完自己便开始说服顾见深："我不建议你来上信峰。"

顾见深显然没想到他会这么说，诧异地看向他。

沈清弦细细解释道："你别多想，我自是想和你一起修炼的。"

这话立马让顾见深心里一暖。

先喂个甜枣，沈清弦再继续说道："只是上信峰实在不适合你，当然我师父是极好的，不过他可能不会收你做亲传弟子。"

他一本正经地扯道："你也知道的，我已经很惹眼了，如果师父再收下你，只怕其他峰会不满，师父即将接任掌门，肯定会专注于各峰平衡，他更加在意的是整个万法宗，而非一个上信峰。"

顾见深很想说自己不当亲传弟子也没事，但这话又说不出口。

因为顾见深想和沈清弦一样优秀，想成为能够让沈清弦骄傲的人，而且还想快一些，更快一些……而这样的话，自行修炼是很难做到的。尤其顾见深这体质特殊，指不定日后会遇到什么关卡，这些沈清弦也都给顾见深讲过。

沈清弦又安慰道："好啦，反正我们同门，日后常走动别人也说不得什么。"

顾见深只能应下。

沈清弦又道："我觉得你还是拜入上德峰吧。"

顾见深也在想这个。各峰都有各自的特色，上信峰和上德峰都很适合他，既然去不了上信峰，上德峰就是最好的选择。

沈清弦继续哄道："上德峰峰主是极好的人，他同我也很亲近，你日后讨得他喜欢了便同他说说我的好话，我就能常去玩了！"

上德峰峰主虽然是沈清弦师父的师侄，但其实年纪比沈清弦师父还要年长一些，是个非常慈爱有趣的老者。

当年沈清弦出了事，上德峰峰主吹胡子瞪眼，非说上信峰峰主照顾不了他，要接他去上德峰教养。

这事自然没成，但从那之后，哪怕上德峰和上信峰事事针锋相对，但上德峰峰主却对沈清弦另眼相待，极其喜爱。

顾见深道："好，那我就去上德峰。"

两人说定，沈清弦又嘱咐道："到时候入门考核，有人问你体质问题，你只说不知道便行，至于为什么能修炼，是你一直觉得自己身体好，又常年在上德峰打杂，对修炼的弟子们很是歆慕，便攒钱买了本基础心法，想着试一下，谁知发现自己有灵气涌动，于是想再来一回入门考核。"

他想得如此周全，顾见深心里很暖。

等顾见深离开了，沈清弦脑中闪过一个念头。如果说当年的他和顾见深已经相识，那顾见深发现自己能修炼后，肯定是想去上信峰的，可为什么又去了上德峰？

沈清弦有些尴尬地想着，难道是他当年作死，弄得师父发誓"绝育"，顾见深一看没法成为亲传弟子所以改去了上德峰？

沈清登时心虚了。

其实他也明白，自己作死是次，宗门平衡是主，即便师父不"绝育"，也会将顾见深送去其他峰门。但他心里还是有些不舒服，越想越觉得自己亏欠了顾见深。

于是他又开始没日没夜地翻找资料。

正所谓功夫不负有心人，没想到还真让他又寻到了一张残页。

万血之躯，想要真正觉醒，需要目睹重要之人的生死一瞬。

沈清弦盯着残页看了好一会儿，最终还是叹口气将其放下。

信息简单明了，就只有这么多，后面的暂时不知道。

可只是觉醒就这样了，日后……顾见深这体质很虐啊。

沈清弦不禁想着，当年上德峰的意外恐怕和顾见深这体质脱不了干系。

无论是直接还是间接，总之是有些缘由的。

当然以现今的时间点来说，他还急不得。

那事发生时，他都已经去云游四海了，估计至少是金丹修为，顾见深能犯下那等杀戒，境界上比他只多不少，可能还要高很多。毕竟当时顾见深和上德峰峰主都打了个平手，并且逃脱万法宗的追捕，走过妄烬星海，进了心域。

所以在这之前，顾见深肯定早已觉醒了万血之躯。

那么……这个生死一瞬的重要之人是谁？

沈清弦琢磨着琢磨着，就有点儿不舒服了。

不舒服了一会儿，他又想开了，管他之前如何，反正这次他要当顾见深的重要之人，不就是生死一瞬吗？他死给顾见深看、再活给顾见深看，保证让顾见深的小心脏上上下下，起起伏伏，酸酸爽爽。

等幻境结束，顾见深再看这一段，估计就只剩下开开心心啦。

第四章

生死一线

峰门纳新自然是水到渠成，顾见深顺利通过所有考核，最终也如愿拜入上德峰。

他的体质如此特别，理所当然地被瞒了下来，对外只说是早年受了些压制，隐匿了灵田，年龄到了自然解放，这才可以顺利修炼。

万血之躯本来就是闻所未闻的东西，外行人想都不会想，内行人又都有保密的自觉。

顾见深成功拜入宗门，沈清弦瞧着比他还要开心。

因为正式的入门日子还未到，所以顾见深仍住在杂役处，沈清弦挑着时间来找他，见面便道："恭喜啦，顾师侄！"

顾见深笑笑，低声唤道："见过师叔。"

"师叔"二字顾帝尊不知道说过多少次，那时候沈清弦不觉得怎样，可如今听来，竟有些奇妙。

沈清弦说道："听起来我比你老了好多岁。"

顾见深道："这是辈分。"

"不好不好，就我们俩人时……"沈清弦含笑看他，"你就叫我哥嘛。"

这个沈哥和哥哥的差别可不是一星半点，顾见深哪里开得了口。

沈清弦清清嗓子道："反正别叫我师叔，我没那么老。"

顾见深薄唇动了动，似乎叫了一声。

沈清弦没听到，凑近他道："什么？"

顾见深说不出来。

沈清弦离他很近，眼巴巴地看着他，漂亮的眸子里似乎有期待。

顾见深怎样都没法将那一个字从喉咙里放出来。

他转身道："我去准备晚餐！"

"哎……"沈清弦欲拉住他，发现这小子能耐了，竟然跑得飞快！

沈清弦独自嘟囔着：不就是一声哥？叫了又能怎样！

成功拜入师门是值得庆祝的事，顾见深的厨子梦终于破碎，沈清弦很是欣慰。

不过为了庆祝这个开心的时候，顾见深还是用自己苦练许久的厨艺大展身手，做了丰盛的晚宴。

虽然只有他们二人，还是在一个破旧的杂役屋里，可是快乐洋溢在窄小的空间里，填满了两个人的胸腔。

沈清弦看看满桌子菜，惊叹道："你可真厉害。"

顾见深笑了笑，很是满足。

沈清弦抬眼看他，逗他道："你这手艺却是要荒废了。"

顾见深摇头道："我本来也只想做给你吃。"

这话因为说得太自然反而让人心里更暖，沈清弦弯着眼睛笑笑，说道："原来你只想当我一个人的大厨？"沈清弦话锋一转，又道，"可惜，你注定要失望了。"

一句话让顾见深的心跳戛然而止，似是凝滞了一般，紧接着一股难堪霸占了所有神经，他垂眸，想要解释。

沈清弦继续说道："我以后可是要辟谷的，你这唯一的食客将来不吃饭，你这厨子还有何用？"

顾见深呆了呆。

沈清弦看他这样，笑道："好啦，别伤心，即便我辟谷，但只要是你做的，我一定会吃！"

顾见深瞬间被无数温暖包围，他本以为……他……

这心情到底有多复杂，简简单单的几个词汇当真无法形容，他刚才好像身处冰窖，而下一瞬又被温暖和柔软的被褥团团包裹。

顾见深眸色极其柔和："只要你想吃，我一定会给你做。"

沈清弦抿嘴笑笑，心里美滋滋的，仔细想想顾见深虽然没了这段记忆，但是认真履行了这个承诺。两人亿万年后相遇，他可不就是整日伺候沈清弦吃喝嘛！

沈清弦心情大好，说道："好啦，不聊了，一会儿饭菜都该凉了！"

顾见深给沈清弦摆好碗筷，说道："尝尝吧，不知道合不合你胃口。"

沈清弦道："我不挑食。"顿了一下，竟又补充了一句，"只是有些挑人，放心，你做的我肯定都爱吃。"

顾见深开心坏了！

沈清弦单吃还不过瘾，心思一动又道："美酒佳肴，可惜缺了一半。"言下之意就是想喝酒了。

顾见深正是头昏脑涨的时候，当即说道："我去买。"

沈清弦拉住他道："好啦，我们这年纪不适合喝酒。"未成年饮酒，怕是要被邢堂给抓去再教育一顿。

吃饱喝足，沈清弦又开始愁了。

"你拜入上德峰，肯定会有自己的小院，到时候我们就不能随意见面了。"

上德峰和上信峰历年来都竞争激烈，各峰管制很严，公共区域不论，但居住区却是有门禁的。

顾见深已经习惯了每天下午和沈清弦待在一起，冷不丁地见不了面……

沈清弦的心情可能更难过些，毕竟沈清弦来这幻境的目的就是帮顾见深解开心结，见不到他，还怎么帮他？

想来想去，沈清弦竟灵机一动："有了！你可以把杂役处的小院留下来。"

顾见深问道："留下来？"

沈清弦道："对啊！你好歹也是上德峰的正经弟子了，留那么个小院也是可以的！他们肯定能同意。"

顾见深隐约知道沈清弦在想什么了。

只见沈清弦眨了眨眼睛，轻声说道："到时候，我们还可以在这里见面！"顺便装修一下，安张大床，自己也要午休……哦，好像一张床不够，那就两张床嘛！

沈清弦想得很来劲：亿万年后顾见深给他们布置的房子非常美，特别合自己的心意，所以这次自己要礼尚往来，布置一个更加美的屋子！

如沈清弦所言，顾见深一开口，杂役处的院子就成了他的。

房子归属权落定，沈清弦便兴致勃勃地去买了一堆东西，他怕被七师兄看见后训他，悄悄把东西藏在乾坤袋里，半点儿不敢露馅。

以前都是顾见深在屋里等着他，现在顾见深刚刚入门，正是最忙的时候，反而成了他等顾见深，但是沈清弦很开心，想着要快些安置好，快些给顾见深惊喜。

虽然一开始沈清弦想的是礼尚往来，但现实比较残酷，他如今可没有亿万年后的顾见深那般有钱。即使他品位很高，也找不到十分心仪的家具，他只好退而求其次，勉强弄了些顺眼的。

如今他倒是可以体谅十四岁的自己了，不是他想辣人眼睛，实在是钱不够的话，这红金二色真是难觅佳品。

一下课，沈清弦饭都没吃，便到杂役处的小院里开始忙活。亏得他体力好，要不然这又是床又是桌子、椅子，还镶金带宝石，真不是一个人能够搬得动的。

他自己忙得热火朝天，身上出了汗，却也不觉得难受——要知道沈清弦可是个极其讨厌出汗的人。

眼看着桌椅安置下来，一张床放好后沈清弦发现朝阳的地方太小，第二张床有些放不下了。最后他索性先不放了，等顾见深回来后问问顾见深的意见再说。

折腾了这半天，他出了一身汗觉得很不舒服，这地方又没他的换洗衣裳，他便想先回自己的院子，收拾利索再过来。

他生怕错过顾见深一脸惊喜的模样，所以动作麻利，没多久便又回来了。

巧的是顾见深也刚好回来了，两人在路上相遇，俱是一脸惊喜的模样。

沈清弦问道："怎么样？上德峰的人待你好吗？"

顾见深说："师父慈祥和蔼，师兄们也很照顾我，都很好。"

听顾见深这般说着，沈清弦心里又开心又有一点小不开心，这大概就是怕顾见深有了新朋友，忘了旧朋友。

这念头刚在脑中闪过，沈清弦便十分嫌弃自己：什么岁数的人了？怎么越活越回去了！

谁知一直闷里闷气的少年顾见深竟然开口说道："上德峰什么都好，只是没有你。"

这话瞬间让沈清弦心里的那点儿不舒服消失不见了！

他眼中带了笑意，看向顾见深道："我若在上德峰，那你可就不是你师父最宠爱，你师兄们最照顾的人了。"

顾见深笑笑，说道："他们宠爱你、照顾你，我便很开心了。"

两人有说有笑地进了杂役处的小院，推开门一看，顾见深愣住了，沈清弦满心等着他开心雀跃的模样。

结果顾见深一脸惶恐道："不知是谁闯了进来，竟把屋子折腾成这样，你莫要急，我这就重新整理一下。你若是觉得无趣，便先回去吧，等明天再过来！"

他说着这样的话，心里很复杂：他有些不安，怕沈清弦不喜这杂役处，以后不来同他见面；又非常遗憾，好不容易两人有了时间，能好好说说话，却又因为屋子被弄得乱七八糟而不得不分开……虽然明天还可以见面，但少了一天，对顾见深来说也是憾事一件了。

沈清弦愣住了，有些没听明白：顾见深说了这一大堆是什么意思？哪有人来弄得乱七八糟，而且这房间又哪里乱七八糟了？

见沈清弦不出声，顾见深又道："是我不好，没有提前设下禁制，让人随意闯入了，你不要生气好吗？"

他说得这般小心翼翼，沈清弦可以说是非常无语了。

过了好一会儿，沈清弦说道："嗯，这杂役处我已经设了禁制，寻常人是进不来的。"

顾见深哪里想得到后面的"情节"，他疑惑道："那这是谁进来弄的？难道是我十八师兄？"

虽然顾见深入门不久，但也知道自家十八师兄的性格，出了名的调皮捣蛋，特别喜欢恶作剧。

沈清弦也早听闻过上德峰老十八的丰功伟绩……这就不开心了，上德峰十八那小子只会干坏事，哪里会给人布置屋子！

其实两人说到现在，沈清弦也明白了。沈清弦问他："你觉得这屋子里乱七八糟吗？"

顾见深道："也不是乱，只是这些家具……"他想着这可能是十八师兄弄的，自己再怎样也不该妄议师兄，便没直接说出来。

但只是这半句话也让沈清弦听明白了，盯着他又问："你觉得不好看吗？"

顾见深如今可不是亿万年后那个善于揣摩人心的心域帝尊，他相当实诚地说道："不好看。"

膝盖中了一箭是什么滋味？尊主大人已了解。

顾见深还想说话，沈清弦便用很轻、很低，还有点儿委屈的声音说："这是我弄的……"

顾见深诧异道："什么？"

沈清弦低垂着眼帘，可怜巴巴地说道："你这乱七八糟的屋子是我弄的，你觉得这些不好看的家具也是我买来的。"

顾见深大脑还在断线中，他问道："怎么可能，我们不是一起来的吗？"

沈清弦更委屈了，继续说："我忙了一下午，浑身都是汗，刚回去洗了个澡换了身衣服，回来便看到你……"

沈清弦这般说着，顾见深才反应过来，两人见面时，沈清弦身上的确是带着些清淡的香气，原来沈清弦是刚洗完澡……

沈清弦见他不出声，不禁觉得很是尴尬。

沈清弦如今也想明白了，顾见深这喜好原来和自己完全相反。

而且在这幻境中，沈清弦也更了解顾见深了：他幼年时因为这红色的眼睛而备受排挤，想必本身也是不喜欢这颜色的。他如今虽不如初见时那般自卑，可有些东西早就印在骨子里的，哪里是那样轻松就可以消除的？

顾见深明明不喜欢红金二色，可亿万年后却弄得到处都是这样颜色的东西。

修真界不提，第一次在凡世那三十年，沈清弦真的以为他和自己喜好相同，都爱这大金和大红。

如此看来，却是他在迁就自己，以自己的喜好为准，全是为了让自己开心才那般布置的。

这么想着，沈清弦心底就涌来一股说不清的开心，摇头笑着，觉得自己真古怪。

顾见深这边却有些慌了。怎么回事，这些竟是沈清弦布置的？而且是折腾了一下午，折腾到大汗淋漓？可是……

顾见深又想起自己说了什么，顿时他额间也"大汗淋漓"了！他竟然说这屋子里乱七八糟，还说这些家具不好看！沈清弦辛辛苦苦给他收拾的，他竟然如此伤沈清弦的心，一时间顾见深很想砍死刚才的自己！

可说出去的话，泼出去的水，哪里收得回来？

怎么办，这下沈清弦肯定生气了。他不愿沈清弦生气，更不愿沈清弦因为他而生气。

顾见深正不知道该说什么，沈清弦又道："是我不好，只顾着自己的喜好，都没想想你是否喜欢。"

顾见深很不安。

沈清弦继续说道："好啦，你不喜欢的话我们就换一换。"

顾见深猛地回神，连忙道："喜欢！"他因为太着急，所以声音说得快又大，像是喊出来的。

沈清弦笑了，说："你没必要委屈自己，喜欢就是喜欢，不喜欢就是不喜欢，没关系。"

顾见深说："我真的喜欢，一想到是你为我准备的，我便喜欢得不知该如何是好。"

沈清弦本来就没生气，听他这话，心里更是别提多开心了！

沈清弦看向他，试探地问道："那我们就不换了？"

顾见深笃定道："绝对不换！"

沈清弦笑弯了眼睛，说："我特别喜欢这种色调，你看那块红宝石是不是有你眼睛的百分之一光彩？"

顾见深看过去，那是一块很漂亮的红宝石，虽然有些瑕疵，但是色泽光亮，绝非凡品。这样漂亮的宝石，沈清弦竟说它不及他眼睛的百分之一？原来沈清弦是真的觉得他的眼睛好看。

顾见深被人嫌弃了那么久，连自己都厌恶这眼睛了，没想到竟然得到了沈清弦的欢喜。

这时候顾见深觉得自己前面十多年的经历全都不值一提了。用那十多年来换沈清弦一句肯定，他觉得很值，太值了。

顾见深前所未有地庆幸着：他有这一双眼睛，有万血之躯，有和沈清弦相遇的机会，更有了和沈清弦长久做朋友的可能。

沈清弦还挺好奇的，问他："你喜欢什么颜色？"

顾见深看看沈清弦，低声道："也没什么特别喜欢的。"

沈清弦又说："我……我身上衣服这样的颜色？"

顾见深低声应道："嗯。"

沈清弦笑了，说："我可不喜欢这颜色……我喜欢红色的，等有机会你穿红色的衣裳好吗？"

顾见深对沈清弦是千依百顺，恨不能现在就找件红衣裳换上。

沈清弦继续说道："我不喜欢身上的衣服，但我七师兄总让我这样穿，我惹不起他，自然就只能穿这些了，不过……"沈清弦顿了一下，又说道，"以后我也可以天天穿。"

顾见深闷声道："好……"

虽然只说了这一个字，可他心里却涌动着千言万语，只是不知该如何组织这些语言，也不知该如何安抚这心情，甚至不知该怎样让这满满的感动和快乐别溢出来。

然而他胸腔里的感动和快乐是注定要溢出来了，因为它们实在太多了！只听沈清弦又说："我买了两张床，以后我也在你这里歇息吧。"

顾见深满脸的不可思议："你也要……"

他话没说完，沈清弦故意道："怎么，我好不容易布置的屋子，我还不能睡吗？"

顾见深赶紧说道："能，当然能！"

沈清弦笑道："那你说我的床该放在哪儿？"

这杂役处的小屋子实在不大，摆了一套桌椅又摆了一个大大的衣柜，剩下的地方着实不多，更不要提还有顾见深那一张床。仔细瞧瞧最妥当的地方就是顾见深的床旁边，他只得说道："放到朝阳的地方吧，这样床褥还干燥些。"

听他这话，沈清弦说道："朝阳的地方就那么大，你的床已经放那儿了。"

顾见深说："没事儿，我睡哪儿都行。"

沈清弦道："这是你的屋子，怎么可以委屈你？"

顾见深说："我不委屈！"他怎么可能委屈，别说这是能遮风挡雨的屋子了，哪怕是睡在外面，他也不会有丁点儿委屈的。

沈清弦反驳他："你不觉得我觉得。"

说罢，沈清弦干脆把床拿了出来，就放在他的床旁边，沈清弦轻声道："朝阳的地方就这么大，我们把床挨近一些不就行了。"

顾见深道："好。"

如此这般，两人算是安顿下了，沈清弦看看这屋子，便觉得很开心。

沈清弦说："好啦，累了一天，我们早点休息吧！"

顾见深道："今晚就睡在这儿吗？"

沈清弦说："不然呢，你还要再跑回去吗？"

顾见深当然不想回去。

沈清弦已经脱去外衣率先上床了，说道："我已洗过澡了，就不等你了。"

顾见深说："那我去洗澡了。"

沈清弦说："去吧去吧。"说着沈清弦已经坐到床上。

顾见深从浴室出来，也睡到了床上。

迷迷糊糊中顾见深做了个美梦。

醒来时，他发现沈清弦已经离开。

顾见深也有早课，他连忙收拾了一下床褥，又换了身衣服，便赶紧去上课了。

安逸的日子总是过得很快，仿佛眨眼的工夫，顾见深就已经忘记了之前的孤单苦痛，只剩下眼前的温馨。

沈清弦坐在床边跷着腿看着眼前的高大少年。

上德峰的伙食非常不错，还没多久，顾见深又结实了很多。

如今顾见深正如日中天：上德峰的天骄，最得宠的小弟子，已然是万法宗的风云人物。谁能想到就在不久前，这个少年还只是上德峰杂役处的一个小小仆人？甚至还因为红色的眼睛遭人排挤，并且因为送餐晚了，而遭到惩罚。

察觉到沈清弦的视线，顾见深转头看他："怎么了？"

沈清弦道："我怎么觉得你长高了。"

顾见深反问："有吗？"

沈清弦走过来，站在他面前用手比了比："我觉得你好像比我高了一点点，明明之前还比我矮一点点的！"

顾见深看着近在眼前的沈清弦，为了比身高，沈清弦离他极近。

顾见深后退一点，低声道："该吃饭了。"

沈清弦说："我多吃点，再过几个月就是我比你高了。"

顾见深道："那我多给你做些长个的东西吃。"

沈清弦说："那你得比我少吃点。"

顾见深笑道："好。"仅仅一个字，可语气却是非常纵容了。

沈清弦又变卦了："不行，你也得吃，你本来就缺营养，还是好生补补吧！"

顾见深如今也敢和沈清弦调侃了，他说："那我比你高了怎么办？"

沈清弦瞪他一眼："比我高了，我也是你哥，来，叫一声哥。"

顾见深还是说不过沈清弦，他转移话题道："我去给你盛饭。"

沈清弦最爱逗他："叫声哥又怎么啦？我还当不得你哥吗？"

很后来的时候，顾见深倒是叫了……

吃过饭沈清弦问他："我看你在现在这个阶段也停了很久了，怎么一直没突破？"

顾见深道："应该是可以突破了，但似乎被什么东西绊住了，始终不能筑基。"

上德峰峰主最近也在为这事焦头烂额，隐约知道可能是顾见深这独特的体质带来的问题。但是他这体质太罕见了，一时间也找不到可参考的资料，所以还真弄不清是怎么回事。

不过也不急，寻常人在练气阶段都会停留很久，顾见深这已经是神速了，再等等也是好事，基础打牢一些对以后也是很有益处的。

他们弄不清是怎么回事，沈清弦却是知道的——估计顾见深想要筑基，必须彻底觉醒万血之躯，只是这觉醒的条件……

沈清弦叹口气，看来自己得付出一把了。

沈清弦倒不担忧，毕竟这只是幻境，以自己的神识，不会因为在幻境中的危险而真正受到伤害。只是沈清弦有些心疼顾见深，他这么重视自己，自己生死一线时他肯定会十分难受吧？

不过也没办法，不继续走下去，又怎么能找到真正的心结。

所谓心魔幻境，并不是要将过去的事重新来一遍，而是要找到那事发生的缘由，找到顾见深最难过、最痛苦、最不能释怀的那一部分。

进而由沈清弦来化解，这样才是真正破除心魔。

沈清弦干涉不了早已发生的过去，但可以在幻境中给顾见深温暖。

这样等沈清弦出去了，顾见深还是有这一段记忆的。到时候现实的残酷和幻境的美好交叠在一起，那么残酷的现实也就变得没那么可怕了。

尤其出来之后,沈清弦还会在他身边,这样的话幻境的记忆也可以当作是真实的。

想这些还太早了，眼下沈清弦更惦记的是让顾见深觉醒万血之躯。

该怎么办呢？沈清弦待在万法宗是肯定不会有危险的，所以要出去，而且要和顾见深一起出去。

那么，去哪儿好呢？

正所谓瞌睡来了，就有人递枕头，沈清弦正犯愁，宗门内的长老便带来了一个好消息，他们发现了一个小世界，刚好适合练气高阶的弟子去突破境界。

这样的小世界，一般情况下有修为限制，过了金丹期的人肯定是不能进去了，但为了保护弟子们的安全，宗门一般会派筑基高阶的人去看护。

沈清弦这个筑基高阶的人刚好合适！

这下妥当了，沈清弦可以和顾见深一起去小世界，到时候……

一想到顾见深的小心脏马上要受到重创，沈清弦便想对他好一点，这也算是提前给颗糖，然后再抽一鞭？

不过放心啦，鞭子后面是用蜜泡过的甜枣！

第二天，沈清弦一大早就去找顾见深，同他说了去小世界的事。

顾见深问："你也去吗？"

沈清弦说："对，我作为你们的领队跟去，是要保护你们的。"

虽然顾见深才正式拜入宗门，但其实早就在这里待很久了，尤其食堂那种地方本来就言多嘴杂，所以他知道不少宗门的规矩。

比如这"为低阶弟子护航"的任务，大多数高阶弟子都不喜欢去。

因为这是个出力又讨不到好的事，低阶小世界，对于高阶弟子来说，去了也是白去，于修为没有任何益处，也没有什么可以用的宝贝。况且以看护的身份进去，高阶弟子还要担起责任，万一出了事，回来是要受罚的。所以大多数情况下，这种任务都是强行发的，极少有人主动申请。

像沈清弦这种天骄，更是连去的必要都没有，试炼处压根都不会给沈清弦发布这样的任务。可此时沈清弦却说要去……

顾见深忍不住问道："是因为我吗？"

沈清弦说："当然，要不是你去，我干吗要接这任务？"

顾见深心里一热，说道："我自己去就行，你不要浪费时间了。"

沈清弦说："怎么会是浪费时间？我们好不容易能一起出去，你不欢喜吗？"

顾见深说："我自是欢喜极了，只是不愿耽误你修炼。"

沈清弦说："耽误点又怎样？我可比你高了整整一个境界呢！"

顾见深仍是不愿沈清弦辛苦这一趟，但沈清弦执意要去，他也没再多说什么。

沈清弦这边和顾见深说得很好，听起来是百分之百能去，但等他提交申请时，却遭到了残酷拒绝。

他七师兄找上门来："你又要去折腾什么？"

沈清弦理直气壮道："我这是去友爱同门。"

他七师兄才不相信，道："那小世界里什么都没有，黑漆漆的，出产的灵玉、兽丹也大多数是白灰色的，你去了也是空手而归，快别耽误时间了。"

沈清弦说："师兄你怎能这样想我？我此行真的只是为了照顾同门。"

七师兄哪里会信？认定他是要去调皮捣蛋。

沈清弦如今可不是真正的十四五岁，他说："师兄你让我去吧，我平日里得罪了不少人，此行也能赚些人缘，更能让大家知道我并不是特例，该做的都得做，是一样的。"

他说得这般正经，七师兄倒也觉得有些道理，狐疑地看着他："你当真……"

沈清弦说："我若真调皮捣蛋，回来你尽管抽我！"

七师兄冷哼一声："你给我谨慎些，若真惹事，我可不会手软！"

沈清弦连声应下，恨不得发几百个誓。

七师兄考虑到他最近的确很听话：不乱穿衣，不乱敲诈，言行举止都比往常好很多，所以对他多了些信任。

七师兄虽隐约觉得他此行另有目的，但仔细想想，也不过是那些金啊红的小心思，索性就由他去吧。日日在山上修炼本也枯燥得很，沈清弦正是最活泼好动的年龄，想要下山玩玩也情有可原。

七师兄又嘱咐他一番，最后放他走了。

沈清弦长吁口气：好险，万一七师兄不让他去，他岂不就爽约了？

眨眼便到了去小世界的日子，沈清弦更像是出去游玩儿的，毕竟这小世界对他来说，实在不值一提。

宗门里去的弟子不少，沈清弦一个人不可能看护全部，所以同行的筑基弟子也有好几个。

看护者每人被分到了六七个练气高阶的弟子，负责照看他们。说是照看，也不是紧跟着，毕竟他们进入小世界为的是突破境界，若是全程有人跟着，那又该怎样经历磨难，又该怎样突破？

所以看护指的是筑基弟子拿着他们的命牌，在小世界中到处走动，若谁有危险，便可撕碎手中与命牌对应的黄纸，届时筑基弟子会及时赶到给予帮助。

一进小世界，大家便分开了，沈清弦自然是跟着顾见深的。

他还对顾见深说："你放心，我定不打扰你，你这次肯定能突破境界。"

顾见深觉得境界都是次要的，更希望沈清弦能玩得开心。

沈清弦略微打量了一下这个小世界：它是一个深入地下的塔状结构，上面最宽，越往下越窄，同时也越危险。第一层还在地面，从第二层开始便是黑漆漆的地下了。

沈清弦再怎么着急，也不会让自己在第一二层就遇到危险，这也太假了，他怎么也得再往下走走。为保证效果，最好是到最后一层，他为了顾见深和凶兽生死一战，岂不帅气？

顾见深哪里知道他脑中这些弯弯绕绕。第一层是一片森林，顾见深小心护着沈清弦，这样护下来，甚至连他的衣摆都是一尘不染。

沈清弦并没察觉到，毕竟他亿万年后从来是不沾丁点灰尘，早就习惯了。

来到这幻境后，他又是第一次来这种地方，也不记得行走其中会是何等脏乱了。

第一层的密林很是茂盛，植物生得密集——高高的树冠遮天蔽日，矮矮的灌木覆盖大地，翠幽幽的小草在缝隙中挣扎求生，也长得比寻常地方要茁壮些。

沈清弦一路看来还是很失望的，七师兄没有诓他，这密林中竟是连朵红花都看不到。如今顾见深已经知道他的喜好，自然明白他想看到什么。这一路走来很是幽静雅致，虽也别有一番趣味，却肯定讨不得沈清弦喜欢。

顾见深说道："这小世界中实在无趣，你若觉得……"

沈清弦打断："小世界无趣，可在朋友身边我便觉得很有趣。"

顾见深听得心里滚烫，越发想好好照顾他。他既为了自己来这种枯燥的地方，自己又怎能让他再受丁点委屈！

走了约两刻钟，沈清弦看到了第二层的入口，一般情况下这种地方都会有危险。

哪怕实际上没危险，当初探索秘境的宗门长老也会适当地引来一些，用于磨炼入此秘境的弟子。

果不其然他们刚刚抵达路口，一只凶兽就从一旁跳出，张牙舞爪地想要攻击他们。

沈清弦可不想被这么丑的大家伙逼入险境。当然他也不会出手，毕竟名义上他们来这是要让顾见深突破境界的。

他只想了一句话的工夫，便听轰的一声，重物倒地，鲜血漫延而出，将周围的植被全都染上了狰狞可怖的黑绿色。

连血都这么丑，沈清弦更嫌弃了。

顾见深道："小心。"说罢轻扶着他，将他略微带远一些，顾见深担心那墨绿色的血液弄脏他的鞋子。

沈清弦出声道："这第一层的凶兽果然难不倒你，这么轻松就解决掉了。"

顾见深也没说什么，只笑了笑。

沈清弦小心避开了血液，说道："走吧，我们下去。"

顾见深松了口气，跟在他身后。

第二层便是地下了，他们一进去发现就是黑漆漆的一片，沈清弦问道："你怕黑吗？"

顾见深说："不怕。"

沈清弦心里直乐，还是这个十四五岁的少年单纯，若是亿万年后那厚脸皮的心域帝尊肯定会说怕然后要安慰……

沈清弦想到这里不禁莞尔一笑，他说道："我怕。"

他是真的怕，至少内心极深处的地方是怕的。哪怕如今他早已克服了，但有些阴影早已成了自主的意识，强行按在他的内心。

他讨厌黑色，讨厌漆黑的地方，更讨厌这种潮湿阴暗得像枯井般冰冷的地下。

他往常绝不会说，但现在他说出来了，也许这才是一种释怀。

顾见深显然没想到他居然会怕黑。

沈清弦又道："你可别笑我，我小时候被人关在枯井中待了三天三夜，从那以后就很怕黑。"

听他此言，顾见深的心如同被针扎了一般，尖锐的刺痛蔓延了整个胸腔，顾见深一下子抓住他道："别怕，我在这。"

沈清弦心里一暖，转头看顾见深，微笑道："你可要抓紧了。"

顾见深凝重点头。

在这伸手不见五指的地方，沈清弦竟也不觉得孤寂了。

顾见深同他说着话，悉心地缓解着他的情绪。

顾见深说："早知道这里是这样的，你就不要来了。"

沈清弦说："我早就知道了。黑漆漆又怎样？你不是说了，你在这儿我就不用怕吗？"

听到这话，顾见深又是一阵感动。

真好，真的好，怎么会有这么好的沈清弦，又怎会让自己如此幸运地遇到了。

在黑暗中待久了，视线也就慢慢适应了，顾见深能看清更多的东西，也能够更好地照顾沈清弦。

沈清弦四处看看，觉得这儿也没什么值得让自己"生死一瞬"的东西。

如此他便对这第二层没什么兴趣了。

没多久他们又看到了第三层的入口，根据惯例，这周围肯定是有危险的，不过这次不等危险来临……顾见深长剑出鞘，径直刺入一旁的树干，接着横向挥砍，将数十棵树木尽数砍断！

断成半截的树干竟然溢出了腥臭的液体，沈清弦这才发现，原来这些树竟是一群凶兽伪装的。

顾见深道："快些走吧，这味道太刺鼻了。"

沈清弦又毫不保留地表扬道："你可真厉害。"

顾见深说："班门弄斧了。"

沈清弦道："你真的很优秀。"

顾见深只当他在哄骗自己，心里一片熨帖，更想要好好护他周全，让他连一片衣衫都不会受到损伤。

沈清弦还没意识到，他给自己挖了一个坑……

进入第三层，有一处金红闪亮的地方让沈清弦眼睛一亮。

顾见深说："可要小心些，那岩浆很是凶险。"

沈清弦心里想着：这岩浆好呀，好看又危险，他若是不小心掉进去，可不就是生死一瞬嘛。而且他还有独门辟火术，并不会真正受伤，到时候既吓到了顾见深又能和岩浆亲密接触，岂不美哉？

心动不如行动，沈清弦向着岩浆走去。顾见深紧紧抓着他，怕他出什么事。

沈清弦安抚道："放心啦，我只是过去看看。"

顾见深嘱咐他："这个可碰不得。"

沈清弦瞪了顾见深一眼："我当然知道。"

顾见深还是紧紧抓着他，沈清弦说："这儿亮堂得很，不用一直抓着我了。"

沈清弦这一说，顾见深不由得松了一下，沈清弦便挣脱出来，径直向前走去。

顾见深几步便跟了上去。

沈清弦停在旁边打量着岩浆，越看越觉得好看，越看越觉得喜欢。他说道："你看这像不像是天上的太阳掉了下来？"太阳落到地上成了这模样。

顾见深哪里顾得上这些？只怕他看得入迷，一不小心踩空。

沈清弦还真就是打的这个主意。他本来就极喜欢这岩浆的颜色，顾见深也知道，他假装看得入神不小心摔了进去……多么自然，多么合理，多么稳妥！

沈清弦一步步往前走，估算着距离，正想拥抱这大红色，却不防被人拦住了腰！

顾见深急声道："小心。"

说罢，顾见深将他小心护着，喘息中带着担忧和惊吓。

沈清弦忽然觉得腰眼一酸，腿都有些软，他攀着顾见深勉强撑住身体。

顾见深以为他是吓到了，连忙道："不要紧，我在这。"

沈清弦闷声道："没事儿，我不会掉……"

不等他把话说完，顾见深便道："你当然不会掉下去！"

沈清弦心道：可我真想掉下去！

没事，一次不成还有第二次，下次他肯定能成功掉下去！

沈清弦说："我有些饿了，你能不能去帮我找些吃的？"

顾见深说："我们一起吧，这儿太危险了。"

沈清弦道："我修为可比你高多了，哪里会有什么危险？"

说来也是，这个小世界对于沈清弦来说，的确是不存在什么危险的。可顾见深总是有些不安，看着那吞吐着火舌的岩浆，有种心慌的感觉。

沈清弦催促道："我不想吃果子，你给我寻些新鲜的肉，我们刚好可以借着火苗来烤着吃。"

他这般说了，顾见深也只好去寻猎物。

临走前顾见深一步三回头，恨不得寻个法子把那岩浆给整个填死。

沈清弦笑道："好啦，快去快回，我等你。"

顾见深道："我很快就回来，你莫要乱走。"

沈清弦问道："咱俩到底谁是看护？"

顾见深薄唇动了下，轻声道："你是。"

沈清弦说："既然我是，那你就别担心了，快去吧！"

顾见深终于还是走远了，沈清弦留在原地，看着热得烧人的岩浆，心里像淌着蜂蜜一样，有些开心，又有些忧愁。

开心自然是因为顾见深这样看重他，忧愁也是因为顾见深太看重他，这般小心翼翼的，他可得费些脑子才能拥抱岩浆了。

没多会儿顾见深回来了，手里拎了头小兽，小兽肥头肥脑的，瞧着就好吃。

沈清弦迎上来："可真够快的。"

顾见深却还嫌自己不够快，好在沈清弦好好地站在自己面前，这才放心了许多。

沈清弦说："这小兽你会料理吗？"

顾见深道："我在食堂曾学过，它的肉嫩，很适合烤来吃。"

说罢顾见深又从乾坤袋里拿出一些调料，沈清弦眼睛一亮："你连这个都带着。"

顾见深说："我们肯定会在外面多待几天，我怕你吃不惯冷食。"

沈清弦喜道："我还真不爱吃硬馒头，只是……这会不会太辛苦你了？"

顾见深说："我也是要吃的，我们两个人一起，是一样的。"

沈清弦道："也对，你学了这门手艺可真好！"说着他又话锋一转，轻声道，"只是你莫要为此荒废修炼，只学几道菜就可以了，不要分神太多。"

顾见深说："我只做你喜欢吃的。"

沈清弦立马扬起嘴角，问他："你可知我爱吃什么？"

顾见深说："知道一些。"

沈清弦连忙道："不用如此费事，只要你做，什么我都爱吃。"

顾见深低着头没再说什么，只是认真地处理着兽肉。

两人开始吃起烤肉，沈清弦几乎要忘了自己的"正事"，眼瞅着肉不多了，他才想起自己是要跳岩浆的！不能再耽搁了，他得抓紧时间死一死。

顾见深又要给他烤肉，沈清弦说："这串让我来，我也给你烤串吃。"

顾见深总怕他离这岩浆太近，所以真不想让他动手。

但沈清弦说："我吃了那么多，你好歹也尝尝我的手艺，要不然我心里该多过意不去。"

顾见深对此很是心动，想吃沈清弦亲手烤的肉。

沈清弦如此这般就把肉串给哄到手了，他说："看我的，保证外酥里嫩、美味可口！"

顾见深点头道："定是非常好吃的。"

沈清弦又犹豫了一下，他不愿让顾见深难过，可不让顾见深难过，这万血之躯就不能彻底激活。罢了罢了，"慈母多败儿"，他要狠下心来！

沈清弦拿定主意，一边烤着肉串一边往岩浆边上蹭了蹭。

他虽有些心疼，但想着不受苦，难成事，便义无反顾地"失足"摔进了岩浆中。

这一刹那对顾见深来说，仿佛天翻地覆，自己刚刚还身处最美好的桃源圣地，下一瞬却天崩地裂，美丽的桃源变成了猩红的火海……自己全身心关怀的那个人，如同脆弱的蝴蝶般，即将落进炽红之中。

不！

顾见深在心中呐喊，身体迸发出超乎想象的力量，自己都不知道是怎样过去的。恐惧攫住顾见深的心脏，顾见深连喘息的能力都没有了，可却以惊人的速度来到沈清弦身边，用力抱住了他。

沈清弦愣住了，他都没有看清楚顾见深是怎么过来的。

两人离得有段距离，顾见深怎么可能这么快过来？

现在不是思考这个的时候，沈清弦心里一紧，猛地意识到他摔不下去，顾见深却要摔进去了！这怎么能行？他生生死死可都是为了觉醒顾见深的万血之躯，若是顾见深有个三长两短，可就麻烦大了！

沈清弦顾不得"正事"了，他赶紧施术，一阵强风吹来将两人团团抱住，瞬间飞离岩浆落在地上。

一落地，沈清弦便训斥道："你这是做什么！"

顾见深仍旧没回神，面色苍白，一句话都说不出来，只是紧紧抱着他，极其用力。

沈清弦顿时心软得一塌糊涂，低声说："我自己心里有数，你莫要为我犯险。"

顾见深摇摇头，话堵在了嗓子眼，却怎样都说不出来。

顾见深不安，很不安，总怕沈清弦会离开——无论是以什么样的形式离开。

可这话顾见深不能说，怕沈清弦讨厌自己，因为顾见深很明白自己的心态不正常——自己竟觉得沈清弦想以非常残酷的方式离开。

可是怎么会呢，不会的，绝对不会！

见顾见深这样沈清弦登时什么心思都没了，他安抚道："是我不好，只顾着肉串，忘了在岩浆边儿上，你别担心，我这儿有避火服，掉进去也没事的！"

没办法，他实在不忍看顾见深这般难过，只好把老底都交了，看来这掉进岩浆的计划是没戏了。

顾见深过了好一会儿，才慢慢松开他说道："是我大惊小怪了。"

顾见深说话的声音很低，里面蕴藏着浓浓的不安和后怕，似乎想隐藏这种情绪可却藏不住，于是便全随着话语暴露出来。

沈清弦心疼得不行，又说道："你放心，我定不会有事的。"这声音温柔轻缓，极大的安抚了顾见深的情绪。

顾见深终于稳定下来，一双红色的眸子紧紧地盯着沈清弦说道："请一定要照顾好自己。"

顾见深完全不敢想象，倘若沈清弦出事，自己会怎样。

沈清弦的心情也很复杂，他一边焦心着万血之躯的觉醒，一边又舍不得让顾见深如此难过。这般左右为难，他最后在心里埋怨着：什么见鬼的万血之躯，简直坑人。

因为这个小插曲，顾见深更加小心护着他，沈清弦看顾见深这紧张的模样，真的不忍心再让顾见深担惊受怕。

罢了，先这样吧，总归时间还长得很，没必要急在此时，等有机会……

想想顾见深可能会承受的痛苦，沈清弦又起了别的念头，他想再认真研究下万血之躯，想知道有没有其他办法让顾见深觉醒。

虽然这听起来很渺茫，但事在人为，沈清弦愿意为此努力。

之后的探险就更加轻松了，顾见深从头打到尾，一点儿都不像练气高阶，反倒和他这个筑基高阶不相上下，沈清弦琢磨着，估计还是体质的原因，虽然境界跟不上，但这个体质的确霸道。

从小世界出来，两人什么都没做成，沈清弦没能激活顾见深的万血之躯，顾见深自然也就突破不到筑基。

其他门人的成绩也很一般，主要缘由却在顾见深身上。

小世界并不算大，有威胁的凶兽也就那么几头，顾见深从第三层便开始草木皆兵，但凡有一点危险的东西，顾见深都提前处理掉，生怕再有一丁点危险靠近沈清弦。

沈清弦还想求死呢，他全程走下来，连脚底都没怎么脏，更不用说其他了！

所谓"最后一层为了顾见深和凶兽殊死一战"什么的，根本没这机会！顾见深生怕那凶兽污了他的眼睛，处理得极快，沈清弦都没看明白这凶兽是个什么玩意儿。

唯一的好处是，在结束时这死掉的凶兽体内有颗非常漂亮的金色兽丹。

顾见深将这兽丹洗干净送到他眼前，沈清弦展颜一笑，才觉得不虚此行。

将兽丹小心收起，沈清弦又道："虽然你没能突破境界，但身法、剑术都很精妙，只是少了一把好剑，你跟我来，我带你去买点些好东西。"

顾见深问道："是去外头的城镇吗？"

沈清弦说："对！"说完他又说，"放心啦，城镇上安全得很。"

顾见深隐隐有点不安，可不愿再拂了沈清弦的愿。

他既想去城镇逛逛，那自己就陪他去。

他们走得不快，一路游山玩水，到了城镇上，时间已到傍晚，反正也不着急，两人便到一家酒楼坐下，想先吃些东西。

沈清弦坐在窗边，恰好看到街上有卖冰糖葫芦的，他立马说道："这个东西可好吃得很。"

顾见深也看到了，笑道："你等着，我去给你买！"

沈清弦弯着眼睛说："好，我要两串，要果子又大又红、外面的焦糖要最金灿灿的。"

顾见深笑着应下。

沈清弦坐在窗边饶有兴趣地看着顾见深俊气的身影，瞧顾见深同人说话的侧颜，弯着眼睛看顾见深买糖葫芦的模样，隐隐想到亿万年后……

虽说时间让顾见深成熟、冷静也无情了很多，但更多的细节却保留了下来。

仔细看看，顾见深还是顾见深，无论是十四五岁的顾见深，还是亿万年后的顾见深，都对他这般好。

沈清弦想着想着，神思不知飞到哪里去了。

等他略微回神时突兀地感觉到后背有一阵难以言说的冷凉。

他猛地回头，看到了一张苍白的面无表情的脸。

忽然间，被遗忘了亿万年的记忆在心头闪过，沈清弦猛地站起，可已经晚了，一柄长剑贯穿了他的心脏！

冰冷从心脏溢出，剧痛包裹了所有神经，沈清弦明明连喘气的能力都没有了，但是大脑却异常清醒。

他想不明白，他怎么会把这个人给忘了？这个在幼年时将他推入绝境的人。

心脏被刺穿，普通人会立刻死掉，但修炼之人不会，尤其像沈清弦这种不依靠心脏而活的人更不会轻易死了，只是也会元气大伤，动弹不得。

一股腥甜涌了上来，沈清弦嘴角溢出鲜红的血液，他盯着眼前人，说出了他的名字："车玉泽。"

面色苍白的男人，勾了勾唇，讥讽道："难道不该叫一声师兄吗？"

沈清弦道："别侮辱了师兄二字！"

车玉泽冷笑道："不用拖延时间，和你同行那小子救不了你。"

这话反而提醒了沈清弦，的确不能拖延时间，不能让顾见深看到。车玉泽丧心病狂，如果顾见深前来阻拦，只怕会有生命危险。

沈清弦忍着剧痛故意起身，装作要反抗的模样，他是想激怒车玉泽。果不其然，车玉泽猛地将长剑拔出，让沈清弦再也使不出丁点儿力气。

沈清弦嘴角溢出更多鲜血，他的神识也有些模糊了，可这模糊的同时却有一些奇奇怪怪的念头冒了出来。

当年的车玉泽是否也这样偷袭过他，他的心脏是否也被刺穿过，是否也曾九死一生？若是有的话，为什么他丁点都不记得了？

虽说过去了这么长时间，但这么重要的记忆，哪里是说忘就忘的？若是当年车玉泽没有机会伤害他，那这幻境中又为什么会发生这样的事？

顾见深绝对不知道车玉泽，可这个人却出现了，这说明是和他有关……

沈清弦思考不了太多，失血和心脏被刺穿的剧痛，让他彻底失去了意识。

他心里一直期盼着，盼着顾见深没有回头，没有看到他。

他希望顾见深能平平安安地回万法宗，千万不要卷入危险中。

但这注定是不可能的，因为在沈清弦中剑的一刹那，顾见深便猛地抬头看到了。

顾见深看到从他身后贯穿而出的剑尖，看到染红衣衫的血迹，也看到了他逐渐倒下的身体。

巨大的恐惧霸占了整个胸腔，此时此刻顾见深仿佛也体会到心脏被刺穿的剧痛！

顾见深几乎失去了思考的能力，一跃而起，直追了过去！

沈清弦不知道自己昏迷了多久，他记起了小时候的事。那时候他刚刚开始修炼便展露了惊人的天赋，他师父本就疼他、宠他，见他如此天资卓越，更是喜爱，时常带在身边亲自教导。

那时的沈清弦不过是一个孩子，哪里知道天高地厚？

他虽是孤儿，但享尽了师父给予的厚重父爱，难免有些骄纵。

平日里修炼，对他来说又极其简单，修炼成果却比得上师兄们辛苦许久才能得到的。因为太简单，所以不够重视，他越发惫懒贪玩。

可他如此不务正业，还是比其他师兄修炼的效果更好。

沈清弦年幼，哪懂得藏锋？他偶尔来了兴致，为讨得师父欢喜，只用短短几日便把师兄们钻研数年的法术给学会了。

如此天资怎能不惹来嫉妒，年长些的师兄们还好一些，只比他大八九岁的车玉泽却是忍不了了。

当时车玉泽也不过十六七岁，正是最冲动的时候。车玉泽本是最受宠的小徒弟，也是天资最好的，一直受尽夸奖和宠爱，可如今什么都没了。

车玉泽心中不甘，恨不得沈清弦快些去死。

沈清弦那时还很喜欢车玉泽，毕竟和相差几百岁的师兄们相比，只差八九岁的十八师兄算是他的同龄人了。

车玉泽借着沈清弦对自己的亲近，将他关进了"枯井"中。

事实上，那哪里是什么枯井？区区一个枯井又怎么可能困得住沈清弦？

车玉泽丧心病狂，竟将这般稚嫩的孩子引进了只有穷凶极恶之徒才会被关押的恶狱！在这里面法术全然使不得，灵气也会被快速吸收，等灵气透支便会吸食生命力。

沈清弦亏了是罕见的万灵之体，否则在被丢进去的一瞬间就死掉了。

可即便活了下来，他也受到了极大的伤害，上信峰峰主辛苦给他调养许久才终于将身体补了回来。

车玉泽如此残毒同门，犯下重罪，上信峰峰主废其修为，将其逐出师门！

哪想到车玉泽不知悔改，反而怨念更深，彻底恨死了沈清弦。

车玉泽为了报仇步入邪道，用寿命来换取修为，只为了拖着沈清弦一起死！

沈清弦睁开眼时，发现周围一片漆黑。

伸手不见五指的黑，努力睁大眼也什么都看不到的黑。

紧接着如毒蛇附体般的潮湿涌进毛孔，心底极深处的恐惧蔓延上来，像泥泞的沼泽般拖着他坠入。

如今的沈清弦尚且能够自持……可真正的十四五岁的沈清弦面对此景，哪里能保持冷静？怕是无须车玉泽做什么，他自己便要把自己给逼疯。

不知过了多久，车玉泽阴冷的声音响起："可以啊，长大了，不怕黑了。"

沈清弦保持着冷静，竭力分辨着车玉泽的声音来源。

车玉泽又道："放心，你暂时死不了。"说完又阴沉道，"我怎么会让你这么轻易死掉？你抢走了我的一切，又毁了我……我定要让你尝尝我的滋味，我要让你痛苦绝望，要让你像只阴沟里的老鼠一样苟延残喘！"

车玉泽疯了，从不惜以生命来换取力量的时候，就疯了。

车玉泽要和沈清弦同归于尽，要让他尝尝自己的痛苦，要折磨他，凌虐他，要将他的高高在上踩到泥里！

与身体上的痛苦相比，精神上的折磨更甚。

饶是如今的沈清弦，让他长时间待在这种阴暗潮湿，毫无光亮的漆黑中，他也撑不太住。

修为越高，心魔越甚，若非这只是个幻境，他此刻恐怕已是心魔缠身，难觅解脱。

濒临死亡的时候，沈清弦竟有些无力……

他不会真的死，现实中也不会有什么伤害，可是给顾见深造成了极大的创伤。

他是来给顾见深纾解心结的，这样死了反而是给顾见深造结了。

沈清弦等待着死亡，等待着幻境的结束……

一丝光亮从极远处升起，沈清弦眯着眼睛看过去，看见了那双红色眸子。

紧接着，麻痹的心脏传来了惊人的刺痛。

这双本该代表着光明的红眸中满是绝望和悲恸，似乎下一瞬，便会有猩红的血泪从眼眶中溢出。

别伤心……沈清弦想说话，可是发不出任何声音。

意识消失前他听到了顾见深的声音，很轻，很温柔，却揪得他心都裂开了："别离开我。"

顾见深无法想象自己看到了什么。

漆黑的屋子，发疯的男人，还有浑身是伤，被虐待得体无完肤的沈清弦。

他干净的白衣浸满了血液，成了湿漉漉的血衣。他的面容苍白，连唇瓣都几乎透明，他漂亮的眸子没了光彩，如同枯萎的花朵，失去了一切生机。

顾见深已经尽快赶来了，已经很快很快了……可还是晚了。

沈清弦怕黑，却在这样一个伸手不见五指的地方被凌虐至此。

顾见深无法想象，沈清弦遭受了何等残酷的折磨。

身体、精神，足以将人彻底击垮的痛苦！

不安、懊悔、惶恐、愤怒……数不清的情绪在血液中涌动，顾见深爆发了超乎想象的力量。

顾见深杀了车玉泽。

可是有什么用？这有什么用？

沈清弦死了……在绝望和痛苦、在漆黑和恐惧、在孤寂和阴冷中死了。

顾见深抱起血泊中的少年，小心翼翼地抱着。

"醒醒吧……求你了。别离开我，求你了……"

没有人回应他，没有人同他笑，没有人再用那般温暖的眼睛看着他。

血液不再流出，柔软的身体也僵硬了……

他最重要的人，终究还是离去了。

无法言语的悲痛充斥在血液中，巨大的绝望化作万千刀剑，将他刺得体无完肤。

顾见深用力抱着他，一滴鲜红犹如血液般的泪水从他眼角滑落。

它滴在了沈清弦的身上，缠住了沈清弦的血，似乎在挽留着沈清弦。

顾见深哭了，从出生到现在，第一次流下泪水。

红色的眼睛，红色的泪，沾在白皙的肌肤上，触目惊心。

他胸中只有绝望，他心中只有痛苦，他所有的神经血脉都在叫嚣着不甘。

为什么要夺走沈清弦，为什么要失去沈清弦，为什么……他连自己仅有的挚友都守不住。

如此绝望的时候，奇迹发生了——他的泪水给了沈清弦生机。

顾见深很快便察觉到了……

他眼中溢出的血泪竟奇迹般修复了沈清弦身上的伤口。

他怔住了，紧接着狂喜涌入胸腔，他毫不犹豫地割开了手，炽热的血液涌了出来，他递到沈清弦嘴边，努力让沈清弦喝下去。

本来已经彻底没了生气的少年竟慢慢地有了生机。

伤口以肉眼可及的速度恢复着，苍白的面颊似乎也有了些血色……

顾见深不知道这是什么原因，但他知道自己的血液能够救沈清弦。

他可以把沈清弦拽回来，他可以将沈清弦拉回来！

沈清弦还没离开他，还在等他，等着他去把沈清弦接回来！

太好了！

极悲之后又是巨喜，这种心情的转换没有经历过的人是无法想象的。

顾见深丝毫不在意自己的鲜血汹涌而出，他不介意用自己的命去换沈清弦的。

只要能让沈清弦睁开眼，只要能让沈清弦再看他一眼，只要能听到沈清弦同他说一句话，他便心满意足了。

活下来吧，如果可以选择，他心甘情愿用自己的生命来延续沈清弦的生命。

毕竟没有沈清弦的话，他活着也是痛苦。

最后，他没能看到沈清弦醒来，就昏迷过去……

血泊中，两个少年倒在一起，像开在血海中的鲜嫩花朵。

他们挨着彼此，给绝望添上了希望，给孤寂寻到了温暖，给死亡续写了生命。

第五章

一见如故

　　沈清弦醒来时看到床侧的七师兄，他头有些昏沉，脑袋也迷迷糊糊的，过了好一会儿，他才开口："七师兄，你怎么趴这睡着了？"

　　他一出声，七师兄便猛地睁开眼，抬头看他："你醒了，可有感觉哪里不舒服？"

　　沈清弦说："头有些痛，好像睡了很久。"

　　七师兄说："你等着，我去叫师父！"

　　沈清弦大惊失色："师兄，你这是干吗？我不过是睡个懒觉，怎就至于惊动师父！"

　　他一开口七师兄便怔住了，七师兄眼睛微睁，错愕道："你……"只说了一个字，七师兄又顿住了，竟不知该从何说起。

　　沈清弦道："好师兄，你莫要去找师父，我这就起来便是！"

　　七师兄终于明白了，一句"你都不记得了"将将要问出口，房门便开了。

　　上信峰峰主正站在门外，七师兄连忙起身行礼，沈清弦也起来，老实喊道："师父好！"

　　上信峰峰主生得很是威严，不说话的时候尤其吓人，沈清弦还是很怕他的。

　　沈清弦欲下床却发现脑袋很痛，腿脚竟有些不便，上信峰峰主道："老实躺着，别乱动。"

　　沈清弦便不敢动弹了。

　　上信峰峰主走近，食指和中指落在他手腕上，给他试了下脉。

　　沈清弦不明所以，悄悄看了眼七师兄，七师兄表情尽是担忧。

　　这是怎么了？他不过是长睡了一觉，怎么好像是得了场大病？

　　上信峰峰主问他："什么都不记得了？"

　　沈清弦一脸茫然："徒儿该记得什么吗？"

　　七师兄也皱着眉，看了看师父又看看小师弟，最终什么都没说，只是眼中的担忧更甚了些。

上信峰峰主道："忘了便忘了吧，也不是什么好事。"说着又给他解释了一下，"你之前接了个看护的任务，出去竟被人偷袭，受了些伤。"

沈清弦说："我竟受伤了？"他抬了抬手动了动腿，感觉了一下体内的灵力流转，丝毫未觉异样，他道，"怕是有哪里搞错了吧？我怎没觉得有哪儿不舒服。"

上信峰峰主道："既没觉得不适，那就这样吧，修炼路上难免坎坎坷坷，遭点罪也未必是坏事。"

沈清弦自是老实听下。

见他没事，上信峰峰主便离开了。

师父一走沈清弦大大松了口气，他问七师兄："到底怎么了？我真受伤了吗？怎么我丁点都不记得了，可真古怪。"

七师兄说："具体情况我也不太清楚，你回来时很是狼狈，但听师父说似乎没有大碍，也挺神奇的。"

七师兄顿了一下，终究是没把车玉泽的名字给说出来，听回来的门人说当时那地牢里的情况很是惨烈，两个少年像是在血水里泡过一般，苍白得像是已经没了呼吸，而那施暴的车玉泽则死得很是骇人！

虽然不清楚到底发生了什么，但显而易见的是，车玉泽绑了他们。这车玉泽本就恨极了沈清弦，将他二人抓去地牢定是狠狠凌虐一番。

也不知这两个小少年经历了何等生死挣扎才勉强活了下来，并且击杀了车玉泽。

如今想来，沈清弦都忘了也是好事，毕竟这是一段极其糟糕的记忆。

沈清弦好奇地问道："我是被何人偷袭了？"

七师兄便道："一些邪门歪道的小人，估计是看你年少，贪图钱财，才对你下手。"

这种事倒也常见，沈清弦想了下后说道："也不是什么大事，我怎就至于忘记呢？"

七师兄说："谁知你这小脑袋瓜里整天想些什么？既没事便是大幸，你也莫要想多了。"

沈清弦隐隐觉得有些不对劲，但细想来又实在没什么记忆，他本就没心没肺，这下想不明白，也就扔下了。

七师兄又道："你再歇息会儿，我回去了。"

沈清弦看见七师兄眼底的黑眼圈，知道七师兄定是守了自己很久，便说道："师兄，你快回去吧！"

七师兄又道："你晚上想吃什么？我晚点给你带来。"

沈清弦脑中莫名闪过一串串外酥里嫩的烤肉，他说道："我想吃烤肉。"

七师兄不赞同道："怎能吃这种油腻的东西？你身体正在康复，我让厨房给你做些清淡的。"

沈清弦也觉得挺莫名其妙的，他以前并不爱吃烤肉，怎么今日就脱口而出了？

好像不久前自己才吃过一顿特别好吃的烤肉，因为印象太深，所以总想再尝尝。

可细细想来他哪里吃过什么烤肉？难道是在梦里？真是有够奇怪的。

七师兄以为他吃不到烤肉在闹脾气，便哄他道："听话，等过阵子我带你去吃。"

沈清弦说："那就提前谢过师兄啦。"

七师兄这便离开了。

沈清弦在屋里待了一会儿，竟觉得有些头重脚轻，索性去床上又睡了一会儿。

上信峰峰主离开这里后便去了上德峰。

上德峰峰主见他来了，便问道："小涟华怎么样了？"

上信峰峰主道："并无大碍，只是……"

他话没说完，但上德峰峰主显然是明白的，接话道："什么都不记得了？"

上信峰峰主道："顾见深也不记得了？"

上德峰峰主点点头，说道："怕是这俩小子经历了很是可怖的事，精神上承受不住，便全都忘了。"

上信峰峰主说："只怕还有些缘由。"

上德峰峰主道："的确是，看起来两人该是受了重伤，但奇迹般愈合了，恐怕是另有机缘。"

上信峰峰主道："也罢，能好生活下来就很不错了。"

上德峰峰主心里也是这般想的。

却说沈清弦，在养了两日后已经活蹦乱跳，精神百倍了。

七师兄见他已然无事，便说道："今日就随我去悟道堂上课。"

沈清弦一听，苦着脸道："我还是不要去了，师父说了，突破境界要看自己，我自己潜心修炼才有望顺利结丹。"

七师兄瞪他一眼："你懂得何为潜心修炼吗？"

沈清弦道："师兄怎能如此信不过我？"

七师兄又道："莫要贫嘴，今日你必须和我去一趟悟道堂，整日窝在这屋里不透气，怎能行！"

沈清弦心里想着：透气不该下山去玩儿吗？去那悟道堂，能透什么气？根本是去憋气嘛！

当然沈清弦连一个字都不敢多说，只苦着脸应道："好嘛？去就去……"

七师兄心疼他受了罪，想着最近他实在乖得很，便想给他点儿甜头吃："我给你买了新衣裳，换上吧。"

七师兄把乾坤袋丢给他，沈清弦却丝毫不期待，他家七师兄的审美有毒，除了白就是白，再不行来点儿月白，反正就是怎么寡淡怎么来。他最不耐烦这些颜色了，可因为惹不起师兄，只得老实受着。

这么想着，沈清弦打开乾坤袋，拿出了里面的衣裳，一看之下怔住了。

这衣裳可真好看，纯正却不浮夸的红，领口袖口有金色的纹路若隐若现，衣带上还垂了一颗金灿灿的小珠子。

这真是太戳沈清弦的心窝了，这怎会是七师兄给他的衣裳？只怕是又有什么考验吧。

这般想着，沈清弦便狐疑地看看七师兄。

七师兄斜他一眼："不喜欢？"

沈清弦连忙抱紧衣裳道："喜欢！"

七师兄说："那就赶紧换上，快些出门，一会儿又要迟到了。"

七师兄出去后，沈清弦又盯着衣服看了好一会儿。

衣服当真是非常漂亮，而且一看质地便知绝非凡品。他手头紧，又舍不得花那堆成山的红色灵石，余下的白色灵石又数目不多，所以实在买不到好东西。

他只得退而求其次地买些玫红啊土黄的，虽然差强人意，但是也聊以慰藉。

不过同如今这件衣裳根本没法比！

这衣裳这般好看，他自然是想穿的，可将衣服摊开后，一种说不上来的感觉莫名涌上心头。

他打开衣柜，果不其然看到了里面一大片寡淡的白衣。

这极其不喜欢的一堆衣裳，反而让他心脏微颤。

隐约间，他竟有了些模糊的记忆……

他好像和什么人说过：他以后会穿白色衣裳……

这么想着，沈清弦又摇摇头道："什么乱七八糟的，我才不会因为谁而改变自己的喜好。"

虽这样嘟囔着，但身体却已经自主行动起来，他拿出了一件素白色的长衫，穿戴整齐。

看着镜子里的自己，沈清弦竟有种说不清的难受。

他是忘了什么了吗？一些不该忘，却怎样都想不起的事。

出了门，七师兄诧异地看着他。

沈清弦道："那衣服太美，我舍不得穿。"

七师兄瞪他一眼，倒也没再说什么。

日子过得飞快，沈清弦却总觉得身边空落落的，总觉得自己错过了什么。

可他细细想来，又实在没有头绪，再深一想又有些释然，他一直都是这样，独来独往的，可不就空落落了吗？似乎也没哪里不对劲。

他在筑基高阶滞留了好长时间，倒不是突破不了，而是他性情散漫，贪玩好动，总沉不下心来闭关结丹。

上信峰峰主一声令下，沈清弦便老老实实去闭关了。上信峰峰主本也不急于让他结丹，只是前阵子的事实在古怪，担心沈清弦的身体有什么隐患，若他能沉下心来闭关修炼，在结丹时也许能将隐患拔除，如此便能让人安心了。

上信峰峰主知道自己这小徒弟顽劣，怕他不用心便利诱道："你若能尽快结丹，我便许你一处洞府，任你随意装扮，谁都不可干涉。"

这让沈清弦眼睛一亮，顿时心动了："师父可莫要诓我。"

上信峰峰主弹他脑门儿："我什么年岁了，会诓你这小浑蛋？"

沈清弦笑道："那徒儿便先谢过了。"

上信峰峰主说道："别得意太早，结丹不是那么容易的。"

沈清弦这辈子就没为修炼的事儿烦恼过，他道："放心吧，我定会尽早出关。"

上信峰峰主训他："不知天高地厚的浑小子，快去吧。"

沈清弦便笑嘻嘻地离开了。

闭关冲破境界绝非易事，哪怕是沈清弦也着实耗了些功夫，再出关时他虽已是金丹期，但也已经过去了五个年头。

闭关时尚且十五岁的少年，出来时却已是二十岁的翩翩佳公子。他本就生得容貌过人，如今又习惯了一身白衣打扮，更是气度非凡，让人看一眼便惊为天人。

五年时间，对于修真界来说，实在不算什么，寻常人冲击金丹期可能要闭关数十年甚至百年之久，沈清弦这的确是天资过人，让人羡慕。

结丹后沈清弦便开拓了识海，虽然他的神识还没法外放，但是可以从内里潜进自己的识海。

这一进入却让他发现了一个古怪的东西。那是一枚白色的玉简，上面密密麻麻写了许多字，什么其一其二其三的，着实让人看得懵懵懂懂。

而且还颜色不同，前头的都是浅灰色，后面几个又全亮着，这到底是怎么回事？沈清弦看不明白，却也不敢同别人说。因为这玉简上的字实在奇怪：又是同吃同住，又是同醉同游，还有什么敞开心扉……

这都是些什么鬼东西？他哪能给别人看？便是师父也是不行的。

而这玉简上每一行字都有一个人名，那就是顾见深。

这人到底是谁？凭什么他要和这人交好，还干那许多事！

沈清弦记不起来，但看这名字他便心生不快，想着将人找到揍上一顿，先解气再说。

他闭关之时自是找不到人，这一出来便心心念念都是打听这人。

沈清弦本以为茫茫人海，单凭一个名字找人是极其困难的事，可哪想到他一出关，便听到了顾见深的名字，略一打听才知道，这竟是他们宗门中的新起之秀。

顾见深拜在上德峰门下，短短五年，修为进益极快，创下无数传说，已然将他这个前浪拍在沙滩上了。

沈清弦越发不爽，便想去见上一见，看看到底是何许人也。

虽说想见面，可也不好直接去找人，沈清弦好不容易等了个机会，得知师父要去上德峰，便央求道："师父带我同去呗。"

上信峰峰主瞥他一眼："你如今也已成年，而且已是金丹期，可莫要再像往常般胡来了。"

沈清弦道："师父放心，我定不会的。"他只是去揍一个小后辈，不算胡来！

跟在师父身后，沈清弦一路去了上德峰，本以为还得寻个机会去找人，结果一进大厅，他便远远看到了一袭深红衣裳的男人。那人背对着他，宽肩窄腰，身形修长，隐隐泛着些红色的乌发垂在后背，很是惹眼。

沈清弦本就对红色有执念，一看见这么美的红色，完全呆住了。

让他更加震惊的是：这男子转身，一双红眸更是熠熠生辉。

天底下竟有这般好看的眼睛。

"华儿。"上信峰峰主唤他。

沈清弦总算回神，眨眨眼睛看向自家师父。

上信峰峰主很想给他脑门来一下，但到底在别的峰上，训孩子还是得回家慢慢训。

上信峰峰主道："礼仪呢！"

一进屋就盯着人家看，先行礼问好都不知道，看来回去得正经收拾收拾他！

沈清弦连忙行了礼，道了声："上德峰峰主好！"

上德峰峰主本就极喜欢他，见他来了便眉开眼笑，哪里还计较他行礼晚了。

只听上德峰峰主说道："这是结丹了？真不错！来，师兄给你些好东西。"

沈清弦眼睛一亮，凑过去些，他师父瞪他一眼，他又缩了回来。

上德峰峰主道："莫要怕他，来师兄这儿。"

沈清弦却不敢动了，他想要上德峰峰主的好东西，但也惹不起自家师父，这会儿在别处，师父不会发落，可回了上信峰，他一准惨到没朋友。

上信峰峰主瞧他那顽劣样，沉声道："长者赐，不可辞。"

虽然听声音似乎怒气冲冲的，但话却是好话，沈清弦登时喜笑颜开。

上信峰峰主叹气，总觉得这孩子越长越歪，该怎样扳正却是件烦恼事。

上德峰峰主给他一个金灿灿的乾坤袋，说道："拿回去玩吧，师叔若是敢给你扔了，你尽管来找我，大不了来我们上德峰，我待你定比他好！"

上德峰峰主这后半句话也算是见面日常了，每次见每次说，沈清弦从一开始惊吓，到现在已经泰然自若。

他知道上德峰峰主脾气好，竟还开玩笑道："峰主如今有了爱徒，哪里还需要我？"

顾见深之名，别说万法宗了，连外头的人都有所耳闻。

上德峰峰主显然是极其喜欢这个小徒弟的，眉眼弯起，说道："来，给你们介绍一下，这是你师侄顾见深。"

沈清弦本来就余光总瞥向红衣男子，此刻一听顿时愣住了。

上德峰峰主又对顾见深说："这是你师叔，沈清弦。他虽与你同龄，但辈分有别，你莫要没了规矩。"

顾见深对着沈清弦笑了笑，轻声道："见过涟华师叔。"

轻声细语几个字却让沈清弦有些不好意思。

沈清弦闷声应下，没再看顾见深，顾见深却似乎在看他。

上信峰峰主和上德峰峰主有事要谈，虽不防备自家的小徒儿，但是也怕他们无聊。

只听上德峰峰主道："渊儿，你且陪你涟华师叔出去走走。"

顾见深温声应下，沈清弦眼巴巴地看看自家师父，上信峰峰主很是威严地点了点头，沈清弦便满脑子都是溜了溜了。

两人出了前厅，顾见深道："早就听闻师叔之名，如今一见……"

沈清弦心思一动，转头看他："如何？"

顾见深垂下眼眸，唇角扬着，说："轻云蔽月，流风回雪。"

沈清弦道："皮貌乃外相，我本人可不是那样的。"

顾见深竟问了句："那师叔是怎样的？"

沈清弦张张嘴，末了竟瞪他一眼道："是怎样的……你自己体会便是！"

顾见深怔住了，一股从见面起就翻滚的情绪不断激涌着，他竟荒唐地想触碰一下这人，想确定这人是不是真的站在他面前。

可他明明和沈清弦仅此一面之缘，他们之前并不相识，为什么他会这般的……

沈清弦总觉得气氛有些古怪，没见面时是想搡这小子一顿的，此时全然没了这心思。可和他在一起，沈清弦又觉得有些不自在，想离他远一些吗？不……恰恰相反，沈清弦想离他更近一些，甚至想到不久后要分开，竟觉得很是难受。

玉白色台阶上，两人都没察觉彼此在发呆，他们完全沉浸在自己乱七八糟的心绪中，想要理出个所以然，可又哪里理得明白？

还是沈清弦先开口了："我……我有些饿了……"说完沈清弦就觉得自己傻透了，都已经辟谷了，饿什么饿？

不等沈清弦解释，顾见深便道："跟我来，我这儿有些茶点。"

沈清弦顿时松了口气："好。"

两人同行，也没什么太多的话，气氛甚至还有点儿尴尬，可两人却都不想走。

沈清弦想：他好像对一个毫不了解的人一见如故了，可是为什么呢？

胡思乱想间，茶室已经到了，顾见深道："师叔请。"

沈清弦清了清嗓子，努力让自己的思绪回到正轨。

入了茶室，顾见深亲自给他倒水泡茶，沈清弦道："麻烦你了。"

顾见深对他笑笑说："不麻烦……还有些开心。"

沈清弦道："原来师侄还有这爱好。"他隐约觉得顾见深说的开心是为他冲茶而开心，可他又觉得这般想太自作多情，便曲解为顾见深喜爱给人泡茶。

顾见深也不解释，只是笑而不语。

沈清弦看了顾见深一眼又极快地收回视线，他一个前辈，在一个如此有礼的后辈面前还是该稳重些。

茶水如何，茶点怎样，沈清弦一概不知，但他心情很好，特别的好，只愿这时间凝固，他就在这茶室里同顾见深一直待下去。

显然这是不可能的，应该是过了挺久，但沈清弦却觉得只过了一瞬，便有弟子来说道："两位师兄，峰主请你们过去。"

沈清弦满目失望，想藏都藏不住，他转眼一看，似乎在顾见深眸中也寻到了一丝与自己相同的情绪。沈清弦心思一动，说道："你泡的茶实在好喝，茶点也很是美味，不知还有没有机会……"

顾见深猛地抬头，一双红眸变得极深："我有一处私院，师叔不嫌弃的话，可愿明日再聚？"

其实不该说明日的，应该说改日，可是顾见深忍不住，甚至不想说明日，顾见深想说今日：下午也好、晚上也好，总之……可这也太着急了，顾见深没法说出口。

只听沈清弦道："明日啊……明日我有课。"

听他此言，顾见深激荡的情绪平稳了些，有些失望，却也在意料之中，他正要开口，却听沈清弦又轻声说道："今……今天下午你有空吗？"

听他此言，顾见深整个愣住了，以为自己幻听了。

沈清弦说完就挺后悔的：完了完了，自己是不是冒犯顾见深了？

这都已经巳时了，下午的话……岂不是刚分开就再见面？是不是太打扰人家了？

他又道："你若是忙的话就罢了，我们改日……"

"我没事，"顾见深打断他的话，"我下午没事，晚上也没事，我……"

说着顾见深又赶紧顿住，似乎是说太多了。

沈清弦索性满心愉快地笑道："那我们下午见。"又问道，"你那私院在何处？"

顾见深道："不太好找，我们约个时间，我在上信峰下等你可好？"

沈清弦便道："好。"

顾见深问他："那……约在什么时辰？"

沈清弦开口道："……定在未时吧。"

顾见深应得很快："好！"

如此两人便分开了。

沈清弦跟着师父回去，一路上都在胡思乱想。

上信峰峰主敲他一下："凝神看路！"

沈清弦捂着脑袋瞪师父："会长不高的！"

上信峰峰主道："你都二十岁了，身量已定，不会再长了。"

沈清弦嘟囔道："万一呢……"他好像比顾见深矮了一些，只有一些，肯定是被师父给敲的，所以他才会矮了这一点儿！

想着想着便又想到顾见深，沈清弦不由自主地露出笑容。

上信峰峰主还以为他又在想什么调皮捣蛋的事，便训斥他道："你可莫要对那顾见深起什么歪心思。"

他一脸莫名地看向师父，说道："您说什么呢！"什么歪心思！他只是对自己的师侄一见如故，想同顾见深快些变得亲近。

上信峰峰主才不信他："你给我安生点儿！人家那是天生的红眼睛，不是块石头，你若是敢伤了他，连我也护不住你！"

沈清弦听得一脸茫然："我怎么会伤他？"

上信峰峰主谅他也不敢："你喜爱他的红色眼睛，同他亲近是可以的，但莫要贪心过重，做下傻事！"

沈清弦总算听明白了，他师父怎么会这样想他？他哪里会有那般邪念？他才不会想要人眼睛呢！

不过师父说他可以同顾见深亲近？沈清弦顿时喜上眉梢。

明明约在了未时，可一回上信峰沈清弦便坐不住了。

他在屋里晃悠了几圈，索性推门而出，打算提前半个时辰去山下等着。

虽说约在了未时，但他身为前辈早些过去也没什么，还显得自己和蔼可亲。

这么安慰着自己沈清弦便出门了。路上他又想到，即便他等在山下又如何？反正顾见深不会早到，又不会有人知道他是在等人。

他这般急匆匆的模样，亏了没让人看见，若是让熟悉他的七师兄或是十一师兄看到，只怕又要以为他在干什么坏事情。

沈清弦终于到了山下，同门弟子看到他，纷纷向他打招呼，沈清弦微笑以对，心情极好。

他本打算着找个地方等一会儿，等顾见深来了他再出去。

哪承想他一下来，便看到了一抹殷红身影。

沈清弦心里想着：不会吧，是顾见深吗？他……

沈清弦特意看了看时间，非常确定，距离他们约定的未时还有足足半个时辰！

难道顾见深也同他一样早点过来了？

沈清弦一出来，顾见深便一眼看到了他。

沈清弦道："你来啦？"

顾见深说："刚到。"可其实他到了很长一会儿了。

沈清弦假装说道："我没迟到吧？"他终于想到一妙计，可以缓解尴尬，他说道，"应该刚到未时吧！"

说完他又装模作样地看了一下圭表，再假装诧异道："咦，是我看错时辰了？我还以为要迟到了呢，竟早了半个时辰！"

顾见深说："是的，时间还早。"

沈清弦又问道："那你怎么这么早就到了。"

顾见深直白说道："我那边没事，就先来等着你了。"

沈清弦说道："你这也来得太早了吧。"

顾见深说："我想着你万一记错时辰，我也许就能早些见到你了。"

沈清弦分不清他是在开玩笑，还是真心实意这么想的，沈清弦看了他一眼，道："你是在笑话我吗？"

顾见深说："不是，只是不忍心错过这种可能。"

沈清弦道："我们走吧，反正都见面了，也无所谓什么时辰。"

顾见深自是好生应下。

沈清弦并不在乎顾见深的私院在哪里，也不在意这私院是怎么样的，但这一步步走着，竟有一种莫名熟悉的感觉，好像他以前也来过，而且很喜欢来。

他四处看看，好奇道："这儿……是杂役处吧？"

顾见深应道："对。"

沈清弦笑了："你的私院怎么会在杂役处？"

顾见深说："让师叔见笑了，我以前不过是上德峰食堂的一个杂役，后来偶得机缘才通过入门考核，拜入上德峰。"

"竟是这样的，"沈清弦觉得挺新鲜的，"上德峰的天骄，竟是杂役出身？"他这话别人说来可能还有些嘲讽的味道，但他说得却很柔软，完全不会惹人不快。

只听沈清弦又说道："你若是在食堂做过事，那想必很会做菜？"

他说完又觉得自己有些唐突，虽说顾见深是自己的后辈，但也是万法宗年轻一代的佼佼者，很有威信，自己该注意些言辞。

谁知顾见深丝毫不着恼，反而说道："略会一些，师叔若不嫌弃，我做给你尝尝。"

沈清弦这已然辟谷的人，哪里还需吃东西？只是听顾见深这样说，他心里竟有些期待。他说道："会不会太麻烦你了？"

顾见深摇头道："太久没做，只希望不会令你失望。"

沈清弦说："绝对不会。"

两人说话间，已经到了一处小院。杂役处的院子，大多窄小闭塞且十分简陋。沈清弦本就没对这住处有任何想法，他如今只是想和顾见深这个人交朋友，哪里还在乎其他的。

可走近一看，他整个人都呆住了，这屋子怎能如此漂亮！

沈清弦曾想过若是师父给了自己洞府，他定要好好装饰，而脑中的形象竟和此处相差无二！只是他的洞府肯定会更宽敞更大一些，但家具肯定会是这样的！

沈清弦顿时更加欣喜，只觉得顾见深这人不仅让他感到亲切，竟连这房子都如此合他心意，真是不能更好了！

顾见深道："进来坐吧。"

沈清弦四处看着，越看越心动，忍不住说道："你这屋子可真好。"

顾见深笑了笑并未说什么。

沈清弦四处打量着，突兀地看到了两张挨在一起的床，他愣了一下："这……"

顾见深说："并未有其他人住在这里。"

沈清弦说："那为何会有两张床？"

顾见深摇了摇头，眼睛中带了点苦涩，轻声道："我不记得了。"

沈清弦好奇道："这也能不记得？"

顾见深说："我五年前曾大病一场，醒来后便隐约忘了些事。"

沈清弦道："那旁人不知道吗？既然有床，这人应该是你的室友吧？"

顾见深摇头道："我那时初初入门，师兄们都还同我不熟，并不知道这小院。"

他们连这小院都不知道，自然也就不知道里面之前住过谁。

沈清弦说道："那这人从没来找过你吗？"

顾见深说："没有。"

沈清弦道："这可真奇怪，按理说你们该是很熟悉的朋友，怎么会突然之间又不联系了呢？"他心里隐隐想着是不是出了什么意外？可又不愿顾见深伤心，于是便没有再提。

顾见深说道："我觉得可能并没有这么一个人存在。"

顾见深这么一说，沈清弦觉得挺纳闷的："什么意思？"

顾见深说："我问过许多人，都说我独来独往从未与谁亲近，在杂役处时也是独居一处，瞧这屋里的装饰，定是我入门后重修的，那时更不可能有人同我一起住在这里。"

顾见深说得很有些道理，可沈清弦还是不明白："既然没有人，那又为什么要安置两张床呢？"

顾见深看了看他，垂眸道："我并不住在这里，安置成这副样子，大概是在安慰自己吧。"

顾见深说这话的声音有些失落，似乎还有些难过，沈清弦莫名听得有些心疼，他说道："你这其实是提前准备。"

顾见深一愣，没听懂他这句话。

沈清弦弯着眼睛说："……等着有人来睡这张床！"

顾见深盯着他，好半晌都说不出话。

沈清弦说完，又很是不好意思，他岔开话题："我还有机会尝尝你的手艺吗？"

顾见深猛地回神，说道："你且等一会儿，我很快就好。"

沈清弦也不知是怎么回事，心里忽然就冒起一个念头，他说道："你会烤肉吗？"

顾见深又愣住了。

沈清弦以为顾见深不会，便改口道："你做你拿手的就好，我什么都吃。"

顾见深说："我正想问问你想不想吃烤肉。"

沈清弦眼睛微眯，讶异道："这么巧吗？"

顾见深嘴角的笑容很深。

沈清弦心里想着：他俩竟是这般有缘分吗，真是太有趣了！

顾见深去了后头，过了一大会儿才出来。

沈清弦虽已辟谷，但嘴上贪欲未减，瞧着这外酥里嫩的烤肉，很是犯馋："看起来就很好吃。"

顾见深说："小心烫。"

沈清弦已经夹起一块放到了嘴里，遥远却莫名熟悉的味道在舌尖迸发，好像思念了很久的东西，终于回来了一般……

沈清弦吃着吃着竟有些吃不下去了，似乎有什么东西堵在嗓子眼儿上，不停地往上涌：涌上鼻尖，鼻尖泛酸；涌上眼眶，眼眶泛红，最后还霸道地占据了整个大脑。

察觉到他的异样，顾见深问道："怎么了，不好吃吗？"

沈清弦过了好一会儿才缓过劲儿了，他说："好吃。"太好吃了，无法形容的好吃。其实也不一定是烤肉好，只是一个心愿达成了，所以觉得特别好。

顾见深笑道："你喜欢便好。"

沈清弦吃了很多，吃完了他的心情也平复了，他抬头看顾见深，说道："我可以再来找你吗？"

顾见深答得很快："当然。"

"那……"

"你……"

两人同时开口，又同时停住，顾见深说："你先说。"

沈清弦道："你先吧……"

顾见深想了一下，还是说道："你明天下课后……"

沈清弦眼睛一亮，说道："有空！"

顾见深笑了，说："那我在这等你。"

沈清弦眼睛也弯了起来，他道："我明天可没法记错时间了。"毕竟上课的时间是固定的，他要是翘课，要挨揍的。

顾见深抿唇微笑："我明白。"

沈清弦回到上信峰时已经很晚了，他翻来覆去都睡不着觉，满脑子都是今天的事情，一会儿想想顾见深，一会儿想想那屋子，一会儿想想烤肉……

他也不知自己是何时睡着的，好在以他如今的境界，已经不必再担心睡眠的问题，别说一宿不睡，一个月不睡也没妨碍。

他如今可不是去悟道堂上课了，而是要跟着师父上小课。

这可容不得他胡思乱想，若是不专心，一个戒尺抽过来，疼得人心肝直颤。

好在凝神后时间过得飞快，沈清弦一下课便坐不住，急忙忙就冲出门去。

七师兄被他撞了一下，瞪他一眼："多大人了，还毛毛躁躁的。"

沈清弦跑得飞快，嘴上敷衍道："不好意思啦七师兄，我有急事，先走了！"

七师兄嘟囔道："小浑蛋。"

沈清弦很快便来到了杂役处的小院，他推门而入，满心期待，结果屋里竟空荡荡的。

顾见深还没来吗？

他有些失落，不过也没急，想着这次该轮到他等顾见深了。

他喜欢这屋子，待在这里就很开心！

沈清弦溜达了一圈，这才看到了桌子上的纸鹤，他一走近，那纸鹤便飞了起来，落到他的掌心。纸鹤摊开成了一封信，沈清弦定睛一看，发现是顾见深留给他的。

——抱歉，临时接到宗门任务，外出一趟，会尽快回来。

顾见深竟然出去了，沈清弦顿时失落极了，他本以为再等一会儿就等得到的，可若是离了宗门，那没个几天工夫是回不来的。

人都已经出去了，他着急也没有用。沈清弦本想离开，可又实在喜欢这屋子，索性便多待了会儿。

之后几日，他若没事就会来这杂役处看看。

起初他还只是在椅子上坐会，偶有一日，他修炼累了，便在这睡下了。

他紧紧盖着被子，睡着了，甚至不知道顾见深在半夜回来了。

顾见深一进屋便看到了紧紧抱着被子，睡得毫无防备的人。

顾见深这次出任务的地方挺远。不提任务，单单是路程，正常情况下一个来回就得是八九天光景，再加上其他杂七杂八的事，寻常弟子都会磨蹭到一个月甚至更久。

但这次顾见深全程只用了六天便回来了，速度之快、效率之高、心情之急迫，由此可见一斑。

顾见深这么急着回来，无非是走的时候太匆忙，没能履行和沈清弦的约定，他怕时间久了，沈清弦就会把他给忘了。

相逢一面他对沈清弦一见如故，却不敢想对方是怎样。

可能沈清弦也觉得他有趣，还想与他再见面，只是时间久了，这心情是不是就淡了？是不是就不愿再同他见面了？

揣着这些心思，顾见深当真是归心似箭。若非这任务不得不做，他都想直接放弃！

紧赶慢赶地回到万法宗时已是深夜，顾见深很清楚这会儿是见不到沈清弦了，可他也不想直接回上德峰，他想去小院看看，万一沈清弦给他留了话呢。

抱着能见到一个小纸鹤也好的心情过来，结果他却看到了本尊。

顾见深轻手轻脚地走过去，借着薄薄的月光看了看，确认了这是真实的沈清弦。

沈清弦是在等他吗？

沈清弦其实已经醒了。他何等修为，从顾见深疾步走近时他便惊醒了。

只是察觉到来人是顾见深，所以他没敢乱动。

这可如何是好！深更半夜的，他偷偷来人家的私院，还盖着被子睡在这儿……这也太唐突了！

顾见深也真是的……为什么大半夜回来了？为什么这么晚回来了还来这小院！

顾见深不是说不在这里住吗？

沈清弦真是尴尬死了！他想不出自己醒来后能说什么，索性装睡。

谁知这顾见深不走也不叫醒他，就这样站在床边。

顾见深在看他吧？沈清弦能感觉到顾见深的视线。

怎么办！沈清弦快要装不下去了！

沈清弦睁开眼睛。

四目对视。

沈清弦又尴尬又喜悦，尴尬自是因为自己不经允许睡在人家床上，喜悦则是因为终于看到了顾见深。

再看到顾见深的眼睛，他别提有多开心了。

心情如此复杂，嘴巴就乱七八糟了，只听他说道："我没等六天！"

说完，沈清弦就结巴了……什么鬼东西！这简直是此地无银三百两！

他很是心虚，脑袋瓜一转，竟聪明地岔开话题，问道："你刚才在干吗？"

顾见深也生硬地岔开话题道："我没想到你会在这儿。"

沈清弦便顺着顾见深的话题说下去："我也没想到你会现在回来。"

话题一开，两人就自然而然地聊了起来。

顾见深说道："很抱歉，本来约好了见面，结果我却出去了。"

沈清弦说："既是宗门任务，自是由不得你不去的。"

说着沈清弦又挺好奇的，他问道："这么着急出去，是除魔任务吗？"

宗门里的任务种类很多，其中比较急又常见的一般是除魔任务。

所谓除魔任务自然就是去其他地方铲除魔兽。魔兽闯入凡世，为祸四方，为了普通百姓的安康，修炼之人有除魔卫道的责任和义务。

去得越快损失越小，所以只要一发布任务，宗门皆要求弟子速速赶往。

果不其然，顾见深说道："是。"

沈清弦又问道："是哪儿又魔兽作乱？"

顾见深顿了下才说道："……同和城。"

沈清弦讶异道："你竟是去同和城除魔了？"

这同和城有什么稀奇吗？还真没。它不过是修真界无数城镇之一，毫无特色可言。

沈清弦之所以惊讶，只是因为它的地理位置。

他没记错的话，这同和城和万法宗相隔甚远，御剑飞行不眠不休来回也得四五天光景，再说有哪个人敢这么拼？御剑飞行可是极耗灵力的，如此去了还要与魔兽对抗，谁吃得消？更不要说还要再飞回来……

正常情况下，接了这种任务，怎么也得一个月才能回来吧？可顾见深……

沈清弦忍不住说道："你回来有什么急事吗？怎么如此仓促！"而且这也太不注意安全了！

顾见深没出声，只看了看他。

这么一个眼神却让沈清弦心软了。

顾见深……顾见深是为了回来见他吗？是怕失信于他吗？

沈清弦先是心软然后又是后怕，他愠怒道："你急什么，我还会跑了不成？万一那魔兽了得，你把灵力都耗费在御剑上，岂不要吃大亏！"

顾见深本来是极怕他生气的，可此时看他这模样却只觉得心里暖暖的。

他说他不会跑，他的确没跑，他在自己的小院等自己。

他还在担心自己，生怕自己出事……

越想越开心，顾见深的嘴角忍不住勾了勾，轻声道："我灵力很足，那魔兽也不值一提。"

沈清弦还是很不满："以后莫要如此荒唐了！"

顾见深连声应下。

沈清弦想到顾见深来回折腾了六天，下床道："既然回来了，便快些休息吧！"

顾见深眸子微闪，忍不住问他："你要走吗？"

沈清弦犹豫了一下。

顾见深很快又低声道："天色很晚了，这里又有两张床，你且睡着便好，我去那张床上睡。"

一听顾见深这话，沈清弦便不动了。

是啊，这里有两张床，他们一人一张也是可以的。

沈清弦有些不好意思，却又不想走，他垂眸说道："那……就快些歇息吧！"

顾见深脱了外衣，在他旁边那张床躺下。

沈清弦闭眼，翻过身去，背对着顾见深，道："天色不早了，快些睡吧。"

"睡吧。"顾见深说道。

第二天，太阳东升，他俩却没醒，睡得很是踏实。

等沈清弦醒来时，身边已经没人。他一坐起来，薄被便从身上滑落。

顾见深推门而入，沈清弦笑道："你去哪儿了？"

顾见深道："我泡了茶，还做了些点心，要不要尝尝？"

沈清弦当即道："好啊。"说着便下了床。

他俩虽同龄，但其实心智上沈清弦要更单纯一些。毕竟他十五岁开始闭关，这五年转瞬即逝，身体虽到了二十岁，但还满是十五岁的心思，毫不作伪，真诚可爱。

顾见深本就对他一见如故，这般一相处，二人更是越发亲近熟悉起来。

然而……他俩还是有正事的。

五日之后，沈清弦收到一个白纸鹤。

刚摊开，他七师兄的声音就传了出来："你跑哪儿疯去了！快些回来！明日有课，迟到了挨揍可怨不得我！"

是了，自从师父出关就开始定期给他们上课。

啊啊啊……不想去！他不要离开这小院！

顾见深被沈清弦这模样逗笑，说道："等下了课就快些回来。"

沈清弦道："我师父特别啰唆，兴致来了一节课能上三天三夜！"而且师父还不准他们歇息甚至不准走神，只能老实坐着！

他有次听睡了，一个戒尺抡过来，疼得他现在想想都打哆嗦。

若顾见深是他的师父，那自是他怎样都好，想听就听，想睡就睡，戒尺什么的？不存在的。当然，顾见深若真是他师父，沈清弦没准还乐意去上课了，虽然可能全程光顾着玩儿，想不到正经事。

可惜这些都是想想，沈清弦再怎么不想去，也得老实去上课。

翘了他师父的课，他真是皮肉紧了，该被松松了！

他临睡前对顾见深说："明早你一定要叫我。"

顾见深说："安心睡吧，肯定不会迟到。"

沈清弦便扬了扬嘴角，找了个最舒适的位置闭上眼睛。

他睡得香甜，顾见深却莫名有些心慌。

这心思有些奇怪……明日沈清弦只是回去上课，顾见深却总是不安。

想到他要离开，顾见深就忍不住心慌。

有那么一瞬间，顾见深看到了倒在血泊中的沈清弦，看到他苍白的失去生机的面容，看到他紧闭的双眼，看着他再也不会发出声音的唇瓣……恐惧和绝望如滔天巨浪般将顾见深彻底覆盖。

顾见深猛地一惊，然后打开灯坐了起来。

睡梦中的沈清弦被他的动静吵醒，沈清弦哼了一声，嘟囔道："干吗……"

柔软的声音平息了顾见深的恐惧，可额间的冷汗却直直滚落，彰显着方才一瞬对顾见深来说是何等巨大的冲击。

顾见深轻吁口气，声音很低很轻但在颤抖着："我会好好护着你……"无论如何，都不会让他出事的。

是梦也好，真实也罢，那样的景象，顾见深绝对不会让其发生！

第二日沈清弦匆忙赶回上信峰，七师兄瞪他一眼："你还知道回来！"

沈清弦讪笑道："我……我出去历练了嘛。"

七师兄打量他一番，见他穿戴齐整也没弄什么幺蛾子，便说道："走了，别让师父等着。"

沈清弦自是连声应好，赶紧跟上去。

课上沈清弦坐得很端正，听得很认真，只是这脑子嘛……

——师父啊师父，我的好师父，你千万要早点下课，一上午就行，别讲太久！

——说起来顾见深是不是回上德峰了？他回小院见不到顾见深可怎么办？

——见不到就见不到嘛，他等着便是。

——万一等很久怎么办？不知道上德峰峰主是不是一脉相承的"拖堂大王"，要是也讲个三天三夜，他岂不是要无聊死！

沈清弦脑袋里在想东想西。

这时上信峰峰主唤道："涟华，你来讲一下这万象无法，法相无宗是什么意境。"

沈清弦呆住，知道一脸茫然怎么写吗？看这未来的天道第一人便可。

课上了一整天，沈清弦还挨了一戒尺，真是要多委屈有多委屈，好在他一回杂役处就看到了顾见深。

顾见深对他笑道："回来了。"

沈清弦也不出声，把胳膊一伸，白生生的手臂上一道乌青，实在刺目。

顾见深走近道："这是……"

沈清弦撇撇嘴道："我师父下手就这么狠！"

疼死了，胳膊都要断了，而且还带了灵气，是钻到灵脉里的疼，好久都散不去！

顾见深很是担心："我给你上药。"

沈清弦跟着顾见深进屋，这模样很是金贵了——明明以前也挨了不少抽，挨完就活蹦乱跳，哪像现在这样？

顾见深凝神给他上药，沈清弦见顾见深这样，心里一片暖意，嘴上却说道："都怪你。"

顾见深也是"溺爱孩子"的典范了，只听他说道："是我不好。"

沈清弦乐了："你可知你哪儿不好？"

顾见深满心担忧的都是他的伤，哪儿还弄得明白他在说什么："你说哪儿不好便是哪儿不好。"

沈清弦猛地抽回手，顾见深抬头，只听沈清弦笑眯眯地说道："你是太好了，让我总想跟你见面玩耍，上课出了神，这才让师父抽了我！反正……就是怪你！"沈清弦说得倒是坦荡。

"怪我，都怪我……"顾见深道。

两人这相处得开心，到了月末，沈清弦又收到一个"噩耗"。

他十一师兄给他发来纸鹤："小涟华，我看你这个月的外出任务还没做啊？"

沈清弦没说话。

武振海又说道："一起不？我也刚好没做！"

沈清弦好气啊，他哪儿也不想去！但宗门每月的几个必做任务是不可荒废的，即便执法堂不为难他，他师父也会再抽他的！才尝了一戒尺的沈清弦很厌。

刚好顾见深回来了，他迎上去道："我明日得去做个外出任务……"

顾见深怔了一下。

沈清弦立马道："你能和我一起吗？"若是顾见深也去，就好了。

显然刚才那顾见深一怔是有缘由的，果然顾见深苦着脸说道："我正想和你说一声，明日我师父要带我出去。"

沈清弦不死心，问道："去哪儿？"

顾见深说了地名，沈清弦泄气了，他的外出任务绝对不可能去那么远的地方！

顾见深有些懊恼道："我不知道你这个月……"

沈清弦瞪他一眼："还不是怪你！"他和顾见深玩得太开心，什么正事都忘光了！

明日一别是不可避免了，沈清弦退而求其次，只得和十一师兄一起外出了。

要出门时，武振海身边还跟了个人。

沈清弦好奇道："十师兄，你不是刚回来，又要出去？"

来人正是他的十师兄，沈清弦的"真"前辈。

为什么要这样说呢？

缘由就是沈清弦入门前，上信峰所有亲传弟子里老十是出了名的皮，沈清弦入门后，老十也老了，没那么皮了，沈清弦接班后，老十就成了沈清弦的前辈。

说这些主要是简单介绍下十师兄。

身为前辈，十师兄老归老，皮还是得皮的。

十师兄勾着两个师弟的肩，嘿嘿笑道："你俩也都老大不小了，哥哥带你们去见见世面！"

见什么世面？沈清弦纳闷道："以前不也去山下了吗？还要见什么世面？"

十师兄道："我就说师父这教育方针不对，小小年纪闭什么关？荒废五年青春多可惜！"

沈清弦可不觉得自己荒废了，他道："师兄到底是什么意思？"

武振海道："莫要理他，我们去做任务！"

这倒是正事，沈清弦赶时间得很，他想赶紧做完任务赶紧回来。上次顾见深出去，将一个月的任务硬生生挤成了六天，他虽不至于那般夸张，但也该尽早回去。

沈清弦素来知道十师兄调皮捣蛋，所以也没当回事，只跟武振海说："我们走吧！"

十师兄也没再多说什么，只抿嘴笑着，一双桃花眼十分动人。

虽然沈清弦喊他们一声师兄，但实际上他的境界都可以当他们的前辈了，不过亲传弟子间是按照入门时间来排序的。

其实正常情况下，像沈清弦这样的境界，早就可以超脱于弟子之上，去做些长老级别该做的事了。但沈清弦境界有了，年龄却太小而且心灵很稚嫩，这种情况多年来宗门中也是时有出现。为了避免意外，宗门大多是让他们以弟子的身份继续磨炼，这不是在磨炼修为，而是让心性也循序渐进。

有沈清弦在，任务是肯定没有危险的，他们轻松解决掉便可以回程了。

十师兄说道："走了，带你们去长见识。"

武振海推脱道："不了，师兄，我……"

十师兄给武振海脑门来了一下："榆木脑袋，这也是修炼必经之道，不是我谁还能带你来！"

向来嗓门洪亮、性格开朗的武振海，此时竟扭扭捏捏的。

沈清弦道："去就去呗，总归师兄不会害我们。"他会说这话是因为任务比想象中还简单，用的时间太短，他考虑到顾见深肯定没回万法宗，顾见深既不在，他回去也无趣，索性在这儿消遣消遣。

十师兄乐了，过来勾住沈清弦的肩道："还是我小师弟能干。"

武振海诧异地看向沈清弦，说道："师弟……"

十师兄已经转移目标了，生怕武振海说太多把小师弟给吓跑了，赶紧推开武振海道："你不去就赶紧回吧，别打扰我们！"

武振海想提醒沈清弦又着实说不出口，结巴半天，话没说出来，人却被十师兄给推出去老远。

十师兄小声和武振海说道："你安心，我不过带他长长见识，不会做什么，他都这般大了还如此单纯，日后被人骗了可怎么办？"

十师兄这话说得倒也有几分道理，放到凡界二十岁都已经娶妻生子了。可在修真界，像沈清弦这般打小入门，早早便开始修炼的弟子，反而不懂这些俗事。虽说不懂也是好事，但日子久了总要懂的，与其任人欺负才知道是怎么回事，还不如提前了解。

这般想着武振海便不再阻拦，嘱咐十师兄道："你可莫要吓到他！"

十师兄说："我小师弟同我有些像，没准儿还很是欢喜呢。"

对此武振海不敢苟同，虽然这一师兄一师弟都皮得很，但是皮的方向是截然不同的，武振海觉得沈清弦弄明白怎么回事后肯定会落荒而逃。

总归沈清弦的修为要高很多，十师兄想调皮捣蛋也逮不住他。

武振海一走，十师兄便"嘿嘿嘿"地靠近，对沈清弦说："走吧，咱师兄弟好好去玩玩。"

沈清弦心道：有什么好玩的？

他转念又想，顾见深可千万要早点回来，这也太无聊了！

他跟着十师兄去了城里，此时天色大亮，十师兄带他去了一座茶楼。

沈清弦道："就来这里？"他四下打量，并未看到什么特别之处。

十师兄笑道："时辰尚早，我们晚些再过去。"

沈清弦说："去吃午饭不行吗？"

十师兄乐了："那儿只供应晚饭。"

原来如此，沈清弦点点头，表示明白了。

师兄两人喝了喝茶，时间倒也过得飞快，天色渐暗之后，十师兄起身道："差不多了，走吧。"

沈清弦还挺期待的："好！"

两人弯弯绕绕穿过几个小巷，眼瞅着越走越偏，本以为前头也是一片漆黑，哪想到竟豁然开朗。眼前这景象是极讨沈清弦欢心的，红楼金瓦，一派明艳，挂着大红灯笼，很是夺目！

万万没想到十师兄竟带他来了如此妙地，当真让他惊喜万分！

沈清弦很想进去看看，便说道："我们快些进去吧。"

十师兄说："那就来这边吧！"

沈清弦哪里知道十师兄脑袋里的弯弯绕绕？只一双眼被金红给迷住了，很是乐意过去。

进了一处颇为华丽的宅邸，沈清弦看得目不暇接，只是鼻子有些发痒——这里面的气味可真难闻，香料廉价，香得刺鼻，让人不愿呼吸。

可这般装饰又实在讨人喜欢，沈清弦想着事无完事，便也忍了下来。

他进去后，立马便有人迎了上来。

他们满身香气，熏得人难受，沈清弦很是不喜，不禁向后退了又退。

十师兄道："莫要吓坏我师弟。"

那些人却直勾勾地看着沈清弦，原因无他，这般好看的人实属罕见！

沈清弦无语，此时此刻，他终于开了点儿窍！

到此时他再不懂就是傻子了！虽然其实也已经够傻了！

见的竟是这样的世面？

沈清弦又气又恼，还觉得浑身难受，他半点儿不想在这待着，转身便要出门！

十师兄还想拦他，但哪里拦得住？

沈清弦满心懊恼，出了门，他匆匆捏了个诀，直接御剑飞行，从空中回了万法宗。

三日后，顾见深回来了，见到沈清弦便展颜一笑："我回来了。"

沈清弦只小声应了下："嗯。"他又道："我渴了。"

顾见深道："我去给你倒水。"

顾见深端着水进来，沈清弦正坐在床边，不知道在想些什么。

顾见深走过来，将茶杯递给他："来，温度刚好。"

沈清弦点点头，伸手接过茶杯。

沈清弦正神游太虚，手也不听使唤，结果……

"小心！"顾见深提醒他，可惜已经晚了。

茶杯倾倒，水洒了他一身。

沈清弦愣了下，终于回神了，他委屈巴巴地抬头。

顾见深道："去换衣裳吧。"

沈清弦换完衣裳，顾见深问道："你怎么了？"

沈清弦道："我那十师兄带我去了……他说带我去见世面。哪承想是那样的！说起来，咱们万法宗的确是教育有问题！"

其实也没那么夸张，主要是沈清弦这边太特殊，他打小就被收为亲传弟子，幼时又遭过那般苦楚，上信峰峰主很是护着他，寻常人根本不能接近他，也就没人给他传递这些东西。

他十师兄本该早早担此重任，但巧的是沈清弦十三四岁时，十师兄闭关，出关后沈清弦又闭关，这一错过，沈清弦就二十岁了。

十师兄想着虽然晚了但不能不教，于是……便带他去见世面了。

沈清弦继续说道："以后别人喊你去见世面，你可一定别被骗去了！"

顾见深笑道："我怎么可能去？"

沈清弦勾唇，笑容暖暖的。

一晃又是大半个月，沈清弦终于等来了自己的洞府。

上信峰峰主嘱咐他道："虽说到了金丹期就可以离峰而居，但你尚且年幼，还是要时常回来同师兄们好生亲近。"

沈清弦连连点头，满心雀跃。

上信峰峰主又道："莫要贪玩，还是得勤加修炼！"

沈清弦应道："徒儿明白。"

上信峰峰主心道：明白？明白才有鬼了！

不过沈清弦的确是年纪太轻，上信峰峰主也不愿一味拘着他，日后孤零零的日子多了去了，如今能玩会儿便多玩会儿罢！

沈清弦有了洞府，自是想第一个和顾见深分享。

顾见深道："恭喜。"

沈清弦拉着他说："我还没去过，你同我一起可好？"

顾见深自是应下道："好。"

两人一起去了纳灵山上，这是万法宗中灵气最充盈的地方，其中的洞府都按例分配给金丹期的弟子。一来只有到了这个境界的人才能承住此地灵压，二来也是为了宗门前程，能够多多培养出色卓越之辈。

纳灵山很大，而且人烟稀少，住在此处的要么在闭关，要么是云游在外，总之不会出来闲晃。

没人最好，沈清弦拉着顾见深到了洞府。

洞府就是寻常洞府，看也看不出个花儿来。

顾见深道："等明日我去寻些东西给你装饰一番。"

沈清弦眼睛一亮道："像你的小院那般？"

顾见深温声道："比那儿还好。"

沈清弦心里美滋滋的，却又很快说道："不可能比那儿还好的。"

沈清弦新鲜完了便觉得没趣，他说道："我们回去吧。"

虽说这是他的洞府，是他的家，但是对他来说，那杂役处的小院，更像是自己的家。

第六章

往事真相

每隔十年，万法宗都有峰门论道。

如今日子将近，各峰门都忙碌起来，为了不给自家峰门丢人，各自努力悟道，恨不能一夜突破，扬名立万！

所谓临时抱佛脚，大概就是这样了。

沈清弦这是第二次参加，上次沈清弦才十岁，跟在师父旁边，轮着轮着就打起瞌睡，被师父抽了一下，眼泪汪汪地疼了一整天。

当时上德峰峰主就发飙了，本来他和上信峰峰主论道就论得不愉快，一看上信峰峰主打孩子，当即怒了，吹胡子瞪眼地和上信峰峰主吵了起来。

上信峰峰主白他一眼："又不是你的弟子。"

上德峰峰主道："都是万法宗的弟子，你若照顾不好他就交与我！"

上信峰峰主直言："你想得美。"

上德峰峰主更是气得白毛胡子乱翘。

沈清弦把这当趣事说与顾见深听，顾见深听得很是欣慰："师父的确是非常喜欢你。"

沈清弦道："我师父也很喜欢你！"

他俩说完便皆是一愣，接着相视一笑。

峰门论道如火如荼地开展着，其实这对于弟子们来说意义不大。

九峰峰主和长老们坐在上面，你一句我一句，听起来极有深意，可又让人昏昏欲睡，历年来坐在下头的弟子能保持不睡的都是好汉一条。

尤其这些大佬们没有时间观念，一论就是数日，还不让弟子们走动，辟谷的还好些，无非是无聊些，但没辟谷的就惨了，乾坤袋里倒是装满吃的，可也不敢明目张胆地吃，偷偷吃的话，很多好菜都是吃不了的，只能干粮咸菜一起上，实在凄凉。

沈清弦本以为自己要无聊上几日，没想到他刚刚在蒲团上坐下，便看到了熟悉的红色衣角。他猛一抬头，顾见深对他眨眨眼睛。

沈清弦眸中全是惊喜："你……"

顾见深声音很端得住："见过涟华师叔。"

沈清弦道："嗯。"

顾见深在他身旁坐下，沈清弦认定，这峰门论道，肯定不会像十年前那样无趣了！

上头的峰主们已经开始授课，下头的弟子听得很是认真。

这峰门论道对沈清弦来说可能意义不大，但对其他弟子却是一次大机缘，虽说受些罪，可他们也是心甘情愿的。

沈清弦和顾见深坐在一起，虽不能言语，但也有趣得很，还挺有心情听听师父们"吵"了什么。

这一吵便是大半天工夫，沈清弦再怎么有心情现在也没了。

他看向顾见深，顾见深薄唇动了动，他立马看懂了顾见深的唇语。

两人先后溜出去，在一个僻静之处见面。他们聊得开开心心，过了一会儿才发现不远处的小道上站着两位仙风道骨的大佬。

顾见深、沈清弦："……"

上德峰峰主、上信峰峰主："……"

这就很尴尬了。

四个人神态各异地愣了愣。附带一下，沈清弦还皮紧了紧！

他怎么都没想到会在这里看到师父，不是还在吵吗！这可如何是好？

想想自家师父的火暴脾气，沈清弦很怕师父猝不及防就是一鞭子抽过来……

他本能地向顾见深身后躲了躲，这一下却是激怒了上信峰峰主，只听他师父低斥道："我要揍你，你还躲得了？"

沈清弦委屈极了：果然要挨揍！

上德峰峰主立马说道："师弟犯什么错了？师叔你就要揍他。"

上信峰峰主瞪着沈清弦，瞪了好一会儿蹦出一句话："不像话，定是他带坏了小九渊！"

听到这话，顾见深急于解释，沈清弦却拦住了，不让顾见深说话。

上德峰峰主还在这儿，上信峰峰主要是真抽沈清弦，两人怕是要打起来，本来论道时他就已经得罪上德峰峰主了。

而且峰门论道还在继续，这会儿只是中途休息，歇息的时间本就不长，上信峰峰主也懒得在他们身上浪费时间。

上信峰峰主冷哼一声，拂袖离开。

上德峰峰主清清嗓子，对他们说道："莫要偷懒，仔细听前辈们讲道，以你们的悟性，定能受益匪浅。"

两人自是连声应下。

峰门论道继续，沈清弦刚坐下，就感受到来自师父如刀似箭的锋锐目光。

是了，他和顾见深挨在一起，之前还无所谓，现在他师父定是气极了，以为他在他师父眼皮底子下搞事情！

沈清弦冤啊，这位置明明是别人安排好的，才不是他故意靠着顾见深，可这些说给师父听，师父会信吗？肯定不会！这般想着，他越发觉得自己要挨揍了。

论道还没开始，下面的弟子已是正襟危坐，顾见深小声对沈清弦说："是我不好。"

沈清弦不乐意听了："怎能怪你？"

顾见深道："真的怪我，你身旁这位置本是我十三师兄的，是我同他换了，才能与你坐在一起。"

本想着两人坐在一起会不无聊，但现在被师父们抓到小辫子了，再坐一起沈清弦就会很难受了！

上信峰峰主那眼刀，顾见深也能感觉到。

沈清弦本来还在心里抱怨，说自己冤枉，以为这位置是自由分配的，如今才知道竟然是顾见深刻意准备的。他也不觉得冤了，至于事后挨揍什么的，揍吧揍吧，反正是躲不开了！

上头的上信峰峰主都快把眼珠子给瞪出来了，这小浑蛋明知他在上面坐着，还在那儿同顾见深窃窃私语，当真气煞他也！

于是眼刀更加锋利，沈清弦一哆嗦，抬头一看：天哪，师父怎么气成这样了？这可不是一顿揍的事，八成得一日三顿！

沈清弦不敢与顾见深说话了，他老实坐着，要多听话有多听话，试图让师父消消气，自己也能少受些皮肉之苦！虽然大概已经晚了……

硬生生熬过了一个峰门论道，他师兄们大多神色凝重，显然是大有所获。唯独沈清弦全程脑子里乱七八糟，还悟道呢，他只求能承受住师父的狂风暴雨。

该来的总会来，回到上信峰，他师父把他提溜过来兴师问罪："说，你是不是因为顾见深那双眼睛而戏耍他？"

沈清弦愣了下，才抬头看向师父："我是那样的人吗？"

上信峰峰主道："难道不是吗？"

沈清弦悲愤道："我是欣赏他这个人，欣赏他的性情，是与他志趣相投！"

上信峰峰主道："你们才认识几天？就谈得上欣赏他这个人，这个性情了吗？"

沈清弦道："我们变成朋友都三个月了！"

上清峰峰主道："果然是从你出关那次见面开始的！"

沈清弦这才意识到自己被套话了，不过说就说了，也无所谓，他直接承认道："是的！"

瞧他这理直气壮的模样，上清峰峰主手痒得很："你还说你不是看中他的眼睛，若非他有那双独特的红色眸子，你会同他亲近？"

沈清弦道："所谓一见如故，不也就是这样嘛！"

上信峰峰主说："一见如故？然后呢？等你新鲜够了，别人又该如何！"

沈清弦好气："师父您怎能这样想我！"

"还不是你往常里没个定性，除了那金红之物，哪还有能让你长久投入真心的！"

沈清弦道："我定会长长久久地对顾见深真心相待！"

"你嘴里那真心是真心吗？"

沈清弦道："当然是！"

上信峰峰主又问他："你知道什么是真心？"

沈清弦反问道："师父知道吗？"

上信峰峰主顿了一下，竟没有回答他。

上信峰峰主看着沈清弦——这个天资聪颖却顽劣的小徒弟，实在很不放心。

别看他如今已经成人但心性实在简单，此时热血上头做出的判断，并不一定是真正的想法。等这三分热劲过去又该如何是好？

沈清弦闭关这几年，上信峰峰主一直有关注顾见深。

这孩子虽与沈清弦同龄，天资也不比他差，可两人心性却相差甚远：一个是被当作亲传弟子仔细教养，一个却是流落在杂役处独自挣扎长大。

这么巨大的环境差别，导致两人虽然同龄，可一个比另一个早熟太多。

好在顾见深心性极好，重情重义。可越是这样，上信峰峰主越是忧心。

实在是信不过沈清弦，可惜上信峰峰主此时想再多也没有用处，叹口气说道："你心里有数便好，若捅出娄子，我是不会管你的。"

沈清弦是真的理解不了师父在担心什么。不过听师父这语气，是不干涉他了吗？

他眼睛一亮，问道："师父，我同顾见深……"

上信峰峰主道："你只要不是戏弄人家，我怎会管你交友这些？"

沈清弦大喜过望。

上信峰峰主又轻叹口气，道："我本想把封心诀传授给你，如今还是罢了。"

沈清弦对这法诀也有所耳闻，这可以说是万法宗的镇宗秘宝。

历年来修炼封心诀的人都大有所成，甚至有望去往上界，只是这封心诀有一定的修炼条件——首先要有傲人的资质，否则会被反噬，这点沈清弦是没问题的；其次要在成圣前封心灭欲。

如今沈清弦确实不适合修炼这封心诀了。

上信峰峰主同他说这些也是在故意试探——封心诀的诱惑之大，若非真心，他绝对抵抗不住。

沈清弦说道："我才不要封心灭欲！"封心灭欲什么的，多无趣啊。

见他如此，上信峰峰主略微安心了一些，又道："也罢，各有缘分。"

沈清弦哪敢想自己就这么出来了，没挨揍也不算挨训，只是被冤枉了几句，实在庆幸！

他离了上信峰便赶往杂役处，本以为顾见深不在，结果一进门就看到顾见深。

顾见深迎上来，红眸中全是担忧。

沈清弦笑道："没挨揍，我师父只怕我戏弄你。"

顾见深愣了一下。

沈清弦又问道："上德峰峰主可有说什么吗？"

顾见深温声道："让我莫要欺负你。"

沈清弦乐了，抬头看他："那你怎么说的？"

顾见深道："你是我重要之人，我定会小心守护。"

沈清弦也说道："我也会好好守护你。"

某天七师兄遇见沈清弦和顾见深，错愕道："你们……"

沈清弦介绍道："师兄，这是我的好友顾见深。"

顾见深也向他问好，七师兄沉默了好一会儿才道："你们……竟相识了。"

这话总觉得有些怪怪的，沈清弦问道："师兄是什么意思？"

如今沈清弦已经结丹，那事也过去这么久应该不至于造成心魔，再就是他俩如今交好，七师兄总觉得和过去有些渊源……他虽知道得极少，但也愿意说与沈清弦听。

七师兄看向沈清弦道："你可记得五年前你被人袭击受了伤，昏迷了许久。"

这事沈清弦当然是有印象的，他道："不就是我闭关前发生的吗？"

"对。"七师兄继续说道，"当时你忘了些事，师父怕对你突破境界有碍，再加上实在不是些好事，所以就没和你提起。"

沈清弦愣了一下，问道："难道我以前曾认识顾见深？"

听到七师兄说起五年前，顾见深不禁凝神听着。

沈清弦还记得顾见深曾和自己说过，他五年前受过重伤丢了一段记忆的事。

如此看来，他们五年前竟都受过伤？然后都忘记了一段记忆？竟会有如此巧的事？

只听七师兄说："当时你们是一起被发现的。"

沈清弦和顾见深同时问道："究竟是怎么回事？"

七师兄便稍带遮掩地说了出来："当时有个适合练气高阶弟子突破境界的小世界开启，小涟华作为领队，负责守护同门弟子。"

这么一说，另外两人便懂了，沈清弦问道："当时顾见深是练气高阶吗？"

七师兄说："没错。"

沈清弦又问："那我和顾见深是在小世界里受的伤？"

七师兄摇头道："你们从小世界出来后似是结伴到城镇里去游玩，是在那时出的事。"

七师兄又道："当时我没多想，如今见你们交好了，才觉得那时你们可能已经认识了，所以才会出了小世界还一同去镇上游玩。"

关于车玉泽的事，七师兄还是隐掉了，只用了当时的说辞："你俩资质这般好，定是引起邪修的注意，让他们起了贪念掳了回去，进而落入险境，备受凌虐！"

沈清弦和顾见深都听得怔怔的。

七师兄又道："当时具体发生了什么没人知道，只知道发现你们的时候，邪修已死，而你们双双倒在血泊中，很是凄惨。门人将你们带回来仔细检查发现并无大碍，也是幸运了。"

七师兄继续说道："我知道的不多，你们若想要探得究竟，可以去问问当时发现你们的人。"

沈清弦好奇极了，他想知道到底是怎么回事。

七师兄想了下又说道："我隐约记得你们之前的确是见过的。"

沈清弦眼睛一亮，连声问道："怎么？"

七师兄说道："那时顾师侄还未拜入师门，仍在上德峰食堂帮工，那阵子上德峰来了个新厨师，做的某道菜很是可口，小涟华很爱吃，我给他订了几天，来给他送餐的正是顾师侄。"

"是这样吗？"沈清弦绞尽脑汁努力想，也实在想不出来。

七师兄看了看顾见深，又小声对沈清弦说道："顾师侄这眼睛……定是极吸引你的。"

可不吗？两人一见如故。

七师兄叹口气道："如今想来当时我也做了件错事，那时顾师侄是凡人之躯，我想着你俩身份有差，便不愿你去招惹他给他添麻烦，于是提醒了你几句，那时你似是听了，我以为你们……"七师兄以为，二人至此缘分便尽了，如今看来却是另有缘分了。

沈清弦虽一点记忆都没有，但听七师兄这一番说道，竟也隐约勾勒出一些模样，他不禁看向顾见深。

难怪他一见顾见深，便觉得亲切，原来他们早就相识。

他如此，顾见深只会比他更加喜悦。

七师兄见他们这样，抿唇笑道："好啦，我知道的便只有这些了，若是你们之前真的已是好友，那闭口不提的我当真罪过了。"

这事哪里怨得了七师兄？这么点儿细枝末节，若非如今顾见深同沈清弦再次相识了，七师兄哪里又能联想到一起？

沈清弦笑道："师兄莫要这样说……"顿了一下又道，"即便忘了又如何？再相见我们不还是交好了吗？"说着他转身看向顾见深，嘴角勾起。

顾见深被他笑得满心温暖，可胸腔深处却有丝散不开的恐惧，仿佛是极其刻骨铭心的一幕印在了内心深处，让顾见深没了记忆却仍旧不安着。

七师兄该说的都了，临走前又给了他们几个名单，是当初救下他们，将他们带回师门的弟子。

他们和七师兄道别，沈清弦对顾见深说道："我们再去问问吧。"

顾见深点头应道："好。"

其实也问不出更多的信息，毕竟这几位弟子与他们并不相熟，只是说了下当时的情况，同七师兄说的一般无二。

唯独有个女弟子看他们走过来，忽地说道："你们当时……也是这般交好的。"

沈清弦愣了下，追问道："师姐可还记得当时的情景？"

这女弟子微微拧眉道："当时那地牢里实在可怖，血腥味铺天盖地，我们都以为你们凶多吉少，可走近一看，你们虽倒在血泊中，满身狼狈，但气色还不错。"

沈清弦还是什么都想不起，但他弯着眼睛笑道："多谢师姐。"

他们这才和她道别。

两人回到杂役处，沈清弦兴致勃勃地整理了已有的线索，拼拼凑凑竟还真还原了真相。

只听沈清弦说道："我们定是五年前便认识了，第一次见面肯定是你给我送餐时，那时我便对你一见如故……"

顾见深嘴角扬着，问他："是因为眼睛吗？"

沈清弦道："起初肯定是因为眼睛啦，但现在……"他认真看着顾见深，柔声道，"不管你变成什么模样，都是我的挚友！"

这话听得顾见深心生暖意。

沈清弦还惦记着"过去"的事，他继续说道："那时我们肯定是玩耍过一阵子，后来七师兄提醒我，我怕你受排挤于是远离了你，想必那时你很是伤心，进而发愤图强，竟成功拜入宗门，然后……"

顾见深顺着他的话说道："然后我便来寻你了？"

沈清弦弯着眼睛道："和你分开我也很是难过，重逢后我们没了顾忌，肯定是重归于好。"

顾见深心思一动，跟着说道："这屋子……"

沈清弦道："一定是我布置的！"

116

难怪这杂役处的装饰如此合他心意，难怪这里的东西全都是他的心头好！这是他亲手布置的！

顾见深微微一笑道："如此看来，这张床本就是属于你的。"

虽然两人都想不起过去的事了，可这般拼拼凑凑，竟也别有一番滋味。

不过顾见深还是有些遗憾的，说道："那段记忆于我来说，绝对是十分美好的。"可惜自己却忘记了。

沈清弦看向顾见深道："怕什么？日后只会更加美好。"

这倒也是。

顾见深心底极深处那缕不安又被沈清弦轻易化解，心里暖得很，看着如此一心念着他的沈清弦，只觉得无论以前还是现在，都是这般好，好得让人生怕这是一场华丽的梦。

两人在后来的挺长一段时间里，都在寻找着过去的痕迹。

因为没人知晓，所以他俩五年前的相识、相遇、相知，便只能凭自己去努力寻找。

痕迹不多，可找到一丝一缕也是巨大的喜悦。

真好……他们两次相遇两次相知，哪怕忘记了彼此却仍旧极快地成为朋友。

日子慢悠悠地过着，见沈清弦和顾见深交好，向来与上德峰不对头的上信峰的师兄们说要大摆筵席，决定好会会顾见深。

沈清弦生怕顾见深被欺负，谁知顾见深稳得很，说道："师叔们如此热情，我哪能不奉陪到底？"

沈清弦道："他们是想灌醉你。"这帮家伙最爱欺负上德峰的人，如今逮着个送上门的，定是要好生折腾一番。

顾见深说："不要紧。"

沈清弦找到七师兄："师兄你不会和他们一起胡来吧？"

七师兄道："今天晚上的酒我全包了。"

沈清弦："……"

这一定不是他认识的七师兄！

不，这就是他认识的七师兄。

全部人都想大喝特喝，唯一不想喝酒的沈清弦显得如此孤单无助。

顾见深安慰道："没事的，反正在宗门内。"他醉了倒头睡就是了，不妨碍。

沈清弦拗不过他们，只得悄悄塞给他一个小玉瓶，说道："解酒药。"

顾见深嘴角扬起，紧紧握着小玉瓶。

沈清弦催促他："赶紧吃了。"

顾见深道："不吃我也不会醉。"

沈清弦瞪他一眼："快吃！"

沈清弦的十师兄凑上来道："你俩有什么悄悄话之后再慢慢说，现在赶紧喝酒！"

顾见深就这么被拉走了，不过沈清弦看到他偷偷吃了解酒药，总算是心安了一些。

酒量这玩意其实挺气人的，有人天生就好得不像话，比如顾见深。

有人天生差得不行，比如沈清弦的七师兄……

当然以后可以用修为来弥补酒量，但现在的师兄弟们还真没几个"作弊"的，就是撸着袖子硬上，玩命喝！

最后所有要灌醉顾见深的人全倒下了，只剩下顾见深一个人笑眯眯地坐在那儿。

酒量好是一回事，解酒药也起大作用了。

不过沈清弦对此也抱迟疑态度，觉得这家伙肯定醉了，毕竟后头师兄们已经开动车轮战，管你酒量有多好，喝这么多都得醉。

沈清弦过去问他："怎样？"

顾见深瞧模样挺正常，只是红眸子比往常多了些亮度，他仰头看向沈清弦，一句话没说，抓住沈清弦。

沈清弦心道：很好，醉鬼一只。

沈清弦看着他："回去了。"

顾见深起身，走了一下便摇晃了，沈清弦连忙撑住他，听他唤道："小涟华。"

沈清弦道："老实点儿！酒鬼！"

顾见深薄唇扬着，小声道："我没喝醉。"

这种情况下说自己没醉的肯定醉透了。

沈清弦哄他道："好，你没醉。"

顾见深又道："你肯定觉得我醉了。"

沈清弦只觉得好笑，说道："不，你真没醉，你把我所有师兄都放倒了。"

顾见深红色的眸子越发明亮，他问："我厉害吗？"

能问出这话，他真是醉到一塌糊涂了，不过……还挺可爱的，沈清弦说道："厉害！"

顾见深又问："真的吗？"

沈清弦说："真的，特别厉害，小渊儿最厉害。"

顾见深笑了，道："那你可一定不要离开。"

沈清弦道："不会的，我永远都不会离开。"

听到这话，顾见深显然是开心极了，又开始不老实地乱动。

沈清弦哭笑不得地想按住他。

结果这家伙醉了却还灵敏得很，沈清弦竟有些按不住。

两人这模样下山实在困难，沈清弦想了一下，干脆带他回了自己以前的住处。

第二天两人都难受得要命。

沈清弦已经想和师兄们绝交了！

后来顾见深的师兄们知道此事，竟又大摆筵席邀请了沈清弦的师兄们，誓要为小师弟找回场子。

两峰一直都是竞争对手的关系，往日里挤对较量干架什么的都没少做。

如今又添了个项目，拼酒！

一开始还是为小师弟撑腰，为小师弟找回场子，后来小师弟们早就躲走了，他们还在"撑腰""找场子"，也不知道是给谁撑，给谁找了……

沈清弦和顾见深近来都疏于修炼，到了金丹期许久，沈清弦才开始致力于开拓识海。

识海里的那枚玉简越来越清晰可辨了，可他却实在弄不懂它是个什么玩意。

上面一点儿变化都没有，他和顾见深都不知道共度多少个夜晚了，可那其二十一还是闪亮亮的。

真搞不明白！更奇怪的是，沈清弦还没法把这事给说出来。

他有次实在好奇，试图和师父讲一讲，但这念头刚起，他便像失语了一般，愣是没办法说出来。

他师父还瞪他一眼，训他："放纵伤脑。"

沈清弦欲哭无泪……他虽然有一点点偷懒放纵，但脑子没坏，真没坏，比以前更聪明了好嘛！

说不出来那就只有自己研究。

其实沈清弦还挺担心的，虽然是这玉简让他和顾见深极快重逢，但他心底总隐隐有些不安，总觉得自己忽略了什么特别重要的事。

到底是什么呢？

这玉简究竟是怎么回事呢？为什么它上面的字全和顾见深有关？

难道它是他的心灵写照？

沈清弦也没看过别人的识海，所以真的不知道这算什么情况。

他最后能得出的结论也只有一个，那就是努力修炼！修为高了自然就知道是怎么回事了！

他翻阅了大量与识海有关的书籍，努力研究着自己的识海。

这般辛勤努力之下，还真让他发现了一些很不可思议的东西。

起初是只能看到玉简，后来他竟看到了一个金红色的小球球。

这是什么？他识海里竟还有这般漂亮的东西！

沈清弦越发来了兴致，研究得更起劲了。

他修为不见长，为了追逐这个金红小球，他的识海却广袤了许多。

趁着顾见深外出做任务，他闭关半月，竟真的碰到了这个金红小球。

接触的瞬间，一缕熟悉却又陌生、极其庞大的神识入侵到他的思维中……

接着，沈清弦清醒了。

丢失的记忆尽数归位，他怔了好半晌才回过神来。

是了……这金红小球是顾见深留给他的，顾见深怕他在幻境中迷失自我，所以留下了这个唤醒他的东西。

当时沈清弦还说定不会在幻境中迷失，如今……真是脸被打得生疼。

他呆坐了好一会儿，才把这一段的幻境与记忆全部捋顺了。

原来他和顾见深那么早就相识了，原来自己这条命竟是顾见深救回来的。

可是他却把顾见深给忘了。

他十四五岁的时候就和还在杂役处的顾见深相遇了。

起因经过大概和在幻境中的相差无几，总归是他相中了顾见深的眼睛，便开始不停地点餐，想着办法同顾见深亲近。

时间长了，两人便熟悉了，估计当时也意外被七师兄撞见过，七师兄一番话让沈清弦蓦然惊醒。

他是想和顾见深交好的，但这感情还很浅，他既不愿意给顾见深这样一个普通人招麻烦，也不愿百年后只留自己孤苦伶仃，于是便让两人的关系就此停下。

虽然不知当时顾见深是怎样的，但想来也是极其痛苦的。

现实中十五岁的沈清弦可不懂什么万血之躯，更不会帮助顾见深修炼，想必后来顾见深能够拜入师门，是因为一份不甘心。

再后来两人在师门中相逢，他们同为修炼之人便没了那些顾虑。

两人本就早有情谊，因为身份缘故分开许久，再一相逢，又恰是最热血的年纪，敞开心扉解释清楚后，只怕是更加要好。

其情境估计和他们失忆后的第一次见面差不多。

再之后，顾见深依旧卡在了练气高阶，沈清弦定然是希望顾见深尽快突破。恰好小世界开启，他便带着顾见深去寻求机缘。

小世界里两人肯定越发交好。他们感情愈深，已是不分彼此。

从小世界出来后沈清弦被车玉泽掳走，顾见深自是舍命相救。

这幻境中发生的事，虽然细枝末节处与现实不同，但整体走向却是完全一致的。

他们相遇、相知、相守，最后因为这一次生死之难，而彼此相忘。

他们活了下来，可是却忘了彼此。

现实中沈清弦的识海里没有玉简，没有那些乱七八糟的任务，他也不会对顾见深感兴趣，也没去刻意找顾见深。

更巧的是他结丹后，他的师父便将封心诀传给他……那时沈清弦了无牵挂，这秘术又如此适合他，他怎会不练？

封心诀入门并不简单，那阵子他不问世事，潜心修炼，即便听到顾见深的名字，也不会多想。

等他小有所成，顾见深已经叛离宗门……

如此他们便是彻底错过了。

幻境中他失忆后发生的事是真正的幻境了，现实中并不存在。

可这幻境也给了他们另一个可能，给了他们人生的另一个走向。

沈清弦心中五味杂陈，个中滋味一时难以形容。

幻境还没结束，顾见深的心结尚未完全解开，还有那最要命的一个心结在最后等着。

好在沈清弦想起了这是幻境，否则他继续没有记忆地待下去，等到该发生的事再度发生，这幻境便彻底毁了。

其实沈清弦很不明白，为什么在幻境中自己还会失忆？当年他被车玉泽掳走后，几乎被凌虐致死，之后又发生了什么？

肯定是顾见深救了他，但他当时身上致命伤极多，根本是无力回天，并不通医术的顾见深是如何将他救活的？

这些沈清弦全都想不通，也许正是因为发生了这些，他才会失忆，顾见深也是因此而忘记了一切。

那究竟是怎么回事呢？究竟是什么样的力量能让他如今这般坚固的神识受到干扰？

很多疑点在沈清弦的脑中转来转去，他暂且找不到答案，便只能继续在幻境中探寻。直觉告诉他，这是彻底解开顾见深心结的根本所在。

沈清弦只希望自己"醒"来得还不算太晚。

他想了半天正经事，又想起他失忆后犯蠢的各种事。

出了幻境该如何是好，顾见深定会拿这些来说笑他。

沈清弦按了按太阳穴，很是不能接受：当年的自己怎会这般蠢！

他虽想起一切，但幻境还在继续，为了找到最后那个心结，他必须按部就班地在幻境里待下去。

他在自己洞府里躲了好几天，总算做好心理建设后才慢腾腾地出来。

巧的是他刚出来，顾见深便回来了。本来顾见深身为上德峰的弟子不能随意出入上信峰。但自从顾见深和沈清弦交好后，顾见深也成了半个上信峰的人，早已可以随意出入上信峰。

顾见深又很会来事儿，上信峰的师兄们对顾见深感官极好，见面便说："你出去这几日，小师弟一直闭门不出。"

顾见深愣了一下,这位师兄又道:"他怕是见你不在便无聊得很,索性去闭关了。"

恰好如今清醒的沈清弦出来了,听到这句话,顿时一脸尴尬。

顾见深一眼便看到他,立马对他展颜一笑。

沈清弦心里极其复杂,可说实话他见着顾见深是实打实的高兴。

师兄一看他俩见面了,便笑着先行离开了。

顾见深说道:"我回来了。"

沈清弦应了一声:"嗯。"这是他惯常的冷淡音调,和失去记忆时还是不一样的。

顾见深却以为他心情不好:"怎么了?出什么事了吗?"

沈清弦被顾见深问得一愣,这才想起自己往常和顾见深相处都是非常热切的态度。但现在让他这样表现就……

怎么可能嘛!亿万年的封心灭欲难道是说着玩儿的吗?!他早就习惯冷淡对人了好吗?!

可他若是不配合,让顾见深察觉出什么,没准又如同扇动的蝴蝶羽翼般,让之后的走向更加迷离了。现在的走向已经歪了很多,再歪下去真不知会发生什么。

于是沈清弦勉为其难地"模仿"了一下之前的自己。

大约就是……他眼睛微亮,扬唇笑着,道:"能怎样?"

沈清弦的心情也够复杂的。

虽然他知道这是顾见深,但这个顾见深是二十岁的顾见深,不是那个亿万岁的大浑蛋。

而他此时的心智已不是那个年少的沈清弦,而是活了亿万年,历尽沧桑世事的涟华尊主。偏偏他还得装嫩,真是怎么想怎么别扭!

也许是多日未见,顾见深总觉得今日的沈清弦有点儿不一样,具体哪里不一样却也说不上来,总之还是那个人,却好像一夜间成熟了很多。

这么想着,顾见深又觉得自己想太多了。

沈清弦给自己做了半天心理建设,自我安慰道:幻境幻境,当不得真!他已经在此处逗留如此之久,眼看就要大功告成,怎能半途而废?坚持坚持,说什么也要将顾见深的心结解开!

沈清弦本以为自己会很难适应现在的生活,结果两三天后,他没失忆也和失忆时差不多了。甚至他比失忆时还要心软,他一想到如今发生的事他和顾见深都错过了,便忍不住想要补偿顾见深。

毕竟他从幻境中出来后,幻境中发生的事也会成为顾见深的记忆,能在幻境中稍微补偿下顾见深,也是一种慰藉。尤其沈清弦一想到自己的这条命都是顾见深舍命救的,他对顾见深便是无限的纵容。

不过还是有不一样的地方,有了记忆的沈清弦自然不会再这般荒废岁月。

即将发生的事是抵在喉咙上的剑，随时会制造出血腥和巨大的痛苦。

他必须阻止它，而想要阻止并且探寻这件事，就必须要有足够的力量。

沈清弦需要力量，最简单的方式便是修炼，所以他比以前认真了许多。

对此顾见深当然不会有意见，沈清弦不仅自己努力修炼，也带着顾见深钻研心法。

面对危险，自我强大才是最安全的。

关于这一点，没有人比他更清楚。

与此同时，沈清弦也在继续摸索着万血之躯的秘密。

他始终怀疑这一切的发生和顾见深的体质脱不了干系。

他甚至隐隐有个猜想：他当时九死一生活下来，也许就是顾见深的这个体质发挥了关键的作用。

究竟是怎么回事，他必须要找到答案！

日子过得飞快，沈清弦心里虽还在别扭，但为了不露馅，已经努力向二十岁的自己靠拢了。

二十岁的顾见深，二十岁的沈清弦。他在努力填补着他们曾经错过的最美好的一段时光。沈清弦心里是有些遗憾的，甚至有些伤感，只是不足为外人道。

沈清弦修为进益极快，顾见深被他带着也修炼神速，已然抵达筑基高阶，即将冲击金丹期。

沈清弦密切关注着，他总有些紧张，因为在他的印象里，上德峰出事时，顾见深便已经结丹了。

时间越来越近，即将发生的事如同悬在头顶的巨石，已经快要贴到头顶了。

让沈清弦不安的是，都到了这个时候，他竟还是没有丁点线索。

看看上德峰，看看上德峰峰主，再看看顾见深，他完全感知不到一丝一毫的征兆。

屠杀峰门这种凶事怎会毫无征兆地发生？可是上德峰一团和气，上德峰峰主又那般慈爱，顾见深也十分挚爱宗门，怎就至于发生那种事？

沈清弦百思不得其解。最初他以为顾见深是与峰门不和，可如今细看，哪有丁点不和？上德峰的师兄们，别说是对顾见深了，对他这个上信峰的小师叔都爱屋及乌。

沈清弦不敢放松警惕，他时刻担忧着，总怕走错一步便让一切不可挽回。

他仍在探索万血之躯的事。

这日上信峰峰主传唤他："明日我要去一趟天日阁，你去不去？"

沈清弦一愣，立马说道："去！"

上信峰峰主道："那就提前准备下，明日一早随我走。"

沈清弦正想说什么，上信峰峰主便打断他道："顾见深尚未结丹，去不得。"

沈清弦也明白，可他心中总有些不安，不愿在这时候留顾见深独自在万法宗。

上信峰峰主低斥道："天日阁每逢甲子开放，你此次不去便要再等百年，难不成你想修习封心诀？"

沈清弦自是知道师父的好意，他师父明白他不会修习封心决，所以想带他去天日阁另寻秘法。

当然如今的沈清弦自然是不需要什么秘法的，可他也想去天日阁。因为他已经翻遍了万法宗的藏书，实在找不到和万血之躯相关的了。

天日阁是一个好去处，也许他能在那里找到至关重要的线索。

所以天日阁他非去不可。

于是沈清弦说道："徒儿这就回去准备。"

上信峰峰主消了气，又宽慰他道："你放心，顾见深是上德峰峰主的得意爱徒，上德峰峰主的为人你也清楚，他最是惜才，定然会给顾见深寻到最合适的修炼之道，这些就不劳你费心了，你只需管好自己，莫要被他给扔到后头才是。"

沈清弦连声应下，说道："徒儿明白。"

上信峰峰主见他如此听话颇为欣慰，拂袖道："回去吧。"

其实哪里需要准备什么，无非是进了天日阁会耗些时日，上信峰峰主提前告诉他，也不过希望他临行前能和顾见深好生说明白。

沈清弦回了他们的小院，刚走近便闻到了烤肉的香气。

顾见深在给他做烤肉，他忍不住唇角微扬，心情大好。

虽一路上沈清弦都惴惴不安，但一看到顾见深，这种不安便消散了一大半。

他要去天日阁，兵来将挡，水来土掩，该到的总得到，该面对的必须要面对。

沈清弦进屋，顾见深刚好端着盘子出来。

沈清弦道："怎么想起做烤肉了？"

顾见深说："偶然碰上了这种小兽，想着你最爱吃，便给你烤了。"

这种小兽的确美味，可真正让沈清弦失去记忆时还念念不忘的缘由，却是两人在小世界时，顾见深便给他烤了这个肉。

沈清弦道："如此美食，怎能没有佳酿来配？"

顾见深眉眼温柔："想喝酒？"

沈清弦反问："你不想吗？"

顾见深说："你想喝的话，我也是想的。"

沈清弦眼角全是笑意："你烤肉我备酒，咱们今晚好生吃喝一顿！"

顾见深自是乐意奉陪。

烤肉好吃酒好喝，酒不醉人人自醉，沈清弦喝着喝着，想想两人错过的这许多年便不禁有些难受，再想想亿万年后再相遇时顾见深的一袭红裳，更觉鼻尖发酸。

他这亿万年过得一直空荡荡的，身前的人渐渐离开，身后的人敬他畏他。

他孤零零地站在万秀山上，脑子里想的就只有去往上界。

他渴望与天同寿吗？不，只是因为世间再无挂怀，能让他感觉到温暖的人都已远在天际。

他能找到他们也好，找不到也罢，总比留在万秀山上当这天道第一人要强得多。

如今想来，他潜意识里最想见到的怕是自己已经忘了的这个人。

虽然不知玉简从何而来，但它无疑像一根线，将他和顾见深断掉的缘分重新牵了起来。

"想什么呢？"顾见深问他。

沈清弦看见顾见深，眼眸深深的。

顾见深说："我就在这。"

"涟华。"顾见深唤他。

沈清弦看着这般真挚的顾见深，白皙的手指落在顾见深尚且没有禁印的肩膀上。

今晚的沈清弦让顾见深觉得有些反常，顾见深问道："是有什么事吗？"

沈清弦也解释不了，他只说道："明日我要去一趟天日阁，可能得好一阵子才能回来。"

顾见深说："去天日阁是好事。"

沈清弦道："你又去不成。"

这让顾见深嘴角止不住地上扬，可归根到底是他境界太低，没到金丹期是去不了天日阁的。

顾见深道："等下次你去哪儿我便去哪儿。"

哪有可能？不过沈清弦心里暖暖的，他微微侧头，懒洋洋道："你可说到做到？"

顾见深道："说到做到。"

沈清弦笑了："你做不到也没关系，以后你去哪儿我便去哪。你不跟着我，我便追着你，总归要让你履行承诺。"

此时的顾见深还听不出这话中的深意，只觉得心里很暖，只觉得沈清弦好到了极点，只觉得两人再也不会分开，从今往后再也不是自己一个人。

他却从未想过有时候不是想要分开，而是不得不分开。

翌日，沈清弦紧赶慢赶，好歹没有迟到，可即便这样他也收到了来自师父的一记眼刀。

失忆时他看到这很是威严的一眼，肯定是屁屁的，可此时却觉得很是怀念，当然他还是得装出屁屁的模样，要不然他师父一准以为他皮痒了。他虽然怀念这眼刀，但是真不怀念那一抽！

此次同行的还有两位师兄，师徒四人倒也不急，颇为悠闲地赶到了天日阁。

上信峰峰主道："你们去吧，有事唤我便行。"

上信峰峰主此次跟着过来，主要是看护他们，同时也可以为他们做参考，有些心法看起来珍贵，可也不一定适合他们。

天日阁每逢甲子一开，如此良机实在不该错过，所以上信峰峰主才会耗费时间跟来，为的就是帮他们挑选一本最合适的心法。

天日阁中也有危险，但他们既然有资格进来，都是身经百战的，并不畏惧。

沈清弦最年幼，应该最害怕的，他师兄们还想陪他一起，沈清弦哪里会让他们跟着？他要去的地方可是最危险的，他自保没问题，但要保住两位师兄，可就困难了。

而且那地方又没什么秘法，师兄们跟着去也是徒劳而返，如此不是浪费时间？

好在师兄们也没有太坚持，虽然他们想照顾沈清弦，但更多的也要考虑自己。天日阁开放时间不长，谁都不想耽搁这次机会，所以寒暄几句后，两位师兄便各自离去。

沈清弦松了口气，便随着模糊的记忆往里面走去。

这天日阁他自是来过很多次了，且不提成圣之前，成圣之后他为了三个徒弟，也是来过好几次的。不过等三个徒弟也都成圣后，他就再没来过了。

如此一算也隔了很久，他记不太清也是理所当然的。

再说了，几千年后的天日阁同现在又不一样，也没什么太多可参考之处。

沈清弦沿途遇到些危险，不过他抬抬手便解决掉了，并不值得一提。

他不需要找什么适合自己的心法，在幻境中他已经不适合修炼封心诀，但他仍有无数适合的心法记在脑中。此次他只是借个由头，假装找到一个合适的心法，回去便可顺理成章地修炼了。

沈清弦此行的主要目的就是寻找和万血之躯相关的资料。

一日又一日，眨眨眼便已经过去了半个多月，沈清弦日夜不休地找了许久，也没发现什么相关的资料。

他并不气馁，仍在认真翻找。

又是半个多月，功夫不负有心人，还真让他找到了。

与之前的残卷大不相同，这是一本手记，记录了一位有万血之躯的前辈的半生峥嵘。

沈清弦大喜过望，连忙翻开，一目十行地看着。

这一看却是越看心越凉，他虽早就有预感，但切实看到了还是很难接受。

果然利益与风险并存，如此强悍的体质伴随着极大的危险。

万血之躯觉醒需要目睹重要之人的生死一瞬，此后每次突破都要付出血的代价。即便真能修炼成道最后也是孤零零一人，着实可怜！

沈清弦一直往下看着，忽然身后传来低沉的声音："你千辛万苦跑到这里，为的就是这个吗？"

沈清弦回头看到了自家师父。

沈清弦也没避讳，点头应道："我一直担心他的体质。"

上信峰峰主倒也没有怪他，只是拍拍他的肩膀道："你对他当真是情深义重。"

沈清弦没出声，他的视线落在这本手记上，仿佛看到了顾见深孤寂的一生。

上信峰峰主并没有看这本手记，直接说道："你啊，怎就这般不听话，顾见深是万法宗的弟子，我和他的师父怎会不用心关注？他这体质如此特殊，我们这些年从未停止过研究。"

沈清弦抬头看他师父，目中有些迷茫。

上信峰峰主又道："你即便知道了这些又能怎样？还不是跟着干着急，我和他师父已经想到了解决之道，你莫要荒废了天日阁的好机会，赶紧找到适合自己的心法，回去了只管和他安心修炼，其他的都莫要想了。"

解决之道？沈清弦心蓦地一跳，有些紧张："师父，你说你和上德峰峰主找到了帮顾见深改变体质的方式？"

上信峰峰主道："改变是不可能的，只不过是帮他将体质中的那股邪性给拔出来。"

沈清弦顿时慌了，他问道："如何拔出？"

上信峰峰主说："这你就不要管了，和你说了你也听不懂。"

他怎会听不懂？他如今的修为阅历比此时的师父和上德峰峰主加起来还要深厚，他尚且想不到解决之道，他们又怎能想出？

一个极其糟糕的念头在沈清弦的脑海中形成，他放下手记，慌乱道："回万法宗，师父，我们赶紧回去！"

上信峰峰主不明所以："你又要胡闹什么？"

沈清弦猛地抬头，一双眸子中蕴含着惊人的力量，上信峰峰主竟被他慑住了。

"回去，"沈清弦声音冷到了极点，"尽快回去！"说罢，他已经离开，以极其惊人的速度赶回万法宗！

万法宗，上德峰。

沈清弦走后，上德峰峰主便将顾见深唤了过来："小涟华去天日阁了？"

顾见深应道："是的。"

上德峰峰主道："他实在是天纵奇才。"

顾见深唇角微扬，对此很是认可。

上德峰峰主见他这样笑道："年轻真好啊，不过你也要努力，他与你同龄，已经结丹了，你可不要被落下太多。"

顾见深应道："徒儿明白。"

上德峰峰主又凝神道："我此日唤你过来，是想助你一臂之力。"

顾见深抬头，眉宇间略带讶异。

上德峰峰主将一本翻得极旧的古书放到他眼前："看看吧，这里面记载了你的体质。"

顾见深第一次看到了这四个字"万血之躯"，他极快地看着，越看心越凉，越看面色越苍白，他一目十行，不过半盏茶工夫便尽数看完了。

上德峰峰主问他："明白了吗？"

顾见深猛地一震，声音有些许颤抖："师父……"

上德峰峰主叹口气，拍拍他的手道："别胡思乱想，我既将它给你看了，便是已经有了解决的办法。"

顾见深回神，意识到是他师父将这古书翻得如此之旧。

原来师父早就知道了他的体质问题，一直没有告诉他，只悄悄研究破解方法，如今有了解决的办法才说与他听。

想到此处，顾见深心中滚烫，只觉得当真幸福。遇到了沈清弦，拜入了万法宗，有这么多爱护他的师兄，也有一心为他着想的师父，他何德何能竟这般幸运！

上德峰峰主心情很好，说道："等破除了这危险，你便可以安心修炼，定能比小涟华还优秀！"

顾见深微微笑着，眼底全是温暖："我只愿同他比肩。"

上德峰峰主哈哈大笑："没出息的小浑蛋。"

顾见深也跟着笑，他满心期待着自己能够突破金丹期，从此和沈清弦一起问寻天道。

多么美好的未来，多么梦幻的前程，顾见深觉得，此生最大的快乐已经攥在手心了。

直到晴天霹雳！他才明白这快乐是浮云，看着攥紧了，其实连碰都没碰到。

本该是皆大欢喜的日子，顾见深醒来看到的却是发狂的师父、惨死的师兄，还有血海一般的，他的上德峰。

沈清弦一路从天日阁赶回万法宗，满心想着：千万不要出事，千万要来得及……

可实际上，他隐隐觉得已经晚了。

他师父把所谓的解决之道告诉他了。听完全程，沈清弦脑子里只有一句话：天真，太天真了。

他的师父也好，上德峰峰主也好，全都低估了万血之躯！

实际上这也怨不得他们，以他们如今的境界，的确有自信将顾见深体质中的邪性拔出来。

可失忆过一次的沈清弦很清楚，这体质有多霸道！

他的神识是何等强悍？比现在的上德峰峰主要高上不知多少倍，可在那次危险中还是被干扰，失去了记忆。

有了手记，沈清弦当然知道，是顾见深用自己的血液救了他，而这功法的弊端便是，两人皆会忘记与两人相关的事，所以他们才都忘了彼此。

现实中十五岁的沈清弦自然是抵御不了，可幻境中亿万岁的沈清弦仍然抵御不了。这代表了什么？

代表着万血之躯比他的神识还要霸道。

他都这样了，上德峰峰主怎么可能经受得住？

到这时，他总算知道当年的真相了，这比他想象中的所有可能都要残酷，也都要让人心痛。当年的顾见深是如何面对这一切的……他简直无法想象！

为了帮顾见深破除体质的桎梏，上德峰峰主费尽千辛万苦找到了办法，可最后自己却被反噬，神智失控之下杀了自己的十几个弟子。

看到这一幕的顾见深该是何等悲痛！

想到这里，沈清弦只想快一些，更快一些，努力在一切没有发生前赶到顾见深面前。他已经知道是怎么回事了，他不想再让顾见深经历一次……

沈清弦脸上已经一片冰凉，泪水挡住了视线，却让他速度更快了些！

终于赶回万法宗，终于来到上德峰，看到眼前的一幕，沈清弦身体僵住了。

他怔怔地站在那儿，自己都不知道自己露出了什么样的表情。

顾见深一转头便看到了沈清弦。

两人隔着茫茫血海，隔着熟悉的师兄们的尸体，隔着昏迷了的上德峰峰主……仿佛隔着天堑。

顾见深定定地看着沈清弦，面上的表情逐渐褪去，红眸中一片冰冷，声音也凉到了极点，他说："是我杀了他们。"

所有的罪孽，所有的痛苦，所有的绝望，他选择独自背负。

他的师父已经为他做了足够多，他只愿师父能好好活着，哪怕是带着对他的恨，也比带着无法释怀的绝望要好得多。

——我杀了他们。

听到这句话，沈清弦的心仿佛被钝刀磨了又被火烤，然后还丢到了冰窟里，真是难受到无法形容。而让沈清弦更加难过的是，说出这句话的顾见深……说这话的他该是何等的痛苦，只怕他比沈清弦还要难受上百倍千倍！

况且他这话还是对着沈清弦说的，对着他最重要的人。

这么说了，顾见深就已经决定放弃一切。

为了上德峰峰主，为了他师父的一世正名，他选择了背负所有。

看着孤零零站在那儿的顾见深，沈清弦眼眶红了，无数话都涌到了嘴边，最后却只能吐出三个字："不是的……"

沈清弦踩着鲜血，一步步走近他，说道："不是的，我知道，这些……"

顾见深粗暴地打断沈清弦："是我！"他的神态很是可怖，双目猩红，本来漂亮的眼睛如同被地狱的火焰吞噬，化作了代表着破坏和毁灭的鲜血之色！

沈清弦心痛到了极点，几步靠近他。

顾见深却一把将沈清弦推开，他额间青筋暴起，薄唇紧抿着，神态冷如冰霜："别靠近我。"

他从未这样对待沈清弦，他从没对沈清弦发过脾气，可此时此刻的沈清弦毫不在意这些！

沈清弦难以形容自己的心情，喉咙处堵着的是化不开的苦涩，这浓浓的苦向上走过鼻尖，涌到眼眶，化成泪水；向下穿过胸腔，进入心脏，成了滚烫的岩浆。

沈清弦哽咽道："顾见深……"

顾见深哪里受得住沈清弦如此难过，可是他没办法，他是罪人，罪恶滔天之人，他已经连累了这么多人，绝对不能再伤害沈清弦。

他已经没有未来了。他将身处地狱，他将为万人所唾骂，可他不能让这烈焰之火灼伤沈清弦，不能让污辱之言碰到沈清弦的耳朵。

——对不起，沈清弦。

——我的承诺，终究是没法兑现了。

——只愿你就此忘了我，好好活着。

顾见深猛地拔出长剑，姿态决然地刺向沈清弦。

意识到他在做什么，沈清弦整个人都愣住了。

恰在此时，上信峰峰主赶到，暴喝一声："住手！"

说着上信峰峰主抬手，如刀锋般的灵力冲向顾见深。

"不！"沈清弦声嘶力竭地喊着，可是已经晚了，就算顾见深能躲开也不可能会躲开，若这灵力砸到他身上，他……

沈清弦忘了这是幻境，也忘了这是早已发生的过去，他只知道眼前这人是他今生挚友，是他哪怕忘了仍会相知的人。

这是顾见深，是沈清弦心心念念想要守护的人。

沈清弦飞扑过去，想都没想便要挡在顾见深面前。

上信峰峰主登时目眦欲裂，急欲将放出去的灵力收回，却实在是来不及，勉力收回五成，另外五成已经逼近沈清弦！

千钧一发之际，顾见深不知哪里来的速度，竟一把推开了沈清弦。

灵力砸在顾见深身上，将他的衣衫尽数震破！

沈清弦猛地睁大眼，心脏几乎凝滞了，连喘气的力气都没有。沈清弦看着面前的男人，看着他凌乱的衣裳，看到了肩膀处那鲜亮的禁印。

它伏在顾见深的肩膀上，仿佛一滴血泪落在了洁白的霜雪之上。

如此的刺目、如此的让人悲痛。

万血之躯彻底"活了"。

因为师兄们的血，因为上德峰的破灭，因为上德峰峰主的付出，因为与重要之人反目。

顾见深一夜之间失去了所有，可是得到了这世间人梦寐以求的力量。

谁会想要？这样得来的力量谁会想要！

沈清弦疾步走过去，努力将顾见深拥在怀中，低声道："顾见深，不要这样，顾见深……我们说好的，我无论如何都不会离开。"

沈清弦手中散发着微弱的治愈光芒，拼命给顾见深治疗着，只可惜如今的沈清弦不是亿万年后那个能够起死回生的涟华尊主，只是个刚刚结丹的人，微弱的力量不足以挽回眼前这让人绝望的一幕。

顾见深双目空洞，声音也没了丁点波澜，他执着地说道："是我杀了他们……是我杀了他们……"

沈清弦心痛极了，拥着他说道："无论你做了什么我都不会离开的。"

顾见深瞳孔猛缩，压低的声音里有着浓得化不开的绝望："可是我杀了他们，我的师兄，我的师父，我的上德峰……"

顾见深看着沈清弦，用困兽般的声音低吼着："我毁了他们！"

"不……"沈清弦摇着头，还欲辩解，顾见深却打断沈清弦，用近乎哀求的声音说道："是我……是我杀了他们，求求你……是我做的，都是我……"

这话让沈清弦的心脏如遭雷击。沈清弦听懂了他的意思，知道他在说什么。

他在求沈清弦不要把真相说出来，他在求沈清弦护他的师父周全，他在求沈清弦给他一个赎罪的机会……

可明明……他也是受害者；可明明……他不该背负这些！

沈清弦的眼泪夺眶而出，用力抱着他说道："好，我知道，我明白。你还有我，我会陪着你，永远陪着你。"

顾见深心脏猛地一颤，他什么都没说，也什么都说不出来。

"相信我！"沈清弦，前所未有地大声说着，"相信我好吗？我可以的，可以一直守护你！"

一切都结束了，幻境像破碎的镜子般瓦解，它将映在上面的一切都变成了碎片，美好的是这样，残酷的也是这样，一块又一块，层层叠叠的堆在一起，分不清哪些是哪些了。

一切终于真相大白了。

当年真实发生这件事的时候，沈清弦并不在场，他当时完全不记得顾见深了，所以彻底错过了，但他的师父是知情的。或者该说他师父是这世间唯一知情的人，连顾见深都忘了，只有上信峰峰主知道这一切到底是怎么回事。

那时事发之后，顾见深定然是选择了承担这一切，用自己的鲜血勉强救活了重伤的师父，却没有办法救活早已逝去的师兄们。

当时赶来的是上信峰峰主，沈清弦的师父。

上信峰峰主知道万血之躯的秘密，自然想得到是怎么回事。上信峰峰主也绝望，也痛苦，也悲伤，可事已至此，懊恼是最没有用的东西。

顾见深对上信峰峰主说："峰主……我师父醒后，请告诉他……是我走火入魔，杀了他们。"

上信峰峰主心如刀割，欲开口，顾见深已直直跪下，额头抵在地上："拜托您了，师父是我的再生父母，我不愿他一世英名尽毁，更不愿他晚年受此痛苦！峰主，弟子求您了，我师父那么好的人不该背负这些，他不应该的！"

上信峰峰主看着跪在眼前的青年："可你又……"

顾见深异常冷静："您放心……我会好好活着，只有我活着，师父才会一直恨我，才会努力修炼，我得等着他手刃逆徒。"

上信峰峰主长叹口气，终究是不忍拂了他这一片赤子之心。

如今一切都说通了。

为什么那时的顾见深能够逃离万法宗，能够走过妄烬星海，能够抵达心域？因为上信峰峰主帮了他。

上信峰峰主帮他离开万法宗，把他托付给自己的一位旧友，也就是后来顾见深在心域的养父。

顾见深在心域醒来，已经忘记了和上德峰峰主相关的事。

他的养父也很是心疼他的遭遇，不想让他为心魔所困，又封印了他在上德峰的记忆。

从此顾见深便成了那个"罪恶滔天"的万法宗叛徒。

他终究是应了万血之躯的劫，成了孤零零的一个人。

忘记挚友、忘记至亲、失去一切。

他就这样在心域待了亿万年，如同无根的浮萍，始终不知归属在何处。

到了现在，沈清弦终于明白为什么顾见深不想去上界了。

他怎么可能会想！

这亿万年来，活着于他而言就是最深沉的痛苦。

第七章

国仇家恨

　　沈清弦刚睁开眼便看到顾见深在自己面前道："辛苦你了。"

　　沈清弦回道："对不起。"

　　沈清弦想到自己把他给忘了这么久，在他那么痛苦的时候自己却不在他身边甚至毫不知情……沈清弦心里便很难受。

　　更让沈清弦想说声对不起的是幻境中的重蹈覆辙，明明承诺了会好好守护他，可是却一而再再而三地让他承受痛苦。

　　沈清弦心里很不是滋味，虽然从幻境中出来了，但是没能从悲伤的气氛中走出来。

　　想想绝望的顾见深，想想他背负的不属于自己的罪孽，想想他这万年来独自一人的迷茫……沈清弦便觉得心脏好像不属于自己了，疼得发木发麻，勉强跳动着却压抑紧涩，连呼出的气都带着难以言说的酸苦。

　　"好了，"顾见深道，"我没事，都已经过去那么久了。"

　　过去再久又如何？时间能够沉淀伤痛，却无法将其消除。表面上好像已经无所谓，可这就像永远溃烂的伤疤，只要碰一下，便是钻心蚀骨的痛。

　　沈清弦没出声，顾见深却长叹一口气，他说道："谢谢你让我知道了这些。"

　　丢失的记忆终于回来了，虽然是那么不美好的经历，但却是他人生的一部分。

　　他不愿忘记他的师父、他死去的师兄，还有给了他家一般温暖的上德峰。虽然失去他们是那样的痛苦，但他不该忘记，他应该带着对他们的思念好好生活下去。

　　沈清弦猛地抬头，看到了顾见深泛红的眼眶，他说话的语调明明那样轻松、那样无所谓，可实际上心中却是极痛的吧。

　　怎么可能不痛呢？发生过那样的事，仅仅是一个痛字能够形容的吗？

　　沈清弦心痛得一塌糊涂，不知该用什么言语来安慰他。

　　顾见深无法再掩饰自己的情绪，也无法再将心底的悲痛视作无所谓，他甚至难以原谅自己。

沈清弦感受到了，真真切切地感受到了他的心情。

沈清弦难受、心疼还有浓浓的自责。

两人静静相望，好像失去了许久的终于回来了。

横跨了亿万年，孤单了这么久的岁月，他们终于再次找到了彼此，终于不再是一个人茫然而无助地活着了。

真好，遇到沈清弦真好。

倘若顾见深没有遇到沈清弦，他的一生要么早早结束，要么便永远迷失在孤寂和凄冷之中。

第二天，顾见深醒来没见着沈清弦。

不过他也没急，因为他闭眼一看，便知道人在哪儿。

顾见深来到凤凰木林，一抬眼便看到了立于树屋上的清雅男子。

沈清弦一袭白衣，容貌倾城，神态乍看冷若冰霜，细瞧却能看到那眉眼间的淡淡笑意。

顾见深几步便走近沈清弦。他一靠近，沈清弦瞪他一眼："它们都被你吓到了。"

顾见深垂眸一看，这才发现那几只小雏鸟已经能离窝了，大约是沈清弦给他们喂了吃食，所以几个金灿灿的小家伙在那儿又蹦又跳，很是黏人。

顾见深伸伸手，想去抓一只，谁知这些小肥啾竟怕他得很，一窝蜂跑向沈清弦，叽叽喳喳地在沈清弦脚边求抱抱。

沈清弦顿时眉开眼笑，弯腰将这群小家伙抱起来，挨个哄着："没事没事，他不是坏人。"

顾见深心想：等长大就把你们宰了做烤肉吃！

沈清弦显然是极喜欢这些小家伙的，温声细语哄了半天，还又拿出吃食给它们。

这帮肥崽子贪吃得很，为了那一口吃食都摒弃本性，死命缠着本该骨子里惧怕的天道第一人了。

好在小肥啾年幼，吃饱喝足就想睡，没多久便蜷在一起睡成了个金球球。

沈清弦看得眼睛都不眨，直直说道："真可爱，怎么会这么可爱！"

顾见深道："如果他们哪天长大成人……"

沈清弦怔了一下："他们还能变成人？"又追问道，"他们变成人是什么模样，金发？金眸？再穿一身金衣裳？"脑补了一下，尊主大人顿觉心旷神怡。

顾见深闷声道："当年你还不是因为我这双眼睛……"

沈清弦乐了："你觉得我只是因为你这皮相才与你交朋友的？"

他话刚说完，顾见深就变成了黑发蓝瞳，是之前清深的模样。

沈清弦顿了一下，慢腾腾道："呃……真难看。"

帝尊大人：气到不想说话！

可很快沈清弦又接着说道："但是也很好。"

顾见深说道："是不是很勉强？"

沈清弦一副壮士断腕的模样："不！"

顾见深声音低了些："是吗？"

沈清弦怪心虚的，辩解道："我只是觉得最真实的你最好。"

嗯……真实的顾见深就是红发红眸——尊主大人说的话真是连一个错别字都没有。

他俩"勾心斗角"时都相处得颇为得趣，如今敞开心扉了，更是相处融洽。

而且两人也有些想要补偿的念头，错过了那么久，需要更长的时间来弥补。

小半年后，是顾见深那边有了点儿事。

沈清弦道："你有事就去忙。"

顾见深欲言又止。

沈清弦问："是要回唯心宫吗，我和你同去可好？"

事到如今，知道顾见深真正喜好的沈清弦早就明白唯心宫肯定不会是金红玉铺垫而成。

顾见深犹豫了一下，新的唯心宫还没落成，这会儿带沈清弦回去就露馅了。

沈清弦见他这模样，笑出声道："好啦，不管唯心宫是什么样，我都喜欢，带我去看看吧。"

顾见深一愣，沈清弦拿手指戳他："骗子。"

顾见深看着沈清弦。

沈清弦道："带我去真正的唯心宫，我想看看那个你待了几千年的地方。"

明白沈清弦意思的顾见深心中顿时一片暖意，唤道："涟华……"

沈清弦问："去不去？"

顾见深道："走。"

真正的唯心宫，顾见深在心域的家，那个他失去一切后待了很久的地方。沈清弦想去看，他也想给沈清弦看，因为那是他空寂了数千年的心，也是他彷徨时的暂时居所。

沈清弦去了，就好像彻底接纳了他。

两人去哪儿都不过是瞬息之间的事，临行前沈清弦道："我还是稍微遮掩一下吧。"

顾见深道："没事。"

沈清弦瞪他一眼："我有事！"

而且心域众人也"有事"，沈清弦若真这么明目张胆地和顾见深入宫，只怕整个心域都得炸了。

考虑到以后都是"自己人"，沈清弦要体谅一下他们的小心脏。

沈清弦倒也没做什么，只蒙了个面纱挡住了容貌。不过这面纱比较厉害，放眼整个修真界，除了顾见深再没人能透过面纱看到沈清弦的脸。

虽然做足了心理准备，但切实看到真正的唯心宫，沈清弦仍难掩失望之态。

客观来说，除了沈清弦这极为偏颇的审美，一般人见到这座宫殿，只怕都要被迷得挪不开眼睛。

至少整个心域都将唯心宫奉为瑰宝，听说顾见深要重建宫殿，无数人都上奏陈情，说到动情处更是痛哭流涕。

这可是心域的地标性建筑，是心域的最美建筑，是心域众人心之所向之处……

沈清弦整理了一下心情，赞道："挺……挺好。"

顾见深自然听出了沈清弦话中的违心，不过他竟挺高兴的。

相处久了，他也越来越了解沈清弦，早些年不提，如今沈清弦久居高位，放眼整个修真界都没人能勉强这人，可现在沈清弦在勉强自己。

若不是真心当他是朋友，又怎会如此？

顾见深心里愉悦，又说道："没事，我知道你不喜欢，新的宫殿已经在建了，到时候……"

沈清弦看向他："为什么要建新宫殿？"

顾见深道："我答应你的金红玉……"

沈清弦道："那这里怎么办？"

顾见深愣了一下。

沈清弦竟道："它陪伴了你数千年，你竟要这般舍弃它？"

顾见深一时还真不知该说什么。

沈清弦又道："我说了你真正待过的地方才是我喜欢的。我想好好看看它，也会好好珍惜它。"虽然它真的很丑……但再怎么丑也丑不过万秀山，他虽喜欢金红，但师父留给他的万秀山，他怎样都不会丢弃。

顾见深满心欢喜，忍不住道："没事，我不会丢下它，但新的宫殿也可以建着。"

沈清弦心思一动，转头看向顾见深："你当真有那么大那么多的金红玉？"

顾见深说："有。"毕竟当了这么久帝尊，他是真的非常有钱。

沈清弦弯了弯眼睛道："回头你带我去看看，我也可以出份力。"

顾见深问："你要怎么出力？"

沈清弦道："你出材料我来设计，落成后保你喜欢！"

顾见深心里暖暖的，道："你想不想到我寝殿去看看？"

沈清弦想着应该是他宫殿里有什么好东西，便道："好啊。"

顾见深带着沈清弦直接回到内殿。

沈清弦在唯心宫一待便是大半个月，他真的认真打量了这地方，四处都走遍也看遍了。

顾见深偶尔陪着他，看到熟悉的地方想起些旧事便说与他听。

沈清弦听得很认真，因为他想知道自己错过的日子里顾见深都经历了什么。

知道顾见深过得挺好，他似乎也能安心一些。

帝尊宫殿里有一个"美人"的消息不胫而走，也不知道是唯心宫的哪个仆人传出去的，随着见到的人越来越多，"八卦"就越来越丰富，半个月的工夫已经出炉了数十个版本！

有人说："那美人极美！面纱也不能阻挡美人的美貌！"

还有人说："那美人极好！性情温柔，品行和善，对宫里的仆人都以礼相待！"

当然还有人说："那正在兴建的新宫殿便是为这美人所修！"

乱七八糟的传言一大堆，不少重臣大将都议论纷纷，颇为认可。

基本上所有言论都是好的，要么夸美人，要么夸帝尊，尤其听说顾见深不搬迁宫殿后，更是大夸特夸，恨不能夸出朵花来。

主要是顾见深一直以来都太"洁身自好"，心域众人觉得自家帝尊不能去往上界，最大的原因就是这个，所以希望他能"随心所欲"，问鼎大道。

幸亏沈清弦遮了面，否则他们知道事情完全不是他们猜测的那般，而所谓的美人是他们恨得咬牙切齿的涟华尊主……

画面太美，不敢想。

外头这样，唯心宫的两位大佬是不理会的，顾见深还挺忙的，沈清弦是个闲人，得空了便画设计图。

他画得很投入也很用心，负责修建宫殿的大师们都赞不绝口。

顾见深看他这样只觉得很是窝心。

顾见深心里很是感动，可看看红色玉简，又忍不住眉心紧皱。

这阵子他俩都没提过玉简的事，可事实上两人都很清楚……顾见深清楚，沈清弦也清楚，那条始终亮着的任务就是一根刺。

"其二十六，请让顾见深信任你"那条始终亮着。

幻境结束了，心结解开了，失去的过往也找回来了，两人真真正正地敞开心扉了。

可这一条却始终亮着。

顾见深不敢提，他不知道看着这条还亮着的沈清弦是什么样的心情，可是他不知道该怎么办。

他是真心待沈清弦吗？当然是。

信任沈清弦吗？他觉得自己是信任的，除了沈清弦，这世间还有谁能让他如此挂怀。

可是玉简上的任务始终亮着。

如今他们都很清楚，玉简有时候比他们自己更了解他们。

亮着就是亮着，没有熄灭就代表着未完成。

他不信任沈清弦。

顾见深盯着这条任务，心中是浓浓的不安。

藏着这样的定时炸弹，他如何能安心！

其实沈清弦反而很平静，比顾见深要平静得多。

因为刚出了幻境，清醒过来后沈清弦做的第一件事便是查看玉简。

看到"其二十六，让顾见深信任你"亮着时，他并不意外，反而越发心疼。

他终于彻底明白了这条任务的含义，也明白了缘由。

顾见深不是不想信任他，而是顾见深连自己都不信任。

一个连自己都不信任的人又如何去信任别人。

那些遭遇让顾见深最不信的就是天长地久，可顾见深最渴望的又是长长久久。

那么好的上德峰、那么好的师兄、那么好的一切都可以转瞬即空。

还有什么是值得信任的？

顾见深自己都不知道症结何在。

可这次……沈清弦却知道。

他不是为了玉简，不是为了去往上界，而是为了顾见深。

他要让顾见深明白，他比任何人都强大，所有人都无可奈何的事，他却可以做到。

他会让顾见深信任他。

沈清弦在唯心宫待得很惬意，其实只要他想，天底下还真没哪儿能让他待得不舒坦。

顾见深当真是过上了神仙般的日子：在自己熟悉的地方，和自己最重要的挚友待在一起。

之前走火入魔的乱鹰已经无事，乱鹰出入唯心宫时，沈清弦有留意看过，没在乱鹰身边瞧到自己那浑蛋小徒弟。

他对乱鹰挺有兴趣的，逮着机会接近了一下。

这孩子倒是极守规矩的，因知道他身份特殊，所以目不斜视，说话也客气有礼，没有丁点儿逾矩。

沈清弦又暗中观察了一下，觉得乱鹰的性子正是沐熏往日里最厌烦的那种"刻板无趣"，按理说沐熏都不会靠近乱鹰，怎的还牵扯这般深？

他心中一动，神识散出去，本不认为能捕捉到自家徒弟的踪迹，结果竟然找到了。

略微一探，沈清弦心猛地一揪，这小子到底是怎么回事！

他豁然起身，顾见深刚好回来，看到他这般神态，当即问道："怎么了？"

沈清弦道："我出去一下。"

顾见深说道："需要我帮忙吗？"

沈清弦怕顾见深担心，便交代道："我那小徒弟不知怎么搞的，竟灵田尽毁，重伤垂危，我去看看。"

"灵田尽毁？"顾见深凝神道，"轻染圣人已然成圣，又怎的……"

沈清弦道："我也不太清楚。"

他顿了一下又道："前阵子乱鹰走火入魔时我便发现他灵田有些问题，但没想到如今竟恶化成这样子。"

顾见深道："我同你一起去吧。"

沈清弦摇摇头道："我自己去就行，他打小性子傲，容不得旁人见他狼狈。"

顾见深道："莫要担心，有事叫我。"

沈清弦心里暖暖的，说道："能有什么事？他便是把自己作死了，我也能让他好生活过来。"

顾见深想想他的本事，笑道："也对。"

沈清弦这便离开了。

他找到沐熏时发现这家伙还有力气布阵，外头迷阵重重，寻常人还真是闯不进来。

这自然拦不住沈清弦，他抬手点了点便看到了这处的原貌。

这儿是一处废墟，断壁残垣上满是霜雪，冷风呼啸而至，薄雪被掀起，暴露了一地狼藉。

沈清弦眉心紧拧着，走到倚靠在一根圆柱上的沐熏跟前。

他这小徒弟生得很是惹眼，一双桃花眼，凉薄冷唇，不笑时桀骜，一笑又很是多情。

天生一副游荡人间的薄情模样，偏生如今把自己弄成这副模样。

沐熏似是察觉到有人来了，陡然睁开眸子，全身戒备。

沈清弦冷笑了一声。

抬眸看到熟悉的容貌，沐熏身体猛地一僵，但很快他垂下眼帘，敛去了眼底的不安。

臭小子，沈清弦真想给他一脚。

"怎么回事？"沈清弦问他。

沐熏一声不吭。

沈清弦道："活腻了？"伤成这样，也亏得他成圣了，要不早不知死多少次了。

沐熏什么都不说，也不看沈清弦，就靠在那儿，仿佛和周围的霜雪融为一体。

沈清弦抬手，一缕青绿色光芒在掌心升起，欲给他疗伤，沐熏终于开口了："师父……"

沈清弦以为他终于要正经说话了，谁知这家伙竟来了句："您别管我了。"

什么叫不管他了？真的活够了？

沈清弦眸色冷了下来："你想死就死利索点儿，别让我看到！"

沐熏紧锁着眉，往日里最是孤傲不驯的性子如今竟满是颓唐，只听他低声道："……是弟子不孝。"

沈清弦将手中的光球扔向他。

本来可以轻松点儿给他疗伤，但看他这模样沈清弦就来气，也就没什么温柔可言了。

他既有本事把自己的灵田糟蹋成这样，想来也是不怕痛的。

可其实怎么可能会不怕痛？灵田牵动了浑身经脉，伤到一分一毫都是剧痛，沐熏这样子，想必已是痛极了。

沈清弦动作上很是粗暴，但其实还是心疼他。

见他死咬着下唇，打死不吭声的模样，沈清弦又心软了，动作放轻，声音也没那般冷冰冰了："我虽不知你经历了什么，但我也算你半个父母，你这样糟蹋自己，可有想过我的心情？"

沐熏空寂的眸子慢慢有了些光泽，他顿了下，声音里满是歉意："对不起。"

"跟我道什么歉？"沈清弦又气又恼，实在弄不清这浑蛋在想什么。

沐熏没再出声，沈清弦也开始凝神给他疗伤。

沐熏这次是真的作死，往死里作那种，若非他有沈清弦这个师父，真是要死得透透的了。可即便是沈清弦，给他疗伤也费了极大的心神。

沐熏这成圣的灵田不比寻常人，沈清弦救他一人付出的力气不比挽救当年的半座城池来得轻松。

足足七天后，沐熏已无大碍。

沈清弦额间略有薄汗，见这家伙睡下了，倒也宽心许多。

看这情况，他至少得昏迷上数月。

在这寒风冷冽的地方不宜修养，将他就这样送回万秀山沈清弦也不太放心，索性就带他回唯心宫了。

顾见深自是将其好生安顿下来，沈清弦的徒弟就是他的徒弟，以前还挺讨厌沐熏的，如今瞧着倒也没那么惹人嫌。

顾见深问道："他这是怎么了？"

沈清弦道："谁知道？老大不小了，因为点儿小事就闹死闹活，真是出息了。"

顾见深道："估计不是什么小事，等他醒了你还是要好生宽慰他一番。"

沈清弦摇头道："这小子嘴巴像个河蚌，别说宽慰他，怕是要把宽慰他的人给气个半死。"

顾见深只能安慰他："你也别想太多，不会有事的。"

沈清弦其实很担心。他只是嘴硬，说到底他就这三个徒弟，虽然自从他们成圣后就一个个疏远了他，但教养了这么多年，着实费了心血，要说不在意那是假的。

沈清弦轻叹口气道："我想再多也没用，又不是小孩子，管也管不了。"

顾见深笑了一下。

沈清弦看他："笑什么。"

顾见深道："你觉得自己像不像忧心孩子前程的老父亲？"

沈清弦瞪他一眼。

顾见深嘴角笑意更深。

又过几日，沐熏的情况已经彻底稳定，只是需要静养。

沈清弦怕他醒来闹腾，索性让他继续睡着，什么时候把身体"睡"好了，什么时候再让他醒来。

沈清弦抽空回了趟万秀山，说是去给沐熏拿药，可实际上却是去找了叶湛。

叶湛身为尊主大人的头号"迷弟"，办事利索又稳妥，沈清弦之前吩咐的事，他如今已经办好。

叶湛小心将怀中的物事拿出，双手恭敬地捧在掌心。

沈清弦定睛看着，颇为惆怅和感慨。

幻境中发生的事仍历历在目，可世事变迁，早已物是人非。

沈清弦接过后说道："辛苦你了。"

叶湛受宠若惊，连忙道："能为尊主解忧，是弟子大幸！"

沈清弦拿了个玉瓶给他："每隔甲子用一枚，对你修为大有益处。"

叶湛眼睛一亮，但却拘谨道："尊主有事尽管吩咐弟子，弟子不敢……"

沈清弦打断他道："让你拿着你就拿着，这点儿东西我还会在意？"

叶湛还在犹豫，千百年来祖师爷好不容易吩咐他做点儿事，他只怕自己做得不够好，哪里还敢讨奖励？

沈清弦便拿万年不变的话来压他："长者赐，不可辞。"

叶湛诚惶诚恐地收下。

沈清弦其实挺喜欢这几个徒孙的，只是他们在自己身边实在拘谨，沈清弦也不愿让他们不自在，便说道："回去吧。"

叶湛自是小心退下。

人走后，沈清弦又拿出那几块灰败的牌子，忍不住轻轻叹息。

顾见深最过不去的坎便在此处了。

枉死之人，无力回天。

沈清弦小心将它们收好便回了唯心宫。

入夜，顾见深回来了，而沈清弦已经早早在等他。

顾见深道："我以为你今日不回来了。"

沈清弦心里还揣着正事："你跟我来一趟。"

顾见深没想太多："去哪儿？"

沈清弦道："随我来便是。"

两人一起出了唯心宫，向着东南方走去。

起初顾见深并未多想，走着走着……他的心便禁不住提了起来。

待到了目的地，他嘴角已经丁点儿笑意也没了。

这是上德峰……已经山海转移，荒芜成一片枯地的上德峰。

可无论它成了什么模样，他都记得它，他怎么能忘记自己的家？

顾见深怔怔地看着，不知道沈清弦为什么要带他来这里。

沈清弦冲着他安抚一笑，从怀中拿出了数十枚失去光泽的玉牌。

顾见深瞳孔猛地一缩："这……"

这是他故去师兄们的命牌，人死灯灭，早在亿万年前，这些牌子便成了灰败的残物。

沈清弦手指微扬，捏了个繁复的诀，紧接着一道耀眼的白光包裹住这些命牌，恍如打开了通往另一个世界的阶梯，在明亮的光芒下，早已故去之人鲜活地站在面前。

顾见深看得怔住了，他浑身血液逆流，大脑一片空白。

他的师兄们……爱护他照顾他给了他家人般温暖的师兄们……年少时一起嬉闹、一起醉酒、一起欢笑的日子似乎近在眼前。

顾见深忍不住向前，伸手想要碰触他们……

下一瞬如同梦醒般，光芒散去，眼前哪还有半个人影。

顾见深猛地回神，已是满脸泪痕。

沈清弦心疼得不行，抓住他的手臂。

顾见深抬手拭去眼泪，勉强笑了一下，只是说不出半个字。

他不懂这是什么意思，也不懂沈清弦在做什么，尘封的往事压在他的心头，让他几乎不能呼吸。

沈清弦低声说道："我现在境界不够，但若是突破最后的关隘，我定可以寻得他们的意识，到时候我们可以让他们重新走进天道。"

如今沈清弦做不到将他们尽数收拢，可若是登上天梯，突破现有的境界，沈清弦可以做到。

早已发生过的事无法改变，但这却是沈清弦能做的最大、也最好的挽回了。

顾见深极为震撼，因为沈清弦为他做的事，也因为这突如其来的希望，更是因为他彷徨了亿万年，终于找到了真正的救赎。

这是沈清弦帮他寻到的。

"谢谢。"顾见深这单薄的两个字承载了无数的感情。

沈清弦心软得一塌糊涂，道："别道谢，我们还要一起努力。"

他们要修复天梯，为的不仅是去往上界，更是救赎。

终于"其二十六，请让顾见深信任你"变成了浅灰色。

他信任沈清弦，比信任自己还要信任他。

沈清弦松了口气，到此时才真正感觉到顾见深的心结过去了。

亿万年前发生的事，永远都不可能释怀，但如今却有了真正的希望。

此时，沉寂了许久的俩玉简终于敢冒泡了。

小白："其二十七，请为顾见深放下过往。"

小红："其二十七，请让沈清弦为你放下过往。"

两人才看到这新的任务。

过往？让沈清弦放下过往？

这是什么意思？

沈清弦也看到了，他沉默了一下，将白玉简拿出来，又问顾见深："你的任务是不是要为我放下过往？"

按照相互理论，应该是这样的，结果顾见深拿出来，沈清弦愣了一下。

"为什么都是让我放下过往？"

顾见深说道："不清楚。"

沈清弦拧着好看的眉，道："这样也好，两个任务可以一并做了，若是再让你做，还得折腾。"

顾见深道："有道理。"

沈清弦很认真地犯着愁："这要放下什么过往？"

顾见深故作沉思状，也在犯愁。

尊主大人很烦，想摔小白玉简撒气。

这世道，不仅人和人是不一样，连玉简和玉简也是不一样的，真心虐。

虽然烦，但沈清弦如今是很重视修天梯任务的，他琢磨了一下，苦恼道："怎么办？"

顾见深叹口气道："走吧，去凡间走一遭。"

沈清弦一怔，当即有主意了："对，这次我把记忆封了，设定一下我俩有点私仇，你早点儿找到我，对我好一点，让我放下过往，与你交好，那样就可以了！"

这逻辑堪称满分，沈清弦眉开眼笑："所以这次要靠我了。"

他想了一下又道："你把那珠子给我，再教我下口诀，我来挑肉身。"

顾见深说："我来就行，哪还用麻烦你。"

沈清弦坚持道："我心中已有计策，你尽管交给我便是。"

顾见深隐隐有点儿慌。

沈清弦又催促道："相信我，我挑的肉身定是极好的！"

顾见深忍不住开口道："你不会给我挑个又金又红的肉胎吧？"眼睛红色，皮肤金色，嗯……想一下就觉得头皮发紧。

沈清弦不乐意了："我都说了我欣赏的是你这个人，才不是因为金啊红的。"

顾见深是信他的，只是他也真的很爱金和红。

沈清弦好气："我保证，绝对给你挑个非常正常的肉胎！"

"那……"顾见深见他坚持，只得从了，"好吧。"

沈清弦兴冲冲地学了口诀，当即便问道："那我们这就出发？"

反正两人也无事，去便去吧。

临行前沈清弦还宽慰顾见深："你放心，我设定的条件都是极好的。"

顾见深问他："说给我听听？"

沈清弦弯了弯眼睛："保密，给你个惊喜。"

顾见深只怕这是有惊无喜。

两人意识离体，顾见深没多久便进到肉胎里，他稍微缓了口气，耳边便传来了尖叫声："王子动了！王子的手指动了！"

嗯，得到了第一个信息，他的肉胎是个王子。

紧接着是一连串的脚步声，顾见深慢慢睁开眼，然而他只看了一眼便极快地闭上。

刺眼。

太刺眼了。

接着有一阵浓郁的熏香气扑面而来，一个人握住他的手腕，似乎在给他把脉。

然后又是一阵乱糟糟的声音，顾见深这身体素质还不错，他静等着他们折腾了一阵子才慢慢适应下来。

再睁开眼……虽然做好了心理准备，但眼睛还是被刺得生疼。

金色床帐，金色屋梁，金色墙壁，金色的阳光直射而下，让一切更金了。

顾见深下床，周围跪了一圈人，有男有女，无一例外的是全都装饰着金饰。

很好，果然是他师叔的品位。

他走到镜子前，透过镶着金边的镜子看到了自己。

他松了口气，还好自己不是金色的。

沈清弦的确给他挑了个很正常的肉胎,瞧着强壮有力,英武不凡,素质十分不错。

只是这个国家,还真是一言难尽。

顾见深待了几天,大体明白了情况。

这国家叫印国,因为崇尚太阳神,所以到处都金灿灿的。

国都的重要建筑物更是刷满金粉,装饰物要么是大红要么是金,因为印国地产丰富又盛产黄金,所以奢侈到了极点。

顾见深随便走走,见到的东西全是真金打造。

他这身份十分尊贵,是一国王子,虽然这位国王有整整十六个儿子、十三个女儿,但顾见深这肉胎精明魁梧、骁勇善战,所以十分受宠,隐隐有储君风范。

顾见深对此倒不在意,他只想知道沈清弦在哪儿。

他要赶紧找到沈清弦,让沈清弦和他交好。

如今看来应该不难,沈清弦便是对他没兴趣,对他这宫殿也必然是极有兴趣的。

到时候他给沈清弦打造个金银窝,估计沈清弦就欢喜了。

仔细想想,帝尊大人还有些心酸,没了红眼睛就只能这样哄尊主大人了……

他没耽误时间,身体恢复后便开始修炼,他得让身体素质更强一些,再拔高一下五感,这样也能快些找到沈清弦。

他这肉胎虽然颇有些势力,但在茫茫人海中想要找一个不知道名字也不知道样貌的人,他那些属下便是再能干也办不到,所以他得用些非正常手段来找。

他正这般想着,谁知房门响了一下,有侍者轻声问道:"殿下,要歇息了吗?"

顾见深不愿别人打扰他修炼,便应道:"嗯。"

谁知他应了一声,房门便开了,紧接着一阵刺鼻的香气传来,一群穿着鲜艳的女人走了进来。

帝尊大人一脸茫然,什么情况?

为首的女子浓妆艳抹,只听她说道:"殿下,奴婢伺候您歇息。"

说着便靠近他,其他女人也走了进来,纷纷要替他更衣。

顾见深当即明白是怎么回事,喝道:"下去!"

这些女人皆怔了怔,一双双大眼睛里有些茫然。

顾见深眸子微眯,周围气氛陡然冷了下来,这些女人吓了一跳,纷纷后退,躬身退下。

屋里安静了,可那刺鼻的香气还徘徊不散。

顾见深哪里还待得下去,他推门而出,外头那侍者见他带着怒气出来,惶恐道:"殿下不喜吗?新来的那几个暂时没有……"

这是个什么乱七八糟的肉胎!

顾见深本以为自己可以松口气了,结果……

难道这肉胎……不可能，沈清弦不会给他找个那样的肉胎。

顾见深默默回屋，研究去了。

沈清弦刚醒来又差点儿疼晕过去，他整个后背都疼木了，嗓子也失声了，额间落下的汗浸湿了伤口，让痛苦更加剧烈。

不能死，无论如何都要活下去。

不惜一切代价，他也要活下去！

沈清弦在快昏过去前，听到了一声怒喝："住手！"

他的视线被血给模糊了，在斑斓的红色中他看到了一个高大的身影，陌生又诡异的熟悉感……这瞬间他的心脏竟比身体还要痛，他面上仅余的一丁点儿血色也没了。

他不知哪来的力气，拼命地抗拒着，他想说话，可嘶哑的嗓子只能发出"啊啊"的声音，无助又狼狈。

顾见深瞧见这般鲜血淋漓的沈清弦，担心极了。

自己费尽心思地找人，终于找到了，对方竟然被折腾成这样！

"没事了……没事了……"顾见深一边小心扶着沈清弦，一边安抚着他。

沈清弦挣扎得太微弱了，发出的声音像是在求救，顾见深哪里还分辨得出？顾见深只能小心扶着他，避开他身上的伤口。

沈清弦终究是没了力气，意识逐渐模糊，他昏了过去。

顾见深将他扛起，大步走向步辇。

身后一群人全部噤声，大气不敢出！

将人暂且安置好，顾见深回头道："传御医！"

说完顾见深视线扫过这让沈清弦受尽苦楚的地方，声音冷若寒霜："全部处死。"

四个字落地，后头一片求饶声，尤其是为首的男子，更是膝行过来，哀求道："殿下饶命，老奴……老奴只是……"

顾见深怒火中烧，拔出佩剑。

这下彻底寂静，无数人睁大眼，看着喷涌而出的血液，完全被震住了。

顾见深再没看他们一眼，只赶紧上车，小心拥着浑身是血的男子，担心得不知如何是好。

怎么挑了这么个肉胎？怎么让自己受这样的罪？

顾见深真想带他回唯心宫，还做什么任务。

好在帝尊大人还有些理智，心里很清楚若是这样回了唯心宫，沈清弦肯定转眼再回来，到时候还是一样受罪。

现在真正该做的是赶紧给他养伤，尽快把任务给搞定。

顾见深深吸口气，小心扶着他，避免车子带给他颠簸，再徒增痛苦。

沈清弦浑浑噩噩的，疼到了极致也感觉不到疼了，他的意识很模糊，只执着地想着不能死，绝对不能死，怎么甘心就这样死了！

强烈的求生欲带给他的是无尽的痛苦。

后背像是整片烧起来了，密密麻麻的痛苦让人头皮发麻，身上其他地方也有零碎的疼，可是和后背的鞭伤比起来不值一提。

沈清弦意识模糊间闻到一阵淡淡的药香气，紧接着是一阵冰凉，他缩了一下身体，便听到那低沉的声音："别怕，我给你上药，很快就好了。"

男人的声音温和极了，好似最昂贵的鹅绒被，紧紧包裹而来，带着无尽的温暖。

可沈清弦只感觉到了耻辱。

他闭着眼，不肯让自己发出任何声音，甚至不愿让身体颤抖。

显然后者对他来说太难了，他无法控制。

不知过了多久，药上好了，沈清弦已经痛到筋疲力尽，再也管不了许多，昏睡过去。

一日又一日，沈清弦被极其用心地照顾着。

顾见深完全不假他人之手，全心全意地照顾他。

沈清弦虽然"出场"惨烈，但这肉胎却并不普通，他伤口愈合得很快，瞧着素质也不错，只可惜……

顾见深没沈清弦那般精通医术，可给凡人查看下身体还是不难的。

沈清弦这身体被人断了经脉，已是彻底废了。

顾见深给他准备的强身健体的功法完全用不了，如今能好生养着，不让他受罪已经是极限了。

足足七日后，沈清弦终于远离了鬼门关。

他睁开眼，一双清冷的眸子落向顾见深。

顾见深问他："感觉如何？"

沈清弦垂下眼睑，一声不吭。

顾见深便道："是我糊涂了，你嗓子伤着了，暂时不要说话，但你别怕，能医好的。"

沈清弦没再看顾见深，只静静地坐在床边，面无表情地盯着满铺金色。

顾见深早习惯了他这冷淡模样，也不在意，又道："你等一下，我给你弄些吃的。"

沈清弦沉默着，像雪中的冰雕般坐在那儿。

顾见深回来得很快，亲自熬了软粥，香气浓郁，营养丰富，很是适合病中的沈清弦。

顾见深舀了一勺，小心吹凉送到了沈清弦嘴边。

沈清弦眼睛不眨地盯着，香喷喷的米粥勾起了他的食欲。

他很饿，很久没有吃到这样的东西了。

可仅剩的尊严在抗拒着，剧烈地抗拒着……

一股难以言说的悲凉涌上喉咙，沈清弦猛地推开送到唇边的勺子。

顾见深没防备，被他这用力一推，竟没拿稳，不仅勺子掉下来，连碗也摔了出去。

黏糊的粥洒了一身，昂贵的瓷器被摔成碎片，清脆的撞击声像敲醒平静的重锤，将一切假象都砸了个稀巴烂。

沈清弦看了眼顾见深，挪开视线后他不发一语，仍是那般坐在那儿，身板挺得笔直，淡色的唇紧抿着，神态一片冷淡。

本以为等来的会是雷霆之怒，甚至是暴怒之下的虐打——毕竟他面前的可不是个好脾气的人。

可这些都没有降临，等来的只是一阵轻轻的叹息和温和的话语："不想吃吗？"

沈清弦身体紧绷着，眼中有些许讶异。

顾见深又道："多少吃点儿吧，要不身体怎么能好？"

说完顾见深已经弯身将地上的瓷片收了起来，又去拿了抹布将金亮亮的地板擦干净。

沈清弦木然地看着顾见深，弄不懂这人究竟在做什么。

顾见深身上也黏糊糊的，继续道："你等一下，我去洗一洗。"

这印国因地理因素，常年炎热，所以穿衣都少得很，像顾见深上身便只穿了件薄薄的白衫，被粥一糊，整个不成样子。

顾见深去略微冲了下澡，换衣服的时候琢磨着：要不穿一身金？没准小涟华会正眼看看自己。

可一身金实在不像寻常人穿的衣服，就这么穿出去……怕是要被当成傻子！

算了，暂时不急。

顾见深想着他不爱喝粥，那就做点儿清淡茶点，虽然营养不足，但好歹让他吃点儿，总这么饿着肚子得多难受，这肉胎可没有辟谷一说。

帝尊大人一心为沈清弦着想，至于沈清弦在想什么……

顾见深出去时沈清弦是什么样，回来时他还是什么样。

这景象实在好看，沈清弦容貌、气质绝佳，坐在一片金灿灿中也冷清清得像是出尘的谪仙。

顾见深端着点心走进来，低声道："不想喝粥的话就吃点儿糕点吧，不甜，很软，你稍微垫垫肚子。"

沈清弦眸中极快地闪过一丝诧异，他看向那些小巧玲珑的糕点，实在不懂眼前的男人在做什么。

顾见深温声道："先尝尝，不合口我再去重新准备。"

沈清弦仍是没动，顾见深索性拿起一块蓬松柔软的金黄小点心送到他唇边。

浅色的像是蒙了一层薄霜的唇边是金色的如同小太阳般的糕点，按照往常，小涟华会一口吃掉，然后眉开眼笑。

但这会儿……沈清弦拧拧眉，唇瓣微动，可愣是不肯张口。

金色的小点心都没法诱他开口了？

难道是金色太多，他有抵抗力了？

嗯……帝尊大人竟隐约有点儿小开心，如此这般多待一阵子，小金就可以被彻底扔进冷宫了。

顾见深这么想着，心情很好，声音更加温和了："尝尝吧，味道还行。"

沈清弦顿了很久，终于还是动了，他没吃顾见深送到嘴边的，而是自己拿了一枚糕点，小心咬了一口。

奶香味瞬间充斥了口腔，本就饿极的身体在疯狂叫嚣着。

沈清弦努力让自己不要太狼狈，可手指还是颤了颤，久未尝到的柔软食物让肠胃得到了极大的慰藉。

一小块糕点怎么够？他能吃下一整盘。

可是刻到骨子里的修养让他行为矜持，举动优雅。

顾见深倒是眉开眼笑了——沈清弦吃的是一块红色小点心，所以说在他眼中，还是红色比金色强一些吗？

帝尊大人主动帮他将金色的小点心挑走。

沈清弦饿到这份上，哪里还分得清什么金金红红？他眼看着大半点心被挑走，只觉得心凉。

果然是在戏弄他吧。

不过是另一种形态的恶趣味。

这男人是什么脾性，他哪里会不清楚？

沈清弦垂着眸子，吃了几个后便不再吃了。

顾见深以为他饱了，虽然忧心他吃太少不利于身体康复，但也急不得，只说道："你想吃什么就告诉我。"

沈清弦不出声，他嗓子毁了，哪里说得了话。

顾见深又道："不用说话，写给我看就行。"

沈清弦猛地抬头。

顾见深不懂他为什么这般惊讶，只说道："你若是觉得无聊，便四处走走，外头是书房，我给你放了笔墨。"

沈清弦唇瓣动了动，有些拿不准这人的意思。

顾见深也没再多说，还惦记着晚上给他做点儿什么好看又可口顺带营养丰富的食物。

人是铁，饭是钢，他本就受了重伤，再不好生吃饭，如何能康复？

尊贵的王子殿下去厨房忙碌了，沈清弦过了好半晌才撑着床柱站起来。

他一动，后背便拉扯得生疼，可是他想去看看……

走了一步，额间便有冷汗滚落，沈清弦微喘着气，心凉到了极点。

他的身体全完了。

皮肉伤可以愈合，可他以后注定肩不能挑手不能提，他以前，他以前明明……

沈清弦闭了闭眼，没有血色的唇崩成了一条线。

他忍着疼痛，平复着呼吸，用极慢却坚持的步伐走出了这间华贵的屋子。

外头仍是一片奢靡，他扶着墙壁，指关节凸起泛白，倔强地走到书桌前。

顾见深没骗他，这里铺了纸墨，全是极好的。

沈清弦颤着手握住金色的毛笔，沾墨的时候，他怔住了。

前头摆了一个红玛瑙镇纸，造型呈盛开的桃花，通体艳红，花蕊处有金丝缠绕，栩栩如生。

一股腥甜涌至口腔，沈清弦用尽力气扔开毛笔，扶在案前大喘着气。

这人铺纸备墨，为的就是让他看到这东西吗？！

急怒攻心之下，沈清弦咳得撕心裂肺，顾见深听到动静进来，看到这一幕顿时大步走来，焦心问道："怎么了？怎么又咳起来了？"

怎么？居然问他怎么？

那艳丽的红玛瑙像根刺一样戳在沈清弦的肺上，让他艰难地喘着气，像濒死的人一般。

顾见深当真是担心死了，小心扶住他道："我扶你回屋。"

沈清弦想推开顾见深，可是没有力气，任由顾见深将自己安置到床上，躺好后便紧紧闭上眼。

顾见深传来御医，问诊后顾见深跟着御医出去，在外头问话。

御医道："……气血两亏再加上急怒攻心，伤到了肺经。"

急怒攻心？顾见深紧皱着眉，完全不知道沈清弦为什么会生这么大气，又是什么惹到了他。

顾见深让御医下去开药，自己回到了屋里。

沈清弦躺在床上，纤瘦的身体轻轻飘飘的，像天边的云朵，实在让人不安。

顾见深明知道他不会有事，可在上个凡世的记忆却破蛹而出……

当时虚弱的国师就像这般模样，任顾见深怎样挽留都留不住。

虽然恢复记忆后，顾见深知道那不过是一场儿戏，可对于珍之重之的人，真是见不得他受丁点儿委屈。

真的也好，假的也罢，总之不想他难受。

顾见深坐在床边，温声问他："有哪儿不如意的你尽管告诉我，莫要独自生闷气。"

不如意的？告诉他？

沈清弦只觉得那股腥甜又在上涌！

这人难道不是故意的吗？故意将他接到宫里，故意让他看这物是人非的屋子，又故意将那红玛瑙镇纸放在那里！

这原本是他的寝宫，这原本是他的床铺，这一切都原本是他的，可如今……

想到此处，沈清弦便止不住胸腔的涩痒，剧烈的咳嗽几乎要将心肺都咳出来！

那红玛瑙金丝缠桃是他最心爱之物，是他亲手打磨、亲自制造，是曾在国宴上被万人赞美的国之珍宝！可如今……竟摆在印九渊这个粗鲁匹夫的案上！

想到这些，沈清弦只觉得受尽屈辱与难堪。

遭受酷刑，被人虐打……这苦肉之罪至多让他皮肉疼痛，却不会像现在这般，摧毁着他的精神，折磨着他的尊严，让他心脏溃烂，肝肺俱裂！

实在无法忍受，沈清弦嘴角溢出猩红鲜血，整个人昏了过去。

顾见深顿时手忙脚乱。这……这又在气什么？

顾见深小心守了他一整夜，生怕一不留神沈清弦就回了唯心宫……

小皇帝那次自己那般作，沈清弦都完美搞定了任务，如今两人换了，才几天工夫人就回去了，只怕……

帝尊大人并不想面对尊主大人的冷脸，所以绞尽脑汁地开始对沈清弦好。

沈清弦醒来后仍是冷着脸，顾见深摸不清他在想什么，本着少说少错的原则，只能说些无关紧要的。

顾见深："该吃药了。"

沈清弦无动于衷。

顾见深又道："你心中不忿，可若是气坏了身体，岂不更加不值？"

气坏身体？他这身体还有用吗？手不能提肩不能挑，又落到这匹夫手里，哪还有丁点儿活路！

顾见深知道他说不了话，只能劝道："无论怎样，好好活下来才有其他可能。"

可能……有什么可能？他如今还有什么可能！

国破家亡，只留他一人被这匹夫羞辱，活着又怎样！

顾见深隐约觉得他可能在气自己……

顾见深斟酌了一下，放下药道："你好生歇息，我晚点儿再来看你。"

顾见深人走了，却认真听着屋里的动静。

果然自己一走，沈清弦的气息都放松了些，似乎也没那般生气了。

顾见深这就很不是滋味了，真是在生自己的气？顾见深当然不会惹他生气，那就是这肉胎？

顾见深去仔细查了一下，这一查……顾见深也想回唯心宫了。

印国前身是金国，而沈清弦则是金国的王子，他身份尊贵，才名远扬，又因为生得好看，气度卓然，被百姓美誉为青莲王子。

这么个高高在上的人却生在了王国没落，皇室腐朽，大厦将倾的时候。

他性情清傲，一直醉心山水，不问政事，只以为金国千秋万代，永无末日……

结果一夜之间，天翻地覆，印家军铁骑兵临城下，金国覆灭，新的王国建立，沈清弦也从尊贵无比的王子殿下沦为阶下囚。

他本该被处死，只因他是前朝王子，顾见深这肉胎又性情顽劣，见不得这真真正正的人上人，说要折辱驯服他，便向父王讨要了他。

起初国王不许，觉得这是前朝余孽，必须斩草除根。

顾见深这肉胎实在混账，竟当着无数大臣的面说道："沈清涟本就无能，只知风花雪月，我将他收入府中，让他受尽折辱，岂不有趣？"

他这话一出，哄堂大笑。

这满屋"重臣"本就是土匪出身，听到这话只觉舒爽。

国王还是有些脑子的，仍在犹豫。

印九渊又道："父王您尽管放心，儿臣必能将他驯服，让他只知大印无疆，再也念不起什么前朝旧国！"

自己这儿子的某些手段国王还是很清楚的，若真能将那高高在上的沈清涟驯服，倒也是一件趣事。

国王道："赏你也行，但你要仔细些，切莫让他惹出事来。"

印九渊道："放心，臣带他回去便会断他经脉，废他功夫，让他老实做个废人。"

知道了这些，顾见深只觉后背发凉，膝盖还有些疼，总有种回去后要下跪认错的感觉。

这都是些什么？

如此深仇国恨，如此莫大屈辱，如此难解之怨，沈清弦怎么可能会放下！

别提放下过往了……顾见深得仔细些，别被沈清弦给送回唯心宫。

顾见深按了按眉心，明白自己是丁点儿都没想错：让沈清弦挑肉胎，真是有惊无喜。

其实沈清弦也没想到会这样。

他只是经验不足，他设定的几个条件，从明面上看都没问题。

其一，他想去一个又金又红的国度，所以来到了这里。

其二，他要给顾见深找个正常的身体，黑发黑眸，没有丁点儿红金之色，于此也可以证明他欣赏的是顾见深这个人。

其三，为了方便完成任务，他俩得有点仇。

其四，两人的肉胎都得是干净的。

为了方便两人交好，他又加了几个条件，比如两人身份相当，所以他们都是王子，只不过一个把另一个的国给灭了；再比如两人已有缘分，有的有的，孽缘也是天大的缘分；再比如找俩身体素质极好的肉胎，都是很好的，只可惜沈清弦的肉胎被顾见深的肉胎给废了⋯⋯

最后沈清弦还加了个很方便的设定——两人住在同处。还真是住在一处没毛病，只不过这个宫殿先是沈清涟的后是印九渊的。

明明很正常很合理，按理说是会让走向很顺利的条件，因缘巧合下就成了现今这模样。

沈清弦美滋滋地封了记忆，静等着放下过往，重新与顾见深结为好友，只是这剧本⋯⋯

顾见深深刻体会到了什么叫地狱模式。

一起回唯心宫？难说下次沈清弦会弄出个什么肉胎。

再说来都来了，还来了这么个又金又红的国家，这么短时间就回去，沈清弦肯定会很遗憾。

前思后想，顾见深决定迎难而上。

有自己在沈清弦受不了罪，至于放下过往，顾见深也不强求了，权当陪他游山玩水，满足下他的喜好。

再就是⋯⋯顾见深忍不住想到，若是都这样了沈清弦还能与自己交好，那岂不是⋯⋯顾见深莫名有了干劲。

自己要好好表现，让沈清弦放下过往，完成任务！

完不成不亏，完成了大赚！

接连半个多月，顾见深都没去见沈清弦，不想去吗？自然不是，不过不能露面，只能偷偷看着。

顾见深得给沈清弦一个喘息的机会，让他有时间把身体养好。

沈清弦看不到顾见深，的确是冷静了许多，身体也在精心调养下慢慢康复。

只可惜皮肉伤能好，筋骨却是难愈。

他比以前那丰神俊秀的帝国王子瘦削了不少，而且神态更加冷淡，难见笑颜。

只是他生得好，这样冷着脸反而更加冷清似仙。

沈清弦身体好了之后，心态也平静了。

他不想死，再怎么狼狈他也要活下去。

他要找机会，哪怕没办法复国，他也要报仇！

这些毁了他家国，杀他至亲，无限度羞辱他的人，全都该死！

带着浓浓的恨意，他面不改色地喝药，认真吃饭，身体康复得更快了些。

整整一个月，顾见深都没来见他，沈清弦虽心里舒坦，但知道这是暴风雨前的平静。

印九渊恶名远扬，仗着有权有势更是肆意妄为。

他能活下来，能待在这里，无非是因为印九渊想凌虐他。

那些虐打他的人，将他后背抽得皮开肉绽。

但他要忍下来，他要活下去，他要借印九渊之手，屠尽这些叛徒！

整整两个月，沈清弦身上的伤口已经彻底好了。

顾见深不敢贸然出现在他面前，只得让下人去通知一下，让沈清弦有个心理准备。

生怕下人们领会错了，顾见深还认真解释了一下："不要多嘴，去说一声就行。"

下人连声应下，做得也规规矩矩，只说了句"公子，等会儿殿下要过来"便走了。

可惜沈清弦还是想多了。

他心一跳，不自觉地咬了咬下唇，小不忍则乱大谋。

沈清弦睫毛轻颤着，努力平静着翻涌的胸腔。

他静等了好一会儿，终于听到了由远及近的脚步声——虽然身体被废，但视觉听觉还都很好，这么远的动静他也能听得清楚。

男人常年征战，身形英武，走路的步子大却稳，这一下一下，工整得像鼓点一般。

沈清弦觉得男人踩着的不是光滑的地面，而是他的尊严。

他闭上眼，希望看不到也能感觉不到。

近了……越来越近了……门开的瞬间，沈清弦强撑着面上的平静，手指却扣入了掌心。

沈清弦闭眼等着，等着承受屈辱，可等了很久——久得有些诡异。

怎么……怎么还不来？

他很确定印九渊仍站在屋子里，呼吸声那样清晰，让人想忽视都做不到。

为什么一动不动了？印九渊……在干吗？

沈清弦等了很久，等到心都平静了，还是没能等来凌虐。

他终究还是没忍住，睁开了眼……

明亮的月光下，高大的男人站在门边，定定地看着他……

沈清弦极快地闭上眼，他手攥得更紧了，一切都无所谓，怎样都好，受尽折辱也没关系，他只想报仇雪恨！

沈清弦胸膛起伏着，咬着下唇，默默等待着。

顾见深轻叹口气，开口道："要睡了吗？"

沈清弦身体微颤，不懂这话的意思。

顾见深却道："时候还早，我这儿得了壶好茶，要不要尝尝？"

沈清弦懂了，他嘴角微扬，讽刺地想着：当了王子果然不一样，还懂得附庸风雅。

沈清弦睁开眼，面无表情地坐起来。

他嗓子也好多了，能开口了，只是他不愿和顾见深说话。

顾见深也不强求，只说道："外头月光正盛，出来看看？"

沈清弦点了点头。

顾见深眼眸温和，竟为他开了门。

沈清弦正要出去，顾见深又道："虽说天气暖和，但你身体弱，还是披个外衣吧。"这国家的衣裳实在单薄，沈清弦现在身体刚好，着凉了就不好了。

沈清弦听得眉心紧拧，这是把他当成废人了吗？也是，他如今的力气怕是比不过深闺中娇养的女孩。

沈清弦认了，这点儿屈辱算什么？他"听话"地披了件外衣。

这一穿，顾见深更不满意了，瘦削的身体，松垮垮的外衣，怎么瞧着比之前还瘦弱了。

沈清弦已经看向顾见深。

顾见深怕他惹他生气，没敢再提要求。

两人去了院子里，如顾见深所言，今日天气极好，月亮挂在天边，像个小太阳般将夏夜唤醒。

白日炎热，这晚上却是凉风徐徐，很是舒服。

顾见深带他走近前头的亭台，双双入座。

沈清弦对周围的一切熟悉得很，毕竟这里曾经是自己的宫殿。

顾见深不愿他触景生情，可暂时也没有办法，自己没法换地方住（国王不会允许），也不想沈清弦整日窝在屋里不透气。

罢了，慢慢来，自己尽量不惹他。

侍者将茶具端上来，顾见深便挥挥手让人都下去了。

沈清弦猛地绷直了后背：印九渊让侍者下去，难道是让他给印九渊泡茶吗？连自己的父王都没有……

想到这里沈清弦又垂下眼帘……只是泡茶而已，一切才刚开始。

他正欲伸手，顾见深却先他一步拿起了水壶。

沈清弦一怔，猛地抬头，只见顾见深微微垂首，动作娴熟地温热壶盏，初沸之水注入瓷壶和杯盏，带起氤氲水汽，也让茶具保持在了最好的温度状态。

接着是拨茶入壶，然后悬壶高冲……

沈清弦生在王室，见惯了茶师傅的高超功夫，早已精于此道。

在他心目中粗鄙不堪的印九渊竟还懂得这些？

不只是懂，而是极精，水初沸、蟹眼过鱼眼生，正是冲泡的最佳时机，更让他错愕的是，印九渊动作熟稔，举止之优雅连宫中最顶尖的茶师傅都要自愧不如。

印九渊……竟懂茶道？

沈清弦敛眸看向茶杯中的红茶。

的确是上好佳茶，茶叶形状美、色泽佳、香气悠远，再加上冲泡手法的精湛到位，这一杯红茶可当真是漂亮极了。

茶汤红艳，金圈挂沿，色美而气长，当真是绝世佳品。

沈清弦是爱茶之人，尤爱红茶，此时看得眼睛微眹，当真是惊讶极了。

极度厌恶之人竟能冲泡出让他都叹为观止的红茶。

这……

顾见深面上未变，心里却是愉悦的，果然封了记忆，沈清弦也还是沈清弦。

自己讨好他，他总能受用。因为自己懂他，也了解他。

所谓志趣相投，大概就是他们这样吧。原谅帝尊大人的不要脸，毕竟是地狱模式，总得让自己欢喜一下。

顾见深道："尝尝。"

沈清弦犹豫了一下，终究是不愿错过这茶汤的最好时候，端起杯子轻啜了一口。

顾见深问他："怎样？"

香、美、绝。

沈清弦垂眸，敛下眼中的惊艳，只微微点了点头。

顾见深也不着急，知道他是这别扭性子。

顾见深道："尚能入口的话，便多喝点儿，这茶温补，于你的身体大有益处。"

提到身体，沈清弦的眸色黯了黯。

他不说话，顾见深也不无聊，冲茶泡茶如行云流水，饮茶闲聊似故交好友……

沈清弦忍不住有些恍惚，似乎眼前人不是那肆意妄为的印九渊，而是另一个人，一个……

怎么可能。

沈清弦暂时放松了，他需要这样一份静谧，这样一丝安心，这样一个麻痹痛苦的时刻。

他不去想接下来会发生的事，不去考虑即将承受的屈辱，沉浸在一个虚幻的空间中，享受着片刻的宁静。

天色渐渐暗了，茶香也已经淡了，一壶茶的工夫恍如投入地狱的一缕光明，给了沈清弦无尽的力量。

卷起一阵凉风后，顾见深道："回去吧。"

三个字将沈清弦从梦境中唤醒，跌进残酷的现实。

他唇间尚且漾着茶香，心底已是一片枯冷。

该来的终于来了。

沈清弦讽刺地想着：印九渊这手段真不错，先甜后苦，折磨人竟也这般讲究。

他起身，轻轻颔首。

两人一起回屋，出来时的美景如今全成了凄冷景象，沈清弦一步一步地走着，虽未停顿，却带着走进深渊的觉悟。

他只是一个渴望复仇的亡国奴。

沈清弦默默做了一堆准备，结果回屋后，顾见深道："你好好休息，等有空了我再来看你。"

沈清弦一愣，没听明白这话的意思。

顾见深站在门边，视线像月色般温和。

印九渊不折磨他吗？竟然要走了？

反应过来的沈清弦有些蒙，他薄唇动了动，话到嘴边却没问出口。

顾见深已经转头道："我走了，有事的话你尽管吩咐，他们会好生安排的。"

说完顾见深便转身离开。

真的离开了！

沈清弦站在原地，看着逐渐走远的高大背影。

怎么回事？印九渊就这么走了？没折磨自己就走了？

这……这怎么可能！

沈清弦满脸都是错愕，看着空荡荡的漆黑夜色，完全愣住了。

到底是怎么回事？印九渊到底在想什么？

沈清弦这一宿都没睡好，他总觉得印九渊会再回来，可是到了天亮也没再见到人。

他松了口气，忍不住有些庆幸。

第八章

步步为营

之后数日，顾见深都没来找沈清弦，他也乐得清闲。他现在不仅能用书房，还可以到花园四处走动。

书画能纾解心中愤懑，沈清弦看日头刚好，便想去园子里走走。

他耳聪目明，知道有人在暗中跟着自己，不过也无所谓，因为他没想过要逃跑。

以他这身体，出去了又能怎样？别说复仇，只怕会死得极快。

沈清弦走了几步，意外听到了极远处的窃窃私语声。

"那沈清涟若非有那身份在，哪有这待遇？"

"他也不会讨好人，殿下如今觉得驯服一个前……有趣，等过了这阵，呵呵……"

"他可是罪奴，等殿下……"

一番对话让沈清弦后背发寒，整个人都僵住了。

他在做什么，他在想什么，他还当这是自己的宫殿，还当这日子……

沈清弦紧握着拳头，下唇都被咬出了血迹。

清醒点！别等死到临头，才叹为时已晚！

他得抓紧印九渊，他得利用印九渊，他想复仇就得讨好印九渊，得从印九渊这里找机会！

忽然间，沈清弦明白了……印九渊等的就是他主动吧？印九渊装出翩翩君子样，等的就是他这个前王子主动低声下气地讨好？为的就是这般折辱他？

沈清弦心底生寒，阵阵作呕！

不能再浪费时间了，不能失去这个机会，他要报仇，他一定要报仇！

沈清弦咬紧牙关，硬压着翻滚上来的腥甜，硬逼着自己接受。

没什么是做不到的，只要能够手刃仇人，他什么都能做到！

沈清弦彻底振作起来，也完全将一颗心扔了在地狱火海中。

顾见深哪知沈清弦在想什么，算算日子，觉得可以再见他一面，便来找他了。

又是皎月当空，星辰漫天的凉爽夏夜。

顾见深只想着来看上一看，哪承想自己刚来，沈清弦便站起身迎过来。

顾见深略带讶异，问他：“这阵子身体如何了？”

顾见深完全没想到会听到回答，结果沈清弦竟开口了，清清冷冷的声音就像夏夜的微风：“有劳殿下关心，早已无碍。”

顾见深听得一怔。

更大的惊讶还在后头，沈清弦竟问道：“殿下，那日的红茶可还有吗？”

话落他扬了扬唇，极轻地笑了笑。

帝尊大人虽然惊讶，却矜持沉稳地点头道：“有的。”

沈清弦又笑了笑：“期待数日，看来能得偿所愿了。”

这般温声细语让顾见深有种回了唯心宫的感觉，顾见深说道：“我这就让人准备。”今晚本不想喝茶的，不过沈清弦喜欢，顾见深自是愿意陪他的。

沈清弦道：“好。”

两人出了屋，又去了那风景极好的亭台。

顾见深习惯性地拿起热水壶，沈清弦却道：“这次由……”他顿了一下，还是说道，“由我来吧。”他说不出罪奴的自称。

顾见深立马说道：“这哪……”话未说完便停住了，他俩真不是在唯心宫里。

沈清弦微笑道：“殿下尊贵之躯，哪能辛苦您做这些琐事？”说着他敛眉，轻声道，“只是我从未做过，若有不当之处，还望殿下海涵。”

顾见深便有些被说动了。

让沈清弦冲茶……放眼三界，只有自己有这待遇了。

顾见深这边心想着，沈清弦已经拿起水壶，专注于茶道。

薄薄冷月，淡淡茶香，如此清风霁月的人做着行云流水的雅事，当真是赏心悦目到了极致。

沈清弦从未做过，可却做得极好。那纤白皓腕、修长玉指、微微侧首时的清浅微笑，只让人浑然忘我，如置仙风缥缈的神仙之地。

沈清弦心里又难堪又释然：印九渊果然在等他卑躬屈膝地讨好。

总归他早已尊严落地，伺候印九渊又如何？他本就是这宫里的一个罪奴！

什么金国王子，从他重回此地的那一刻便已经死了。

他是印九渊的奴隶，是从地狱爬出来的复仇者。

沈清弦将茶盏推到顾见深面前：“尝尝味道如何。”

顾见深茶未入口便道：“好喝。”怎么可能不好喝？天底下最好喝的茶就在这杯子里。

沈清弦敛眸，掩住了眼底的情绪，他道：“殿下喜欢便好。”

两人赏月喝茶，闲聊几句，很是悠闲惬意。

顾见深不用提，自然是舒心又安逸；沈清弦起初是勉力迎合，但说了几句后便也放松了些。

顾见深比他想象中还要善谈，可再怎样，两人这般身份地位，都是不可逾越的天堑。

夜色渐深，顾见深怕他受寒，便说道："我们回去吧。"

沈清弦猛地回神，他勉强笑了一下，低声道："好。"

他们结伴回屋，临到门前，沈清弦转头对顾见深笑了笑。

顾见深只低声道："你睡吧。"

扔下这三个字，顾见深转身便走。

顾见深跑到了京都之外。

夜色极深，他站在高山上，衣衫被风吹起，让他逐渐冷静下来。

帝尊大人离沈清弦远了，倒也能够正常思考。

今晚的沈清弦很反常。

沈清弦为什么要这样？顾见深稍微一想也明白了。

沈清弦是想利用他？

想到这里，顾见深薄唇微扬，有了主意。

他巴不得沈清弦利用他，想怎么利用就怎么利用！

沈清弦本以为得过阵子才能见到印九渊，没想到夕阳映天时印九渊便来了……

这次没人提前通报，沈清弦正在案前写字，看到顾见深进来，他愣了下。

顾见深依旧是那副英武不凡的模样，唇角微扬。

沈清弦猛地站起来。

顾见深道："打扰你了？"

沈清弦张口，努力用温软的声音唤道："殿下。"

顾见深笑了下，凑近看了看他写的字："……笔锋潇洒，翩若游龙。"

沈清弦扯了扯嘴角，说道："殿下过誉了。"

顾见深竟道："说来怪丢人的，我儿时贪玩，于书法一道很是荒废，如今连写个折子都……"话没说完，沈清弦惊呼一声。

顾见深抬头看去，当即唤道："小心……"

可也晚了，砚台整个扣在沈清弦身上，瞬间弄脏了他浅白的衣服。

顾见深生怕砸到他，赶紧接住砚台。

沈清弦惊魂未定，他扶着桌边，微喘着气。

顾见深担心他，连忙道："快去换件衣裳，别弄脏身子。"

沈清弦这才回神，他看看衣衫上的大团黑墨，眸子微黯："罪奴蠢笨，唐突殿下了。"

顾见深拧眉道："莫要这样说……"

沈清弦脱下弄脏的外衣。

"先穿我的。"顾见深把自己的衣服披到他身上。

沈清弦感觉到陌生的气息包裹而来，是一件单薄的衣裳……他茫然地抬头。

顾见深声音却沉稳又冷静："去洗个澡吧。"

在这个凡间的沈清弦的肉胎比顾见深矮了不少，顾见深的外衣披在他身上松松垮垮。他看到顾见深结实的身体、有力的臂膀，也感觉到两人之间巨大的差距。

同为男人，印九渊比他强大太多了。

哪怕他身体没有被废，也绝对不是印九渊的对手。

难怪印九渊能一骑当先，抢下无数战功，被奉为"铁血战神"。

可也就是这个男人，用双手握住长枪，刺穿了他的家，撕破了他的美好，将他推入万劫不复之地！

沈清弦被浓浓的恨意覆盖，身体忍不住颤抖着。

顾见深说道："回屋吧，小心着凉！"

沈清弦"温顺"地跟着顾见深回了屋。

把人安置到床上，顾见深翻出两床被子，将沈清弦给裹了个严严实实。

沈清弦蒙了，他连胳膊都被禁锢在被子里，只露出个脑袋，一双眼睛睁圆了看顾见深。

顾见深道："睡吧！"

沈清弦眼睁睁看着顾见深离开，裹紧的被子没能给他带来温暖，反而带来刺骨的冰凉和无法喘息的桎梏。

沈清弦缩在被子里，身体不受控地颤抖着，不是冷，而是内心的悲痛夹杂着屈辱向外蔓延，让他整个人都在崩溃边缘徘徊。

谁知过了一会儿，顾见深又回来了。

顾见深看到双目放空，一动不动躺在那儿的沈清弦，顿时又心疼得一塌糊涂。

沈清弦没想到顾见深还会回来，所以见到顾见深时有些没反应过来，视线直直的。

顾见深看向他，问道："你觉得我为什么把你安置在这里？"

沈清弦听得懂顾见深说的每个字，可是凑在一起却不清楚顾见深是什么意思。

顾见深死死盯着他："我是真心想待你好的。"

沈清弦猛地睁大眼睛。

顾见深又道："我知道现在说这些你只会觉得荒唐，我也不奢求你能放下仇恨，我只希望你好好的，只希望你能……"

能怎样？印九渊毁了他的家，糟蹋了他的一切，将他从美好拖入地狱，现在说希望他好？

荒唐？仅仅是荒唐二字如何形容得了！

一股邪火蹿到沈清弦的胸口，让他的胸口阵阵抽痛，腥甜味涌到嗓子眼了，可他却硬生生忍了下去。

他苍白着脸，努力用极轻的声音问着："殿下你……是真心待我好？"

顾见深说得真心实意："我希望你好好的，只要能护你周全我已心满意足，所以你不用这样勉强自己，我只愿你能继续做自己。"

做自己？沈清弦听到了自国破家亡来最大的笑话。

印九渊真心待他，印九渊想护他周全，印九渊说让他继续做自己……

沈清弦快要笑出声，快要忍不住放声大笑了。

他的仇人，他的敌人，将他一切都毁了的男人竟然和他说这些……

天大的笑话，真是太可笑了！

顾见深又给他放了个钩子："你且安心，在这宫里你想做什么便做什么，不需要有顾忌，我只希望你能稍微开心一些。"

沈清弦本已气到快要失去理智，但因为顾见深这一句话却心思一动，强行冷静下来。

也许印九渊说的是真的。

哪怕没嘴上说的这般情深义重，但想来也是有几分真心的。

这样有何不可？他本就是想要借此来利用印九渊，既然如此，那么……

沈清弦眼眸微垂，薄唇紧抿着："不要说了。"

顾见深轻松口气，看来沈清弦终于要开始"利用"自己了。

顾见深欲言又止，最后也只是轻叹口气。

沈清弦沉默了一会儿才说道："我如今已是罪奴之身，又谈何做自己？以前的那个人早已死了。"

顾见深面上尽是心疼，焦急道："我知道你定不会原谅我，但……"

"有什么原谅与不原谅的？"沈清弦看着顾见深慢慢说道，"总归是成王败寇，技不如人罢了。"

顾见深很是不安，张张嘴，想说什么却也没法说，眉宇间全是懊恼。

沈清弦敛眉道："天色不早了，殿下赶紧歇息吧。"

顾见深顿了顿道："你睡吧……"

沈清弦竟也没再做什么，他翻过身去，呼吸逐渐均匀。

睡了吗？当然没有，顾见深分辨得出他这伪装的"绵长气息"。

顾见深在他床边坐了一宿，一副惭愧懊恼的模样。

仔细想想也觉得很是好笑，顾见深明明是真的想待他好，如今却得故意装出这副模样。

嗯，算了算了，沈清弦开心就好，顾见深要再接再厉，多多主动送上门被他利用。

沈清弦"醒"来时，顾见深自然是已经走了。

一宿没睡，沈清弦精神很糟糕，但大脑却异常清醒。

昨晚印九渊在他床前坐了一夜……难道印九渊说的是真的？

想要验证是很简单的事，只要他继续试探印九渊。

大概是因为表明了心迹，顾见深也没再躲着他了，下了朝便来到他这边。

沈清弦看到顾见深过来略微一怔，顾见深道："我……只是想来看看你。"

沈清弦笑了下，没说什么。

顾见深又道："中午我让后厨烤了羊肉，一起吃？"

沈清弦自是应下："好。"

顾见深面上带了喜色，连忙吩咐人去准备。

顾见深做这一套相当熟稔，百分之百本色演出，任沈清弦前看后看、左看右看，也别想看出破绽。毕竟……顾见深本来就是真心对他好嘛。

顾见深故意让人烤了一大块羊腿和一整块羊排，也没切就上了桌。

沈清弦看着这"粗糙"的烤肉，眉心极轻地拧了拧。

顾见深笑道："我习惯了整块吃……你肯定是不适应的，没事，我给你切小块。"

沈清弦愣了一下，赶紧道："我也可以……"

"我见过的，"顾见深嘴角含笑，似是陷入了回忆，"我在国宴上见过，你吃的东西特别精细，小块的肉和点心……"

他细细说着，极其详尽，几乎将当时的景象全勾勒出来了。

顾见深见过吗？在这凡世当然没见过，不过他猜也猜得出来。

他的师叔用餐是什么模样……他闭着眼睛都想得出来。

一边说着，他已经把切好的烤肉整齐地码在沈清弦盘中。

沈清弦垂眸看着，被一个个细节给触动了。

他不爱吃油腻的东西，却偏爱烤肉，但从不碰肥的。

以前在宫里时，厨子们很懂他的口味，整块肉烤好后，他们会将最酥嫩却又最不油腻的地方切好装盘。香料也用得极少，这种烤肉放到其他人面前只怕会觉得寡淡得很，但沈清弦是极喜欢的。

而眼前，顾见深给他切好的肉便是这样的。

沈清弦忍不住夹了一块肉放入口中，一股强烈的满足感充斥在味蕾，让胸腔翻涌出一股难以言说的情绪。

过去的已经失去。再怎么相似也是另一段人生。

沈清弦沉默地吃着，不发一言。

顾见深也没说话，只一心给他切肉，看他吃了这般多，顾见深眼中全是欣慰。

沈清弦一抬头，恰好捕捉到顾见深这一缕情绪。

顾见深道："你爱吃的话，过几日我再让他们做，但不要一次吃太多，你身体受不住。"

沈清弦笑了一下，放下筷子道："好。"

顾见深眼中全是笑意，很是舒心。

沈清弦并未去看顾见深。

之后半个月，顾见深得空了便来陪着沈清弦。

沈清弦不断地试探，发现印九渊对自己的确是非常纵容。细枝末节不提，连一些堪称"过分"的要求，印九渊都不在意。

顾见深循序渐进，终于找到帮沈清弦作妖的机会了。

顾见深时常来看沈清弦，沈清弦对他态度越好，他来得越勤。

沈清弦慢慢试探的样子，就像只伸着触须的小蜗牛，探头探脑、小心翼翼的，让人总忍不住想告诉沈清弦：前面是康庄大道，尽管迈步走吧！

可怜顾见深不能说，他得认真装傻，这样沈清弦才会对他逐渐卸下警惕——虽然后果是可能会把他当傻子。

沈清弦这边的画风便是另一副模样了，先是每日和顾见深一起吃饭，然后是两人随便聊聊，在情况差不多时，沈清弦提出了一个算是"出格"的要求。

"殿下，我终日无事，能去书阁找本书看吗？"

顾见深适当犹豫了一下，沈清弦眼巴巴地看着他，顾见深矜持一下，说道："我明日便让人给你送些话本。"

沈清弦笑道："多谢殿下。"

顾见深道："这有什么好谢的，你有什么要求只管告诉我，我定会全力满足你。"

沈清弦微笑，并未再说什么。

继话本之后，沈清弦又试探着要了地理物志，接着是画作，最后终于延伸到了字帖。

顾见深配合得非常到位，还花大价钱买了名家字帖和名师画作。

他将它们送到沈清弦面前，沈清弦笑得非常欢心。

两人一个试探，一个装傻，倒也默契得很。

待到天色渐凉的时候，他俩已经各自达到目的。

沈清弦终于安心，他十分确定顾见深是真心待他好了，虽然不知这份真心能维持多久，但足够给他喘息的工夫了。

顾见深装傻也装得很成功，各种给沈清弦找机会，各种"无意"让他接触到一些外界的东西。

随着两人关系的逐渐亲密，顾见深和沈清弦待在一起的时间越发多了。

印国并不太平，他们建国不久，根基刚稳，但老国王却已年迈，而且在战争中伤了根骨，身体一日不如一日。

若非当初的金国统治者实在昏聩，百姓民不聊生，否则早有人高举复辟大旗来搞事了。

即便没有外因，印国内部也问题颇多。

老国王太能生，十六个王子，十三个公主，没几个省心的。

沈清弦和顾见深下界的间隔还是很长的，人界发展很快，思想变革也堪称神速。

在梁国和卫国那时，女性还处于弱势地位，不能继承王权，但在金国时便出现过多位女王，印国虽然推翻了前政权，但在文化政治方面却是一脉相承的，因此公主们也都有继承权。

所以眼下印国有二十九位继承人，稍微品品就知道有多乱了！

顾见深虽说是呼声最高的，但枪打出头鸟，他呼声高反倒成了众矢之的，一群兄弟姐妹变着法地搞他。

他这肉胎之前又是个桀骜不驯的性子，得罪了不少人。顾见深来时，这肉胎是被一个侍妾给下毒毒死了。顾见深醒来后自是拔除了殿里的不安分因子。但他想要站稳脚跟，也得从长计议。

有这么一堆烂摊子，顾见深还是很忙的。

之前他避着沈清弦，如今两人越发"亲近"，他一点点对沈清弦"放松警惕"，忙到沈清弦眼皮底下了。

比如这日，顾见深正在和沈清弦下棋，他的下属跪在下头道："殿下，臣有要事禀告。"

沈清弦起身道："殿下先忙，奴先回去了。"

外头下着细雨，沈清弦撑起伞，刚开门便被一阵冷风给吹得剧烈咳嗽起来。

顾见深入戏极快，赶紧走过去说道："这天变得太快，小心受寒。"

沈清弦咳得面上绯红，嗓子也有些哑了："没事……"说了两个字又咳了起来。

顾见深给沈清弦顺顺后背，温声道："快回来坐下，我让人送姜茶过来。"

沈清弦瞥了眼那跪在下头的人道："殿下还是先……"

顾见深"犹豫"了一下，说道："无妨，你且安心坐着。"

沈清弦一怔："这……"

"没关系，"顾见深道，"只是怕你无聊。"

沈清弦笑了笑："待在殿下身边，奴从不无聊。"

虽然知道沈清弦是装样子哄他，但顾见深还是很开心，嘴角的笑容也不用装了，道："快回来坐下。"

说罢他将沈清弦安置好，又吩咐人去熬姜汤，还贴心地给沈清弦披了件外衣，沈清弦抿唇笑笑，很是窝心。

顾见深做完这些才看向跪着的下属："有什么事说吧。"

那人看了看沈清弦，顾见深眸子微眯，那人便垂首恭声道："殿下，昨日有线人看到六王子连夜去拜访了长公主。"

顾见深凝神听着，这下属便事无巨细地都说了出来。

沈清弦端着姜茶，似乎在认真研究着棋局，可其实却在仔细听着他们的谈话。

印国成年王子里，对顾见深威胁最大的便是老六。

六王子与印九渊不同，他圆滑善谋，最懂笼络人心，虽然在立国时建树不比顾见深，但于治国一道却是最有才能的。

天下已经被打下来，按理说印国急需六王子这种国王来稳定政局，所以六王子呼声也很高。

而长公主虽为女子，却是巾帼不让须眉，手里握着兵权，若六王子得她拥护，那顾见深可就麻烦了。

下属离开，顾见深面色不愉，显然是在为此事忧心。

沈清弦小心打量着他，过了会儿才轻轻咳嗽一声。

顾见深立马回神，看向沈清弦道："觉得怎样？要不要让大夫来看看。"

沈清弦道："没事，殿下无须担心。"

"你身子不好……"顾见深道，"我哪里放心得下。"

沈清弦笑笑，道："殿下，我们继续？"

他们刚才的棋还没下完，顾见深此时哪有心情下棋？当然他也不愿拂了沈清弦的愿，说道："好。"

这一落子却是漏洞百出，沈清弦也没让他，几步便将他困入死路。

顾见深叹口气道："我输了。"

沈清弦捏着黑子道："殿下本可以赢的。"

顾见深心思不在棋盘上，随意应了声。

沈清弦便道："黑子围城，白子无路……可若断了此处三子，那黑子便是废墟残骸，白子则是飞龙傲天。"

顾见深已装傻装到出神入化，他看着棋盘，怔了下后豁然开朗："清涟所言极是！"

沈清弦笑笑，未再多言。

沈清弦看似说棋，可其实是点透了顾见深的困局。

六王子拉拢长公主，长公主与顾见深不睦，也倾向于选择六王子。但长公主却有个软肋，她生有三子，长子和次子皆因故去世，只留一个老三是她的心头肉。

偏这老三被惯坏了，性情荒唐又爱胡闹，长公主为他操碎了心，却也不舍得打不舍得骂，压根管不住。

顾见深若是能掐准了自己这个外甥，那长公主绝对会拥护他。

巧的是这个老三，六王子搞不定，但同样荒唐爱胡闹的印九渊还真搞得定。

经此一事，沈清弦便成了顾见深的"军师"，顾见深继续装"无脑"，各种给沈清弦机会，各种不加避讳，越来越信任沈清弦……

沈清弦很用心，帮他点透困局，帮他经营不擅长的政事，甚至还劝着他同其他王子公主交好。

而老顾自然是老实听话。

印九渊本来独来独往的，如今为了大位，也有了不少应酬。

他同五王子、八王子还有几位驸马都关系极佳，其中和八王子关系最好。

八王子本身不行，但却有个强大的岳父，得了八王子的支持，也就等同于得了这位重臣的支持，所以顾见深和老八关系极其亲密。

有沈清弦的帮忙，本就呼声很高的印九渊在弥补了政事不足的缺点后越发得圣心。

冬去春来，花开遍地之时，国王下旨，印九渊成了当朝储君。

这场夺嫡之争，沈清弦出了大力，顾见深对沈清弦信重到了极点，两人也越发"交好"。

日子会这么波澜不惊地过下去？

显然是不可能的。

毕竟沈清弦还怀揣着家仇国恨，做这一切是为了取得顾见深的信任，更是为了让自己有足够的力量来复仇。

顾见深起初还挺期待的，想知道沈清弦接下来要做什么，后来……

这日春光正盛，百花绽放，顾见深设宴，招待了同自己交好的王子、公主和大臣。

沈清弦的身份摆在那儿，自是不能到前头来的。

顾见深起初也没当回事，只当这是寻常的社交活动，一席人还喝得挺开心的。

八王子是个贪玩的，嚷嚷着："王兄，听闻你后院有一处莲花池，花开极艳，美丽不可方物。"

那莲花池是为沈清弦而建，自是极美的，大片红莲绽放，很是夺目。

顾见深笑道："怎的，你连哥哥那池子花也惦记？"

八王子如今同他很是亲近，开口便道："惦记自是不敢的，只是很想看看。"

八王子在席上提起，顾见深也不好拒绝，便说道："想去就去，谁还拦得住你？"

八王子当即笑道："还是王兄待我好！"

顾见深笑骂一句："贪玩。"

一群人便从前头去了后院。

顾见深这宫殿很是华美，众人一路走来皆赞叹不已。

一群人走过耀眼的金台玉亭，入目的一池红莲当真是美到了极致。

在场的人都看呆了，八王子更是几步奔向前去，开口便是："当真是……"

八王子正要夸赞，却猛地停住了。

大片艳色红莲之中，清浅的一抹白色身影恍若坠入凡间的皎皎月华。

他似是没想到会有人来，受到了惊吓，待看清来人，他连忙垂首，跪在地上。

顾见深当即挡在沈清弦面前，隔开了八王子的视线。

八王子恍然回神，看着自家王兄好半天才开口："方……方才……"

顾见深面色不善道："看也看了，都回去吧！"

顾见深带头离开，其他人自然赶紧跟上。

不得不说，没了记忆的沈清弦作起妖来实在厉害，连他都没防备。

稍微一想，顾见深就知道是怎么回事。

无非是沈清弦见他当了储君，地位已稳，想趁机将依附于他的王子也尽数铲除。

因为整个印国王室对沈清弦来说都是仇人，能死一个算一个，半个都别想留。

先前的夺嫡之争，沈清弦弄倒了六王子一党，还搞废了几个大臣，如今太平了，沈清弦便要从顾见深的身边人下手。

听闻前头设宴，沈清弦让人把后院红莲绽放的美景说出去，八王子蠢鱼一只，瞬间咬钩，嚷嚷着要来看看。

沈清弦早就等在那儿：什么惊讶，什么错愕全是装的，一切都是他布的局，他有什么好惊讶的？

沈清弦显然是想借此机会搭上八王子，之后……他怕是想用计让这兄弟俩反目成仇，最后闹到两败俱伤。

反正不管谁倒霉，沈清弦都乐见其成。

宴会草草结束，顾见深阴着脸回来，沈清弦一见他便行礼道："殿下，方才是我……"

沈清弦还没说完，看见顾见深的样子，心猛地一跳，这一瞬以为自己的心思全暴露了，以为自己做的那些事他全都知道。

顾见深一声不吭。

沈清弦有些紧张，唤他："殿下……"

顾见深道："叫我的名字。"

沈清弦一个"印"字将要脱口而出，却又忽然间变了，变成了："九渊……"

顾见深薄唇扬了一下，虽然封了记忆，但九渊这俩字对沈清弦来说还是有印象吧。

顾见深问道："我是谁？"

"九……"沈清弦微张着唇瓣，将这莫名让他感觉有些奇怪的名字喊出来，"九渊。"

明明印九渊三个字连在一起他无动于衷，可去掉姓氏，只留下这个名字，便有一股难以言说的感觉向上蔓延，让他……让他……

"别哭，"顾见深顿时手忙脚乱，焦急道，"好了好了，我走了，你好好休息……"

沈清弦只觉得脑袋一片空白，凌乱的记忆像羽毛般四处飞舞，他看得清却不敢看，抓得住却不敢碰。

这些到底是什么，到底是怎么回事……他……

沈清弦做了个梦，梦里他尚且年少，他同一个少年相遇，同少年相知，与少年成为挚友……

梦醒时，他唤少年的名字："九渊……"

沈清弦猛地坐起，额间尽是冷汗，身边空无一人，他用力攥紧床被。

是梦，一定是梦。

他不认识印九渊，他年少时从未见过印九渊。

他年少时……沈清弦愣了愣，忽然发现自己年少时的记忆竟是那样的模糊与苍白。他年少时是怎样的？

紧接着那名唤九渊的少年又闯入他的记忆中……

少年嘴角轻扬着说："你想吃什么我便做什么。"

他问："我想吃的你都会？"

少年道："不会的我会努力学。"

沈清弦嘴角扬起，挂着开心的笑。

下一瞬笑容消失了，沈清弦满目茫然……那不是他的少年时候，那不是他的记忆……他不认识印九渊，他怎么可能认识这个害他国破家亡的乱臣贼子！

沈清弦下了床，大步走到案前，拿起笔来写字静心。

终于，情绪平静下来了，可看着自己写的字又心神巨震。

"九渊……九渊……九渊……"满纸皆是这两个字。

为什么……为什么？！

一股恼意涌上心间，沈清弦用力撕碎了这张纸。

不可能的，绝对不可能！

他要屠尽印国皇室，他要杀了印九渊，他要将这血海深仇尽数还给他们！

顾见深多聪明，这几天赶紧替沈清弦把他想做的事给做了。

他想要搞八王子？没问题！还有其他参与灭国的王子和公主？都不是事！

顾见深如此卖力，可沈清弦却始终郁郁寡欢，甚至以肉眼可见的速度消瘦下去，顾见深琢磨了一下：难道要弄倒老国王？也不难。

沈清弦却什么都顾不上了，不知为何，从那日起他便被"噩梦"缠身。

一闭上眼就是梦，梦里只有一个人——印九渊。

不，在梦里他不姓印，他叫……他叫顾九渊。

可即便换了姓，沈清弦也知道这是印九渊。

起初是两人年少相逢的梦，他们在一个奇奇怪怪的地方，过着快乐的日子，互相陪伴。

再后来他们长大了却不再认得彼此，可一相逢他们又很快交好起来。

断断续续的梦，凌乱又琐碎，起初沈清弦是惧怕的，醒来时满心皆是不安和惶恐，还有浓浓的自责。

可慢慢的……他越来越喜欢这些梦，越来越渴望天黑，越来越不想从梦中醒来。

在梦里他毫无顾忌，可现实中……沈清涟怎么可能和印九渊真心交好？

绝对不可能的事。

为什么会有这样的梦？为什么会做这样的梦？

说得荒唐一些，他好像看到了他和印九渊的前世——他们相识相知相伴的前世。

可今生……

如果真有那样的前世，为什么又要让他遭遇这样的今生？！

既然有了这样的今生，又为什么要让他想起那样的前世？！

人死灯灭，为什么他还要有这样混乱的记忆？

沈清弦解不开今生的结，便越来越沉迷于前世的梦。

顾见深快把王位给搞到手了，结果沈清弦还是满脸的不开心。

难道真要自己死了，他才能释怀？

倒也不是不可以，只是顾见深就这样放弃任务，回去后……

沈清弦睡的时间越来越多，顾见深从外头回来，竟见他还在睡着。

顾见深没吵醒他，却也担忧他的身体。

谁知顾见深一靠近，沈清弦便迷迷糊糊地睁开眼。

顾见深温声道："你……"

沈清弦竟对他一笑。

顾见深怔了一下。

然而下一秒，沈清弦清醒了。

他刚才以为自己在梦中，他以为是那温馨的美梦，他以为……

顾见深的停顿唤醒了他，沈清弦呆呆地看着顾见深，双眸像退去了薄雾的皎月，透亮中带着阵阵凉意。

顾见深沉默着，什么都没说，连一个视线都没给他，就这样转身离开了。

沈清弦看着顾见深的背影，无数个"为什么"涌到了嗓子眼。

为什么离开？为什么要对他好？为什么是这样一副失落的模样？

印九渊在想什么？

总以为看透了印九渊，可每当这时候他又看不透了。

屋里只剩下一个人时，沈清弦缩在被子里待了很久，脑袋里想了一堆东西：有对美梦无限的眷恋，有对残酷现实的无尽惶恐，想要放纵自我又被掐住了喉咙……

沈清弦睁大眼，不敢再入睡。

他不能这样下去了，不能再沉沦，梦也好，印九渊也好，所有的一切都是虚幻的。

他要做的是复仇，要杀死一切该死之人，要夺回属于自己的一切。

天边泛白时，沈清弦黑眸中一片冷静与决然。

之后几天，沈清弦都没见到顾见深。沈清弦已经在与外界联络，虽然想要复辟金国的人不多，但他毕竟有前朝王子的身份，只要画个大饼，许以好处，还是有不得志的有野心之人愿意追随于他。

起初他想再晚点下手，但现在不想再拖了，他不愿和印九渊相处，不愿再看到印九渊，也不愿再被那些梦缠绕。

它们腐蚀了他的心智，干扰了他的判断，浇灭着他的复仇之火。

不能手软，他绝对不能失去自我！

沈清弦堪称冒进地开始大力度扶植自己的力量。

顾见深本来就不管他这些小动作，于是沈清弦一心培养势力……

短短一年工夫，印国的王子、公主们已经内斗到死的死、残的残，剩下的要么是三岁小儿，要么是无用的废人。

唯一的佼佼者便是印九渊。

沈清弦连续两宿没睡，他不想做梦，只要没被那些梦经常缠身，他便能狠下心来。

漆黑的月圆之夜，黑衣人跪在他面前："殿下，已经部署妥当。"

沈清弦闭了闭眼，再睁开时已是森冷寒月："动手！"

此时顾见深正好要去找沈清弦，结果他一出门，外头烽火连天，他的下属疾步赶来，惊呼道："殿下！出大事了！"

顾见深眉峰一扬，问道："怎么？"

那下属满目惊恐，说话都哆嗦了："陛下遭人暗杀，宫里大乱！"

顾见深问道："父王如何？"

下属道："陛下有惊无险。"

顾见深心中有数，但还是有模有样地问道："那你为何如此慌张？"

下属悲声道："袭击陛下的人已被逮捕，他临死前说是受、受殿下指使！"

下属的话刚说完，外头已经是战马踏地，铁甲摩擦之声，成千上万的禁卫军已经围城而来！下属瘫倒在地，自知大难临头必死无疑。

顾见深站在原地，面色冷凝，竭力摆出一副强装镇定的神态。

此时沈清弦踉跄走出，苍白着脸道："殿下……"

顾见深咬牙切齿道："定是老六的余党加害于我！"

沈清弦急声道："当下该如何是好？"

顾见深道："我要进宫，我要见父王，我要……"

"殿下不可！"沈清弦焦急道，"这种情况，陛下不可能见您的，您去了就是送死！"

顾见深认真演着："我相信父王，他能明白的，我如今已是储君，又怎会派人暗杀他，我……"

沈清弦道："殿下您是什么都没做，但禁军已经抵达，满城皆是风雨，陛下怎会收手？"

顾见深面色难看到了极点，他看向沈清弦道："你莫要管这些，我这就派人将你……"

"殿下！"沈清弦扯着他的衣袖道，"事已至此……性命为上啊！"

顾见深道："我怎能背负这不仁不义之名！"

"您死了，追随您的这无数人又该如何是好？"沈清弦道，"陛下已年迈，您若去以身涉险，还有谁能支撑这偌大个国家？您此举置天下百姓于不顾，才是真的不仁不义啊！"

顾见深看沈清弦演戏看得还挺开心。

什么六王子余党？全是扯淡，肯定是他身边这个"小坏蛋"派人去暗杀老国王再嫁祸于他，为的不过是让他们父子反目，闹个天翻地覆，沈清弦再趁机……

虽然看得透，但顾见深也得按部就班地演下去。

沈清弦"苦口婆心"一番劝谏，顾见深显然是听到了心里去的。

沈清弦又道："殿下，等您过了此劫，只管好生奉养陛下，那时才是真正的尽孝道！"

这话彻底触动了顾见深，他眸中情绪极为复杂，最终还是下定决心："陈斯，备战！"

这一晚真是相当热闹，整个金色京都几乎被鲜血染红。

得偿所愿的沈清弦看着厮杀的人群，恍如回到了那个噩梦般的夜晚。

王宫被铁骑踏破，父王被长剑贯穿，这些莽夫屠尽他的家人，血洗他的宫殿，霸占他的山河。

如今这一幕重演，而最后的赢家必定是他！

顾见深如今这肉胎，以一敌万都不是问题，不过他还是适当地让自己挂了彩——太威武了也不行，小涟华会警惕。

鏖战一夜，最终顾见深率军杀入朝明殿，看到了王座上捂胸咳嗽的老国王。

老国王抬手指着他："逆……逆子！"

顾见深道："父王，儿臣绝无二心，是被歹人构陷！"

"被构陷……"老国王一阵剧烈咳嗽后声嘶力竭道，"我看你是为妖人所惑，失了心智！"

老国王忽地站起，指着沈清弦道："杀了他，你杀了他孤便将这王位给你！"

顾见深面色陡然冷了下来。

老国王哈哈大笑："荒唐……真是……"他话没说完便开始剧烈咳嗽。

顾见深道："来人，扶父王回后宫歇息！"

他话音刚落，老国王忽然抬头，一丝诡异的笑意在枯冷的眸中闪过，一道黑影蓦地窜出，在众人都毫无防备之时袭向沈清弦。

速度之快、距离之近，沈清弦完全不可能躲开，虽然心腹尽在周围，但想要追上这暗卫也是不可能的。

顾见深当然是可以的，他可以轻而易举将这个用命来偷袭的人击毙，但都到这地步了，他必须给自己加点儿戏。

千钧一发之际，顾见深舍身而出，挡在了沈清弦面前。

所有人都无法动作的这瞬息间，长剑贯穿了顾见深的小腹，偷袭的人也愣住了，显然没想到顾见深竟会舍命相救……

顾见深中剑，却仍抬手将这暗卫击毙。

整个大殿陷入可怕的寂静。

接着是老国王放声大笑："逆子……逆子……哈哈哈……逆子啊！"

忽然间，一柄长剑贯穿了他的身体，老国王混浊的眼睛死死盯着握剑的人。

沈清弦面无表情，修长的身影在一片血海中尤其刺目，仿佛从地狱中爬出的索魂者。

一切都结束了。

金色的王座，鲜红的血液……

沈清弦缓缓转身，无数人跪下，高呼："吾王万岁！"

沈清弦定定地站在大殿之上，眸子却落在了倒在血泊中的男人身上。

印九渊在看着他，眼睛不眨地看着他，那双眸子里没有怨恨，没有痛苦，没有愤怒，只有释怀，仿佛他早就想到了这一日，早就料到了这一幕，早就在等待这一刻。

一股钻心的窒痛蔓延了整个胸腔，沈清弦几步走下，扶起了顾见深。

他盯着顾见深，用毫无感情的声音说着："是我派人袭击了你父王。"

顾见深看着他。

沈清弦心脏剧颤，声音却冷到了极点："是我嫁祸于你。"

顾见深只安静地看着他。沈清弦却再也无法平静了，他瞳孔缩成一条线，声音也仿佛即将绷断的细弦："我恨你，印九渊，我恨你！"

顾见深薄唇动了一下，用极轻的声音说道："是我欠你的。"话音刚落，他闭上了眼睛。

沈清弦怔住了，无法言说的恐惧攫住了心脏，他失态地大声喊着："御医！御医在哪儿?！"

短暂的印国就这样消失在历史长河中……

沈清弦复辟了金国，他成了新的国王，也成为后世史书都无法评价的一代传奇。

他卧薪尝胆、受尽屈辱，最后以一己之力倾覆整个印国，成就无上霸业。

有人说他心机诡谲，有人说他心狠手辣，为达目的不择手段……

无数恶名加身，可也磨灭不了他创造的太平盛世。

顾见深死了吗?

当然没有。顾见深只是给自己加戏，可没想落幕。

整整半年时间，沈清弦用尽天下良药，寻遍所有名医，拼命吊着顾见深这一口气。

他自己都不知道这是为什么，可就是不能让印九渊死，无论如何都不能。

顾见深昏迷的这些日子里，沈清弦很忙。

这场逼宫已经将损失降低到最小，死去的全是罪孽之人，可只要发动政变，动荡便是无法避免的。

沈清弦并不想让国家继续乱下去，也不想百姓们跟着受苦，所以在他上位后，推行了一系列利民政策，为的就是安抚民心。

短短几年，金国覆灭，印国又覆灭，新的国家建立，新的君主登基，百姓们最关心的无非是今后的生活。

沈清弦当下要做的便是给他们希望。

想要当一个好的掌权者，忙碌是不可避免的。

沈清弦也想让自己忙起来，越忙越好，忙到什么都不去想是最好不过的。

可再怎么忙，夜深人静时他也要歇息。

沈清弦的寝宫里躺着一个人，一个久久不肯醒来的人。

沈清弦起初是不敢回去的，怕看到这个人，怕想起他舍身救自己的那一幕，也怕看到他明澈的双眸，更怕他那一声叹息——是我欠你的。

他欠自己的……他说他欠自己的……

可实际上，他欠自己什么？

自古以来，成王败寇，朝代更替最是无情无义，谁对谁错，哪有人判得清楚。

沈清弦不敢深想，因为一旦想了，心中筑起的壁垒便会像沙滩上的城堡，被潮水扑为废墟。

沈清弦忍着不见他，却每日都在记挂着。

听闻御医说他脱离危险，沈清弦松了口气；听闻御医说他的伤口在逐渐恢复，沈清弦又松口气；听闻伺候的人说他虽然昏迷却还能进食，沈清弦心底竟升起一阵喜悦。

沈清弦勤政又擅政，国家一日日走上正轨，政权一日比一日牢固。他又如此年轻，没人会惦记继承人的事，众臣全都一心辅佐他，全力配合他发展着国家。

几个月的工夫，一切都稳定下来，沈清弦几乎要忘记那两年时间，仿佛他是从父王那里接过的王位，仿佛历史的轨迹本该如此，仿佛那给了他噩梦的印家人不曾出现过。

可是……有个人却让他放不下。

不再这般忙碌后，沈清弦有了休息的时间，而大段睡眠带给他的却是与那人相关的梦。

起初他很抗拒，为了不做梦把自己熬到累得不行，可真正一夜无梦了，他又感到空荡荡的。

他的近侍莺啼小声宽慰道："陛下，还请保重身体。"

勤政爱民的帝王必定极受人爱戴，这么短的时间内，沈清弦所展现出的非凡能力和仁爱之心，让追随他的人心服口服，也让他有了极大的声望。

他本就极具个人魅力，又深谙帝王之术，松紧有度地推行政策，谁都挑不出他丁点儿错处，只对他倾慕至极。

沈清弦状似不经意地问道："他怎么样了？"

莺啼低声道："情况很稳定，瞧着气色也不错。"

气色不错吗？

几个月没去看印九渊，沈清弦以为自己会记不起那人的容貌，可哪知道仅是这一想，大段记忆翻滚而出。

沈清弦猛地起身。

莺啼被吓了一跳，问他："陛下？"

沈清弦垂眸道："孤去看看他。"说罢他便向后殿走去，莺啼自是赶紧跟上。

关于昏睡的印九渊，整个宫中没有人敢议论一句。

这实在是太忌讳了。沈清弦乾纲独断、御下有方，宫人又怎敢胡言乱语。

沈清弦一步一步走向寝宫。

他不该来的，可是走到这里，他很清楚自己无法管住这双腿。

推门而入的瞬间，看到躺在床上昏迷的男人时，他反而平静了。

所有纠结，所有痛苦，所有彷徨都消失了。

他站在床侧，居高临下地看着印九渊。

昏睡中的男人还是那般气势非凡，伤痛没能让他狼狈，从死亡边缘走一遭也没能让他失去锐气，他仿佛一头睡狮，下一瞬就会睁开双眸，撕碎猎物的喉咙。

沈清弦静静地看着。

沈清弦在这里待了很久。

没人敢打扰，没人会出声，仿佛整个世界都陷入了深夜般的寂静。

——寂静却不冷清。

沈清弦终于还是妥协了，向自己的内心妥协。

前世缘分也罢，今世孽缘也好，一切都过去了，他想怎样便怎样……无须有任何顾忌。

沈清弦扬了扬唇，勾起的笑容仿佛霜雪中绽放的寒梅，美丽至极。

沈清弦声音轻快道："莺啼，准备下，孤要在这住下。"

莺啼心神一震，声音却是极沉稳的："遵旨。"

沈清弦搬回寝宫了，他同昏迷的顾见深同住一处，起初还是外人伺候顾见深吃饭，后来他竟自己接过这活计，仔细喂顾见深吃饭。

不知是不是他的错觉，总觉得他喂顾见深时，顾见深特别顺从，也吃得多了些。

沈清弦心里竟有些开心，面上笑容也多了。

他晚上在外头批奏折，忙完了便回屋歇息。

侍者已帮顾见深做完日常洗漱，换好衣裳。

沈清弦在这寝宫里，睡了个比在梦中还要香甜的觉。

没有梦，没有恐慌，只有无尽的安心。

他的心情越来越好，越来越畅快，处理政务的效率也高了很多。

外头的臣民只夸他仁慈和爱，是一代贤君，宫里的内侍却各个揪心得很。

尤其是莺啼。

他们离得近，看得比谁都清楚。

这寝宫里躺着的可是前印国王子，都说陛下卧薪尝胆，狠心夺位，如今看来……怕是不止如此。

如今这前朝王子没醒，陛下还能惬意地同这人"相处"，若是醒了……

莺啼等人每逢想到此处，便忍不住一阵心疼。

陛下是好陛下，比金国的老国王勤政，比印国的老国王优秀，他让他们看到了富饶幸福的未来，他们爱戴他，同时也心疼他。

陛下和这前朝王子是注定的孽缘。一生不得解，相识便是恨。

沈清弦却不想这些，他只觉得这阵子快活极了，此生都没这般快活过。

放下国恨家仇，放下身份地位，他只是单纯同这人相处，仿佛去了那一直吸引着他的美梦中。

真好……

沈清弦愿意将这样的日子无穷无尽地过下去。

半年工夫，顾见深的身体状况逐渐稳定，御医已经不再每日为他诊疗，沈清弦却从未过问过他什么时候醒来。

因为沈清弦并不想他醒来，他醒来了，沈清弦的梦也就醒了。

但也许是真的到要醒的时候了，顾见深要醒，沈清弦也要醒了。

所以许久没做梦的沈清弦又做梦了。

沈清弦梦到了顾见深。

那是在一个很漂亮的地方，大片红叶遮天蔽日，沈清弦难以想象世间会有如此巨大的凤凰木，它似乎通天连地，伫立在那儿，自成一方世界。

鲜红的凤凰花中，一袭红衣的男子回眸一笑。

沈清弦静静看着这景象，恍若看到了人间仙境。

男子对沈清弦轻笑："过来。"

沈清弦便过去了，走到他身边。

艳红充斥了天地，燃亮了心灵，点明了思绪。

他问沈清弦："喜欢吗？"

沈清弦道："喜欢。"

这样的美景，怎会不喜欢？

这样真实的景象，好像这不是轻飘飘的梦，不是美好的构想，不是虚无缥缈的前世。

沈清弦沉醉在美丽的梦中……

梦醒时，沈清弦猛地睁开眼，犹如从幻境跌入现实，只余刺骨的冰冷。

沈清弦怔怔地看着帷帐，不知今夕是何时。

他动了一下，想起身，可这一动他的手被抓住了。

沈清弦一愣……转头对上一双深邃的眸子。

心跳陡然停止，他呆呆地看着眼前的人，彻底分不清现实和虚幻了。

是梦吗？

是真实。

金国不是每日都上朝，一般是上五休一，今日刚好是休沐日。

不过往常即便是休沐日，沈清弦也很忙，会见不少重臣，商量很多政务。

金国百废待兴，事事皆是刻不容缓。

只是今日沈清弦却谁都没见，他精神一片混乱。

他亡了印九渊的国家，翻了印九渊的天下，如今人已经醒了。

顾见深薄唇微扬，轻声道："告诉我……你的名字。"

沈清弦猛地睁大眼。

顾见深同他对视："我们是认识的吧……对不起，我什么都记不起了。"

"你……"沈清弦怔怔地看着顾见深，看了许久才问道，"你不记得了？"

顾见深神态间满是歉意，说道："不记得了，但我想你一定是我很重要的人。"

沈清弦张张嘴，声音里全是不可思议："你都不记得了……"

"虽然不记得了……"顾见深道，"但没事，你肯定是我最重要的人。"

被顾见深这么一说，沈清弦脑中的错愕退去后，一股难以言说的喜悦涌了上来。

印九渊什么都不记得了，忘了自己是谁，也忘了他是谁。

他们乱七八糟的过去印九渊全都忘了。

印九渊对他做的事，以及他对印九渊做的事，印九渊也全忘了。

沈清弦怔了一会儿后，眼中迸发出巨大的喜悦。

忘了，忘了就忘了吧！

这样他们就可以丢下那些无法丢弃的事，只是单纯的两个人，重新相识。

顾见深留神观察着他的神色。

失忆什么的，怎么可能？顾见深被捅的是肚子又不是脑子，再说了这凡间哪有什么本事能让帝尊大人失忆？

顾见深不过是顺势给自己加一拨戏，准备"从头再来"，看看能不能让沈清弦放下过往。

顾见深觉得沈清弦已经放下一些仇恨了。

顾见深问他："你的名字。"

沈清弦说出来，顾见深便道："真好听。"

装失忆这招简直不要太好用，反正顾见深什么都记不得了。哪怕御医们纳闷：捅肚子还能伤到脑子？但病人就是死咬牙说记不起，他们也只好扯个理由："大约是重伤濒危，意外触动相关经脉，引……引起……"

御医自己都编不出缘由了，但沈清弦并不在意，他只希望顾见深一辈子都别想起以前的事。

顾见深什么都不记得了，自然是要装作想要记起些什么的样子。顾见深只与沈清弦熟悉，便问他自己的过往。

沈清弦张口即来，编得像模像样。

顾见深在他口中还跟着沈清弦姓了，叫沈九渊。当然"沈九渊"和沈清弦没有血缘关系，只是沈清弦年少时收下的暗卫，因为没有名字，沈清弦便取了这个名字。

后来国家动乱，沈清弦得顾见深保护，侥幸活了下来。两人卧薪尝胆，辛勤谋划，最终夺回王权，不过最后关头顾见深为了救他受了重伤，昏迷了半年之久。

这剧本顾见深听得津津有味。

自己不过个暗卫，却能与全天下最尊贵的人如此交好。

沈清弦只小声道："若没有你，孤早死了，我们不分那些。"

顾见深心里开心极了，唤他："陛下……"

沈清弦看着顾见深："嗯？"

顾见深道："臣此生定对您忠心耿耿，誓死不渝。"

沈清弦心猛地一跳，满是欢喜却又隐隐有些慌张。

一个谎需要用无数个谎来圆，沈清弦努力编织着一个密不透风的网，期望将两人圈在其中。

好在沈清弦如今地位牢靠，又是一国之主，有他的命令在，没人敢提前尘往事，顾见深还真是丁点儿都触碰不到。当然触碰到了顾见深也会假装没碰到。

随着顾见深身体好转，沈清弦怕他无聊，便隐晦地说道："按理说这天下有你一半，你想做什么都是可以的。"

嘴上这么说着，沈清弦却真怕顾见深与外界接触过深。

顾见深故意说："那陛下封我个大将军当当？"

沈清弦眸色微闪，声音还是平稳的："自是可以的。"

顾见深哪会真让沈清弦揪心？他叹息道："臣只愿留在陛下身边，当您的暗卫，护您一生周全，如此便心满意足。"

话里话外全是情深义重，沈清弦心里很热，还隐隐有些涩。

人真是天底下最无奈的生物，痛苦时畅想着美梦，梦成真又惶恐不安。

他已身处蜜糖中，却总怕这糖中藏着刀子。

若是被这裹着糖浆的刀子捅一下……

沈清弦仅是想一下，便觉头皮发麻。

时间总是过得飞快，五年光景眨眼即逝，金国蒸蒸日上，在沈清弦的精心打理下，迎来了百姓安康的太平盛世。

顾见深还真是相当称职，只老老实实当他的暗卫，其余事一律不干涉。

他担忧沈清弦疲倦，倒也想帮着处理些政务，不过也只是想想。

沈清弦本就战战兢兢地编着谎言，顾见深生怕自己手伸得太长，戳破沈清弦这脆弱的小网，所以他这几年只一心一意待在沈清弦身边，将沈清弦好好护着，好生调养沈清弦的身体，再给人解解乏舒缓压力。

沈清弦只觉得这日子若能一直一直这样过下去便是最好不过。

只不过天下太平，百官忙完便开始忧心帝王家事了。

沈清弦后宫空虚，不少大臣蠢蠢欲动，纷纷想将女儿送上去：若是能诞下龙子，岂不大幸！

一时间奏折如云，说的全是这回事。

顾见深不问政事，自是不知道的，他今日外出狩猎，收获颇丰，回来便想着给沈清弦烤肉吃。

顾见深忙碌了半天，见沈清弦还没过来，便去寻他。

沈清弦正在批奏折，看着这一个个让他充实后宫的折子，他气不打一处来。

莺啼道："陛下莫要动了肝火。"

沈清弦气道："一帮混账东西，孤立不立后哪由得他们胡言乱语！"

莺啼束手站着，不敢多说一句。

这立后的事，他们这些内臣是丁点儿不敢出声的，哪怕外头的大臣塞一堆好处让莺啼进言，他也是打死不敢的。

沈清弦实在看得烦躁，索性不看了。

莺啼连忙道："时候不早了，陛下要不先歇息？"

沈清弦想想顾见深还等着他，便眉眼舒缓道："嗯。"

说罢他起身，想去寝宫。

顾见深耳聪目明，虽然离得挺远却也听了个明明白白。

还真是风水轮流转，当年自己在凡世被大臣逼着立后后，如今沈清弦竟也被逼上了。

这些凡世的大臣真是热衷于给皇帝找媳妇儿啊。

他稍微想了一下沈清弦在凡间大婚的模样，这不行。

说起来，玉简上的任务还没完成，看来沈清弦还未彻底放下。

顾见深想想两人还年轻，时间还多的是，于是……

再等等吧，说不定过一段时间他们就可以完成任务齐齐回去了。

刚过完年，沈清弦对顾见深说："过些日子会有秀女入宫，不过只是走走过场。"

沈清弦又道："我不会宠幸她们，只是……"

顾见深问："只是会去同她们见面？"

沈清弦诚实道："只适当地见一两个。"

沈清弦真没把这当回事，他哪里会与别人亲近，关于子嗣的事他也有了准备，只是需要做做样子，堵一堵悠悠众口。

选秀是定下了的，秀女也必须入宫，虽然注定难见圣颜，注定没"前程"，但也没办法。沈清弦能做的就是过几年把她们送出去，找个合适的人家许配了，当然前提是她们别作妖。

顾见深道："等秀女名单出来给我看看。"

沈清弦好奇道："你看了做什么？"

顾见深盯他一眼，道："我来给你选。"

沈清弦："……"怎、怎么就有种怪怪的感觉。

顾见深这次没当上皇帝，反而干起皇后的事了，想想也是气。

小半个月后，名单出来了，顾见深正从外头回来，还给沈清弦弄了个"洋玩意"。

沈清弦好奇地看向这个金灿灿的东西："这是什么？"

顾见深道："地动仪。"

这三个字拆开沈清弦都听得懂，凑一起却不明白："地动仪？"

顾见深道："从东方传来的，是个很有年代的宝物。"

沈清弦打量着它，问道："有什么用处？"

顾见深解释了一下："说是能提前预测地震，你看这八个方位，里面都有一颗龙珠，若是掉进了下面的红玉蟾蜍嘴中，便意味着那个方位会有地震发生。"

沈清弦眼睛一亮："准吗？"

顾见深笑了下："不准。"对他来说是非常不准了，虽然有让人惊艳的小窍门在里面，但真有地震，顾见深的感知比一切测量都靠谱。

沈清弦："……"

顾见深又道："虽然不准，但这东西很好看吧？"

非常好看，做工精良，通体金黄，下方的八个蟾蜍是红玉制成，是很罕见的漂亮红色了。

沈清弦道："好看。"

顾见深道："我想着你定会喜欢，所以辛苦搬了回来。"

两人看了好一会儿，顾见深见沈清弦感兴趣，便道："里面的珠子是漂亮的红玛瑙，我让它给你吐一个看看？"

沈清弦如今是个实打实的凡人，他连声道："别。"

顾见深笑道："不会有地震的。"

沈清弦还是用力摇着头，身为一国之君，他太清楚天灾的可怕，不愿因自己的儿戏而让百姓有一丁点儿受难的可能。

顾见深心里一软，道："放心，有你在，金国定风调雨顺。"

他说的是大实话，沈清弦只以为他是在哄自己开心，笑道："承君吉言。"

顾见深道："去用膳？"

"等下……"沈清弦这才想起自己过来是有事的，他道："秀女的名单出来了。"

顾见深眉毛一扬，说道："来看看。"

沈清弦应道："嗯。"

两人去了书房，顾见深摆摆手，莺啼看了眼沈清弦，沈清弦便道："都下去吧。"

沈清弦拿起秀女的名单，递到顾见深手里，顾见深没接。

沈清弦一愣，顾见深道："翻给我看。"

沈清弦笑道："没规矩。"

顾见深还真仔细看着名单，问道："选几个？"

沈清弦道："按理说是……"

顾见深已经说道："三个。"

沈清弦嗯了一声。

顾见深道："等着，我给你选三个最丑的！"

沈清弦被他逗笑，道："你看名字也能看出美丑？"

顾见深还真看得出来……当然他不会告诉沈清弦，他凝神看向名单："我得好生看看。"

他仔仔细细地看着，在脑中极快地搜罗着信息，把不合适的全踢出去。

沈清弦见他这认真模样，只觉得好笑。

忽然间，顾见深停下了。

沈清弦同他一起看着，见他停下，沈清弦也停下了，视线落在那秀女的名字上。

——莲华？

顾见深盯着这两个字看了好一会儿，最后还是略过去了。

他心里想的是：读音和小涟华一模一样，看在这份上，放她一马。

沈清弦也留意到了，他不知道顾见深在想什么，只留心看了看这名字。

难道顾见深竟认识这秀女？他什么都忘了，认得也该忘了的。

不知道为什么，沈清弦看着这名字，总隐隐有些不安，一股无法形容、找不到根据的心慌。

顾见深勾了三个人名，合上名册道："就这样吧。"

沈清弦笑他："选了三个最丑的？"

顾见深道："嗯。"其实能送到帝王跟前的，哪会有丑的？不过顾见深挑的全是沈清弦最讨厌的那种喜穿白衣的美人。

沈清弦道："去用膳。"

两人用过膳后，又聊了一会儿消消食才去歇息。

沈清弦这会儿没什么睡意，他悄悄起身，去书房看了看名册。

顾见深选的那三人，沈清弦都不认识也不在意，总归这名册上的大臣都是沈清弦筛选过的，谁的女儿进来都行。

他的视线又落到了"莲华"二字上。

顾见深看到这名字时为什么顿了下……她有什么特别之处吗？

鬼使神差的，沈清弦在这名字上打了个钩。

最后选中了四名秀女，莲华位列其中。

沈清弦如此惦记这个女人，顾见深却转头即忘。

只不过是名字相似，顾见深哪里会上心？

选秀一事似乎就这么过去了。

但事实上，沈清弦去见秀女了。见的不是别人，正是那个叫莲华的。

整个后宫，只有她得见圣颜，实在是莫大的尊荣。

沈清弦只是去看了看她，说了几句话便离开了，之后又让莺啼按例给了她赏赐。

见这一面，沈清弦心中隐隐有些不舒服。

这莲华也没什么特别之处……硬要说的话，她不爱笑，勉强笑起来的样子同当年落魄的他有丁点儿像。

只是一丁点儿，极少的一点儿。

沈清弦按了按太阳穴，没再多想。

而这时，莺啼回来了："陛下，这是莲华贵人家里的情况。"

沈清弦应道："放下吧。"

莺啼应道："是。"

屋里没了人，沈清弦顿了下才拿起那册子，他轻吁口气，翻开看了看。

没什么特别的，莲华的父亲他很熟悉，是掌管着礼法的大臣，对他一片忠心。

沈清弦继续向下翻看，末了瞧见一个名字。

清弦……

莲华还有个叫清弦的哥哥。

这名字同他仅一字之差——沈清弦此时的肉胎叫沈青涟。

沈清弦凝神看去，发现这名唤清弦的男子早已去世。

已经去世了吗？

沈清弦莫名有些心安，又莫名很是不安。

他没忍住，又让人去查了下印九渊和这人的交集……

查来查去也没查到什么有用的，认识是肯定的，毕竟这人也是世家大族；熟悉吗？应该是熟悉的，可其他的呢？

这些却是查不出来了，毕竟人都走了，知道这种私密事的人实在难寻。

沈清弦想知道这人长什么模样，可看画像实在是难以窥探全貌。

再看他的妹妹莲华……

一年后，沈清弦有了继承人，一个可爱的小女婴。

这事顾见深也知道，是从外面找到的孤儿，装作是宫女生下的，而且为避免麻烦，沈清弦还让这"宫女"难产而死。

小女孩乖巧得很，沈清弦安排了人精心照顾她，完全把她当作帝国的继承人来培养。

顾见深问他："为什么要选个女婴？"

沈清弦道："女孩乖一些。"

顾见深觉得不止如此，沈清弦却没再多说，其实这女婴不是随意找的孤儿，她是顾见深的一个妹妹生下的孩子。

那位前公主做了不少恶事，侥幸逃走后一直野心不减，等被沈清弦的人抓到时已经是犯了必死之罪，只是怀有身孕，沈清弦留了她一命。

为什么会将这个孩子抱来当继承人，沈清弦也不清楚。

总归他没有自己的血脉，那么就让与顾见深有血缘关系的女孩登位吧。

见沈清弦如此重视这个小女婴，顾见深虽然觉得不可能，但心里还是忍不住冒了个小芽——该不会是沈清弦的私生子吧？

他不放心，细细去查了查，结果那女婴不是沈清弦的私生子，而是他的外甥女。

两人相处得很愉悦，只觉得时间过得真快，怎就这样快？怎么好像眨眨眼的功夫，日子就悄悄溜走了？

沈清弦在位十年的时候，举国同庆，宴席摆了三天三夜。

这十年，沈清弦带着金国走向辉煌，总算弥补了战争给这个国家留下的创伤，还了百姓一个安居乐业的太平盛世。

对于这样的一个君主，上至朝臣，下至百姓，无不称赞。

所以这次国庆也搞得异常热闹。

沈清弦心情很好，回来时看一大一小在斗鸡眼，越发心情明媚。

小公主已经四岁多了，生得乖巧可爱，很是懂事。

她很黏沈清弦，却和顾见深是"对头"。

爷俩日常互怼，只把沈清弦弄得笑个不停。

奶娘来抱走了小公主，顾见深凑过来在沈清弦身上闻了闻："没喝酒？"

沈清弦道："没喝。"

顾见深笑道："这么好的日子，怎么不喝点儿？"

沈清弦心思一动，看向他道："要不……你陪我喝会儿？"

顾见深道："只怕陛下会醉倒。"

沈清弦给他一拳："没规矩。"

顾见深却来劲了："要比一比吗？"

沈清弦说："你酒量本就比我好得多，我岂不输定了？"

顾见深给他设套道："我喝三杯你喝一杯。"

沈清弦乐了："这么自信？"

顾见深笃定道："今晚臣赢定了。"

沈清弦眼睛一弯，勉为其难道："那好吧。"

然后老顾就被陛下给算计了。

"这……"

沈清弦斜眼看他："怎么，不行？"

二人眼前摆着两个杯子：一个大如海碗，是顾见深的；一个是小巧的红玉酒盅，是沈清弦的。

一比三已经很吃亏了，这"一"还如此小，"三"还如此大。

顾见深这身体虽然酒量极好，但再好也不过是个人类……

沈清弦笑道："那就不比了嘛。"

这种时候哪能认输？顾见深咬牙道："比！"

沈清弦乐了："那你醉了怎么办？"

顾见深道："都依你的，反正我不会输。"

两人便在这美美的月色下开始拼酒。

顾见深怕沈清弦只喝酒会不舒服，还准备了佳肴，再配上他时不时逗趣几句……两人喝着烈酒，却当真是一片惬意。

顾见深这体质是真好，当然好胜之心也摆在那儿，如此"不公平"的拼酒，愣是把沈清弦给弄得眼眸闪烁，自己却岿然不倒。

沈清弦醉了吗？其实也不见得，他酒量没这么差。

只是顾见深喝了太多，而且说什么都不肯服输，沈清弦怕他喝多了糟蹋身体，便故意道："好了，我认输。"

顾见深眼睛一亮，放下海碗道："我赢了？"

沈清弦道："你赢了。"

顾见深心满意足，二人回寝歇息去了。

将近一个月后，顾见深才发现玉简上的任务居然完成了。

让沈清弦放下过往的任务完成了！

他们在金国待了很久，沈清弦在位二十六年，小公主大婚时他退位，同顾见深一起养老去了。

沈清弦是寿终正寝。

直到沈清弦离开这个世界，顾见深也没离开过他。

顾见深实现了自己的诺言，护了他一生。

第九章

昔日缘分

回到唯心宫，尊主大人瞪了顾见深一眼，"训"道："消极怠工，抓不住重点，你是去做任务的，结果呢？都干了些什么！"

沈清弦面上很严肃，来了句："慈母多败儿！"说罢起身，去后头泡温泉了。

虽然他这身体不沾尘埃，但坐了这么久，去灵泉里泡泡还是很享受的。

他前脚走了，顾见深后脚跟上。

唯心宫后头这灵泉很是美妙，暖玉为壁，薄雾环绕，汩汩水流中蕴藏着澎湃的灵气，当真是个解乏的好地方。只可惜这模样太像万秀山上的灵泉池，沈清弦瞧着也没觉得好。

新家的灵泉池可是他精心设计过的，红玉为底，能将澄澈的泉水映成淡淡的红色，想一下都是赏心悦目。

他一个眼神，顾见深便知道他在想什么，手指弹了下，本来清冷的灵泉池一下子变得极为喜庆。

顾见深看过沈清弦的图纸，知道他设计的新灵泉池的模样，此刻便用了个幻术。

顾见深的幻术，沈清弦自是可以看破的，但此时却没这必要，他敛了修为，沉浸在这美好之中。

他一步步走进池水，顾见深跟在他身后。

沈清弦对顾见深说道："此番去凡世，是我失误了。"

顾见深道："没事，总有各种意外。"

沈清弦设定的那些条件都是很好的，加在一起他以为任务会十分顺利。结果……那都是些什么玩意！

沈清弦一直生活在煎熬之中，被灭国后满心仇恨，复国后又在担忧顾见深恢复记忆，一直强压着惶恐和不安同他相处。

顾见深一把拉住沈清弦。

沈清弦眨了眨眼，怔了一下才明白过来："我没事的。"凡间数十年于他来说不过是黄粱一梦，哪里会真伤心？

可是他却真的伤心了。对封了记忆的沈清弦来说，那就是一生。

而封了记忆的沈清弦仍旧是沈清弦，一个退去伪装卸下强大的沈清弦。

他放下仇恨，真心待顾见深。

凡间数十年，顾见深以为自己守护沈清弦一生，可其实正好相反，是沈清弦守护顾见深一生。

这是沈清弦，真正的沈清弦，一个义无反顾的沈清弦。

顾见深没法将这些说出来，可是他却感受到了。

沈清弦本来觉得很丢脸，此刻瞧见顾见深比他还丢脸的模样，他就释怀了。

"好啦，多大点事儿，你不会要哭吧？"沈清弦逗他。

顾见深心潮澎湃。沈清弦枯坐亿万年，在万秀山上独自一人孤冷了这么久，他是冷冰冰的天道第一人，是众人可望不可即的至高尊主。

可现在顾见深撬开了这万年寒冰，看到了那颗依旧纯粹的心。

上信峰上的天骄，调皮捣蛋的小涟华，他的挚友。

这趟下凡，虽然虐得阴差阳错，但好在回来后两人便只剩下愉悦。

顾见深只想好好待他。

沈清弦也完全摆脱了桎梏，表现出最真实的模样。

这天地间，能包容他的人全都不在了，不过现在又有了一位。独一无二的、绝无仅有的、不会再离开的一位。沈清弦想到这便忍不住扬起嘴角。

顾见深盯着他："又在想什么坏东西？"

沈清弦一本正经道："什么都没想！"

他又拿出玉简，查看了一下上面的任务，也不知道这些任务和修天梯有什么关系。要不是十师兄遇难，沈清弦几乎要以为是师兄在逗他们玩了。

沈清弦皱眉道："这玉简实在古怪。"

顾见深道："可完成了任务，天梯的确被修复了。"

沈清弦看向他："你觉得这天梯到底怎么坏的？"

顾见深摇摇头。

答案他们都不知道，想知道的话就只有将天梯修好，登上去一探究竟。

顾见深清清嗓子道："没必要想那么多，这些任务总归不难，我们认真修复便是了。"

沈清弦瞪他："哪里不难？"

顾见深正要说话，沈清弦忽地想起一事，说道："坏了，我把小熏给忘了。"

他真把沐熏给忘了……忘得那叫一个一干二净！

他俩在凡间待了数十年，回来后又过了这许久，而沐熏……

沈清弦起身道："他应该醒了，我去看看他。"

顾见深当然没拦他。

沈清弦急匆匆赶去偏殿，看到还在睡着的沐熏，稍微松了口气。

他临走前已经给沐熏治好了身体，只是沐熏恢复起来很慢，如今数十年过去，也没见好多少。

沈清弦给沐熏试了试脉，发现已无大碍。

顾见深轻声道："轻染圣人没事吧？"

沈清弦道："不要紧。"

顾见深说："唯心宫地处灵眼之上，他在这养伤定能好得极快。"

沈清弦轻叹口气道："只愿他醒来别胡闹。"

他这担忧不无道理。

其实他和顾见深年轻的时候，心域和天道还没这么势不两立。

虽然道不同不相为谋，彼此却也没敌对，顶多是井水不犯河水，各过各的日子，甚至两边会有惺惺相惜成为朋友的。

但自从顾见深叛逃，心域接受了这个"逆子"后，双方的关系便开始急速恶化。

如今沈清弦也能明白缘由了。

当时他师父定是怕顾见深和上德峰峰主相遇，所以努力搞僵两边的关系，让他们老死不相往来。不相见也就不必师徒残杀。虽是下下策，可也只能这样了，毕竟他们之间的结是说不开的。

顾见深的一片拳拳之心，上信峰峰主也不舍得糟蹋。

之后两边关系便越来越僵，等上信峰峰主去往上界，万法宗消失，天道和心域已是势不两立了。

这数千年间更是发生了无数事，其中沈清弦的三个宝贝徒弟搞的事最多。

除了赤阳子这个和事佬，夏止戈和沐熏都是响当当的激战派。不过三人成圣后便消停了许多，可骨子里却都是恨透了心域的。

沈清弦也搞不懂缘由，大概是和信仰有关？

他常年闭关，也管不了他们，索性也就不管了。因此沈清弦担心沐熏醒来后会搞事情。

巧的是，顾见深刚走，沐熏便醒了。

沈清弦冷不丁对上这双紫眸，怔了一下。

沐熏看上去没有一丁点儿睡意，他坐起来，一双狭长的眸子死死盯着沈清弦："师父，你和那魔帝是怎么回事？"

他嘴上叫着师父，可哪有半分当人徒弟的恭敬语气！

沈清弦没好气道："我还没问你呢，你这又是闹哪出？灵田怎么毁成那样？和乱鹰又是怎么回事？"

沐熏皱了皱眉，别开视线道："没什么。"

沈清弦道："没什么，所以连命都不要了？"

沐熏往日里性情最是不羁，瞧着好像是个开朗的，可犟起来，十头牛都拉不回来。

他不出声，沈清弦便道："你的私事我不过问，只是别糟蹋自己。"

谁知这浑小子竟来了句："反正师父要去上界了，到时候……"

沈清弦气道："我去上界了你就去死？"

沐熏没出声，只是紧蹙着眉，显然是这么想的。

沈清弦简直要被他气死："我养你这么大，也算你半个父母，你就是这么回报我的？"

沈清弦真生气起来沐熏还是怕的，他低着头，死死盯着床榻，半个字都说不出来。

沈清弦叹口气道："到底遇上什么事了，说给我听听。"

谁知这天不怕地不怕，浑天浑地的臭小子竟然"吧嗒"一声，掉了一滴泪。沐熏不是人，流下的泪也不是人类的泪水。

沈清弦登时急了："哭什么？"这小子的泪相当于人类的血，流多了会死人的。

沐熏终于开口了："师父，求您别管我了。"

"你……"沈清弦气道，"你这孩子可真是……"

沐熏垂着首，用极低的声音说着："徒儿不孝，此生唯愿师父问鼎天道，摆脱世俗。"

沈清弦看他这样，知道撬不开他这河蚌嘴了。

"你不愿说便罢了，"沈清弦说道，"好生休息吧。"

沈清弦出去了却留了缕神识绕着这偏殿，他还是记挂着沐熏，怕他出事。

沈清弦没去找顾见深，他晃悠了一圈后，决定去见见乱鹰。沐熏这熊样，总归和乱鹰脱不了干系。他没法从沐熏这儿找到缘由，便打算去乱鹰那儿看看。

本以为要出宫才能见到乱鹰，没想到他竟同乱鹰偶遇了。沈清弦正琢磨着该怎么和乱鹰开口，乱鹰竟主动走近他，开口道："你到底要怎样？"

这话问得没头没脑，沈清弦完全没听明白。

乱鹰没看他，垂着眸道："我这条命你随便拿，能别牵扯到陛下吗？"

沈清弦更加蒙了：我要你的命干吗？

这两句话实在让沈清弦摸不着头脑，正欲开口，却又听见乱鹰说道："沐轻染……我欠你的我拿命还，所以能别再折腾了吗？"

尊主大人懂了，原来乱鹰把他当成沐熏了。可乱鹰怎么会觉得他是沐熏？

沈清弦仍旧戴着面纱，遮住了自己的容貌，乱鹰连他的脸都没见着，怎么就能判定他是谁？难不成戴着面纱的都是沐熏？

再说了，下凡前他曾和乱鹰见过面，还聊过几句，那时候乱鹰也没把他当成沐熏，对他恭敬得很。

沈清弦暂时没想明白这其中的缘由，不过乱鹰把他当成沐熏，他是不是可以套话了？

沈清弦顿了一下，开口道："我和帝尊没什么关系。"

乱鹰紧拧着眉："那你能离开唯心宫吗？"

沈清弦去凡世走了几遭，懂得相当多，他斟酌道："你觉得我为什么要留在这里？"

他这含含糊糊的一语显然是有用的，乱鹰道："我不知道。"

沈清弦觉得这俩之间肯定发生过什么事，于是再接再厉道："因为你。"

乱鹰猛地抬头，一双深色的眸子死死盯着他。

沈清弦被乱鹰吓了一跳，这小子修为不低，但毕竟和他还差一大截——想看穿他戴着的面纱是不可能的。

乱鹰的声音低了很多，还带着浓浓的疲倦："沐轻染，你到底想怎样？"

沈清弦也不知道自己的傻徒弟想怎样，他还想问问乱鹰："你觉得呢？"

乱鹰猛地伸手，拽住了沈清弦的衣领："我……"

"你们在做什么？"顾见深冷冷的声音响起，乱鹰和沈清弦都怔了下。

乱鹰松手，垂眸在旁边行礼。

沈清弦后退了一步，没说什么。谁知乱鹰这小子胆子大得很，开口便是："陛下，能让他离开唯心宫吗？"

顾见深陡然眯起眸子，盯着下属的目光寒若冰霜："你说什么？！"

乱鹰还欲再说，沈清弦已经开口打断："乱将军同我有些嫌隙，你别在意。"

沈清弦对顾见深道："他们不喜欢我也正常，你别往心里去，我有些渴，我们……"话没说完，顾见深便拉住了他。

沈清弦索性撤掉了脸上的"面纱"。

顾见深问他："撤了面纱干吗？"

沈清弦瞪顾见深一眼，对乱鹰道："抱歉，刚才骗了你。"

清清冷冷的声音在耳边响起，陌生又熟悉，乱鹰抬头看向他，然后……怔住了。

沈涟华！天道的应声虫！他竟然敢私闯唯心宫！

身为心域神将之一的乱鹰瞬间放下私事，拔出佩剑，誓死护主！

这孩子的脑袋怕只是个摆设吧！

沈清弦和顾见深都怔了一下。

顾见深想一巴掌拍死乱鹰，居然敢对沈清弦拔刀，活腻了吗？且不提自己，哪怕沈清弦抬抬手，乱鹰也成死鹰了好吗？

显然有人和顾见深抱有同一想法。

察觉到动静的沐熏赶了过来，看到这一幕当即上前一步，挡在了沈清弦面前，狭长的眸子中满是杀气！

乱鹰看到沐熏，整个人都怔了怔。

沐熏已经开口："不知死活。"话音落，深紫色灵气翻涌，一条长鞭破空而出。

二人许久未见，再相逢却是兵戎相对。

乱鹰面色苍白，但一双眸子黑得瘆人，他握着长剑，咬牙切齿道："沐轻染，你对我如何我都认了，但你若伤帝尊一丝一毫，我……"

"呵。"沐熏轻嗤一声打断他，神态间全是嚣张傲慢，"这天底下，敢在我师父面前拔剑的全都死了！"

说罢，沐熏居然袭向乱鹰。

沐熏的身手极好，且招招致命，哪怕他的灵田刚刚康复，也足以打得人措手不及。

乱鹰知晓他的实力，绝不怠慢，已是拼尽全力迎战！

沈清弦和顾见深都无语了。

沈清弦给身边人传音入密，把之前的事细细说了一番……顾见深沉默了。

眼看着两人打得你死我活，都恨不得置对方于死地了。

沈清弦正想出手阻止这俩，顾见深却幽幽来了句："说起来……乱鹰那佩剑是一套的。"

沈清弦没听明白："嗯？"

顾见深小声道："心域十二将，一人一柄，这剑若是在唯心宫亮出来，其他十一柄皆会产生共鸣。"

沈清弦顿时睁大眼。

这种神器间的共鸣沈清弦也有所耳闻——如此锻制是为了起到守护和牵制的作用。

心域十二将皆可随意出入唯心宫，他们若在唯心宫中拔剑，只有两种可能：要么唯心宫有危险，要么是叛乱。而无论哪种，其他人都有必要及时赶过来。

有危险那就齐心护主，是叛乱那就围剿叛徒！

沈清弦已经察觉到了齐齐赶来的十一股强大灵息。

顾见深看看他，含蓄道："反正他们都来了，不如就直接跟他们说清楚吧。"

沈清弦也不想藏着掖着，只是两人的身份实在麻烦。真说出去了，沈清弦很怕他那些徒孙们大惊之下怀疑人生。那些孩子又那般尊他敬他，冷不丁知道这消息，只怕会道心不稳。

沈清弦回答得很迅速："不行！"

顾见深很失望。

沈清弦解释道："真要说也要循序渐进，哪能这样仓促！"

顾见深也不敢胡闹："那怎么办？"虽然是"误打误撞"，但人都来了，即便没看到也感觉到了。

两人商议间，心域十二将已经到齐！

这些人虽远远感觉到天道的气息，但看到沈清弦时还是目瞪口呆。

寻常心域人可能不认识沈清弦，但他们……简直不要太熟悉！心域头号大敌，天道的好大一朵白莲花，怎么就开在他们唯心宫了？

众人一脸茫然，沈清弦见时候差不多了，对顾见深眨了下眼睛后拎起小徒弟，轻松跃到半空。

十二将纷纷掏出法器，全身戒备。

沈清弦轻缓一笑，声音很是动听："这些日子叨扰陛下了，由此看来唯心宫也不过如此……帝尊还要稳固道心，潜心修炼。"

轻描淡写的一句话瞬间将众人激怒。

剑怜将军大喝道："沈清弦，你竟敢潜入唯心宫，今日我等必让你有去无回！"

沈清弦不置可否地笑笑，这居高临下的模样当真是好看极了。

顾见深的十二将已经行动。

可惜的是，连顾见深都抓不到的人，他们哪里抓得到。

沈清弦宽袖一扬，修长的手指捏了个诀，一朵晶莹剔透的莲花瞬间绽放。心域十二将那足以毁天灭地的一击就这样被轻描淡写地拢住了。

莲心诀——倾城绝世的法术，而一入莲心，必死无疑。

沈清弦当然不会置他们于死地，他祭出这个法术，主要是起震慑作用，对心域十二将来说，这巨大的雪莲无异于恶魔之手，铺天盖地压下来，都面露惶恐。

沈清弦扬了下唇，看了顾见深一眼，轻声道："多谢款待。"

轻渺的声音落下，空中的巨大雪莲无声掉落，花瓣散成阵阵白光，仿佛星辰伴着雪花一同坠落，奏出一曲震撼人心的绝美乐章。

星光消散，人去楼空。顾见深黯然神伤。

这一幕落到心域十二将眼中却是另一番意味！

这天道的应声虫实在过分，居然使计欺骗了他们的陛下！

心域十二将快心疼死自家帝尊了。

为防止这帮浑蛋再搞事，顾见深道："都回去吧！"

剑怜开口："陛下……"

顾见深冷声道："此事我心有定数，你们莫要再提！"

他这般说了，其他几人只能躬身应下。如此奇耻大辱，他们绝对不会对任何人说！

顾见深把他们都赶走，末了又说道："乱鹰留下。"

乱鹰也是一副魂不守舍的模样，立马行礼道："是。"

却说沈清弦那边，他直接带着沐熏回了万秀山。

沐熏在外人面前嚣张得很，恨不得挑了整个唯心宫，这会儿又蔫了。

沈清弦瞧沐熏这样，也怪心疼的。

他这小徒弟就是个小浑蛋，却是真心孝敬他。浸月泉中千年结一枚的沐月神果，有了便给他送来，他虽没舍得用，但徒弟的一片赤诚之心，他也是知晓的。

而且沐熏也是真心维护他，同乱鹰说的那句话绝不是妄言。但凡有人对他不敬，沐熏绝对是第一个发飙的。如今天道门派林立，弟子皆这么尊崇沈清弦，沐熏功不可没。

沈清弦瞧着沐熏这样，竟很是思念自己的师父。他当年也是个皮神，也没少让师父操心，但同为师父，他和自己师父比实在是相差甚远。

他对自己的三个徒弟，哪有当年上信峰峰主对他用心。

如此想着，沈清弦便觉惭愧，他带沐熏进了桃花林。

沈清弦找来茶水，正要冲泡，沐熏便道："徒儿来吧。"

沈清弦道："坐着。"

沐熏顿了一下，垂眸坐在竹椅上，神态恹恹的。

沈清弦泡好茶，推给他一杯。

沐熏道："多谢师父。"

接过茶杯，他却没喝，沈清弦自己轻啜一口道："我和顾见深其实是好友。"

冷不丁冒出这句话，沐熏猛地抬头，一副什么都没听见的模样。

沈清弦清清嗓子道："……总之……我和他打算一起去上界了。"

沐熏直到手中的灵茶凉透了才慢慢回过神来："师父你……"

沈清弦继续道："我也没必要骗你，我和他早些年就认识，后来因为一些事分开，如今说通了。"

沐熏默了默，好半晌才蹦出一句："您说您和那魔……"

沈清弦瞪他一眼，沐熏赶紧改口道："您同那心域帝尊早就认识？是万法宗时候的事吗？"

沈清弦道："对，仔细算来，我俩还是从小相识。"

沐熏圣人怔了怔，说道："可是他后来……"屠戮了上德峰，造下天大的罪孽，这些事如今的人都不知晓了，他却是知道的。

沈清弦轻叹口气道："这里面有些缘由，我已同他说开。"

沐熏顿了下，便没再问了……当年他还没出生，听的只是事后人言，无法判断真伪，也就不该胡乱评断。师父既心中有数，他就没必要再问了。

交代了自己的事，沈清弦又问他："那么，你和乱鹰是怎么回事？"

所谓敞开心扉的交谈，是要礼尚往来的？

沈清弦都把这样"天大的秘密"告诉沐熏了，沐熏也该同他说说了。

沐熏对此事明显极其排斥，但他好歹开口了："我瓶颈期遇劫，二师兄帮我找到了缘由，说是我年少时结了一段缘，要解了才能突破。"

可显然，沐熏卡在了这里。

沐熏细细同沈清弦说了这个劫。

他不是人类，乃是星海中的一只紫水妖。年少未化形时飘荡到了星海边缘游玩，无意中救下了一头银狼。那银狼是心域的，昏死在红艳的妄烬中，特别惹眼。

沐熏生在星海，是进不到妄烬中的，但他瞧着这银狼便感觉亲切，费尽心思地照顾他。

紫水妖没人形，只是薄薄的一缕紫水，绕着银狼，用自己微薄的灵力治疗着他。奇迹般的，本该死透了的银狼醒了，一双黑眸缓缓睁开。

紫水妖陪了他很久，竟也变化成狼的模样，同他四目相对。

两人隔着妄烬星海看着彼此，只觉满心欢喜。

银狼恢复了，不能在妄烬中久留，便道："救命之恩，无以为报。"

紫水妖便逗他道："那就这辈子慢慢还！"

一句玩笑话，却成了沐熏不得不迈过去的劫。

后来沐熏被沈清弦收养，化成人形后去找过银狼，却没有消息。

那时候天道和心域战乱纷纷，沐熏身为沈清弦的徒弟，肩负重任，他率领着浸月宗常年征战，早已是心域的头号大敌。

几千年过去，年少时的这点儿小缘分早已抛之脑后。只是没想到在突破的关卡上，他竟然不得不去寻这银狼。

听到这里沈清弦很好奇："乱鹰是那头银狼？"一头狼叫什么鹰？瞎起名字。

——给乱鹰起名字的顾见深打了个喷嚏。

沐熏听到这名字，心中便觉难受，他道："是。"

沈清弦又问："那你们……"

沐熏交代道："我得知他竟是心域十二将，便变幻形态去接近他，这事总的来说是他欠我的，他许下诺言，没能实现，才成了我的劫。"

沈清弦心道：你若真不在意，又怎会成劫？你若不惦记，又哪会成心魔？

当然这些话他不会说，说了沐熏肯定要恼羞成怒，沈清弦便问他："那你们又为何闹到这番境地？"

沈清弦一问，沐熏眸中便现出浓重的杀意："心域魔修皆是狼心狗肺！"这话其实也不算骂人，毕竟乱鹰还真是头狼。

沐熏也意识到自己这形容词不妥当，便又说道："虽是我主动招惹他，但当年的情分他不该还我吗？我不过是想同他渡个劫，不过是……"他说着说着却哽住了。

沈清弦追问："他做了什么？"

沐熏面色瞬间苍白，手指攥紧衣裳，咬牙切齿道："他利用我，他……他屠了擎天六城！"

沈清弦猛地眯起眼睛。

沐熏似乎难堪到了极点，他侧着头，薄唇不受控制地轻颤着，满是懊悔："对不起，师父……"

擎天六城的事，沈清弦知道。这六城是浸月宗的属城，是沐熏的庇护之地。

几百年前，这六城被毁，是沈清弦用禁术拯救了六城生灵。

沈清弦问他："你说是乱鹰做的？"

沐熏跪在沈清弦面前："是徒儿把他带到了浸月宗！"他鬼迷心窍，他信了乱鹰，他以为乱鹰还是那头单纯的银狼，结果却引狼入室！

沈清弦紧拧着眉，觉得此事有些蹊跷。当年的擎天六城，固然死伤无数，但不似人为，更像天灾。否则沈清弦也不会不追究缘由。

沈清弦看看沐熏，叹口气道："然后你就再入心域，想和乱鹰同归于尽？"

沐熏没出声，算是默认了。

那时候乱鹰走火入魔，沐熏灵田尽毁，真是两败俱伤。

沈清弦在他额间点了一下，道："去休息吧，别想这事了。"

沐熏猛地抬头。

沈清弦道："擎天六城并无一人殒身。"

沐熏咬牙道："那是师父……"

沈清弦摇头道："这是事实。"

沐熏张嘴还欲说些什么，沈清弦摆摆手道："你好生留在万秀山上，当年的事我帮你查查。"

完全没有查的必要，是他亲眼所见，有什么好查的！

只是这话沐熏说不出口，他咬着下唇，行礼道："徒儿不孝，劳师父费心了。"

沈清弦又在他额间弹了下："你好生修养，便是孝顺了。"

一句话把沐熏说得眼眶通红，不过他向来爱面子，打死不肯显露出来。

沈清弦心里惦记着事，也没同他多说。

沐熏正要离开，却又忽地停下，他犹豫了下，还是说道："师父，还请留心那心域帝尊。"

沈清弦看向他道："顾见深不会背叛我。"

沐熏道："我当时也是这般想的，可结果呢？"

沈清弦道："不可能的，我很了解他。"

沐熏垂眸，点明了一件事："九渊帝尊以血入圣，还请师父想一下当年的兰弗国是何等的血流成河！"

兰弗被屠国是震动了整个修真界的大事。这个国家在修真界与凡世的交界处，一半在修真界一半又深入到凡世，算是屏障一样的国家。

它不属于天道也不属于心域，但却得到了双方的庇护。这样一个中立的领地，却在数千年前消失了。原因……

沈清弦敛眉对沐熏道："你去休息吧，我心中有数。"

沐熏未再多言，他由衷地希望师父能够得偿所愿，但也不愿师父遭人欺瞒。

待在沈清弦身边久了，他很明白师父的性情，高高在上却又纯粹得让人忧心。

沐熏不是信不过心域诸人，而是信不过所有人。

乱鹰当年有多好，看着擎天六城化作废墟时沐熏便有多恨。

越是美好就越是虚假，沉浸在美好的幻象里，结果这幻象中藏着致命的毒药！

沈清弦去找顾见深了，他前脚刚从唯心宫大张旗鼓地离开，后脚又偷偷摸摸地回来了，这要让心域十二将知道，只怕要上来和他拼命。

当然他们不可能知道，沈清弦遮掩了气息，顾见深给他开后门，这"里应外合"的，心域十二将也是防不胜防！

一见面，顾见深就道："莲心诀可真美。"

沈清弦看向他："再给你捏个？"

顾见深乐了："不敢要。"美是真美，也是真致命。

沈清弦逗他："你不是说美吗？"

两人闲聊了会儿才说起正事。

顾见深道："我仔细问过乱鹰了。"

"怎么的？"沈清弦还挺好奇乱鹰这边是怎么交代的。

紫水妖和白狼的缘分，乱鹰也还记得，只是他起初并不知道沐熏便是紫水妖，沐熏凑到他跟前，乱鹰这头傻狼很快便同沐熏交好了，尤其在沐熏坦白自己是当年的紫水妖后，他对沐熏就更好了。

那段时间对乱鹰来说当真是开心极了，一直记挂着的人出现了，而且对方也还记得他。

可沐熏此行却是为了突破瓶颈期。

所谓劫，是要渡的。

要么两人从此一起修炼；要么放下执念，孤身走下去。

沐熏很清楚第一个选择是不可能的，他是天道的三圣，乱鹰是心域十二将，他俩怎么可能一起修炼？所以他想要第二个选择，让乱鹰放弃，他就此放下执念。

至于怎么让乱鹰放弃，沐熏也早有计策。

他先是捏造了个身份接近乱鹰，只要在适当的时候暴露自己是三圣，乱鹰自会放弃。

沐熏还让二师兄赤阳子来帮了个忙，可乱鹰这头傻狼当真是笨得很，知道沐熏的身份后仍对他很好。

沐熏不甘心，直接让乱鹰知道他是利用乱鹰渡劫，本以为这下该结束了，但乱鹰仍是不放弃。

都这样了，沐熏哪还会继续选择第二个？便想着尝试第一个了。

虽然他们身份有别，想一起修炼是难上加难的事，但他却真的丢不下这头傻狼了。

他这边已经下定决心，擎天六城却被乱鹰屠尽。

难怪沐熏会那般绝望，要与乱鹰同归于尽。

沈清弦问顾见深："擎天六城到底是怎么回事？"

他俩的症结就在这儿，沐熏咬定了是乱鹰做的。

顾见深却道："没听乱鹰提起过。"

沈清弦纳闷了，顾见深又道："乱鹰不可能做那事的，我了解他。"

沈清弦疑惑道："这其中到底有什么误会？"

顾见深给他出主意道："要不我带你去沐熏的心境中看看？"

有些事早已发生，已经很难再追究当年的缘由，哪怕当事人亲眼所见，也不一定是实情。毕竟耳听不一定为真，眼见也不一定为实。但去心境中却可以一探究竟，找出被遗忘的真相。

顾见深说完，沈清弦想了一下才道："小熏精通幻术，虽不如你，却也是天下罕见，不是他心甘情愿，我们进去了只怕也难见真相。"

顾见深沉吟道："也对。"

如果是普通人，顾见深进个心境如入无人之地，但沐熏到底不是普通人，他若是拒绝，顾见深即便能进去，探寻到的也不一定是事实。

沈清弦心里还惦记着事，说道："也不用太担心，先将他俩分开，等彼此冷静冷静再说吧。"

顾见深自是全听他的。

沈清弦看了顾见深一眼，顾见深多敏锐，立马察觉到了："怎么，有什么事？"

沈清弦本想缓缓再提，顾见深便道："有什么事你问我便是，吞吞吐吐的干吗？"

说来也是，沈清弦便问道："当年兰弗国……"

他只开了个头，顾见深便明白他要说什么了。顾见深道："你觉得是我做的？"

沈清弦没点头也没摇头，只定定地看着顾见深。

顾见深笑了下，道："若真是我做的，你是不是就要与我决裂了？"

顾见深能这么问，沈清弦便松了一大口气。

顾见深道："我哪会做那种事？"

沈清弦又道："他们说你以此入圣。"

顾见深摇头道："不过是以讹传讹，我从未去过兰弗国。"

以讹传讹也是极有可能的，就像整个心域都把沈清弦给讹成天上地下第一朵白莲花一样，顾见深也被整个天道给讹成天上地下第一嗜血大魔头。

反正有锅就背，真要细数，顾见深还真能实现儿时梦想当个大厨了，毕竟，锅多嘛！

两人这般说开，沈清弦却也没彻底放下。他相信顾见深的为人，也信顾见深不会骗他，只是心底深处却有一抹疑虑始终徘徊着。

万血之躯，于他来说，始终是个硬刺。

他不知道它藏在何处，也不知它何时爆发，但它让一切柔软都有了悬念，生怕坐下去会被刺穿。

擎天六城、兰弗国……尽是让人不安的未解之谜！

沈清弦沉入识海，看了看眼前崩落的天梯。

他和顾见深一起努力，已经铺设了长长的一段路，他可以走上去，却走不到终点。

但只要把任务一个一个完成，一块砖一块砖铺到最高处，一定会碰触到真相。

而且沈清弦有种奇怪的预感，仿佛他想知道的一切都在这些任务里。

此时，两人又得到一个消息，正在建设的唯心宫缺了个极其重要的染料——九阶凶兽的血。因为这凶兽的血是金色的，而且永不褪色，所以极适合做染料。

只是这九阶凶兽极少现世，而且一旦现世必有大乱，所以并不好找。

这日唯心宫有消息传来，说是三十年后将有九阶凶兽现世。

沈清弦可不想错过这千载难逢的染料，于是说道："我们等等吧。"

顾见深应道："行。"

三十年眨眼过去，凶兽未现世，传消息的下属又说："再过十年，十年后必定现世！"

沈清弦便又等了十年，好在这次挺准，真的有一股极其邪祟的气息诞生。

顾见深同沈清弦一起去收服，这凶兽还挺霸道，沈清弦为了不浪费它一滴血，所以费了些功夫才将其击杀。

击杀后沈清弦又怕这血液没用到刀刃上，便让顾见深亲自监督指挥，如此又耗了几十年。

等到两人忙活完，已经过了百余年。

不过也无所谓，修真无岁月，这百余年和人类的个把月区别不大。

这日，沈清弦拿出白色玉简，又示意顾见深拿出红色玉简，将它们放在一起，这样所有的任务就都摆在眼前了。

修复天梯为什么会需要他们做这些任务？天梯又是怎么损坏的？

刨除这些不想，换个思路就是……为什么他们做了这些就能去往上界？

去往上界也算是突破境界的一种，不过不只是突破境界，还要突破界壁。就像凡世的人无法想象天外天的修真界，他们也不知道去往上界后的样子。

那么这个玉简……

沈清弦问顾见深："你说这俩东西，有没有可能是上界的人给我们丢下来的。"

顾见深一怔："师父？"

沈清弦的师父上信峰主、顾见深的师父上德峰主还有他的养父全都去上界了。

顾见深眉心微皱道："从未听说过去了上界后可以联系下界的。"

沈清弦道："所以天梯坏了。"

顾见深抬头看他："你的意思是……他们弄坏了天梯，然后丢下这两枚玉简？"

沈清弦说："上界的事我们不清楚，但对比下我们在凡世做的事，他们是否也可以用其他方式来干涉修真界呢？"

的确很有可能，就像沈清弦和顾见深去了凡世可以"为所欲为"一般，上界的师父们拥有的力量肯定也不是他们能想的。

顾见深看看玉简上的任务，默了默道："这任务的内容……"

沈清弦也很是汗颜，如果真是师父们弄的玉简，那这上面的任务可真够毁形象的……

如今沈清弦不敢骂玉简了，那可是大不敬。

沈清弦给师父们挽尊道："可能上界和修真界也有隔阂，毕竟咱们入世前也设定的很正常，可一入世就跑偏，也许师父们起初的设定也很正常，只是丢下来就变样了？"

真这么想的话，似乎也说得通。

顾见深道："上信掌门是知道实情的，想必我师父去往上界后……"他顿了下接着说道，"他们肯定是怕我们再错过，所以丢下这么个玉简，让我们再次相遇。"

沈清弦笑道："没错。"

不过顾见深又道："那为什么不干脆等我们去往上界了慢慢谈呢？"

因为他这一句话，沈清弦的心猛地一揪，看向顾见深道："你……并不想去上界吧。"

顾见深顿住了。

的确……之前顾见深没有一丁点儿想要去上界的念头，他只盼着时间走到尽头，寿命走向终点，将一切都画上句号。

所以师父们急了？

顾见深笑了一下，道："对不起。"

沈清弦也笑了笑，可心里却空落落的。他还有很多念头，只是因为自己没理清，所以没说出来。

真是他们想得这么轻松吗？真的只是师父们在帮他们吗？

可他们已经重新成为好友了，为什么玉简还有这样那样的任务？是怕他们还不是真正的朋友吗？

可是玉简都能窥探他们的心境，又会分辨不出他们的真情实感？还是说……他漏掉了什么？

又过了一段日子，新的唯心宫终于落成了，顾见深带沈清弦去走了一圈。

沈清弦的满腹心事被这独一无二的美景给冲散了！真是太棒了！

金红玉不愧为天下第一的瑰宝，用它做成的宫殿，仿佛将太阳拽下来，藏在了水晶之中才映射出如此绚烂多姿的金灿和红艳。

沈清弦喜欢极了，喜欢到不想离开这儿！

他东看西看，一副笑语嫣然的模样。

不过沈清弦转念一想，觉得顾见深肯定不爱这大红大金。

顾见深是因为他才建的这新唯心宫，那他也不能让顾见深这么委屈。

沈清弦道："走吧，回万秀山住几天。"

顾见深抬头："怎么，有什么事？"

沈清弦弯着眼睛道："你不是很喜欢万秀山吗？"

顾见深懂了，和沈清弦回了一趟万秀山，途径小金龙的山洞时，沈清弦又去哄了哄小家伙。

凡世百十年，小金龙不过长睡了一觉，醒来看到沈清弦还挺开心的，但一看到顾见深，一想到他嘱咐的话，只得背过身去，委屈巴巴。

沈清弦耐性好得很，哄了小金龙好一会儿。

顾见深在一旁看着，竟有些过意不去，要不把他俩的误会解了？

他想了想小金龙那金灿灿的少年模样……嗯，不用解了，他们之间没误会！

虽然只看了个大龙尾巴，但沈清弦心情还是很棒，觉得心满意足。

临近万秀山，顾见深察觉到了沐熏的气息，他道："轻染圣人在山上？"

沈清弦也察觉到了："嗯，我让他在山上静养。"

顾见深道："我去的话……"

沈清弦道："没事，他都知道。"

顾见深略有诧异："他知道？"

沈清弦说："我和他说了。"

顾见深追问："你怎么说的？"

沈清弦见他这样也是好笑："你觉得该怎么说？"

顾见深道："是说我们早已相识吗？"

"是啊，早已相识，可惜错过了这么久，所以……"他说，"这次绝对不会再错过。"

顾见深笑得很畅快，沐熏察觉到师父回来了，过来接他，就看到这么一幕。

虽然知道师父和这心域的魔帝如今是好友，但此刻亲眼见到，还是受到了巨大冲击。

从小到大，沈清弦在他心中就是神圣的代名词，他一直觉得自己师父是天底下最有神性的人。

沐熏也说不清自己的心情，有些遗憾，也有点欣慰。

沈清弦给顾见深传音入密："差不多了吧？"

顾见深道："轻染圣人没一鞭子抽过来，看来是真接受了。"

沈清弦默了默："他敢抽我？"

顾见深道："他敢抽我。"

沈清弦推了他一下，这才一副刚看到沐熏的模样。可实际上眼睛没看到但神识早就探到了，这是真"装模作样"。

沐熏规规矩矩地行礼："师父。"

沈清弦给两人做了介绍。

沐熏看向顾见深道："九渊帝尊，久仰大名。"

顾见深笑着点头，已然是一副长辈姿态。

沈清弦瞧他这幼稚模样，心里只觉得好笑，他转头问沐熏："身体怎样了？"

沐熏垂眸道："无大碍。"

沈清弦哪肯听他的，只说道："去屋里我看看。"

如此便进了殿，三人安顿下来，沈清弦给沐熏试脉，顾见深转身去了后头。

沐熏看了眼师父，见沈清弦什么都没说，他也没开口。

沈清弦闭眼探了探，睁开眸子道："你这几十年干什么了？"

沐熏犹豫了一下，道："一直在闭关。"

沈清弦扬眉："就闭成这样？"

沐熏讪讪地抽回手，一声都不敢吭。

几十年的时间对于他们来说虽不算长，但也足够沐熏重新振作起来了。

可事实上呢？他的灵田空荡荡的，这几十年竟都没正经修炼过。

一直在闭关？怕是一直坐在树下悲怀伤秋吧。

沈清弦也是服了，他怎么都没想到这最任性的小徒弟执念竟如此深。

他说道："你若放不下就去解决，若是放得下就正经修炼，这半死不活的像什么样子？"

沐熏理亏，只得听着，什么都不敢说。

沈清弦道："我见过乱鹰，也听顾见深说过他，我觉得他不是那样的人，你们之间……"

话没说完，沐熏就猛地抬头看他："我亲眼所见，亲身所历！还能有假？"

沈清弦眉心微拧："亲眼所见即为实？亲身所历即为真？都这般修为境界了，竟还弄不清这道理？"

沐熏转头，薄唇动了下道："我精通幻术，这天底下没人能骗得了我。"

沈清弦嗤笑一声。下一瞬，万秀山变了模样，本来清清冷冷的仙山妙地，一瞬间成了金灿红亮的宏伟宫殿。

沈清弦一动未动，看向沐熏道："你觉得我是带你离开了万秀山，还是将万秀山变了副模样？"

沐熏："……"他顿了下后道，"弟子不知。"

他的确分辨不出，隐约间似乎是离开了万秀山，毕竟神识扩散出去，外头是一副心域的模样。可隐约间又好像他神识所及之处全是幻境，如此辽远，如此广袤，如此让人震撼。

沈清弦道："你不是说自己精通幻术吗？"

沐熏惭愧地垂下头。

这时顾见深走了出来，随着他一步一步走近，沈清弦的幻术像被踩碎的玻璃一般，一点点瓦解，一点点崩离，最后成了坠落的星芒，绚丽成盛放的大片桃花。

顾见深端着茶水，放到桌上，仔细给沈清弦倒了一杯。

沈清弦接过茶杯，轻啜一口，紧皱着的眉心松开了些，显然是被茶香给调剂了心情。

沐熏没抬头但也感觉得到，瞧顾见深这熟门熟路的模样，肯定不是第一次来万秀山了。

沈清弦喝了会儿茶，看沐熏这魂不守舍的样子，叹口气道："你好生想想吧，想明白了就来找我。"

言罢，沈清弦便起身对顾见深说："我们去后头吧。"

顾见深自是全依着他。

万秀山大得很，三人待在上头，若是不想见面，那数百年都别想找到彼此。

顾见深也没再提沐熏的事，只陪着沈清弦赏月品茶，很是惬意。

他们如此悠哉游哉地过了几日，沐熏却在前头呆呆坐了几天。

沈清弦道："我看他这几十年就是这么荒废的。"

顾见深道："轻染圣人也是个执着的人。"

沈清弦道："他只是自私又胆小。"

这话有趣，顾见深反问他："怎么说？"

沈清弦道："自私地接近乱鹰，没心没肺地折腾他，真正遇上事了又像个缩头乌龟一样躲在这里，这不是自私是什么？"

顾见深道："如果乱鹰真的毁了擎天六城，那他……"

"连我们都觉得乱鹰不会做这样的事，为什么他不信？"说完这句话，沈清弦看向顾见深，明显意有所指。

顾见深莫名心头一刺，他轻声道："当局者迷旁观者清。"

沈清弦也没再说什么，看起来好像认可了顾见深的说法，可实际上……

当局者迷，没错。旁观者清，也没错。

可身为旁观者的他们已经告诉了当局者的沐熏，为什么沐熏还是什么都不敢做？

也许这也是"当局者迷"，很多事只要没降临到自己头上，都能冷静理智地判断，而一旦身处其中，哪怕知晓天大的道理也是迷雾重重。

等了很多天，沐熏也没来找沈清弦。

沈清弦已经暗示得很明白了，自己可以进入他的幻境，帮他寻找真相，但他还是不敢迈出这一步。

也许是擎天六城的覆灭对他来说太绝望，也许是他真的深信不疑，认定再走一遭也是一样的结果，所以不想受罪。

当然他真正在想什么，别人没法知道。

没等来三徒弟，沈清弦竟等来了另一位徒弟。

这日天降异象，一道恢弘银光直冲天际，陡然散开，如同一张密密麻麻的银色巨网，将整个大陆彻底笼罩。

紧接着银芒又急速收拢，盘旋在半空，像一条张牙舞爪的巨龙，遮天蔽日。

沈清弦心思一动，大悦道："止戈大乘了！"

顾见深也感觉到了，他道："恭喜。"

放眼整个修真界，本来到了大乘期的只有沈清弦和顾见深，如今有了第三人，正是沈清弦的大徒弟，止戈圣人夏停。

沈清弦眉眼间全是喜色，道："你先回去，万秀山这几日怕是要热闹了。"

这也是理所当然的，止戈大乘，想必天道六派都会前来恭贺，而聚集的地方必然是万秀山。

只有沐熏的话，顾见深在这儿没事，可若是整个天道的人都来了……

帝尊大人很心塞，只得说道："那我先回去了。"

沈清弦道："放心，我会给你传音的。"

沈清弦急着去见徒弟，道："我会尽快去找你的。"

顾见深只好起身离开。

他一走，沈清弦便去找沐熏："你师兄大乘，随我去看看他。"

沐熏默了默："师父您自己去吧，我就不过去了。"

沈清弦看向他："为什么？"

向来天不怕地不怕的轻染圣人其实还是有怕的人的……他低声道："我怕师兄揍我。"

沈清弦："……"

沐熏的担忧可不是多余的，沈清弦散漫，对徒弟们的教养很随缘，基本是任其自由生长。但夏停却是个严厉的性子，沐熏胡闹起来，沈清弦纵着，他是会揍人的。

如今沐熏把自己给折腾成这样，要是夏停知道了还真免不了揍他一顿。

沈清弦道："你放心，有我在他不敢。"

沐熏心道：他当着你面是不敢，可转头就是一顿胖揍。

如此有经验的轻染圣人是绝对不会上当的，他说道："师父您快去看看吧，他突破境界想必身体也受了损……"

沈清弦也记挂着这个，他说："那你留在万秀山吧，叶湛他们来了的话你就招呼一下。"

沐熏自是连声应下。

沈清弦急急忙忙去寻大徒弟。刚到地方，便看到大片银芒下，单膝下跪的男子。

男子有着月华般的银色长发，一袭白衣工整内敛，单膝下跪的姿态极为恭敬，开口时声音冷淡沉静："徒儿见过师父。"

沈清弦喜形于色，道："起来，不用多礼。"

夏停起身，随着银光散去，不苟言笑的英俊容貌越发清晰。

沈清弦道："恭喜，居然这么快就突破大乘期了。"

夏停目不斜视道："受益于师父的谆谆教导。"

沈清弦笑道："全是你自己造化，我哪有出什么力？"

这般说着，他又问道："身体可有受损？"

夏停道："还好。"虽这么说着却老实地抬手，将手腕从袍袖中露出。

沈清弦给他试脉，这一搭上，好看的眉心便微微蹙起。

夏停垂眸，一言不发。

沈清弦道："怎地这般莽撞？"

夏停虽说突破了大乘期，却伤了根本，似是急于求成所以冒险一试，也是他造化大，竟然成了，若是不成……

沈清弦不愿耽误时间，他说道："跟我回万秀山。"

夏停顿了一下，又说道："不要紧。"

一个两个的都这么不省心，沈清弦道："你以为到了大乘期就会长生不老？这般虚弱，只会被心魔反噬。"

沈清弦带着他回了万秀山，冷不丁看到大师兄，沐熏尿了。

沈清弦道："让叶湛他们回去吧，庆贺的事以后再说，止戈这身体需要调养。"

沐熏恨不得长八条腿，一听之下，自是溜得飞快。

夏停还是瞥了他一眼。

沈清弦说道："你别吓他，他最近很听话。"

夏停看看他，轻声道："没惹事的话，就不会在万秀山了。"

这话还真有些道理……

沈清弦清清嗓子，打圆场道："别管他了，我给你治疗身体。"

夏停霜色的面容上带了些暖意："好。"

这时，顾见深给沈清弦传音入密了："止戈圣人怎样了？"

沈清弦同他说道："也不知他急什么，竟然强行突破了，好在福大命大，没出事。"

一听这话，顾见深心里咯噔了一下，他道："伤得重吗？"

沈清弦道："我正要给他看看。"

顾见深说道："有需要的话就告诉我。"

沈清弦道："我的医术你还信不过？"

顾帝尊回道："天下无双。"

沈清弦没空和他贫，嘴角扬了扬便招呼夏停道："过来坐。"

夏停到底是伤了身体，所以并未察觉到传音入密的波动。

沈清弦仔细给他检查了一下，越看眉心皱得越紧……

"你这……"沈清弦略带愠怒道，"你平日里瞧着最是稳重，怎么会这样胡闹？"

夏停什么都没说。

沈清弦问他："是有什么急事吗？这么急着突破境界？"

谁知夏停竟反问他："师父，您找到去往上界之道了吗？"

进入大乘期，识海便会发展到超乎寻常的地步，随后的修炼便很奇怪了。

到了这个境界，就好像是瓶子里的水满了，再怎么往里面装也只是溢出来，能去往上界的那一刻究竟是打破瓶子还是有了新的瓶子，没成功之前谁都不知道。

因为没了标准，所以从大乘期到能去往上界，有的很快有的很慢，更有很多寿命将至也寻不到去往上界之路。

夏停这一问其实是担忧沈清弦。因为以沈清弦的年纪，算是很慢了，若是再找不到去往上界之路，只怕要寿命将尽。

沈清弦笑了下说道："放心，我不会殒身。"

夏停道："那徒儿便放心了。"

沈清弦心里暖融融的，说道："你别想太多，我先给你调养身体。"

夏停难得带了些笑意，他点了点头，动作很轻，像眉眼间的笑意一样，不细看几乎看不清楚。

沈清弦给顾见深传音道："止戈这边还挺麻烦的，我得陪他一阵子。"

强行突破大乘期，受到的反噬是致命的，哪怕是沈清弦也不可能轻而易举地给他治好。

夏止戈又是沈清弦疼爱的徒弟，更加不会大意，肯定会用心照料。

顾见深只能说道："你好生照顾他。"

沈清弦道："可能时间会有些久，你……"

顾见深笑道："没事，尽快给他治好，我在唯心宫等你。"

沈清弦很欣慰，说道："我一定尽快！"

顾见深应了下来。

沈清弦这一陪，是真陪了很久。

途中沐熏半讨好地送来一颗沐月果，夏止戈淡淡瞥他一眼，吓得他赶紧溜下山。

沈清弦道："他对你很好了，还知道送颗果子来。"

夏停道："这果子师父您留着吧，于您身体有益。"

沈清弦道："不用，我以后也用不到了。"

这沐月果能延长寿命，大乘期后，若是迟迟不能去往上界，用这果子可以不断延长时间。

如今沈清弦都看到天梯了，所以也不太需要这果子了。

而这沐月果给夏停用了却能极大地滋养身体，有这个助力，沈清弦给他治疗起来也能省很多时间。

本来以为至少得闭关三百多年，不承想，一百多年后，夏停的身体便康复了。

沈清弦又给他诊了脉，松了口气道："没事了，以后可不许再胡闹了。"

夏停道："多谢师父。"

沈清弦道："你我之间哪用这般客气。"

夏停还是规规矩矩地行了礼，他一直是这样严肃内敛的性子。

这一百年在闭关中一晃而过，徒儿大乘，肯定要庆贺的，沈清弦不在场也不好。

总归也不差这一两日。沈清弦道："回万秀山吧，叶湛他们也等急了。"

谁知夏停竟摇摇头道："不必了，徒儿想尽快闭关，追寻大道。"

沈清弦道："也不急在这一时……"

夏停是认真到有些固执的性子，他说道："我想快点看到上界。"

沈清弦叹口气道："老二和老三若是有你一半认真，我便放心了。"

赤阳子是闲云野鹤般的人物——一切随缘，爱突破不突破，他乐得自在。

沐熏不用提了，一把年纪了，还在闹死闹活。

唯一让沈清弦欣慰的便是大徒弟止戈，勤奋认真有天赋，刚到大乘期便想着去往上界。

徒儿有如此磐石之心，他自是要配合的，便说道："那你好生努力。"

看来他和顾见深也得加把劲了，赶紧把天梯修好，要不然徒弟们都被卡住没法去往上界了。

夏停临行前，沈清弦忽然想起一事，他问："我记得你是兰弗人？"

夏停不知他为什么会问起这个，不过他问了，夏停便认真答道："是的，我出生在兰弗国。"

沈清弦又问："你知道兰弗灭国的事吗？"

"那时我还年幼，"夏停想了下道，"并不知详情。"

沈清弦继续问："那你记得在兰弗国的事吗？"

沈清弦心里记挂着兰弗灭国的事，所以总忍不住去想当年的事。可他对兰弗国完全没印象，一丁点儿都没有，好像一生都没去过那里。

但又觉得哪里不对。没去的话……他是怎么收夏停为徒的？去了的话，为什么他一点儿印象都没有了？

夏停想得很用心，但一会儿后他摇头道："记不得了。"

见他实在是没印象，沈清弦也没再勉强他。

夏停问他："师父是有什么事吗？"

沈清弦说道："没什么，只是隐约想起些旧事，但又有些模糊。"

夏停道："往事莫忧，师父还请宽心而行。"

沈清弦不愿他担心，便笑着应下："好。"

如此沈清弦便和夏停分开了，没回万秀山，直接去了心域。

几乎在他刚落地，顾见深便到了。

两人回了新唯心宫，沈清弦问："你去过兰弗国吗？"

见沈清弦眉眼一片认真，顾见深说道："从未去过。"

"一生都没去过？"

"嗯，一次都没有。"所以那些说他灭国的谣言完全是莫须有，他连去都没去过，又何谈灭国？更何况兰弗国不是普通的国度。

它是修真界与凡世的分界线，为了维持两界平衡，常年有各方势力驻扎，哪里是一个人灭得了的？

要知道，那时候的顾见深还没成圣，哪有能耐屠国？

沈清弦道："我也没去过。"

顾见深不知道他为什么这样执着于兰弗国，说道："既然都没去过……"

沈清弦看向他："可是不应该呀，那个时候，有谁没去过兰弗国？"

这一句话将顾见深给问住了。是啊，那个时候，那样繁盛的兰弗国，有谁会没去过？

紧接着一股凉意从心头升起，顾见深看向沈清弦，说了他心中所想："我们都去过……但是全忘了？"

有可能是都忘记了，也有可能是那边发生的事太不值一提，所以正常性遗忘了。

打个比方，冷不丁问一个凡世的人，三年前某一天有没有去过隔壁街的杂货店，他也是想不起的。

可同夏停的谈话让沈清弦很在意。

他和顾见深可能是不当回事，所以忘了，但记忆这东西，对于一些重要的、关键的是很难忘记的——哪怕再长时间，儿时的家乡也不该忘得一干二净。

夏停的记忆明显是不正常的，那这是否意味着他和顾见深的也不正常？

毕竟他们已经有过一次那样的经历了。

顾见深看着漆黑的夜空，胸腔中始终有团阴影在徘徊。

沈清弦正色道："我们去看看那一段记忆吧。"

封住了也好，没封住也罢，总归经历了就一定存在，他们可以进入识海幻境，将那段记忆给重新唤醒。

如果什么都没发生，那自是最好的；如果发生了什么，那他们也该知道原委。

本以为顾见深会同他一拍即合，谁知顾见深竟说道："去心境的话，一时半会儿就没法做任务了。"

沈清弦捕捉到了一个关键，问顾见深："你不想找回兰弗国的记忆？"

一句话问得顾见深眸色微闪。见他这样，沈清弦确定了心中所想。

往日里自己说一句，顾见深便能领会三句；沈清弦想做什么连自己都没有彻底确定，顾见深便已经着手准备了。这次顾见深明知道沈清弦想去心境一探究竟，却始终闭口不提，甚至还顾左右而言他，显然是在故意避开。

顾见深眉心微拧，说道："有些记忆，没必要非得找回来。"

沈清弦怔了怔。

顾见深没有看他，只说道："现在这样挺好的，我们已经是挚友了，也彼此信任，那……"

沈清弦看向顾见深："你觉得兰弗国的记忆会影响我们的友情？"

顾见深视线躲闪了一下。

沈清弦心软了，知道他经常不安所以排斥未知，道："无论发生什么，我都不会离开的。"

顾见深眉心舒展了一下，道："哪怕我曾经伤害过你？"

沈清弦笑了："你觉得你会伤害我？"

顾见深摇头："我伤害自己，都不会……"

沈清弦打断他："也不要伤害自己。"

顾见深便觉得自己胸腔中那挥之不去的黑雾散了一大半。

"涟华……"顾见深道，"我们一定要去看这段记忆吗？"

"必须去看，"沈清弦道，"我不是好奇，而是想探个究竟，我始终觉得这段记忆和玉简有关，也和你有关。"

顾见深薄唇微动，终究没再说什么。

沈清弦又道："玉简是好还是坏，我分不清楚，所以我想要更多的线索。"

如果只是些无伤大雅的任务也就算了，可这些任务越发布越残酷，一味地伤害顾见深，哪怕只是在假意伤害，沈清弦也觉得不好。

一切隐患都要消灭在萌芽之中。

沈清弦如此这般为他着想，顾见深自然没说什么。

他道："你有什么要安排的吗？"

沈清弦道："我没什么，你呢？"

顾见深道："这一百三十年，我每天都安排得妥妥当当。"为的就是沈清弦来找他的时候，他有空。

沈清弦惭愧道："让你等久了。"

顾见深说着玩玩还行，也不愿他真上心，他笑道："没什么，快到我心魔幻境里来吧。"去窥探他们不知什么原因而遗失的记忆。

其实沈清弦知道顾见深在顾虑什么。

他们会忘掉，忘得这么干净，是不是因为万血之躯？是不是他们又遭遇了生离死别，所以才双双忘了彼此？

如果真是这样，那一定是很痛苦的记忆。

可沈清弦觉得不止如此，他有预感能在这次心境中找到最根本的问题，和顾见深有关的，和他有关的，也与他们的未来有关的——重要线索。

第十章

兰弗相逢

沈清弦睁开眼睛，觉得有些刺眼，勉强适应了一下后，瞳孔一缩再一缩，最后无限放大！

这……这……

沈清弦一动，叮当之声不绝于耳，很是美妙。

他四处看，记忆如潮水般扑面而来，最终他还是没忍住，扑进了这个被师父藏起来的属于他的"金银窝"！

万万没想到，他竟然会在这里醒来，真是……真是美滋滋！

沈清弦永远不会忘记这个山洞，他的金银窝！

其实用金银来形容是不对的，应该说是金红窝，不过世人总爱把宝石归为财宝，而金银和财宝又是密不可分的，所以叫着叫着就成了金银窝。

在沈清弦的概念里，这儿是他的家，他的宝贝之家！

这里藏了他近两千年收集的宝贝，无数种类各异的红宝石，还有数不尽的太阳般金灿灿的金石，这么多宝贝一股脑堆在一起，哪怕是胡乱摆放，也已经美到超乎想象了。

沈清弦看着这里，满满都是回忆。

人们正常遗忘的记忆会因为一些物件而被触发，进而想起许多。

这床一样大的红灵玉，这纯金做成了桌椅，这镶满红宝石的王座……

沈清弦不禁感慨：当年的自己真是富可敌国呀！

他看了一圈，摸了一圈，心疼了一圈后终于想起正事。好不容易来了心境，可不该沉迷在金银窝里。

虽然沈清弦很舍不得离开，但想想顾见深，还是一步三回头地走了，要多不舍有多不舍。

走出山洞，外头是一片冰天雪地。这儿常年如此，沈清弦还是记得的。因为环境恶劣，所以人迹罕至，再加上他亲手布下的结界，除了他师父，罕有人能破解。

可也正是他师父，把他的金银窝给埋了。想到这里，尊主大人的心就疼，都不想去见自家师父了！当然心里不想，脚却很实诚，回过神时他已经回了万法宗。

此刻的万法宗正是鼎盛时期。世间万物就是这样，从没落走向繁盛，再从最顶端下降，最终因为一个契机而散落成沙。

盛极必衰，谁都无法摆脱，似乎能争取的只有让这个循环慢一些，再慢一些。

沈清弦一入山门，便有人上前鞠躬行礼。

这是一位年轻人，眉清目秀的，很是讨喜。

"王卿见过师叔。"年轻人应该是跳脱性子，但对沈清弦却规矩得很。

沈清弦想了一下，记起来了——王卿，他七师兄的关门弟子。

是啊，两千年……七师兄都有三四十个弟子了。

沈清弦跟着王卿上了山，途中又见到几个弟子，所有人见到他都是躬身行礼，看都没多看一眼。

这模样沈清弦已经习惯了，他万万年都这么过来的，也没什么值得在意的。

可重回这段时光，他清晰地分辨出自己内心深处是有些失落的。被人敬仰，被人尊重，同时也被人疏远。

到了上信峰，七师兄迎了出来："你还知道回来。"

七师兄还是那副模样，瞪起人来带了些薄怒，可其实了解他的都知道他刀子嘴豆腐心的性情。

沈清弦笑着道："师兄。"

七师兄拉着他的手道："有事没事地就知道躲在那金银窝里，被师父知道了，又要训你！"

沈清弦道："师兄可千万莫要告诉师父。"

七师兄道："我不说，可你也要认真些，明明已经有了基础，怎地就不努力些，赶紧成圣！"

沈清弦满口应道："我很认真的。"

七师兄没好气道："我信了！"

两人进了屋，七师兄知道他爱茶，特意拿出珍藏许久的红茶，吩咐人烧了晨露水，又亲自动手给他冲茶。

沈清弦心中感动，连忙道："师兄放着，我来。"

"你可别糟蹋我这好茶了。"七师兄泡好茶，给他倒了一杯，便坐下同他闲聊。

两千年，对于修真界来说也是沧海桑田了。

他们师兄弟十九人，留下来的只有四人。其他山峰的情况差不多，收的徒弟再多，结果都一样。

修真大道越走越窄，能容下的人太少，被淘汰的就显得多了。

其他两位师兄常年在外，七师兄是沈清弦唯一亲近的，而沈清弦也是老七唯一能见着的小师弟了。

同辈中人一个个离开，他很担心自己哪天去了，小十九就成了孤家寡人。可是……沈清弦又不能收徒。

七师兄想到这里心里边一阵酸涩，他说道："虽说不该这般惯着你，但这些东西放我这儿也是占地方，你都拿走吧。"说着起身，拿了两个乾坤袋过来，丢给了沈清弦。

沈清弦看了一眼，顿时五味杂陈。两袋子满满都是金石红玉，全是沈清弦喜好的东西。

他记起来了，这段时间的记忆一下子变得清晰了。

他一闭关就是数百年，一出来，见着七师兄，七师兄便会给他这样两个乾坤袋。

那个金银窝，七师兄实在出力不少。东西不是一次性攒齐的，而是跨越数百年不断积累的。

这是一个师兄对唯一师弟的挂怀，是长兄对幼弟的纵容疼爱。

沈清弦道："师兄对我真好。"

他这样说着，七师兄习惯性别扭道："也就你喜欢这些玩意，我不过是顺便收拾，想着与其扔了不如给你。"

顺便收拾会收拾这么多？真想着要扔了就不会用这样宝贵的乾坤袋好生装摆了。

沈清弦叹口气，觉得自己真不懂事。年少时得益于师兄照顾，两千多岁了也还是被这般宠着，可他又为师兄们做了什么？

好像并未做什么……他甚至连记忆都模糊了，实在惭愧！

七师兄又道："你赶紧收起来，回头让师父看到了，可别说是我给你的。"

沈清弦抿唇道："肯定要说你给的。"

七师兄气道："你这家伙。"

沈清弦展颜一笑，七师兄却愣住了："阿清……"

他话没说完，外头传来了一阵洪亮的男声："涟华回来了？"

话未落，人已经进来了。这是个身高八尺的高大男子，生得很是粗犷，眼睛黑亮，鼻子高挺，嘴唇微厚，显得开朗又和气。

沈清弦想了下才记起这是谁……上水峰的师兄，如今似乎是执法堂堂主。

他唤道："天瑞师兄。"

严天瑞哈哈大笑："好几百年没见了，你还是这副模样。"

沈清弦笑笑道："不这样还能哪样？"

严天瑞道："这是好事，大好事！"

他们闲聊几句，七师兄的视线总忍不住落到沈清弦身上，他眉眼间有些忧色，却没说出来。

几句话后，严天瑞说明来意："涟华回来得正是时候，过几日我们一同去趟兰弗国。"

听到兰弗国，沈清弦心思一动。

谁知不等他开口，七师兄竟拧眉道："无需他去。"

严天瑞道："我来时刚好和掌门师叔在一起，所以问了他的意见，他是同意的。"

七师兄错愕道："师父同意阿清去兰弗国？"

严天瑞道："同意！他去我们也能省些力气！"

七师兄急忙道："可是……"

严天瑞打断他的话，看向沈清弦道："涟华师弟，我们过几日要去兰弗国布阵，你去吗？"

这一问沈清弦却犹豫了一下。

他不记得这时候的事了，一点儿印象都没。当年他去没去？七师兄又为什么一副不想他去的样子？

可是师父同意了。

他应该是去了吧，毕竟来的时间点如此巧妙，想必就是去了兰弗国，所以他果然把这段记忆给忘了吗？

沈清弦道："我左右无事，乐得帮师兄们分忧。"

七师兄欲言又止，严天瑞拍拍他肩膀道："好啦，掌门师叔都同意了，你就别担心了。"

七师兄看看沈清弦，眼中全是不同意。

沈清弦也不好在这儿同他说道，只给了他一个安抚的眼神。

可谁知这一个眼神又让七师兄怔住了。

严天瑞同沈清弦说道："那你等我通知，我们大约五日后出发。"

沈清弦问他："去兰弗国布阵？布什么阵？"

严天瑞叹口气道："你不知道，这近百年，咱们一直试图将兰弗国一分为二，将其和凡世彻底隔开，只不过……"

他如此这般细细说了一番。

原来这时候修真界已经在商量着给兰弗国设下结界了。

这其实是好事，因为兰弗国的存在，凡世中的人总向往着修真界，哪怕完全没有修仙的潜质，也不择手段地想要进入兰弗国，进入"仙界"。可其实他们碌碌一生，也是在兰弗国受苦受难，根本不可能触碰大道。

因为这种优势，又让修真界的人滋生了天生的优越感。他们觉得自己生来高人一等，所以对待不能修炼的凡人极其恶劣，发生了不少令人发指的凶事。

设下结界，对修真界和凡世都是好事，即能让凡人们不必将短暂的一生放在无望的修炼上；也能让修真界的人们沉下心来，好生修炼，而不是行那些荒唐无度之事。

不过这结界却没那么轻松设下。

如今修真界正处在最尴尬的时候，万法宗的老前辈们闭关的闭关殒身的殒身，还有些一千多年都没露面，谁也不清楚是什么情况。

唯一还时常露面的就只有沈清弦的师父。可他却不能离开万法宗，所以这布阵之事只能交给弟子们了。

而弟子们的情况……看看沈清弦就知道了，连他这个最优秀的如今都没成圣，其他的就更是半斤八两了。

不得已只能多派几个人，好生周旋，将这件事给办了。

所以严天瑞察觉到沈清弦回来后，立马赶了过来，就是想抓个壮丁，帮忙去干活儿！

沈清弦听了这些，更不可能拒绝，满口答应下来。

听闻师父没闭关，沈清弦自是要去见一见师父的。

严天瑞便带沈清弦去了，七师兄也跟着，他还在紧皱着眉，沈清弦唤他："师兄？"

七师兄回神，他小声道："师父怎会让你去兰弗国……"

沈清弦挺纳闷的，不过有严天瑞在他没表现出来。

七师兄也只这样嘟囔了一句，就没再说什么。

他们去了前厅，沈清弦远远便看到了自家师父……

这一瞬也是感慨良多，毕竟这是心境，而真正的师父已经去往上界许久。

可惜下一刻，他的感慨就拍拍翅膀飞走了。

掌门师尊抬抬手指就把他拎过去："你这小子，是不是又贪玩了？"

两千岁了又怎样？在师父面前他还是个调皮的小孩！

沈清弦老脸一红，小声道："师父……"

掌门师尊见他这么乖还挺意外的，扔开他道："给你一百年时间，再不能成圣，你就小心那金银窝。"

沈清弦小心肝一颤，很心疼……是因为一百年后他没成圣，所以金银窝才被师父给埋了吗？

沈清弦悲惨地发现，他连这段记忆都记不太清了。

大概是师父说了太多类似的话，所以他不太当回事——没想到还真给埋了。

这时七师兄说道："师父，我听天瑞师兄说，兰弗国一行……"

掌门师尊应道："让小十九去吧。"

七师兄道："可是……"

掌门师尊道："无事，只不过是去布个阵，多花费些时间而已，不至于出什么事。"说完，他若有所思地看了看沈清弦。

沈清弦察觉到了，不过他没看过去，只当不知道。

师父都这么说了，七师兄只能应下来。

如此行程便定下了。临行前，掌门师尊又把七师兄和沈清弦叫来，嘱咐他们道："此行去兰弗国，我的一位故交之子会去帮忙，你们见着了只需客套一下，不必深交。"

这话听起来挺奇怪的，但七师兄却丁点儿疑惑没有，反而应道："师父放心，我会看好师弟的。"

掌门师尊又看向沈清弦："你要听你师兄的话。"

沈清弦连连表示没问题。他都两千岁了，还被师父师兄担心这个担心那个，是不是太丢人了些。

谁知他师父竟又支走了他，同七师兄说了会儿悄悄话。

若是两千岁的沈清弦自是听不了墙脚的，但现在轻而易举。

他听师父说道："你别担心，我看他状态不错，封心决也没那么严苛。"

封心决……

沈清弦脑袋嗡的一声，这才想起自己遗忘了数千年的事。

他成圣前，修的是忘情绝欲的封心决。

沈清弦这会儿是全想通了。

为什么他笑一笑，七师兄便一怔愣；为什么他开个玩笑，七师兄便会错愕；又为什么严天瑞邀请他去兰弗国，七师兄会当口否决。

因为封心决。

他年少时忘记了顾见深这位好友，自此无欲无求，便修了那极适合他的封心决。

这功法的确厉害，别看沈清弦如今没成圣，但真和人干架，只怕天底下能打过他的也只有他师父辈的几个人。

受益越大，代价越高。

整整两千年，他封心灭欲，从不同人亲近。

也正是因为这个缘故，万法宗的门人见着他才会那般拘谨与疏离。七师兄也怕他走火入魔，所以极少同他联系，只能默默地收集些他的心爱之物——每次偷偷给他，心里还要紧张许久，生怕自己这是害了他。

好在对于俗物的欲，暂时不会触动封心决的反噬。

沈清弦知道自己为什么对成圣前的记忆那么模糊了，因为的确没什么值得记得的。

他活了快两千年，可实际上认识的人反而越来越少。

七师兄都收了那么多弟子，他却一个都没有，是因为功法，不允许他带徒弟。

孤零零一个人实在无趣，他只好不断地闭关。

大好岁月都在闭关中度过，又哪来什么值得回忆的东西。

沈清弦如今再品品自己这成圣前的两千年，实在是部灰白色的无聊默片，连一丁点儿情感上的光彩都没有。

师父和七师兄的谈话他也没再多听。无非是七师兄对他的担忧，怕他动情动念，怕他走火入魔，怕他遭到反噬。

师父安慰着七师兄，听起来沉稳有度，可现在的沈清弦听来，只觉得师父语态中有着藏不住的忧愁与担心。

封心诀本该是让修炼速度无限提升的强力功法，之前的境界，沈清弦也的确是快得惊人，可唯独到了成圣的重要关卡，却一下子慢了，足足停了一千多年，愣是没一丁点儿动静。

究竟是哪里不对？又究竟该怎么办？久久不能成圣，又是否会有隐患？

连师父都不知道。

第二日，沈清弦便恢复到清心寡欲的模样。

这做派他熟得很，虽然从和顾见深重新相识，经历多次入世后他已经找回了遗失的情感，但这姿态他用了数千年，完全是手到擒来。

果不其然，他端起这冷情冷面、人畜勿近的模样，七师兄便松了口气，明显放心了。

沈清弦心里也是五味杂陈。

当年自己真的修炼到冷情冷面，虽觉得七师兄不一样，却也感知不到他对自己的关怀与挂念，所以也未曾有过回应。

如今在这幻境中，自己感觉到了，可惜为了让七师兄安心，竟又不得不同他这般疏离。

好在七师兄是真的安心了，眉心不蹙了，目中也没了担忧之色，只用着自己的方式去别扭地照顾着沈清弦。

沈清弦想想也释然了。

倘若他当年真的同七师兄亲密无间，只怕会给两人制造无数磨难，所以……这样已经很好了。

五日一晃而过，严天瑞带队，一行人御剑前往兰弗国。此行总共七人，算是万法宗的佼佼者倾巢而出了。

对于这次布阵，万法宗极为重视，否则也不会派出这许多精英。

行进了约莫一日功夫，终于抵达兰弗国境内。

兰弗国极大，在当时两界中，已然是最热闹最繁盛的国度。

执政者师从万法宗，不过如今算是自立门户，已然不受万法宗管辖。

但因为这层关系，兰弗国同万法宗关系亲近，一直相安无事。

此次布阵，虽然有不少人抵触，但兰弗王却是支持的，听闻沈清弦等人到来，更是亲自摆驾，前来迎接。

兰弗王修为不俗，已是半圣，距离成圣只差那临门一脚。可惜这一脚可遇不可求，多少人蹉跎一生也等不来这一刻。

兰弗王生得俊秀儒雅，穿一袭白色长袍，半点儿世俗帝王的模样都没有，很是仙姿凛然。

他先同严天瑞问好，接着是七师兄……最后才看到队末的沈清弦。

他满目惊艳，诧异道："这位……"

沈清弦道："陛下安康。"

严天瑞介绍道："这位是掌门大人的小徒弟。"

"涟华道君？"兰弗王很是喜悦，"竟能有幸见到万法宗第一天骄，实在是三生有幸！"

沈清弦客气地点点头，并未多说什么。

这是他以前的惯常模样，一切俗世社交对他来说都是一句话和点点头的事，连笑都不会笑一下。

不过兰弗王连一丁点儿恼的模样都没有，反而很开心，一路上都兴致勃勃地介绍接下来的盛大宴会。

布下这样的结界需要充足的准备。

他们赶了一天路，需要休息，也需要等材料的抵达，所以不急一时。

兰弗王准备的座驾是一排仙鹤，它们身躯优美，脖颈修长，银白色羽翼微颤，散落点点星辉。

一行人站在白鹤之上，当真是仙风道骨，缥缈至极。

沿路遇见的凡人全都放下手中的活计，跪倒在地。

修炼之人都没下跪，但也单手握拳，放在了胸前，行了敬礼。

他们一走，后面便是压不住的惊呼声。

兰弗王一行境界极高，自是听得一清二楚。

后头的修炼之人也好，凡人也罢，讨论的都只有一个人——仙鹤之上穿着最简单的白衣，周身毫无缀饰，仅是那清冷容貌就已经让天地变色的年轻仙人。

"可真是太好看了，生平见过的最好看的人！"

"是万法宗的吗？天哪，好想拜入万法宗！"

"拜入了又怎样？那人修为极高，岂是我等得以亲近的？"

“得见此颜，死而无憾。”

兰弗王略带歉意地说道：“涟华道君莫要恼，他们只是倾慕于道君的风华气度。”

严天瑞缓解气氛道：“没事，我师弟早就习惯了，哈哈哈！”

七师兄知道沈清弦寡言，也跟着说道：“早些年拜入万法宗的，有三分之二都是为了见他一面。”

沈清弦：“……”师兄你的笑话好冷，我的面瘫都快绷不住了。

好在兰弗王笑点低，竟然跟着笑了起来。

不过七师兄怕沈清弦不自在，所以换了话题。

沈清弦算是体会到面瘫高冷的好处了，不管别人说什么，他一概当没听见就是了。

一路走来，很多人在看他们，也有很多人行礼。沈清弦起初并未在意，只认真打量着这个数千年后已然消失的国度。

忽然间，一道视线落在他身上。他猛地看去，可惜这视线来得突兀，消失得也快，他并未看到人。

不过……沈清弦感觉到了。是顾见深，还未成圣的顾见深。

原来他已经到兰弗国了，还躲在人群中？

沈清弦觉得有趣，可紧接着又有些怅然。看来他们的确是失去了这段记忆。

数千年前，他们还没成圣的时候，双双来到了兰弗国，之后发生了什么？现在的沈清弦还不知道，但他可以模拟着将记忆还原。

修习封心决的沈清弦是不会主动去认识顾见深的，所以是顾见深找的他。那么……他是怎么认识自己的？

沈清弦竟有些期待，忍不住抿唇一笑。

紧接着那本消失得无影无踪的视线又锁住了他。

这次沈清弦没去追踪，而是装作毫无所觉。沈清弦心情大好，目不斜视地看着前方，期待着顾见深露面。

中午的宴会挺热闹的，不过沈清弦心不在此，反觉得无聊。

兰弗王给他们安顿得很好，住处都是一顶一的舒适，招待得非常周道。

晚上大家都有些乏，在准备休息时，严天瑞一个纸鹤将大家都招呼过来。

沈清弦没想太多，直到踏进严天瑞的屋子，看到那一身红衣的英俊男子。

虽然才刚见过，可此时此刻沈清弦竟像是真的回到了两千岁时的心境。

垂至腰际的红发，枫叶般艳丽的红裳，还有那汇集了全天下最耀眼光辉的红眸。沈清弦实实在在地被震住了。

顾见深也看向了他，同偷摸看时不同，这会儿他视线极其坦荡。别的不提，论“装模作样”，帝尊大人稳居榜首。

严天瑞介绍道："这位是掌门师叔请来助阵的故交之子，姓夏，名清深。"

夏清深？这化名怎么这么耳熟。

是了……玉简发布同门任务时他装成青柳妖，顾见深便化身为一名唤作清深的侍仆。至于夏，顾见深的养父似乎姓夏。

虽然如今的顾九渊远没后世那样名扬四海，但这名字对于万法宗来说也是大忌。

毕竟整个上德峰毁于一旦，他的名字被钉在了执法堂的通缉令上。

严天瑞挨个介绍了他们这边，轮到沈清弦时，沈清弦看向顾见深，自己说道："鄙姓沈，字涟华。"

"涟华道君，"顾见深声音温朗，极有风度，"久仰大名。"

沈清弦心底闷笑：装，看你能装到什么时候。

因为时候不早了，众人略作介绍后便各自分开，回去休息。

沈清弦同七师兄走在一起，根本没机会同顾见深接触。

不过看顾见深的模样，似乎也没想和他接触。

可惜沈清弦不信。

回屋后，沈清弦看到窗外有一只胖纸鹤。

他打开窗户，纸鹤飞了进来，上面龙飞凤舞八个字："轻云蔽月，流风回雪。"

沈清弦已经是第三次见到这句话了，准确点儿说，前两次是听到的。

一次是在妄烬星海，他们亿万岁了，以为是初相遇，顾见深用这句诗形容了他。当时他还打趣了顾见深一句。

其实那不是他们第一次见面，也不是顾见深第一次说那话。

在即将成圣前的这一次，才是两人失忆后的第一次重逢，才是顾见深第一次说出这八个字。

在之前的幻境中，沈清弦模拟了一次两人重逢，当时顾见深说得同现在一般无二。

不过那只是幻境，真正的重逢是现在。

过了近两千年，却仍执迷于年少时的一次懵懂相遇，仔细想想，其中感受当真难以细述。

这纸鹤上还残留着灵气，显然是能飞回去的。他若是写上一句，它便能捎回给顾见深。

沈清弦抿唇笑笑，拿起笔写下："红艳露凝香，巫山枉断肠。"

他稍一扬手，白纸变形，胖乎乎的纸鹤越过窗子飞了出去。

沈清弦忍不住在心里吐槽了句：怎么折得这么丑？不过也挺可爱的。

没多久，胖纸鹤又拿头来撞窗了。

沈清弦刚给它开个缝，这家伙便挤进来，而后化作一张白纸。上面是一句话："你知道我是谁？"

沈清弦当然知道他是谁，不仅知道他是谁，还知道他……嗯……总之知道很多很多非常多。

但是这个时候，沈清弦应该是不知道的，于是他回了一句："你是谁？"

胖纸鹤已经轻车熟路，扭一扭挤一挤，顺利蹭了进来，一摊开，又是一行字："不知道你这样回我？"

沈清弦笑了笑，又回顾见深："难道不是你先调笑我的？"

胖纸鹤飞回来："我是在赞赏你。"

沈清弦又给他回道："所以我们今天见过面？"

顾见深谜之自信地觉得沈清弦猜不到自己，回道："人群中一瞥。"

沈清弦正要落笔，外头传来了敲门声。

沈清弦吓了一跳，赶紧将纸鹤藏到袖笼中。

"阿清，睡了吗？"

是七师兄，沈清弦起身道："没。"

七师兄道："那我进来了？"

沈清弦已经给他开了门："有什么事吗？"

七师兄手里端着个盘子，上头放了个玉壶，只听他说道："来，把这个喝了。"

沈清弦一看就知道这是解毒剂，不过他装作不知道："这是什么？"

七师兄道："滋补的药剂，过几日咱们要连轴转，怕你受不住。"

沈清弦"不疑有他"道："还是师兄想得周道。"

七师兄倒给他，沈清弦便一饮而尽，末了七师兄明显松口气，神态舒缓了些："早些休息。"

沈清弦应道："好，师兄也早些歇息。"

七师兄便离开了。虽然他没明说，但沈清弦也知道缘由。

这兰弗国王对他们很是亲切，招待得也极为周道，一整天都陪伴左右，又是介绍风土人情，又是请尝美酒佳肴，很是热情好客了。

但兰弗国对于布阵的事其实是有抵触情绪的，谁知道这热情好客是不是圈套？

总之小心为上，服用解毒剂也是有备无患。

至于七师兄为什么不同沈清弦说，大约是顾虑到他"性情单纯"，怕他沉不住气。

仔细说起来，此时的沈清弦还真是单纯得很，毕竟长久疏离人群，没有社交，于人情世故上肯定要差一些。

这一耽搁，顾某人沉不住气了，又一只胖纸鹤在拿头撞窗。

沈清弦赶紧给它开了缝，把它放进来。

沈清弦赶紧回道："刚才我师兄来了。"

然后纸鹤就没再飞过来了。

沈清弦开着窗等半天都没等到，不禁有些气，便把窗关上，不等了！

正要打坐休息，窗边又传来了"咚咚咚"的声音。沈清弦几步过去，把胖纸鹤给放了进来。

这次的字多了不少，顾见深写道："刚才有人来了，耽误了些时间，你没休息吧？"

沈清弦懂了，估计也有人给顾见深送解毒剂，毕竟他们是一起行动的，而且他还是师父特意嘱咐过的故交之子，肯定会好生照拂。

沈清弦故意说道："已经休息了。"

按理说这就不该再回复了，但沈清弦了解顾见深，知道他肯定会"迎难而上"。

果不其然，顾见深问："我还能再联系你吗？"

沈清弦忍着笑问他："你为什么想联系我？"

顾见深回他："我对你一见如故，就想和你说话。"

沈清弦嘴角扬着，饶有兴致地写道："那你为什么不来当面和我说？"

顾见深这次送来的胖纸鹤扭扭捏捏的，好像不好意思似的："我生得有些奇怪，怕你见了厌恶。"

看到这话，沈清弦的心猛地一揪，有些难过。

自己喜欢红色，可实际上顾见深一直为了他的红发红眸而隐隐自卑。

沈清弦也不好表现出自己知道他是谁，只能问道："你长的什么样子？"

顾见深却问他："你觉得什么样的人好看？"

沈清弦抿嘴笑了笑，故意写道："不告诉你。"

看着这四个字的顾见深实在没忍住，他出了屋，掩了气息偷偷来到沈清弦屋外。

他垂眸看着自己的掌心，上面除了皎月的光辉，再也没有其他东西，可握紧后却体会到了前所未有的满足感。很奇怪，可是很窝心。

顾见深就在沈清弦屋外，可惜沈清弦毫无所觉。

如此看来，现阶段顾见深的修为境界比沈清弦是略胜一筹的。

第二天，沈清弦看看小纸鹤，心中一片柔软。

他们当年也是这样的吗？

也许当时不是第一晚就聊了这么多，但依着顾见深那锲而不舍的劲儿，肯定不停地让胖纸鹤来卖萌，早晚会敲开沈清弦的窗。

其实这是个妙招，对于这时候的沈清弦来说，是个一顶一的好招数。

诚然顾见深用纸鹤是怕自己的容貌惹沈清弦不喜，所以迂回前进，但却误打误撞地选择了一个最好的方式靠近沈清弦。

将近两千岁的沈清弦早已和十几岁时截然不同。

这时候的涟华道君，因为修了这么久的封心决，已然是位真正的道君了。

他不知情不懂爱，甚至厌恶人群，连开口说话都是不喜的。

孤零零了这么久，冷不丁看到个胖纸鹤，感觉很是微妙，不会太排斥。

他不必同人见面，不必开口，只需抬抬笔，随意写两个字。毫无顾忌，也无需顾忌。

一来二去，大概两人就聊开了……等顾见深顺利套出沈清弦喜欢金红二色，那么他自会表露身份，如此两人便亲近了。

沈清弦已经隐约碰到一些他们失去的记忆了。

兰弗王实在热情，昨日已经那般周道了，今日竟又邀请他们去兰弗国各处走走。

盛情难却，大家便一起出了门，七师兄问沈清弦："你去吗？"

沈清弦知道顾见深在偷看他，他目不斜视道："我不去了。"

兰弗王听到了，连忙又来邀请他。

七师兄替他说道："我这师弟不喜热闹，陛下还是莫要为难他了。"

七师兄这么一说，兰弗王自是不好再勉强。

他们一行人走了，沈清弦留意了顾见深的动静，发现他虽跟着出去却又借故溜了回来。

沈清弦嘴角一扬，装作不知，只漫无目的地出了宫，似乎想一人闲逛。

沈清弦知道顾见深跟在他身后，他故意向着一处幽静之地走去。

怎么才能给顾见深机会，让他出来呢？尊主大人绞尽脑汁认真思考着。

沈清弦漫无目的地走着，顾见深一步一步紧跟着。

他装作不知道，顾见深也以为他真不知道。

走到一处林子里，枝繁叶茂，被青萝灌木拽着袍裾，走得十分不易。

他都这般了，想必"跟踪"的那位更不容易。

沈清弦也不走快，就这样慢腾腾地走着，在这孤林之中消磨时间。他寻了处风景极美之处，轻轻一跃，坐到一处结实的树干上，再向后一靠，闭上眼睛装作小憩。

他假意睡着，某人总该溜出来了吧？

真是一幅无与伦比的绝世画卷。

幽静的密林中，被树叶分割成一丝一缕的阳光，如点点星辰般落在他身上，点缀了乌黑的发，耀亮了白皙的肌肤，连那露在外头的光洁指甲，都像一块块小巧的玉石般晶莹剔透。

结果沈清弦都快睡着了，顾见深还没露面！

沈清弦琢磨了一下，顾见深是个谋定而后动的性子，势必要做到一击即中，不留后患。

沈清弦懒得在这吹冷风了，他打算去城镇里走走，给顾见深更多的信息，让顾

222

见深赶紧安心，好尽快动起来。

顾见深不是怕自己"长得丑"，惹他厌恶吗？那他就……

沈清弦起身，给自己施了个障眼法便进了城。

他真不是自恋，但去人多尤其是凡人多的地方，遮掩一下还是很有必要的，要不然根本不得清净。

当然这个障眼法瞒不住顾见深。

兰弗国人口众多，经济繁盛，临近都城的城镇比其他地方要热闹得多。

沈清弦去了个瞧着很热闹的坊市，饶有兴趣地四处打量。

这儿有林立的店铺，也有随便撑起的小摊，尽是吆喝声和讨价还价的争论声，热闹又喧嚣。

沈清弦起初是做样子，结果真被几个物件给吸引住了视线。也不是什么宝器，就是些初学者做出的小玩意，但装饰得很好看。大约是知道法器本身不行，所以弄得华丽些，想着能顺利出售。

沈清弦指着个巴掌大的玲珑塔道："这个怎么卖？"

小贩赶紧说道："三十灵石！"

其实这玩意也就值三灵石，小贩已经做好了被讨价还价的心理准备，想着怎么也得卖到五个灵石！

谁知……沈清弦已经一手交钱一手拿货了。

小贩蒙了。

沈清弦诧异道："怎么了？"

小贩看着手里的一袋灵石，疯狂摇头，结结巴巴道："没……没什么！"

沈清弦也没当回事，将红亮亮的玲珑塔给收了起来。

之后整条街的小贩都迎来了春天！

一个看不清脸的傻财主让他们赚大发了，买的全是华而不实的东西，以红色最佳，金色次之，别管用途是什么，只要生得好看、颜色正，要是会闪光的话就可以随便开价，无论多少都爽快掏钱，毫不犹豫！

有钱真好！有钱又傻更好！

今天这个坊市都跟着狂欢了！

沈清弦起初还是装模作样地买，后来是真来劲了，一口气把所有红色的金色的东西都给收入乾坤袋，满满当当地完成了采购任务。

看来他的金银窝得再扩充一下了，要不该放不下啦！

顾见深跟了他一路，起初是错愕的，后来是惊喜。瞧着不食烟火的清冷模样，可实际上却喜欢大红大金？

顾见深因为自己的容貌而一直讨厌的颜色，此刻竟觉得无比顺眼。

沈清弦把乾坤袋都装满后又进了一处酒楼，找了个靠窗的座位，随便点了几个菜。

都这时候了，总该出来露个脸了吧？

好在沈清弦没白一掷千金，跟了许久的顾某人终于出场了，一副偶然来到这酒楼，偶然上楼，偶然看到靠窗的位子，偶然瞧见沈清弦的模样。

他的神态其实毫无破绽，可一想到他这全是装的，沈清弦便心里闷笑，嘴角得很努力压住才能不扬起来。

"涟华道君？"顾见深惊讶道，"好巧，你也在这儿。"

巧个鬼！跟了两个多时辰才露面，还好意思说巧！

沈清弦道："怎么清深道君会在这个小城？"

大部队都跟着兰弗王去一览山河了，按理说顾见深也该在其中才对。

顾见深应对自如："我不爱热闹，便偷了个懒躲出来了。"他这也是投其所好，知道沈清弦喜静，所以才这么说。

"我也不爱人群嘈杂，"沈清弦道，"清深道君不介意的话，我们凑个桌？"

万万没想到他竟主动开口，顾见深顿时有了底气，道："如此甚好。"

顾见深坐下，两人便面对面了。

顾见深目不斜视，真会演。

沈清弦如今再想想他们亿万年时因为玉简的再相遇，只觉得回味无穷。

那时候他总觉得顾见深心机深，很假，另有所谋。如今一联系，沈清弦确定了：心机的确深，也的确假，但却没有另有所谋。

点菜的时候，顾见深问他："不知涟华道君喜好什么？"

沈清弦从来不挑食，就挑颜色，但他知道顾见深的口味，知道顾见深有几道特别喜爱的菜。

他白皙的指尖在菜单上指了指，说道："就这几个吧，不知清深道君喜欢吃什么。"

顾见深一看，登时红眸一亮，诧异道："不承想竟与涟华道君如此投缘，这些全是我平日里爱吃的。"

沈清弦心道：当然投缘，我故意投了你的缘！

他目中也带出一丝诧异："是这样的吗？"

顾见深很真诚地道："是的！"

缘分，真正的缘分！否则怎么会这样巧？

沈清弦顺着他说道："那我们可真有缘。"

两人边吃边聊，自是一万个投缘。

其实他们本来就很聊得来，沈清弦又故意聊顾见深喜欢的话题，这样的聊天能不顺畅才有鬼了。

不知不觉他们竟聊到菜空茶凉，再吃下去店家都该来赶人了……可顾见深又怕离开这饭桌自己就没了和沈清弦一起的理由。

沈清弦主动开口："时候不早了，我们一起回宫吧？"

有道理！顾见深当即应道："可以。"

沈清弦心里好笑，面上却很平静："这兰弗国的确热闹，中午吃得不少，不如我们走回王宫？"

这正中顾见深下怀，他立刻说道："好，走走路，也能消消食。"

两人出了酒楼，并肩走在路上。一路上顾见深有无数话题，幽默又风趣，很是讨人欢喜。

沈清弦说着说着便自然而然地透露道："我上午买了不少东西，都很有趣。"说着把那红艳艳的玲珑塔拿出来，"你看，多漂亮。"

顾见深谨慎道："是挺好看的，这红色……"

"对吧，这红色真好看。"沈清弦盯着它温声道，"我最喜欢它的颜色了。"

虽然早就猜到了，可如此真切地听到，顾见深还是觉得很开心。

沈清弦似是看到了什么，忽地眼睛一亮道："那块红玉可真够大的。"说着人已经像被吸住一般走了过去。

顾见深跟上，瞧他这样，只觉得欢喜极了。

于是这另一条街也受到了傻财主的惠顾，还一下迎来两个，买的东西都是双份的，只要是红色的，全部被扫荡一空！

沈清弦看向他道："你也喜欢这些？"

顾见深微笑道："对，很喜欢。"

好吧，这次是他来投沈清弦的缘了。

沈清弦心里忍笑，面上却全是惊喜："也难怪，你这双眼睛……"他没再说，别开眼去，道，"那儿挺热闹的，我们去看看吧。"

那地方是挺热闹的，围了一群人，不知在做什么。

沈清弦好奇道："是在拍卖什么东西吗？"

顾见深应道："可能是。"

沈清弦道："不知是什么好东西。"

顾见深问他："你想要吗？"

沈清弦道："若是有趣，倒是可以……"

正说时，一个特别漂亮、十分耀眼的红色小球迎面飞来。

顾见深如今对红色特别敏感，看到了就想抓住，抓住了就想送到沈清弦面前。于是几乎出于本能，一把握住了这红色圆球。

接着人群中爆发出激烈的喝彩声，顾见深微怔，他定睛一看，才发现自己拿了个绣球……

绣球，怎么会是绣球？顾见深万万没想到，自己有生之年还能接到别人的绣球……这可如何是好？给沈清弦？不行！扔出去？已经晚了！

未来的心域帝尊大人一脸蒙，沈清弦不厚道得只想笑。

可以的，老顾同志，赶紧去娶妻生子，走向人生巅峰吧！

察觉到沈清弦的视线，顾见深辩解道："我看着是红色的，以为你会喜欢，我……"

他话都没说完，一堆人就簇拥而来，吆喝着说道："新郎官，新郎官是个英俊小伙！"

沈清弦终于忍不住了，他眼睛一弯，全是笑意。

顾见深更慌了，急忙道："我不知道这是绣球，我只是……"

可怜他的声音完全被吵闹的人群给盖了过去，大家推着他进了那栋看起来富丽堂皇的小楼，热热闹闹地欢迎着新出炉的新郎官。

其实以顾见深的修为，他轻而易举就能撂倒一片人。

但这里都是些低阶的修炼之人，他一个将成圣的在这儿出手，若是一个没控制，是会出人命的。

他本就是掩藏身份前来帮忙的，若是闯下祸事，回去了只怕要挨禁闭。

当然现在不是想这些的时候，他得赶紧解决这个麻烦。

沈清弦觉得好玩得很，还跟着人群进去了，一脸看热闹不嫌事大的模样。

抛绣球招到个如此英伟不凡的女婿，这家主人开心得很，觉得赚大发了。

顾见深掩去了眼睛颜色和发色，只凭这张脸，的确相当抓人，也难怪人家妹子一见钟情，丢球丢得如此准。

这可如何是好？沈清弦幸灾乐祸地看着，等着看他怎么脱身。

人群之中，顾见深站直，陡然外放的气息让喧闹的人群霎时间安静下来。

他们这才意识到顾见深境界不俗。

招婿的主人却眼睛一亮，更觉自己捡到宝了。

他正要开口，顾见深便躬身行礼，开口道："实在抱歉，偶然路过只见人群喧闹，不知所行何事，绣球落下才知竟是这般良辰佳事……"

他不再收敛气势后，说话的气度也变了，旁人竟大气不敢出，更不敢接话，只老实听着。

只听顾见深又道："如此厚爱实在无颜承受，皆因在下已有道侣，情深意笃，不能负了心上人，也不能负了贵千金。"

这话一出，大家惊呆了，那主人说道："你……你已成亲？"

顾见深道："正是。说来荒唐，在下瞧着此处人声鼎沸，便想着要绕过去，谁知绣球竟这般落了下来。"

他对那主人说道："实在抱歉，弄乱了贵府千金的喜事。"

说完他从乾坤袋中拿出一块深黑色隐隐泛着金光的物件："这个还请收下，容在下聊表歉意。"

那主人定睛一看，震惊了："黑、黑……金……玉……"

顾见深趁着全场人的视线都被夺走，带着沈清弦便冲出人群，消失得无影无踪。

他们消失后，那处的人群才慢半拍地爆发出惊天动地的惊呼声。

"天哪！他们是谁？"

"黑金玉啊！有生之年我竟能看到这种宝贝！"

"瞧着那般年轻，原来竟是元婴老祖吗？"

却说那招婿的主人已经乐得嘴巴都合不拢了，虽说今天这乌龙闹得有些尴尬，但收获却实在惊人！

他的宝贝女儿一个绣球砸到一位元婴老祖！这气运！还是别结婚了，赶紧去修炼吧！

还有这黑金玉，他们老王家三辈子都不愁吃不愁喝了啊！

两人回到宫中，沈清弦回屋，关上门，思考着今天的事。

他在心境的行为虽然不可能和真正的两千岁时一样，但其实也相差无几。

总归是顾见深故意接近他……这时候的他修了封心决，活在师父和师兄的照拂下，完全不通世事。

冷不丁碰到这般有趣又生得如此好看的顾见深，他们定是很快就成为了朋友。

哪还管什么封心决？什么走火入魔？什么修为全废？

沈清弦还是很了解自己的，就是个死脑筋。

哪怕即将成不了圣也无所谓，废了就废了，大不了再修。所以封心决应该不是阻碍他们的根本。

那当年到底还发生了什么？

沈清弦的思绪被七师兄给打断了。

天色已暗，七师兄他们也都回来了，和昨晚一样，他又给沈清弦带来了解毒剂。

虽然沈清弦没跟他们一起出去，但七师兄向来谨慎，不会就此落下。

沈清弦老实喝了，又说了会儿话，七师兄便回去了。

几乎是七师兄刚走，就有胖纸鹤来撞窗了。

沈清弦嘴角微勾，抬手将它放了进来。

胖纸鹤落在他手心，摊成一张纸："我又看到你了。"

废话，我们在一起逛了一天，这会儿装什么陌生人！

沈清弦也不戳穿，耐着性子回他："你到底是谁？"

胖纸鹤哪会暴露身份？它又飞回来，明知故问道："你先告诉我，和你同行的人是谁？"

不就是你嘛！问自己是谁很有趣吗？

沈清弦陪他做戏道："他是我的朋友。"

胖纸鹤回得很快："我觉得他不配跟你做朋友。"

看到这话，沈清弦实在忍不住了，笑得眼睛都弯成月牙。

等出了心境回忆起这一段，看他尴尬不尴尬！

沈清弦知道他想套话，但自己哪会这么轻松地被一个"无名人士"给套话，于是回他："与你何干。"

四个字冷冰冰的，似乎还带了怒气。

但看着它们的顾见深却止不住扬起嘴角。

他又提笔写道："他生成那样，你不觉得古怪？"

沈清弦假装生气道："你到底是谁？这样背地里说人坏话，无不无聊？"

顾见深大概觉得自己白天那一本正经的模样很稳，所以胖纸鹤就浪起来了："对不起，惹你生气了，我平日不这样的，只是有些嫉妒。"

嫉妒你自己吗？

沈清弦陪他玩道："你嫉妒什么？"

胖纸鹤道："明明是我先看到你的，为什么你这么快就同他成了朋友？"

沈清弦斟酌了一下，回他："我连你是谁都不知道。"

胖纸鹤道："那你又知道他是谁？"

沈清弦道："他是我师父故交的孩子，总归不是什么恶人。"

老顾同学聪明地给自己铺路："万一他就是恶人呢？"

看到他这话，沈清弦敏锐地捕捉到他的小心思。

如今心域和天道已经有水火不容之势，如果顾见深暴露了自己心域的身份，只怕沈清弦会提刀见他。

尤其他还是顾见深，是万法宗有史以来的头号叛徒……这些要暴露了，还做什么朋友，估计沈清弦会顺势清理门户。

沈清弦太了解他心里的小九九了，于是说道："你再这样恶意中伤我的朋友，我就设个结界，让纸鹤飞不进来。"

胖纸鹤还是想套话："你真的把他当朋友吗？"

沈清弦道："当然。"

如今的尊主大人太了解他的心思了，果不其然，看着这句话的顾见深欣喜不已。

他又重新拿出一张纸写道："你明天还会和他见面吗？"

沈清弦道："我与他都有事要忙，哪有工夫再见面？"

胖纸鹤道："他肯定会找你的。"

沈清弦心道：你不来的话我打死你。

可惜这是心境，否则沈清弦一定要把这些纸鹤都好生收起来，时不时拿出来看看，实在太有趣了。

顾见深结束了"挑拨离间"，两人都好生歇下。

第二日还是老样子，兰弗王盛情款待，沈清弦脱离人群。

不过今天他没出门，留在了兰弗宫中。

他寻了处僻静之地，斟一壶热茶，颇为悠然自得。等了没多久，某人就按捺不住了。

同昨晚的胖纸鹤截然不同，白日的顾见深极有风度。

他看到沈清弦，诧异道："涟华道君？好巧。"

巧不巧的，你心里没点儿数？

沈清弦也诧异道："清深道君？怎么今日又没出宫？"

顾见深自然地走过来说道："左右是些吃喝玩乐，我不爱那些。"

他这般投其所好，沈清弦自是要配合的，于是道："我也不爱。"

"所以我们还真是投缘。"顾见深又扯起缘分论。

沈清弦似是想起了什么，视线躲闪了一下，没接话。

顾见深不动声色地问道："道君今日有事吗？"

沈清弦道："无事。"

顾见深道："那我们一起出去走走？"

沈清弦眼睛带了丝笑意，轻声道："再去抢个绣球？"

他居然打趣自己！顾见深面色不变，道："使不得，实在使不得。"

沈清弦端起茶杯啜了一口，起身道，"走吧，我们出去。"

顾见深自是赶紧应下："好。"

既然约人出来玩，顾见深当然早有准备。

吃饭的地方、闲逛的地方……一切都投其所好，百分百让沈清弦心满意足。

临近傍晚的时候，顾见深对他说道："我带你去个好地方。"

沈清弦好奇道："去哪儿？"

顾见深道："跟我来。"

于是沈清弦就这样跟在他身后，一同向郊外走去，没走多久便到了目的地。

顾见深还卖起了关子："能把眼睛闭上吗？"

沈清弦故意问："闭上眼要怎么走路？"

顾见深道："放心，我在你身边。"

沈清弦便道："那你拉着我袖子吧。"

他闭上眼问："究竟去哪儿？"

顾见深清清嗓子道："到了你就知道了。"

说罢一起向前走去。

以沈清弦如今的神识，闭不闭眼完全没区别，不过他很期待顾见深准备的惊喜，所以没开神识。

到了地方，顾见深道："睁开眼吧。"

沈清弦睁开眼。

顾见深笑道："好看吗？"

沈清弦不知该说什么，无数情绪翻涌上来。

这是一株凤凰木，鲜红的枝叶如火焰般绽放着。它远没数千年后庞大，也没有那金色的凤鸟，更没有那精致的木屋。

它尚年轻，如同现在的他们一般。

可是它已经存在了，存在于他们遗忘的记忆中，存在于他们再相逢的时光中。

为什么数千年后顾见深还找得到它？

为什么兰弗国都消失了，它却在其他地方繁茂生长着？

难道什么都忘了的顾见深，见到它还会心生怜惜吗？他怔怔地发着呆，神态间全是悲伤。

顾见深唤他："怎么了？"

沈清弦猛地回神，整理了一下情绪道："太好看了。"

顾见深问他："喜欢吗？"

沈清弦点点头，用心说道："喜欢。"

太喜欢了，喜欢现在这年轻的凤凰木，也喜欢数千年后那庞大的凤凰木。

沈清弦轻声重复道："很喜欢。"

夕阳下的凤凰木更加美丽。

金色的阳光笼罩在嫣红的凤凰花上，仿佛黑夜降临时绽放的无边烟火，美得让人忘记眨眼睛。

他们待了很久，久到不得不回去。

回到兰弗宫时，沈清弦道："我今天很开心。"

顾见深道："我也是。"

两人各自回屋后，胖纸鹤便撞进来。

沈清弦捧住它，好奇地打开了，里面写着："你看，他果然又来找你了！"

沈清弦嘴角全是笑容，故意问他："那又如何？"

胖纸鹤"气急败坏"道："我好心提醒你，他肯定不是什么好人……"

沈清弦被这"精分"顾给逗得不行，回他："你想太多了。"

沈清弦怕再和他扯下去会忍不住揪了他的小马甲，所以打住道："我要休息了。"

小胖纸鹤很懂适可而止，没再来撞窗打扰沈清弦。

接下来几天，两人就维持了这种有趣的关系。

白日里顾见深一本正经地和沈清弦游玩，晚上又摇身一变成了胖纸鹤，叽里咕噜地诋毁着白日里那"人面兽心"的自己。

其实他这招很聪明，一方面在白天展现出自己风度翩翩的一面；另一方面又在晚上诋毁自己，让沈清弦在无形中更相信他。

这日顾见深踩着点儿来找他，见沈清弦眉眼轻皱，满脸关怀地问道："怎么了，没休息好吗？我给你冲壶茶提提神。"

沈清弦感激道："多谢。"

顾见深给他一个微笑。

喝了茶后，沈清弦精神好了许多。

顾见深忧心道："你既不舒服，今日我们还是别出去了。"

沈清弦顿了下，低声道："待在这儿也怪无趣的，我们还是出去吧。"

顾见深问他："有什么想去的地方吗？"

沈清弦说道："随便走走吧，今日不想去人群喧闹之地。"

两人出了门，眼瞅着越走越偏，顾见深道："前面是禁区了。"

沈清弦似是恍然回神，顿了一下，薄唇微抿道："也不知前头有什么。"

顾见深道："你若好奇，我们便进去看看，总归不会有什么危险的。"

就他俩这修为——只要别误入其他小世界，哪来的危险可言。

沈清弦低声道："好，去看看吧。"

所谓禁区，大约是人迹罕至的，因为来的人少，所以也没有路，到处都是灌木丛，根本不知前头是什么。

他们走了一段路后，顾见深忽然站住了。

很快沈清弦也察觉到了："血味……"

顾见深道："很浓，而且多是凡人的血。"

沈清弦拧了拧眉："过去看看吧。"

顾见深应道："好。"

他们掩了气息，向着那血味浓郁处走去。

没多久，浓密的丛林散去，一个正在开凿的矿山跃入眼帘。

如今已是正午，滚烫的阳光落在干枯的地面，如同烘烤着的火炉，将劳作中人的血液蒸腾殆尽。

这儿有很多人，而且都是毫无修为的凡人。

他们穿着破败，枯瘦如柴，可是却没有丁点儿疲倦地挥动着巨大的镐头，挖掘着不会属于自己的矿石。

虽然早就知道兰弗国在过度奴役凡人，但切实看到时还是让人觉得心痛不止。

若是真正两千岁的沈清弦，八成早就带着一身火过去，抬抬手把这些人从"苦难"中解救出来了。

可现在的沈清弦不会。因为他很清楚，他救不出这些自己不觉得苦难的人。

仔细看一下就明白了，这是个矿山，挖矿的全是手无寸铁的普通人，他们疲倦到直接累死，可是却没人给予怜悯，甚至没人因此而恐惧。

他们就像被操控了一般，执着地挖着矿，努力地工作着，不懈地耗着自己的心神，并习以为常。

这儿没有挥着鞭子的奴役者，没有逼迫着他们的人，更没威胁他们的人。

他们是主动的，心甘情愿的，甚至干劲十足地空耗着自己的生命。

为了什么？为了那注定不会为他们敞开的修真大道？

能够来到兰弗国，都是凡世的佼佼者，可来到这里，他们才会真正明白什么才是天堑，不可逾越的天堑。

更可笑的是，因为能够来到这里的都是极其优秀的人类，所以他们有着惊人的好胜心和毅力。

他们渴望力量，渴望成功，渴望越过不可越过的天堑。

如此便被修炼之人利用了，随便画个饼，就会着魔般地疯狂付出。

可他们本不该如此，他们应该留在凡世，留在自己的世界里，那样他们可以生活得更好，可以创造出更多的奇迹，甚至可以翻天覆地，改变世界……

只因为兰弗国，给了他们希望，却又带给他们绝望。

倾尽整个凡世的精英，给修真界带来了什么？不过是兰弗国虚假的繁荣。

顾见深道："我去让他们回家……"

沈清弦摇头道："没用的，他们不会停下的。"

顾见深道："可以的，相信我。"

沈清弦以为顾见深不懂，和他说道："没人奴役他们，他们是心甘情愿的。"

顾见深却道："我知道。"接着他又说道，"我也可以让他们心甘情愿地离开。"

沈清弦一愣，紧接着他明白了——幻术。

是了……顾见深的拿手绝活。

顾见深道："等我一会儿。"

沈清弦点头道："嗯。"

顾见深闭上眼，陡然间，一股强大的神识笼罩了整个矿山。

沈清弦看不到他给了他们怎样的幻境，但他看得到顾见深。

看到他为人所惧怕的艳色长发，看到他一袭张扬的红衣，更看到他历经了无数苦难和折磨后却仍旧鲜红赤亮的心。

他是沈清弦见过的最好的人——哪怕笼罩在最深沉的黑暗中，哪怕终日被缠绕，却仍旧保有一颗美丽心脏。

本就是个没有人监管的矿山，顾见深的幻术起效后，所有人如同退去的潮水般，纷纷离开了。

沈清弦问道："他们会去哪儿？"

顾见深眨眨眼睛道："回凡世。"

沈清弦非常好奇："你给了他们怎样的幻境？"

顾见深道："很简单，我给他们提前设下了结界。"

沈清弦懂了，不禁笑道："有道理。"

很聪明的做法，什么样的幻境都比不过一个结界管用，这也是为什么师父执意给兰弗国设结界。

只有将两个世界分开，凡世才会是个独立的世界。

把本就不会有成果的修真从凡世剥离，他们才会有自己的力量，才会形成自己的历史，创造出属于自己的文明。

沈清弦心中一动，问："你的幻术能教我吗？"

顾见深一愣，看向他道："你想学？"

沈清弦点头道："我觉得很有趣，可以学吗？"

顾见深犹豫了一下，但没有拒绝，道："这可能有违你的道法……"

"我想试试。"

见沈清弦这么坚持，顾见深道："那我教你。"

沈清弦弯了弯眼睛："多谢！"

顾见深哪还需要他这一声谢谢，当然，听到了也觉得十分受用。

两人这一日又是开心而归。

第十一章

封心忘情

七八天后，七师兄来找沈清弦。

沈清弦把屋子收拾了一下才去开门。

七师兄道："没睡吧？"

沈清弦本以为又是解毒剂，但看师兄这装束，便知不对，他问道："怎么了，出什么事了？"

七师兄道："走，我们去布阵的地方看看。"

说话间，他已经握住了沈清弦的手，用了个传送符咒。

一眨眼他们便到了一处空旷之地，沈清弦放眼看去，发现同门的师兄弟都在，顾见深也在其中。

严天瑞招呼他们道："虽然不知道兰弗王在想什么，但这样拖下去也不是长久之计，我们还是先瞒着他踩踩点，等机会合适了便直接布阵。"

兰弗王明显在拖延时间，他们也不好撕破脸。

布阵这事若是兰弗国不支持，他们行动起来还是非常麻烦的。

布阵本来就需要全神贯注倾尽全力，若是有人打扰会很危险，所以他们想得到兰弗王的配合，那样会省事不少。

当然如果他们执意不配合，那他们也有策略：要么镇压，要么抽出人手来守卫，强行布阵。

只不过这样损失比较大，而且也更加耗时。

这半个月，兰弗王一直待他们周道又亲热，半点儿不见反对的意思。只是这时间说长不长，说短也不短，该准备的也准备得差不多了，实在应该行动了。

严天瑞想了一下，决定暂时瞒着兰弗王，把前序工作布下，实在不行就强行开始，总之不能再拖了。

两千岁时的沈清弦八成是不会多想的，师兄们让做什么就跟着做了。

但如今他却明白，布阵绝对没那么简单，兰弗国不可能支持，八成是会出差错的。

他没刻意改变什么，一来这只是个心境，改变也影响不了未来；二来若真改变了，可能会错过真正的记忆，所以他维持了现状，顺应着事情的发展脉络。

严天瑞安排了一下，大家便各自去准备。

布阵的前序准备一般是测量和画阵。

这不是个轻松事，测量这部分尤其繁琐，需要分析判断的东西极多，差之毫厘谬以千里，真的大意不得。尤其这是个如此庞大，需要倾尽当世精英才能布好的阵，更是繁琐到了难以想象的地步。

巧的是沈清弦和顾见深分到了一组。

其实这也不是巧合，严天瑞是经过深思熟虑的，他不太清楚顾见深的测量水准，但却极信得过沈清弦。

搭伙干事，为了万全，将最好的和最差的分在一起，也算是互补。

严天瑞还真没猜错，于测量画阵一事，顾见深是真不怎么擅长……

他看沈清弦那手到擒来的模样，不禁赞叹道："真厉害。"

沈清弦轻声道："比起你的幻术差远了。"

顾见深道："这不一样，幻术是随心所为，这测量却……"他顿了一下，没再说下去。

沈清弦知道他说漏嘴了。

的确是这样，幻术是极不讲规矩的一项法术，所以心域的人大多比天道的要擅长一些；而布阵却是极守规矩的，所以天道要略胜一筹。

之前顾见深之所以不太敢教沈清弦幻术也是这个原因，他怕暴露自己心域的身份。

沈清弦心知肚明却得装糊涂，说道："各有所长，你既不会，我来教你可好？"

顾见深赶紧道："好！"

沈清弦看向他，弯着眼睛笑："那我们就扯平了？"

师兄们都是一脸严肃，枯燥地测量着。

他俩可好，仿佛在春游……

比较可恨的是，他俩的效率还极高，眼看着就要完成了。

"求求你们……求求你们……不要赶走我们……"

忽然间，一阵山呼般的哀求声由远及近，迎面而来。

他们全都停下了动作，抬眼看去皆被震住。

因为凝神测量，他们只留了些许神识来捕捉修炼之人的灵息，而这铺天盖地而来的人却是丁点儿修为都没有的凡人。

他们举着火把，哭泣着哀求着悲痛地重复着同样的话。

"求求你们……不要赶走我们……求求你们……不要丢弃我们……"

如同移动的火海一般，他们在黑夜中掀起了绝望的热浪。

严天瑞等人全怔住了，一个个都不知该如何是好。

七师兄反应最快，他走上前去，用了神识，让自己的声音传到他们每个人心中："大家冷静下，布下结界是为你们好，不是赶走你们，也不会丢弃你们，我们会安全送你们回家，你们可以与父母亲人相见，不必在这里虚耗生命！"

明明所有人都听到了，但却像没听到一般，依旧重复着同样的话迈着同样的步伐，枯黄着脸用细瘦的胳膊举着火把，如同行尸走肉般地逼近他们。

这画面实在让人后背生寒。

七师兄不甘心，继续扬声说着，然而他说得再通透、再明白也不可能叫醒一群已经"想通""想透"的人。

严天瑞道："我去拦住他们。"

七师兄道："不可伤了他们。"

很明显这是个陷阱，如果他们不小心伤了这些凡人，那兰弗国便有理由来斥责阻止他们了，所以不能留下把柄。

严天瑞道："放心，我只是让他们无法过来。"那些人过来了会很麻烦，蚂蚁尚能食象，谁又知道他们会做出什么。

他几步向前，双手快速掐诀，陡然间一阵狂风乍起，天地为之色变。

风呼啸而起，如有实质般地盘旋聚拢，最后凝聚成了一堵半透明的风墙。

风墙成环状，刚好笼罩住他们测量过的地方，形成了坚固的堡垒，将他们与外头完全隔开。

这个法术的规模不小，用完后严天瑞面色明显苍白了许多。

沈清弦眉心微皱，觉得有些不对劲，但他知道要沉住气，不能贸然行事。

他要做两千岁的自己，不能随意干涉此时发生的事，否则就探寻不到真相了。

风墙的作用是好的，外头的人不可能打破，但却无法让那些人死心，反而像丢到枯草堆中的一缕火苗，瞬间燃起了熊熊巨火。

他们一个个眼睛更亮了，比手中举着的火把更亮，那眸中迸发出的是对力量的贪婪和渴望，是对这无法拥有的神秘法术的期待和痴迷。

多么强大！以一己之力便能敌过千万人！

这样的力量，凭什么他们没有？凭什么他们得不到？都是一样的四肢、一样的五官、一样的头脑……全都一样的，凭什么他们不行？

可以的，一定可以！他们也可以抬手间天色大变，他们也可以倾山海之力操控庞大的自然！只要留在这里，只要继续努力，只要不懈地坚持，他们也一定可以的！

这就是凡人们最解不开的心结，也是兰弗国的修炼之人给他们画饼的基础。

一样，完全一样。

凡人和修道之人在外貌上是一模一样的，谁也不比谁多长条胳膊，谁也没比谁少生条腿，既然全都一样，为什么他们不可以获得同样的力量？

可其实不一样，内里太不一样了，他们只能看到表象，却看不到内里，所以拒绝接受。

所谓执迷不悟就是坚持错误而不醒悟，但于他们来说，以为坚持了正确的东西，所以无法醒悟。

风墙拦住他们的人却切不断他们的心，他们用手挠着风墙，拼命地拍打着，用凄惨的模样哀求着呐喊着，企图融化风墙，融化这些仙人们冷硬的心。

七师兄最先看不下去，他别开眼，紧攥着拳，努力压抑着情绪。

严天瑞等人也好不到哪儿去。

因为相似的皮囊，所以他们对凡人天生有着怜悯之心，凡人们这般模样，当真是往他们心窝上刺刀，戳得他们难受至极。

可这是错的，这些人所祈求的并不存在。

与其一味地欺骗，让他们被利用，从而将整个凡世糟蹋殆尽，还不如隔断一切联系，让彼此同万千小世界那般，各自生长。

终于……有人开始动用更加极端的手段。

他们不再拍打风墙，而是用身体去撞击。

风墙何等坚固，别说是单薄的肉胎，哪怕是寻常修炼之人挥舞着法器也无法将其击破。

一个人两个人……成百上千的人，撞出了鲜红的血液！可是后面的人却没有丁点儿退缩，反而像被红色激怒的斗牛一般，前仆后继地撞击着。

何其残酷，何其疯狂，何其无奈！

其实只要转个弯，往后退一步，他们就会迎来自己的海阔天空。

七师兄终是不忍道："我们还是走吧。"

虽然没有伤害他们，可他们已经在伤害自己了，这般自残实在让人于心不忍。

严天瑞却冷静下来了，说道："既已如此，我们直接开始布阵吧！"

反正是闹崩了，兰弗国也许等的就是此刻，甚至故意安排这些人来阻挠，既然已经撕破脸，那就坚持到底吧。

长痛不如短痛，现在的牺牲与整个凡世来说，不值一提！

严天瑞虽未说明，但其实大家都想得明白，既已如此……

"你们这是做什么？！"一声大喝让所有人都为之一震。

他们尚且如此，外头的凡人更是吓得跪倒在地。

随着声音而来的是一排整齐的仙鹤，紧接着兰弗王和他的护卫队出现在众人视线中。

严天瑞等人严阵以待，做好了战斗准备。

谁知兰弗王先是向他们深深鞠了一躬，然后满含歉意地说道："是我办事不力，一直狠不下心，总想着能说通他们，谁知他们竟来到此处纠缠诸位！"

说着他长叹一口气，转头看向身后的凡人，冷声斥道："赶紧回去，若不听令，按国法处置！"

他一开口，效果非凡，本来疯魔了一般的人们纷纷面露怯色，一个个都动摇起来。

兰弗王抬手，他的护卫自仙鹤而下，开始给昏迷倒地的人治疗，同时也疏散着密集的人群。不过半个时辰，便恢复了平静。

兰弗王连声道歉，不停解释着："我不愿强行驱逐他们，总想着好生说与他们听，再给他们准备些能带回去的宝物珍品，想着等结界建立，他们在凡世也能有一番作为……"

他懊恼得不行："他们是我的子民，哪怕以后再无相见之日，也希望他们不要含恨离开，只是万万没想到……他们竟……竟……唉！"

他这番模样让严天瑞等人颇为错愕。

兰弗王掏心掏肺地与他们说了一路，实在是一片仁慈君主心。

他说道："我知道很多人为一己私利不愿设下结界，我也知道诸位对我有所怀疑，但我真瞧不上他们的做派。这些年我也一直在努力改变他们的思想，只是收效甚微啊！刚听说要设结界时我也是于心不忍，总觉得他们辛辛苦苦来到兰弗国，却一无所获而归，有愧于他们。可如今看来，还是前辈们深思熟虑，当真该设下结界。他们已是疯魔之态，实在不可再心软放纵！"

他一番话说来，七师兄等人皆有所动容。

沈清弦却忍不住皱了皱眉。不是他疑心重，而是这事情发展实在诡谲。

诚然兰弗王的一番说辞也还通顺，情理和道理都讲得挺明白，可破绽也是极多的。

沈清弦没提醒严天瑞，皆因当年的自己发现不了这些。

罢了……且先看着吧。总归是个幻境，他倒要看看当年发生了什么。

一行人回了宫，兰弗王在说明一切情况后凝声道："严道君，你们明日便开始布阵吧！"

严天瑞其实也是有些怀疑的，但听他如此说道，心下一震："那些凡人……"

兰弗王道："你们尽管一心布阵，其他的都交给我，我定不会让他们打扰诸位！"

严天瑞看向七师兄，七师兄给了他一个肯定的眼神。

严天瑞便道："如此便辛苦陛下了！"

兰弗王道："分明是辛苦诸位了！这是造福于两界的益事，能得诸位相助，我兰弗上下实在感激不尽！"

从头到尾他的自称都没用朕，全用的是我，如此姿态实在是足够诚恳和敬重了。

他走后，严天瑞和七师兄等人又商量了一阵子。

沈清弦插不上话，顾见深这个来帮忙的不便多说，两人便在一旁听着。

严天瑞和七师兄也都有些疑虑，不过能尽快布阵总归是好事，他们商量一番后交代道："到时候我们分头行动，一部分人专心布阵，一部分人留出神识来防备隐患。"

即便真有阴谋，以他们如今的实力也足够抵御，进而强行布阵了！

如此便各自去歇息，静等第二天的到来。

沈清弦很清楚，明天定不会一帆风顺，至于会发生什么，只有静观其变了。

真正的数千年前，那时的自己是怎样的？

大概什么都没想吧……严堂主和七师兄担起了一切，他过来只负责出力，让干什么就干什么，其他的根本不关心。

当然以他当时的心性，想关心只怕也察觉不到其中的波涛暗涌。

第二日一大早，诸人便精神抖擞地前去布阵。

测量还没结束，画阵也需要些时日，但只要没人阻挠，这些都不难。

兰弗王说到做到，当真帮他们拦住一切，再没有丁点儿干扰。

眼看着画阵结束，即将开始布阵，严天瑞和七师兄皆松了口气，他们相视一眼后说道："接下来就需要大家拼劲全身灵力来撑起结界了！"

众人都怕夜长梦多，齐声应道："开始吧！"

一切都按部就班、顺理成章，似乎继续下去，结界就大功告成了。

沈清弦神识向外散了散，捕捉到了一个怪异的地方，他眉峰一扬，就知道是怎么回事了。不过他无法阻止，只能任其发生。

八人站在阵眼上，灵力倾泻而出，磅礴的力量如山海般，厚重又深沉，让人生畏。

布阵非常顺利，诸人眼中皆露出欣慰之色，可就在进行了仅十分之一时……

"不好！"七师兄一声惊呼，可惜已经晚了。

结界大成！但方向却反了……

本该是将兰弗国一分为二的结界，此时却成了一个闭合的环，将布阵的八人从修真界和兰弗国剥离了。

一阵强烈的拉扯感扑面而来，他们连反应的能力都没有便被生硬地拽了进去。

意识模糊中，沈清弦感觉到有人紧紧抓着他，顾见深轻声说道："别怕，我在这儿。"

沈清弦没好气地想：在扭曲的结界中还敢移动，是想皮开肉绽吗？

沈清弦过了好一会儿才清醒过来。

兰弗王实在恶毒，竟然使了个这么阴狠的招数。

这半个多月，七师兄他们一直防备，谨慎得每日服用解毒剂，生怕被人下了套，可不承想还是被套住了。

兰弗王没在吃食上做手脚，却在他们布阵的物件上下了功夫——镜像石。

沈清弦对这东西仅有耳闻，没想到兰弗王竟有此珍宝。

有了这东西，他们做的事便都是镜像的，本来是将凡世和修真界隔开的阵法，最后成了把他们八人从两界中隔开了。

想来昨晚那汹涌的人群也是有目的的——用这阵仗来拖延他们，兰弗王又连夜在他们布了一半的阵上做了调整，使得镜像石能够完美发挥作用。

因为他们根本查不出镜像石的异样！

再加上昨晚见到了疯魔的凡人，他们越发想要尽快布下结界，仓促行事最后落入圈套。

说到底，他们还是托大了。总以为凭八人之力，哪怕强行布阵也能成事，却不承想兰弗王心机如此之深，对凡世又如此执着，而且还有这般宝物。

沈清弦轻吁一口气，活动了下手脚，他又眉心紧皱。

这儿是第三界，不是修真界也不是凡界，而是被统称为第三界的一个不知名的小世界。

修炼路上总会遇到各种各样的小世界：有些是被前辈们开发过的，留给他们历练的秘境；也有些是未开发过的，可以进去冒险开荒寻宝；还有更多是未知的，连藏着怎样的危险都不知晓的第三界。

沈清弦对第三界并不陌生，亿万年来他遇到不知多少了，甚至还自己创造过。

不过眼下这个第三界却有些怪异，大约是阵法的缘故，那强大的拉扯力竟将他们带到一个如此荒芜的小世界。

他的神识探不出去，体内倒还有过半的灵力，但这周围干冷枯竭，没有一丝灵气涌动。

这是个没有灵气的第三界？有点儿麻烦。

沈清弦四处看了一下，一眼瞥到昏迷的顾见深。

沈清弦起身，来到他身边。

顾见深一袭红衣都湿透了，身下淡黄色的土地被染成了深红色。

真是皮开肉绽了！沈清弦心一揪，连忙伸手，温暖的银白色光芒自他手心凝聚，紧接着白芒像柔软的阳光般，滋润了受伤的身体，让其以肉眼可及的速度恢复着。

好在沈清弦精通医术，能轻松给顾见深治疗，否则落到这么个没有灵力的地方，又受了这么重的伤，顾见深怕是要折在这里了。

这么一想，沈清弦竟有些后怕，越发认真地给他疗伤，浑然忘了这仅是个幻境。

半刻钟后顾见深已无大碍，沈清弦擦了下额间的薄汗，松了口气。

他的神识散不出去，也不知道师兄们都怎么样了。

"水……"昏迷的顾见深发出沙哑的声音。

沈清弦连忙道："等下，我去找水，很快回来。"

他去拿那落在不远处的乾坤袋，眼看着就要拿到了……一阵白芒微闪，乾坤袋凭空消失了！

沈清弦："……"

什么东西？兔子吗？好像更像坨汤圆……

沈清弦摇摇头，定睛看去，别管是兔子还是汤圆，反正是个小贼，竟然偷了他们的乾坤袋！

沈清弦眼疾手快，企图去拿另一个乾坤袋，谁知白芒又是一闪，又被那不知是兔子还是汤圆的家伙给掳走了！更可气的是，沈清弦在不敢乱用灵力的情况下竟然逮不到它！两个乾坤袋都没了……

沈清弦四处打量了一下，发现前头就有个清澈见底的湖泊。

不过第三界的东西不能乱吃是守则之一。

看着像湖泊，谁知那是不是个睡卧的水怪，这种稀奇古怪的东西沈清弦也不是第一次见了。更何况还有刚才那不知名的小东西，万一他一走，那家伙把顾见深也给偷走了怎么办？

沈清弦不放心。顾见深失血过多，虽然已经给他止了血，但却处于极度缺水的状态，需要补充大量水分。

这可怎么办？沈清弦想了一下，小心地抽出一丝丝灵气，变了个假的乾坤袋放在空地上。

如他所想，那小汤圆又窜出来，抱住就跑。

沈清弦又变出一个，它就像个贪心的小仓鼠般，拼命去捞，死命往身上背。

等沈清弦变到第六个时，它终于拿不了，开始进入熊瞎子掰苞米的单"蠢"模式——捡一个丢一个。

沈清弦逮着机会，终于换回了自己的乾坤袋。

那小汤圆眨了眨眼睛，好像并不明白他做了什么。

沈清弦倒是看清楚它了，这家伙……还真像极了汤圆，圆滚滚的，没胳膊没腿，只有两个黑溜溜的小眼睛，一眨一眨的，要多无辜有多无辜。

可真无辜！偷了八个乾坤袋还好意思装无辜！

它长这样，寻常人见着了都会稀罕得很，姑娘们估计还会尖叫着喊可爱。

可惜它生错了颜色，沈清弦一点儿也不喜欢这白溜溜的东西。所以卖萌无效，尊主大人"残忍"地将唯二的两个乾坤袋给成功骗了出来。

背着足足七个假乾坤袋的小汤圆美滋滋地躲了起来。

沈清弦赶紧拿出水来给顾见深喝。

喝了水，顾见深的状态好多了。

沈清弦却有些发愁，他们都是辟谷的人了，乾坤袋里哪会带很多吃食？他是因为好一口茶，所以带了不少仙泉水。至于吃的，根本没有……

顾见深的乾坤袋中倒是有一些，但也是红红金金的小点心，显然是为了讨他欢喜才带着的。

这小世界里没有丝毫灵气，他们无法吸纳又何谈辟谷？不辟谷就得吃东西，可这儿的东西真的能吃吗？

沈清弦还担心师兄们，但这会儿顾见深不醒，也急不得，总得等他醒了再一起行动。

如此过了一个时辰，放别人那得躺上十天半月的重伤愣是恢复如初了。

沈清弦早知万血之躯的厉害，如今切实见识到也是服气了。

明明没有灵气，可还有这样可怕的自愈能力，这血脉，的确可怕！

顾见深睁开眼，先是有些失焦，紧接着坐起，视线紧紧地锁住沈清弦道："你怎么样，有没有受伤？"

他眼中全是真切的担忧，还有些不安和紧张。

沈清弦心中一暖："我没事，别担心。"

他又说道："我们落到第三界了，你不要紧的话，咱们去找找师兄他们吧。"

顾见深总算回过神来了，说："我没事，走吧，得尽快找到他们。"

沈清弦起身说道："这儿没灵气，神识也探不出去，我们还是要谨慎些。"

顾见深已经察觉到了，说道："放心，我的外家功夫还不错。"

沈清弦心道：何止是不错！

也好，在这个没有灵气的地方，外家功夫就很管用了。

他们身处之地很古怪。

土地是奇妙的浅黄色，地面上一些银白色的石块，有大有小，零落散着，瞧不出质地，不远处有一片湖泊，放眼望去，波光粼粼，很是好看。

这景象其实挺美的，但却安静得有些诡异——没有生命的迹象，连一棵树一株草一个小虫都没有。

之前那小汤圆也不见踪影，整个空间是非常温暖的，但却渗着一股难以言说的怪异。

沈清弦道："先四处走走吧。"他体内还有些灵力，若是有危险倒也不必太过担心。

顾见深看了一下道："来这边。"

这时候就看直觉了，沈清弦选择相信这个心域的未来帝尊。

毕竟随心而行嘛，修心的人直觉应该更强一些。

刚这么想完，沈清弦就后悔了——顾见深能有什么直觉！

两人才走了三步，忽然间地动山摇，顾见深立马揽住了他。

虽然直觉不行，但身手还是很不错的。顾见深带着沈清弦还能一跃而起，凭借着一块石头，借力前奔，在没用灵气的情况下还飞出去十丈之远，可以说是非常厉害了。

可惜也没什么用处，一张网劈天盖地地落下，两人无处可逃。

沈清弦低声道："别急，看看是怎么回事。"

动用灵力的话，这网是能挣脱的，只不过耗损有些大，先不急。

两人落网后，一个橙黄色的大汤圆晃悠了出来。

这"汤圆"比之前的小家伙大太多，足足有一米高，当然也有一米宽，在地上一蹦一蹦，要多逗有多逗。

这个"汤圆"开口就是："哎呀，是两个雄性！"

其实它说的话不是修真界的语言，但沈清弦和顾见深都是去过不少第三界的大拿，所以会语言转换功法，因此听得懂。

那大汤圆来劲得很，又蹦又跳很是欢快。

沈清弦若不是看它长得这么好看，早出去收拾它了。

其实他俩完全没必要被这汤圆"欺负"，稍微动动手指就挣脱这桎梏了，可两人勤俭持家得很，都想省灵力，所以大汤圆只是网住了两个不想出去的人。

如果外头蹦蹦跶跶的是个人，沈清弦估计也不会任由他胡闹，但那是坨汤圆，还是个橙黄色的，生了一副很讨人喜欢的模样……

大汤圆哈哈大笑，说道："我要带你们回城堡！我要把你们好好养起来！"

沈清弦已经什么都不想说了。

顾见深道："先这样吧，我们去它们的城市看看……"

进入没被开发的第三界，想要离开是有窍门的，只要摸清世界规则，找到界点，通过自身灵气与修真界产生共鸣，便可以回去了。

听起来简单，其实是有些难度的，首先界点难找，再者灵力消耗也极大，所以沈清弦才要尽量节省灵力。

兰弗王算计得非常周全，他利用他们几人的灵力来开启第三界，等他们八人被抽进去时已是灵力高度透支的状态。

这种情况下，别说回到修真界，连在凶险的第三界活着都是极难的事。

他们八个人一死，短时间内修真界不可能再有人能去布阵了。毕竟为了成功布阵，万法宗掌门连心域的顾见深都借来帮忙了！

不过兰弗王还是有失策的地方，他低估了顾见深也低估了沈清弦。

想来当年顾见深也是在关键时刻护住了沈清弦，虽然顾见深的灵力消耗殆尽，但沈清弦却留下了过半的灵力。

瞧这汤圆的蠢萌样，想来他们运气不错，这个第三界不是个极度危险的小世界，因此才得以保留灵力，最终回到了修真界。

至于后面又发生了什么，沈清弦不清楚，只能先想办法从这儿离开了。

大汤圆牵着他们往湖泊那儿走去。

正如沈清弦所想的那般，这湖泊果然不是真湖泊。大汤圆站上去大喊一声："布噜噜，我们回家！"

湖泊便像果冻一般动了动，紧接着竟站了起来。沈清弦仰头……使劲仰头，拼命仰头才能看全这遮天蔽日的庞然大物。

很好，这湖泊也是个大汤圆。

这个颜色或许不该叫汤圆了，总之也是个大团团，很大很大，周身都是水蓝色，半透明的身体里似乎还有水波在晃动。阳光很明亮，照在它身上反射出一阵金光，很是耀眼夺目。

沈清弦头一次觉得原来蓝色的东西也能这么好看，嗯……主要原因是能反射太阳光。

大汤圆虽然比这大水团小很多，但似乎是它的主人。

它说道："我抓了两个雄性，回去可以让他们陪大家玩！"

大家？这第三界莫不是个汤圆的世界哦！

大水团布噜噜发出了闷闷的声音："布噜噜。"

很好，知道这水团名字的由来了。

布噜噜瞬间摊平，变得极低极矮，大汤圆带着沈清弦和顾见深上去，那些小汤圆也蹦跳上来，一起围着他们转圈圈。

他们站稳后，布噜噜又成了个大团团，有趣的是，团团中央是凹陷的，刚好可以让他们稳稳地坐在其中。

虽然不确定大汤圆是不是坐着……

大汤圆对自己捕捉的两位雄性很是满意，它说道："你们听话，等回去了陪我们玩一段时间，就放你们走。"

回你老宅了，还怎么跑得了？

大汤圆还是个有头脑的汤圆，只听它好言说道："当然你们不想走就更好啦，我肯定会好生待你们的，只要每天陪我们玩一会儿就行，其他时候你们可以随便玩耍。"

沈清弦真心摸不透这跨物种的脑回路。不过的确能感觉出这些汤圆没有恶意，真就单纯地喜欢玩。

顾见深对沈清弦说道："你别着急，我们这边没危险，想必师兄他们也没事。"

沈清弦薄唇微抿道："嗯。"

顾见深得寸进尺道："我以后可以叫你的字吗？"

沈清弦眼睫微垂道："可以。"

这一路走得还挺快，布噜噜个头大，一步顶别人十步，而且它是类液态，如同在地上滑动一般，很是流畅。

而这个小世界的确是难得安逸的第三界。大概是因为没有灵气也没有类似的能量形态，所以没产生过于强大的生物。

这儿的主要生物就是各式各样的汤圆。什么颜色都有，全都是团状的，太大的和太小的都不会说话，只有一米见方的有智慧。

不过这些有智慧的汤圆看起来也心智不高，类似于人类的四五岁孩童。

它们贪玩，对陌生事物充满好奇心，不懂恐惧为何物。

沈清弦一路走来，又见着好几个汤圆，其中一个大红色的真是好看极了，像海上的太阳般红彤彤的。

红汤圆见他看自己，还跳上来说道："小黄，这雄性送我吧！他好像很喜欢我！"

大黄汤圆一下就把它撞下去："你不是才捡到两个吗？还要和我来抢！"

红汤圆委屈道："我捡到的还在睡觉，一直不肯醒来陪我玩！"

沈清弦一听，顿时心一紧，顾见深已经问道："还有像我们一样的雄性吗？"

大黄说道："对啊，加上你们一共八个，可惜除了你们都在睡觉。"

只听它又说道："还是我运气好，抓到两个能陪我玩的，不过也没事，等他们醒了就好了！"

大汤圆的城堡很大，颇具规模，不过是青石所建，古朴简单。

布噜噜也在往城堡里挤，沈清弦挺担心的，怕它把这"城堡"给挤垮。

不过大汤圆没阻止，显然就是没问题的，布噜噜挤成液态，流进了城堡里。它变成很薄的一层，铺在地面上，成了一个柔软细滑的"地毯"。

难怪不用其他装饰，一个布噜噜便胜任一切工作了。

沈清弦对顾见深说："这挺有趣的，要是能带一个回我们的世界就好了。"

顾见深道："等回去我给你做一个。"

沈清弦好奇道："这也能做？"

顾见深卖关子道："保证给你惊喜。"

沈清弦眼睛微亮："是金色的吗？"

顾见深道："那就做金色的。"

沈清弦抿唇笑道："嗯。"

回到城堡后，大汤圆就给他们松绑了，而且还给他们带来了食物和水，相当宽厚地说道："好好吃，好好喝，好好睡，这样才有力气陪我玩。"

沈清弦心想着：你就这么点儿追求吗？

虽然松了绑，但沈清弦和顾见深暂时没法离开城堡。

布噜噜实在是个好物，它不仅是地毯，还化成了门，守护着整个城堡。

大汤圆可以随意出入，沈清弦和顾见深在没它同意的情况下就不行了。

城堡里还有很多小白汤圆，这些小家伙到处乱窜，起初还怕生，后来便蹦到沈清弦和顾见深身上，把他们的胳膊当滑梯玩。

沈清弦虽不喜它们的颜色，但它们长得实在犯规，所以也讨厌不起来。

反观顾见深就非常喜欢了，任它们跑来跑去，还把它们捏过来叠罗汉。

这些小汤圆竟开心得很，一串串地蹦到顾见深面前，央求着他将它们叠高高。

幼稚！尊主大人这么评价着，浑然没想过倘若汤圆是金红二色，他该是什么模样。

这个第三界实在太安逸了。

沈清弦和顾见深待了十多天后，大汤圆已然把他们当成了自己人，连布噜噜都不再关着他们。

如大汤圆所言，只要他们每天陪他玩一会儿，他就不再干涉他们的行动。

沈清弦趁机去看了师兄们。

这简单到不值一提，因为汤圆们巴不得他们过来和自己玩。

沈清弦给师兄们一一检查了身体，发现他们只是灵力透支导致的昏迷后便松了口气。

汤圆们为了能让他们醒来陪自己玩，全都好吃好喝地供着，伺候得相当细致了。

沈清弦只希望师兄们醒来后手下留情，别一巴掌拍死这些"救命恩人"。

如此一来，他们只需要赶紧去找界点，就可以回自己的世界了。

沈清弦和顾见深得到了大汤圆的同意，可以出去走走了。

不过布噜噜要跟着，而且天一黑就要赶紧回家。

有布噜噜跟着反而省事了，这大家伙赶路特别快，沈清弦和顾见深省脚程了。

这一晃竟过去了小半年。

沈清弦其实对这样的日子很习惯，毕竟两人早就是朋友了，一起相处了不知多长时间。

可回想当年，他恐怕远没现在这样淡定。

在这个安逸单纯可爱的第三界，顾见深和沈清弦"相依为命"，共同为回家而做努力，只怕早就成为彼此的挚友了，可惜最后却又……

沈清弦敛眉，压住了胸腔中蔓延而起的尖锐刺痛。

顾见深招呼他道："是界点！"

沈清弦精神一振，赶紧过去。

每个小世界都是不同的，界点也全不一样，但他们分辨得出。

这种扭曲的空间点有着强烈的力量外溢，只要熟悉这种形态，很容易就能找到。

顾见深道："只要把师兄们带过去，我们就可以回去了。"

沈清弦应道："对。"

顾见深看了看他，似是想说什么，但又忍住了。

把师兄们带过来也简单得很，汤圆们太好哄了，竟让沈清弦隐约有一点点负罪感。

来接七师兄时，两人又哄骗了汤圆说要带师兄们出去玩，转头时却齐齐愣住了。

昏睡了小半年，七师兄居然醒了！

汤圆又蹦出来了："啊啊啊，我的雄性醒了！"不过很快它又说道，"为什么只醒了一个？"

七师兄一脸茫然地看向这个大汤圆……

沈清弦哄汤圆道："你别急，我带他们出去散散心，很快就都能醒了。"

大汤圆连蹦带跳："好好好！快点儿去散心！"

沈清弦带着一脸呆滞的七师兄去了界点处。

来到这儿七师兄才回过神来："我们掉进第三界了？"

沈清弦说："先回去再说。这第三界是个很平和的小世界，居住的生灵也很单纯，没什么坏心。"

七师兄顺着他的话说道："竟还有这样的小世界？"

沈清弦道："幸亏我们被扯进了这里，否则祸患无穷。"

七师兄看着沈清弦："你们这是找到界点了？"

沈清弦道："对，我还保留了灵力，足够打开界门回到我们的世界。"

七师兄松口气道："如此甚好。"

临走，沈清弦和顾见深都没说一句话，明明这半年相处愉快，可这一刻，七师兄醒来的时候，他们又成了陌生人。

沈清弦凝神开着界门，半透明的门凭空出现时，顾见深轻声说道："很遗憾没能同它们道别。"

汤圆们很可爱，这半年很幸福，可走过这扇门，梦就要醒了。

一切美好都成了悬浮于半空的泡沫，梦幻且脆弱，不知何时便悄无声息地碎掉了。

沈清弦全力支撑着界门，无法回应他的话。

顾见深似乎也没想让沈清弦回应，他同七师兄一起将昏迷的师兄们送进界门。

最后只剩下他们三人，七师兄道："清深道君请。"

顾见深顿了一下，应道："好。"

他走进了界门，回到了修真界，充盈的灵气扑面而来，枯竭半年的灵田瞬间被填满，本该是极其爽快的事，可心情却好不起来。

紧接着七师兄和沈清弦一起回来，顾见深看了沈清弦一眼，沈清弦也看向他……

七师兄道："阿清，来帮忙。"

沈清弦应道："好。"

回到自己的世界，他就可以给师兄们诊疗，助他们苏醒了。

不多时，师兄们纷纷醒来，七师兄凝神道："感觉怎样，还好吗？"

严天瑞在太阳穴上按了按，听七师兄简明扼要地说了一番后，他抱拳向沈清弦和顾见深行礼道："辛苦了！"其他几位师兄也都抱拳道谢。

这次若非沈清弦和顾见深，他们只怕早就死得透透的了！

兰弗王实在阴险，居然藏了如此恶招，真是防不胜防！

七师兄道："我们先回万法宗吧。"

他们要赶紧向掌门汇报情况，结界是一定要设的，既然兰弗国不配合，那就只能强硬执行了！

他们要回万法宗，顾见深自是不能跟去的，他顿了一下才说道："在下先回去了。"

严天瑞道："道君且慢，不如一起回宗门，也好让我等尽下心意。"

顾见深哪里能去？万法宗的守山大阵可不是吃素的，八成会把他这叛徒给劈成灰。可他还是希望沈清弦能说些什么，哪怕不说，只是看他一眼也好。但是沈清弦没看他。

顾见深笑了一下，温声道："不了，我出来许久，也该回去了。"

严天瑞还想邀请，七师兄道："师兄莫要客气了，来日方长，我们同清深道君已是至交好友，如今还需将眼前事端解除，才有空款待道君。"

这般说来也很有道理，严天瑞便拱手道："也罢，等兰弗事毕后，还望与道君一醉方休！"

顾见深道："甚是期待。"

他们这边说了很多，沈清弦一直没开口，他这副置身事外的模样，其他人都不觉得奇怪。毕竟他一直都是如此，大家也习惯了。

只有顾见深在等待着。然而直到他转身离开，也什么都没有等到。

万法宗众人御剑而去，顾见深转过身，隐约间看到一抹素白，像夜空中划过的星辉，留下的只有虚无的残影。

回到万法宗后，他们全都忙碌起来了。

不过沈清弦被摘了出来，七师兄主动和师父提到："此行辛苦阿清了，还是让他好生休息一阵子吧。"

这也正常，沈清弦一直是不问世事的性子，宗门即将进行的事他也插不上手，与其跟着瞎忙，不如去闭关修炼，若能成圣，天道也算是后继有人了。

上信真人也认可，便点头道："你且去歇着吧。"

如此沈清弦便无事可做了。他想去找顾见深，可又不敢马上去。

沈清弦此时的所作所为和当年竟是一般无二。当年他也是这般小心地将自己与顾见深的友情藏着掖着，也是这般被留在了万法宗上。

在七师兄他们最忙碌的时候，他终于下山了。

可下了山，沈清弦却发现不知该去哪儿找他。沈清弦只知道他是师父的故交之子，其他的一概不知。

当然这些无所谓，不管他的一切是怎样的，他们都是朋友。

可是沈清弦想，自己应该多知道些的，这样就能找到他，而不是这般的茫然无措。

不能去问师父，自己该去哪儿找他。兰弗国？现在已经进不去了……其他的地方，沈清弦不知道。

没有成圣的沈清弦，传音入密的范围极窄，不可能呼唤得到顾见深。

可是还有什么办法能找到他？一个城市一个城市地去找吗？

万法宗下有成百上千的城镇，沈清弦该从哪个找起？

无所谓，一个个地找，修真界再大，沈清弦也能找到。

当时的沈清弦就抱着这样的心情下了山，走向了第一个城镇。

那城镇有个很好听的名字，它叫灿星镇。

据说这镇上有一种类似于萤火虫的小飞兽，到了晚上就会漫天飞舞，仿佛星星坠落人间般，璀璨夺目。

沈清弦来到这个城镇时，刚好是夜晚。微凉的夏风拂过面颊，如同将湖泊上的波光吹起了一般，闪烁着飞舞着，灿烂了整个夜空。

沈清弦讨厌黑暗，不喜欢夜晚，可看到此景，却也觉得挺好看的。

不过当务之急还是要去找顾见深！

不知道去哪儿，沈清弦只能循着心意漫无目的地走着。就在此时，一声叹息响在他识海中。

"这里真美，你一定会喜欢。"

沈清弦站住了，站得稳稳的——传音入密，是顾见深。

他就在这个小城里！

沈清弦很是紧张地问道："你在哪儿？"

紧接着，一个急促的声音响起："沈清弦？"

沈清弦几乎与顾见深同时开口："你在哪儿？"

下一瞬他们同时将神识散了出去，然后发现了对方。也分不清是谁先找到谁的，见面时，他们身边环绕的萤火虫成了真正的星光，将两人团团围住。

沈清弦问："你在等我吗？"

顾见深问："你是来找我的吗？"

沈清弦道："跟我来。"

他带顾见深去了他最宝贵最珍惜最秘密的地方。

乍看这"金银窝"，顾见深怔了怔。

沈清弦说："你是第一个来这里的人。"

两人还发现了一个小惊喜。

沈清弦从第三界回来后，一直没动过乾坤袋。

这会儿回了金银窝，他想着把自己的宝贝都拿出来，好生安置一下。结果一打开乾坤袋，一个白团子露出脑袋，小黑眼睛眨啊眨的，害怕得瑟瑟发抖。

沈清弦："……"

顾见深笑道："它什么时候钻到你乾坤袋里的？"

沈清弦想了一下，隐约对它有点儿印象，笑道："是你吗？"

小汤圆抖得厉害，感觉体内的馅都快被抖出来了。

沈清弦戳它："小浑蛋。"

这小白汤圆正是沈清弦刚掉进第三界时遇到的小家伙，就是那个偷乾坤袋的小贼。它没太多智慧，偷乾坤袋也是觉得好玩，根本不懂自己做了什么。

后来沈清弦被大汤圆"抓"回城堡，它也混在小汤圆里，整日去看他们。

不过它还是有些特殊的，仍旧对乾坤袋感兴趣。相处得久了，它看明白了沈清弦是怎么使用乾坤袋的，所以不知何时竟钻了进去……

睡一觉醒来，它发现自己来到了一个陌生的地方……这一害怕就缩在乾坤袋里一直到今天。

沈清弦说道："可惜跟来的不是布噜噜。"

顾见深道："好生养养，可以把它培养成布噜噜。"

沈清弦想起他之前说的话，问他："你不是说你能做吗？"

顾见深含笑道："不用费事做了，它就行。"

沈清弦皱眉道："说好的金色。"

顾见深很喜欢这个小汤圆，说道："那行，我再给你做个金色的，然后把它给我吧。"

沈清弦说道："那你可要好好照顾它。"

顾见深道："放心吧，我一定待它极好。"

沈清弦抿嘴笑道："我也会待小金极好。"

250

这就取好名字了，虽然有些随意，不过很开心。

他们"金银窝"度过了一段时间，教小汤圆一些关于这个世界的东西。

有趣的是，这小汤圆竟可以吸纳灵力，如此看来，日后是能好生开智的。

沈清弦嘴上说着不喜小白汤圆，可其实也对他极好。

快乐的日子总是过得极快，而该来的也总会来。不早不晚，就在那命中注定的时候，拉开了最终幕。

灿星镇的夜晚非常热闹，沈清弦和顾见深出了"金银窝"就会来这儿游玩。

沈清弦问："你为什么要在这儿等我？"

顾见深道："这儿离万法宗最近，我想着你也许会下山，也许会来这里。"

其实这是很不切实际的想法，如果沈清弦只是宗门弟子，那他还有可能来灿星镇做个跑腿任务，但他已经是将要成圣的人，怎么会出现在这样的小镇里呢？

他们日行千里，真有什么需要，为什么不去更大的城镇？可顾见深别无他法，只能在最近的地方默默等待。

"阿清……"七师兄一声惊呼撕碎了单薄的扁舟，"你怎么在这里？"

沈清弦陡然从梦境回到现实，手脚一片冰凉。他看到了一脸错愕的七师兄。

七师兄眉心紧皱，似乎很着急，他额间竟冒出了些许汗水，说道："你……你跟我回去。"

顾见深察觉到异样，开口道："菁华道君……"

七师兄声音微颤却急促："涟华！你跟我回去！"

沈清弦轻吁口气，看向顾见深道："我回去一趟，很快就来找你。"

顾见深隐约有些不安，犹豫了一下，却仍是点了点头。

沈清弦道："你放心，我只是回去和师父还有师兄说明白事情的经过。"

此时的顾见深不知道沈清弦下了怎样的决心，而这时候的沈清弦也没必要让顾见深知道自己决定了什么。

七师兄已经浑身颤抖，急得眼眶都红了。

看到这样的七师兄，沈清弦很愧疚，说道："师兄……不要紧的。"

两人走远了，七师兄才急声道："你……你忘了自己的心法了吗！"

沈清弦说："没关系，不要这两千年的修为也可以。"

七师兄一想到封心诀，便慌得不行："你……你糊涂啊！"

他不知道该说什么，也不知道还能做什么，但他很清楚自己说什么做什么都没用，他只能把沈清弦带回万法宗，带到师父面前，让师父来……决定该怎么办。

回到万法宗，见到师父，沈清弦没有一丁点儿慌张。

其实不管是亿万岁的沈清弦，还是两千岁的沈清弦，都一样，决定的事从来都无所畏惧，不管前方是什么，不管会遭遇怎样的荆棘坎坷，他都不知恐惧为何物。

这师兄两人一来，上信真人便拧眉问："怎么了？"

不等七师兄开口，沈清弦便行了大礼："徒儿不孝，辜负师父和师兄的期待了。"

上信真人看向菁华。

七师兄语气里全是懊悔："都是徒儿无能，遭了那贼人算计，掉进第三界，阿清与夏清深为了救我们……"

他把过错都揽到了自己身上，因为他当真是这样认为的，觉得沈清弦与夏清深相处半年，同甘共苦，会成为好友也正常！

沈清弦怎会让七师兄如此自责与愧疚？他坦白道："在掉进第三界前我同夏清深就已是好友。"

七师兄猛地看向他。

上信真人面上不变，过了好一会儿才道："夏清深，是我那故友之子？"

其实他这话问得很奇怪，既是故友之子，怎么连名字都不确定？若早已知道名讳又为何有此一问？

只不过此时的沈清弦和七师兄都没心情去捕捉这些，其实即便察觉到了又如何？

七师兄与顾见深本就不相识，近两千年过去，又哪还记得？沈清弦更忘得一干二净。再说了，他们哪能想到自家师父会将宗门叛徒叫回来帮忙布阵？

上信真人看向沈清弦的视线十分复杂，问他："苦练两千年的修为全不要了？"

沈清弦连一丁点儿犹豫都没有："不要了！"

上信真人定定地看着沈清弦："他知道吗？"这个"他"指的自然是顾见深。

沈清弦摇头道："不知道。"

上信真人道："他若知道你因为他放弃了一生的前程，又该如何自处？"

沈清弦坚定道："我们会有更好的前程。"

上信真人眉心紧皱，沉声不语。

顾见深的身份、沈清弦的心法以及那万血之躯，都是天大的阻碍。

自家徒弟的脾气他很清楚，别看已经两千岁了，可其实和十几岁时没有区别，决定了就是一根筋，天不怕地不怕，付出一切都在所不惜。

可他不能看着徒弟毁了自己。

封心决不是想修就可以修的，也不是想不修就能不修的。

后果仅仅是没了两千年的修为？他有没有想过没了这修为自己会落成什么样子。

没了心法支撑就只是个人了。

人，哪里能活两千岁。

上信真人太了解沈清弦了，所以没发脾气，也没和他"硬杠"，只问他："你心意已决？"

沈清弦点头道："是的，徒儿不孝，让师父失望了。"

上信真人道："为师不是那般顽固不化的人，你的私事，我本不该管的，只是你这心法实在刁钻，不是说放就放得下的。"

他这般温声说话，沈清弦的神态明显舒缓了许多。他知道师兄和师父都疼爱自己，也明白自己将会遇到什么，但他真的不怕。

上信真人顿了一下后说道："你别冲动，按理说你这境界也该成圣了，只要成圣就再无顾忌，岂不一举两得？"

沈清弦却很通透，垂眸道："师父，封心决不会让我成圣的。"

他已经察觉到心法的反噬。在兰弗国时，他就隐约察觉到了，那时候很轻很慢。

在第三界时，因为那儿没有灵力，所以封心决意外沉睡了，若非如此，那半年他只怕早就出事了。

回到修真界后，封心决的反噬在不断加速。

上信真人沉默了片刻，终是开口说道："我可以暂时封住你这段记忆。"

"封住记忆？"沈清弦诧异地看着他。

上信真人道："对，你可以去与顾……夏清深说清楚，他应该可以理解，等你成圣，我便将你这段记忆解开。"

听起来的确极好，沈清弦不必被封心决反噬，更不必丢掉修为，只要尽快成圣，心法便不再是桎梏，一切皆大欢喜。

可当真如此吗？

沈清弦看看师兄又看向师父，说道："我成不了圣。"

他卡在这个境界已经一千多年了，按照封心决的效率，早该成圣了，可是他一直摸不到最后的关隘，一直无法迈过去。以前他不知道原因，现在却隐约知道了。

"说起来很可笑。"沈清弦轻声道，"我虽与他是第一次见面，但却像是找了他很久，因为一直在找他，所以心有挂念，做不到无心无欲，也就没法将封心决修到顶点。"

七师兄道："师父可以封住你的记忆，到时候……"

沈清弦摇头道："没用的，修炼再长时间，我也没办法用封心决成圣。"

他一句话让上信真人猛地一震，脑海中闪过了那极久远的、已经忘却的画面。

血泊中的两个少年躺在一起，可是却忘记了彼此。

那时候……上信真人后背生寒，那时候他们就已是好友了吗？

因为万血之躯，所以忘了彼此？

之后沈清弦修习了封心决，顾见深遭遇了上德峰之变，两人从此陌路。

已经过去这么久，且忘了彼此，再相遇却又重新成为至交好友了。

上信真人明白沈清弦所言不假，可也不想让他走向注定的悲剧。

上信真人拧着眉，再开口时声音已经冷了下来："最近有战事将起，你回去考虑着，等事毕再从长计议。"

沈清弦有些着急了："师父，这没什么可从长计议的，我……"

"下去！"上信真人用了禁言令，沈清弦张张嘴，可是半个字都说不出来。

七师兄拉着他的手，将他带回了住处。

沈清弦说不了话，传音入密也用不了，只能看着七师兄干着急。

七师兄道："阿清，听师父的吧，他不会害你的。"

沈清弦拉着七师兄的手，其实七师兄知道他想说什么，也知道他想拜托自己什么。

七师兄顿了一下，终究还是不忍心道："你放心，我会同他说一声的。"

沈清弦松了口气，七师兄关上门便离开了。

之后是无比漫长的等待……

沈清弦谁都联系不上，也走不出师父设下的禁锢，他心焦火燎，可是没有办法。

他不知道外面发生了什么，甚至不知道过去了多长时间，他能察觉到的只有不断蚕食着他的封心诀。

到了这地步，沈清弦已经想起很多事情了，模模糊糊、断断续续，却已经能拼出大概的轮廓。

在他被师父关禁闭时，外头硝烟四起。

万法宗和兰弗国彻底撕破脸了，一方执意布阵，一方誓死抗争，战斗一触即发，灾难也从天而降！

兰弗国暗中隐藏的力量比想象中还要巨大。严天瑞、七师兄等人率领万法宗精英同他们鏖战整整三年，才打破了兰弗国的结界，冲进他们的国家。

之后……丧心病狂的兰弗王祭出了凡人军队。脆弱的凡人，稍微被波及就会皮开肉绽的凡人，却最勇往直前、无所畏惧！

兰弗王太了解人性了——他为凡人们制造了共同的敌人，他了解他们最迫切的需求，最终彻底让人性恶爆发。

疯狂的凡人，手无寸铁的凡人，却成了让修炼之人遍体生寒的存在。

战争结束得异常惨烈。

沈清弦被关在万法宗而顾见深却身在战场。他看到了严天瑞的死，看到了七师兄的死，看到了万法宗的摇摇欲坠。

因为这场战争，上信真人一夜苍老，额间一片雪白。

顾见深问："前辈，我能见见他吗？"

上信真人道："你希望他活着吗？"

顾见深身形一晃，低声道："我只是想见他一面。"

上信真人闭了闭眼，疲倦道："……放下吧。"

顾见深怔了很久，终于还是向他行了个礼，离开了。

顾见深早已知道了封心决，知道了沈清弦在被反噬，也知道他们无法做朋友。

他们认识的人全死了，他们相遇的地方也成了一片血海。

顾见深茫然地走着，走在废墟上，走在腐烂上，走在无所归属的灵魂中。他等不到沈清弦了，再也不可能等到了。

严天瑞、七师兄、万法宗的诸多弟子……这场战争死了太多不该死的人，造成了太多不该发生的灾难。

顾见深能做的似乎只剩下擦拭血腥，将沈清弦失去的家人还给他。

他们全都活过来了。

沈清弦终于可以离开万法宗，终于可以去找顾见深了……可他却连一步都不敢迈出去了。

他全想起来了，丁点儿不落、一丝不差地想起来了。

被关了这么久，因为上信真人留下的神识一直帮他抵抗着封心决的反噬，才让他看起来没那么狼狈。但下山后，被压制的反噬扑面而来，沈清弦苍老得极快，白皙的肌肤失去光泽，修长的身体佝偻了，很快连澄澈的眸子都混浊成了灰白色。

可他没停下脚步，急切地想去找夏清深。只可惜此时哪还有什么夏清深？只有顾见深——那个从兰弗国走出，在一片血海滔天中成圣的男人。

无数人见证了那惊人的一幕。

血海滔天、鬼哭狼嚎，猩红之色染红了夜空、染红了皎月、染红了整个世界。这异象太可怕、太恐怖、太不祥了……

谁都不知道发生了什么，只看到了从血夜中走出的男人。艳丽的长发，深红的血眸，英俊又冰冷至极的面容，还有那似乎吸纳了所有鲜血的殷红长袍。

战争结束，兰弗覆灭，心域的顾见深却成圣了。

沈清弦并不相信这些，怎么可能呢？夏清深怎么会是顾见深？他怎么会是心域的人？他怎么会是万法宗的叛徒？

沈清弦才不会相信这些莫须有的东西，他要去找夏清深，他要好好问清楚到底是怎么回事，究竟发生了什么。

他没找到夏清深，却看到了被孩童欺负的小白团子。是小汤圆，它怎么会在这儿？它不应该和夏清深在一起吗？

沈清弦过去，开口时才意识到自己的嗓子是何其的沙哑苍老："你们别拍它，它怕疼。"

几个孩童冷不丁看到这样一个老人，吓了一跳："你……你是谁啊？"

小白团子身上沾满了泥巴，眼睛紧紧闭着，害怕到了极点。

沈清弦心疼得不行，走过去捧起它："没事，没事了。"

听到熟悉的声音，小白团子睁开眼，紧接着大颗泪水滚落，它发出压抑的呜呜声，像个终于找到家人的孩子般，委屈却又不敢放声大哭。

"别哭……"沈清弦的声音轻颤着，他想碰它，可又怕自己粗糙的手伤到它，"没事的，我们去找夏清深，不要紧了……"他这般说着，心里却一片冷凉。

夏清深为什么会把它丢了？夏清深怎么舍得把它丢了？

他不是很喜欢它吗？不是说好了会好好待它吗？不是约定了要精心照顾它吗？

它是他们的救命恩人，它是他们的幸运星，它是他们的宝贝。为什么他会把它给丢了？

沈清弦不愿多想，可却止不住心底的冷意。

他沿着兰弗国一路走，一路寻找着夏清深。终于，他在毗邻星海的一个小镇上看到了夏清深。

沈清弦急忙追上去，可尚未靠近，他便看到跪了一地的心域人。

他们向"夏清深"行礼，恭声唤他："九渊圣人。"

九渊……那是谁？

"夏清深"淡声道："走吧，回去。"

回哪儿去？沈清弦一动不敢动，只能躲在这角落里，静静地看着。

"夏清深"走过星海，进入妄烬，成了心域的九渊圣人。

九渊，原来这是顾见深的字；顾见深，原来这才是真正的他。

万法宗的叛徒，屠尽上德峰所有师兄、丧尽天良的顾见深。

沈清弦浑身冰冷，紧紧抱着小团子，轻声道："不可能的，这是不可能的对吗？"

小团子紧紧贴着他，一动都不敢动。

沈清弦闭了闭眼，再睁开时，混浊的眸子里映着明亮到诡异的光芒，他说："我要去找他。"

跨过星海，走进妄烬，他要去找顾见深，他要去问个明白。

如果一切都是骗局，如果一切都是假的，如果……沈清弦也不知道能怎样，他只是执着地相信着，坚信着他们经历的那些都是真实的。

沈清弦就这样踏入了心域。他这模样倒是没人阻拦，可也无法见到顾见深。

等了不知道多久，等到他觉得自己快没时间了，才终于看到顾见深。

那是一场非常盛大的宴会，是为了庆祝顾见深成圣的宴会。

一袭红衣的男子坐在高处，英俊非凡。无数人同他道贺，无数人恭维着他，他薄唇轻扬，笑得寡淡。

明明是熟悉的人，熟悉的五官，可沈清弦却觉得极其陌生。他想过去，又不知该如何过去。

筵席热热闹闹的，有人端着一杯酒扬声道："还是我们的九渊圣人更胜一筹，那沈涟华空有天骄之名，可到底无法成圣！"

蓦地听到自己的名字，沈清弦一怔，慌忙看向顾见深，期望能看到些什么。但顾见深神态平淡，未发一语。

又有人问道："圣人在天道一行，可有见过那涟华道君？"

顾见深摇头道："不曾见过。"

"没见过吗？听闻那涟华生得貌美无双，比咱们心域第一美人都要好看几分。"

顾见深平静地说道："我对这些没兴趣。"

不曾见过。没兴趣。

沈清弦睁大眼，用力看着远处的男人。

这是夏清深吗？是。

这是一场闹剧吗？是。

这是他独自一人的幻想吗？是。

上信真人在那"金银窝"里找到了自己的小徒弟。

此时这地方也不该叫"金银窝"了，因为里面的所有东西都被沈清弦给毁了，他心爱的、收集了两千年的挚爱之物，全都成了一地焦炭。

他紧紧抱着一只小白团子，颓然靠在焦土之上，失魂落魄。

上信真人走过去，静静地看着他。

沈清弦抬头，声音嘶哑到了极点："师父，对不起。"

上信真人道："放下吧，把这些都忘了吧。"他抬手，一抹紫色的光芒笼罩住了沈清弦。

沈清弦闭上眼，一滴眼泪顺着眼角滑下，落在小白团子身上，烫得它缩了缩。

"师父，请帮我照顾它。"

"它叫夏停，待我成圣了，寻个机缘让他拜我为师吧。"

自此沈清弦彻底放下了。

封心决彻底突破桎梏，终究大成！

短短两年光景，异象耀天，银芒洗净了漫天残留的艳色……

整座万秀山都如同活了一般，星云环绕，碧海灿天，无与伦比的美景都抵不过那一抹清淡的白色。站在山上的人，耀亮了天边皎月。

所有人都知道天底下又多了一位圣人。

万法宗的沈涟华，终于还是成圣了。

沈清弦和顾见深就这样互相忘却了。

第十二章

玉简之谜

沈清弦睁开眼，回忆中的绝望似乎近在眼前，那被欺骗被丢下的痛苦仿佛还鲜活地涌动在血液中。

他以为自己被顾见深戏弄了，以为这是一场欺骗和闹剧，以为自己的至交好友是个冷心冷面的心域魔君。

当初他有多么不顾一切，受到的伤便有多么深重。

这让他彻底忘情绝欲，彻底走过了一直没能迈过去的坎，彻底懂了封心决。

成圣后，沈清弦也一直冷情寡淡。

很多人都以为是封心决的后遗症，他自己也这么认为，可其实是他把自己封了起来，哪怕没了这心法，也不愿再体会那种生不如死的滋味。

说实话，饶是现在他也心有余悸。

沈清弦不后悔找回这段记忆，但整个人也像被抽空了一般，彻底脱力。

"回来吧。"一个空渺的声音在他耳边响起。

沈清弦一怔。

顾见深的声音再度响起："对不起。"

是心境之外的顾见深，他醒了。

沈清弦都记起了，想必他也全都想起来了。

沈清弦没出幻境，轻声道："我想去看看你。"

顾见深道："……我把你忘了。"

沈清弦知道："是因为救了师兄他们吗？"

顾见深应下："嗯。"

沈清弦说："能让我看看你那段记忆吗？"

顾见深顿了一下，接着说道："好。"

因为心境的主人醒了，这个幻境也就随心所欲了。

沈清弦一瞬间便站在了兰弗国的废墟上，站在了他错过的那场战争里。

他看到了顾见深，看到了失魂落魄、毫无生机的顾见深。

这时候的顾见深是彻底失去一切信念了吧。

因为封心决，因为自己的身份，更因为万血之躯……他很理解上信真人说的话，很明白。

他不能害死沈清弦。他现在能做的，就只有唤醒死去的师兄们，唤醒这些万法宗的弟子，唤醒这些枉死之人。

他知道沈清弦很在乎他们，他知道沈清弦深爱着万法宗。

他的血能让濒死之人活过来，但愿还来得及。

当年连筑基都没有的顾见深让濒死的沈清弦重生了，如今这个将要成圣的男人，以满身血液，唤回了无数徘徊的灵魂，让他们重新活了过来。

用这个法子救人只有一个下场——他自己会忘记，被他救活的人也会忘记。

他忘了严天瑞，忘了七师兄，忘了在兰弗国经历的一切，也忘了这场战役。

原本他不该忘记沈清弦，但他救了太多人，而这些人全都和沈清弦有关，就像一个环环相扣的链子，所有的环都断掉了，整条链子就都不见了，最后沈清弦这个没断掉的环也消失了。

虽然活不知所归，生不知所求，但总算活下来了。

世人皆以为心域顾九渊是在这场战役中杀人太多，进而以血成圣。可其实他是身处最绝望的深渊，救了太多人，从而得道封圣。

天道认定的魔，其实是匡扶众生的仙。

沈清弦看着在血海中站起的男人，满天猩红之色，整个世界都被染成猩红，也看到了那颗最柔软的心。

顾见深，有着全天下最温柔的心——哪怕身处地狱，哪怕背着骂名，哪怕肩负罪恶。

顾九渊，这个一袭红裳的男人，是世界上最美好的人。

两人都想起了一切，此刻，沈清弦大可以回到现实中。但他没出去，他不仅想看这时候的顾见深，还想去找他。

数千年前的遗憾已成，改变了心境也改变不了现实。

不过心境和现实又有什么区别？终归是一场遗憾，与其这样放任不管，不如去改变一下，等再回忆时也能念起一些不一样的东西，让遗憾没那么遗憾，让失落也没那么失落。

心境外的顾见深道："出来吧。"

沈清弦道："等等。"

顾见深："……"

沈清弦温声道："让我再看看你。"

顾见深没再出声。

沈清弦迈出了这一步，跟随着记忆中的脚步向着心域走去。

心境中的他还在受着封心决反噬，就像当年一样，走一步苍老一分，皮肤失去光泽，身体越发倦怠，眼前的事物都变得模糊而灰败。

当年的他会那样没勇气、会那样不安、会那样不相信，与这年迈的身体有关吧。

一夜间成了这副样子，又听到了那样的话，哪还有勇气再去询问质疑？

累积到极点的恐惧终于因为一句"不曾见过"而彻底崩盘，把他整个人都击垮了。

性格执拗的人都有这样的缺点，他们可以为了坚信的事无所畏惧、勇往直前。

但过刚易折，一旦信仰崩塌，之前所摒弃的一切都蜂拥而至，嘲笑着、讽刺着、侵蚀着他。

本来勇敢到无畏的人，一瞬间就成了最脆弱的胆小鬼，一步都迈不出，一句都说不出，只能回到自己的领地，颓败且徒劳地舔舐着伤口。

沈清弦顺着兰弗国向下，找到了被丢弃的小白团子。

第三界的汤圆们天真烂漫，不懂人心也不懂世情，它们在自己的小天地里快活地活着。

来到这个陌生的世界，这小白汤圆是彷徨迷茫的，但好在有两个认识的人。

可很快其中一个离开了，另一个也离开了，茫然无助的小团子看着无数人类，完全不知该如何是好。

这不是它的世界，这不是它的同类，它唯一熟悉的两个人也离开了，该怎么办？

沈清弦心疼地将它捧起来："好了好了，没事了。"

虽然知道这只是心境中的小夏停，可想起这孩子跟着他们遭的罪，沈清弦便满心愧疚。

沈清弦记不起这些了，之后收了夏停为徒，虽对他也还好，却一直略微冷淡。

夏停不再是这副无助弱小的模样，他也把整颗心都锁了起来，虽然沈清弦认真教导他，给他最好的，可到底同最初不一样了。

沈清弦轻叹口气，低声道："委屈你了。"

小团子心智刚开，只知道见着了熟悉的人，只知道离开的人又回来，所以它紧紧地贴着他，害怕他嫌弃，更害怕他再离开，只是不安地小声呜咽着。

当年的沈清弦没察觉，但现在他知道了。

"哭吧，"沈清弦哄它道，"哭出来也没关系。"

说到底也只是个孩子，很小很小的孩子，听到他这样说着，压抑的不安和恐惧彻底爆发。

它团在沈清弦的掌心，嚎啕大哭。

沈清弦的视线温柔到了极点："不怕，一切都过去了。"

安抚住小团子，沈清弦带着它一起进入星海，走过妄烬，来到了心域。

这一路走来，他已经成了个耄耋老人。

那时候的沈清弦是一眼都没敢看自己的，这时候的沈清弦却认真打量了自己一番。无论什么事物，老了都是不好看的。人也好动物也罢，哪怕是植物，苍老了都是一副让人退避三舍的模样。

沈清弦定定地看着水镜中的自己，眼睛都不眨一下。

正在这时，心境外的顾见深开口了："很好看。"

沈清弦被他逗笑了："你这玩笑可开大了。"

顾见深道："无论你变成什么样子，都是好看的。"

沈清弦戏谑道："我晚点就这样去宴会上找你，你说你会不会让人把我赶出去？"

顾见深说道："不会。"

沈清弦道："没事啦，赶出去我也不会生气的，毕竟你已经忘了我，而我又变成这样子。"

虽然他们忘了对方多次，又重新相识了多次，但每次重逢时他都是最好看的时候，可如今这模样……

沈清弦其实并不想以这副模样去见顾见深，等宴会快开始时，他自会找心境外的顾见深帮忙，反正都已经这样了，让顾见深把他变年轻也不难。

他是来给心境中的顾见深送温暖的，可不是来吓坏他的。

不过他这会儿还没提，主要是他想好好看看这时候的自己，重新走一段这条路，也让自己从这份不安中解脱出来。

一切都过去了，没什么好畏惧的。

沈清弦好生陪了陪小团子，一想到当年的团子瑟瑟缩缩地跟着自己，他就很心疼，不禁想好好补偿。

其实沈清弦也只是在弥补自己心中的遗憾，真正的夏停并不会有这些记忆。

不过回到现实中，他也会好好待他们。

解开了心结，找回了感情，他会成为一个更好的师父，给他们真正的关怀与爱护。

沈清弦随意在心域逛着，等待能与顾见深见面的机会。

按理说他该一直等到宴会开始，再像当年那样混进人群中去见顾见深。可这次……他不过是去买个乾坤袋哄团子玩，出门时却看到了红衣男子。

沈清弦急忙问心境外的顾见深："怎么回事？"

心境外的顾见深答非所问："无论你变成什么样，我都会认出你。"

沈清弦心下一震，他转头时，却发现心境里的顾见深正看着他。

好巧不巧，沈清弦因为发呆被人撞了一下，他如今这身体多狼狈，哪里受得住？

当即就要摔倒。

顾见深眼疾手快，一下扶住了他："小心。"

沈清弦："……"好尴尬！他几乎是本能地快速低头。

周围有人认出顾见深了，他们惊呼着："九渊圣人！"

顾见深低声道："这儿人多，我们换个地方。"

话音未落，他已经带着沈清弦离开这人群喧嚷之地。

不过是被带着赶路，沈清弦都微微喘气，实在是"年纪大了不中用了"。

顾见深仔细地将他安置到一处软榻上："不好意思，没伤到你吧？"

沈清弦摇摇头。

顾见深看了他一会儿，终于还是开口道："我们……以前是不是见过面？"

沈清弦猛地攥紧手，问心境外的顾见深："你是不是操纵他了？"

顾见深道："我只能把他带到你面前，其他的干涉不了。"

沈清弦小声道："你知道我不会以这副模样去见你？"

顾见深却道："别怕，不管你变成什么样，只要我见到你，就会认出你。"

沈清弦忍不住说道："浑蛋！"

还是被顾见深看穿了，看穿了他的心事……

沈清弦不肯离开心境，想再见一面心域的顾见深，固然是觉得很遗憾，想要弥补一下。但实际上他自己有个心结——他不肯以这副样子见顾见深，是因为他觉得这样子的自己被顾见深见到了也是被冷漠相待，根本不会多看一眼。

那句"轻云蔽月，流风回雪"，说的可不是眼前的耄耋老者。

显然顾见深看穿了沈清弦的顾虑，所以他将心境中的顾见深引到了沈清弦面前，让他们用行动来证明。

沈清弦笑了，真心实意地开心，他对心境外的顾见深说道："那让我看看，面对这样的我，你会怎么办。"

心境外的顾见深没有说话。

沈清弦看了眼面前的顾见深，轻声道："我们不曾见过。"

"是吗？"顾见深道，"我总觉得很熟悉。"

沈清弦道："你这般年轻，我这样……"

"话可不能这么说，"顾见深道，"也许我的年龄比你还大许多。"

可惜了，你就是比我小！哎……沈清弦记起来了，顾见深好像还真不比他小，那个一岁的年龄差是他强行给自己长的！

沈清弦心虚地扯回思绪，决定永远守住这个小秘密。

顾见深打量了他一会儿道："我医术不算精通，但看样子你似乎灵田堵塞，是遭到心法反噬了吗？"

沈清弦："……"

顾见深又道："我父亲精通医术，不介意的话，我带你去看看？"

沈清弦抬头看他，又问："你真不觉得我这样子很吓人？"

顾见深的视线没有丝毫躲闪，说道："我觉得……你年轻的模样一定极美。"

沈清弦笑了，年迈的面容上露出一个清浅舒心的笑容。

沈清弦缓声道："能陪我坐一会儿吗？"

顾见深不明所以："怎么？"

沈清弦道："坐一会儿就好。"

顾见深眸中又有了疑虑："我们之前是认识的，对吗？"

是啊……认识，认识过很多次呢！

心域对沈清弦来说是陌生的。

他曾经有极漫长的一段岁月以为自己此生都不会踏入此地一步。现在想想也许是失忆前的自己在心里下了暗示，因为惧怕所以排斥。

但如今他却很喜欢这地方。

心境里的顾见深哪知道沈清弦的心思，看着他的时候还有种莫名的眼熟。

虽然年迈，但人的气度是不会变的。哪怕肌肤失去光泽，双眸不再明亮，哪怕皱纹爬上眼角，发丝银白如雪，可好看的轮廓、优雅的姿态，以及唇角浅淡的笑容，都勾勒出了年轻时的风华绝代。

更何况在修真界，年龄从来都不是问题，苍老成这样子，肯定是出了什么意外。

顾见深问他："你是遇上什么事了吗？"

沈清弦想了一下说道："我修炼的心法很古怪，它让人不得动情欲。"

顾见深一怔，追问道："你是因为谁遭反噬了吗？"

沈清弦看了他一眼，又垂首笑道："是啊，遭心法反噬，成了这副鬼样子。"

顾见深拧眉道："你因他而遭反噬，他人呢？"

沈清弦没出声。

顾见深胸中无名的怒火升起，说道："难道他竟抛下你了？"

这次是沈清弦没来得及说话，顾见深便又气冲冲道："如此狼心狗肺之人，又怎值得你如此！"

沈清弦心里闷笑……这样骂自己没问题吗顾大深同志！当然面上他没笑，沈清弦摇头道："不是的。"

顾见深也不知自己为什么会有这样的火气，细细想来，顾见深觉得太莫名其妙。

萍水相逢、寥寥数语，他又哪来的这些心思？

也许是不忿吧……任谁面对这样不公的事都会心生不忿。

沈清弦顿了一下道："是我先离开的，不得不离开。"

这么一说，顾见深怔住了，紧接着感觉到了一股无法形容的痛苦，顾见深说："你……不想让他看到你这样子吗？"

沈清弦应道："嗯。"

顾见深薄唇动了一下，什么都没说出来。

沈清弦也没再开口，两人就这样静静地坐着，看着面前一大片橙黄色的麦浪。

沈清弦道："这儿可真好看。"

顾见深道："我也是第一次来。"

沈清弦笑道："谢谢你带我来这儿，也谢谢你陪我坐了这么久。"

顾见深知道他要走了，不禁说道："忘记吧，这样你的心法就可以停止反噬，可以继续修炼，可以……"

"我自己是没办法忘记了，不过……"沈清弦低声道，"我师父会帮我封住记忆。"

顾见深明显松了口气："这样也好，总归是要向前看的。"

沈清弦又看了他一眼，缓声说道："我要走了。"

顾见深道："我们以后还能见面吗？"

沈清弦垂眸说道："我会闭关修炼，如果有机会我们能见面的。"

临近分别，顾见深还是开口问了："你叫什么名字？"

沈清弦看向他，灰白色的眸子里似乎升起了点点星芒，他轻声道："我写了一个纸条，就放在树叶下，等我走了你再打开。"

顾见深又问："我们真的从未见过吗？"

沈清弦道："……与其询问以前的事，不如向前看看。"

说完这句话，沈清弦离开了。

顾见深找到了那个小纸条，上面的字迹干净隽秀，而且简单明了——

再见。

沈清弦。

就这么五个字，只有这么一句话和一个名字。

顾见深盯着沈清弦三个字，用力攥紧了这张纸。

他是万法宗的那位天骄，天道的涟华道君。

稍微走远后，沈清弦便对心境外的顾见深说："送我去成圣后。"

顾见深："……"

沈清弦道："快，我想看看会变成什么样。"

过去他们无法更改，但借着幻境却可以模拟出另一个可能，沈清弦想看。

顾见深轻叹口气，遂了他的愿："好。"

他将沈清弦送到了心境中的数年后，也就是沈清弦成圣的时候。

沈清弦只觉身体一坠，紧接着便一扫疲倦，身轻如燕。成圣后的身体，果然舒畅得多。

他一出关，无数人来贺喜。

再见到严天瑞和七师兄，沈清弦十分感慨，他对顾见深说道："多亏了你。"否则这些师兄们就在那场战役中枉死了。

虽然在四五千年后师兄们也都相继殒身，但终止于修真大道，也算是圆满的一生。

如果顾见深没有救下这些人，没有护住整个万法宗，那后果不堪设想。

也许沈清弦的师父会因此造成心结，无法去往上界；也许天道会就此没落，再无领袖；也许连之后的天道六派都不复存在。

更重要的是，顾见深留给了沈清弦数千年的温暖。

哪怕那时候沈清弦已经不愿再接纳任何人，可身边却有暖阳萦绕。就像一个被冻住的人，丢进万年酷寒中和被温暖的火苗环绕是截然不同的。

沈清弦这般一想，说道："我要去找你！"

他相信顾见深在等他。

哪怕什么都记不起了，哪怕怎样都找不回丢失的记忆了，哪怕他们无奈分别了，但只要相逢——

"轻云蔽月，流风回雪。"

心境中的顾见深怔怔地看着他，轻声呢喃着。

沈清弦听到了最想听的话，笑弯了眼睛，正要走近顾见深。一股强烈的拉扯力袭来，沈清弦被抽离心境。

陡然回到现实中，他还没回过神来。

沈清弦瞪向顾见深："我还不想出来，我还没和你说够话呢。"他只听了最想听的，还没能和顾见深说点儿什么。

顾见深道："你想听什么，我说给你听。"

其实沈清弦很清楚，最后这一段心境是不可能存在的，是真正的幻境。

哪怕当年的他去找了顾见深，去和他说了那么一番话，他们也不会在成圣后相逢。因为他根本不可能成圣。

仅仅是忘记这段记忆是不行的，真正将封心决推向巅峰的是绝望。

当时的沈清弦是真的失望透顶，是真的害怕了。那才是他成圣的根源，而不是单纯地忘记这段记忆。

顾见深道："对不起，让你那么难过。"

心镜发生的事，他全都看在眼中，沈清弦听到那话后的绝望，绝望到亲手毁了金银窝，还有被上信真人找到时那万念俱灰的模样。

沈清弦很是懊恼道："我的金银窝！"

当年他被封住记忆后，他师父是这么和他说的："终日沉迷俗物，不专心修炼，你那洞府我已经一把火烧了，以后就留在这万秀山上，不成圣别下山！"

所以沈清弦认定是师父毁了他的金银窝，一认就是大几千年！

顾见深道："我会把唯心宫装饰成……"

他话还没说完，沈清弦忽然道："说起来，你答应给我做的金色布噜噜呢？"

帝尊大人心惊肉跳。

沈清弦见他不出声，追问道："怎么，没做吗？"

顾见深小心地试探："都过去这么久了，嗯……"

沈清弦睁大眼："时间太久，所以金色布噜噜死了？"

顾见深："……"试探失败！

沈清弦看向他："虽然我把你忘了，但我还是把小白团子照顾得很好，本来夏停应该由你照顾的，可你把他丢了，如今连金色布噜噜都……"

这话要是接不好……

"嗯……我做了，它也活得好好的。"

沈清弦眼睛一亮："那它在哪儿？"

顾见深硬着头皮说出来了："之前就已经送给你了。"

"送给我了？"沈清弦轻声呢喃着，很快他便反应过来，"是小金龙！"

顾见深痛声道："对。"

沈清弦呆了呆，紧接着兴奋道："你怎么不早告诉我？"

顾见深只得说："我不是都忘了嘛。"

沈清弦又问："它不是布噜噜吗？怎么变成那么大一只龙了？"

顾见深全交代了："它是布噜噜，不过有阵子我闭关，把它交给父亲养育，父亲嫌它长得太……"他委婉道，"太好欺负，便教了它变形术，让它变成一头凶猛巨龙。"

其实事实是养父大人觉得这么大一团布噜噜生得太幼稚太软了，太不符合男人气度，便把它往阳刚霸气教，教着教着就把一个软趴趴萌萌的布噜噜给教成威武霸气的金龙一条了。

沈清弦唏嘘道："都说隔辈惯孩子，这两位真是异类。"

想当年那么软萌可爱又天真的小白团子，交给沈清弦师父两年，就成了高冷面瘫，夏止戈把两个师弟管得死死的也就算了，连沈清弦这个当师父的都不敢惹他。哪还有丁点儿当年偷乾坤袋、还团在手心嚎啕大哭的小团子模样！

顾见深这边也是，布噜噜多么可爱，竟然生生被扭成了世间第一凶兽，万人惧怕的巨龙！

沈清弦道："走，我们去看看小金，赶紧让它变回布噜噜的模样，别委屈自己了。"

本来沈清弦就非常喜欢小金龙，一想到它是顾见深做的金色布噜噜，这喜欢便又多了几分。

两人很快便来到小金所在的山洞。

沈清弦临近山洞又叹口气道："它不太喜欢我，要不还是你去同它说说？"

顾见深眼睛一亮。谁知沈清弦竟又说道："不行，还是我去吧！早晚得面对，它不喜欢我，我就努力做到更好，总得让它习惯我。"

顾见深："……"

沈清弦和顾见深走进山洞。

实际上顾见深也不想再瞒着沈清弦了。沈清弦那么喜欢布噜噜，那么喜欢金色，一想到被毁掉的金银窝，顾见深便更觉难受，只愿小金能让沈清弦开心些。

小金正在呼呼大睡，冷不丁看到沈清弦，顿时一惊，金色的大眼睛眨了眨，察觉到自己来不及躲起来了，只能掩耳盗铃般地闭上眼睛。

沈清弦道："……它好像在怕我。"

顾见深心道：它不是怕你，它是怕你嫌它丑。

顾见深终于道："小金，没事了，尊主不讨厌你，他很喜欢你。"

听到这话沈清弦还没察觉到异样，只跟着说道："我很喜欢你，能别躲着我了吗？"

小金龙唰地睁开眼，一双大眼睛像小太阳似的："噜噜噜……"它喉咙里发出低低的龙鸣声。

顾见深轻叹一口气，走过去按在了大金龙的头上，下一瞬，一缕红芒覆盖了大金龙。

这光景让沈清弦看得眼睛都忘了眨，只觉得看到了世界上最美的景象。

很快红芒散去，大金龙消失不见，取而代之的是一个金发金眸的白皙少年。

顾见深看向沈清弦道："重新介绍一下，他叫金，是一只布噜噜。"

小金冷不丁变成人形，非常不自在，他觉得自己太丑不敢看沈清弦。

沈清弦盯着他看了好一会儿，接着笑道："真漂亮。"

金色的头发，金色的眼睛，似乎连睫毛都是金灿灿的。在这漆黑的山洞中，他是最明亮的发光体，温暖了一切。

真漂亮？小金猛地抬头看向沈清弦。

沈清弦眉眼和善，走近他道："我能看看你原本的模样吗？"

他心心念念的金色布噜噜呀。

小金还以为自己要被嫌弃，要被讨厌，要被赶出去了呢。

没想到涟华尊主不仅不讨厌还说他漂亮！还想看他的本体！

他的本体很奇怪的，微邢爷爷说那一点儿不霸气不英武不帅气，太软趴趴了。

小金看看顾见深，顾见深却是松了一大口气，他道："没事，他不会讨厌你的。"

小金如蒙大赦，他闭上眼，砰地一声，整个山洞都被耀成了灿烂的金色。

顾见深笑道："满意吗？"

沈清弦一个字都说不出来了。

布噜噜！金色的布噜噜……好大好金好漂亮的布噜噜！

顾见深带着他走向小金，小金立马像布噜噜那样，让身体有了坡度。

他们一步一步地走上去，像是踩在阳光搭成的阶梯上，像是一步一步地走向了明亮的太阳。

最上面有一丝塌陷，顾见深带着沈清弦坐下。

恍惚间，两人似乎回到了第三界。

天真烂漫的国度，天真烂漫的生物，无数的小团子，很多的大汤圆，那些可爱的生灵在自己的世界里活得开心畅快。而他们也回到了自己的世界，找回了自己的畅快。

沈清弦轻声道："谢谢。"也不知在谢什么。

他执着于布噜噜，其实是执着于顾见深的承诺。

虚无的幻境再美好也是浮在半空的，而现在……他脚踏实地了。他们经历过的都是存在的。

顾见深对小金说道："带你去万秀山看看。"

沈清弦问道："他不是……"

顾见深坦白了："他是我养大的，喜好和我一模一样。"

沈清弦想起一事，正色道："关于红玉简，我有个猜想。"

从心境出来后，虽然两人都没就此交谈过，但其实两人心中都各有所想。而且这想法还很相近，应该在一定程度上触碰到了真相。

回顾一个修炼之人的一生，入门是个坎，成圣又是个坎，而最后的坎就是去往上界。

顾见深在筑基时失去了重要的人，在成圣时体会了什么叫万念俱灰。他之所以能成圣，一来是失去了重要之人，二来是放弃了生命。

救那么多人，牺牲那么多血，那是在以命换命。

置之死地而后生，万血之躯才得以成圣。这个万血不是吸纳了万血，而是倾付万血，实在是残酷至极。

最后一步就是去往上界。

顾见深等来了这最后的磨难。

沈清弦道："我觉得你想要去往上界，肯定要付出极大的代价。"

顾见深也是这么想的，这也是他长久不安的根源。已经经历了太多，好不容易都找回来了，再失去的话，他去往上界的意义何在？

沈清弦安抚他道："你别慌，我觉得师父们在帮我们。"

如此看来，天梯崩落绝不是意外，而玉简的到来就更不会是偶然了。

设想一下，倘若顾见深想去往上界一定要经历痛苦的磨难，那这磨难是什么？找回自己的挚友，然后永远失去重要之人吗？这的确够残酷！

红玉简上发布的任务似乎也遵循了这样的规律。

两人将两枚玉简拿出来，细细看着。

上面罗列的二十七条任务，已经全部完成了，最新任务还没有发布。

沈清弦逐条看下来，看到"讨要金龙"时，他笑道："你看红色玉简上写的是送给我心爱之物。"

金色布噜噜的确是沈清弦心爱之物，更是极其重要的象征。

顾见深道："难怪当时给你黑龙是没用的。"

并不是玉简识别了黑龙不是金龙，而是因为小金只有一个，只有这个顾见深做的布噜噜，才是沈清弦最想要的。

当然那时候顾见深全忘了，沈清弦也不知道，单纯地以为黑龙不是金色的所以不行。

可其实金龙也好，金色布噜噜也罢，沈清弦的心爱之物只有这一个。

沈清弦问："你是怎么做出小金的？"

当时在第三界时，沈清弦就很纳闷，他以为顾见深会做出一个没有生命的布噜噜，就像一个大气球那般，虽然有这形态，但却不是"活着"的。

顾见深坦白道："我哪里真做得出来？只是偷偷带回来一枚团子卵而已。"

第三界的汤圆们是卵生的，没有像人类般明确的伦理关系，到时候了它们会噗噜噗噜自动产卵。虽然没天敌，但因为汤圆们并不懂得养育后代，所以一大批卵能够成功生存的概率很低，低到了千分之一的程度。

听起来残酷却不是坏事，这巧妙地维持了第三界的生态平衡。

顾见深偷偷装了一枚卵在乾坤袋里，想着回来好生唤醒它，再慢慢养大，给沈清弦一个惊喜。

沈清弦瞪他一眼："我还以为你真有本事做个小金呢！"

沈清弦继续看着玉简，单看红色玉简的话，其实很有趣。

见面、同游、赞美、送礼物……之后顺利过渡到走心的阶段……

不去琢磨他们到底做了什么，只看这个任务清单，很明显红玉简在引导着顾见深对沈清弦好。

等到他们真的成了好友，红玉简才暴露出真正的意图。折腾顾见深，折腾他们两人，破坏他们的友情。

沈清弦道："我觉得红玉简就是万血之躯。"

顾见深握着玉简的手猛一用力。

沈清弦继续说道："它之后发布的任务只会越来越过分，越来越荒唐。想一下，倘若我没有白玉简，倘若我们没互相交代玉简的事，你会怎样？"

跟着红玉简走下去，注定伤害沈清弦，注定让沈清弦对他失望透顶，那么顾见深就永远痛失挚友。

不跟着红玉简往下走，顾见深无法去往上界，寿命到了只有死亡。

无论哪个选择，都残酷到了极点。

沈清弦叹口气道："我觉得在上界的师父们肯定是看到了我们的命运，所以创造了白玉简。"

细看就能品出来，其实白玉简的任务完全在配合红玉简。红玉简伤害沈清弦，白玉简去努力挽回。

误打误撞的是，顾见深和沈清弦发现了入世这条路，显然只要顾见深真正伤心了，那红玉简就认定任务完成了。

继续这样下去……沈清弦道："我觉得也许能糊弄过去。"

顾见深应道："嗯。"

过了一会儿沈清弦忽又说道："如果你不想去上界，那我就和你留在这儿。"

之前说的都是他们的猜测，真相是什么，只有走到最后才知道，如果注定是死局……

顾见深道："时间太短了。"

沈清弦道："我也觉得太短了。"

顾见深温声道："不用担心我，我怎样都无所谓。"

可能封住记忆入世时内心会折磨，但沈清弦与他同在，无论发生什么，两人都是一起面对的。

他想去往上界，前所未有的想。

他要拥有更多的时间，与沈清弦一起看看师父们——上信真人、上德真人还有他的养父。

他要带沈清弦去看他们，好好感谢感谢他们！

两人这般聊了一会儿，万秀山已近在眼前。

小金兴奋极了，他做梦都没想到自己竟有幸来传说中的仙山一游！

沈清弦和顾见深走下来，小金也变回了人形。金灿灿的少年，实在是将美丽二字诠释到了极致。

沈清弦随手点了一下，一片小桃花落地，成了个少年。

桃花小妖躬身行礼。

沈清弦温声道："带客人去四处走走。"

小金心里欢呼雀跃，懂事地看向顾见深。

顾见深点头道："去玩吧。"

小金便兴高采烈地去畅游万秀山了。

沈清弦问顾见深："这么多年了，为什么小金还是个少年模样？"

顾见深道："它在乾坤袋里待的时间有些长……"

他没细说，但沈清弦懂。

当年顾见深把过去的事都忘了，也不记得乾坤袋里还带了个团子卵。幸亏顾见深的乾坤袋品阶极高，空间相对凝滞，在里面睡了几千年的小金才没有大碍。

后来顾见深发现了它，虽记不起当年的事，但还是将它孵化了，如此才有了现在的小金。

他们真是经历了太多阴差阳错，好在结果还不错。

夏停好好的，小金也好好的，他们也好好的。

沈清弦刚回来，沐熏便出来迎接两人。

沈清弦还挺诧异的："怎么又回来了？"

当时为了避夏停，沐熏溜出去躲了一阵子。

沐熏道："大师兄已经闭关了。"

沈清弦瞧他那模样，实在好笑：天不怕地不怕的沐轻染要是知道自己的大师兄是个白团子……

还是师父稳妥，遮了夏停的本体，否则，这"大师兄"哪还有丁点儿威慑力！

沐熏察觉到小金的存在，道："有客人吗？"

沈清弦说道："那是九渊帝尊的小徒，你若无事，就去陪他四处走走。"

沐熏诧异道："帝尊还有徒弟？"

沈清弦说："刚收的。"

沐熏没想太多，只应道："既是帝尊爱徒，徒儿自当好生照顾。"

小金是个天真烂漫的性子，沐熏本也爱玩，也许两人能合得来。

徒弟们都走了，师父们便怡然自得了。

他们在万秀山上待了几日。小金每天都高兴得很，沐熏嘴角也挂了点儿笑容，显然挺喜欢这个金色布噜噜的。

他对沈清弦说道："我还是头一次见到这种生物。"他自己是个紫水妖，本体已经够特殊了，没想到还有比他更特殊的。

沈清弦心想：你大师兄也这样呢。当然他不会说，他怕止戈团子恼羞成怒，气坏身体就不美了。

沈清弦清清嗓子道："你既与他投缘，那就多和他玩玩。"

沐熏道："我瞧着他懂的不多，帝尊当真收他为徒了？"

沈清弦顿了一下，便说道："这其中有些缘由……"

兰弗国的事，沈清弦其实没必要和任何人提起，沐熏虽然是他的小徒弟，但毕竟隔了一辈，说这些也没什么意思。不过他想说给沐熏听听，让沐熏知道，无数人认定的事也许是另一番模样。

顾见深是这样的，乱鹰是不是也有可能这样？

沈清弦一一讲完，沐熏听得目瞪口呆："竟……竟是这样的？"

屠戮国家，以血入道的心域魔帝，竟是……救了整个天道的人！

沐熏当真是被震住了，不过他知道沈清弦不会欺骗自己。

沈清弦等他缓了一下才道："那么……你想不想看看当年擎天六城的真相？"

心境是不会骗人的，尤其将两人的心境交错在一起，能呈现出最真实的过去。

沈清弦又道："你愿意的话，我会跟着你一起进去，陪你一起找找根源。"

沐熏垂眸，过了好一会儿，他才苍白着唇瓣开口："师父，他和帝尊不一样，他真的屠尽了擎天六城。"

沐熏永远都不会忘记，永永远远都不会。擎天六城是他的属地，那儿有尊重他敬仰他信赖他的子民。

沐熏曾带着乱鹰去过擎天，曾将他介绍给自己的臣民，曾想着要和他做一生的挚友。

可结果呢？引狼入室。乱鹰杀了他的子民，血洗了他的家，屠戮了整整六座城市。

若非沈清弦动用禁术，复活了死去的人，沐熏早就自责而死了。

沐熏道："当时我问过他，问他为什么要做这些，他跟我说……该死，所有人都该死。"

沈清弦怔了怔。

沐熏低声道："帝尊是好人，但乱鹰是真正的恶徒。"说完这话，他转身离开。

沈清弦也没喊住他，只轻叹了口气道："真是乱鹰做的？"

避在暗处的顾见深走了出来，说道："当时的事我还真不清楚。"

沈清弦说："沐熏是不会打开心境了，要不我们去找下乱鹰，看看他的心境？"

顾见深道："这会儿不行，他正在闭关，百年内估计出不来。"

"那等他出来再说吧。"沈清弦道。

两人回到屋中没多久，外头猛地一亮，地动山摇！

沈清弦被震了一下，顾见深道："没事。"

当然没事，他俩神识一散出去，外头什么情况一清二楚。不过沈清弦还是起身道："我去看看。"

顾见深跟着他一起出去。

外头的景象可以说是相当"迷人"了！天道第一仙山竟然整个都变得金灿灿的了，远远一看，仿佛天边的太阳落下来，成了个大火球，裹住了万秀山。

沈清弦一出来便听到沐熏的声音："好了好了，快收起来，别被人看见！"

沈清弦看向他："这是怎么了？"

沐熏被吓了一跳："师父！"

沈清弦还挺稀奇，他这小徒弟以前干了不少浑事，每次被他逮到都是这吓一跳的模样。

不过自从擎天六城出事后，沐熏就像变了个人一般，再也不搞怪了，沈清弦也很久没见沐熏这模样了。

沐熏向顾见深行了礼，略有些尴尬（毕竟一把年纪了）地说道："小金，他收不回来了。"

没错，正是小金让万秀山成了大太阳。

金色布噜噜变得超级超级超级大，而且颜色更亮，竟整个将万秀山给裹住了。

沈清弦远远看去，就看到小金泪汪汪的大眼睛——很委屈很不安很紧张。

他干了坏事，是不是要被赶出万秀山了？他不是故意的！

沈清弦登时心软得不行，对顾见深说道："快帮帮他。"他不敢贸然出手，功法不同，他怕伤到小金。

顾见深抬手点了一下，裹住整个万秀山的金色布噜噜就变成眉清目秀的小少年了。

小金一双泪眼看向沈清弦和顾见深："对不起。"

沈清弦哪里会生气，他温声道："有什么好道歉的。"

小金小声道："万秀山被我弄坏了。"这么好看这么美丽这么仙气缥缈的万秀山被他给弄得媚俗又丑陋！

沈清弦笑道："它本来也不好，谈何弄坏一说。"

万秀山："……"哭昏过去！

小金只以为沈清弦是在安慰他，是在温柔善良地开解他，殊不知沈清弦说的都是大实话，每字每句都真情实感。可惜小金分辨不出来，他只觉得感动，感动得不知如何是好。

顾见深岔开话题道："是轻染圣人在指引你修炼？"

他一问，小金立马转忧为喜，开心道："是的！轻染圣人太厉害了！"

沐熏被小金夸得怪不好意思的，说道："我左右也没事，见他根基浅，便帮他稳一稳。"

谁知这一稳就把原型给稳出来了！这么大个的布噜噜也把他给吓了一跳。

273

沈清弦不由心思一动……小金只是稍微突破点儿修为就这么大了，那他家止戈团子已经大乘，那得是多大个布噜噜！怕不是能覆盖半个修真界！

然而一想大徒弟的颜色，沈清弦顿时没了兴趣。银白色什么的……还是歇歇吧。

沐熏和小金在万秀山上相处了一段时间，小金性子活泼，而且单纯可爱，沐熏无心闭关，又答应了沈清弦要照顾好他，自是很用心。

人总是这样，自己闷着，怎么也没法从过去中释怀，但被其他事物分了神，也就慢慢看淡了。

他不再日夜想着发生在擎天六城的杀戮，尝试着放下了。

复仇了又怎样，杀了乱鹰又如何，他所付出的找不回来了。与其执迷于那些，不如敞开心胸，继续向前走。

沈清弦察觉到了他的改变，找了个机会私下里问他："想开了？"

沐熏点头道："嗯。"

沈清弦虽觉他们之间定有蹊跷，但这种事外人是没法干涉的，沐熏既想开了，那便这样吧。

沈清弦对他说："别急着修炼，还是多走走看看，等真正静心了再闭关。"

沐熏应道："弟子明白。"

沈清弦的话是极有道理的，沐熏如今这状态顶多是不再为心魔所惑，但要说彻底挣脱，还远着呢。

他现在见不到乱鹰，所以觉得一切都好，可一旦见着了，只怕分分钟前功尽弃，打回原样。

这样的心态去闭关，只怕会滋生心魔……还是在外头多停留一阵子比较妥当。

好在有小金陪着，沐熏倒也兴致十足，教他教得很开心。

料理完小辈的事，沈清弦又随顾见深去了唯心宫。

顾见深忙了一天，回来见沈清弦悠闲自在地逗着一条红鲤鱼玩，道："你倒自在。"

沈清弦瞥他一眼："是你爱揽活干。"

第二天顾见深看到案前的沈清弦，吓了一跳："真的要帮我？"

沈清弦头都没抬："就这么点破事，还用花那么长时间？"

顾见深凑过去一看，顿时心服口服。

修真界嘛，自然不用像人类一样请奏啊，批阅啊，下发的。纸鹤一叠，什么事都搞定。

沈清弦模仿顾见深的字迹模仿得活灵活现，还能模仿顾见深的灵气，甚至是纸鹤的模样。

沈清弦叠了个纸鹤后看他："你这手艺倒是很有长进。"

两人在兰弗国时，胖纸鹤那叫一个胖得惨不忍睹。

顾见深讪笑道："我当时是故意的。"

纸鹤就好比人类的字迹，不加以伪装是很容易暴露的。当时顾见深暗搓搓的，自是不敢暴露真实身份，所以算是"用左手写字"，能折出来就不错了，胖点也是真没办法。

沈清弦动动手指，竟叠了个胖纸鹤扔他。

顾见深一手接住："好了，快去歇着，剩下的都交给我。"

沈清弦起身给他腾了位置，不过他没走，坐在一旁思考着红玉简的事情。

万血之躯是唯心的。

而唯心最终追寻的是什么？

自我。

顾见深的自我是什么？他的自我在年少时就迷失了。

如今去往上界在即，沈清弦终于明白了心域，了解了顾见深——他放下了自己的信仰，看到了顾见深的信仰。

顾见深因为他而丢下的自我，需要他用对等的付出来补充。

真正的解决之道不是像万血之躯那样让顾见深忘记和失去，而是得到。

沈清弦彻底明白了，红玉简的任务其实是针对他的。

红玉简不是在阻碍顾见深，而是在真真切切地帮助他。

红玉简的任务是对沈清弦的考验，因为它发布的那些全是顾见深早就付出过的。

这样想的话，沈清弦甚至能猜出下个任务是什么了。

如果说每次任务的根本不是让顾见深伤心，而是弥补遗憾。那从这个角度考虑的话，很容易就能想到接下来的任务会有什么。

首先是信仰——顾见深无奈背离天道，离开了所有亲近的人，去了心域。

然后是广天下而告之——顾见深背负了太多无奈，遭遇了太多非议，承受了太多世人的误解。

除了这些，还有很多，沈清弦知道如果去问顾见深的话，顾见深可能什么都答不上来，但沈清弦并不急，因为红玉简会告诉他。

沈清弦收回了思绪，把自己想到的说与顾见深听了。

关于真正的"我"，关于万血之躯，关于红玉简。

顾见深听得眼中全是笑意："放到以前，我绝对无法想象你会说出这样唯心的理论。"

沈清弦瞪他一眼："近朱者赤近墨者黑。"

不过是一句玩笑话，顾见深却敛了情绪，声音凝重了许多："虽说如此，但你还是要固本向道，莫要被这些想法干扰。"他在担心沈清弦，怕他过多地接触心域的理念，于自己的修炼有损。

沈清弦略有些无奈地说道："别事事都先想着我。"

以前他一心都想去往上界，现在他一心都是想和顾见深一起去往上界。所以他要弄清楚玉简，弄清楚这些任务，才能走上天梯。

顾见深拿出了红玉简，看着它道："无论它是怎样的，其实都无所谓。"

沈清弦看向他道："怎么？"

顾见深顿了一下，轻声道："因为它是自私的。"

沈清弦对红玉简有着天生的好感，他有些不服气："我觉得它是为你好。"

"它为我好也罢，折腾我也罢，目的都是让我去往上界。"

沈清弦隐约听懂了他的弦外之音。

顾见深继续说道："因为只有我去上界了，它才能去上界。"

沈清弦怔了一下……顾见深说的不无道理，红玉简无论是想让顾见深失去重要的人，还是想让他心满意足，无非都是未顾见深修成大道。

所以顾见深才说它是自私的，因为它依附于顾见深。

沈清弦道："这也没关系，它自私，但它是为了你好。"

顾见深红眸轻闪："什么是为了我好？它又怎会知道什么是为我好。"

这话说得很平淡，语调与往常无异，可沈清弦却听出了不一样的情绪。

心域的帝尊，唯心道的巅峰，顾见深有着自己的骄傲。

他不想受任何东西控制，哪怕是自己的"心"，也不行。

这很矛盾，但人性本就是极端矛盾的：想的和做的不一样；这一刻和下一刻不一样；自我和本我更不一样。

问心又唯心……心域和天道真的是截然相反。

沈清弦轻拧着眉，近乎于自言自语地说道："我又……"他还没说完，一股腥甜从喉咙涌上。

"怎么了？"顾见深问。

沈清弦把那翻涌的血气强压了下去："没事。"他极快地调整了身体，掩盖了这突兀的心脉紊乱。

顾见深却没放松，说道："你别瞒着我，有任何不适一定告诉我。"

以沈清弦这医术，他想瞒着，整个修真界也没人能察觉到。

沈清弦笑了一下："我能有什么不适？"

顾见深还紧拧着眉，沈清弦便站起身道："我有些乏了，咱们去外头透透气吧。"

顾见深想了一下又道："你别胡思乱想，红玉简的事我自己心里有数。"

沈清弦点头道："乱想也没用，等它发布任务吧。"

顾见深欲言又止，沈清弦知道他想说什么，说道："好啦，没事的，我好歹也是大乘期了，哪会这般容易就动了道心。"

顾见深还是嘱咐道："总之，别想太多心域的事。"他看了一下案前的那些东西，略有些懊恼道，"走吧，回万秀山，别去碰那些烦琐事了。"

沈清弦不愿他大惊小怪，道："好了，没事的。"

顾见深却非要带沈清弦回万秀山。

一回到万秀山，沈清弦的心便静了很多，那些胡思乱想还真淡了。这座山有上信真人设下的阵法，对于洗涤身心是有极大益处的。

小金还在跟着沐熏修炼，模样兴冲冲的，瞧着很有激情。

沐熏见师父回来了，还略有些诧异，但很快就看出顾见深眼中的忧虑，再看向沈清弦，只见他唇角略有些干燥。

沐熏心一紧，但因为察觉到沈清弦瞥过来的视线，所以闭了嘴。

沐熏毕竟是跟着沈清弦长大的，非常了解他。

沐熏上次见到沈清弦略显疲态还是在擎天六城。

那时候沈清弦施了禁术，挽救了六城生灵，之后他找到了沐熏，在沐熏眉心弹了一下："不听话。"

沐熏抬头，看到的就是师父干燥的唇角。那是他第一次看到沈清弦显露疲态。如今是怎么了？沐熏有些不安。

沈清弦调整得极快，毕竟他自己极擅医术。

两三天后，日子恢复如常，沈清弦已再无异样。

顾见深似乎也没再忧虑，每日和他喝喝茶，赏美景，逗徒弟，很是悠闲。

这日沈清弦说道："你好歹也是小金的师父，能不能正经去指点一下他？"

顾见深笑道："轻染圣人教得很好。"

沐熏接话道："帝尊过誉了，近几日我总觉得小金的冥想有几处停顿，但一直没找到缘由，帝尊若有时间，不如去看看？"

顾见深便起身道："那好，我去看看他。"

把人支走后，沈清弦看向沐熏。

沐熏道："弟子冒犯了。"他伸手按住沈清弦的手腕。

一会儿后，沐熏挪开手，垂首站在一旁。

沈清弦问："试出什么没有？"

沐熏摇摇头。

沈清弦笑他："早些年让你跟着我学医术，你不学，非说有你二师兄就万事无忧。"

他这三个徒弟，止戈学了封心决，赤阳子学了医术，沐熏……大概学了沈清弦年少时的顽皮吧！

沐熏垂眸道："弟子不孝。"

沈清弦轻叹口气道："好了，没想训你。"

沐熏却是真的担心他："师父您的身体……当真无恙吗？"看不出就只能问了。

沈清弦收住了嘴角的笑意，反问沐熏："我看你教小金教得挺不错的，你对心域的功法挺了解？"

沐熏一怔，声音艰涩了些："总……总会理解一些的。"乱鹰境界高，他们做朋友那么久，自然会受到影响。

沈清弦看向他，欲言又止。

沈清弦没问，怕扰了沐熏。毕竟连他自己都为此而遭到了反噬。

沈清弦和顾见深做好友这么久，可却从未真正了解过顾见深的道。

他只想着两人一起做任务，一起去往上界。哪怕道法不同又如何？最终目的是一样的。可若是后面的任务与此有关呢？

放弃"信仰"，说起来容易，这做起来……以沈清弦如今的境界，若是放弃了，意味着什么当真是不敢想。

事实上别说是放弃了，他仅仅是尝试着理解心域的理论，体内就一阵翻江倒海，若是真的认真研悟……

沈清弦闭了闭眼，嘱咐沐熏道："我没事，你莫要担心。"

沐熏也只能应下来。

不远处，顾见深的分身一闪即逝。他知道沈清弦是在支开他，所以留下了一缕神识。

沈清弦虽然简单撑起了个屏障，但顾见深太了解沈清弦了，这些简单的屏障哪里拦得住他。所以沈清弦和沐熏的话他听得一清二楚。

就在此时，沈清弦的传音入密来了："有新任务了。"

顾见深已经看到了，他抬手对着红玉简施了个幻术。

正常情况下顾见深用的幻术，沈清弦留心看就能发现猫腻。可顾见深还是用了，一方面是想瞒住沈清弦，另一方面也是想借此来试探沈清弦的身体状况。

这样一个精妙的幻术，倘若沈清弦身体无损，定是能发现的，但若是有损，怕就发现不了了。

如此一来，他对沈清弦的身体状况也就心里有数了。

沈清弦出来找他，顾见深便把小金交给了沐熏，随他一同进了屋。

两人一进屋，沈清弦便开门见山地问："你的任务是什么？"

顾见深将红玉简拿了出来，同时眼睛盯紧了他，沈清弦倒没怎么在意。

沈清弦将红玉简上的任务念了出来："信仰和友情，选其一。"他紧拧着眉，呢喃道，"是这样的吗？"

顾见深认真看着他，越看眸色越沉。沈清弦没发现幻术，他信以为真了，眼下的疑虑也只是因为自己的猜想被推翻了。

沈清弦没好气地戳了一下红玉简："你果然是个坏家伙嘛！"

他本以为红玉简的任务会是"让沈清弦放弃信仰"之类的，因为根据补偿原理，沈清弦应该填满顾见深失去的，但红玉简这任务明显是在折腾顾见深啊！

沈清弦叹口气道："看来它是打定主意欺负你了。"

顾见深敛了眼底的情绪，笑道："没事，反正可以通过入世来解决。"

原本沈清弦不想入世的，倘若红玉简当真让他放弃天道，他会尝试了解唯心道，因为他很清楚玉简的真正目的，补偿顾见深的话，仅仅入世是没用的，他要付出同等的代价。

但眼下这个任务显然推翻了沈清弦的设想，不是补偿，而是折腾。

折腾的话……滚一边去！沈清弦头一次这么嫌弃红色的东西。

顾见深问他："你的任务是什么？"

沈清弦把小白玉简拿出来，上面写着："其二十八，从零开始了解顾见深。"

顾见深笑道："我还有什么是你不了解的？"

沈清弦道："……唯心道。"

顾见深后背一僵，不等他开口，沈清弦已经自己叹口气道："应该是我想歪了，大概只是字面意思吧。"

两个玉简的任务是配对的，但这次的任务却挺古怪。

红玉简：其二十八，信仰和友情，选其一。

白玉简：其二十八，从零开始了解顾见深。

总觉得有些古怪，但也看不出问题所在，沈清弦嘟囔道："我该从零开始了解你什么呢？"

他看不懂，顾见深却看得明明白白。

因为红玉简上真正的任务是：其二十八，为了沈清弦的信仰，放弃这段友情。

所以它给出的任务就是让沈清弦背离天道。

再看白玉简的任务就能匹配了，从零了解顾见深，了解的正是他的修炼之道！

这不可能。沈清弦现在放弃天道，比当时成圣前放弃封心决还要危险。他们剩下的时间不多了，这么短暂的时间，已经没法让沈清弦从零开始接受唯心道了！

顾见深想的是，先骗住他，看能不能通过入世来完成这个任务——虽然他与沈清弦一样觉得，入世是不行的，但还是要试试。即便真的不行，至少可以借入世来帮沈清弦稳固道心。

顾见深道："入世吧，封住记忆就可以从零开始了解我。"

沈清弦想的是："我封住记忆，你呢？"信仰和友情，顾见深要选哪个。

顾见深笑道："我也封住记忆。"

沈清弦一愣，顾见深又道："放心，我会安排一个玉珠子随时关注，三十年为限，到时间了哪怕任务没完成也要回来。"

沈清弦谨慎道："三十年够用吗？"

顾见深道："足够了。"因为他根本不会封住记忆。

沈清弦还是不放心："我们都封住记忆，万一出什么意外……"

顾见深又道："那我再留一枚玉珠子给轻染圣人，让他三十年后去把我们带回来。"

这下沈清弦放心了："好……那就这样吧！"

这次的任务的确需要双双失忆，否则也太难办了，无论是顾见深的还是他的，都不好做。

但封住记忆就无所谓了，他这边可以从零开始，顾见深那边也可以给自己重新设定一个信仰。

这么想着，沈清弦忽然察觉到一丝不太对的地方，但顾见深很快便打断了他的这一缕念想，问他："有没有什么想设定的条件？"

沈清弦立马说道："给我挑个符合你审美的肉胎。"这样两人比较容易快速成为朋友。

见他磨磨蹭蹭的，沈清弦道："玉珠子给我，我来设定！"

顾见深心里装着一堆事，还有一堆计划，哪里敢给他，只得说道："好，找个符合我审美的。"

沈清弦却是丝毫没多想，点头道："嗯！"

顾见深又问道："其他的就不多做设定了？"

沈清弦说："就这样吧。"设定的意义不大，多次入世的经验告诉他们，设定了也能扭曲成另一副模样，还不如随缘！

临入世，沈清弦说道："我们比一下，看谁先找到对方。"

顾见深道："那你输定了。"

沈清弦说："只要你不作弊，谁输谁赢可不一定。"

顾见深会不作弊？他从一开始想的就是"作弊"。

第十三章

巩固信仰

沈清弦诞生于一片冰湖之上，这儿很大，一望无际，景色也单调乏味。

他们全家都住在这儿，除了沈清弦之外，他们所有人都喜爱这温度也喜欢这漫天遍地的雪白色。

沈清弦刚出生时，他的父母便惊为天人，称他是冰湖有史以来最美的孩子。

沈清弦低头看看自己，觉得很一般，没什么好看的……或者该说他与他们有什么区别？不都一个模样嘛。如果他是最美的，那他们也是最美的，所以哪来的最美？

然而他的父母是这样夸他的："白如滢露，清透纯洁，稀世罕见。"

这咏叹调一样的赞美让沈清弦抖了抖，他对此很嫌弃。

他的哥姐们也都大声夸他，说他真的很美，百年难得一见！

还有他的七大姑八大姨，邻里街坊，总之整个冰湖的人，对他都是连声夸赞，而且是由衷的、毫不吝啬言语的、极其真诚的赞美。

这让沈清弦很纳闷，他们总能发现一些细枝末节的美，可在沈清弦眼中，他真心觉得自己同他们没两样，只是他们都这么夸了，他也只能试着接受了。

他们都是白色的……没错，冰湖已经够白了，他们又全是白色的！

父母总说："这是天地间最美的颜色，而你是最美的颜色中最美的一位。"

沈清弦："……"他从未走出过冰湖，他觉得是父母见识太浅，所以才这样认为。

其实沈清弦也不知道真正的美是什么，毕竟他出生以来，看到的就是银白雪白冷白和蓝白。天空是这样的，湖是这样的，山也是这样的，到处都是一样的。

可沈清弦觉得这不是美，一定有真正的美，只是他尚且没见到。

与同族相比，沈清弦是个异类。他不爱同他们说话，也不爱看他们，甚至不爱与他们缠在一起。

然而他离不开冰湖，所以总能听到些乱七八糟的东西。

四哥和六哥最爱凑在一起咬耳朵。

六哥小声道："我知道老五一直想缠着小九。"

沈清弦排第九，九也是他的名字。

四哥道："谁不想缠着小九？"

六哥问："你说小九怎么就不肯让人缠着呢？"

四哥冷笑一声："自视甚高呗。"

六哥又道："他不让人缠着，也不缠着别人，可他也没营养不良。他真的很美。"

四哥叹口气道："别胡思乱想了，他是神之子，不会一直留在冰湖的。"

沈清弦对"神之子"三个字很熟悉，他从小听到大，冰湖的大多数人都这样称呼他。

所谓神之子，指的是冰湖中最美的。

沈清弦没出生前，谁都不肯承认别人是神之子，但他一出生，所有人都明白，神之子降临了。

沈清弦不知道神之子有什么使命，他只想离开冰湖，去外面看看。这儿实在太无聊了，枯燥又乏味。可是他们又离不开冰湖，因为他们生于此长于此亡于此。短暂的生命似乎就是为了绚烂这冰色湖泊。

不知道过了多久，沈清弦的生活迎来了转机。

他的父母面带喜色道："神侍来了！神侍来了！"

整个冰湖都掀起了巨大涟漪，大家都询问着："小九要走了吗？小九要去神身边了吗？"

沈清弦的父母一脸欣慰："肯定是小九，他是我们冰湖最美的一朵雪莲！"

美吗？到底哪里美了？沈清弦低头，看看冰湖上映照的自己——白、很白、特别白。

除此之外，不就是朵花嘛，和大家没区别，都是一样的花瓣，一样的叶子，一样的根。哦，他的根不爱在水下面和别的根缠着。

硬要说他和大家的区别，沈清弦觉得是思想。

比如大家都以白为美，喜欢冰清玉洁的颜色，而他……不喜欢，他觉得冰湖里偶尔游过的小鱼都比他们雪莲族好看十倍！

沈雪莲的"思想觉悟"太高，和同族格格不入，按理说他这性情可能会遭人排挤，可谁让他是雪莲族呢——生在冰天雪地、无人之境的稀世雪莲。

这个物种的特性之一就是高冷。别看雪莲族在水下互相纠缠，但在冰湖之上却是要多冷感就有多冷感，而且对外族特别冷，正眼都不给一个。

如此高冷的种族里出现了一个更加高冷的沈雪莲，他们怎能不欣赏？

所以沈清弦越不理他们，他们越推崇，越觉得他美，认定他是天地间最美的一朵雪莲花。

当然，再高冷的雪莲族对神也是极向往的。

这个世界，谁不向往神域？谁不渴望被神所青睐？谁不想去神的身边侍奉？

想！开了灵智的想，没开灵智的也凭着本能在想。

来冰湖的神侍也是雪莲族，但他们被神启蒙，成了另一副模样。

雪莲们遥遥看去，心生向往。好美啊，他们都变成了神的模样，有着修长强大的身体，有着银色垂地的长发，有着那样雪白的肌肤和银色的眼睛。

他们走在冰雪之上，仿佛得到了星辰的眷顾，耀眼夺目；他们行过之处有淡淡的光芒闪烁，是晶莹的雪花，是美丽的余晖，是洒下的圣光。

沈清弦的六哥小声对他说道："小九，你也会变成他们那样吗？"

沈清弦也不知道，他倒是不讨厌他们的形态，只是银发银眸白肤银袍……与他们这帮雪莲有什么区别？

嗯，还是有区别的，比如沈清弦离不开冰湖，他们却可以在雪地上随意行走。

六哥又说道："他们真的太美了，你以后肯定会更美的。"

沈清弦不是想"高冷"，而是实在无法苟同六哥的言论，所以闭口不言。

六哥早习惯了，一点儿不受挫，还更兴奋了，他颤悠悠道："小九，我能碰你一下吗？"

沈清弦送他一个字："不。"

六哥蔫了："就一下。"

沈清弦最烦他们在水下面缠着了，他没再多说，只离六哥远了些。

六哥真是要多失望有多失望。

他们都是灵族，灵族虽有幸开了智，但和神还是不一样的，他们还是贪恋着本能。

动物全凭本能行事，神却有着强大的自制力，可以约束本能。而灵族介于神和动物之间，他们懂得约束，却又抵不住本能的诱惑，始终无法成神。

但能有幸去神的身边侍奉，是有机会被陶冶成神的！像这些神侍，已经有了神的姿态，日后也许会成为新的神！

所以雪莲们非常羡慕即将被选中的沈清弦。

沈清弦虽然没他们那般兴奋，但隐隐也是期待的，好歹可以离开冰湖，离开这个雪原，去看看外头的世界——但愿外头的世界不是这副模样。

神侍们什么都没说，他们来到冰湖边，一一走过盛放的雪莲，最终停在了沈清弦面前。

大家都凝声屏气，激动又紧张地看着。

沈清弦也略有些不安，毕竟前路是未知的，而眼前的神侍也是陌生的。

神侍们却很温柔，为首的一位弯下腰，白色的袍袖落入冰湖，但却没沾上一丁点儿水渍，他轻轻捧住了沈清弦，声音温和："别怕，我接你去神域。"

他很漂亮，肤色是莹白色的，光滑又细腻，但是满冰湖的雪莲都看出来了，小九的颜色比神侍还美。

他若是变成神侍的模样，究竟该是何等的好看？想象力贫乏的雪莲们无法想象。

沈清弦就这样被捧起来了，他略有些不适。虽然一直嫌弃冰湖，但这是他的家，待久了感情还是有的，冷不丁离开它的怀抱，他有些不安。

神侍却很体贴，他在沈清弦所待的玉盘中倒了大量冰湖水，再度被熟悉的温度包裹住，沈清弦安心了不少。

神侍的动作全程都是小心翼翼地，而且很细心，一直留意着沈清弦的状态。

他们是同族，哪怕形态不同了，但还是能够体谅彼此，神侍说道："你若不舒服，可以告诉我。"

沈清弦说："没事。"

他一出声，神侍明显怔了一下，紧接着说道："你的声音很好听。"

沈清弦："……"他毫无所觉。

神侍道："放心，神会喜欢你的。"

沈清弦并不在意，他不需要别人喜欢，他只想看看这世间有没有能让他喜欢的东西。

沈清弦的离开并不忧伤，整个冰湖一片欢腾。他的父母以此为傲，他的十八个兄弟姐妹和无数个兄弟姐妹的孩子都以他为荣。

他们一家数百株雪莲都期待着下一个"神之子"的降临。这是他们的使命，与生俱来的唯一追求。

沈清弦离开冰湖后还是有些不适应，虽然身边仍环绕着冰湖水，但触感却有些变了。似乎离开冰湖后，水就有些变了，他没了以往的舒适感，只觉得根部有轻微的刺痛。

神侍及时发现了，说道："你先忍忍，等到了神殿再帮你做调整。"

沈清弦应道："好。"

神侍道："外面很难有雪原的环境，你要多适应。"

沈清弦有些好奇，他想知道外头是什么样的，不过他没贸然问出口。

因为他察觉到了，神侍们并不是雪莲们想象中的那么安静，他们在交流，只是不用雪莲族的交流方式，而是用另一种奇怪的方式。

沈清弦听不到，但是他很谨慎。能少说就少说吧，他马上要离开雪原了，很快就能看到外面的世界了。

抱着这样的期待，沈清弦被神侍们带到了边境。

眼看着要走出去了，神侍们竟对他说："外头很亮，你先在这儿待一下。"说着他们将他放到了一个漆黑的容器中。

沈清弦缩了缩，他不喜欢黑色，比起白色，他更讨厌这种无边无际的漆黑。

外头很亮吗？为什么很亮他却不能看？他不怕亮，他想看。

不过沈清弦未发一语，他沉得住气，也明白不给人惹麻烦。已经离开了雪原，外面对他来说是完全陌生的，他必须听神侍的。

错的也好，对的也罢，他没有力量反抗。

沈清弦安静地待在漆黑中，只有身边的冰湖水给予他些许慰藉。

外头安静极了，什么声音都没有。也许并不安静，毕竟他们交流的方式他是听不到的。

离开雪原了吗？到外面的世界了吗？很亮是怎样的？雪原的初雪也很亮，但那种银白色很讨厌，很刺眼，沈清弦不喜欢。

外头会比银白色还亮吗？到底是怎样呢，沈清弦好奇极了，可是却没有问一句。

以他的年龄和阅历，这心性相当了得。

分不清过了多久，毕竟周围太黑太静了，沈清弦无法判断时间的流逝。等周围亮起时，沈清弦感觉自己被捧了起来。他想要看看周围的模样。

外面的世界，究竟是什么样的？沈清弦满怀期待，等到的却是彻头彻尾的失望。

这就是外面吗？已经离开雪原了吗？为什么好像没区别……同样的白色，同样的湖水，不同的是这儿看不到天空和星辰。

神侍道："你先休息下，好好恢复。"

沈清弦被放到了湖中，涌过来的冰水将他包裹住，他觉得很舒服："谢谢。"

神侍道："没事，等神沐日到来，我会来接你。"

神沐日？沈清弦并不懂，不过他见神侍没有要多说的意思，所以也没追问。

就这样安顿下了，沈清弦并不开心。他离开了雪原却又来到了另一个雪原，而这个雪原只有他自己。

他不寂寞，也喜欢清静，只是有些失望，对外面的世界很失望，他以为自己会看到不一样的东西，但原来全是一样的。

既然都是一样的，出来与否又有什么区别？

沈雪莲端坐在冰湖中，淡淡地忧伤着。

直到某天，"雪山"上开了条缝。

沈清弦很诧异，原来"雪山"还会裂开？

他好奇地看过去，一道光芒从裂开的地方涌进来，它不是银白色的，而是一股很柔软很温暖的颜色——后来沈清弦知道了这是暖黄色。

紧接着，让他目瞪口呆的一幕出现了。

一朵漂亮到难以形容的花出现了。他怎么会有这么炽热的颜色，怎么会生成这样子，怎么会比那束柔软的光还要耀眼！

沈清弦看呆了。

偷偷溜进来的花也呆住了。

两人就这样看了好大一会儿，陌生花挪了过来，小声道："你真好看。"

沈清弦只想把这句话原封不动地送还给他！

陌生花道："我是太阳花，你是雪莲吗？你可真好看，神一定很爱你！"

沈清弦心道：我怎么会好看？我连你十分之一的美都没有！

太阳花害羞道："我知道我生得很普通，比不上你稀有珍贵，但是我……我……"

他似乎太紧张了，终于鼓足勇气道："我能和你做朋友吗？"

沈清弦好半天才回过神来："好！"

太阳花根本没想到他会同意，只觉得他太好看了，想着哪怕被拒绝也要问一下，谁承想竟然同意了，太阳花实在太开心了，花瓣都舒展开了，颜色也更加明亮了！

沈清弦看得目瞪口呆，他觉得值了，离开雪原真是太值了！

虽然外面的世界和雪原一样苍白，但外面的花儿和雪莲很不一样！

太阳花特别有趣，长得好看又热情，而且性格风趣幽默，难得的是懂得也挺多。

沈清弦看着他就开心，很乐意听他说话。

小太阳也是受宠若惊，神殿中有不少雪莲化形的神侍，但是他们都高高在上，极少同其他花儿说话，眼中除了至高无上的神，便只有同族。

小太阳虽然仰慕他们的美貌，却不敢太过接近，毕竟他的品阶实在太低了。

雪莲生来冰清玉洁，同他这种离不开泥土的花儿不一样。

他听闻新来了一株雪莲花，且极貌美，便忍不住偷偷溜了进来，本以为会被冷待，结果竟然成了朋友，这份欣喜真是难以言说。

沈清弦问他："你的名字是什么？"太阳花应该是他们的族名，就像他是雪莲一族一样。

太阳花紧张道："金阳，你叫我阿阳就行！"

沈清弦道："金阳，真好听。"

好听吗？太阳花超级不好意思，他说："这名字很普通的。"太阳花一族里，金是大姓，叫金阳的估计一脚能踩七八朵。

金阳问沈清弦："你叫什么？"

沈清弦道："冰九。"他们生于冰湖的雪莲都姓冰，他排行九，所以就叫冰九，真是平凡普通又乏味的名字。

金阳却睁大眼道："真好听！"

沈清弦："……"

金阳打心底里觉得这名字太棒了，有着那种触不可及，又禁不住想要仰望的感觉，就如同雪莲族一般。

沈清弦认定新朋友是在恭维自己，所以并未当真。

两朵小花儿一拍即合，已经成为了至交好友。不过待了一会儿后，沈清弦便察觉到了，他问金阳：“你要不要到水里泡一下，我看你好像不太舒服。”

金阳连忙摇头道：“不用不用。”

沈清弦以为金阳是在见外，又邀请道：“没事，这里大得很，你快进来吧。”是他大意了，让他在外面待这么久他也会不舒服的。

金阳解释道：“我和你不同，是不能长在水中的。”

沈清弦好奇道：“那你长在哪儿？”

金阳知他生在雪原，对外面的世界不清楚，便一一解释给他听了。

沈清弦听得颇为诧异：“泥土吗？那是什么样的？”雪原的雪厚达数米，以沈清弦这小身板，自是看不到雪下面的地面。冰湖也是极深的，他们雪莲一族只浮在水上，也不知水底模样。

金阳勉强给他形容了一下。

沈清弦问他：“你既生在泥土，为什么脚下却没有泥土？”

金阳道：“神殿中有神力，我们可以短暂地离开生存之地。”

沈清弦心中一动，道：“我也可以吗？”

金阳说：“当然，不过你还是不要出来，先适应适应，等神侍来引导你。”

沈清弦却心急得很，他现在知道了，这儿只是个“房间”，是他自己的房间，并不是外面的世界，他根本没看到真正的外面。

金阳已经开始抖啊抖，连花瓣都没那么明亮了。

沈清弦说道：“你快回去吧，去泥土里泡一泡，我看你很不舒服。”

金阳如今只需要晚上睡觉时扎进土中，白天根本不需要，他抖得不成样子，纯粹是因为这儿太冷了，冻得他快昏过去了。不过他不敢说，他怕说了，以后沈清弦就不让他过来了。

沈清弦又催促他，金阳撑不住了，说：“我晚点儿再来看你。”

沈清弦道：“好！”

金阳又道：“认识你真高兴。”

沈清弦说道：“我也是。”

小太阳花便欢欢喜喜地蹦走了。

他一走，“雪山”便合上了，那缕漂亮的光芒也消失了，屋里又变得雪白和冷寂。

沈清弦的心情却没那么糟糕了，他在冰湖里转了一圈，心情十分美妙。

金阳说他也可以离开冰湖？沈清弦心思一动，很想试试。

他一直生活在水里，唯一一次离开水就是被神侍捧出来时，那很短暂，还不等他有所不适，便又落进了水中。

沈清弦对于未知是不安的，但他是非常勇敢的一朵小雪莲，他觉得自己能行。因为只有离开冰湖才能看到真正的外面，他很期待。

迈出这一步吧！趁着周围没人，先自己尝试一下！沈清弦拿定主意，先游到了冰湖的边缘，外头是光洁如镜的地面，看着和冰湖差距不大。

应该没问题吧……沈清弦鼓起勇气，迈了出去。

看到自己根的时候，他的花瓣微微粉了一下，在雪莲一族，根是很私密的，大家都是藏在水下，绝对不愿暴露出来。

虽然屋里没人，但沈清弦想到以后都要将根部暴露在人前，便觉得臊得慌。

说起来……他怎么没见着金阳的根？他落地的是一对绿叶子，完全看不到根。也许是物种不同？他根的形态与他不一样？沈清弦在落地的时候，知道缘由了。

原来站在神殿上后，根就会被巧妙地藏起来……好神奇，好厉害！

沈清弦看看镜面上的自己，同在水中看自己一般无二。绿色的莲叶，洁白的花瓣，除了尖尖处因为兴奋而泛着粉色外，其他都与往常无异。

这样就可以出去了！沈清弦在地面上动了动，居然像在冰湖中一样自在，毫无阻碍。沈清弦又开心地转了个圈圈，亏了周围没别的花儿，否则一定会被他这模样给迷晕过去。

既然出来了，那就去探险吧！沈雪莲雄心壮志，觉得外面的世界已经属于自己了！

他顺着太阳花过来的地方悄悄摸了出去。

"雪山"果然是能打开的！他用力撞了撞，很吃力地撞出一条缝，小雪莲长得小，稍稍一扭身，就钻了出来。

刹那间，耀眼的光芒刺得他什么都看不清了。

常年待在没有太阳的冰冷之地，这样的圣光对他来说太陌生了。

寻常雪莲只怕会吓得瑟瑟发抖，进而躲回冰湖中。但沈清弦不寻常，他不怕，反而有种莫名的畅快感，好像压抑了许久，终于寻到了真正想要的！

这是个非常特别的地方，虽然建筑本体也是玉白色的，但是缕缕圣光却给玉白色盖上了薄薄的金光，让它们没那么枯燥乏味了。

沈清弦觉得自己应该也变好看了，毕竟这光芒这么美，落在身上，应该也会被染成那样美丽的颜色吧！

好在这地方到处光洁如镜，他低头便能看到自己。嗯……金色的雪莲，沈清弦非常满意，终于认为自己是天底下最美的雪莲了！

他对这儿十分好奇，想到处看看，看看是否还有其他更美丽的花儿。

因为太兴奋太开心了，所以沈清弦忽视了自己身体的不适。他是一株生在冰天雪地里的雪莲，哪里受得住这儿的温度。

金色的圣光给予他的可不只是金色的身体，还有炽热的烘烤。但是他无所畏惧，一心只想探险，这行为可以说很不像雪莲花了！

小雪莲很小，神殿极大，他走了好久，走到很累很渴还浑身刺痛，也没看到其他花儿。

太阳花是怎么找到自己的？沈清弦很钦佩他。

到了这时候，沈清弦不得不重视下自己的身体了，他的花瓣变得很柔软，莲叶也失去了光泽，再不回到冰湖，就要被晒成一株干花了。

先回去吧。沈清弦宽慰自己：留得雪山在，不怕没水泡！

小雪莲一回头又蒙了：好大……好远……好空旷……他的房间在哪个方向？

他到处看，到处找，总觉得这儿也像那儿也像，可仔细看看又好像哪个都不是。

沈清弦有些急了，找不到回去的路，见不到其他花儿，他不想被晒成干花。

正慌慌张张着，一声低低的叹息响在他耳边："……调皮。"

是谁？沈清弦转头，看到了一双殷红的双眸。小雪莲呆住了，怎会有这样好看的颜色？怎会有这样好看的……神侍？

与雪莲族的神侍截然不同，他一袭火焰般的长袍，长发散在身后，颜色比漫天的圣光还要耀眼，更惊艳的是那双眸子。

他一定是吸纳了天地间所有的美丽，才能生得如此好看。

沈清弦呆呆地看着，觉得此生已值，晒成干花也绝无遗憾！

奇妙的是，待在他身边，圣光没那么刺人了，温度也没那么灼热了，沈清弦的身体也不再痛苦。更让沈清弦觉得神奇的是，这位神侍捧起了他，将他放了掌心。沈清弦登时感觉到了如冰湖般清凉温柔的触感。

小雪莲立马恢复了生机，莲叶恢复光泽，花瓣也变得笔挺细嫩，尤其是花瓣尖上的一点粉白，娇憨又可爱。

沈清弦小声道："谢谢你。"

"神侍"看着他，红眸中带了丝笑意："找不到回去的路了？"

他的声音可真好听，比雪莲族所有神侍加起来的声音都好听一百倍。

沈清弦才不会承认，他说："我只是随便逛逛，这儿很有趣。"

"神侍"也不拆穿他，只问道："喜欢这儿吗？"

沈清弦矜持道："还行，总归比我的家乡要强一些。"

"神侍"竟又问他："离开了家，会不会不适应？"

还是有点儿不适应的，不过他不想回去，便道："我不是那些娇气的花，我在哪儿都能适应。"只是差点儿把自己给"皮"成干花而已。

"神侍"赞赏道："你很勇敢。"

沈清弦莫名有些开心，但声音还是"沉着冷静"："这不算什么，只是刚开始而已。"自己以后也会成为神侍的，像他这样高大！

"神侍"眸中的笑意更深了："你叫什么名字？"

沈清弦顿了一下，没把名字说出来。

原因也简单，他的名字太不好听了。

冰九这两个字让他不愿说出口，他自个儿嫌弃就觉得别人也会嫌弃，当然他不在乎别人的看法，只是，如果他叫金阳的话，他肯定立马就说出来了！很可惜，金阳是太阳花的名字，他不能偷来用。

沈清弦快速说道："冰九。"说完为了掩饰自己的不自在，他反问，"你叫什么？"

"神侍"只轻轻说了一个字："渊。"

"渊？"沈清弦问他，"是深渊的渊吗？"

"神侍"应道："对。"

沈清弦登时松了一口气，深渊比他的名字还要难听！

这所谓的"神侍"当然是顾见深了，他留意到小雪莲的情绪，问："怎么，这名字有什么问题吗？"

按理说封住了记忆，沈清弦对这个字应该很陌生才对。

沈清弦声音里有点儿同病相怜的意思："名字是父母起的，好不好听都只是代号，你和渊一点都不像！"

顾见深愣了一下。

小雪莲"安慰"完他，自己又很是懊恼："我和冰就……"他知道自己很像，族里的人最爱用"冰清玉洁"这个词夸他，天知道他讨厌死这四个字了！

顾见深总算反应过来了，这小家伙是既嫌弃自己的名字又嫌弃他的名字？

说起来，他的名和字，沈清弦还真是从没"点评"过，原来一直都不喜欢吗？

也对，见深也好，九渊也罢，这深和渊凑起来绝对占尽了沈清弦不喜欢的字。

小雪莲似是意识到自己说得不太对，又赶紧解释道："我不是说你的名字不好，我……"好像越解释越乱了！

顾见深接话道："的确不好，我也不喜欢。"

沈清弦道："没关系的，只是名字，不要太在意。"

"嗯。"顾见深应道，接着又问他，"你也不喜欢自己的名字吗？"

沈清弦已然把他当成"知己"，敞开心扉说道："不喜欢，很不喜欢，我们冰湖的雪莲都姓冰，因为我是父母的第九个孩子所以才叫九。"

顾见深道："那这名字是有够随意了。"

沈清弦道："是啊，两个字我哪个都不喜欢，可谁让我是第九个出生的呢。"

帝尊大人膝盖中了一箭，很好……原来不只是渊，连九都是沈清弦不喜欢的。

他宽慰小雪莲道："没事，等你能化形了可以换个名字。"

沈清弦顿了一下道："还是不用了，虽然不喜欢九，但也不想换。"

顾见深问他："为什么？"

"不知道。"沈清弦想了一下道，"大概是习惯了吧，真要换了又觉得舍不得。"说着他又补充道，"再说我更讨厌冰这个姓，换不了姓的话，名字再怎么换都是不好听的。"

沈清弦更关心的是另一码事，他对顾见深说："你的衣裳可真好看。"

果然封了记忆，但本性不变。

顾见深知道他还不认识这颜色："这是红色。"

沈清弦呢喃道："红色吗？你的发色和眼睛都是红色的对吗？"

顾见深点头道："没错。"

小雪莲含蓄道："真好看。"说完他又觉得自己有些冒犯，赶紧解释道，"我住的地方只有白色，我是第一次见到红色，所以有些太新奇了。"

顾见深问道："你喜欢这个颜色吗？"

沈清弦小声道："喜欢。"

顾见深的声音也很轻："你能喜欢这个颜色，我很开心。"

"嗯……时、时候不早了。"沈清弦组织了半天语言才说，"我该回去了！"

顾见深道："需要我送你吗？"

沈清弦想想自己那阴森森的冰屋，再看看顾见深的模样，赶紧摇头道："不用！我自己可以回去的！"

顾见深隐晦道："你走出来这么远了，再回去很累吧？我送你的话……"

"不会累。"沈清弦昂首挺胸道，"我很有力气的！"只是迷路了而已。

顾见深怕戳碎小雪莲的"水晶玻璃心"，只得应道："那好，我放你下来了？"

沈清弦端正道："有劳了。"

虽然他总嫌弃雪莲一族，但他的确很有雪莲的风范，气度浑然天成。

顾见深小心地将他放在地上，小雪莲离开掌心时还矜持道："谢谢你。"

顾见深说道："嗯，你自己小心些。"

沈清弦摇了摇小花瓣道："放心，我记性很好，走过一次就不会忘记。"其实已经忘得一干二净了！

如此两人便要分别了，顾见深没说什么，只看着小雪莲往前挪，又挪了挪，还是没忍不住，回头看向他道："渊，你……时常来这儿吗？"

顾见深应道："你呢？还会过来吗？"

沈清弦连忙道："我会来的！"

顾见深道："我也会来。"

小雪莲只是一朵小花儿，并不会笑，但是他的花瓣尖尖已经成了艳丽的粉色，显然是非常开心了。

沈清弦道："再见。"

顾见深看着他道："再见。"

沈清弦一本正经地向着反方向狂挪而去，说好的走过一次就不会忘呢？

顾见深没有拆穿他，好在他有"神力"，哪怕不露面也能送他回到冰室中。

沈清弦离开顾见深后开始慌慌的，屋子在哪儿？好像是这个方向，又好像是那个方向？怎么觉得条条大路通屋子呢！可屋子到底在哪儿？

在顾见深面前"稳如泰山"的小雪莲，此刻慌得不行。

外面的温度对他来说太高了，圣光也太热了，他离开冰湖水太久了，再徘徊下去真的要被晒干了，若是以前晒干也就晒干了，可他和渊约好了要再见面的，他已经很难看了，再干巴巴的岂不是更丑？

沈清弦一路不安一路挪，竟"奇迹"般地找到了屋子！

这条路居然是对的！他并没有记错，太好了！

沈清弦赶紧撞开门，进到了冰屋里，扑面而来的冷气让他浑身舒爽，嫩嫩的花瓣轻颤着，很是惬意。

他赶紧回到了冰湖水中，被熟悉的水流包裹住后，小雪莲只觉心里美滋滋的。

他泡了会儿后便想起了今天的事，只觉得开心极了。他忍不住转起圈圈，从冰湖的这头转到那头，又从那头转到这头，转了几圈后，他头晕目眩地靠在冰湖边上，仍旧压不住内心的喜悦。

明天……等明天一定要再去找渊！

明天来得有些慢，雪莲都是靠本能计时的，虽然没那么精准，但沈清弦做足了准备，他这次不会乱转，会早些过去，还会找个阴凉的地方等渊。

这么想着，冰室的门开了。小太阳花在那儿探头探脑。

沈清弦看到他很是开心："金阳！"

太阳花蹦过来，开心道："我来找你玩了。"

沈清弦心情好，也就更加热情了些。

太阳花还给他带了东西："你看，这就是泥土。"又道，"是不是很难看？"

是不太好看，但沈清弦体谅道："很特别，挺有趣的！"

他这样说，太阳花只觉得他真是天底下最好的雪莲花了。

两朵小花儿聊了会儿，太阳花又说了很多外头的趣事，沈清弦听得却没昨天那么认真了。

他想去见渊，可是太阳花不走，他没法离开冰室。

他是不是太自私了？金阳对他这样好，他却……沈清弦这么一想便觉得很愧疚，只得耐着性子陪太阳花玩儿。

昨天两人只说了那么一会儿话，金阳便冻得瑟瑟发抖，但今天他的状态却一直很好。

沈清弦问他："今天不冷吗？"

金阳说："放心，泥土会给我温暖！"

这样啊。沈清弦有点失落，可是又不好表现出来。

等啊等，终于等到了太阳花说："我得回去了。"

沈清弦心急火燎，却不想惹朋友伤心，做出不舍的模样："到时间了吗？"

小金阳也很不舍："嗯，下次我多带一些泥土。"这样就可以多待一会儿了。

"还能带更多泥土吗……"沈清弦问得很小心翼翼，他只希望是自己听错了。

小金阳以为他不放心，赶紧说道："当然！我有个小背包，背上的话能装很多很多的！"

沈清弦心凉凉的，忍不住又问："会很重吧？"这么重的话你就不要背那么多了好嘛。

小金阳兴高采烈道："我不怕！"

小雪莲：我怕！

这可如何是好……缺乏社交经验，又不忍心让朋友伤心的沈清弦为难了。

好在这事是明天该愁的，今天太阳花已经撑不住了，只能赶紧回去扎泥巴里了。

沈清弦把小金阳送走，一边犯愁一边盯着冰湖水：他要是能带点儿冰湖水出去，是不是就能晚点儿回来了？

好像也不用，只要待在渊身边，他就能像待在冰湖水中一样舒适。

算了，不想这些了，时间不早了，还是赶紧出门吧！

小雪莲吸饱水，挪出了冰湖，一落地他的根便不见了，再一低头就看到自己的模样。

地面光滑如镜，把他整个都映照出来了。白色花瓣，虽然丑了些，但精神头不错，水分充盈的模样还是挺耐看的。

沈清弦摇了摇身体，让花瓣更舒展一些，认定这已经是自己能展现出的最好状态后，他出门了！

只要走出这阴森森的屋子，到了外头他就会被圣光笼罩，就会变成一朵很漂亮的雪莲花！

沈清弦自信满满，可惜出门后就蔫了。

他和渊约好的地方在哪儿？他昨天去的时候迷迷瞪瞪的，回来的时候更迷迷瞪瞪，最要命的是，他觉得他是从左边出去的，却是从右边回来了，这怎么可能呢？

这又不是环形建筑，哪里能绕个圈再回到原地？

是他的错觉吗？还真不是，小雪莲走的方向是反着的，只不过最后被顾见深偷偷送回来了而已。

沈清弦哪里分得出这些，他左看右看，急得原地挪步。

哪边才是对的？渊会不会已经到了？会不会等不到他又走了？各种各样的念头冒上来，可把他给愁坏了。

不管了！勇敢迈出第一步，错了大不了再挪回来，这次他一定能记得明明白白！

沈清弦向着右边狂挪而去，想也知道方向反了。

顾见深看到这无头苍蝇似的小雪莲，手指稍微点了一下，就让小雪莲找着路了。

远远看到前方的红裳男子，沈清弦开心得想转圈圈！这条路是对的，向右走就能见到渊！沈清弦认真记下，总算踏实了。

小雪莲刚挪过来，顾见深便弯腰将他捧到了掌心。

沈清弦蹭了蹭，说道："你早来了吗？"

顾见深嘴角扬了一下："我也刚到。"

沈清弦松了口气，看来他的时间把握得很好！这下小雪莲又自信满满了，觉得一切尽在掌控中，小身板挺得更直了。

沈清弦说："这地方虽然大，但我越来越熟悉了，下次一定会来得比你早。"

顾见深想想他那慌慌张张的模样，心里闷笑，面上却是很认真的："你别太早出来，这儿很热。"

说到这儿，沈清弦好奇道："为什么你的掌心这么凉？而且只要靠近你，连圣光都没那么热了。"当然是顾见深创造了舒适的低温环境。

顾见深却道："大概是我天生体温比较低，所以影响到你了。"

沈清弦惊喜道："原来是这样吗？"

顾见深淡定道："没错。"

沈清弦道："那我们可真适合做朋友。"

"是有缘。"现在的沈清弦显然并不太懂，所以顾见深道，"我们很有缘。"

沈清弦连连点头："对，有缘，我想说的就是有缘！"

其实并不懂有缘是什么意思的沈清弦赶紧换个话题道："你的本体是什么？"温度这么低的花儿是什么？沈清弦想不出来。

当然，他本来也只认识两种花，知识量很匮乏了。

顾见深隐晦道："我记不太清自己本体的模样了。"

沈清弦睁大眼："这也会忘记吗？"

顾见深说："化形的时间太长，过去的事就慢慢模糊了。"

沈清弦看着他，过了会儿用花瓣在他指尖蹭了蹭道："忘了就忘了吧，如果是很美好的事肯定不会忘，能忘了说明是无所谓的。"

他居然在安慰顾见深。顾见深从未想过自己会被一朵小花儿给温暖到，也是无药可救了！

沈清弦又道："等以后，我应该也会忘了冰湖，因为那儿的生活无聊又乏味。"

顾见深问："你有被人欺负吗？"

"怎么可能？"沈清弦道，"我是冰湖最厉害的一朵雪莲，要不怎么会来到这里？"好吧，事实上是他是全冰湖最"美"的，但沈清弦觉得这话对着顾见深说实在太不自量力了，所以换了个词！

顾见深又问他："你的父母对你好吗？"

沈清弦想一了下道："挺好的，只是他们都喜欢缠着别人，我从不和他们缠着，所以……"

"缠着？"顾见深并不了解冰湖的世界观，事实上他来之前都不知道沈清弦会变成一株雪莲花。

沈清弦有点不好意思："我们雪莲族的根能吸收营养。"

顾见深有些诧异：雪莲是这样的吗？他要回去好生查查这雪莲一族了。

顾见深说道："这儿和冰湖不一样，等你化形了会学到神的礼仪。"

沈清弦仰头看他："神的礼仪？"

顾见深道："嗯，这和花朵的世界不一样，是另一种生活形态，也有不一样的规矩。"

沈清弦懵懵懂懂的："是这样吗……"

顾见深道："你现在还年幼，再过一阵子，等神沐日来临，就可以尝试化形了。"

沈清弦看着他："我会变成像你这样吗？"

顾见深道："会。"

沈清弦有点儿期待："我有可能变成红色吗？"

顾见深笑了，一刀斩断他的念想："不会，发色和瞳色是根据你的本体来衍生的。"

沈清弦失望极了："那我肯定很丑。"

顾见深心里想着：怕是只有你自己这样觉得了。

不过他顺着沈清弦说道："外貌都是表象，你的内在很美。"

"内在？"沈清弦又不好意思了，嘟囔道，"大概吧……"

其实他的花蕊也是银白色的，一点儿也不美，他是个外貌和内在都与美无缘的冰湖雪莲！

时间差不多了，虽然沈清弦并不想走，但他今早才体会过"太阳花迟迟不走"的烦恼，所以不想给渊制造麻烦。

渊已经是神侍了，认识的人更多，肯定更忙，也许早就已经需要离开了，只是顾忌他而不忍心开口。

沈清弦是朵通情达理、善解人意的雪莲，所以他主动说道："时候不早了，我该回去了！"

顾见深这次没要求送他，只说道："你注意安全。"

沈清弦道："你放心，我已经成年了，并不小。"只是只有巴掌大而已，不过冰湖里巴掌大的雪莲都已经孩子一箩筐了。

沈清弦心情愉快地回了冰室。

虽然和渊只待了那么一会儿，但却足够他畅想半天了。雪莲的生活本就枯燥，在冰湖时他也不爱听八卦，又少与人亲近，所以大多数时间都是自己泡着，想着一些有的没的，无聊度日。

如今有了金阳和渊，别提多开心了。

一天不知不觉便过去了，从湖水中醒来的沈清弦已经开始期待着去见渊了。

然而，门开了，小太阳花背着好大一个背包吃力地蹦了进来。

沈清弦："……"

小金阳气喘吁吁地说："蹦了一路，我进来都不觉得冷了。"

沈清弦挪过去，无奈地看着他的背包："这里面……都是泥土吗？"

这背包比小太阳还大两圈，如果全装着泥土的话，小太阳是要在他这儿过夜吗？

沈清弦难过极了，可是又不能表现出来，金阳这么辛苦，蹦得满头大汗，自己却希望他走，也太不应该了。

小雪莲只得强颜欢笑，好在金阳并没有在冰室中过夜的打算，他道："怎么会全是泥土？我给你带了好玩的！"

"好玩的？"沈清弦先是一喜，接着又很是愧疚。

金阳先拿出一个小纸袋，说道："这里面是泥土，你不要碰，很脏。"接着他把整个背包都打开，里面满满当当全是东西。

沈清弦只看到那小纸袋就已经满心欢喜了，其他的……其他的也很好啦！

金阳说："这是我收集了很久的宝贝，我带来给你看看。"

沈清弦高兴道："谢谢你！"

小太阳花开心极了，赶紧把自己的宝贝都摆出来。

"看，这是茯苓神侍赏给我的叶环。"那是一串白珠子制成的链子，恕沈清弦不能欣赏到它的美。

金阳却是喜欢极了，说："我从不舍得带，因为我配不上它，不过……"他顿了一下又道，"它却配不上你。"他以前觉得珍珠白是最神圣最美的颜色，但现在他觉得在沈清弦面前，珍珠也变得黯淡无光。

沈清弦不赞同道："你喜欢它，它就是适合你的。"

金阳只当沈清弦是在宽慰他，他心里欢喜，便又热切地介绍着："还有这个小海螺，这个书签，对了对了，这是我在上次神沐日得到的，是一位非常美丽的雪莲族神侍送我的冰花。"

说句掏心窝的话，金阳这一堆东西，沈清弦一个都不喜欢。

叶环是白的，小海螺是白的，书签也是白的，至于那个冰花……他们雪莲族抖抖花瓣就能落下一堆，实在不算什么稀奇物。

可金阳这样兴冲冲地向他分享宝贝，沈清弦还是非常捧场的，表现出了喜欢的模样。

金阳说得起劲，分享完毕后，他看向沈清弦，真诚地说："你挑吧，只要有你喜欢的，请一定收下！"

这时沈清弦懂了，金阳是想送他一份礼物，但是不知道他喜欢什么，所以才把自己的宝贝全都背过来，等着沈清弦挑选。

沈清弦十分感动！他哪个都不喜欢，却不能拂了金阳的一番心意，他郑重地选了最不起眼的那枚书签，说："把这个送我吧。"

那是个玉白色的书签，似乎不小心沾了点儿红墨，角落里有点儿殷红色。

金阳诧异道："你喜欢这个？"

沈清弦道："嗯！很漂亮！"

金阳懊恼道："它原本更漂亮的，只可惜我太嘚瑟了，拿着它到处显摆，被隔壁那株曼珠沙华给弄脏了。"

沈清弦好奇道："是这红色的地方吗？"

金阳控诉道："对！那家伙做梦都想褪色，整天瞎折腾，搞得自己到处掉颜色，把我的书签给弄脏了。"

沈清弦很稀奇了："褪色？他是什么颜色的花？"他没见过曼珠沙华。

金阳道："当然是红色了，最不被神喜爱的红色！"

沈清弦怔住了："红……红色不被神喜爱吗？"

金阳小心地将书签包裹好递给沈清弦道："对啊，神性圣洁，像我和曼珠沙华都是污秽的……极难化形。"

听他这么一说，沈清弦就很气了："你哪里污秽了？"

金阳只当他是朵仗义的雪莲，心里十分感动："我们这一族还好啦，能进入神殿，像曼珠沙华、红牡丹、凤凰花他们轻易连神殿都进不来的。"

沈清弦一怔："他们都是红色的吗？"

金阳道："是的。"

沈清弦心一揪，连忙问道："那他们的神侍都不照顾同族吗？"

金阳苦笑道："哪有神侍？别说是红色的花们了，连我们金色的花都极少有能够化形的。"

沈清弦愣住了："可是……我……"他见过渊，渊明明是那样漂亮的红衣神侍。

金阳小声道："也许有可以化形的，但肯定不被神所喜爱。"

沈清弦的心"咯噔"了一下，问道："不被神喜爱的话，会怎样？"

这问题有些难到小金阳了，他想了下后说道："应该……会很惨吧？"

沈清弦紧张了："哪怕是变成神侍了也会很惨吗？"

"应该吧……"小金阳不确定道，"我也不太了解神侍。"

沈清弦想想渊，顿觉心里七上八下，很是难受。

金阳认真想了想后，笃定道："肯定是很可怜的，神侍间关系很复杂，等级也很森严，不被神所喜爱的话是会遭到排挤的……"

渊一直都被排挤吗？他这么好这么美，竟然不被神所喜爱吗？

沈清弦是信仰神的，因为从出生起，冰湖中的雪莲就将神奉为至高无上的父——是神创造了冰湖，神开辟了雪原，神使他们降临于世。

他们敬仰神，信赖神，神是他们一生的追求。

但此刻，沈清弦对此产生了怀疑。

金阳又道："我也不太懂，等你成为了神侍，应该会明白的。"

沈清弦没出声，但心里想的是：如果成为神侍要欺负渊的话，那他这辈子都不要化形了！

这些自是没法和金阳说，沈清弦又听他说了些花儿间的事。

时辰不早后，金阳道："好啦，我该回去了。"

沈清弦还想着可怜兮兮的渊，听闻他要走，当然没有留他，只感谢道："书签特别美，我很喜欢它，谢谢你！"

金阳怪不好意思的："要是它没被弄脏……"

"不……"沈清弦说道，"就是沾上了这些红色才变得好看了。"

金阳听得心都化了：天呐，怎么会有这样好的雪莲，花美声甜性格还如此温柔善良！

金阳说："我明天再来。"

沈清弦郑重点头："嗯！"

金阳走了，沈清弦小心地把书签放好后便急忙出门。

他要去找渊，要提前等着，要多陪陪渊才行！

顾见深正在忙，察觉到小雪莲出来，立马扔下了手中的事，出来见他。

沈清弦轻喘着道："下次我可以更早一些。"

顾见深伸手将他捧起，低声道："不急，你别跑太快。"

沈清弦用花瓣蹭蹭他道："没事，我不累。"

沈清弦平复了一会儿后问道："你平日里都做些什么？"

顾见深不知道他为什么这么问，猜想：大概是想知道他的时间安排，可以多待一会儿？

顾见深说道："我没什么要紧事的。"

沈清弦一听，顿时心疼得花瓣直颤：果然是被冷待了吗？果然是被排挤了吗？所以他身为一个神侍却没什么正经事做。

沈清弦道："那平常神侍们都做些什么？"

顾见深以为他想知道自己化形后会做什么，便耐心地说给他听："早起要晨诵，之后还有祈祷，上午有早课，下午比较轻松，可以自由活动，晚上的话要静心冥想。"

果然神侍的生活是充实且忙碌的，但渊却闲到上午就无事可做！

沈清弦哪里舍得"揭他伤疤"，只说道："你若没事做的话，我可以一直陪着你的！"

顾见深想的却是："你还是不要一直离开冰湖水，对你的身体不宜。"

沈清弦立马道："我下次会带个瓶子出来！"一直待在渊的手心也不妥当，虽然温度适宜，但的确不如冰湖水滋润根须。

顾见深想了一下把自己泡在瓶子里的小雪莲，差点儿笑出声。

他低沉的声音里满是笑意："瓶子不行的，你需要更多的养分。"

沈清弦："……"就很懊恼！

顾见深顺势说道："你认真养好身体，等神沐日来临，你也许就能化形了。"

沈清弦如今对化形一点儿兴趣都没有：他不想侍奉神了！

谁知顾见深又说了句："只要你化形就可以离开冰湖水了，到时候我们有很多时间在一起聊天。"

这话点醒了小雪莲，他端坐在顾见深的掌心，郑重说道："嗯！我会尽快化形的，到时候我一定会保护好你！"

保护？顾见深看看嫩得好像一戳就会碎掉的小雪莲，再看看自己，嗯……是什么让沈清弦产生了他需要保护的错觉？

沈清弦却越想越对劲，越想越有理！按着金阳的说法，雪莲一族在神殿是很有地位的，虽然沈清弦并不觉得自己有什么好，但既然神这样认为，那就意味着他化形后应该比较厉害。

到时候他会好好上课，认真祈祷，强大自己就可以保护渊了！不仅是渊……金阳、曼珠沙华、凤凰花、红牡丹……他都会尽全力照拂！

一下子有了人生目标，沈清弦只想快快化形。

沈清弦问道："在神沐日来之前，我还需要准备什么吗？"

顾见深虽然还理不清他的脑回路，但从这话却听得出他想要化形了。

顾见深说道："不要想太多，好好在冰湖水中养身体就行。"

沈清弦问道："这样就可以吗？"

顾见深应道："对，足够了。"

沈清弦忍不住问他："你当时也是这样的吗？"

顾见深并不是花儿，哪还用化什么形？不过为了让沈清弦安心，他说道："差不多。"

可惜沈清弦并不信，因为他犹豫了，而"差不多"这种模棱两可的词汇更是潜藏着无数艰辛。

沈清弦不忍心再问，只点头道："我明白了。"

顾见深并不知道他明白了什么。

本来沈清弦是不肯让顾见深去冰室的，原因无他，冰室里阴森森的，他觉得顾见深会不喜欢；再就是一回冰室，他身上金灿灿的圣光就没了，会变回冰一样的透白色，他怕顾见深嫌弃他。

但现在他却顾不上这些了，一想到顾见深寂寞地独自徘徊，他便很不踏实。

"你能送我回去吗？"沈清弦委婉地问他。

顾见深乐意之极："当然。"

沈清弦先给他打一剂预防针："我住的地方很冷，而且很……难看。"

顾见深知道他定是不喜欢冰室的，便说道："等你化形，就可以搬出来住了。"

沈清弦被这话转移了注意力："神侍会住在哪里？"

顾见深轻声道："你会与神相伴。"

神侍与神相伴，但顾见深却被排除在外吗？沈清弦心里憋着气，话都不想说了！

顾见深察觉到小雪莲的情绪，他问："怎么了？"

沈清弦不愿惹他难受，便又岔开话题："你觉得我好看吗？"

顾见深怔了一下。

沈清弦又含蓄道："我其实不是这个颜色的，是圣光给我镀了一层金芒，等回到冰室……"

顾见深明白了，说道："不要妄自菲薄，好看与否和外貌无关。"

沈清弦相信他，但还是有点忐忑。不过这点儿忐忑和顾见深的孤单寂寞相比完全不值一提！

刚走进冰室，沈清弦小心翼翼地打量着顾见深，见他的确没有丝毫厌恶后，才默默松了口气。

顾见深将小雪莲放到冰湖水中。

沈清弦问他："你感觉如何，会冷吗？"

顾见深道："不会，这儿的温度对我来说刚好。"

沈清弦彻底放心了。

之后的日子对沈清弦来说真是美好极了。

早上金阳来找他玩，金阳走后沈清弦去找渊。不过天黑后渊会离开，说是怕打扰他休息。

这冰室中并没有让顾见深睡觉的地方，所以沈清弦并没留他。

后来顾见深便直接来冰室找沈清弦了，还带了本书，念给他听。

也不知道过了多少天，这天早上金阳没来，推门而入的是雪莲族的神侍。他仍是那副模样，那副让别人欣羡让沈清弦嫌弃的模样。

神侍弯腰捧起他："在这儿还适应吗？"

沈清弦点头道："挺好的。"

神侍道："马上就是神沐日了，你今天好好休息，明日一早我来接你。"

沈清弦应下后神侍便走了。

过了好大一会儿，金阳还是蹦来了，他气喘吁吁地道："我来晚了。"

沈清弦赶紧帮他接过背包："怎么又带了这么多东西？"

金阳看向沈清弦："马上就是神沐日了，你化形后我就很难再见到你了，所以……再挑一份礼物吧！"算是为这份美好的友谊画上句号。

沈清弦心一紧道："我即便化形了也会常找你玩的。"

金阳道："神侍很忙的，而且你千万别来找我，被其他神侍知道了，他们会瞧不起你的。"

沈清弦道："我才不管别人怎样。"

金阳心里很暖，但也由衷地希望朋友能过得更好，他说道："我这阵子很开心，以后也会很开心，所以你不用担心我。"

沈清弦还想说话，金阳却道："我期待你能与神相伴。"

他这话说得真切且诚恳，仿佛将自己的希望寄托在沈清弦的身上。

沈清弦到了嘴边的话生生咽了回去，他没再和金阳争辩，但心里想的却是一定会来找金阳玩，也一定不会丢下渊。

金阳又把自己的宝贝摆了出来，沈清弦拿了那个小海螺，说道："你都送我两份礼物了，可是我却没什么给你。"

金阳笑得很灿烂："不，你给了我最快乐的一段时光。"

沈清弦很难过："可你也给了我同样的快乐。"

金阳道："好啦！书签和小海螺都是不值一提的东西，只怕你以后还会嫌弃。"

沈清弦道："我会很珍惜它们的。"

金阳笑了笑。

沈清弦心里空落落的，他觉得很不舒服，而且本能地讨厌着神。可无论是渊还是金阳，似乎都对神无比敬仰和尊崇，哪怕他并不喜欢他们。

时候不早了，小太阳花准备回去，临走前沈清弦忽地问他："金阳，你见过神吗？"

金阳怔了一下，轻声道："见过。"

沈清弦追问他："是在神沐日见到的吗？"

金阳点头道："对。"

沈清弦心莫名咯噔了一下，他又问道："神是什么样的？"

"银发银眸……"金阳似是无法用贫瘠的言语来形容自己见到的，"是最神圣的存在。"

听到前头四个字，沈清弦已经心生不悦，至于后面的"最神圣"，他完全体会不到。

生在以神为信仰的世界，他竟然厌恶着神，这说出去只怕会让人大跌眼镜。

同样是花儿，为什么要差别对待。

渊这么好，金阳这么好，其他的红色花儿他虽未见过，但想来也不全是坏人，怎么就被这样区分开来了。

就因为神是银发银眸，所以雪莲族超然于众？就因为神的喜好是这样的，所以红色的花儿们就该遭受苦难吗？

神是什么？他又凭什么要决定别人的命运！

沈清弦其实是天生反骨，此刻更是被彻底激发，不满的情绪在心底发酵，等待着最后时刻的爆发。

金阳离开了，冰室中一片冷寂，沈清弦想去找渊，但是走遍了神殿也没看到他。

神沐日降临，神侍们都很忙，他是在忙碌吗？还是因为不为神所喜，所以被驱逐了。

沈清弦希望是前者，但他隐隐觉得后者的可能性更大。

一夜无梦，第二日天刚亮，沈清弦便感觉到了与众不同之处。

冰室还是那样的，冰湖水也没什么变化，但是他明显感觉到了一股温和的力量，充斥在湖水中，弥漫在空气里，厚重、不容拒绝，同时又让人无法心生反感地环绕着他。

这很矛盾却又很合理。

不用任何人提示，沈清弦都知道这就是神沐日。

他安静地等待着，没有对未知的彷徨，也没有对新生活的向往，有的只是坚定的意志和信念！他会化形，会成为神侍，但他绝对不要和他们一样，永远不会成为他们！

神喜欢他也好，厌恶他也罢，他的生活全由自己决定！

不多时门开了，美丽得仿佛镜子一般的雪莲神侍进来了，他微微笑着，看起来温柔和蔼其实刻板疏离，就像雪原的霜雪、就像冰湖中的冰层，只能倒映出美，却没有自己的美——雪莲神侍是在模仿着神，倒映着神。

想到此处，沈清弦便心生烦闷。神什么的……他究竟为什么要将其视为信仰！

神侍道："我来接你了。"

沈清弦道："我可以自己过去吗？"

神侍微怔，似有些意外，他说道："让我来帮你吧，这样能快一些。"

沈清弦摇头道："我想自己走，行吗？"

神侍顿了一下道："可以，但是你要抓紧时间，不能耽误了。"

沈清弦道："我会尽快的。"

神侍仍旧是温柔和善的模样，说道："那我先走了。"

沈清弦道："好。"

神侍走了，沈清弦跳出冰湖，整理了一下自己后也出门了。完全不需要指引，只要跟着感觉就知道该去哪儿，因为周围的一切都在指引着他。

神，的确非常强大。

沈清弦出来之后便知道接自己的神侍为什么怔愣了，因为他太"异类"了。

他的周围住了很多不同的花儿，沈清弦不知道他们是什么类别，但放眼看去，全是雪白色的，花瓣或圆润或纤细或莹亮或娇嫩……各不相同，却又有着共同之处——雪一样白。

他们都被神侍小心翼翼地捧着，呵护着，仔细对待着，如同天地的宠儿，是当之无愧的"神之子"。

沈清弦是唯一一个自己走路的——好在他很小，而他们都很高，不留意的话根本察觉不到他。

沈清弦只有巴掌大，虽然不会有人踩到他，但他本身步子小，挪得再快也跟不上，所以很快便被远远丢下。

他自己费力地挪着，也不着急，反而有种难以形容的安心萦绕在胸口。如果注定要沦为"摆设"，他愿意辛苦一些，活得更像自己。

走着走着，沈清弦看到了后面的"大部队"。

前头的人被神侍捧着，走得极快，很快便走上阶梯了。

沈清弦慢了些，但因为起步太靠前，所以即便慢也还是和后面有很大一段距离，不过前面的人也逐渐和他拉开距离，所以偌大一段路上像是只有他自己一般。

他的身后，是五颜六色的花儿。

沈清弦心中一喜，他想放慢脚步等等他们，和他们一起。

但他停下后，那些花儿竟也停下了……

沈清弦希望他们走过来，可是他没法开口，因为花儿太多，而他又离他们太远。

为什么他们不过来？沈清弦不懂，他尝试着向前走了一步，他一走，他们也走了；他停下，他们便又停下了。

"再不快些，就要迟到了。"温柔的声音响在他脑海中，沈清弦看到了雪莲族的神侍，原来在前面的神侍一直留意着他的步子。

沈清弦有些不安，他迟到了，后面的花儿是不是也会迟到？

金阳很期待神沐日，非常期待，如果就这样错过了，一定会很伤心。沈清弦心一紧，赶紧向前走去。

他没回头，但却感受得到，那些五颜六色的花儿都跟了上来。

就这样，走向圣殿的队伍被分成了三段。

第一段是被人仰望的神侍，他们每人捧着族内的神之子，行动轻缓，举止优雅，诠释着静谧神圣的美。

第二段是沈清弦，他很小，透白色的小花儿似乎要被庞大的玉白色台阶给吞没了，他不愿追上前面的，却又不能停下来。

第三段是五颜六色的花儿，他们数量极多，走得很慢，而且胆怯迷茫，甚至有很多被甩在最后，永远掉队了。

长长的队伍形成了鲜明的对比，他们都在向着圣光笼罩处行进，他们都在渴望着神的怜悯。

沈清弦终于到了，他走得有些累，微微气喘着。但他没歇息，反而拼命地四处看着。

想要在一片银色中找到红色是很轻松的事，可是他看遍了整个圣殿，向神侍挨个看过去，始终没看到最想看到的那一抹红色。

渊不在。他无法参加神沐日吗？

沈清弦身体紧绷着，心中的想法越发坚定了。他一定要化形，一定要成为神侍，一定要改变这一切！

几乎在沈清弦抵达圣殿的那一刻，殿门合拢了，圣殿中的神侍们全都闭上眼，虔诚地祈祷着。

"慈悲的神、万物的主，您的孩子衷心地敬仰着您……"

整齐悦耳的祈祷声响彻大殿，沈清弦本是满心烦躁，但慢慢的……如同杂乱的线团被抽出了线头一般，随着舒缓的声音，被理顺了，变成了笔直得让人身心舒畅的模样。

沈清弦渐渐地跟上了他们的声音，和他们一起祈祷着。

周围极亮，圣光耀眼，所有人都像是要化作天边的光一般，与圣光融为一体。

沈清弦什么都看不到了，可恍惚间又似是什么都看到了。

纯净的空间、空灵的存在、触碰到万物又仿佛与万物融为一体。

"醒来吧。"一声低沉悠远又熟悉的声音在沈清弦的耳边响起。

刹那间他睁开眼，是真正地睁开眼睛。因为雪莲花是没有五官的，之前的他都是靠感知来辨认这个世界的。

这会儿，他睁开了眼，意味着他成为了神侍。

瞬间，无数人都看了过来，有神侍有花儿，他们看着他，目中有羡慕，也有惊叹。

沈清弦并未看他们，他转身，身后紧闭的圣殿门开了，无数小小的花儿都在仰头看他，他们惊讶极了，全都一动不动，仿佛见到了神。

沈清弦一怔，有种怪异的不适感。

圣光散去，穹顶变成了绚丽的六棱镜，它们只倒映着一个人。

他有着比星光还要美丽的垂地长发，有着比月华还要皎洁的细腻肌肤，他回首的时候，精致的五官仿佛天地间落下的第一片雪花，透彻了整个世界，将所有人的心海都冻住了。

雪莲一族果然是最接近神的存在，而这位雪莲族的神子，果然有着让人惊叹的美貌。

没有人出声，甚至都不由自主地屏住呼吸，偌大个圣殿似乎只剩下沈清弦的呼吸声。

"过来。"男人的声音低沉悦耳，回响在圣殿中，仿佛击在了众人的心脏上。

神……神在召唤他！

所有人都羡慕极了，他们感受到了无与伦比的快乐，不知该怎样形容。

可沈清弦却紧拧着眉，他仰头，看向那极白的明亮之处。

那儿有座椅的轮廓，似乎还有个身形高大的男人，但光芒太盛了，沈清弦完全看不清楚，他只能错开视线，落向那白色的衣摆。

它们很奇怪，并不是单纯的白，深深浅浅，似乎倒映着别的颜色。

这就是神吗？他应该走近神吗？沈清弦正这么想着，双腿却已经自己发动，走向了台阶。

这一幕对所有人来说都美极了。

他的银发静止时极美，动起来后更美，仿佛流动的银河。明明已经在极致的光亮中了，却又显露出仿佛在夜空中才能出现的强烈对比。因为它实在太耀眼了。

沈清弦慢慢向前走着：浮动的银发，流动的衣摆，挺拔的身姿，诠释了最极致的美。

就在他即将进入那团圣光时，他停住了。

他开口，清冽的声音贯穿苍穹："我不愿侍奉您。"

所有人都愣住了，好半晌才意识到他说了什么，一直刻板地保持着完美微笑的神侍们全都露出了惊悚的模样。

他在说什么？他说了什么……他……怎么敢拒绝神！

沈清弦却彻底清醒过来了，他想到渊遭受的排挤和委屈，无比的冷静。

"抱歉，我不愿留在您身边。"他说出这句话，完全释然了。

与其做一株依附冰湖水的雪莲，他更愿成为顶天立地的雪原冰山！

神并未生气，依旧是那样的平和与仁慈，他问沈清弦："你想去哪儿？"

沈清弦道："我心中有记挂的朋友。"

神问他："为了朋友，你甘愿放弃自己的信仰？"

沈清弦心中一揪，但却执着道："对！"

神顿了一下，又问他："你了解他吗？"

了解吗……沈清弦了解渊吗？他们认识的时间似乎很短，他们接触得好像也不多，除了名字，他甚至连渊的本体是什么都不知道。

这么看来，他不了解渊，甚至该说是很不了解了。

但是……沈清弦笃定道："他就是他。"

没错，渊就是渊，他就是他，只要他在那儿，只要自己靠近他，终有一天会了解他！

神道："你不了解他。"

沈清弦道："现在不了解又如何？我总会了解他！"

神竟说道："我可以帮你。"

不知道为什么，听到这一句话的时候，沈清弦心颤了一下，他感觉到了一种诡异的熟悉感，还有一份浓浓的不安。

他四处看了看，发现周围居然一片空茫：神侍不见了，花儿不见了，圣殿也消失了。他似是凭空而立，站在虚无之中，能看到的只有神座上那模糊的身影。

让人更加不安的是，本来完全看不清的身影居然慢慢清晰了。

耀眼的圣光淡了，神座下的衣摆呈现出真实的颜色。它真的不是白色的，而是鲜艳的红，像火焰般，生动而夺目的红。

沈清弦呆住了，他的视线一点点上移，看到了更多的红，更加漂亮的红，在空无的白中显得更加夺目的红。

神站起来了，他离开座椅的瞬间，渊出现了。

沈清弦猛地睁大眼，眸中尽是不可置信。

是渊吗？沈清弦定定地看着他，脑袋里什么都没有了，与周围的世界一样空无。

男人走近他，沈清弦后背陡然挺直，整个人都僵住了，声音也轻飘飘的："你……"

男人的声音轻缓又温柔："愿意留在这里吗？"

渊是神？神竟然是渊？

沈清弦丧失了思考的能力，根本弄不清到底发生了什么。

可眼前的人是真实的，焰火般的红裳，温柔的红眸，扬起的薄唇带着独有的温度，不会灼伤他又意外地温暖了他。

无论怎样看这都是渊，是他想要保护的渊。

渊是神？是神的话又哪来的被欺凌和排挤，又哪来的凄惨遭遇？

不对……沈清弦蓦地冷静下来，这不是渊，绝对不是。如果神是渊的话，他为什么要那样对待红色的花儿，为什么要让他们遭受那样的磨难，为什么不能一视同仁？

渊那么温柔，那样细心，怎么会是冷酷无情的神？

沈清弦一把推开他："你不是渊！"

顾见深并不意外，神态平静地看着沈清弦。

沈清弦像是要看穿他的伪装般地盯着他："你是神，神力可以让你任意变幻模样。"

多么聪明可爱的一朵小雪莲，顾见深看着他，问道："你觉得我该是什么样子？"

他这一句话无形中启发了沈清弦！对，金阳曾说过，神是银发银眸的，是无比神圣的。虽然沈清弦从来都理解不了神圣的意思，但渊绝对不是银色的，他是漂亮的红色！

沈清弦道："你应该是银发银眸的！"

顾见深看着他，缓慢说道："像你这样吗？"

顾见深说话的声音很轻，神态也不具侵略性，甚至可以说是温柔的，但沈清弦却有种自己被放在案板上，完全被掌控的感觉。

仿佛他这个人，他的一切，神都看得清清楚楚。

怎么可能呢？神怎么可能了解他！

沈清弦有些恼怒道："反正不该是渊的模样！"

顾见深道："你并未见过我，又怎能断定我该是什么样的？"

沈清弦说道："我的朋友见过你，他告诉我的！"

顾见深说："你的朋友说的就一定是真实的吗？"

沈清弦很生气："不许侮辱我朋友，他诚实且善良，绝对不会骗我。"

"我并未说过他会骗你。"顾见深看着他，眸色柔和，声音也满是包容与怜爱，"不过他看到的就一定是你看到的吗？"

沈清弦愣住了。

顾见深看着他，极富耐心。

沈清弦莫名有些心慌，移开视线，不愿与神那仿佛洞悉一切的眸子对视，他执拗地道："我的朋友不会骗我，渊也不会骗我！"

“没人在骗你。”

沈清弦看向他：“你在骗我！”

顾见深笑了：“好了，不生气，你不愿留在这儿，那就回去吧。”

沈清弦有些意外：“我可以离开了？”

顾见深道：“我并未强留你。”

沈清弦正想说：周围一片空茫，我该怎么离开。可惜没等他开口，那空白已经消失了。他还是站在圣殿中，周围是诧异的神侍和惊骇的小花儿们。

沈清弦拧了拧眉，再抬头，看到的是圣光之下被映照到失去原本颜色的衣摆。

只看了一眼，沈清弦便快速转头，他紧握着手，拒绝相信那是红色的！

神不会是渊，渊不会是神！

“你了解他吗？”神平淡的声音响在他脑海中。

沈清弦指甲刺进了掌心，强行把这些念头给甩了出去。他了解，他是了解渊的！

神沐日结束了，沈清弦成了谁都不敢靠近的存在。

圣殿出现了最接近神的人，却又被神给“放逐”了。

别说花儿们了，神侍都离他远远的，连雪莲族的神侍都未曾再和他说过一句话。

不过沈清弦不介意，他本来也没想与他们结交，他本来也不喜欢他们，不说话还乐得清静。

沈清弦只想找到渊，只想和他确定事实，只想更多地了解他！

可是怎么也找不到。

他回到冰室，回到自己走过无数次的路，可是却始终等不到想要见的人。

原来这段在他是雪莲时无比漫长的路竟然这么短，原来他以前觉得无比高的穹顶竟也不过如此，原来那以前他怎么看都看不到尽头的回廊，其实一眼就能看穿。

“他看到的就一定是你看到的吗？”

神的声音又回荡在他脑海中，沈清弦摇摇头，试图将这些全都甩出去，可它是烙在那儿的，又怎么甩得掉？不仅甩不掉，还滋生了一个“同类”——你现在看到的和之前看到的都不一样。

沈清弦面色白了白，忍不住小声轻唤着：“渊。”

你在哪儿？

顾见深远远看着，看到小雪莲彷徨的眸子，看到他苍白的唇和因为紧张而握紧的雪白双手……得忍住，不能出去安慰他，不能再继续让他质疑自己的信仰。

自己创造这个世界，为的就是帮他重固本源。好在……自己了解天道。

沈清弦不仅找不到渊，还找不到金阳。神侍们躲着他，不同他说话，视他为透明人，不过他们也不会阻拦他。

沈清弦在神殿中畅通无阻，找遍了所有能够去的地方都找不到渊，接着他离开了神殿，想去外面看看。

找不到渊还可以找金阳，那朵灿烂的小太阳花。

可是他找不到金阳，所有的花儿都躲着他，只要他靠近，他们全都退出去很远，更别说开口说话了，连对视都不敢。

因为他拒绝了神，因为他背弃了与生俱来的信仰，因为他是罪恶的。

沈清弦觉得金阳不会疏远自己，可是他找不到金阳。

太阳花有很多，叫金阳的也有很多，但不是所有叫金阳的太阳花都是那个在冰室中陪着他，给了他书签和小海螺的金阳。

对了，还有曼珠沙华，那个把书签染红的曼珠沙华。

可是所有的花儿都躲着他，不同他说哪怕一句话。

沈清弦找不到渊，找不到金阳，他回到冰室时错愕地发现，书签和小海螺也不见了。

到底是怎么回事？为什么全没了？他分明记得那样清楚，怎么可能说没就没了？

神……沈清弦心中升起一阵怒火，一定是神做的！

沈清弦冲上圣殿，对着那圣光闪烁之地愤怒道："你把他们藏起了！把他们还给我！"

他清脆的声音仿佛撕裂夜空的流星，让圣殿瞬间变了副模样。

红衣男子从神座上站起，慢慢走到他面前。

沈清弦心中一刺，可手却仍死死攥紧，强迫自己冷静。

顾见深垂眸看他，神态依旧极近温柔："我就在你面前。"

沈清弦道："你不是渊！"

顾见深笑了笑，轻声道："渊到底是谁？"

沈清弦不愿同他在这个问题上纠缠，拧眉道："那金阳呢？"

小太阳花又去哪儿了？

顾见深伸手，他的掌心放着一个小小的背包，这背包对小太阳花来说极大，可是对于神来说却很小。

沈清弦气炸了："这是金阳的，你果然把他藏起来了。"

顾见深重复道："我就在你面前。"

沈清弦听懂了他话中的意思，可是又不愿听懂，睁大眼，茫然且不安地看着他。

"你所看到的就是真实的吗？"顾见深的手盖在了他的眼睛上，声音响在他耳畔，"也许只是你的一场梦。"

梦？怎么会是梦呢，怎么会有这样真实的梦！

沈清弦推开顾见深，恼怒道："不可能！"

顾见深退开了一些，看着他："那你告诉我，你看到了什么？"

沈清弦说道："我是在冰湖诞生的，我有父母，有无数的兄弟姐妹，还有很多家人，来到神域后我认识了金阳，还……"他一大堆话还没说完就戛然而止。

因为他看到了冰湖，看到了雪原，看到了那一池子雪莲花，甚至听到了他们说的话。

他明明身处圣殿，可周围却浮现出了截然不同的景象，仿佛他一瞬间便来到了雪原，回到了家乡。

顾见深仍旧站在他面前，寒冷的霜雪中，红衣更加鲜艳，似是能将茫茫雪原融化。

顾见深问："还看到了什么？"

沈清弦紧抿着嘴，不肯再说一个字。

很快他们离开了冰原，来到了神域：雪莲族的神侍、辉煌的神殿、无数的花儿涌动，像翻滚的海浪。

接着沈清弦看到了小金阳，他笑得灿烂又温暖，模样略带羞怯，却真挚诚恳。

沈清弦张张嘴，却无法将他的名字给叫出来。

兜兜转转，沈清弦短暂的半生停在了红衣男子的眸中。

他眉眼温柔，轻缓的声音像是从遥远的天边传来："这些你想看到吗？"

话音落，沈清弦跌入到圣殿中。

脚踏实地的感觉让他心中一安，刚才是什么？他都看到了什么？

沈清弦脑袋里乱哄哄的，他有些慌，但仍坚定地相信着，这一切都是神制造的假象，都是神力创造的虚幻，他不会相信，也不会多想，他只相信自己感觉到的！

至于最后神说的那句话，沈清弦并不明白是什么意思，他也不愿去想了。

怎么会是梦呢？那样的真实，那样的真切，绝对不是梦。

沈清弦喘口气，想离开圣殿。

这时，虔诚的声音从下方传来："慈悲的神、万物的主，您的孩子衷心地敬仰着您……"

沈清弦心猛地一颤，他低头看到了大片身着红衣的神侍，他们每人手中都捧着一株娇嫩的红色花朵，垂下的眼睫遮住了双眸，姿态恭敬又温顺。

这一幕陌生又熟悉，让沈清弦有些不知所措。

很快沈清弦看到了一朵美丽的红莲，他生得太耀眼了，花瓣像是发光的红宝石，光泽细腻透亮，瞬间攫住了沈清弦的心神。他真是太好看了……

沈清弦忍不住开口，但并不知道自己说了什么，声音却已经传了下去。

"醒来吧。"似曾相识的三个字，只是声线不同了。

圣光笼罩，红莲缓缓舒展，一袭红裳的男子站在大殿中。

他抬头，看到了熟悉的五官。渊……是渊！

沈清弦开口，他有些急切，可声音却是清冷的："过来。"

红衣男子几步走上台阶，来到了他面前。

沈清弦站起来，周围陷入了一片空无。

这时候他总算反应过来了，他和"神"换位了，他成了"神"，"神"成了他。

这又是神的把戏吗？他才不会上当！

渊看着他，声音深处在极轻地颤动着："我能留在这里吗？"

他有些紧张，满是期待，这些情绪染上他的红眸，异常绚丽的同时也带了些进攻性。

沈清弦想到这是一场不存在的虚妄，便烦躁道："不能。"

这不是渊，他不需要一个假象。

"为什么？"渊如遭雷击，他轻声呢喃着，眸中的光芒在逐渐熄灭。

沈清弦心一揪，自己竟因为一个假象而难受得不行。

沈清弦不想再看他，不想被蛊惑，一抬手，心念转动间便将渊赶了下去。

接下来的一幕又一幕，仍旧是调换的，细节处略有不同，但渊所经历的彷徨和迷茫全是他不久前才经历过的。

这是个沈清弦"要求"过的世界，这儿的红色金色花儿全都受到了优待，他们得到了神的宠爱，成为神侍，居住在神殿，走在了阶梯的最前面。

而白色的花儿则沦落到最后，他们急切地追赶着，却又始终赶不上，他们也虔诚着信奉着神，却因为神而被放逐了。

同时被放逐的还有渊。红色的莲花本该是最接近神的存在，但现在却遭到了所有人的漠视。

沈清弦能看到一切，视线一直紧紧地跟着他，看到他的不安，看到他的焦虑，看到他心中的迫切——他想见沈清弦。

事实上沈清弦也想见他。

沈清弦认定了这是一场虚幻，不想再理睬渊，可是他做不到。

直到他看到渊在冰室中冻得面色苍白却仍不肯离开时，他终于忍不住了。

沈清弦出现在渊面前。

几乎是同一瞬间，渊醒了，起身道："我以为再也见不到您了。"

沈清弦紧抿着唇，一个字都无法说出来。沈清弦看着他，认真地看着，很想从渊的眉眼间看到一丝一毫的破绽。这是幻象，是假的，是一场不存在的梦。

很多话涌到了嘴边可是又不知该从何说起……沈清弦有些茫然，如果只是梦的话，说再多又有什么意义。

他没出声，渊却已经打起精神，小心翼翼地问沈清弦："我能留下吗？"

沈清弦一动未动，不是不想回答，而是不知道该怎么回答。这一切都是假的，从头到尾都没有真实，又怎么能……

随着沈清弦的沉默，渊再度失落，比之前还要失落，他的声音更轻了："对不起。"

别道歉，不要道歉。

渊薄唇紧抿着，最后问道："我还能再见到您吗？"

一句话将沈清弦唤醒了。他在做什么，他在想什么，他怎么能在梦中沉沦？

沈清弦心念一动已经回到了圣殿，他疲倦地坐下。

"你到底要捉弄我到什么时候？"沈清弦低声质问。

没人回应他，似乎根本没有可以回应他的存在。

沈清弦独自待了很久，终于无法忍耐，看向了冰室。

渊等在那儿，周身蒙了一层霜，仿佛一座美丽的冰雕。

沈清弦的身体比思绪动得还快，已经出现在渊面前。

红衣男子看到他的瞬间，冰雪融化、万物复苏。

沈清弦时刻提醒着自己这是一场梦，却又不由自主地沉沦其中。

如果这是一场梦，那什么是真实的？没有金阳、没有渊的世界吗？

那样的真实，他不想要。

就在他生出这个念头时，他醒来了。

他还站在圣殿，但是他和渊的位置再度调换。

看着高高在上的神，他体会到了梦中的渊那深沉的恐惧。

沈清弦张张嘴，一行泪顺着眼角滑下："你到底是谁？"

顾见深十分难受，但已经到了这一步，就只能硬撑住。他问："你希望我是谁？"

"不该是我希望的……"沈清弦摇头道："真正的你是谁？"

顾见深道："不要被你的心所迷惑，它只会给予你想看到的，只会欺骗你。"

沈清弦茫然地抬头看他。

顾见深温声道："你渴望友情，金阳和渊就出现了；你渴望红色的花儿被救赎，他们就得到了救赎。"

沈清弦唇瓣轻颤："他们都是我的妄想吗？"

顾见深温和地看着他。

沈清弦却只觉得头重脚轻，他问道："如果都是假的，那什么是真实的？"连自己的感觉都是虚妄的，那又有什么是真实的。

顾见深道："放下你的心，信奉永恒不变的神。"

眼睛会欺骗你，感官会欺骗你，连自己的心都是无法倚靠的。

心底的渴望滋生了无数幻象，使得现实和梦的界限变得无比模糊……原本坚定的一切在此刻全部动摇。

如果心是一切信念的基石，它如此善变和任性，建筑在上面的名为坚定和执着的高塔又怎会不摇摇欲坠。

此时此刻，沈清弦的这座高塔已濒临坍塌。而顾见深要做的就是摧毁他心中的这座高塔。

天道和唯心是截然不同的。

唯心信奉的是自我，哪怕知道心是善变和任性的，还是要征服心魔，掌控自己。

天道信奉的是道，他们同样被心魔所困，同样迷茫与困苦，但他们选择了另一条路，他们没有直面欲望，而是依赖大道，以亘古不变的道为基准，奠定一个牢不可摧的信念堡垒。

这就是他和沈清弦的区别。

顾见深的心是根基，沈清弦的道是根基。

心的根基始终是摇摇晃晃的，但顾见深的修炼让他在其中找到了平衡，就像一个巨大的摇摇摆摆却始终不会倒下的不倒翁。

道的根基最初是模糊不可辨的，但沈清弦的修炼就像建房子一样，一块砖头一块泥，最后让整座堡垒拔地而起，直入苍穹。

没法说哪个修炼更好一些，但显而易见的是，他们走的是不同的路。

顾见深没办法建造坚固的堡垒，沈清弦也不能让自己摇晃。

沈清弦过多了解了顾见深的理念，导致他心中堡垒的基石被挪动了。

试想一下，倘若堡垒的基石成了不倒翁，上面砌的无数砖块，哪还能保持平衡？只怕轻轻一晃，堡垒就成了一片废墟。

所以顾见深改变了玉简的任务，骗沈清弦来到这个"神"的世界。

顾见深先以金阳的身份接近他，再以渊的身份对他好，等到沈清弦找到了想要珍惜的东西后，再残忍地将其抽离。

怎样让一个人质疑自己的心？

顾见深很清楚，因为他时时刻刻都处在摇晃中，自然可以轻易地让沈清弦体会到那种无法脚踏实地的恐慌。

如果承受不住，那就选择信奉神吧。

因为与善变的心相比，"神"是亘古不变的。而这里的"神"就是沈清弦的道。

模糊不可辨，但却切实存在，只要慢慢积累就会越来越牢固的信念。

顾见深此次从头到尾都没想过要完成玉简的任务，他只不过是用另一种方式来击溃沈清弦萌动的心，重新巩固他的道。

显然……成效不错。

第十四章

昭告天下

在万秀山醒来，沈清弦缓了好一会儿才回过神来。

他睁眼看向四周，空荡荡的，哪还有半个人影。顾大浑蛋去哪儿了！

他看了眼玉简，其实不用看也知道，任务不可能完成。他们这次根本没入世，顾见深诓他封住记忆，然后直接给他做个幻境。

幻境里他真是为所欲为，又是太阳花，又是雪莲花，又是"神"，玩得不亦乐乎啊！

沈清弦气得不行，起身出屋，外头守着的沐熏行了个礼，小心道："帝尊说心域有点儿事，先回去了。"

沈清弦气呼呼的：敢做就别跑啊！

沐熏见他动怒，大气不敢出一声。

沈清弦道："我去趟心域。"

沐熏赶紧应道："嗯嗯。"

沈清弦刚起抬脚又收了回来，冷哼一声："不去了，爱来不来！"说完又转身回屋了。

轻染圣人："……"

小金蹦跶过来，问沐熏："师兄，尊主大人出来了吗？"

沐熏顿了顿，小声道："你还是别进去了，小心被迁怒。"

小金睁大眼道："尊主大人生气了吗？是谁惹了他！我要……"

沐熏生怕这小笨蛋说出了不得的话，赶紧打住："停。"

小金懵懵懂懂地，追问道："是陛下惹尊主生气了吗？"

沐熏沉吟道："也不好说啦……"

他话没说完，沈清弦听不下去了，冷哼一声。

沐熏赶紧一本正经道："走，师兄带你去山下买糖葫芦。"再不走就是他皮痒了！

沈清弦生气的空档又忍不住愁了愁：不能把小金交给沐熏了，再好的孩子都要被带坏！

熊孩子带着乖孩子下山，沈清弦这个"老父亲"独自在山上。

顾见深不联系他，他也不联系顾见深。

忙是吧？忙！使劲忙！永远别来万秀山他才服气。

也就半个时辰，顾见深传音入密："……涟华。"

沈清弦："呵。"

顾见深本以为沈清弦不会理他。正所谓得寸就得进尺，顾见深赶忙从心域赶过来。

沈清弦察觉到他的气息，立马给整个万秀山布满结界。顾见深慢了一步，就这么被残酷无情地拦在了山外。

顾见深道："开开门。"

沈清弦理都不想理他！

顾见深委屈道："师叔，山下很冷。"

冻死你才好！沈清弦连一个音节都不想给他。

到底还是没撑住，万秀山的结界开了个小缝。

顾见深赶紧进来，刚才万秀山的结界虽然把他拦在了山下，但却让他心稳了很多。因为沈清弦的灵力充盈，不是之前强装出来的，而是真正的醇厚绵长——看来之前遭到的反噬被平复了。

顾见深凑过去，沈清弦一巴掌拍开他，这下可没收力，顾见深差点儿骨折。

顾见深道："是我不好，没提前和你商量。"

沈清弦呵呵一声："陛下乾坤独断，哪里用和人商量。"

这声陛下，顾见深也是好久没听到了，他知道自己这次是闯大祸了，越发谨小慎微道："……我错了。"

他一个劲地做小伏低，沈清弦心里也不是滋味，转头看他："玉简呢？"

顾见深顿了一下，沈清弦目不转睛地盯着他，顾见深没法，只得把小红拿了出来，以沈清弦如今的状态，红玉简上的幻术自是瞒不过他，顾见深索性直接将其撤了。

红玉简现出了真实的任务：其三十，为了沈清弦的信仰，放弃这段友情。

红玉简的任务其实藏着一道选择题：要么顾见深放弃这段友情，要么沈清弦放弃自己的信仰。

但很显然，顾见深并不想沈清弦放弃自己的信仰，因为他不能接受沈清弦有生命危险。

那就只剩下一个选择了，顾见深要放弃这段友情。

沈清弦盯着他，问："所以你要选择放弃吗？"

顾见深垂眸，躲开了沈清弦的视线。

沈清弦生气道："顾见深，你连这点儿勇气都没有！"

顾见深定定地看着他，看了好一会儿，仍是别开了视线："对不起。"

沈清弦的双眸蒙上了薄霜，喉咙发紧，气得声音都在微颤："你到底有多瞧不起我？"

顾见深轻吁口气，很认真地看着他："没人比我更了解你有多优秀，但时间真的不够了。"

轰然倒塌的巨大堡垒会压死沈清弦，这谁都承受不起。

顾见深眉心紧拧着，道："我只想你能好好……"

他话没说完，沈清弦便一把推开他，气道："你走！"

顾见深怔了怔，抬头看他："涟华。"

沈清弦薄唇紧抿，目若寒霜："回你的心域！"

顾见深没动，但是也没再说什么，只是站在那儿，眸子微垂。

沈清弦看他这样，气不打一处来，冷声道："你走不走？"

顾见深不出声，却也不肯挪动一步。

沈清弦扬手，刹那间寒霜漫天，涌上来渗入骨髓的阴冷寒意。

灵力波动太强，盘旋而起的光芒席卷了屋中陈设，让两人仿佛身处风暴中心！烈风阵阵，呼啸声起，沈清弦的衣摆鼓起，白色长袍与墨发翻飞，精致的五官如霜似雪，仿佛震怒中的修罗，掌控着世人的生死。

"你走不走？"沈清弦问他。

万秀山对沈清弦来说意义非凡，这是上信真人留给他的礼物，是他的家。若是因此而毁了，沈清弦一定会很难过。

顾见深轻声道："你别生气，我先回唯心宫了。"

把人赶走，沈清弦更气了！

不过他的确舍不得伤万秀山一分一毫，虽然总嫌弃它，但这是师父留给他的，是他的家。

沈清弦拂袖，化了这迅速凝聚而起的滔天灵力。

沐熏和小金回来了，他们一人拿了串糖葫芦，小金念叨着："这串最红的给尊主大人，这串糖霜多的给师父！"

沐熏咬了一口自己左手的糖葫芦道："挺甜。"

小金急了："师兄，你吃的那串是我的！"

沐熏道："哦……"说完又咬了右手的糖葫芦。

面对如此"不要脸"的师兄，小金要哭不哭："我的糖葫芦……"

沐熏道："没事啦，帝尊不爱吃这些，他肯定会赏你的。"

小金很委屈，可是又皮不过好几千岁的轻染圣人。

两人刚上山，沐熏就发现事态不对，他嘴里包了个山楂，一边咬一边琢磨着："两人还没和好？"

他以为自己回来之前，两人就能和好，结果……竟吵得更凶了？！

虽然沐熏之前恨透了全心域的人，但这些年接触下来，他很清楚顾见深不一样。沐熏并未太担心，仍旧坚信他们会和好。

他的小师弟就单纯多了，小金忧心忡忡道："尊主大人还在生气吗？"

沐熏看了看糖葫芦道："看来这两串都是你的了。"

小金一呆，回神后更加忧心了，他小声问沐熏："我是不是要离开万秀山了？"

沐熏小声道："你可以选择留下来。"

小金眼睛一亮："可以吗？"

沐熏给他出馊主意："你也勉强算是他们的共同财产……"

他话没说完，沈清弦的声音从天边传来："闲着没事就去浇水施肥。"

他话音刚落，沐熏就已经置身花园中了。

万秀山有个花园，这花园相当凶残，放到外界可以算是九阶凶地，寻常人进来就是一个"死"字。

这花园是沈清弦专门给沐熏建的，这小徒弟一皮，沈清弦就让他"浇水施肥"。

因为这个，沐熏对花园一词都有心理阴影了。本来成圣后都没来过花园了，没想到今天竟有幸再来体验一拨"儿时"趣事，轻染圣人也是百感交集：看来师父是真的生气了，帝尊自求多福吧！

沈清弦当然舍不得把小金扔到花园里，但小金是个乖孩子，听沈清弦这么一说，他就"哼哧哼哧"地去给满山的桃树浇水施肥了。

天大的气，看看这俩"熊孩子"，沈清弦也散了一大半。

其实他的心情很复杂，与其说是气不如说是无奈。

追根究底，还是信念不同。

沈清弦并不觉得死亡有什么可怕，他不会为此而不安，所以勇往直前。但顾见深不一样，他无时无刻都在不安。

因为沈清弦心中有一座坚固的堡垒，而顾见深有的却是一个不倒翁。

一个坚不可摧，一个晃晃悠悠——这才是顾见深长久以来无法安心的根源。他一直都是摇摇摆摆的，亿万年都这样过来了，哪里是短暂的数百年可以化解的。

更不要提他那些刻骨铭心的经历：上信峰一次，兰弗国一次，即便忘记却也留下了惨痛的阴影，它们藏在了潜意识中，无时无刻不在撕咬着他。

想想这些，沈清弦又怎么气得起来？

沈清弦拿出了玉简，定定地看着上面的任务。每个任务都承载了他们的回忆，记录了他们的点点滴滴。

沈清弦轻轻摩擦着它，低声道："你到底是什么……"真的是师父留给他的吗？

师父为什么要给他这样一个玉简，为了让他和顾见深寻回丢失的记忆，补全缺失的人生吗？既如此……又为什么要折磨他们？

沈清弦正想收起玉简，忽然玉简闪过一阵强烈的光芒。

怎么回事？沈清弦定睛看去，这一看却是愣住了。

玉简并非实体，所谓的长度也是随着任务的增加不断增长的，而这次，它一口气长了好大一截。

发布新任务了吗？沈清弦认真看了看，发现任务有且只有一个，但是这个任务长得出奇！

沈清弦不知道顾见深那边是怎样的，但他这边的任务，让他深刻怀疑自己的眼睛是不是瞎了。

"其二十九，昭告天下，让天道和心域的人们知道你和顾见深是挚友。

"补充一：一起赏日出日落。

"补充二：一起燃放烟火。

"补充三：一起堆雪人。

"补充四：一起爬山。

"补充五：一起做顿饭。

"补充六：一起招待徒子徒孙。

"补充七：一起炼丹。

"补充八：一起将炼好的丹送给天道和心域的有缘人。

"补充九：一起炼器。

"补充十：一起去坊市拍卖炼好的神器。"

……

这密密麻麻的一串补充，直把沈清弦给看得头晕脑涨，更要命的是，最后还有这么一行字："所有补充条件都须有天道和心域的人见证。"

玉简上本来只有其二十八"从零开始了解顾见深"亮着，现在因为其二十九的出现，下半段全亮起来了。

虽然这其二十九的补充多到丧心病狂，但任务都不难，只要顾见深配合，一切都好说。

关键是……他不配合！

沈清弦一想便胸口蹿火。

假如红玉简上也是这些任务，那说明沈清弦之前的设想没错。

红玉简映照的是顾见深所失去的，是深层次潜意识里的东西，他主观上并不想得到补偿，但万血之躯并不会根据他的主观意识行事，它遵循的是连主人都无法触碰的本能。

顾见深放弃天道、被世人误解——他真实的自我根本不在乎这些，但这些却又切实存在着。

所以他需要直面这些，需要做出选择。

现在这家伙像头倔驴一样选了最极端的一个！

沈清弦想想就气得肝疼，更让他肺疼的是这浑蛋关了传音入密的渠道，不仅不和他联系，还铁了心不让他联系自己！这浑蛋真以为他不敢去心域揍人吗？

沈清弦心疼万秀山，心疼新唯心宫，可一丁点儿不心疼那个破旧唯心宫！好吧，也有点儿舍不得，毕竟它是顾见深亿万年的家……不！他舍得！他要连着顾见深一起轰成渣！

沈清弦独自生了好几天闷气，后来又慢慢消气了。

想来钻牛角尖的顾见深比他还难受，沈清弦终究是沉不住气了。

他拉不下脸去找顾见深，也怕被拒之门外。万一真一气之下轰了唯心宫，后面的任务还怎么做？

没法传音入密，没法去找他，该怎么办呢？沈清弦看看玉简，心思一动，计上心头。

他终于出来了，沐熏还在花园里，小金还在卖力地浇水施肥。沈清弦一看登时心疼了，赶紧说："别折腾了，让你师兄帮忙就行了。"

小金一见他就开心，站得笔直笔直的："尊主大人！"

沈清弦想起他师父就心脏直抽抽："去洗个澡，收拾一下，一会儿我带你下山玩儿。"

小金眼睛铮亮："是要下山吗？"

沈清弦道："嗯，我们一起去看日出日落。"

小金眨眨眼睛，不太明白这日出日落有什么好看的，不过既然尊主大人说了，那必然是极好的，必须去看！

小金龙兴冲冲地说道："我这就去收拾，很快的。"

沈清弦温声道："不急，慢慢来。"

小金赶紧去洗澡换衣服，出来时还背了个小包包。这小包特别眼熟，沈清弦一下子就想起了小金阳的那个背包。

他就想顾见深怎会有这东西，原来是取材于小金吗？

仔细品，金阳的性格也取自于小金吧，就他那大尾巴狼哪里能那般真诚可爱！

小金开心地跟着沈清弦下山，又听话又乖巧，让沈清弦糟糕的心情舒缓了不少。

沈清弦去了无方宗，那儿的掌门是他的徒孙曾子良。

老曾师承赤阳圣人，是第三辈里最擅外交的。

叶湛固然是沈清弦最熟悉的，但这事交给叶湛办，沈清弦不放心，他担忧这徒孙想太多，反而把事情搞砸，还是曾子良这个圆滑世故的徒孙比较妥当。

沈清弦带着小金一出现在无方宗，老曾便一屁股从太师椅上摔下来。

他往日里是德高望重的人设，徒子徒孙一大堆，时常有人在旁边伺候问道，最是仙风道骨，极有风范。如今这模样当真是让一众无方宗弟子蒙了。

怎……怎么个情况？

老曾赶紧把自己的一些小物件（金啊银啊的奢侈品）给藏起来，这要是让师祖看到了，怕是要死！

沈清弦进来时，曾子良已经一袭白衣，带着同样一袭白衣的弟子们躬身行礼。

沈清弦抬下手道："无须多礼。"

老曾低眉顺眼的，亲自沏茶，小心谨慎地伺候着。

沈清弦随便问了几句，曾子良对答有序，很是得体。

沈清弦看了眼那一圈无方宗的弟子，曾子良心领神会，赶紧摆摆手，让他们都回去。

偌大个厅里只剩下沈清弦、曾子良和小金。

曾子良一直没敢和小金对视，拿不准这位小少年是谁。

金发金眸，应该不是人类，是万秀山上的灵物？像子午观的宿雨那般？

难道尊主大人要将这金发少年安置在无方宗？要让自己收他为徒？

老曾不禁有些小开心，他们这一辈都很羡慕叶湛，虽然子午观出了点儿腌臜事，但尊主大人不仅没惩罚，还将万秀山的灵物放了子午观。

那宿雨天资卓越，为人又正直忠孝，俨然新一代的佼佼者，大有前程！

叶湛有了这样一个徒弟，分分钟扬眉吐气，已然是六派"魁首"了！

如今尊主大人也来无方宗了，莫不是也要给他一个小徒弟？想想还真有些小期待！而且这小徒弟金灿灿的，可真喜庆！

沈清弦哪知道曾子良这些小心思？他来找曾子良是有"大事"的。

喝了会儿茶，给了老曾一点儿心理建设的时间，沈清弦开口了："你帮我给心域下个帖子。"

曾子良一脸蒙，他都准备好接受小徒弟教养小徒弟带领无方宗打败子午观走向天道巅峰了……

沈清弦已经把帖子拿了出来，放到他手上。

曾子良一看，顿时倒吸口气——星海论道？

尊主大人竟然主动邀请心域的魔修论道？要知道上次妄烬论道是心域下的帖子，尊主能参加已经让他们无比震撼了，这会儿，尊主竟然主动给心域下帖子了？

老曾瞬间惊醒，凝神道："弟子明白了。"

老叶老程老洛老木啊……要出大事了！太平日子要终结了，尊主向心域下"战帖"了！

沈清弦怕小曾并不明白，于是又着重点了点："既是请帖，便要礼仪周全。"可别搞得草木皆兵。

老曾后背挺直，极其敏锐地从这丝竹般悠扬的话语中听到了刺骨寒意，凝重道："弟子定不负尊主所望。"

沈清弦觉得应该没问题了，曾子良不是叶湛，不至于一和心域打交道就剑拔弩张，这个圆滑的徒孙应该能把这事办妥当。

临要走了，他又想起一事，便说道："帖子先给我。"

曾子良立马双手将帖子奉上。

沈清弦拂袖，手指间一支毛笔凭空出现，只见狼毫挥洒，"涟华"二字跃入纸上。

"好了。"沈清弦收了手道，"这就送去吧。"

曾子良恭声道："是。"

沈清弦和小金一走，老曾腿一软，扶着太师椅缓缓坐下。

尊主竟然给帖子署名了！

这尊贵又禁忌的俩字刺得曾子良不敢多看。他抚着胸口，好半晌才平静下来。

看来这场大战已是不可避免！曾子良不敢有丝毫耽误，连忙去心域送了帖子。

帖子送完他也不回万法宗了，赶紧给六派掌门传信，一起在子午观汇合。

人一齐，曾子良便把"战帖"的事给说了，在场其余五人皆面露惊讶之色。

程静道："你是不是曲解了尊主的意思？"

曾子良额头尽是冷汗："你觉得尊主还会有什么意思？"

一句话把程静给问蒙了，是啊，还能有什么意思！

叶湛拍案而起："早该如此！心域诸子离经叛道，早该清理门户了！"

他这词还真没用错，毕竟老顾是万法宗的"叛徒"，虽然万法宗消失，但六派师承三圣，又是沈清弦的徒孙，也算万法宗的后生了。

程静向来是个性格沉稳的，他说道："只是这无缘无故的，忽然就……"他虽没说完，但其他人都懂。

虽说天道和心域势不两立，但这数千年来——尤其是顾见深执政的年月里，双方太平得很。即便口号喊得再响，也从未爆发过大规模战争，像曾子良、洛幻、沐容等人更是私下里和心域的人有些"贸易"往来。

三圣闭关，沈清弦更是不问世事已久，怎的忽然就……

叶湛是百分之百头号尊主拥趸，他张口便是："尊主已下战帖，我等积极备战便是。"想那么多干吗？反正尊主说的就是对的！

曾子良不愧是个"世故"人，他沉吟道："我觉得是因为尊主即将去往上界……"

程静等人看向他："此话怎讲？"

老曾冷静分析道："你们想想，如今天道和心域为什么能够相安无事？"

因为天道有涟华尊主，心域有九渊帝尊。

曾子良继续说道："倘若尊主大人去往上界，这平衡是不是就打破了？"

他一下子把所有人都点透了。

程静等人瞬间后背发冷，向来放纵不羁的洛幻忍不住说道："尊主大人是怕他去往上界后无法庇护天道？"

曾子良道："定是如此！"

不得不说，老曾想得还真是有鼻子有眼。

如今修真界的太平来自两界的平衡，若是彼此有一方要去往上界，那这平衡就没了。

顾九渊这狂徒能在心域称帝，想来是极端霸道集权的性子，如今他不敢涉足天道，全是因为有涟华尊主坐镇，他才不敢触碰。

可若是尊主去往上界，哪怕三圣出关，只怕这顾九渊也无所畏惧。

到时候天道该是一副何等"生灵涂炭"的模样？

他们这六人虽然没见证过万法宗的盛世，但自小也都听过上德峰的惨案，听过顾见深的暴行！

这权欲熏心的魔帝怎能不肖想繁华的天道？

跟随着老曾的脑洞，六派掌门各个都神经紧绷，领会到了尊主大人的"用心良苦。"

迷弟叶湛听到此处已然热血沸腾、斗志昂扬，恨不能现在就冲到心域去大战一场。

"尊主即将去往上界，还不忘为我们思量……"程静摇头轻叹道，"是我等无能啊，实在是……愧于师祖教养。"

这话说的其余五人皆心有戚戚焉。

叶湛振奋道："别垂头丧气，我们只管好生准备，让尊主再无后顾之忧！"

曾子良也道："还是抓紧时间筹备吧，七日后便要在星海论道，如此仓促，只怕尊主大人在修真界的时间不多了。"

沈清弦千叮咛万嘱咐，还专门找了相对比较"懂事"的曾子良来办事，结果徒孙们还是完美避开了真相。

不过也真不能怪他们，虽然这脑洞看起来似乎很大，可方向是合乎情理的！

那什么"约心域的人尤其是心域的帝尊一起看日出日落顺便放个烟火堆个雪人"才是完完全全的神展开好嘛！那都不属于脑洞了，简直是黑洞！

至于收到请帖的心域……

四护法八大将（也可称之为十二将）分分钟蹿上天空，炸成烟花！

沈白莲的亲笔战书！他终于撕开白莲花的伪装，将阴暗龌龊的野心暴露于众了吗？

他们急忙将请帖送到唯心宫，私下里也开了很多个小会，全都义愤填膺，恨不能现在就踏平虚伪的天道。

沈清弦为什么要把字明晃晃地写在请帖上？是挑衅？怎么会？他只不过是为了逼顾见深出门。

只是个论道帖子，沈清弦怕顾见深当"缩头老龟"，万一只让下属参加怎么办？

他把自己的字写上，是在告诉心域诸子，他也要去论道。

沈清弦一去，顾见深就不能不去。

尤其是全心域都知道沈清弦要去，顾见深不去的话，影响太不好：一方面好像尿了（虽然事实比想象还尿一百倍）；另一方面他不去的话，便是将自己的臣民置危险于不顾。

毕竟在心域眼中，沈清弦就是全修真界最危险的人。

沈清弦的算盘打得挺好，也很靠谱。

然而副作用是整个天道和心域都动起来了，他们热血沸腾，全民皆兵，其中也不乏像老曾这样的智者。

智者们纷纷预言——这命中注定的一战，终将打响！

这七天沈清弦也没闲着，他故意暴露自己的行踪，和小金一起随便走走，到处看看，引着他这儿玩玩那儿玩玩。

小金别提有多开心了，终日围着沈清弦转，像个终于得到父母关注的小孩一般满足。沈清弦越发觉得愧疚，待他便更加真心实意。

虽说小金不是沈清弦的孩子，但他是被自己和顾见深带到这个世界的，理应好生照顾。

眼看着星海论道将近，沈清弦哄着小金道："你想不想你师父？"

小金登时紧张了，小声道："想……"千万要和好啊！

沈清弦道："那你要好好配合我，咱们把他给找回来。"

小金立马打起精神道："大人您说！我上刀山下火海两肋插刀在所不惜！"

这都些什么词……果然不能让沐熏教孩子，这都教成土匪了！

沈清弦耐着性子和小金说："晚点儿我们去星海，你师父也会去，但你要记住了，一定不能看他，也不要和他说话，坚决不理他，懂吗？"

小金眨眨眼，不懂。

沈清弦便道："也罢，不用懂，只需要跟着我说的做，可以吗？"

小金郑重点头："没问题！"

沈清弦拍拍他的肩膀道："乖孩子。"

小金还是忍不住问道："大人……只要我听话，您就不会和师父吵架了是吗？"

沈清弦心道：我是不想，重点是你师父他想！

不过这话不能拿来吓孩子，他说道："我们好好配合就不会的。"

小金心中大石落地，攥拳道："我一定不看师父不和他说话不理他！"这么说完，小金又有点儿小担心，事后他不会挨师父揍吧？不管了，他相信尊主大人！

沈清弦这边已是万事俱备只欠老顾了。

说来也有趣，玉简刚出现时，他和顾见深在妄烬星海重逢，参加的就是一场论道会。

那时沈清弦什么都忘了，甚至因为兰弗国的创伤和封心决的后遗症而封闭自我。

当时他只想着修天梯，只想着去往上界，也完全以此为目的接近顾见深，行的都是直白且功利的事。

那时顾见深是怎样的？虽然沈清弦从未问过，但结合之后两人无数次失忆后又重逢也能猜测得出。

因为玉简的存在，顾见深知道沈清弦完全是"假意"。那时候顾见深根本没必要跟着玉简行事，因为天梯崩塌与否，他并不关心。只是因为玉简指向了沈清弦，他见到了沈清弦，从此便庆幸有这些任务。

短暂的数百年，明明是闭关就能随便度过的日子，却让两人在这么点儿时间里找回了失去的记忆。

兜兜转转又回到此地，沈清弦的心情已截然不同。

如今去往上界对他来说已是可有可无。

仿佛情景置换，妄烬上的一袭红衣仍是第一时间攫住了沈清弦的心神。

隔着碧蓝星海和炽色妄烬，他们似是回到了最初。

——轻云蔽月，流风回雪。

——红艳露凝香，巫山枉断肠。

两人遥遥相望，沈清弦没挪动视线，倒是顾见深先别开了眼。

天道和心域诸人只当他们是在互相示威，无形中已开始第一轮交锋！

老叶等人觉得：呵，心域小儿，我们尊主可是马上要去往上界了，威压磅礴，尔等无力应对了吧！

老顾：不敢看了，委屈。

心域十二将觉得：好一个沈白莲，上来就挑衅人，我们陛下定力非凡，才不受这般低级的挑衅！

沈清弦：屄货屄货屄货！大浑蛋大浑蛋大浑蛋！

星海论道第一轮，天道判定：沈清弦胜！心域判定：顾见深胜！

连个裁判都没有，分得出胜负才有鬼了！

因为没有收到指令，各方虽都蓄势待发，但却不敢妄动。

沈清弦走近顾见深，先开口道："陛下，好久不见。"

当初顾见深同沈清弦"初见"，说的是："师叔，好久不见。"那时沈清弦分分钟和他划清界限，唤他一声帝尊，要多生疏有多生疏。

现在却倒过来了，顾见深不开口，沈清弦却唤他一声陛下。

顾见深面色不变，怕自己一出口就暴露情绪，索性闷着不出声。

这一幕落在双方人马眼中，已是第二轮交锋！

老叶等人继续洋洋得意：尊主先礼后兵，实属大家风范！

心域十二将：沈白莲，还想继续挑衅陛下？做梦，我们陛下不吃你那套！

这第二轮的结果也不用宣布了，反正各自觉得各自赢了！

沈清弦见顾见深不出声，心里窝着火，不过他也不急，客气道："陛下请。"

顾见深微微颔首，仍是不发一语，甚至还主动走到前头去了。

沈清弦心里翻个白眼，面上自是没有变化，小声问身边的人："冷吗？"

星海这边温度极低，小金的头发都蒙了一层薄霜，他小声道："还好。"

沈清弦心疼道："马上就到殿中，我给你倒杯热茶喝。"

小金开心道："谢谢。"

沈清弦说："同我客气什么。"

他们说话的声音听起来小，可其实在场所有人都是顺风耳，听得要多清楚有多清楚。

心域的人悄悄打量了一下小金，便用传音入密开起小会。有顾见深在，心域这边自然有自己的屏障，不用怕传音入密被沈清弦听到。

"这金灿灿的少年是谁？"他们看不透小金的真身。

"肯定是万秀山上的灵物！"

论道自有人主持，曾子良等人已经英勇上场，开始辩论。

沈清弦没看顾见深，只仔细照顾着小金。

顾见深也没看这边，但不看不代表不知道。

按理说小金该同他问好，哪怕不问好也该看他一眼，可是这布噜噜竟然看也不看他，理也不理他，全心全意围着沈清弦转。

沈清弦扬声道："你想看日出？"

小金配合道："嗯！"

沈清弦微笑道："这还不简单。"

说罢他抬手，一轮朝阳自星海最远处缓慢升起，赤色的新阳耀亮了无边的星海，冷寂的蓝染上了鲜艳的红，碰撞出如同雨后彩虹般梦幻的光辉。

在场人都凝声静气，他们固然是为这美景所迷，却也担忧这是大战前的"烽火"！

然而什么都没发生，只是单纯的日出和日落。

太阳离开了地平线，弹向了天空，在划过无数云朵后又落进了赤色的妄烬。红彤彤的夕阳仿佛找到了归宿，带着漫天的黑暗落进赤红的地面。

小金惊叹道："好美。"

沈清弦笑道："还有更好看的。"

说罢他指尖点了下，咻的一声，绚丽的烟火在夜空中绽放。

天道和心域诸子瞬间神经紧绷：开战了开战了！

淡定，淡定，烟火晚会了解一下？

就在天道以为这是尊主大人发出的信号，就在心域以为这是沈白莲要先发制人的时候！

小金惊喜道："好漂亮！"

开战是不可能的，这辈子都不可能了，毕竟双方的两位大佬是挚友。

漆黑的夜空，没有丁点儿危险的烟花绽放着，形成了一朵盛开的银色花朵。

小金这品位和他师父一样一样的，他直呼好看，顾见深也觉得好看极了。

沈清弦故意的，他又弄了朵金色的花儿在夜空中，小金更高兴了。

顾见深不用抬头都知道天空上有什么：银色的雪莲花，金色的太阳花，扎心了！

沈清弦又拂袖，夜空的景象又变了。

这下更夸张，连心域的人都看得目瞪口呆。

万秀山对于整个修真界的人来说也是钟灵毓秀的宝地，沈清弦竟将这人间仙境搬到了夜空中，成了最耀眼最璀璨的烟火秀。

大家都看蒙了，小金开心得直拍手："大人好厉害，是万秀山！"

他们的对话完全不避人，心域诸人一听又开始开小会了。

"喀喀……万秀山还真好看啊……"

还有更小声的："烟、烟花也挺好看的……"

还有更更更小声的："沈……那个笑起来可……"

顾见深深吸一口气，玉简上的任务他早就看了，所以知道沈清弦在做什么。

整个星海大殿的气氛都有点儿不一样了，虽然还在剑拔弩张，但这么美丽的景象，大家还是想看看的。

这就完事了？不，才刚刚开始。

烟花结束后，沈清弦又看向小金："还有什么想玩的吗？"

小金是有剧本的，他一直忍住不看师父，虽然开心也是真开心，但担忧也是真担忧，一看"台词"来了，赶紧小声道："想……看雪。"

沈清弦便道："星海上的雪吗？可以。"

话音落他抬手，一阵寒气瞬间笼罩了整个大殿。本来沉迷于烟花秀的心域诸人如坠冰窟，纷纷回神！

被沈白莲给迷惑了！这烟花秀果然是圈套，危险来了。

他们倒是想反抗，然而这冷冽寒气铺天盖地袭来，让人完全动弹不得。这下，心域无数人都吓破胆，再也不敢想什么美景了！完了完了，这下死定了！

湛蓝的星海成了雪白的天地，皑皑白雪净化了夜空，换回了薄薄晨曦。

如此美景让小金眉开又眼笑："好厉害！"他喜欢白色，这些雪花还闪烁着微弱的淡蓝光芒，漂亮得不像话。

沈清弦轻声问他："会堆雪人吗？"

这话一出，心域诸人吓破胆的同时也不忘一脸蒙。

小金兴奋道："会！"

沈清弦道："我们来堆个大雪人。"

听到他这一句，顾见深薄唇紧抿着，一言不发。

沈清弦余光瞥了他一眼，忽地说道："是我荒唐，竟忽略了陛下。"

顾见深十分悲愤：这是忽略吗？你根本就……

沈清弦开口道："论道已久，不如让大家歇息一下，一起消遣消遣。"

顾见深知道沈清弦要约他做任务，但他不想做，低声道："尊主好兴致，在下就不去凑热闹了。"

沈清弦盯着他："当真不来？"

心域诸子：沈清弦你竟敢威胁我们陛下！

顾见深紧拧着眉，很犹豫，他当然想过去，可是不行，他不能过去。

沈清弦眉峰扬了扬，又说道："听闻陛下手艺非凡，来搭把手可好。"

心域诸子：不去不去就不去！

沈清弦暗中瞪了顾见深一眼。罢了……他既想完成任务，配合他就是了。

顾见深一走过去，心域诸子痛心疾首：莫大的屈辱！都是他们无能，受沈清弦桎梏，动弹不得，否则陛下哪用忍辱负重地陪个小孩子堆雪人！

顾见深过来了，沈清弦却又不理他，看都不看他一眼，只和小金堆雪人。

小金兴高采烈地想要碰雪，但这雪不一般，小金碰了一下就"哎哟"一声，白嫩嫩的手指尖被冻得通红。

沈清弦眉头紧皱，道："你别动，这些雪是我灵力所化，你受不住的。"

小金目露遗憾。

沈清弦便道："没事，我给你堆个最漂亮的雪人。"

顾见深终于开了传音入密："涟华……"

听到从心底传来的熟悉声音，沈清弦一时间五味杂陈。

他没看顾见深，只冷声问："你不想去往上界了是吗？"

顾见深没出声。

沈清弦冷冰冰的声音瞬间满是破绽，像化开的冰："你不去上界，那我也不去上界了，反正就这么几百年了，你想虚度就虚度吧！"

顾见深心神一震。

沈清弦不说则已，一说，天大的委屈扑面而来，声音更加失控："你伟大你厉害你甘愿牺牲，但我不稀罕！"他看向顾见深道，"我的生死我还做得了主，你不想去上界没事，等你殒身，我……"

"不行！"顾见深哪能让他说出口，"别说这样的话。"

过了一会儿后，勉强恢复了一些理智的尊主大人觉得不太对。徒孙们是不是太淡定了些？他们不该抄起家伙，弄死顾见深（沈清弦）吗？还是说已经被吓蒙，做不出任何反应了？

沈清弦还有点儿担忧，他怕叶湛一个想不开扎进雪里当雪球。

不过很快沈清弦就知道是怎么回事了……是幻术！顾见深竟然给所有人都张了个幻术，所以外头的人看到的都是幻觉！沈清弦气得一把推开他，这浑蛋还想瞒着！

顾见深小声道："别生气。"

沈清弦送他俩字："呵呵。"

顾见深轻叹口气道："你是他们的信仰，他们看到你和我在一起，会撼动根基的。"
一句话让沈清弦怔住了，也让他完全没了脾气。

还怎么生气？这么个事无巨细，比自己想的还要周全的人，他怎么气得起来。

顾见深的意思沈清弦明白，对于天道六派来说，沈清弦的确是信仰。

哪怕沈清弦不过问俗事，但也是他们的精神领袖。因为天道的修炼特点，精神领袖高于一切。

对于尚未成圣的人，"道"对他们来说太远太虚无了，他们尚且触碰不到。

但天道是靠信仰修炼的，所以天道第一人，强大的沈清弦于他们来说即是"神"一样的存在。

他们敬仰他、憧憬他、也信赖着他。哪怕沈清弦从未做过什么，甚至没指导过他们，但他也已经是"天道"的代名词，是他们具象化的信仰。

得知沈清弦和顾见深是挚友，心域的顶多是震惊，天道六派迎来的却会是信仰崩塌。

就连之前的沈清弦，都因为道心不稳遭到了反噬，这些天道的弟子们若是信仰坍塌，会遇到什么简直无法想象。

想到此处，沈清弦不禁后怕，亏了顾见深思虑周密，否则他怕是要后悔莫及！

沈清弦小声道："谢谢。"

顾见深道："别同我说这个。"

沈清弦又和他提起了任务的事："你真的甘心就此止步不前吗？"

顾见深看向他，轻叹道："怎么可能甘心。"

而且如果他们无法修复天梯，那之后……顾见深顿了一下，没将心中所想说出来，他不愿给沈清弦增加压力。

沈清弦也隐约想到了什么，但却没抓住。他收回思路，定定道："我们……能做多少做多少吧。"

虽然其二十九的昭告天下目前还没法完成，但下面的补充却可以进行。

既想不通，那就边走边想，总比就此止步强得多。

顾见深依着他道："好。"

沈清弦便道："把幻术撤了，我们来堆雪人！"

顾见深应了声："嗯。"

吃瓜群众们这才恍然回神，天道诸人也被吓了一大跳：这心域魔帝实在狡猾，这幻术来得快准狠，他们连一丁点儿反应的时间都没有，甚至有不少人是清醒过来后才意识到刚才中了幻术！

堆雪人是幌子，过招才是真的！

大家睁大雪亮的眼睛，试图看出高手间瞬息万变的招式。然而……怎么觉得就是在堆雪人？而且气氛还挺好的？

因为顾忌到天道众人，沈清弦和顾见深装得很辛苦。

之前没说开，沈清弦憋着气所以冷脸冷得很自然，顾见深脸上也写满苦大仇深。所以他们俩不用装，已是"互看不顺眼"的状态。可现在，都说开了，偏偏为了任务，为了天道六派，他们还得装。

好歹把雪人给堆完了！接下来是爬山，这次不用沈清弦提示，小金已经主动提出来了！

听尊主大人的果然没错，师父已经"恢复原样"了，他们不会吵架了！

大家对于小金的话已经麻木了。

还有什么好惊讶的？都已经看日出看日落赏烟花赏雪堆雪人了，不差个爬山聚餐了……吧……

妄烬星海四平八稳，哪来的山？这次没劳烦沈清弦，只见顾见深抬了一下手指，一座火红色（特别合尊主心意）的巨山拔起而起。

两人走在前头，小金跟在沈清弦身侧，下面的人分成两列，泾渭分明！

可惜下面分得那么开，上面的两个人却悄悄说着话。

沈清弦："我是不是离你有点儿近？"

顾见深道："还行……"

沈清弦道："毕竟山路窄小，我以前跟着师父爬山，那时候……"

他说着忽然停住了，整个人都怔了怔。

顾见深看向他："怎么了？"

沈清弦呆呆地看着前方，然后又低头看看脚下，接着转头看向了顾见深。

顾见深不明所以。

沈清弦盯着他，眸中的茫然退去，紧接着是无法掩藏的巨大喜悦。

沈清弦好歹忍住没说出来，只对顾见深传音入密："以前……以前我陪着师父爬山，就是在星海论道时！"

那时候顾见深立志当厨子，哪有幸参加这样的盛会。

沈清弦看着顾见深，眸中全是星辰："那时候天道和心域不是像现在这样的！"

是的，那时候天道和心域虽然修炼方式不同，理念也不一样，但却不是敌对的，那时候的论道大会是真的在论道，没有硝烟味，没有凝神戒备，只有双方年轻弟子间的互相切磋，还有各界大佬的彼此交流。

那时候沈清弦的师父和顾见深的养父还是惺惺相惜的至交好友！

倘若天道的人接受了心域的理念就无法去往上界，那沈清弦的师父上信真人是如何去往上界的？

沈清弦越想越觉得头皮发麻，他忽然意识到了一个真相……

自他的师父去往上界后，天道和心域才慢慢走向了不可调和的两个极端，也正是从这以后，整个修真界再无一人去往上界。

之前的许多人也许是没有摸到去往上界的门槛。但此时沈清弦和顾见深摸到了，他们看到的却是塌落的天梯。

天梯到底为什么而塌陷？因为天道的人没了自我！因为心域的人没了信仰！

就像他们此刻爬的这座山：天道的人只看到了山顶，忘记了脚下，注定会一脚踩空，摔落是不可避免的；心域的人则只看脚下，而忘了爬山的目的，他们都不知道山顶在何处，又怎能成功爬上去？

因此亿万年了，走到此处的沈清弦和顾见深都无法去往上界。

那……天道和心域为什么会到今天这个地步呢？因为上德峰、因为顾见深的"叛离"、因为沈清弦的封心决。

当年上德峰发生了那样的事，上信真人不得不将顾见深送去心域。因为心域庇护了顾见深这个"叛徒"，上德峰主连带把整个心域也恨上了，至此双方有了裂痕。

上信真人是知道真相的，但一方面他不想辜负顾见深的一片赤子之心，另一方面也不忍多年好友就此殒身，甚至还顾忌修炼了封心决的沈清弦再与顾见深相遇，酿成大祸，所以他纵容了天道和心域的分裂。

之后又发生了兰弗国的事：沈清弦受尽苦难，死了心；顾见深尝尽绝望，失去了信念。

他们什么都忘了，可是却惧怕了彼此的领域。至此，天道和心域势不两立。至此，去往上界再无路可走。

沈清弦把这一切说给顾见深听，顾见深也怔住了。

沈清弦终于把真相说出来了："这一切是由我们而起，所以才要我们来弥补！"

之前所有的想法都太片面了，玉简真正挂念的是整个修真界。

天道和心域继续分化，继续走向各自的极端，整个修真界就走向终结了。

顾见深彻底跟上了沈清弦的脑回路，想明白一切的他豁然开朗！

沈清弦要了解心域，顾见深要了解天道，这样才能走上天梯。

其二十九这个任务他们必须要做。

为什么要向全天下的人宣布他们是挚友？因为这个消息足够撼动冰封了天道和心域亿万年的妄烬星海——不是真正的妄烬星海，而是天道之人心中的"星海"，心域之人心中的"妄烬"。

顾见深完全静不下来，他的思绪波涛汹涌，全是狂喜。

于是，两人就在这火色的山峰上，宣布了这件事。

天道诸人和心域诸人两相对望，都从彼此眼中看到了一句话：确认过眼神，是一起蒙了的人。

接着……集体爆炸！

叶湛一口鲜血喷出："顾九渊！你这魔修，竟敢……"

心域第一护法剑怜也拔剑护主："沈清弦你这妖孽，居然……"他话没说完就让顾见深给禁了言。

沈清弦没舍得揍叶湛，甚至还悄悄给他平复了翻滚的血气。

可惜老叶受到的惊吓太过，平复了这波又翻起了那波。

别说他了，连曾子良都吓得坐倒在地，双腿哆嗦得不成样子。

程静沉稳了一辈子，此刻嘴里能塞个鸭蛋。

洛幻是沐熏的徒弟，本来是新一代"皮祖"，这次也是怀疑人生，觉得自己实在是离皮太远。

"老祖"们都这样了，天道的弟子就……更不知所措。

心域这边也没好到哪儿去，什么乱七八糟的念想都冒出来了。

沈清弦还是顾着大局的，他闭目掐诀，碧蓝色的水雾覆盖了所有人。

心域众人大骇，前一秒还觉得自己完了，后一秒便感觉到了磅礴温柔厚重的汩汩灵力。

沈清弦这一试，心安了一大半。他对顾见深说："都没事。"

虽然叶湛吐了血，但却不是道心有损，只是……情绪波动太大。其他人也是受到了惊吓，境界上都没有问题，有点甚至还因为太激动，加速了灵力流转，灵田都被洗涤得更透彻了。

果然，这昭告天下不是坏事，而是天大的好事。

既然都没事，沈清弦便懒得理他们了，对顾见深道："我们去做饭。"

此时再看这补充任务还挺有趣的。

因为爬山，沈清弦记起了年少时自己参加过的星海论道，进而想通了一切；然后是做饭、招待徒孙，算是给他们一点儿冷静的时间，让他们平复平复心情。

接着是炼丹，这个就更实用了，像叶湛这种情绪激动的，是该多嗑几枚大补丸。

最后的炼器……沈清弦也明白了，他和顾见深将要去往上界，留下些神器来守护他们，也是应该的。

还有拍卖会，这就是继续解除大家亿万年来根深蒂固的隔阂了。

用属以他们两人名字的神器来打碎两方的心结，重塑当年独立却不敌对、争论却不鄙夷、坚持却也能够相互理解的修真界！

说是一起做饭，其实全是顾见深的任务，沈清弦负责的就是……

"会不会有点少？那么多人呢。"

"红色的，我要红色的！"

"金色的，金色的米粒多棒！"

"嗯……这个甜吗？"

他俩这做饭是"现场直播"，毕竟玉简是这么要求的嘛，必须在大家面前才算完成任务。

他们如今没了顾忌，才不管看"直播"的人是什么心情。

所以叶湛又喷了两口血，老曾又跪下了，老程可能需要俩鸭蛋……

总之徒孙下属们都像是现世中幼儿园小班的孩子，只能茫然无助又弱小的看着自家老祖。

做好饭就要款待大家。

沈清弦终于和叶湛他们说话了："多吃点儿，对身体大有益处。"他直接把丹药加里面了。

叶湛看向他，张张嘴……话没说出来，嘴角就开始冒血。

亏了是个修炼之人，要不这么个喷法，几条命都没了。

沈清弦安慰了他一句："嗯，你们别想太多，我和顾见深早就是挚友了。"

早就……和顾见深早就是挚友了！这还让他们怎么不想太多！

沈清弦也怪不好意思的，怎么和他们解释？罢了罢了，说不如做，反正已经这样了，慢慢接受吧。

后来，沐熏的徒孙孙出了本书。

他"考古"了这次星海论道，将其评为"修真界的转折点"，这是天道和心域共同繁荣的开端，是修真界走向辉煌的起始，是经历了万年"黑暗期"后爆发出的璀璨烟火！

沈清弦和顾见深用了百年的时间在天道和心域多地举行拍卖会。

他们造了九个神器，全都写上了两个人的字，后世将它们称为"九涟石。"因为每把神器上都镶着一个漂亮的红宝石，红宝石中有一朵极小极精美的雪白莲花。

"九涟石"是涟华尊主和九渊帝尊留给后人最美好的礼物。

沈清弦和顾见深在完成其二十九之后才回头才真正面对这个其二十八。

沈清弦弯着眼睛道："请多指教。"

顾见深眼中也尽是笑意："请多指教。"

沈清弦对于心域是一知半解，顾见深对于天道其实也是一知半解。

两人一起闭关，用了两百年，终于彻底了解了彼此的道。

心域是在摇晃中寻找平衡，天道是在虚无中奠定基石。而此时他们抵达了另一种玄妙的境界。

顾见深摆脱了不安，因为他的平衡之上有着沈清弦给他的坚固堡垒。沈清弦也生了一双翅膀，顾见深给他的，遨游天际的双翼。

他们双双睁眼，都已经站在了完好无缺的天梯前。

走上去会是怎样的？去往上界后的世界又是何等景象？

顾见深问沈清弦："怕吗？"

沈清弦道："怕什么。"

是啊，两人一同面对，有什么好怕的。

新的世界也好，旧的世界也罢，有你的世界，就是真正的世界。

（正文完）

番外

沐熏与乱鹰

关于沐熏和乱鹰，沈清弦当初是泥菩萨过自身难保，所以哪怕沈清弦觉得这两人之间肯定有误会，也没执着着非要帮他们解开。

当然等他和顾见深看透玉简的真意后，自然不会再放任这俩不管。

沐熏对此很排斥，沈清弦刚和他说完，他便摇头道："师父别为我的事操心了。"

沈清弦道："等我去上界了可就没人能管你这事了。"

夏停不会管，赤阳子管不了。

沐熏很坚定："一切早就结束了，我现在觉得挺好。"

好什么，这都成圣多久了？别说像夏停那样突破大乘期了，他的修为根本没有一点儿长进，再这么荒废下去，小金都快追上他了。

"你根本就没放下。"沈清弦又道，"这样，我带你去一趟乱鹰的心境，你好生看看，他真做了那丧心病狂的事，你就彻底死心，别留妄想，他若没有……"

沐熏面色瞬间苍白，死咬着下唇，略有些急促地打断他："我已经知道真相了，我也早就放下了。"

沐熏在逃避。

可沈清弦也不忍逼得太狠，沐熏的性子他很清楚，看起来玩世不恭，其实敏感脆弱。

那件事对沐熏打击极大，也难怪他无法面对。

和沐熏沟通失败，沈清弦很烦恼，顾见深提议道："先去乱鹰心境里看看？"

沈清弦摇头道："我想带着沐熏一起去。"

他们可以悄无声息地进入乱鹰的心境，但想要翻出当年的真相必定会惊动乱鹰。如今从乱鹰的状态来看，他对当年的事只怕也不清楚，如果找回真相，他的心境就会变化，到时候沐熏反而看不到最真实的过去了。

顾见深又道："还有个法子。"

沈清弦看向他："怎么？"

顾见深含蓄道："可以先给轻染圣人织一个梦。"

沈清弦瞬间想起小雪莲和"神"的幻境，瞪他一眼："这还真是'神'擅长的。"

顾见深赶紧道："好啦好啦，不翻旧账。"

沈清弦早就不生气了，只是偶尔会逗逗他："慈悲的神、万物的主，冰九……"

沈清弦笑道："冰九这名字是你起的？"

顾见深模仿小雪莲清脆的声音："冰难听，九更难听……"

沈清弦眼睛都笑弯了："本来就难听。"

顾见深声音更幽怨了："见深更难听对吧？"

沈清弦道："放到你身上是好听的。"

虽然沈清弦这样问，但其实他很清楚冰九这个名字不是顾见深起的。

顾见深创造幻境，却不是操纵幻境。可以操纵的幻境都是不成功的，真正伟大的幻术是丢下一个自洽的体系，衍生出一个"真实"的世界。

所以顾见深最多是给自己一个厉害的身份，其他细节并不过多干涉。

顾见深这织梦的提议很不错，沈清弦很赞同。

给沐熏织一个梦，让他记起和乱鹰之间的开心往事，这样等他醒来，也许就有勇气去面对了。

说到底，沐熏心里有个大疙瘩，他一边坚信乱鹰狼心狗肺，一边又忘不掉两人做朋友时相处的点点滴滴，所以始终在痛苦中徘徊。

沈清弦想帮他解开这个疙瘩，哪怕两人之间没有误会，也要学会放下。

沐熏对顾见深自是不设防的，当然设防也没用，顾见深想送他一个梦，他就只能老实接着——没办法，境界差得有点儿大，谁让他不好好修炼。

沈清弦还挺好奇的，问道："他会梦到什么？"

顾见深道："我也不清楚，我只是将他识海中最开心的一段经历抽了出来。"

沈清弦道："也许会是小时候。"在沐熏还是没名字的紫水妖，乱鹰还是一头孤狼的时候。

顾见深看向他："为什么会这样觉得？"

沈清弦道："最初的相遇永远是最好的。"

顾见深道："我们也一起做个梦吧。"

沈清弦看向他："回到万法宗吗？"

顾见深点头道："对。"

沈清弦道："你……"

顾见深知道他在顾忌什么，道："我没事的。"

他虽然忘不了上德峰枉死的师兄们，却能够坦然面对这段过往了。

就像沈清弦说的那般，这也是他最幸福的时候，他遇到了重要的人，遇到了至亲的人，完整了残缺的人生。

沈清弦和顾见深做了同一个梦。

他们不知道沐熏梦到了什么，但他们回到了最青涩的十四五岁，看到了同样青涩的对方。

他们相视一笑，最漫长的时间在这一刹那薄如蝉翼。

第二天，沐熏默默地守在殿外。

沈清弦道："想去看看了吗？"

沐熏点头应道："有劳师父和陛下了。"

沐熏总算鼓起了勇气，想要去看一看了。

沈清弦拍拍他的肩膀，并未再说什么。

乱鹰那边，顾见深早就沟通过了，乱鹰也抵触，只不过没沐熏那么坚持。

顾见深问他："你心里还有没有把轻染圣人当朋友？"

乱鹰便闷不吭声了。

顾见深道："心域随心，你是认定了自己前路无望，所以才甘愿走火入魔吧。"

乱鹰道："陛下，我……"

顾见深道："轻染圣人坚持说是你屠了擎天六城，你却说自己从未做过，难道你就不好奇吗？"

乱鹰眉心紧皱着，声音里全是苦涩："欲加之罪何患无辞，他只是想与我绝交。"所以找了这样一个荒唐的借口。

顾见深道："我看轻染圣人不是这样的。"

乱鹰苦笑道："陛下，我很了解他。"

顾见深说："当局者迷旁观者清，换个角度重新看一看吧。"

乱鹰顿了一下，终究还是同意了："有劳陛下了。"

他自己的心结他很清楚，给他系结的人甩手离开，他被自己缠成一团，越挣扎被束缚得越紧。

沐熏想让他死，他很无所谓，反正都是早晚的事。

心域不比天道，像他这样，早就是穷途末路了，走火入魔是迟早的事。

顾见深并未告诉乱鹰，沐熏会进入他的心境，这是沐熏的要求，顾见深和沈清弦再三斟酌后都觉得还是有必要隐瞒的。

乱鹰的心绪不稳，于心境也有影响。

一切都准备妥当后，沈清弦对沐熏说："我会暂时将你的记忆封起来，等出了心境，你自会想起一切。"

沐熏怔了一下道："有必要吗？"

沈清弦道："放下成见，看得才更明白一些。"

沐熏想了一下，倒也释然了："好。"

沈清弦又对他说道："你放心，我会留心观察的，如有不当，我会唤醒你。"

沐熏对此并不在意："嗯。"

临行前，沐熏终究还是没忍住，问沈清弦："师父……我会看到什么？"他不知道自己会进入乱鹰的哪一段记忆。

沈清弦却问他："昨天你梦到了什么？"

沐熏一怔，有些难以启口。

沈清弦并不是真正想知道他梦到了什么，只是为了安慰他："放心，你昨晚看到的，也会是你即将看到的。"

沐熏想说什么，却又因为想说的太多，而不知该从何说起。

沈清弦又道："别想太多，睡一觉，一切就都过去了。"

好的也好，坏的也罢，执着地自我猜疑和否定没有意义，还是要勇敢地去面对。

一切准备就绪，顾见深问沈清弦："就这样进去？"

沈清弦道："我们当然要换个身份。"

顾见深忽地一笑："我有个想法。"

沈清弦问他："怎么？"

顾见深拿出了自己的红色玉简，说道："我们化作它们吧。"

沈清弦怔了一下："玉简？"

顾见深道："不好吗？小巧灵便，不惹眼，只要紧紧跟着他们，就能发现问题所在，若是方便了，还能直接在心境中给他们化解心结。"

还真有些道理。沈清弦说："那我要化作红色的。"

顾见深说："你要跟着乱鹰？"

沈清弦无奈道："好吧，我选白色的。"

沐熏的品位十分"天道"，否则当年也不会一拍脑门就跟着沈清弦走了。

进入心境时，沈清弦感觉到了星海磅礴的灵力涌动。

顾见深的声音响在他耳边："看来是他们的初遇了。"

星海的紫水妖，心域的银狼，两人透过深蓝和赤红，牵上一段缘分。

沈清弦还挺好奇自己的身体："我变成玉简了吗？"

顾见深道："嗯，天底下最美的一枚玉简。"

沈清弦觉得他是在胡说八道，一抬头，就明白他这话含金量百分百了，因为他也看到了天底下最美的一枚玉简——红色的。

沈清弦小声道："我这审美也被玉简化了吗？"

顾见深道："玉简本就是神识，你的神识当然是最好看的。"

旁边突然砰的一声巨响。俩玉简齐齐转头，看到了妄烬中卷起的好大一阵激流。

星海和妄烬有天然屏障，彼此并不相容，但却是此消彼涨的过程，妄烬受到波动，自然挤压了星海的水域，让这边也跟着翻腾起来。

按理说两片薄薄的玉简早就被卷进波浪，掀得四散离开了。

但顾见深和沈清弦牌玉简，显然不是普通的玉简，他俩岿然不动，还能淡定聊天。

沈清弦道："是有东西摔进妄烬了吧？"

顾见深说："应该是乱鹰。"

沈清弦已经看到了妄烬中那头巨大的银狼。虽然他并未见过乱鹰的本体，但也听沐熏提起过。眼前的银狼明显受了重伤，腹部的伤口溢出银色的血液，落在鲜红的妄烬海中尤其刺目。

沈清弦道："小薰呢？怎么还不来救他？"他瞧着乱鹰这伤势不轻，便有些着急。

顾见深倒还沉得住气："别急，再等等。"

沈清弦也只得耐下性子，等着紫水妖赶紧来救人。结果等啊等，等啊等，等得银狼都快死了，紫水妖也不见踪影。

沈清弦虽然变成了玉简，但医术了得，一眼就看出银狼已是强弩之末，临死之态了。

沈清弦道："我去找找沐熏。"

顾见深只能跟上。

他俩这玉简身体的确灵便，来去自如，畅通无阻，因为神识广袤，所以很轻松便找到了紫水妖。

还不知化形为何事的轻染圣人在干什么呢？

玩球。字面意义上的玩球。

紫水妖绕着一整排足球大小的珍珠，玩得不亦乐乎。

沈清弦记起来了："他……挺喜欢珍珠的。"年轻的轻染圣人，曾将一枚房子般大小的珍珠搬到万秀山上，说是要给沈清弦当寿礼。

可惜颜色太丑，被沈清弦默默嫌弃了很久。不过现在不是考虑这些的时候，紫水妖再不去救银狼，就没有日后的乱鹰了！

因为这是极其重要的记忆，所以他和顾见深不好贸然干涉，万一扇动了蝴蝶翅膀，影响了后面的走向，可就触碰不到真相了。

沈清弦很急，然而紫水妖一点儿不急，也不知那珍珠有什么好玩的，他绕着它们转了一圈又一圈。

沈清弦看看银狼，再看看紫水妖，越看越着急。

"再耽误下去，乱鹰真要撑不住了。"沈清弦忍不住对顾见深说。

顾见深顿了一下后，将沈清弦一下子撞了出去。

沈清弦："……"

顾见深道："引着轻染圣人去找乱鹰。"

沈清弦顾不上说话了，转头就开始往妄烬那边跑。

不跑不行……他虽然不是球状的，但显然比珍珠的光泽要好看得多，紫水妖已经游过来了！

他可不想被蠢徒弟当球玩！沈清弦跑得飞快，他跑快了，这玉简就更加透亮，搅动着星海，水流形成暗涌裹着他，像个白色的小漩涡，紫水妖看得欢快，"咻"的一声追上来。

顾见深看着这师徒二人，低低笑了一声。

沈清弦听到了，与他用神识交流："这样能行吗？"

说好的不干涉呢？这样会不会带偏了心境？不过话又说回来，不干涉的话，银狼可真要死掉了，瞧紫水妖这架势，完全没有想去探索一下的意思。可干涉的话，那当年是怎么回事？当年可没有师父牌玉简在旁护着。

顾见深道："放心，不要紧。虽说心境能还原现实，但也带上了他们一定的主观意识，轻染圣人仍在抗拒着与乱鹰相遇，所以才会停在那里，不肯前去救他。"

若是当年的紫水妖，只怕听到水声的时候便好奇地游过去一探究竟了。

如今沐熏虽然封住了记忆，可过去的创伤太重，早已演变成本能了。

经顾见深这么一说，沈清弦明白了，他松了口气，更加放心地往银狼那边跑了。

本能这东西说强大也强大，说脆弱也脆弱，只要稍微引起紫水妖的兴趣，本能就只能靠边站了。

沈清弦总算在快被缠上之前来到了乱鹰身边。

紫水妖终于见到了银狼。

此时乱鹰已经昏迷，偌大头银狼沉在妄烬中，尤其刺目。

紫水妖愣了愣，然后便开始急速转起来。他本就是一缕水，没有固定的形体，这般着急后的原地打转……

沈清弦忍不住道："他再转下去，银狼都要被卷走了。"

水波带动水波，这力量可着实不小，银狼再怎么巨大，同妄烬星海比起来也实在小得可怜。

顾见深道："不用帮他吗？"

在这心境中，紫水妖来得已经有些晚了，乱鹰的灵力已经高度透支，顾见深担心紫水妖救不了乱鹰。

沈清弦道："这可是在星海中。"

沐熏的战斗力有两个层级，一种是星海外，一种是星海内。

他是诞生于星海的紫水妖，虽然不懂修炼，但却是连接着整个星海的，只要在这其中，那星海中广袤的灵力他都可以轻松调用。

紫水妖就像一个疏通管道，能够将星海庞大的灵力全部牵引出来。

这也是沈清弦当初发现他后，想要带走他的原因。

沈清弦对星海的灵力没兴趣，但若是让其他有野心的人发现紫水妖这能力，小家伙日后的命运只怕就剩坎坷凄凉了。

正如沈清弦所言，虽然紫水妖进不去妄烬，但却可以碰触银狼。银狼昏迷在地，紫水妖便将星海磅礴的灵力都传输到银狼体内。

顾见深看懂了："原来如此。"

紫水妖这能力实在是惹眼。

星海中的灵力何其庞大？但因为其形态的问题，很少人能够吸收利用。紫水妖却可以轻易抽取，并进行转化，再传输出去。

这简直像是开启巨大宝藏的钥匙，谁知道了都会生起贪婪之心。

也亏了是沈清弦先发现他，否则真不知会掀起怎样的祸乱。

有这么磅礴的灵力，乱鹰很快便恢复本元，伤口也开始愈合。

紫水妖对银狼可谓尽心尽力，照顾得极为周到。

沈清弦和顾见深也不着急，就在一旁看着。

约莫一个月后，银狼的伤势稳定了，紫水妖松了口气，贪玩的性格便显露出来。

他绕着银狼转，还坏心眼地拿人家的尾巴摆造型，一会儿是圆形然后又一排圆形，末了还整出个小银狼的模样。

沈清弦道："打小就皮，长大也不老实。"

顾见深闷笑一声。

沈清弦道："我小时候才不这样！"

顾见深道："当然不，你打小就清风霁月。"可不嘛，满衣柜的玫红土黄，还美得冒泡。

都是那次心境的错，要不然沈清弦这黑历史可以藏一辈子的！

他俩闲聊的空档，紫水妖已经裹紧银狼的尾巴睡着了。虽然治疗银狼用的不是紫水妖的灵力，但显然他也累极了，毕竟还年少，一个月都没休息，接连不断地转化了这么多灵力，对他来说很吃力了。

好在银狼的伤势稳定了，他也能歇歇了。

沈清弦看看这一白一紫，心中略感唏嘘。

无论以后发生了什么，果然这时候都是两人心中最好的时候吧。

最青涩最懵懂最简单，却是之后一切的开始。就像精美的舞台剧，无论其中会演绎怎样的悲欢离合，开场总是最特别的存在。帷幕拉开的瞬间，一切才鲜活起来。

又过了一天，银狼动了动，认真玩他尾巴的紫水妖吓了一跳，弹出去老远。

沈清弦也是无语了："难道他以为银狼不会动吗？"

顾见深委婉说道："大概是没想到会这时候动吧。"毕竟轻染圣人还在拿人尾巴摆造型呢。

沈清弦："……"还能更丢脸点儿嘛！

紫水妖似是意识到银狼要醒了，终于放过人家的尾巴，游到前头看着银狼。

银狼眼皮动了一下，他又被吓了一跳，往后退了一大截。

后来也不知想起了什么，在银狼睁开一双湛蓝色眼睛时，紫水妖幻化成狼的体态。之前绕着银狼转了这么久，紫水妖对他熟悉得很，所以轻而易举就变成了这模样。

银狼先开口了，想问紫水妖的名字，但说的却是："救命之恩，无以为报。"

紫水妖逗他道："那就这辈子慢慢还！"

难怪乱鹰会说沐熏贪玩。

顾见深道："乱鹰要走了。"

沈清弦问："他是怎么受的伤？"

顾见深道："心域这时候很不太平，各族征战，混乱不休。"

算算日子，顾见深应该还没一统心域，在他称帝前，心域各自为政，的确是混乱不堪，各种窝里斗，斗得你死我活。

顾见深继续说道："乱鹰所在的银狼族被灭族了。"

沈清弦一怔，明白了。他看出银狼在极力克制。因为背负着血海深仇，因为还在九死一生的悬崖边上，所以乱鹰不敢靠近紫水妖。

乱鹰走得很匆忙。

紫水妖还挺失落的，不过他回到星海，发现了一片圆溜溜的珊瑚礁后便忘乎所以，玩得很起兴。

顾见深道："想去哪边看看？"

之后紫水妖被沈清弦发现，带回去收做徒弟，成了日后的轻染圣人。

乱鹰追随顾见深，南征北战，报了灭族之仇，也成为未来的心域大将。

沈清弦道："看看他们是什么时候回来的吧。"根据沐熏的描述，后来他曾回了一趟妄烬星海，想要找银狼，但并未找到，之后便放下了。

看乱鹰当时的形色，想必他也回来了，只是不知两人是如何错过的，沈清弦和顾见深走一遭，他们也能跟着看一看。

顾见深低声道："我还挺想看一看这时候的你的。"

沈清弦哼了一声，说道："看就看呗，我也去看看这时候的你。"

顾见深道："没什么好看的……"

沈清弦算了算时间点，纳闷道："你有做什么见不得人的事？"

这时候他们都已双双成圣，彻底开始了数千年计的"老死不相往来"，这段时间沈清弦除了偶尔带带徒弟，其他时候都在闭关，无聊得很。

顾见深不愿他想多，只得说道："走吧，带你去看看。"

他们一晃便去了心域。

顾见深解释道："心域有位大画师曾去天道游历，有幸见了你一面，回来后闭关数年，作画一幅，在心域引起了巨大的轰动。"

沈清弦没反应过来："一幅画怎就引起轰动了？"

顾见深叹口气道："是你的肖像画，惟妙惟肖，如睹真颜。"

即便顾见深这么说了，沈清弦也还是领会不到：一幅画而已，能有什么了不起的。

沈清弦低估了自己，也低估了画师，更错估了人们的审美。

顾见深带他去了心域，两人这形态毫不惹眼，根本没人察觉。

沈清弦道："这会儿的心域可真够乱的。"

顾见深道："毕竟唯心嘛。"

顾见深的称帝之路并不顺畅，甚至该说是异常坎坷的，毕竟心域之人唯心问道，哪里甘愿受人管制？尤其还是那般霸道的君主专制。

沈清弦曾问过顾见深这个问题，当时顾见深说是以暴制暴，打到他们心服口服。还真有这方面的原因，但却不是主要的。

先平定战乱，彰显自己的能力，再用人格魅力来收拢各族首领——种种权术之道浸淫其中，最后才得以大统。

统一后也不平稳，顾见深一直在境界上处于绝对的领先，又十分勤政爱民，虽说顾见深一个徒弟都没有（后来才有的小金），但放眼整个心域，恐怕有过半的人都受过他的指点。

这种君、师、友同体的模式才是顾见深能够统领心域的关键。

沈清弦越是了解这些，越是佩服顾见深。与他相比，在天道处于同等地位的沈清弦做的就太少了。

当然也和两边的发展环境不同。毕竟天道一直井井有条，秩序井然，同混乱的心域截然不同。

沈清弦一路看来，由衷地说道："心域有你是大幸。"

等到沈清弦看到那幅传说中的画像后，他终于知道为什么会引起轰动了。还真是……有够震撼的。

那画师技艺精湛，用的是最顶尖的画笔，选的是最珍稀的画布，写实的同时又极具意境，一幅画仅轻描淡写，已勾勒出绝世风华。

沈清弦看着画中人，微怔道："的确厉害。"

画中人是他，却又不是他。

画师借了他的五官，他的身形，描绘出的却是无数人心中的梦中人。

难怪会有那么多人沉迷于此，难怪会有那么多人为此身陷囹圄不可自拔，难怪会有那么多人心思大恸求而不得。因为这幅画有着天然的蛊惑力，冲击的是人心底最深处的渴望。

沈清弦虽精通书画，却不擅画人物，所以他之前并未将一幅肖像画当回事，如今却是被震到了。

沈清弦问顾见深："这画师是谁？"

顾见深顿了顿。

沈清弦道："还有其他作品吗？"

顾见深道："他一生只作了这一幅画。"

沈清弦颇为遗憾："如此技艺，实在可惜。"

顾见深摇头："他没有技艺，也画不出别人……"

沈清弦一怔，猛地转头看他："这画……"

"嗯，"顾见深道："是我画的。"

沈清弦呆住了，满眼都是不可置信："怎么可能？"这时候他们早已彼此相忘，再没见过面，顾见深又怎么把这幅画给画出来的？

顾见深化成了人的虚影道："我带你去看看。"

沈清弦也化成了人的虚影，跟上顾见深，径直走向唯心宫。

虽然顾见深没称帝，但身为心域的圣人，他有自己的宫殿。

如今的唯心宫没有后世那般广袤，却也十分壮丽。

沈清弦留意了一下，发现顾见深带着他向前走了一段记忆，这时候那幅画应该还没作成。

夜色朦胧，皎洁的月光下，白色的宫殿像是浮在云端，缥缈瑰丽。

顾见深带着沈清弦一步一步走向寝宫。

临到门边，顾见深道："进去吧。"

沈清弦的手碰到了门，其实他推不开，因为在这个心境中，他和顾见深都是一缕神识，根本没有形体。

他只要走一步，就能穿过那扇门。

沈清弦轻吁口气，大步走了进去，与此同时他看到了顾见深。

顾见深坐在那儿，坐在自己的宫殿中，自己的床榻上，却孤寂得像是在寒山之巅，仿佛周围数万里都空无一人。

沈清弦心一紧，转头，却发现身边空无一人。

再一回头，他和顾见深对视了。他以这虚无缥缈的身体与心境中数千年前的顾见深对视了。

沈清弦快速转身，化成玉简出了宫殿。沈清弦好半晌才回过神，红玉简已经在他身边，顾见深说道："我不太记得当时的事了。"

沈清弦满脑子都是顾见深那死寂中迸发出强烈光芒的眸子，他缓了半晌才道："是大乘期吗？"

顾见深应道："嗯，我成圣后没多久便到了瓶颈，但是却始终不能突破。"

沈清弦问："因为心魔？"

顾见深道："我当时状态很不好，终日浑浑噩噩的，看到了什么又好像什么都没看到，我走不出这个不可知的心境。"

记忆全都没了，可心却记得，所以不对等了。

沈清弦靠他近了些。

顾见深笑了一下才继续道："后来我就把你给画出来了，我想知道你是谁，故意把画放了出去。"然后知道了。

沈清弦颤声问："那你……"

顾见深知道他想说什么，道："我去不了天道，也找不到。你是万法宗的涟华圣人。"

沈清弦心中一刺，明白了，他又问道："这幅画如今在哪儿？"

顾见深顿了一下才道："没了。"

"养父把它毁了。"顾见深声音很平静，"我也突破了大乘期。"

顾见深化作人形："所以不想你来心域。"

沈清弦也在他身边化作人形："你就打算瞒我一辈子？"

顾见深道："也没故意瞒着，只是没什么提及的必要。"

"有。"沈清弦道，"我想知道。"

顾见深坦然笑道："走吧，带你去看看。"

沈清弦眼睛一亮，顾见深道："不准笑话我。"

沈清弦道："绝不可能！"

顾见深叹口气道："做好心理准备，你要见到我最白痴的时候了。"

他故意用这样轻松的语气，沈清弦却没法跟着轻松起来。

这幅肖像画是顾见深放出去的，也是他收回来的。心域的人都说顾见深是嫌这画扰了众人的心，所以才将它带走毁掉，以便让大家从中走出，彻底放下。

可事实上他将它带了回去。

接下来的这些年他不修炼、不理政、不管任何事，只像孤山上的一株松柏，遥遥地看着空茫的天边。

沈清弦忍不住问顾见深："你这时候在想什么？"

顾见深道："能想什么还好，可怕的是什么都想不起。"

顾见深什么都想不起来，他觉得自己该想起什么，可是却一无所有。

这状态对于心域的人来说是致命的，因为他在质疑自己的心。

明明什么都没有，一片空白，完全陌生；可他的心却告诉他：有。

如此相悖，也难怪顾见深的养父会将这幅画给毁了。再不毁掉，顾见深这半生修为怕是要被蚕食殆尽。

沈清弦如今很了解心域了，听到此话，当真是后背一片寒凉。

顾见深道："没事，早就过去了。"

沈清弦却不敢想顾见深是怎么走过来的。他们这漫长的一生，稍微有那么一步差池，就是彻头彻尾的悲剧。更可悲的是，他们至死都不会知道自己错过了什么。

沈清弦忍不住重复了顾见深的话："嗯，早就过去了。"

顾见深不愿让沈清弦看这一段，也是不愿他跟着难过。

顾见深已经记不清当时的心情了，大体就是魔怔了，分不清时间空间，也分不清心和思绪，乱成一团、梳理不开，最后无力挣扎，在极深的泥沼中自甘沉沦。

后来画没了，他大梦初醒。

他记不起沈清弦，记不起曾经的过往——他掌控了心，从而突破到了大乘期。

沈清弦和顾见深在心域待了许久，直待到沐熏化形，回了趟星海。

紫水妖再回来，自然是见不着银狼了。

其实他也没太在意，他回到星海，更多的是挂念自己的珍珠，想找个好地方安置它们。

不过在紫水妖抬头看向妄烬时，脑中也许记起了那头银色的狼和他湛蓝如天空般的眸子。

可惜也只是这么一瞬，紫水妖并未等待，收拾利索后便走了，去到天道，去到万秀山，跟着师父和师兄们开始属于轻染圣人的漫长人生。

几乎在紫水妖彻底离开星海后，乱鹰回来了。

银狼族的大仇得报，乱鹰自由了。

可惜让他报恩的人却没有等在这里。也很正常，这么漫长的时间，谁会停在原地等一个陌生人？乱鹰没有失望，只是很遗憾，他甚至没能报答救命之恩。

之后近千年，每过十年左右乱鹰都会来这儿，看着他们相遇的地方，找一抹熟悉又逐渐模糊的身影。

沈清弦小声对顾见深说："乱鹰可真够执着的。"

顾见深臭不要脸道："我教的。"

沈清弦："……"

两人再去看沐熏，与乱鹰不同，紫水妖已经完全把这件事给忘得一干二净了，他皮得三天不打，上房揭瓦。

顾见深打趣道："这是你教的。"

沈清弦："……"

其实顾见深说得不对，对于沐熏的管教，沈清弦干涉得极少，把人带回来，稍作安顿后他便闭关了。

之后夏停便长兄如父，定时收拾小师弟。

也难怪数千年后沐熏见着夏停还尿得不行，小时候的阴影实在了得。

夏止戈严苛，揍起人来毫不含糊，只把紫水妖给抽得哇哇哭。

顾见深点评："封心决实在练不得。"

想当年，万法宗的皮神沈清弦愣是因为修炼封心决而成了冷心冷面的涟华尊主。想当年在第三界热衷于偷人乾坤袋的小白团子也修成了这副模样。

沈清弦看看夏停，实在看不出丁点儿当年的模样。不过想想当年捡到他时，他瑟缩不安的样子，沈清弦又心疼得一塌糊涂。

沈清弦说："是夏停主动要求修炼封心决的。"

顾见深道："当年的事他都忘了吧。"

兰弗国时白团子也受了伤，顾见深救了他，所以夏停也全都忘记了。

沈清弦道："大概……心还记得。"

他不愿被丢下，不愿离开熟悉的人，所以凝心修炼，超越目前修真界的修炼极限，在那样短的时间里便抵达了大乘期。

紫水妖和银狼再相遇，两人已经是截然对立的身份了。

沐熏成圣，在第一次冲击大乘期时遭遇了瓶颈，赤阳子给他掐指一算，算出了那段年幼时的缘分。

沐熏惊讶道："这么久远的一句话也算数？"

赤阳子道："一直被你记在心里吧。"

沐熏控诉道："二师兄你又看禁书！"

赤阳子秒尿，捂着他的嘴道："小声点儿，你皮厚不怕揍，我可怕得很。"

沐熏哼哼唧唧道："谁让你不务正业，看劳什子心域歪理。"

赤阳子道："我的祖宗，你快闭嘴吧，这可是帝尊手记，著作，著作懂吗？"

沐熏更有理了："还帝尊呢！顾九渊是魔帝，千古第一魔帝！"

赤阳子生怕他再嚷嚷把大师兄给惹来，只得妥协道："好了好了，我帮你过了这一劫，助你大乘。"

沐熏欣喜若狂："真的吗？我能比师兄先大乘？"

赤阳子道："应该……吧……"

沐熏扬唇"邪魅"一笑："等我大乘了，看师兄还打不打得过我！"

赤阳子也是委屈，他师兄不是人，师弟也不是人，修炼速度比他快三倍，他这个正常人实在可怜。

顾见深对沈清弦道："你这二徒弟挺有趣。"

沈清弦道："夏停和沐熏资质高，但赤阳子才是真正聪颖过人。"

在当时天道和心域那般紧绷的关系下，赤阳子还能够接受心域的理念，还能够尊重其他流派的观点，实属非凡。

这俩叽里咕噜商量了一番后，沐熏便去心域和乱鹰"偶遇"了。

赤阳子歪门邪术一堆，也不知从哪儿弄了个珠子，给沐熏改了体质，让他天道的气运变成了心域的。

沐熏就这样大摇大摆地去了心域，沿路还瞎逛闲晃，大大小小买了一堆东西。

后来他去了个拍卖会，相中了好大一个珍珠，偏偏有人跟他叫价，没那么值钱的珍珠被叫上天价。

堂堂三圣之一会缺钱？沐熏直接翻了一倍，硬是抢下珍珠。

正所谓财不露白，他这作风实在惹眼。

顾见深小声对沈清弦解释道："这城镇是乱鹰的属地。"

沈清弦懂了："沐熏是故意引起嘈乱？"

顾见深沉吟了一下，猜测道："他大概是想……被乱鹰救？"

沐熏孤身一人，瞧着修为境界也不高，还如此有钱，心域的人又不是傻的，这么个移动宝库，哪能不来捞一把？

赤阳子估计给沐熏算过，知道最近乱鹰的行踪，沐熏是打算将自己置身于危险之中，然后被乱鹰救下。

沈清弦耐着性子跟着，沐熏如此招摇过市，自是被盯上了，他装作不知，走得大摇大摆。

等到了城郊，贼人扑上来抢劫，沐熏东张西望，察觉到远处有声响，立马装作惊慌失措的模样。

沈清弦："这演技，三分不能更多了。"

顾见深忍不住低笑出声。

虽说沐熏的演技渣到不能再渣，但却成功了。

沐熏顺理成章被乱鹰救下，他一副吓坏的模样，小声道："多谢。"

沈清弦都没脸看了，悄悄问顾见深："乱鹰是不是把他给认出来了？"

顾见深道："嗯。"

可惜乱鹰只以为他是那只紫狼，是他的救命恩人，其他的并不知道，更不知道沐熏是天道的三圣之一，是在心域恶名昭著的轻染圣人。

说起来也巧，这些年天道和心域也大大小小有些争斗，沐熏和乱鹰却都没遇到过。

沐熏属于好战派，时不时率军应战，正经打了几次胜仗，所以在心域名声赫赫，是继沈清弦后第二位整天被挂在嘴边骂的天道人。

顾见深解释道："乱鹰是我这边的，之前我们一直都避免同天道起争执。"所以沐熏和乱鹰没遇上。

紫水妖和银狼再次相逢都变了副模样：乱鹰生得高大，一双湛蓝眸子似碧海晴空，澄澈明朗；沐熏生得俊美，一双紫眸似深地瑰宝，美丽妖异。

沐熏认不出乱鹰，但乱鹰却一眼将他认了出来。

沐熏此行顺畅得很，轻而易举便接近了乱鹰。

乱鹰问："你住哪儿？我送你回去。"

沐熏摇头道："我记不得了。"这还是赤阳子给他编的剧本。

乱鹰微怔："不记得了？"

沐熏用蹩脚的演技认真演着："嗯，一觉醒来什么都忘了，只是身上带了许多钱财，可却不知家在哪儿。"

听他这般说着，乱鹰的眸子闪烁了一下，又问："还记得自己的名字吗？"

赤阳子大概也是考虑过沐熏的演技，生怕换个名字会露馅，所以才给他这样编的——

沐熏拿出自己的乾坤袋，上面绣着一个小小的"熏"字。

乱鹰看着这个字，薄唇轻动："熏？"

沐熏道："嗯，我应该是叫这个。"

乱鹰道："我应该比你年长，叫你小熏行吗？"

沐熏强压住面上的扭曲，开心道："好啊。"

乱鹰又说了自己的名字。

沐熏相当上道："多谢乱大哥的救命之恩！"

银狼道："没什么。"

沈清弦亏了是个玉简，要不然得看得起鸡皮疙瘩——就沐熏这演技，也就骗骗乱鹰，换个其他人，只怕早就心生疑窦，把他赶走了。

沐熏连家在哪儿都不知道，自是无家可归。乱鹰哪里忍心就这般丢下他，主动询问道："要不你先跟我回府，我帮你寻大夫看看？"

沐熏含蓄道："会不会太麻烦了？"

乱鹰立马回道："不会，我最近无事，你若不嫌弃……"

沐熏展颜笑道："那就叨扰大哥啦！"

沐熏住进了乱鹰的府邸。身为心域大将、顾见深的心腹重臣，乱鹰的属地富饶，府邸也是恢弘大气，丝毫不比沐熏在擎天六城的浸月阁差半分。

当然乱鹰这边要冷清得多。

乱鹰颇有些不好意思地说道："我平常独居，府里空荡了些。"

沐熏也很诧异，这么大个府邸，竟然连个仆人都没有。当然他不能问出来，只强行开心道："挺好的，我也不爱见人，只有我们两人还自在。"

这话又让沈清弦听得牙疼。不爱见人，整个天道都知道轻染圣人最爱热闹，兴致来了，擎天六城能彻夜狂欢七七四十九天。

这么个大谎话，乱鹰还信了，他松口气道："如此便好，我还担心你会无聊。"

无聊？无聊爆了好嘛！心域人不都是随心所欲的吗？这银狼怎么过得跟个苦行僧似的！

轻染圣人相当嫌弃。然而表面嫌弃，不知不觉他却在乱鹰这儿待了一个多月。

哪承想一切会进行得这么顺利？沐熏觉得自己大乘指日可待，马上就要超越大师兄成为天道第二人了！

如此豪情壮志下，沐熏更卖力了。只要把这段缘分了结，他的劫便渡过去了。

沈清弦已经不想看了——过分，真过分。

可惜他没脸说，倒不只是因为沐熏是他的徒弟，而是沈清弦想起了刚拿到玉简，看到任务时的自己。

那时候他主动去找顾见深的样子，和沐熏此时有什么区别？

骂沐熏就是骂自己，尊主大人不要脸啦！

顾见深识趣得很，半个字都没提，换个话题道："这阵子他们估计就在这儿了，我们直接去后面看看吧。"

沈清弦赶紧应道："好。"

两枚玉简走了，沐熏和乱鹰相处一段时间，沐熏每日都心情极好，也懒得演戏了，完全暴露本性。

又是一个月，两人用过晚餐，沐熏想吃七璨果。

这果子在这季节挺稀罕的，属于有钱也买不到的东西，毕竟不是谁都能进到那凶险之地采摘的。

乱鹰却早就为他备好了，一大箩筐，整齐圆溜，煞是好看。

沐熏早就忘了什么是假装开心，直乐得眉开眼笑："我想吃银色的。"

乱鹰便道："我给你拿。"

沐熏托着下巴看他："好。"

乱鹰便把果子剥好皮后递给沐熏。

"嗯……"沐熏抬头看他，"真甜。"

原本等时机差不多了沐熏就打算走的，结果一个月、两个月、三个月……一晃竟过去了整整三年。

虽说修炼无岁月，但那是闭关的情况下，这三年的相处可是实打实的，丁点儿含糊都没有。

让沐熏感觉不安的是，这么长的时间，他只待在乱鹰的府邸，没有狂欢、没有冒险、没有让人热血沸腾的战争，却一点儿都不觉得无聊。

沐熏问乱鹰："你不需要工作吗？"

"心域太平，我便无事。"乱鹰道。

沐熏又问："那你不修炼吗？"

乱鹰道："不着急。"

沐熏也就问到此处了，因为他对现状很满意，不想改变。

又过三年，沐熏被赤阳子给叫"醒"了。

赤阳子同他传音入密："你还没玩够啊？"

沐熏此时正和乱鹰在狭缝山涧，这儿有一处深潭，据说潭中有一神物，每逢夏夜月圆时会向外吐泡泡，而这泡泡遇水凝珠，异常美丽。

沐熏在心域的《博物志》上看到过，很是好奇，央求着乱鹰来陪他捞珠子。

狭缝山涧凶险，又没什么特别稀罕的宝物，所以人迹罕至。沐熏藏了修为，按理说是不该来这的，但他想来，乱鹰也答应了。

到了目的地，他们运气也好得很，正碰上那神物吐珠，沐熏看得两眼放光："好漂亮！"

本是轻飘飘的气泡，但落进水里后立马成了美丽的珠子。

乱鹰道："等着。"

沐熏其实很想自己下去捞，但他此时的"修为"，下去要被冻死，只得在岸上耐着性子等着。

乱鹰一跃入水，沐熏正托腮看着水中的珠子，赤阳子的一句话将他的神魂尽数扯了回来。

赤阳子道："我都闭关出来了，你怎么还在心域？"

六年时间，不算长，可对于此时的沐熏来说，也实在不算短了。

赤阳子问他："还没搞定？需要我帮忙吗？"

搞定了，早在六年前就搞定了，只是他……

沐熏顿了顿，传音入密的声音冷了许多："搞定了，我这就回去。"该走了，这次是真的该走了，等……等拿了这些珠子，不……还是别拿了，这就走吧。

赤阳子又道："哪里搞定了？我看你卦象未变啊。"

沐熏懂了，闭了闭眼道："我离开应该就可以了。"所谓劫，可不是沉浸其中，而是要走出来。

赤阳子顿了顿，稍微问了一下："他至今都不知道你的身份？"

沐熏道："不知。"

赤阳子轻叹口气，还是提醒了他一下："心域唯心，他若真心当你是朋友，你这一走他就毁了。"

沐熏怔住了，脑袋里全是这六年的光景。他定定地看着水中的银狼，眸子逐渐冷凝："师兄，帮我个忙。"

他不能这样走了，乱鹰待他这般好，他不能这样毁了乱鹰，那就由他来给这件事画上句号。

本来天道的沐熏和心域的乱鹰，就不该相遇。

回到心域，沐熏变得越来越沉默，时不时便怔愣地看着前方，若有所思。

乱鹰察觉到了，问："怎么了？有什么事告诉我，我帮你。"

沐熏看向他，眉心轻皱，然后又极快地挪开。

乱鹰心一紧，并未再说什么。

七日后，在漆黑的夜色中，沐熏轻轻起身，出了屋子，赤阳子在外头等着他。

沐熏冷冰冰地开口："走吧。"

赤阳子道："你顺利渡劫，他该怎么办？"

沐熏背对着乱鹰，努力压制住颤抖的声线，他说："心域的魔修与我何干？总归是他千年前欠我的，如今我只是讨回来罢了。"

赤阳子道："他死了也无所谓吗？"

沐熏道："死了才好。"

沐熏知道乱鹰在看着他，他应该回头，立刻回头，用冷漠无所谓的视线同乱鹰对视。但是……

乱鹰问他："你要走了吗？"

短短五个字让沐熏胸中筑起的高墙尽数坍塌，他极力睁着眼睛，努力压住翻涌的情绪。

乱鹰又问他："能告诉我你真正的名字吗？"

乱鹰早就知道了吗？知道他用的是假名，用的是假身份了吗？

沐熏撤去了所有的伪装，铺天盖地的修为涌入体内时，他觉得自己也有力气了。

他转身，紫眸中一片平静："我是沐轻染。"

乱鹰薄唇动了动："……轻染圣人？"

沐熏冷声道："这六年叨扰将军了，之前我为境界所困，师兄帮我卜了一卦，说是年少时曾结了一段缘，只有就此了断才能突破桎梏。"

乱鹰看着他，什么都没说。

沐熏怕乱鹰不肯死心，便又强调道："早年将军欠我一命，此时我只讨来这六年，也算扯平了。"

扯平了……

乱鹰垂眸道："我明白了。"

沐熏还想再说什么，乱鹰却已经转身："圣人慢走，恕在下难以相送。"

沐熏睁大眼，看着乱鹰的背影，半个字都说不出来。

就这样吧，不这样又能怎样？

荒唐一梦，醒来也就结束了。

沐熏也不知道自己是怎么回的浸月阁，他只是把自己关了起来，睁着眼睛握着胸前挂着的一枚小珠子。

这是乱鹰给他捞的珠子里最普通的一枚，没那么圆也没那么亮，很不起眼。

乱鹰说："这枚不好看，丢了吧。"

沐熏却莫名喜欢，笑道："我想要它。"

乱鹰微怔，沐熏将珠子递给他，央求着他道："你帮我串个孔，我要把它戴在身上。"

乱鹰忍不住说道："还有更好看的。"

沐熏却把珠子拿起："不，我就喜欢它。"没那么好看，没那么耀眼，却是最初的一颗。

沐熏自我封闭了许久，后来是夏停打开了他的门。

阴暗的屋子陡然明亮，沐熏呆呆地抬头，看到银发闪耀的大师兄。

夏停径直走进，银袍划过暗色的地板，仿佛银河划过夜空，留下了璀璨的星芒。

他面若寒霜："谁欺负你了？"

沐熏猛地回神，立马站起，行了个礼道："师兄。"

夏停又问他："谁？"

简简单单一个字，沐熏后背一片冷汗，他急忙道："没有……没有人欺负我。"

从小到大他几乎是被夏停给揍大的，但是沐熏很清楚，师兄很疼他，真的很照顾他。早些年他曾遭小人算计，断了一条胳膊，夏停二话不说捣了那贼人老巢，上下肃清，一个活口没留。

沐熏很怕大师兄，不是因为大师兄揍他，而是因为大师兄疼他。

皮神是不怕揍的，他最怕的是惹真正关心他的人难过。

夏停眉心微皱："当真没人欺你？"

哪有什么人欺负他，要真说起来，也是他欺了银狼，沐熏垂眸道："是我自作自受。"

夏停定定地看了他一阵。

沐熏强打笑容道："没事了……我就是钻了牛角尖，如今想明白了。"

夏停又道："手。"

沐熏一边把手递给夏停一边说道："真没事，我没受伤，好好的……"

夏停看他一眼："闭嘴。"

沐熏立马老实，巴不得自己没长嘴巴。

试了下脉后，夏停面色微缓，说道："你年纪不小了，莫要再胡闹。"

沐熏这话听了不知多少遍，以前总是左耳进右耳出，接应的话一大堆，能说得大师兄拂袖离开……但此时却是另一番滋味涌上心头，他垂首，低声应道："嗯。"

夏停顿了一下，又问他："当真无事？"

沐熏想说"没事"，可这俩字却像是被黏在了嗓子眼上，愣是没法将其放出来，他顿了顿，喉结涌动着，最后却鼻尖一酸，说出了憋在胸口的那句话："师兄……我对不起一个人。"

沐熏没对乱鹰说过，没对赤阳子说过，甚至没对自己说过，但是他对夏停说了。

因为他知道大师兄修炼的是封心决，他不懂这些，也理解不了，所以他这样说了，大师兄也不会觉得有什么。

如他所想的那样，夏停面色未变，平静地听着。

沐熏的内心壁垒却有了裂缝，很细很细，却再也拦不住汹涌澎湃的情绪。

"我不应该和他做朋友，可是我……"他哽咽着，全说出来了。

夏停看着他，视线下移了一点儿："那是他给你的？"

夏停问的是沐熏紧紧握住的那枚小珠子。沐熏不由握得更紧些，声音越发不成调："嗯。"

夏停冰凉的手指点在了沐熏的额头上："既然如此，为什么离开。"

沐熏怔了一下，额间的冰凉却温暖了荒凉的胸腔。

"不想离开就不要离开。"夏停的眸子依旧那般冷淡，声音也平缓没有起伏，但所说的每个字却都掉到了沐熏的心脏上，"被丢下，是很难过的。"

被丢下，是很难过的……沐熏看着师兄，却恍惚间看到了乱鹰，他一定很难过吧？

自己欺了他，骗了他，伤害了他，可他却什么都没说，甚至连生气的模样都没有，他只说他明白了，他明白了什么，他那么笨怎么可能明白！

沐熏灰暗的眸子重焕光彩，他说道："师兄，我要去找他。"哪怕他此生境界都会止步于此也没关系，他还有好多好多年，他不想带着遗憾和绝望去追求去往上界之道！

沐熏去了心域，但是乱鹰没在府邸。

沐熏到处去找了找，除了唯心宫，其他地方几乎都走遍了。唯心宫他是不敢去的，一靠近只怕九渊帝尊就会有所感知，到时候反倒是徒增麻烦。

沐熏只得回了乱鹰的府邸，耐心地等着。

他想了很多，好的坏的糟糕的不幸的坎坷的……全都想了一遍。但他什么都不怕！本来他也不执着于去往上界，既然注定过不了这关，那就不过了！只是师父那边……嗯，先瞒着，能瞒多久瞒多久，等师父出关了，实在不依了再想办法。

沐熏等了很久仍然没等到乱鹰，他有些着急，怕他出什么事，可整个心域都找遍了，实在找不到。

乱鹰会去哪儿？难道真的在唯心宫？都这么久了，还没出来吗？唯独帝尊的宫殿，他不敢轻易进入。

等等……沐熏忽地灵光一闪，立马起身，急忙出门，去了妄烬星海。

在最初的那个地方，他看到了银狼。

银狼孤零零地站在那儿，背后是猩红的妄烬，眼中却是湛蓝的星海。

沐熏鼻尖发烫，眼眶通红，走近乱鹰："对不起。"

乱鹰没回神，很久之后终于有所反应，眼珠动了一下，声音沙哑至极："你……"

"对不起对不起……"沐熏不停地道歉，不停地说着肺腑之言，"我不会再丢下你了，原谅我，乱鹰，原谅我。"

整整过了七天，乱鹰才彻底回过神来，相信沐熏回来了。

他们似乎回到了那六年，沐熏随乱鹰回了心域，两人大半时间都待在府邸中，偶尔沐熏想出去玩，乱鹰便带他出去。

乱鹰只字未提之前的事，沐熏也不愿揭露伤疤，所以未再提起。

无所谓了，修为也好，境界也罢，全都不重要了。

沐熏生来随性，努力修炼也不过是因为师父和师兄们如此期许。已经成圣，便止步如此吧。无数人都有自己过不去的那个坎，也许不是过不去，只是不想过。

而且他陪着乱鹰，对乱鹰只有好处。

心域嘛，要随心，乱鹰的境界仍会继续前进。

最后会怎样，沐熏不在意。也许乱鹰会去往上界，而他殒身，那也没关系。

紫水妖是贪玩，是任性，却也不顾一切。

他这样一颗心，最后却被碾压成了烂泥，所以沐熏恨透了乱鹰。

沐熏带着乱鹰看了自己在星海的家，带着他看了自己生活许久的地方，还给他讲了自己如何被师父捡到，如何拜入师门，如何在万法宗干"坏事"。

乱鹰听得很认真，一字一句地记下了。

他知道轻染圣人，知道很多事，但却不知道这样的沐熏。

沐熏还对他说了很多师父和师兄们的事，乱鹰能清楚地听出沐熏对他们的深厚感情。

沐熏又道："可惜不能带你去见他们……二师兄倒是可以看一看，我师父你估计是见不到了，大师兄的话，千万别和他碰面。"

乱鹰没问为什么，沐熏已经解释道："我大师兄修的是封心决，冷心冷面的，但对我很好，前阵子我心情不好，还是他开解了我。"沐熏哪好意思说自己失魂落魄，是被师兄给点醒的。

乱鹰顿了一下问道："封心决会封闭感情吗？"

沐熏道："对，虽然这功法厉害，但副作用太要命了，别说爱情了，连亲情友情都要尽量淡薄。"

乱鹰又沉默了。

沐熏道："不过当年师父根本没想过让我修封心决，"他笑道，"我可封不住心。"

乱鹰看着他的笑容，也跟着扬了扬唇。

沐熏道："怎么？不开心？我若是修了封心决，你可就见不到我了！"

乱鹰道："我很开心。"他开心，只是不安。

沐熏想起自己总赖在乱鹰的府邸，便说道："我带你去擎天城看看吧！"

乱鹰微怔，沐熏兴高采烈道："我的浸月阁可比你的府邸漂亮多了！我带你去看看！"

擎天六城是沐熏的领地，浸月阁是他的居所，全是乱鹰不知道的地方。

沐熏问："好不好，去看看吧！"

乱鹰是开心的，可又笑不出来，他应道："好。"

如沐熏所言，浸月阁比乱鹰的府邸漂亮多了，也热闹得多，这儿人声鼎沸，无数人见着沐熏都躬身行礼，还有几个秀气的少年围上来喊他师尊。

沐熏却没什么师尊架子，同那些少年打趣道："又想从我这儿讨什么东西？"

少年们也不怕他，连声道："师尊，您好久没举办宴会了，带我们一起玩嘛！"

说来也是，沐熏这些年都不在擎天六城，自然也就没了"狂欢夜"。

他还真想带着大家一起玩儿，因为他心情好！不过想想乱鹰那闷葫芦的性格，他摆手道："改日再说，最近忙得很。"

少年们一脸失望，有个少女还撒娇道："师尊，你都不疼我们了。"

沐熏平日里就爱逗他们，他随手一扬，一串粉色珠子落到女孩手腕上："听话，有空再带你们玩。"

女孩杏眼一亮，捧着珠子说："师尊最好了！最喜欢师尊了！"

沐熏信了这小妮子才怪，喜欢他？更喜欢那串粉晶吧！

把这一群小屁孩哄走，沐熏对乱鹰道："走，我带你四处看看。"

乱鹰顿了一下，道："嗯。"

沐熏并未察觉到乱鹰的情绪，只是一门心思地把自己的生活尽数展现给乱鹰。

在心域，轻染圣人有很多乱七八糟的传闻。毕竟沐熏曾大败心域各族，可谓"臭名昭著"。

战场上赢不了，私底下便不停抹黑——什么轻染圣人后宫三千，什么擎天六城狂欢无度。

本来沐熏就爱热闹，贪玩好乐，再被添油加醋，一堆莫须有的东西全都被摁到了他头上。可事实上沐熏哪有这样那样的破事？真做了的话他师父师兄不得抽得他号啕大哭？

他也就逗逗小弟子，带着属地的百姓们一起喝喝酒跳跳舞，其他的还真没什么。

他性情开朗，是三圣中最接地气的圣人，大家也不怕他，愿意同他亲近。

有句话心域的人没说错，擎天六城的人都爱轻染圣人。但这个爱却不是那种爱，大家只是单纯地喜欢这样一个与民同乐的领袖。

沐熏也深爱着浸月宗，深爱着擎天六城的子民。

师父将这些人托付给他，他自是要好生守护他们的！

沐熏与乱鹰在擎天六城待了将近一年。只是他没法向别人介绍乱鹰，两人的相处也都是藏着掖着的。

沐熏对乱鹰解释道："他们都没大没小的，我怕你的身份暴露。"

乱鹰垂眸道："我明白。"

沐熏不太喜欢他说这三个字，但这时候这么说似乎也没什么错处。

沐熏对乱鹰说："你若不喜欢这里，我们就回心域，你那儿还清静。"

乱鹰道："没事，在哪儿都行。"他知道沐熏很喜欢这里。

沐熏笑道："我也这样觉得。"

沈清弦和顾见深来到了这个时间点上，他看着两个人，纳闷道："这不挺好的吗？怎么后头就那样了。"

从沈清弦这个旁观者来看，沐熏对乱鹰敞开心扉，乱鹰也毋庸置疑地对沐熏很好，虽然两人有天道和心域的隔阂，但显然他们都不管这些了，不去往上界也没关系。

顾见深却沉声道："乱鹰入了心魔。"

沈清弦看不到，顾见深却一眼看清了。

此时的乱鹰，表面看似没事，同沐熏也相处得极好，可其实却心绪大乱。这是心域的通病，修为越高，症状越明显。

这与他们的修炼之路有关，从一开始就在维持着心的平衡，在摇摇晃晃，这导致他们的不安是浸在骨子中的。

顾见深因为万血之躯而不断忘记——这虽让他更不安了，却也给了他另一种意义上的短暂解脱。

但乱鹰没有。

他只能眼睁睁看着重要的朋友离开他、欺骗他。

他只能安静地等待着下一次离别、下一次抛弃、下一次绝望。

他只能不安地彷徨着等待沐熏给他下最后的判决。

这一切来得过于早了，他这根紧紧绷着的弦就那么毫无征兆地断了。原因竟是一段完全不存在的流言蜚语。可这足够了，足够成为压死骆驼的最后一根稻草。

"对师尊来说最重要的人果然是止戈圣人吧……"

"没跑了，我们师尊天不怕地不怕就怕止戈圣人。"

"可惜戈圣人修的是封心决。"

"哎……想想就心疼。"

"你有没有留意到师尊带回来的那个银发男子？"

"看到了看到了，他的银发同止戈圣人真是一般无二。"

"很罕见了，我以为全天下只有止戈圣人是银发的。"

"只是像而已，他又哪里有止戈圣人半分气度。"

"是啊……止戈圣人一出关，师尊就立马去找他了。"

一字一句，全成了钻心的利刃。

沐熏利用他，他无所谓，诚如沐熏所说，这是他当年欠沐熏的。

沐熏欺他骗他，他没关系，能有那六年时光，已经很好了。

可这又算什么……这到底算什么……以后又算什么……

沐熏，为什么……

当年的真相终于在此刻揭开了。难怪沐熏不想面对，难怪沐熏释怀不了，难怪沐熏不想来这个心境。

因为当年发生的事，的确是他亲眼所见，的确是真实到不能再真实的血案。

擎天六城血流成河。在漫天血海中，沐熏赶了回来，看到了这让他彻底颠覆的一幕。

他最重要的朋友，杀了他的子民，屠了他的城。

沐熏不敢相信，他问乱鹰："为什么……"

乱鹰看着他，却不再是他认识的乱鹰了。他面前这个人冷漠无情，像地狱中走出的修罗，乱鹰看着他，一剑刺穿了他的肩膀。

剧烈的疼痛贯穿了沐熏的神经，他看着乱鹰，忽然全懂了："这……才是你真正的意图。"

全是假的，全都是假的！

乱鹰只是在利用他，只是为了进入擎天六城，只是为了重创天道！

乱鹰，是心域的大将，是跟随一个集权者踏着尸骨血海走向高位的冷酷男人。

当年的银狼……哪还有什么当年的银狼……

沐熏万念俱灰。

看到这些，沈清弦也被彻底震住了，他心疼得不行，立马现出身形，抱住了受伤的沐熏。

看到师父，沐熏双眸空洞，他干燥的唇微张，说出的话全是心尖涌出的血："师父，对不起。"

沈清弦心猛地一跳，恍惚间似乎看到了当年的自己。

不……沐熏比他还要痛苦……

沈清弦摇摇头，温声道："没事，都过去了。"

他救了擎天六城，让一切恢复原样，让所有死去的人都活了过来。

可这一夜的腥风血雨却永远地印在了沐熏的灵魂上，成了此生无法磨灭的痛。懊悔、绝望完全压死了沐熏。他想的只有杀死乱鹰，只有与乱鹰同归于尽。

乱鹰却什么都不知道。

顾见深叹口气道："为心魔所控，别说是在擎天六城，便是在心域，他也会大开杀戒。"

那持剑之人早已不是乱鹰。

看完这些真相，顾见深十分懊恼："也是我太大意了。"

乱鹰性格沉稳，办事稳妥，从来不让人操心，所以顾见深忽视了他的真实情况。

银狼族被灭时，乱鹰刚成年，他目睹了全族惨死，目睹了那样的人间地狱。

他活了下来，满心皆是复仇。

他跟随顾见深，走上了一条注定黑暗的征战之路。最后大获全胜，可心中早已种下魔种。

与沐熏的相遇盖住了这粒种子，可沐熏的欺骗却将一切都颠覆了。

种子扎了根，发了芽，最后冲破桎梏，酿成如此大祸。

幸亏沈清弦力挽狂澜，将这一切都掩盖了。

也因为这一切都被盖住，所以乱鹰根本不知道自己做了什么。

如今寻回了真相，顾见深和沈清弦却不知该怎样面对此时的乱鹰和沐熏。

发生的真正发生了，误会也不是误会。可与此同时，发生的也并未发生，误会也真的是误会。这是一个难解的结。

沈清弦道："把他们的这段记忆抹掉吧。"

顾见深却道："还是让他们面对吧。"

沈清弦看向顾见深，顾见深安抚他道："他们不是孩子了，该面对的必须承担。"

话音落，心境结束了。

顾见深和沈清弦先睁开了眼。

沐熏垂着眸，紧攥着拳，最后睁开眼的是乱鹰，他有瞬间的迷茫，接着满目绝望地看向了沐熏。

真的是他做的，他竟然杀了沐熏一心想要守护的人，他竟然差点杀了沐熏。

乱鹰薄唇颤着，声音不成样子："小熏……"

沐熏低着头，大滴泪水滚在手背上。

看沐熏这样子，沈清弦心疼得厉害，可是又没法再多说。

事情已经摆在这里了，所有的真相全部展开，像一幅一览无遗的画卷般，摊在了众人面前。只是画卷上沾了一大滴赤色的墨，扰乱了原本的画面，显得如此触目惊心。

顾见深对沈清弦道："我们先出去吧。"

沈清弦犹豫了一下，终究在临出屋前对他们说道："别想太多，擎天六城很好。"

一句话让沐熏和乱鹰都心神一震。是的，擎天六城很好，死去的人全部好好地活着，杀戮和血腥已经被沈清弦尽数挽回了。

悲剧发生了，却又没有发生，因为沈清弦救了所有人。

沈清弦跟着顾见深离开了，屋里的两个人陷入了极深的寂静。

其实从心境出来，心情波动最小的反而是沐熏，因为早在进入心镜前，他就很清楚自己会看到什么。

师父坚持这是一场误会，坚持屠戮擎天六城的另有其人，可沐熏很清楚，从一开始他就知道没有旁人，只有乱鹰。

所以再重看这一幕，他所受到的冲击力并没想象中那样大，因为他早就知道了。

他更加无法原谅自己。

没有进入心境时，他以为乱鹰利用了他，以为乱鹰戴着一副假面同他相处，以为自己落入了圈套，葬送了全城子民。

而现在他知道了，乱鹰从没有骗他，乱鹰会为心魔所控也是因为他。

如果最初，他接触乱鹰时别抱有欺骗的心思，别只想着渡劫，而是真心实意地待他，还会有之后的一切吗？

不会，根本不会！

不是他的决然离开，不是他的穿心之言，乱鹰不会在心底留下那样的阴影。

他太自我，太想当然，太不细心了，所以重逢后那长达一年的时间里，他都没有发现乱鹰心中的不安和疯狂增长的负面情绪。

这是他咎由自取，可乱鹰却也真实地做了。

即便并未真正酿成大祸，但始终是梗在心头的一根刺，让人不知该如何是好。

相较于沐熏想了这么多，乱鹰却什么都没想。

他看着沐熏，眼睛不眨地看着他。

沐熏不会原谅他了，一切都结束了，他犯下的错连他自己都无法原谅。他不知自己还能做什么，但以命偿命这个道理他还是懂的。

乱鹰终于开口了，他只能低声道："对不起。"

连这声对不起都是对沐熏的侮辱，因为他不值得被原谅。

乱鹰平静地抬起手，按在了自己的胸口上。

猛然意识到他要做什么，沐熏瞬间便扑了过去，抓住他的手："你要做什么？"

乱鹰怔了一下，没出声，只是别开了视线。

沐熏所有乱七八糟的思绪全部化成怒火，他揪着乱鹰的衣领，瞪着乱鹰："你要寻死！"

乱鹰不敢看他，也不知还能再说什么。

"你怎么敢去死？！"沐熏气疯了，他眼眶通红，嘴唇剧烈颤着，说的话也毫无章法可言，"你以为死了就可以摆脱一切吗？你以为死了发生的就不会发生了吗？你以为……你……"到最后所有话都成了无力的、失态的、崩溃的一声低语，"不要，乱鹰……"

沐熏声音哽咽得不成样子："你别想走，别想离开，你这一辈子都要帮我守护擎天六城，你……"

留在他身边，帮他守护擎天六城……这一字一句如同在漆黑的冬夜中燃起的温暖火苗，照亮了乱鹰的绝望。

他欠沐熏的，死是还不清的，只有活着才可以。

守护擎天六城，才是他应该做的！

之后许多年，沈清弦都很担心沐熏和乱鹰。顾见深开解他道："相信他们，没事的。"

前方的未知，固然可怕，却也充满着希望。过去的痛苦，逃避可以换来短暂的宁静，却深藏着隐患。

如今沐熏和乱鹰已经摊开了过去，哪怕走向前方的路是沉重且坎坷的，但只要迈出了步子，相携而行，两人势必会走向更加美好的未来。

因为经历过，所以懂得珍惜。勇敢地面对一次次过往，堆积出的是更加成熟的人生。

……

沈清弦和顾见深的事，夏停知道得比所有人都晚了一些。

夏停刚刚出关。对此沈清弦还挺紧张的，他对顾见深说："止戈出关了。"

顾见深道："我得好生与他道歉。"当初他丢下了小团子，让可怜的小家伙在心域流落，受尽了欺凌。

沈清弦道："也怪不得你。"在兰弗国时，小团子受了重伤，顾见深救了他，所以才忘了他，也是没办法的事。

可无论原因如何，对夏停造成的伤害却是真的。

夏停一出关便看到师父，明显怔了一下："师父。"

沈清弦让顾见深先隐去身形，他打算先和大徒弟谈谈。

夏停问他："有什么事吗？"

沈清弦一时也不知从哪儿开口，便抬手，将过去的事都一一展开在夏停面前。

夏停认真看着，神态间并未有太多惊讶，问沈清弦："师父都想起来了吗？"

一句话却问得沈清弦一怔："你早就知道了？"

夏停收回视线，摇头道："我不记得了，但是师祖去上界前曾给我看过。"

沈清弦心猛地一跳："师父给你看过这些吗？"

夏停面上仍旧没太多表情，但声音却带了些温度，他问沈清弦："您和九渊帝尊成为朋友了吗？"

沈清弦更加错愕了，连这个夏停都知道了？

夏停似是松了口气，说："看来你们已经可以去上界了是吗？"

沈清弦顿了一下才回复他："是的。"

夏停薄唇动了一下，牵出一个很浅很浅的笑容："太好了。"

沈清弦想起了之前夏停抵达大乘期时两人的对话，那时候夏停也问过他关于去往上界的事。

当时沈清弦给他的答复是不会殒身，然后夏停便立刻闭关，似是急于寻找去往上界之路。

结合此时两人的对话，沈清弦心中一涩，他问夏停："师父还和你说什么了？"

夏停并未隐瞒，一五一十地说了出来。

上信真人去往上界时，正是沈清弦最清心寡欲的时候，对一切都淡薄得很，甚至对自己的师父和三个徒儿都很冷淡。

上信真人看着这样的沈清弦，想到的却是当年在万法宗时那顽皮的少年。

封心决的确会有这样的副作用，但上信真人很清楚，成圣后的沈清弦迟迟无法打开心扉是因为那一段段痛彻心扉的过往。

不愿想起，不愿接受，是他自己封闭了自我。

上信真人无法再做什么，只能嘱咐小夏停："你师父大乘后可能会遇到瓶颈，尤其是去往上界时，极有可能会同心域的九渊帝尊产生矛盾，若是他俩要起争端，你一定要尽力阻止。"

听到这些，沈清弦心里五味杂陈，他问夏停："所以你才如此着急突破大乘期，所以才……"

夏停道："实力悬殊，又如何能保护你们。"

他用的是你们……他还记得顾见深。

沈清弦轻叹口气，低声道："我啊，是个不孝徒弟，也是个不称职的师父。"

到头来不仅师父在为他忧心，连徒弟也跟着担忧。

夏停却道："您是师祖最疼爱的徒弟，也是我最敬重的师父。"

沈清弦笑了，伸手在他额间点了一下："这些年辛苦你了。"

夏停微怔，抬头看他，目中带了孩童时才肯展露出来的依赖。

沈清弦恍惚间似是看到了那只小小的白团子，天真、单纯，全心全意地信赖着他们。

沈清弦对夏停道："别闭关了，想去往上界，你需要多经历一些事。"

时间、情感、自我的积累，才是夏停现在最需要的。

沈清弦和顾见深等到了最后时刻才选择去往上界。

新的世界，新的生活，却不意味着离开。

沈清弦看着眼前绚丽多彩的画面，对顾见深说："我们会永远守护他们。"

"对。"顾见深看着线性的时间和空间变成了片状的，他应道，"我们会永远守护着过去。"

守住了过去，才能够拥有未来。

去往上界后的上信真人守护了他们的过去，去往上界后的沈清弦和顾见深也会守护着新的过去。

未来还会有其他人来继续守护。

而他们也会有新的未来。

（全文完）